조국

주인공

김진계 金振桂, Kim Jin-gye

1918년 강원도 명주군 이설당 마을에서 태어나 일제 시대는 징용살이를, 해방 후에는 남로당원으로 경찰 생활을 한다. 1950년 인민군 군관으로 한국전쟁을 겪고, 1953년 제대하여 평안북도 안주군 평률리에서 민주선전실장으로 일한다. 1958년 북의 공작원이 되어 수차례 남파되어 활동하다가, 1970년 10월 6일 거제도 다대리에서 체포된다. 무기징역이 확정되어 18년간 대전·대구교도소에서 복역, 1988년 12월 71세로 석방된다. 이후 여생을 고향인 이설당 마을에서 지내다가 1991년 12월 22일 전쟁이 없는 영원한 세상으로 떠났다.

작가

김응교 金應教, Kim Eung-gyo

시인, 문학평론가.

28세 때 김진계 옹을 만나 장편실화소설『조국』을 내고, 일본에서 13년간 에돌다가 귀국하여 35년 만에『조국』을 새로 다듬어 낸다. 시집, 윤동주 연구소, 번역서 등 저서 여럿을 냈다.

조국

초판발행 2025년 9월 30일

지은이 김응교

펴낸이 박성모
펴낸곳 소명출판
출판등록 제1998-000017호
주소 서울시 서초구 사임당로14길 15 서광빌딩 2층
전화 02-585-7840
팩스 02-585-7848
이메일 somyungbooks@daum.net
홈페이지 www.somyong.co.kr

ISBN 979-11-5905-007-9 03810
정가 28,000원

조국

김응교 장편실화소설

무쇠다리

마지막 모습인가
말라 죽어가는 수탉이 이럴까
말을 잊고 고개 숙인 나를 보며
제대로 앉아 있을 수 없어
침상에 누운 할아버지 눈빛 한번 보내곤
헉헉 된숨만 몰아쉰다.

꺼뭇꺼뭇 저승꽃 번져 핀
까칠한 오징어 살갗
차고 메마른 겨울 나뭇가지
노인의 다리를 천천히 만져본다
얼음덩이마냥 차갑게 썩어가는 뼈마디

일정 때 남지나해에서 미군 폭격에
깊숙이 박힌 파편을 도려냈던 징용병의 장딴지
해방기엔 경찰에 잡혀
쪼인트, 몽둥이찜질 당했던 정강이
남파공작원으로 내려왔다가
거제도에서 으스러진 무릎관절
십구년 옥살이에 멍도장 스민 허벅지, 피
통하지 않는 발꼬락을 엄지부터 잘라내고 있는

강원도 사내의 다리, 낱낱의 상처들

할아버지, 이 다리는 거대한 다리입니다.

…… 기레, 이 다리루 안 가본 데가 없구먼

요 다리두 인젠 제 구실을 다한 거라

북녘땅에 대신 가달라며

빙그레 웃으시는 할아버지 눈가에는

백두에서 녹아 흐르는 눈석임물 반짝였다.

나는 손아귀에 헐렁하게 잡히는 야윈 발목의

복숭아뼈 언저리에 가만히 볼을 댄다.

수천 리 눈보랏길 뚫고 달려온

고구려인의 말발굽 소리 마구 들리는

눈물겨운 무쇠 다리에서 거대한 땅울림을 듣는다.

— 김응교, 「무쇠다리」, 계간 『창작과비평』, 1992년 겨울호.

— 시집 『씨앗 / 통조림』, 1999.

주인공 김진계 옹과 함께한 작가, 1991년 가을

차례

인간병기, HID … 7

프롤로그 · 이성당에서 … 23

1부 · 좌절된 해방과 공산당 … 41

2부 · 인민군으로 한국전쟁에 … 107

3부 · 북조선에서 살다 … 221

4부 · 특수 공작원 … 309

5부 · 붉은 강, 푸른 산 … 365

6부·자모산성 호랑이 … 411

7부·공작원의 검붉은 바다 … 493

8부·우리하구 똑같이 생겼다 아이가 … 577

9부·팔공산의 새소리 … 613

10부·무정천리 … 701

작품론_ 빛의 혁명시대에 민족 동질성 찾기(임헌영) … 724

해설_ 잡히면 전향하십시오(정희진) … 735

찾아보기 … 738

인간병기, HID

밤새 세찬 비가 내리더니, 기온이 떨어지고 재앙처럼 폭설이 내렸다. 기상관측 이래 11월 최고치의 폭설이다. 우박 같은 폭설이 쏟아져 내린 고속도로에서 6중 추돌사고가 발생했다. 큰 해일이 다가오기 전에 파도가 잔잔해지듯, 12월 들어서는 거짓말처럼 날씨가 풀렸다. 기온은 오르락내리락, 물가는 치솟았다. 시민들 마음에는 무관심이라는 멍이 들어 있다. 겨울이 지나면 필시 봄이 올 거라는 말은 너무 상투적이어서 위로가 되지 않는다.

기자회견을 준비하느라 늦게까지 연구실에 남아 있었다. 내일 정오 12시에 대통령 부인 '김건희 논문 표절 사건'으로 학교 정문 앞에서 기자회견을 하자고 민주동문회와 몇몇 교수와 약속했기에, 그때 할 말들을 늦게까지 정리했다.

> 그간 대학은 학생들에게 보고서나 논문을 표절하지 말라고 말할 수 없는 대학이 되었습니다. 대통령 부인이 표절하여 석사학위를 받은 것이 아직도 허용되기 때문입

니다. 늦었지만 지금이라도 학교 행정부에서 김건희 씨 논문을 취소하기 바랍니다.

부패한 정부의 문제를 지적하면 교수의 연구비 지급이 취소되거나, 국립 기관의 이사 자리를 박탈당하는 수모를 겪어야 하는 야만의 나라가 되었다. 연구실 건물을 나왔더니, 진눈깨비가 조금씩 날리고 있었다.

조금 맵싸한 기운이 들어 옷깃을 세우고 캠퍼스를 가로질러 정문으로 향했다. 밤 11시쯤 교문을 나서려는 그때, 핸드폰이 울렸다. 핸드폰 액정에 민주동문회 유영주 회장의 이름이 떴다. 내일 기자회견을 위한 확인 전화겠지.

"그 미친놈이, 글쎄!"

전화를 받자마자 대뜸 욕설이다. 그럴 인품이 아닌데 무슨 일일까.

"글쎄, 빌어먹을 놈이 계엄을 발표했어요. 그 미친놈이!"

특유의 담담한 말투가 아니다. 가짜뉴스에 속았거나, 잘못 걸려온 전화일까.

"무슨 말씀인지요?"

"그놈이 계엄을 발표했다니까요. 내일 우리가 기자회견을 하면 위험할지도 몰라요."

2024년 12월 3일 밤 10시 28분에 윤석열은 황당무계한 계엄을 발표했다.

"친애하는 국민 여러분, 저는 북한 공산세력의 위협으로부터 자유대한민국을 수호하고, 우리 국민의 자유와 행복을 약탈하고 있는 파렴치한 종북 반국가세력들을 일거에 척결하고 자유 헌정 질서를 지키기 위해 비상계엄을 선포합니다."

전시나 사변에 준하는 비상사태도 아니고, 국무회의 의결을 거치지 않았고, 국회에 계엄을 통고하지 않았고, 게다가 군인을 국회에 난입시킨 불법 계엄 포고문이었다. 그때까지 그 소식을 믿지 못한 나는 괜한 헛말을 했다.

"까짓, 잡아가려면 잡아가라 하고 기자회견 하지요."

"아니. 상황을 봐야 해요. 지금 국회로 사람들이 모이고 있어요."

불법 계엄에 맞서 많은 유튜브가 생중계로 공중파보다 빨리 '12·3계엄'을 알리고 있었다.

대통령이 비상계엄을 선포했습니다. 계엄군이 헬리콥터를 타고 국회의사당에 내렸습니다. 서울에 계엄군이 진입하고 있다고 합니다.

내일자 신문을 찍으려던 신문사는 윤전기를 멈추고 '호외'를 발행하기로 한다. 사람들은 1980년 5월 17일 전두환의 비상계엄 전국 확대 조치를 떠올린다. 서울 시내에 헬리콥터 날아다니는 소리가 들렸다. 계엄군의 군홧발을 기억하는 사람들은 뉴스를 보자마자 국회의사당으로 달려가 진저리치며 안간힘으로 계엄군을 막는데, 눈물인지 진눈깨비인지 눈시울이 젖었다. 같은 시간에 텔레비전으로 특수부대 출신이 출연하는 〈강철 부대〉를 시청하던 시민들은 특수부대원이 실제로 국회에 난입하는 것을 본다. 독재시대에 고초를 당한 적이 있는 사람의 몸은 얼음처럼 굳어졌다.

국회의사당에 가지 못한 나는 학교 총장에게 메일을 보냈다.

"총장님, 더이상 끌면 안 됩니다. 이미 너무 늦었지만, 늦었기에 지금이라도 발표하셔야 합니다. 총장님, 김건희 논문 표절을 선언해주세요.

우리의 딸 같은 재학생, 열심히 연구하는 교원과 직원들, 흔들림없이 학교를 사랑하고 총장님과 함께할 겁니다.

선택된 정의는 정의가 아닙니다. 지연된 정의도 정의가 아닙니다. 빨리 판단하지 않는다면, 표절 보호 대학으로 역사에 남을 겁니다.

늦었지만 지금이라도 학위 논문 표절을 발표해주시기를 손 모읍니다."

다리를 다친 내가 할 수 있는 일은 글 쓰는 일밖에 없었다.

국회의원들이 담을 넘어 의사당에 돌입하는 등 우여곡절 끝에, 오전 1시에 재석 국회의원 190명 전원 찬성으로, 우원식 국회의장이 계엄 해제 결의안을 가결시킨다. 특별 담화가 발표되고 2시간 37분 만에 계엄군은 철수하기 시작했다. 계엄이 발표되고 330분이 지난 4일 새벽 4시 30분에 국무회의에서 '계엄 해제안'이 발표되면서 '6시간 해프닝'이 끝났다. 그날 의원 192명이 대통령에 대한 탄핵 소추안을 헌법재판소에 올리면서, 불법 계엄은 내란으로 단죄되기 시작한다.

12월 14일, 국회가 윤석열 파면을 결의하고, 헌법재판소의 판결이 있기까지, 양측의 팽팽한 공방이 이어졌다. 시민들은 날이면 날마다 광장으로 나가 선득한 눈발을 맞으며 대통령의 탄핵을 외쳤다. 세 정거장 네 정거장을 무릎이 시리도록 걷고 걸으며 탄핵을 외쳤다. 지겹고 잔인한 겨울날, 매서운 바람의 입자에 맞서며 탄핵, 탄핵을 외쳤다.

공방의 과정에서 국정원의 블랙요원이 이번 일에 관여했다는 뉴스도 있었다. 여러 소식 중에 'HID 북파공작부대'가 국회의사당으로 갔다는 뉴스가 있었다. 북파공작원 이야기를 들으니 영화 〈실미도〉2003가 떠올랐다. 북한의 주석궁에 침투하여 '김일성 목을 따오는' 훈련을 하는 북파공작원에 대한 이야기다. 영화 〈아저씨〉2010에서 배우 원빈이 맡은 주인공 차태식도 HID 출신이다.

사실 이 단어를 들은 것은 작년 여름날 동창회에 갔을 때였다.

오글오글 학교에 다닌 동창 중 키가 작고 털털한 정우는 무한한 호감을 주었다. 육십이 넘었건만, 정우의 카톡 프로필 사진은 뱃살 없는 날렵한 몸매로 인라인 스케이트를 즐기는 모습이다. 알고 보니 백 킬로미터 이상을 달리는 장거리 사이클링도 즐긴다고 한다. 식사할 때 옆자리에 앉았기에 정우의 팔뚝을 잡아보니 딴딴했다.

“뭔 운동을 하는데 이 나이에 이렇게 딴딴해?”

빈 말을 던졌더니 멀거니 나를 쳐다보던 정우는 뜻밖의 말을 했다.

“나… 요원이었어.”

“요원?”

놀랄 만한 답이다.

“요원이라면, 무슨, 특공대?”

무슨 뜻인지 몰라 다시 물었을 때, 정우는 한참 머뭇거리다가 가볍게 웃더니 짧게 말했다.

“저쪽에 가는 특공대. 북쪽으로.”

“뭐라구?”

내 친구가 〈실미도〉에 나오는 그런 인물이라니. 가볍게 흘려들을 수 없었다. 정우도 나도 목소리가 작아졌다.

“북쪽에 잠입해서 인민군 복장으로 위장하고, 겨울에도 불 피우지 않고 더덕 뿌리라도 먹으며 견디는 생식 훈련, 침투했다가 부상 당하면 자결하는 경우도 있어.”

서글서글한 정우의 얼굴에서 독기 서린 공작원의 눈빛을 상상할 수는 없었다.

1990년 9월, 나는 북파가 아닌 남파공작원 이야기를 장편실명소설 『조국』이라는 이름으로 냈다. 당시는 북한 이야기 자체를 위험하게 생각하는 시기였다. 출판되고 얼마 후, 주인공이 남파공작원이며 북한 사회를 이롭게 표현한 부분이 많다며 보안사에서 검토한다는 연락을 받았고, 게다가 책을 출판한 현장문학사가 아쉽게도 문을 닫아 책이 절판되었다.

이듬해 1993년 원고를 수정해서 『조국』을 도서출판 풀빛에서 다시 냈다. 출판사를 옮기면서 주인공인 김진계 할아버지가 돌아가셔서 묘지에 모시는 이야기 등 몇 가지 이야기를 더 삽입했다.

그 책을 쓴 지 30여 년이 지나 남파공작원이 아닌, 북파공작원 정우를 만난 것이다.

북파공작원이 무엇인지 알고 싶어, 정우에게 내가 만났던 남파공작원 이야기를 해주었다. 정우는 내가 왜 궁금해하는지 이해하고, 다른 동창들과 헤어져 자리를 옮겨, 카페에서 정보사 이야기를 계속했다.

"돼지부대라고 했어. 목장이라는 간판이 붙은 가옥에서만 돼지처럼 지내니까, 또 하루에 대여섯 끼를 먹으니까 돼지부대라고 했지. 특수무술하다가 부러지는 건 기본이구. 심장을 관통하는 사격 연습, 삼일 동안 발톱 빠지도록 산악구보. 탈진해서 기절도 하고, 죽는 애도 있지."

죽은 요원 얘기를 하던 정우는 문득 적요하게 입을 다물었다. 서울의 밤 거리를 달리는 자동차들이 카페의 통유리에 전조등의 불빛을 길게 그으며 질주한다. 블루베리 음료를 두 모금 마시고 나서 정우는 입을 다시 열었다.

"……열 명 안팎의 팀으로 북한에 단독 침투하지. 북한 군 시설이나 비밀문서를 촬영해 오지. 군시설을 파괴하고, 요인을 암살하거나 납치하는 일도 하지. 이런 일을 하려면 몸이 크면 안 돼. 작고 날렵해야지."

환갑이 지나서도 인라인 스케이팅을 할 수 있고, 장거리 사이클링까지도 할 수 있는 정우의 강한 체력은 그때 만들어졌겠다. 사십여 년이 지난 옛일을 정우는 편하게 얘기했다.

2025년 1월 5일, 기상청은 대설주의보를 발령했다. 한남동 대통령 관저 앞 퇴진 집회에서 함박눈을 맞으며 은박담요Survival Blanket를 둘러쓴 '은박지 천사'들,

'키세스 시위대'들은 자리에 앉아 철야농성을 했다.

"내란수괴 윤석열을 체포하라, 투쟁!"

그 겨울, 누군가가 주는 오뎅과 떡을 먹거나, 누군가 따라주는 따뜻한 커피로 몸을 녹이며 우리는 자발적으로 짐승의 시대에 저항했다.

그 무렵 헌법재판소에서 파면을 논하는 과정에서 국정원 '블랙요원' 홍장원 차장이 증언을 했다. 그때 '블랙요원'이라는 말을 처음 들었다. 각종 뉴스에서 특수정보원에 대한 소개가 올라왔다.

> 오직 대한민국을 위해 특수 공작을 펼치는 요원은 둘로 나뉩니다. '화이트요원'은 외교관처럼 합법적인 신분을 가진 정보원들입니다. '블랙요원'은 적국이나 북한 현지에 사업가나 유학생으로 잠복해 생활하는 정보원을 말합니다. 몇 년 전에 요원 몇 명이 발각되어 고사포로 처형당했다고 하지요. '화이트요원'이든 '블랙요원'이든 대한민국을 위해 목숨을 바쳐 순직殉職을 각오합니다.

정우가 있던 HID Headquarter of Intelligence Detachment란 국정원 소속이 아니라, 국군 소속이다. 정보를 탈취하는 화이트요원이나 블랙요원이 아니라, HID는 전투를 위한 인간병기다. 겉으로는 '정보국 공작과' 혹은 '정보사'라고 하지만, 북파공작원 부대였다.

1946년 1월 군정청 국방총사령부 정보과에서 시작되어, 1951년 3월 육군 첩보 부대로 지금의 HID가 조직된다. 6·25전쟁 당시 인천상륙작전에 기여한 켈로 부대나 인민군을 4,800여 명이나 사살한 영도유격대는 HID와 다른 특수 부대였다.

1968년 대원 5명이 북쪽에 침투해 인민군 7인을 사살하고 돌아온 호랑이 작전, 1978년 대원 6명이 북쪽에 침투해 북한 군관 막사를 폭파하고 돌아온 번개 2호 작전은 꽤 오래 전의 사례다. 1990년대 이후 감추어져 있던 HID 부대의 존재가 12·3계엄으로 드러난 것이다.

12·3계엄 당시 야당 의원은 주장했다.

"최정예 HID 요원 스무 명 정도가 국회의원과 중요한 인물들을 체포하려고, 서울 모처에서 대기하고 있다는 정보가 있습니다."

HID에서만 10년 이상 근무한 최고의 공작원들에게, 퇴역군인인 노상원 씨를 경호하라는 명령도 하달됐다고 한다. HID 요원들은 뭔가 꺼림칙했다.

"우리가 여기 왜 있어야 하지?"

인간병기들은 반발했다고 한다. 국민에게 총구를 겨누도록 명령했던 이 사건 때문에, 정우처럼 스스로 애국자라고 자부하던 요원들은 씻을 수 없는 정신적 상처를 입었다고 한다.

이 망측한 사건을 해결하려고, 2025년 1월부터 3개월 간, 추운 줄도 모르고 수많은 시민이 전국에서 민주주의를 외쳤다. 3월 말부터 온 나라에서 진달래가 개화하기 시작하더니, 2025년 4월 4일 오전 11시, 헌법재판소의 판결이 내려졌다.

"주문. 피청구인 대통령을 윤석열을 파면한다."

탄핵소추안은 전원일치로 인용됐고, 11시 22분에 윤석열 대통령은 윤석열 '씨'가 되었다. 시민들은 처음 보는 이들과 마주 보며 환호했고, 뜨거운 눈물을 흘리기도 했다. 대한민국은 세계에 위대한 민주주의의 힘을 보여주었다.

4월 4일 탄핵 이후 두 달 간 대통령 선거 기간이 있었고, 2025년 6월 4일, 마침내 새로운 대통령에 의한 국민주권정부가 세워졌다. 이제 새로운 정부는 북쪽과 닫힌 대화의 문을 열어야 한다. 『조국』을 평양 쪽과 조총련이 읽었다는 얘기를 들은 적이 있다. 조총련과 평양에서 『조국』을 어떻게 읽었는지, 일본에서 보는 남북의 차이도 조금 언급하려 한다.

1996년 일본에 유학 갔다가, 1998년에 와세다대학에 임용되었을 때 일이다. 일본에서 살다보면 우리 동포들을 결혼식이든 여러 자리에서 만날 기회가 있는데, 그분들이 한 명 한 명 민단 소속인지 조총련 소속인지 모르고 그저 우리말을 하니까 인사할 때가 있다.

이듬해 호텔방처럼 회색 양탄자가 깔린 새 연구실로 이사했던 4월 초, 바람에 날개를 맡긴 셀수없이 많은 나비떼마냥 벚꽃잎이 손에 잡힐 듯 부드럽게 흩날리는 따스한 봄날이었다. 조총련문학예술동맹 작가들이 나를 만나러 오겠다고 연락이 왔다.

김일성종합대학에서 박사학위를 받고, 와세다대학에서 강의하는 김학렬 교수1935~2012는 이전부터 캠퍼스에서 가끔 뵈었고, 그와 함께 조총련 '문예동'"문학예술동맹"의 약자 시인 두 분이 연구실로 찾아왔다. 세 분의 흰 머리와 주름살이 일흔 살이 넘는 고령이라는 사실을 알려주었다. 어르신들이어서 예의를 차리고 자리에 앉으시라고 권했다.

한 분이 평양에서 사온 술이라며 '도코리술'이라고 적혀 있는 술병을 내게 주면서 말했다.

"와세다대학에 『조국』을 쓰신 김 선생님이 임용돼 오신다고 해서, 우리 문예동 동지들은 잔뜩 기대를 가졌습네다. 일본에 오신 걸 환영합네다."

"아…… 네?!"

종결형 어미만 독특하게 평양 말씨로 말하는 그의 말에 나는 멈칫했다. 조총련에서 『조국』을 읽었다는 말이다. 이어진 말에 더 놀랐다.

"평양에서도 『조국』을 좋게 평가함네다. 우리 공화국이 발전하던 육십 년대

이야기를 남조선에 잘 알려준 책이라고 좋게 봤습네다. 우리 조선반도의 평화에 기여할 책이라고 생각했습네다."

남한에서 출판된 책이 어떻게 북한에 들어갈 수 있었을까.

사실 이 책은 이상한 운명을 가졌다. 1990년 현장문학사에서 처음 이 책이 나왔을 때 남쪽의 보안사에서 연락이 왔다. 처음엔 주인공이 남파공작원이어서 위험한 책이라고 했단다. 처음에 한 번 출판을 중지했다가 몇 달이 지나 무장간첩이 훈련받는 초대소 위치와 훈련 방법이 자세히 나와서 좋았다는 연락이 와서, 1993년에 풀빛출판사에서 다시 출판한 것이다.

신기하다. 남쪽이든 북쪽이든 이 책이 서로를 아는 데 기여를 했다는 말이다. 일단 감사하다고 인사했는데, 다음 말에 입을 닫아야 했다.

"근데, 김 선생님이 최근 발표하신 글에 우리 조총련문학과 공화국문학을 비판한 내용이 있어서, 무시기 말인지 놀랐습네다. 김 교수님은 우리와 대화가 통할 사람이라고 생각했는데, 우리를 오해하고 있구나, 그렇게 느꼈습네다."

무슨 말인가 했더니, 얼마 전 내가 발표한 「일본 속의 마이너리티, 재일조선인문학」이라는 평론이 마음에 들지 않아서 찾아왔다는 이야기였다. 일종의 항의 방문이다.

그럴 만도 하겠다. 재일조선인문학에 대해 나는 세 가지 아쉬움을 동굴에 갇힌 것으로 비유해서 썼다. 첫째, 김일성 우상화를 고집하는 수령 형상화가 지나치다. 둘째, 조선어를 지키는 것은 중요하지만 조선어 창작만 주장하고 일본어로 작품 발표하는 시인 김시종, 소설가 김석범, 이회성, 양석일을 반동으로 비판하는 것은 재일조선인문학을 협소하게 한다. 셋째, 투쟁으로서의 문학뿐만 아니라, 일본에서 살아가는 재일조선인의 삶을 제대로 형상화해야 세계문학이 될 수 있다는 내용이었다.

"김 교수님 보시기엔, 우리 조총련 작가들이 김일성 수상의 몰모트로 보이심네까? 우리는 혁명가이고, 김일성 동지는 우리의 협력자임네다. 해방 이후 리승만이가 우리를 외면했을 때, 김 동지는 조선어 교과서도 만들어 보내주고 우리 재일동포를 위해 응원하고 적극 도와줬습네다. 덕분에 '조선학교'가 생긴 검네다. 그에 대해 고마워서 작품마다 수령님께 감사하는 검네다. 우리는 몰모트가 아니라, 일본제국에 저항하는 혁명가임네다."

70대가 넘어 보이는 시인은 어글어글한 눈매로 천천히 말했다. 많이 섭섭하셨던 모양이다. 사실 『조국』의 주인공 김진계 할아버지도 김일성을 우상화하는 것에 동의할 수 없다고 증언했는데, 그 부분에는 이분들이 동의할 수 없었던 모양이다.

말을 듣고 보니, 나의 평론이 이국에서 우리말을 지키며 창작해온 이분들에게 상처를 줄 수 있다는 것을 깨달았다. 일본의 한복판에서 모국어만으로 창작하는 것은 이분들에게 민족적 자긍심, 실존의 확인을 주었을 터이다. 다만 일본어로 글을 쓰는 시인 김시종, 소설가 김석범, 이회성, 양석일 등을 동포의 지난한 삶을 일본어로 파는 장사꾼이라며 매몰차게 비판하는 이분들의 태도에 나는 동의할 수 없었다. 조선어를 배울 기회가 없어 일본어로 창작하는 분들 역시 일본의 국가주의에 대항하고, 한국의 민주주의를 위해 투쟁해온 작가들이기 때문이다.

이후 몇 계절이 지나 10월 2학기가 시작될 무렵이었다.

와세다대학에서 조선문학 심포지엄이 열려 주로 일본인 학자들과 한국인 학자들이 모였고, 조총련계 문예동 작가들과 도쿄 조선대학교 교수들이 몇 분 오셨다. 모임이 끝나고 뒤풀이 하러 식당으로 가는 길에 뜻밖의 일이 있었다. 평양에서 황석영 선생님을 안내했다는 총련의 정화수 시인이 식당으로 가는 길에 일행과 떨어져 내 곁에 와서 슬쩍 말했다.

"김 선생 지적이 셌나 보우. 문예동 매체에서 김일성 동지를 지나치게 드높이는 표현은 줄이자는 얘기가 회의에서 나왔습니다."

그는 내 얼굴은 보지도 않고 앞만 보며 마치 혼잣말하듯 훌쩍 말하고는 어기적거리며 앞질러 식당으로 갔다. 나뿐만이 아니라, 내부에서도 수령형상화 문제에 이견이 있었던 듯싶다.

이후 문예동에서는 수령을 우상화 하지 않는 계간지 『종소리』를 내기 시작했고, 나도 몇 편의 시를 보내곤 했다. 이분들 역시 윤동주 시인을 사랑하는 조선의 시인들이다.

일본에서 13년을 살다가 귀국하기로 했을 때, 나는 문예동 소속 시인들의 시집을 편집해서 『치마저고리』라는 시선집을 한국에서 냈다. 도쿄 한국대사관의 한 영사는 이 사실을 알고 내가 귀국하면 위험할 수 있다고 연락을 주었다.

귀국하던 시기가 이명박 정권 때인데, 그 영사는 나에게 도쿄 촛불집회 때 역할도 했으니 이명박 정권이 나를 위험 인물로 조작하기 딱 좋으니 귀국하지 말라고 권했다. 아내에게 위험할 수도 있다고 전화했다. 다시 감옥에 갈 수도 있다고 했다. 아내는 "이제 내 봉급으로 아이들 키울 수 있어요"라는 놀라운 말을 했다. 얼마 전 아내에게, 당신이 그런 말을 했었어, 라고 하니 잘 기억나지 않는다고 한다.

귀국할 때 문예동에 소속한 정화수, 김두권, 정화흠, 김학렬 시인 등이 도쿄의 한 식당에서 불고기 식사로 서생의 귀국을 배웅해주셨다. 시간이 지나면서 한 분씩 유명幽明을 달리하여 현재 이분들은 지상에 한 분도 안 계신다. 특히 시인 김학렬 교수는 돌아가시기 전에 3천여 종의 북한책을 서울대학교 중앙도서관에 기증했다.

귀국하고 나서 아니나다를까 기관에서 연락이 왔다. 조총련 소속 사람을 몇

날 어디서 몇 명을 만났는지 써달라는 부탁이었다. 나는 13년간 수백 명은 만났다고 썼다.

> 와세다대학에서 가르치던 십 년 동안 조선학교를 졸업한 많은 총련계 학생들이 내 수업에 들어왔습니다. 조선학교가 정식 교육과정으로 인정 받지 못하여 검정고시를 치고 와세다대에 입학한 총련계 학생들은 수재들입니다. 그들은 졸업하여 변호사, 의사, 교사로 일본 사회에서 중요한 역할을 합니다. 학교 근처의 한정식 식당들, 세탁소 주인이 조총련 회원인 경우도 있습니다. 와세다대학에 김일성대학에서 철학이나 정치를 공부하고 돌아온 강사들도 있습니다. 학회 모임에 총련계 조선대학교 교수나 작가들이 오기도 합니다. 어떨 때는 이 사람이 민단인지 조총련인지 구별 못할 때도 있습니다. 1923년 관동대진재 조선인학살 추모식 때는 한국인과 조총련계 사람들이 뒤섞여 비극을 기억합니다. 예전에는 총련계였던 젊은 여 시인은 이제 탈퇴했다는 이도 있고요. 이제는 더 자신있게 자주 만나 터놓고 대화해야 할 시대가 아닌지요.

조금 길었지만 『조국』으로 인해 일본에서 있었던 인연들을 써보았다.

2025년 국민주권정부의 새로운 남북대화를 위해 『조국』은 양쪽 모두에 분명 도움이 되리라고 나는 확신했다.

『조국』을 처음 냈던 삼십여 년 전에 시인 박승옥 선생님, 현장문학사 소민영 선생이 애써주셨고, 연구자들은 김진계 옹의 증언을 많은 논문과 저서에 인용했다. 경남대 북한학과 대학원과 서강대 북한통일정책과 대학원 등에서 교재로 읽었다는 연락도 받았다. 연합뉴스 강진욱 기자는 남파간첩 김신조는 조작된 인물이 아닌가, 의문을 제기했다. 강 기자는 감사하게도 1993년판 『조국』에서 틀린 연도를 지적해주기도 했다.

아쉽게도 내가 일본에서 사는 동안 풀빛출판사에서 소설 시리즈를 정리하면서 책이 절판되어 버렸다. 『조국』을 삼십여 년 동안이나 묻히고 관리하지 못한 내 자신이 부끄러웠다.

『조국』을 다시 내야 한다고 가장 강하게 권유하신 분은 장편소설 『만다라』와 대하소설 『국수』를 쓰신 소설가 김성동1947~2022 선생님이다. 선생께서 머물던 양평 집에 갔을 때, 매캐한 벽난로 곁에서 '조국'이라고 붓글씨로 써주시며 빨리 다시 출판하라고 권하셨다. 홍수가 나고 더럽혀진 조국이라는 뜻으로 "홍진鴻塵 조국"이라 쓰시고, 가운데 "응교 선仙"이라고 써서 모자란 서생을 격려하시고, 전에 중이었다는 뜻으로 "전중前中 김성동"이라고 쓰셨다. 대하소설 『국수』를 내고 돌아가시기 직전에도 다시 출판하라고 권하셨다.

2022년 5월 10일에 권좌에 오른 윤석열이 2025년 4월 4일 파면되기까지, 그가 통치한 1,059일 동안 이 나라에서 '통일'이라는 아젠다는 사라졌다. 윤석열에게 북한은 파멸해버려야 할 공산세력이었다. 이제 새로 구성된 통일부의 입장으로는, 북한은 위협이기는 하지만, 주적은 아니고, 만나야 할 한 민족이다.

이 책이 남북대화를 위해 작은 물꼬를 트는 기여를 할 수 있다면 좋겠다는 바람이 나를 묶어놓은 게으름의 포승을, 투득, 끊어버렸다. 출판사를 세 번째 달리하여, 30여 년 만에 전체 문장을 깁고 다듬었다.

30여 년 전 주인공인 김진계 옹께서 전해주신 메모와 녹음 테이프에 담긴 증언, 두 달 정도 할아버지와 함께 지내며 대화했던 내용은 손대지 않았다. 그 증언이야말로 이 책의 알짬이기 때문이다.

허술한 문장을 많이 들어냈다. 당시 스물아홉 살 서생의 서툰 문장을 이제는 용납할 수 없었다. 지나치게 많은 접속사, 감탄부호, 말줄임표 등을 삭제하고, 정확하지 않은 단어, 북한말을 정확하고 알기 쉽게 표현하고 좀 더 실감있고 검박한 문장으로 교열했다.

중요한 사건과 인물에 관한 사진 자료, 특히 중요한 루트와 장소를 표시한 지도를 넣었다. 모든 사건의 시간과 내용을 다시 확인했다. 제목에 대해서도 고심했다. 같은 이름의 정치가인 조국 교수도 있기에 제목을 바꿀까, 고민하다가 1990년에 처음 썼던 제목 그대로 쓰기로 했다.

"이 글은 아직 미완성입니다. 아직도 밝힐 수 없는 얘기가 있기 때문입니다. 뒤에 기회가 허락되는 대로 못 다 채운 이야기를 담으려 합니다."

1993년판 서문에 이렇게 썼는데, 당시 밝히지 않은 이야기들이 있었기 때문이다. 김진계 옹은 남파간첩으로 체포되었으나, 사실은 영등포에 거주하던 고정간첩인 듯한 이야기를 거의 돌아가실 무렵에 한 적이 있다. 고문 받을 때 김종필을 직접 보았다는 말씀도 해주셨는데, 당시 김종필이 살아 있어서 사실대로 쓰지 못했다.

"제군들, 국가를 위해 헌신할 수 있는 기회다. 평생 먹고 살 염려 없이 해줄 테니, 몸을 던지라."

상관의 말을 회고하며 국가를 위해 일했다는 긍지를 말하지만 정우의 얼굴에도 그늘이 있었다.

"워낙들 특수하게 살아서 트라우마 때문에 사회 나오면 잘 적응을 못해. 비공개 부대이기에 어디에도 기록이 없고, 보상이 없고, 죽으면 그냥 사라지는 거야. 사라지겠지만 나라 지키는 선봉으로 산 거지. 그게 보상이지."

충무무공훈장 하나 받고 별다른 혜택을 받지 못했다는 정우는 아파트 경비원을 하며 지낸다. 요즘 특수부대 후배들은 대우가 놀라울 정도로 좋아졌다며 정우는 씨익 웃었다.

곧 김건희 학위도 취소될 것이다. 교수님들의 고통을 알기에 잘 처리하겠다며, 바쁜 중에 문시연 총장께서 메일 답신을 보내왔다. 저수지에 쌓아놓은 제방에 구멍이 생기면 우르르 허물어지듯, 표절 논문으로 학위가 취소되면서 거짓의 바벨탑은 무너질 것이다. 온갖 부패를 자행해온 윤 씨 부부는 갇혀서 처절하게 죄의 처벌을 받을 것이며, 도이치 모터스 주가조작, 내란 군사반란, 양평고속도로 노선 변경, 채해병 사망사건의 잔상이 밝혀질 것이다. 악행을 저질러온 부패검사들도 채포되고 검찰 개혁으로 나아갈 것이다.

국민들은 거짓 없는 사회를 향해 나아갈 것이며, 부패한 돈들은 압수되어 국민의 삶을 위해 쓰여질 것이다. 투명지수는 높아져서 청렴하고 신뢰할 수 있는 사회로 인정받을 것이다.

이제 이야기의 주인공 김진계 옹을 처음 만났던 1989년 그해 겨울로 돌아가자. 빛의 혁명을 거친 현재에서, 고독한 공작원들의 과거로 돌아가자.

김진계 옹이나 정우의 삶이 위로 받는 시대가 올 수 있을까. 비극적 어둠에 묻힌 과거는 현재를 성찰하게 하고 구원하기도 하지 않는가. 만년설을 뚫고 피어나는 꽃들이 있지 않은가.

2025년 6월 4일

빛의 혁명 이후,

국민주권정부가 시작되는 날

프롤로그 / 이성당에서

그 겨울 감방문을 나선 내 머리에는 차가운 싸락눈만 내리고 있었다.

딱히 먹고 살 생계수단이 없었다. 남산도서관에서 점심에는 백 원짜리 라면 국물에 싸온 밥을 말아먹으면서 종일 대책없이 책만 읽었지만, 이제까지 지켜온 생각을 버릴 맘은 터럭만치도 없었다. 다만 보잘것없지만 내가 사는 이 땅을 사랑하며 밤낮으로 애쓰는 이웃들 곁에 있고 싶었다.

뭔가 잡히는 가닥이 없을까. 먹고 살기 위한 터전은 잘 마련되지 못했다. 아직 조사 대상이어서 내가 주위 사람에게 해가 되지 않을까, 계속 걱정했다. 나이 드신 부모님께서 제발 집에만 있으라며 말리기도 했지만, 쉽게 일손은 잡히지 않고 집에서 밀린 책을 읽으며 지내는 중이었다.

그날도 오늘은 무슨 책을 읽을까 하는 참에 느닷없이 전화벨이 울렸다.

"형, 나, 민영이야."

출판사에서 일하는 민영이. 만난 지 이태밖에 안 됐지만 죽마지우처럼 친해진 후배. 그가 감방에 있는 나를 위해 백방으로 뛰어다니며 변호사를 만나보고 여러 번 집까지 찾아와 물심양면으로 수고했단 말을 면회할 때마다 들었기 때문에, 목소리만 들어도 살갑게 반가웠다. 문득 걸걸하게 웃어 지키는 그의 넓적한 얼굴이 떠오른다.

"그동안 고마웠다. 아버지한테 얘기 많이 들었어."

"뭘, 그런 거 갖구그래. 어려울 때 서로 돕는 거지. 참, 고생했으니까 얼굴이나 한번 봅시다. 쐬주라도 한잔 들면서 회포를 풀어야죠. 사무실에 좀 들러요. 할 얘기두 있는데, 낼은 어때요?"

특유의 넉살스런 억양은 여전했다. 그렇지 않아도 만나서 고맙다고 해야 할 후배였기에, 목소리라도 들은 게 여간 반갑지 않았다. 이튿날 출판사 사무실로 찾아갔다.

사무실에 들어서는 내 손을 그는 덥석 잡았다. 한참 동안 밀린 얘기를 나누다가, 식어 버린 차를 훌쩍 삼킨 그가 웬 보따리를 내게 건넸다.

"한번 검토해 봐요. 재미두 있을 테구."

건네준 보따리를 풀어 보니 원고지 한 뭉치와 카세트테이프가 가득히 얼굴을 내밀었다.

고개를 갸우뚱하는 나를 보고 민영이는 엷은 웃음을 띄웠다.

"강원도에 사는 어느 노인이 구술한 글이죠. 카세트는 우리가 녹음했구요."

"노인이라니?"

말을 듣고 잠시 있던 그는 검지로 창문 쪽을 가리키면서 조용히 입을 뗐다.

"저쪽에선 내려온."

"저쪽?"

흠칫 놀라는 내 눈빛을 보고 그는 잇대어 말했다.

"거의 일 년간 쓴 글이에요. 첨엔 망설이시는 할아버지를 설득하느라 시간이 꽤 걸렸죠. 할아버지가 이걸 쓰시느라고 병까지 났대요."

어떤 사람인지 좀 더 알고 싶었다.

"지금은 어떻게 살아?"

"그냥 강릉에서 지내셔요."

"그동안 뭐하구 지냈는데?"

"십팔 년간 옥살이 하구 연전에 일흔 살에 고령자로 석방된 분이죠."

짧은 대화 속에는 글을 쓴 주인공에게 복잡하게 얽혀 있을 내력이 뭉텅이로 다가왔다. 묵직하게 무게 나가는 원고 뭉치와 구두 상자를 쓰다듬는 나를 보고 그는 몇 마디 보탰다.

"다음 주까지 읽어 봐 줘요. 형이 판단해 줬으면 좋겠어요. 한번 출판해 볼 생각이거든요. 실은 다른 작가들이 이걸 다듬은 적이 있는데 잘 안 됐어요. 근데 생각해 보니까 글쎄 형을 잊고 있었던 거야"라면서 손짓으로 나를 가리켰다.

"그렇다구 부담 가질 필요는 없어요, 형. 그냥 읽어 봐요. 며칠 있다 연락할게요."

뭔가 중요한 일을 맡는 기분이다. 틀림없이 소중한 원고이기에 버스 안에서도 행여 누가 볼까, 원고를 가슴팍에 끌어안고 집으로 돌아왔다. 집에 도착하자마자 우선 테이프를 들어 보기로 했다. 젠장, 무슨 말인지 도통 알아들을 수가 없었다. 녹음 상태가 불량인 데다가 고물 카세트는 소리를 일그러뜨렸다. 그냥 원고만 읽기로 했다.

한 뼘 두께쯤 되는 갱지들, 툭툭 털면 먼지가 털릴 듯한 갱지에는 꾸물꾸물 써진 글씨들이 갈겨져 있다. 어떤 인물일까. 글씨체는 일반인이 쉽게 읽을 수 있는 상태가 아니다. 심한 병에 걸린 사람이 손을 부들부들 떨면서 쓴 문장들, 몇 쪽 읽어 봤지만, 더 읽고 싶은 맘이 내키지 않는다. 일단 쉽게 풀어 옮겨 놓으면 이런 식이었다.

이 세상 사람들 가운데 생사고락의 괴로움을 맛보지 않은 사람은 없을 것이며, 인간 사회에서 자기 이상 없다고 허장성세하는 영웅호걸도 한번은 생사고락의 길을 걸어야 했다. 그래서 중국의 만리장성을 쌓은 진시황과 당나라 현종의 애첩으로서 국왕의 총애를 독차지하고 한때는 나라의 정사까지 좌지우지했던 절세의 미녀 양귀비 같은 여걸도 생사고락을 면할 수 없었고, 세계제패를 꿈꾸던 독일의 히틀러처럼 타국의 침략을 일삼던 전쟁 범죄자도 그 모두가 생사고락을 면할 길이 없었다.

어느덧 칠순의 나이를 먹기까지 온갖 풍상과 우여곡절을 다 겪고 이제야 그 아득한 옛날의 어린 시절을, 옛 고향을 종잇조각에 담아 보려고 하니 만감이 교차하여 내 가슴이 뭉클하게 젖어온다.

전쟁과 평화, 진실과 허위, 삶과 죽음 등 인간 생존에 가장 중요한 문제들을 솔직히 역사 앞에 증언하고자 한다는 말로 시작되는 이 글은, 어느 늙은이가 자신의 삶을 최종 마감하려는 의도에 따라 작성한 무슨 자서전 같은 게 아닐까. 다만 그 연배가 쓸 수 있는 서두치고는 세계사적 상식을 갖춘 듯했다.

조금 조금만 더 읽어 보자, 몇 쪽을 더 읽어 본다. 놀랍게도 예상과 달리 읽으면 읽을수록 싸한 바람이 내 머리와 가슴 속을 꿰뚫고 지나가는 것이다. 내가 살아 보지 못한 세월에 관한 얘기가 가득 실려 있었다. 북쪽에서 남쪽을 보는 특이한 시각이 담겨 있었다. 마치 흡인력 좋은 힘센 청소기에 빨려 들어가는 먼지처럼, 나는 도도한 흐름에 빨려 들어가고 있다. 병 걸린 뱀처럼 꾸물꾸물 기어가는 글씨체가 지닌 기구한 역사에, 읽을수록 빨려 들어가는 게 아닌가.

누굴까, 이 글을 쓴 사람은. 경기 들린 아이처럼 푸들푸들 떨고 있는 수명이 다 된 형광등 아래에서, 어른거리는 아득한 슬픔이 범벅된 순간들을 더듬어 내는, 듬성듬성 머리 빠진 늙은이일까.

문제는 문장이 아니라, 글을 쓴 사람의 '체험'이었다. 주인공이 남과 북을 오가는 남파 공작원이었다는 사실도 특이했지만, 북한의 인민 상황을 기록한 부분은 눈여겨보아야 했다. 주인공은 1990년 현재 북한이 고난의 시대를 겪으며 얼마나 어려운 시기를 겪는지는 모르지만, 전후 복구를 잘했던 1960년대 북한을 감동적으로 서술했고, 거꾸로 북한 사회의 문제도 진지하게 쓰여 있었다.

조국을 해방시키려고 솔직히 '남침'했다고 하지, 왜 남한이 '북침'했다고 하는지 이해할 수 없다고 쓰여 있다. 남파공작원을 훈련시키는 장소와 교육방법 등에 관한 증언은 놀라울 정도로 자세했다. 중국 문화대혁명의 좌편향이나, 정약용의 『목민심서』를 알렸다고 숙청 당한 사건, 평양 주민은 우대하는 배급제도의 모순, 비밀 투표가 아닌 공개 투표의 문제 등도 안타깝게 증언한다.

주인공은 남쪽이든 북쪽이든 어느 한 사회를 우월하다고 쓰지 않았다. '김일성 수령님'이라고 높이지 않고 '김일성'이라고, 쓰면서 김일성 유일사상이 우상숭배가 될까 염려했다. 김일성을 우상화 하는 마음은 애시당초 없었다.

글쟁이로서 나는 이 증언을 남쪽이 북쪽을, 북쪽이 남쪽을 이해하는 데 도움이 될 수 있는 이야기라고 판단했다. 내 인생의 한 기간을 이 증언을 정리하는 데 쏟아도 의미가 있다고 판단했다. 판단이 선 나는 민영에게 전화를 걸었다.

"한번 그분을 만나 뵙고, 그다음 결정하면 어떨까?"

"것두 좋죠. 그럼 만나러 가요."

며칠 후 나는 민영이와 함께 강릉행 고속버스에 올랐다.

서울에서 네 시간 만에 도착한 그가 사는 집은 강릉 남대천 길가에 자리한 다쓰러져 가는 기와집이었다. 들어가는 하늘색 철문은 녹슬어 벗겨졌고, 마루짝도 무척 낡아 밟을 때마다 삐걱댔다.

"선생님, 접니다. 민영입니다."

누렇게 바랜 창살문이 열리면서 늙은이의 하얀 머리가 삐죽 나왔다. 조용히 일어난 그는 낮은 목소리로 답하며 눈매로만 간단히 인사를 건넸다. 행동에 일체의 과장이 없고, 싸늘하기까지 한 그를 따라 방으로 들어갔다.

좁은 방의 구석에 낡은 텔레비전과 녹슨 철제 책상, 그 위에 찌그러진 라디오, 벽 한쪽을 가린 커튼을 열어 다락에서 방석을 꺼내 건네는 손길. 조심스럽고 꼼꼼한 태도 속에서 그가 주인공이라는 사실을 단박에 알 수 있었다. 솔직히 긴장을 감추기 힘들었다.

말수가 적어 보이는 첫인상. 온몸이 비쩍 마르고 가느다란 목 위에 마른 얼굴을 달랑 얹어놓은 듯한 칠십 안팎의 노인. 희끗희끗 세어 버린 머리카락 아래 저승꽃이 버짐처럼 번지고 서캐 일 듯 거친 피부에는 그 이력만치 복잡한 주름살이 얽혀 있는.

만화 같은 표현인지는 모르나 눈썹은 호랑이 눈썹을 상상해도 될 만치 두툼한 붓으로 까맣게 칠한 하나의 굵은 획 같았다.

"이봐요. 손님 왔어요."

할아버지가 부엌 쪽으로 누군가를 부르자 몸이 큰 할머니가 불편한 걸음걸이로 다가와 웃는 건지 우는 건지 모를 인상으로 체머리를 흔들며 연신 주억거렸다. 뭔가 말하고 싶어 하는 기운이 쭈글쭈글한 입 주변에 맴돌고 있을 뿐. 평생 허리를 못 펴고 살아왔는지 연신 허리를 주먹으로 두드리는 그녀는 다시 부엌으로 들어가 뭔가 준비하는 듯 달그락거렸다. 고개를 갸웃거리는 나에게 민영이가 그녀가 할아버지의 아내라고 귀띔했다.

집이 길가에 있는 탓에 간간이 자동차 소리가 소란스레 들렸다. 분위기도 어수선하고 가끔 들르는 수사관이 찾아오는 사람을 체크할 거라는 민영이의 말에 일단 자리를 옮기기로 했다.

소주처럼 투명한 눈 시린 경포대. 수려한 소나무 숲과 끝없는 바다에는 변함없이 습기를 품은 따스함이 너울거렸다. 4월 초순이라 그런지 무척 한적하고 해변을 거니는 몇몇의 연인들 외에 바다에는 작은 유람선만 간혹 떠다녔다.

길모퉁이의 조용한 횟집 이 층에 앉아, 오징어회를 시키고 소주병을 땄다. 파도의 포말이 조그만 이 층 공간에도 가득히 날린다. 음식을 들며 간간이 바다를 쳐다보는 할아버지의 눈빛은 먼 추억을 더듬었다. 조심스럽지만 지금 생각하면 어리석기 짝이 없는 질문을 던졌는데, 그는 차분하게 천천히 말을 꺼냈다. 무척 조심스러웠다. 말하는 중에도 주위에 누군가가 있으면 말소리를 낮추는 것이 거의 습관처럼 굳어져 있는 듯했다. 그날 첫 만남에서 몇 시간을 앉아 얘기를 나누고 나서 나는 수첩에 이렇게 적어 놓았다.

— 그는 나와 다른 시대를 산다. 역사책에나 있을 아득한 나라에서 온 사람이다.

5월 초순에 나는 서울에서의 생활을 접고 이 일에만 몰두하기로 했다. 일단 사천에서 함께 지내면서 그를 곁에서 보기로 했다. 마침 4월 말경에 그의 행동을 제한하고 있던 사회 안전법이 해제되어 그는 사천 해수욕장 근처에 있는 조카 집으로 이사했다.

경포대 해수욕장을 지나 간첩의 해안 침투를 경계하기 위해 설치돼 있는 철책선을 따라 북쪽으로 15분 정도 걸어가면 사천 해수욕장이 있다. 거기서 다시 해안선을 따라 50여 미터쯤 가다 보면, 해안 경비대 막사 옆에 10여 호도 안 되는 조그만 마을이 있다.

그가 사는 집은 이 마을 안쪽에 대지 70여 평 정도 되는 단층 양옥집이다. 집 앞마당 바로 옆에 동해가 펼쳐져 있으며, 간간이 갈매기 소리며 파도 소리가 정겨웠고, 새벽에는 사천 부두에서 들리는 뱃고동 소리에 잠을 깰 수 있었다. 무엇보다도 인적이 드물어 맘 놓고 이 얘기 저 얘기 나눌 수 있어 좋았다.

거기서 함께 며칠을 인터뷰 하고 글 쓰고 먹고 자고, 잠시 서울에 왔다가 다시 며칠을 인터뷰 하고 글 쓰고 지냈다. 할아버지는 매일 새벽 5시에 칼같이 깼다. 할아버지가 현관 밖으로 나갈 때 나는 이불 속에서 꼼지락거리며 새벽 5시겠거니, 선잠에 생각했다.

그의 생활 태도와 그의 감정과 느낌을 나 자신에게 이입시키려 했지만, 잘되지 않았다. 나는 다만 구경꾼이었고, 그는 자신의 생활 태도를 과시하려 들거나 그러지 않고 오히려 자랑스럽던 부분을 숨기려고만 해서 취재하기가 힘들었다.

조금 답답하면 자전거를 타고 시골 마을을 한바퀴 돌곤 했다. 마을 입구에 '이설당 마을'이라는 표지석이 있었다. 강릉시청에서 바다가 보이는 도로를 따라 북쪽으로 11킬로미터 북쪽으로 차를 타고 15분쯤 가면 있는 이설당, 뭔가 멈칫하게 하는 독특한 마을 이름이다. 무슨 뜻일까.

할아버지 집에 돌아오면, 북쪽 너머를 오랫동안 바라보고 있는 할아버지를 보곤 했다. 바다와 하늘의 경계를 구분하기 어려운 황혼녘, 할아버지 뒷모습을 보며 몇 가지 수첩에 메모하곤 했다.

1990년 5월 12일.

오전에 할아버지와 산기슭에 갔다. 할아버지는 비트(비밀 아지트)를 어떻게 파고 어떻게 지내는지 대략 설명했다. 집으로 돌아와 점심을 들고 그가 예전에 살던 집을 찾아갔다. 지금, 그 자리엔 묵정밭만 남아 있고 사람이 살지 않는다. 다만 글 속에 그려 낼 집, 뒤에는 동산이 있고 대나무 숲이 둘러 있는 그런 기와집의 도형을 머릿속에 어렴풋이 그려낼 수 있었다.

오후에 한참 북녘 바다를 쳐다보는 할아버지께 뭘 생각하시느냐고 물었다. 그는 "……그냥"이라고 했다가 무슨 말인가를 기다리는 나를 보고는 연이어 말했다.

"북한에 있는 아들딸…… 그리워 하면서 노인네가 주책없이 쏘다니거나, 밤이 새는지도 모르고 망연히 책상에 앉아 있는 거보다, 이래 바다를 보는 게 더 좋은 거라."

그때, 그의 안경알 뒤에 서려 있는 습기가 느껴졌다.

5월 13일.

그의 몇 가지 말씨가 특이하다. 북한을 북조선 혹은 북한이라고 하지 않는다. 마찬가지로 남한을 남조선 혹은 남한이라고 하지 않는다. 북쪽을 그냥 '저쪽'이라 하고, 남한도 그냥 '이쪽'이라 한다. 같은 민족끼리 두 조국이 있을 수 없다고 생각하는 그의 습관이다. 재미있지 않은가.

함께 바닷가에 갔다. 어떻게 해야 30킬로미터 이상 헤엄칠 수 있는지 설명을 들었다.

"파도 위를 거슬러 헤엄치면 힘이 들어. 파도가 닥쳐오면 파도 밑으로 기어들어 가는 게야. 등을 타 넘은 파도가 발께를 쳐대면서 사람을 앞으로 밀어내지."

바다에서 집으로 돌아오는 길에 나는 처음으로 그를 '할아버지'라고 불렀다. 그는 벌쭉 웃어 보였다. 머리를 긁적이던 나는 그때 그의 웃음은 처음 보았다. 신기했다. 어릴 때 빨갱이 머리에는 뿔이 달려 있다고 배웠는데, 빨갱이 출신에게 할아버지라고 부르다니.

6월 13일.

오늘도 그는 동해를 가로막는 철조망 앞에서 한참 서 있었다. 사실 여기, 강원도 명주군 사천면이 그가 태어난 고향 땅인데 마치 고향 잃은 사람처럼, 넋 나간 사람처럼 한없이 북녘 하늘만 쳐다본다. 얘기를 나누고 보면 그는 북쪽에 있을 때 남쪽을 그렇게 보았을 성싶다. 그의 고향은 어디인가.

7월 12일.

할머니, 한정희 씨의 생애가 궁금하다. 1950년에는 사천면 여성동맹위원장으로 남편을 따라 전선 사업에 매진했다는 그녀. 한국전쟁 때는 전선 원호 사업으로 당증 주머니를 만들고, 꽃 주머니나 일제 때 했던 센닌바리千人針까지 했다는 그녀는 어떤 여성일까.

간혹 손님이 오면 닭을 잡아 탕을 해주고 사과를 깎아 대접하기도 하는 할머니의 침묵이 가끔은 으스스하다. 남편이 간첩이라는 이유로 오랫동안 감옥에 갇혀 있어야 했던 할머니. 석방되었지만 아직도 모진 세월을 잊지 못하는 주름살은 깊기만 하다. 허리가 꺾여 잘 걷지도 못하는 그녀는 손님이 오면 그저 웃기만 하고 말없이 대접만 한다. '과거'에 관해 물으면,

"그때 일? 아구구…… 무섭기만 하지. 어떻게 살아왔는지…… 모르겠어"라며 길게 말하지 않는, 아니 길게 말하지 못하는 그녀는 어떻게 살아 왔을까.

7월 14일.

피서객들의 노랫소리가 시끌벅적하게 들려오는 저녁 바다를 보았다. 얼마 뒤엔 수평선 끝에 오징어잡이 배가 갯반디 같은 불빛을 밝힐 시간이다.

"별이 쏟아지는~ 해변으로 가요~"

키보이스의 노래가 싸구려 스피커에서 울려 나왔다. 저물녘인데도 반쯤은 벗어젖힌 사람들이 할아버지 집 근처까지 어슬렁거리며 텐트를 치거나 민박한다. 사람들이 휴가철을 즐기는 모습이 여유롭게 보이지만 사천 부두에서 고기 낚는 이들은 다소 쓸쓸해 보였다. 해풍에 시달린 헝클어진 머리카락에 허옇게 소금꽃이 핀 어부 한 사람이 그물을 배에 싣고 있다. 부두를 거닐면서 할아버지는 부두에 정박한 배가 몇 노트를 달릴 수 있는지 종류별로 설명했다.

바닷물은 낮은 해조음을 깔고 사르르 밀려와 부서졌다. 부두의 목선도 반쯤 물속에 잠겨 철썩거리는 파도에 부딪힐 때마다 뒤뚱거렸다. 파도의 포말이 부서지는 부두 끝에 이르러 간만에 감상주의에 젖은 나는 황혼에 물든 저녁 바다를 보고 한마디 툭 던졌다.

"할아버지, 바다에 기러기 날아가는 게 꼭 동양화 같죠?"

그때 그의 표정은 나와는 다른 표정이었다. 내가 생각한 바다의 색깔은 금빛 황혼에 젖은 아름다운 적색 바다였다만, 그가 생각하는 바다는, 그 표현이 달랐다.

"누군가에게 지독하게 매를 맞고 나면 온몸에 저런 빛깔이 번지지. 아주 오랫동안 지워지지 않는 피멍이 저렇지."

말을 듣는 순간, 흠칫 놀란 나의 몸은 아무도 모르게 파르르 떨렸다.

그때 나는 그와의 사이에 놓인 까마득한 거리를 느꼈다. 한동안 그에 관해 글을 쓸 수 없다는 생각에 잠겼다. 꿀 먹은 벙어리마냥 쉽게 말을 꺼낼 수가 없었다. 내 경험의 저편에 놓인 까마득한 미지의 삶에 도저히 접근할 수도 없었고, 얄팍하고도 관념적인 지식을 가지고는 그의 이야기를 쓸 수 없다고 생각하여, 그날은 아무 말 못 하고 자리에 누웠다.

그날 저녁, 자리에 누워 김진계라는 인물에 대해 곰곰이 생각했다. 그가 살아

온 현장의 영상들을 한 편 한 편 머릿속에 그려 보았다.

살며시 완전한 어둠 속에 빠져들고 있었다.

어둠 속에서 칠흑의 붉은 바다가 보였다. 온몸에 수류탄과 경기관총으로 무장한 그는 붉은 바다를 조용히 헤쳐 나가기 시작했다. 붉은 바다. 그건 불의 바다. 불담 좋은 참나무 장작을 태운 숯잉걸을 뿌린, 붉은 장미며 채송화며 맨드라미며 복숭아며 진달래며 산철쭉 같은 진홍의 꽃잎만을 한곳에 모아 절구통에 넣고 짓이겨 놓은 선열한 핏빛 바다. 연신 으깨어지고 있는 죽음의 바다, 그건 불덩어리였다.

그의 목숨을 실은 불의 바다는 잔물결처럼 엷은 주름을 접으며 일렁일렁 은어銀魚 비늘처럼 번쩍, 눈이 부셨다. 고독이었다. 싸움이었다. 저릿저릿한 떨림이었다. 천천히 고무보트 노를 저었다. 제기랄, 난데없이 미친 바람이 불어닥치고 고무보트가 뒤집힐 듯 파도가 심했다. 중심을 잡으려다가 기우뚱, 바로 그때, 바위 뒤편에서 눈도 뜨지 못할 정도로 환한 서치라이트가 그를 향해 집중적으로 켜지면서 따~앙, 총성과 중기관총이 불을 뿜기 시작했다.

불의 바다, 아니 그의 피를 삼켜 먹은 출렁이는 핏빛 바다에 그의 몸뚱이는 가라앉기 시작한다. 한쪽 팔을 높이 들어 무어라고 외치려 했으나, 손아귀의 힘이 점점 시들며 물속에 가라앉는 모습만이 보이는 순간, 화면이 바뀌었다.

악질 빨갱이 새꺄! 안 일날래! 발바닥이 정면으로 날아왔다. 그는 얼굴을 감싸 안으면서 고꾸라진다. 쓰러지자마자 포승에 묶인 몸에 몽둥이가 날아온다. 얼굴이 팩 돌아가면서 벽에 흩뿌려지는 피, 뭐가 부러졌을까. 어깻죽지로 전해져 오는 아린 통증. 누군가 앞에서 오른손 주먹 마디를 사과 닦듯이 천천히 아주 천천히 쓰다듬는 모습이 흐리게 보인다. 팔은 의자 뒤로 묶인 채 다리는 의자 다리와 한 몸인 양 의자와 함께 뒹군다. 이젠 비명도 나오지 않는다. 지프에 콱 밟혀 창자가 터진 들쥐처럼 콧등만 오들오들 떨면서. 쓰러진 그는 천천히 고개를 돌린다. 떡피에 범벅된 몰골. 그런데 그 얼굴, 그 얼굴은 바로 내 얼굴이 아니던가. 순간 나는 비명을 질렀다. 그때, 나는 화들짝 깨어났다.

벌써 창밖엔 희멀거니 동이 터 오고 있었다.

밤사이 식어 있던 몸에 금세 후루루 열 기운이 뻗쳐오르고, 이마와 등줄기에 식은땀이 배어 나왔다. 창밖 마당 한켠에선 간간이 기침을 하며 할아버지가 맨손 체조를 하고 있다. 곤혹스런 악몽 속에서 깨어난 나는 옹달에 굳어진 진흙 같은 몰골로 할아버지의 뒷모습을 바라본다. 한참 동안 늙은 몸뚱어리를 부드럽게 몸놀림하고, 체조가 끝난 뒤 마당 한켠에 키우는 병아리 모이를 뿌려 주는 할아버지의 구부러진 등허리를 아침 햇살은 부드럽게 감싸 안고 있다.

"웬 땀을 이래 많이 흘리노. 쯧쯧, 젊은 사람이."

곁에 있던 할머니가 걱정스런 표정으로 말한다.

그날 아침, 나는 할아버지가 나의 친할아버지처럼 느껴지기까지 했다. 그의 고통이 나의 고통으로 느껴졌다. 그래, 저 사람의 이야기는 그뿐만이 아니라, 북쪽에 있는 가족, 지금도 망향의 아픔을 삭이고 있는 이산가족들의 이야기이기도 하다.

북한 현대사에 대한 객관적 사실 규명이라는 점에서 이 증언은 지금으로서는 가장 신뢰할 수 있는 생생한 1차 자료라는 생각이 들었다. 바로 그 순간부터 나는 글을 쓰기로 작정했다.

나의 변화를 느낀 할아버지는 더욱 열심히 말해 주셨다. 갖가지 알약을 먹어 가면서 계속 증언해주셨다. 증언의 자발성을 해치지 않은 방법으로, 조심스럽게 아주 가끔 "할아버지, 잠깐만요. 이거 무슨 뜻이죠?"라고 물으면, 할아버지는 다른 방법으로 풀어서 말씀해주셨다. "8·15해방이 있구 나서 어떻게 됐죠?" 하고 물으면 마치 미리 녹음된 녹음기가 풀리듯이 술술 풀려 나왔다. 더 이상 세부적인 준비가 필요하지 않았다.

그의 이야기를 빠른 글씨로 받아 적고 거친 기침 소리도 녹음했다. 그가 살아온 불꽃의 역사 속으로 깊이깊이 빠져든다.

자료를 찾다가 마을 이름인 '이설당'의 의미를 알았다. '이설당'은 조선중시시대의 문인인 김광진金光軫, 1495~?의 호이고 김광진이 이 이름으로 집을 지어 여생을 지낸 공간이다. 배가 달디 단 집[梨雪堂]이라는 뜻이다.

김광진은 『홍길동전』을 쓰고 끔찍한 방식으로 사형 당한 교산 허균1569~1618의 작은 외할아버지다. 광해군 10년1618에 역모를 꾸몄다 하여 형장에서 사라진 허균의 삶과 김진계 옹의 삶이 내 머리 속에서 자꾸 비견되곤 했다.

이 긴 이야기는 '이설당'을 배경으로 한다. 할아버지는 이설당에서 태어나, 북쪽과 감옥에서 평생 이설당을 그리워 한다. 석방되고 나와 만나 인터뷰 하는 1층의 단아한 양옥집 집터가 바로 '이설당 집터'였다. 지금 나는 이설당 집터에서 허균의 먼 후손인 한 노인의 일생을 추적한다.

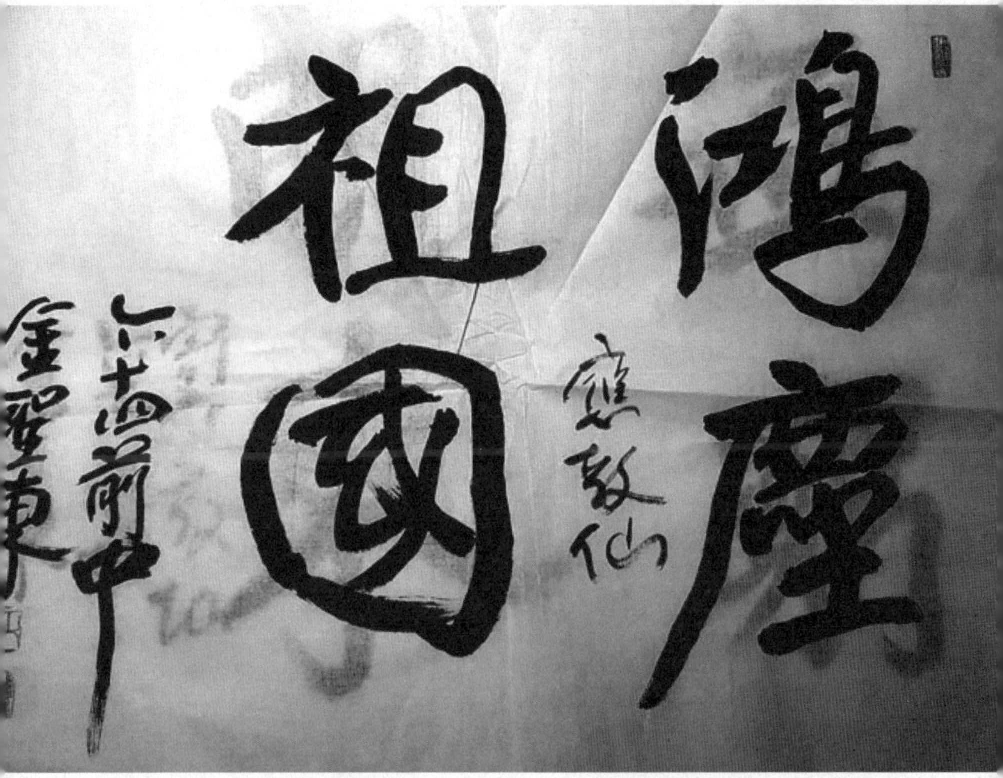

장편소설 『만다라』와 대하소설 『국수』의 소설가 김성동(1947~2022) 선생께서 머물던 양평 집에 갔을 때, 매캐한 벽난로 곁에서 '조국'이라고 쓰신 글씨를 주셨다. '홍진(鴻塵) 조국'이라 쓰시고 가운데 '응교 선(仙)'이라고 모자란 서생을 격려하시고, 전에 중이었다는 의미로 '전중(前中) 김성동'이라고 써주시며, 다시 출판해야 한다고 권하셨다.

1부 / 좌절된 해방과 공산당

새로운 생각들

난생처음 태극기를 보았다.

1945년 8월 15일, 그토록 염원하던 해방, 말로만 듣던 내 나라의 깃발. 광목천에 팔괘와 태극 무늬가 그려진 그 깃발은 분명히 태극기다.

"이게, 태극기야……."

어머니는 장롱 깊숙이에서 태극기를 꺼내 펼쳐 보이며 더는 말을 잇지 못했다. 전신이 지펴 오는 격렬한 감동을 이기지 못해 어느새 어머니의 두 눈에 눈물이 핑 맺혔다.

"옛말에 나라 없는 백성은 상갓집 개만도 못하다고 했는데, 이젠 상갓집 개보다는 나은 처지가 됐구나."

"예, 이제는 나라 있는 백성이 된 겁니다. 어머니."

어머니의 젖은 목소리에 덩달아 내 목소리도 떨렸다.

우리 마을에 천황이 항복했다는 소식이 알려진 때는 천황의 라디오 방송 직후였다. 대다수 농민이고 일제에 의해 식량은 물론 밥그릇까지 빼앗기고, 심지어 일본놈들의 전쟁에 아들 잃고 남편 잃은 동네 사람들에겐 기쁜 소식이 아닐 수 없었다. 너도나도 만세 부르며 면사무소에 모여 감격했고 저녁에는 푸짐한 막걸리 잔치도 벌였다.

벅찬 감동을 쉽게 삭이지 못하고 지내던 8월 17일. 담장 너머로 올라간 나팔꽃 줄기가 유난히 화사하고 예쁜 날이었다. 목이 쉬도록 아리랑을 불러대는 동네 사람들 머리 위로 좋은 소식을 전한다는 까치 떼가 청명한 소리를 뿌리며 지나갔다.

초가집에서 밥 짓는 연기가 낮게 깔린 들판을 지나 조금만 건너가면 시야가 탁 트이면서 사천의 은빛 모래사장과 투명한 동해가 광활하게 펼쳐져 있는 곳 — 강원도 명주군 사천면 판교리, 흔히 '이설당'이라고 불리는 마을에서 나는 1918년 5월에 3형제 중 막내로 태어났다.

대개 사람들은 강원도 하면 '감자바우'란 말 그대로 감자만 많이 나는 땅으로 생각하는데, 내 고향 이설당은 논농사가 위주였고, 감자는 약간 심는 정도였다. 우리 집은 40여 마지기의 토지를 가지고 비교적 여유 있게 사는 편이었다.

원래 '이설당梨雪堂'이란 지명은 강릉 김씨 문중의 조상 중 한 사람이자 나의 선조인 김광진金光軫, 1495~?의 호였다. 홍문관 교리겸 직제학을 거쳐 절도사, 관찰사, 병·호조 참판까지 지냈던 어른인데 그분의 호가 굳어져 마을의 이름이 되어 버렸다는 것이다. 이분이 『홍길동전』을 쓴 허균1569~1618의 작은 외삼촌이라는 사실을 나는 한참 이후에 알았다.

오랫동안 일제의 암흑에 잠겨 왔던 우리 마을도 이제는 해방의 기쁨으로 모두 들떠 있었다. 나는 앞날이 어찌 될지 궁금해서 사천 면사무소에 갔다.

면장이니 면서기니 주재소 순사니 일본에 충성하던 사람들은 코빼기 하나 보이지 않고 다 도망가서 행정은 마비된 채였다. 다만 평소에 알고 지내던 친구들과 면민들만 북적대고 있었다. 그들 대부분은 일제 시절에 사상운동이나 독립운동을 했던 관계로 옥살이를 했거나 박해를 받았던 인물들이었다. 그중의 한 사람이 손 내밀며 나를 반가이 맞았다.

"여, 이보게, 진계 아닌가? 정말 오랜만일세."

"아니, 이게 누굽니까? 아저씨 아니세요?"

키가 껑충하고 안경을 쓴 김유경 씨였다. 과거에 나를 제동 병원에 소개해 주었고, 사상운동 관계로 징역을 살아 그 후에 소식이 끊겼던 친척 김유경이 그 자리에 함께 있었다. 얼마 전에 함흥 형무소에서 석방됐다는 그는 오랜 징역 생활 탓인지 건강이 그리 좋아 보이지는 않았다. 그러나 얼굴에 생동감이 넘치고 무언가 해보겠다는 의욕이 넘쳐 보였다. 나는 너무 반가워 잡은 손을 쉽게 놓을 수 없었다.

김유경 씨를 처음 만난 때는 내가 16살이었던 1933년 4월경이었다.

농사일보다 다른 일을 배우기 원했던 나는 9촌 아저씨뻘 되는 김유경 씨를 찾아 강릉을 떠나 고성으로 갔다. 고성군 외금강면 온정리에서 조선일보사 지국장을 하던 그는 지방 취재를 하는 기자 일도 겸직하고 있었는데 진교와 진주라는 아들이 있었다.

아저씨가 소개해 준대로 나는 제동 병원 출장소濟東病院出張所에서 소사 일을 보기로 했다. 온정리 중심가에 있는 이 병원의 의사 선생은 박근업이고 식솔은 서른 살 정도로 보이는 부인과 두 살짜리 아들이 전부였다.

온정리는 300여 호가량 되는 작은 마을이었는데 병원이 들어선 까닭은 금강산이 알려졌기 때문이었다. 일제는 외화 획득을 위해서 명승지 금강산을 관광지로 개발하여 외국인을 끌어들이려고 했던 까닭에 각종 여관·음식점·선물 가게 등이 줄지어 들어서 있었고 수많은 관광객이 몰려와 북적댔다. 의사 선생은 주로 오전에는 병원에서 환자들을 진찰하고 오후에는 왕진을 가는 경우가 많았다. 나는 의사 일을 등 너머에서라도 배워 의사가 되고 싶었다.

안타깝게도 병원이 항상 바쁘게 돌아갈수록, 의사 공부는커녕 나는 병원이나 지키면서 시장을 보러 가거나 장작이나 패면서 지내야 했다. 결국 이래저래 잡일을 빼놓고 일감이라곤 의사가 지어 놓은 약봉지를 접는 일밖에 없었다. 품삯을 받는 것도 아니고 세 끼니 밥이나 먹는 게 고작이었다.

어느 날 김유경 아저씨를 찾아가 다시 농사나 짓겠다고 말했다.

"한 일 년만 고생하면 제대로 가르쳐 준다고 그러더라. 그때까지만 참고 견뎌 봐라."

진지하게 타이르는 아저씨의 말에 나는 다음 말이 이어지지 않았다. 마음을 돌려 다시금 제동 병원의 소사로 생활하게 된 지 여러 달이 지나고, 별로 재미는 없었으나 그나마 금강산 구경을 자주 할 수 있어 참으로 꿈만 같았다. 금강산 구경을 실컷 하던 그때쯤에, 박근업 선생이 불렀다.

"오늘은 장전까지 심부름 좀 갔다 와야겠다."

"무슨 심부름인데요?"

묻는 나에게 박 선생은 쪽지 하나를 건네주면서 차분하게 말했다.

"이것을 장전에 있는 제동 병원 본사에 갖다 주고, 거기서 쪽지를 주면 가지고 오너라."

그런데 그다음 말이 괴이쩍었다.

"이 편지는 남을 보여서도 잃어버려서도 안 된다. 꼭 제동 병원 원장을 직접 만나 전해 주고 오너라. 만일 가다가 순사가 검문검색을 해서 들킬 것 같으면, 발각되기 전에 씹어 먹어 없애야 한다."

종이를 삼켜버리라니, 괴이쩍었다. 비밀스런 일이 틀림없다. 나는 편지를 괴춤에 넣고 깊숙이 찔러넣고 심부름 길에 나섰다.

이즈음 일제는 만주를 침략한 직후인지라 국내에서도 겉으로 내세우던 문화통치 정책을 버리고 애국지사들에 대한 경계를 삼엄하게 했을 뿐만 아니라, 곳곳에서 검문검색을 강화하고 있었다. 특히 금강산은 세계 곳곳에서 각국의 사람들이 드나들기 때문에 혹시나 어떤 접선이 있을까 경계하여 온정리 등지에 큰 주재소를 짓고 요소요소에 군경 합동 검문소를 설치하여 감시하고 있었다.

한발 한발 걸음을 옮기면서, 마음속으로는 혹시나 발각되면 어쩌나 하는 조바심으로 입술이 바싹 탈 지경이었다. 어느덧 검문검색이 심하기로 소문난 세거리 검문소에 달했다. 초조감과 불안감을 억지로 눌러 참으며 초소 옆을 천천히 지나가는데,

"고노야로, 도코니 이쿠카(임마, 어디 가)!"

느닷없이 헌병 하나가 물어 왔다. 일순, 머리끝이 바짝 섰다.

뒤통수를 벅벅 긁으며 나는 태연하게 대답했다.

"장전까지 심부름……."

"무슨 심부름!"

헌병이 숨 돌릴 틈도 주지 않고 다그쳐 묻길래, "어머니가 장질부사에 걸려 누워 계셔서 약을 사러 가는 길입니다"라며 반사적으로 튀어나온 말이지만 그럴싸했다. 눈이 휘둥그레진 헌병은, "장질부사?" 하며 갸우뚱하더니 전염이라도 될까 똥 씹은 표정으로 성을 냈다.

"저리 비켜, 빨리 가!"

순간적인 기지로 검문검색을 피하고 보니 이 방법을 다른 데서도 써먹어야겠

다고 생각했다. 사실 장질부사라는 병은 소화기관이 약한 일본 사람에게는 가장 무서운 병이다.

장전읍 입구에 있는 검문소에 가서도 장질부사 핑계를 대고 제동 병원에 찾아가 원장에게 편지를 전해 주었다. 원장은 오랫동안 기다렸는지 굳어있던 얼굴이 풀리며 나를 반겼다.

이후 한 달에 서너 차례 이런 심부름을 했다. 물론 그 내막을 자세히 알지는 못했지만, 그때마다 일본 헌병의 검문을 피해 편지를 전했다. 문제가 발생한 것은 온정리 생활이 반년 정도 지나서다.

1933년 12월경, 김유경 아저씨가 고등계 형사에게 체포되어 구금되었다는 소문이 나고 얼마 안 있어 박 선생 또한 경찰에 연행 구속되었다.

원래 김유경은 1925년경부터 공산주의 활동을 하다가 일경을 피해 온정리에 피신해 있었다고 한다. 이 사건은 그가 조선일보 지국을 하면서 계속 공산주의 운동을 해 나가던 중 일어난 사건이었다. 제동 병원 출장소 박근업과 장전 제동 병원 원장, 온정리 사람 다수가 김유경과 함께 공산주의 활동을 했다는 이유로 체포된 사건이었다.

이 사건이 일어난 후에야 비로소 내가 한 심부름이 공산주의자들의 비밀 연락 쪽지 전달이라는 사실을 깨달았다. 나는 그때 공산당이 창건되었고 신간회가 있다는 것을 사람들의 이야기를 통해 알고 있었다. 당시 공산주의운동은 사람들에게는 독립운동의 일환으로 인식되었다. 따라서 나 또한 민족 독립을 위한 일에 한 몫 이바지했다는 자부심이 가슴 속에 자리 잡았고, 겁이 난다거나 두렵다는 생각은 전혀 들지 않았다.

사건은 터지고 김유경·박근업 등은 모두 함흥 형무소에 수감되었다. 결국 제동 병원도 문을 닫고 말았다. 의사가 되려던 나는 1934년 1월 중순에 고향으로 돌아가 농사를 짓지 않으면 안 되었다.

김유경을 만나니 10년 전의 일 영화처럼 스쳐 지나갔다. 그와의 재회는 반갑기만 했다.

“정말 이게 얼마 만입니까, 아저씨? 석방되셨다는 얘기는 며칠 전에 들었는데…… 몸은 좀 어떠십니까?”

“몸이야 아무렇지도 않지, 자넨 요즘 뭘 하구 사나?”

“그저 농사나 짓구, 말이나 타면서 지냅니다.”

“그래? 헌데 이젠 일본놈들도 물러갔으니까 우리가 힘을 합쳐서 새로운 조국을 건설하는 데 앞장서야 하지 않겠나.”

김유경은 할 말이 많은 사람이 극도로 말을 자제할 때 그렇듯이 낮은 목소리가 약간 떨리고 있었다. 해방된 조국의 새로운 건설에 반대할 이유가 없기에 나는 당연하다는 듯이 고개를 끄덕였다.

“그럼 당장 나와 함께 일을 시작하세나. 특히 자네야말로 일본 제국주의자들 때문에 남양군도까지 끌려가서 강제로 일한 직접적 피해자 아닌가. 그러니 자네 같은 사람이 아니면 누가 나서서 일하겠어?”

서글서글한 눈웃음 속에서도 안경 밖으로 날카로운 눈빛이 번득였다. 문득 ‘남양군도’라는 말을 듣는 순간, 악몽과도 같은 끔찍한 기억들이 축축하게 되살아났다.

쇼와[昭和] 19년, 1942년 1월 6일, 겨울비가 추적추적 내리던 밤.

스물네 살의 나는 2년 기한의 동원령을 받고 남지나해의 트럭 제도에 끌려갔다. 그 섬에서 처음엔 작열하는 태양 볕 아래 밀 구루마로 흙을 나르며 활주로를 건설하는 공사장에 투입됐다. 살인적인 더위 속에서 조선인 징용자들이 조금이라도 쉴라치면, 일본인들은 느슨해진 정신을 바로잡는다며 기합을 주거나 곡괭이 자루로 죽도록 내리쳤다.

도착하고 한 달 후인 2월, 하루는 무조건 진찰 받으라는 명령이 내려졌다. 열대성 소나기를 맞아 짐승처럼 더러운 옷차림을 하고 있던 우리는 연병장에서 신체검사를 받았다. 군 의무관들은 항문과 생식기를 자세히 검사했다. 건강한 자는 성명·생년월일·주소가 기재되어 있고 "상기자는 건강함을 증명함"이라고 씌어진 '남국표南國標'를 받았다. 알고 보니 유곽에 들어갈 수 있는 증명서였다.

며칠 후 나무 판대기로 적당히 칸을 막은 유곽이 지어지고, 젊은 여자들 삼십여 명이 동원됐다. 여자들 중 일본인 서너 명을 빼고 거의가 조선인 여자들이라는 말이 돌았다. 대다수가 세탁이나 간호원 일을 한다고 멋모르고 속아서 끌려온 여염집 규수들이라고 했다. 소문으로만 듣던 '조선 정신대'였다.

아직 젊은 나인지라 호기심도 나고 해서, 하루는 강릉 출신인 동료와 함께 가보기로 했다. 유곽의 운영자는 일본인이었고, 돈은 본인과 경영주가 반씩 나누어 가진다고 했다. 입구 앞 팻말에는 이렇게 씌어 있었다.

짧은 밤 이 원, 긴 밤 십 원

저녁 7시가 되자 문을 연 유곽 앞은 표를 사려는 사람들로 북적댔다. 줄을 서서 차례로 들어가면 됐지만, 새치기를 하는 놈도 있어서 싸움판이 벌어지기도 했다. 히쭉히쭉 웃는 소리, 색에 굶주린 몰골들, 비위에 거슬리는 고약한 향냄새, 씩씩거리는 짐승들의 신음소리, 복도 끝에서 관리인이 소리를 질러 표를 팔곤 했다.

“뭐 해! 빨리하고 나와!”

“7호실이 끝났고, 다음 사람 들어가쇼.”

잠시 후, 내 차례가 되었다. 방에 들자 기모노를 입은 열다섯 살 정도로 보이는 통통한 계집이 허리를 구십 도로 꺾으면서 나직이 인사했다.

“이랏샤이마세(어서 오세요). 와다시와 아이코[愛子]데스(제 이름은 애자입니다).”

서툰 일본어 발음, 혀 짧은소리, 그 소리를 듣는 순간, 심장에 얼음 조각이 박힌 양 흠칫했다. 조선인이다.

그녀는 나무 침대 뒤로 돌아섰다. 얇은 기모노 속에 검은 몸뻬를 벗어 내리자 시퍼런 채찍 자국이 지나간 희디흰 살덩이가 드러났다. 눈시울이 주체할 수 없이 떨렸다. 갑자기 고향에 두고 온 아내 정희가 생각났다. 정희도 이런 델 끌려온다면, 머리가 터질 지경이다. 심장이 터질 것만 같아서 더이상 참지 못하고, 나도 모르게 그 쓰라린 단어를 툭 뱉고 말았다.

“너…… 조, 조, 선, 사람이지.”

“네?!”

조선인이란 말을 듣고 그녀는 몽롱했던 토끼 눈을 크게 뜨고 얼결에 조선말로 네, 라고 말했다. 그녀 어깨에 손을 대려고 하다가 허공만 휘젓고는 고개를 푹 떨구었다. 끔찍하고 비위가 상해서 그냥 도망치듯 빠져나왔다.

조선인 여자들의 울음소리, 야자수 가지에 목을 맨 처녀의 시체, 무덤도 없는 이름 없는 정액받이들, 참을 수 없었다. 비열한 속임수를 써서 조선 처녀들을 농락한 놈들에게 한없는 분노가 치밀었다. 같은 동포이면서 자존심도 없어 유곽에 드나드는 조선인 징용자들에게 향한 한심한 마음을 참을 길이 없었다. 호기심이라는 핑계로 그곳을 찾아갔던 나의 꼬락서니 또한 다를 바 없었다.

아침이면 다시 땡볕 아래 노동, 끝이 없는 노동뿐이었다. 욕설과 채찍 속에서 동물 취급을 받아 가며 징용자들은 한 명씩 쓰러져 갔다. 시간이 지나자 일본이 조금씩 패망해 가는 것이 조금씩 피부로 느껴졌다. 그것은 천지를 울리는 폭음과 함께 미군의 B-29기 편대가 여봐란듯이 날아와 폭탄을 퍼붓기 시작하면서부터였다.

쿠궁, 쿠구궁~ 바로 옆에서 폭탄이 터지고 귀청이 찢어질 듯한 상황에서 나는 땅바닥에 머리를 처박고 두 주먹을 부들부들 떨면서 울부짖었다.

"그래, 박살 내라. 일본놈들을 모조리 박살 내!"

1944년, 제비가 돌아오는 3월에야 비로소 귀가 명령을 받고 일본을 거쳐 부산항으로 돌아올 수 있었다. 끌려갈 때는 천 명의 징용자였는데, 돌아온 사람은 칠백여 명뿐이었다. 죽은 사람을 제외하면 이삼백여 명은 살아 돌아올 수 없었다. 길고도 긴 악몽이었다. 마치 고삐에서 풀려난 야생마처럼 단숨에 강릉으로 달려가고 싶었고, 내 땅에서라면 무슨 일이라도 할 수 있을 것만 같았다.

"먼저 무엇보다 필요한 일은 치안 유지일세."

잠시 회상에 젖은 나를 일깨우듯 김유경이 내 손을 잡으며 말했다.

"자네는 말도 탈 줄 알고 하니 원경이와 함께 치안 유지 사업에 힘써 주게나."

집안 어르신인 데다가 독립운동을 했던 까닭에 존경하던 분의 단호한 말씀을 거역할 수 없었다.

"아무것도 모르지만, 열심히 해보겠습니다"라고 답하고는 뜻하지 않게 해방 직후의 치안 유지 사업에 뛰어들게 되었다. 나는 그 길로 당장 주재소로 찾아갔다.

주재소에도 일본인·한국인 순사들은 어디로 도망갔는지 그림자도 없고 텅 빈 곳에 김유경의 동생뻘 되는 김원경이 혼자 있다가 나를 맞이했다. 일제 때 일본에 노동 품팔이 나갔다 돌아온 김원경은 학대를 많이 받아 일본이라면 이를 갈았고, 사상운동 관계로 한때 고생하기도 했다.

"어이, 자네 마침 잘 왔네. 이제부터 나하고 일 좀 하세나."

"그렇지 않아도 면사무소에 갔는데 김유경 아저씨가 여기서 일하라고 해서 왔습니다."

"하하, 이거 정말 잘 됐군!"

이튿날부터 우리는 관공서 등을 지키고 각종 범죄를 방지하며 친일 도당의 파괴 공작이나 폭동 등에 대비하는 치안 유지 사업에 착수했다. 천황이 항복했다는 소식을 직접 듣지 못한 사람들에겐 일본이 패망했다는 사실이 믿기지 않았다. 실제로 해방 전날까지도 일경의 사슬에 움츠러들어 그저 시키는 대로 따라 움직이던 차에 일제의 패망은 갑작스러운 소식이었다. 모든 행정이나 치안이 일시에 공백 상태가 되어 상당히 혼란스러운 것은 어찌 보면 당연했다. 아무런 무기도 없이 맨몸으로 치안 유지를 한다는 것은 그리 쉬운 일만은 아니었다. 더구나 하도 바빠서 대원을 더 모집해야 할 필요성도 있었다. 생각보단 일이 많았다.

8월 28일경, 면 인민위원회가 정식으로 발족했고, 우리도 '사천면 보안대'로 공식 명칭을 부여받아 주재소 간판을 바꾸어 달았다. 면 인민위원회에서 붉은 글자로 '보안대'라고 쓰인 완장을 보내와, 우리는 그 완장을 팔에 차고 다녔다.

면 인민위원회 위원장은 김유경이 당선되었고 면보안대장은 김원경이 맡기로 했다. 점차 체계가 잡혀가자 우리는 김철기·염창근 등 보안대원을 더 늘려서 보안대원은 모두 다섯 명이 되었다.

"보고하라구요? 아, 예, 산대월리에 사는 김철기·염창근을 추가해서 보안대원은 다섯 명입니다. ……여보세요. 사람만 늘면 뭐합니까? 무기가 없는 걸. 우린 당장 치안 유지를 하려면 무기가 필요하다구요. 당장 지원 부탁드립니다. ……뭐라구요? 가져가라구요? 김원경 씨가 오라구요? ……아, 예, 감사합니다."

그날로 김원경이 군보안서로 가서 구구식 소총 3정을 가져왔다. 이때 군보안서장은 지주였지만 군민이 신망이 두터웠던 강릉의 유지 최규학이 맡고 있어 무기를 받아 오기는 한결 수월했다.

점차 새로운 조국 건설을 위한 인민위원회 사업이 활발해졌고, 보안대에서 하는 일도 점차 늘어났다. 과거에 경찰을 했던 사람이나 면서기 심지어 구장 반장까지도 면민들 대다수에게 좋은 일보다 나쁜 일을 저질렀기 때문에 적지 않은 원한이 일시에 폭발했다. 사람들은 걸핏하면 떼거리로 몰려가서 이들을 폭행하거나 집에 불을 지르는 일을 서슴지 않았다. 보통학교를 다닐 때 나와 야학을 같이 하던 김돈기도 면서기로 일했다는 이유로 일체의 외부 출입을 삼가고 있었다. 특히 친일파로 지목된 사람은 도망가 버리는 경우가 태반이었다.

가령 동해상사 주식회사라는 버스 회사와 경월 소주, 정유 공장 등을 갖고 있던 유명한 친일파 최모는 잽싸게 도망가 버렸고, 악명 높았던 주재소 순사 김모도 흠씬 두들겨 맞고는 달아나 버렸다.

다만 일제 때 관공서에서 일했다고 해서 모두 다 친일파로 몰려 궁지에 처했던 것은 아니다. 관리로 있으면서도 군·면민을 위해 음으로 양으로 인심을 잃지 않았던 사람의 경우에는, 주민들이 너도나도 칭찬을 해서 오히려 인민위원회에서 모셔다가 책임을 맡기도 했다. 예를 들어, 나와 처가 쪽으로 인척 관계가 되는 한광희는 부면장까지 했지만, 해방되자마자 즉시 인민위원회와 공산당 활동을 했다. 이런 상황에 우리 보안대가 나서서 그 시시비비를 가리고 흥분한 군중들을 타이르고 해야 하니 바쁘지 않을 수 없었다.

소련군의 진입, 반항하는 일본군

1945년 8월 13일, 소련의 붉은 군대가 북쪽에 들어 온다. 분주한 생활 속에서 나는 공산당이나 공산주의라는 이념을 처음 접했다. 항일운동이나 독립운동을 했던 중심적인 사람들은 대다수 공산주의자였고, 또 강릉에서 80여 리 떨어진 곳에 소련군이 진주해 있었기 때문에 우리는 더욱 쉽게 공산당에 관한 얘기를 들을 수 있었다.

해방이 되기 전 1945년 8월 3일 소련군은 일본에 전쟁 선포를 했고, 열흘 뒤 8월 13일 소련의 붉은 군대가 북쪽에 들어왔다. 9월 8일 남쪽에 들어온 미군보다 훨씬 앞서 강릉에서 80리 떨어진 38선 근처에 진주했던 소련군은 진주하자마자 포고문을 뿌렸다.

> 조선 인민들이여! 붉은 군대와 연합국 군대들은 조선에서 일본 약탈자들을 구축하였다.
>
> 조선은 자유국이 되었다. 그러나 이것은 새로운 조선 역사의 첫 페이지가 될 뿐이다.
>
> 화려한 과수원은 사람의 노력과 고려의 결과이다. 이같이 조선의 행복도 조선 인민이 영웅적으로 투쟁하며 꾸준히 노력해야만 달성할 수 있다. 일제의 통치하에서 살던 고통의 시일을 추억하라! 담 위에 놓인 돌멩이까지도 괴로운 노력과 피땀에 대하여 말하지 않는가? 당신들은 누구를 위하여 일하였는가?
>
> 왜놈들이 고대광실에서 호의호식하며 조선 사람들을 무시하며 조선의 풍속과 문화를 모욕한 것을 당신들이 잘 안다. 이러한 노예적 과거는 다시 돌아오지 않을 것이다. 진저리 나는 악몽과 같은 그 과거는 영원히 없어져 버렸다.
>
> 조선 사람들이여! 기억하라! 행복은 당신들의 수중에 있다. 당신들의 자유와 독립

1945년 8월 13일, 소련의 붉은 군대가 북쪽에 들어 온다.(출처 : sputnik 코리아)

을 찾았다. 이제는 모든 것이 죄다 당신들에게 달렸다. …… 조선의 노동자들이여! 노력에서의 영웅심과 창작적 노력을 발휘하라! 조선 사람의 훌륭한 민족성 중 하나인 노력에 대한 애착심을 발휘하라! 진정한 사업으로써 조선의 경제적 및 문화적 발전에 대하여 고려하는 자라야만 모국 조선의 애국자가 되며 충실한 조선 사람이 된다.

해방된 조선 인민 만세! ……

이 포고문이 선포된 후 소련군이 진주한 곳에서는 인민위원회가 중심이 되어 '무상 몰수 무상 분배'의 토지 개혁이 진행되고 있다는 소문이 질펀하게 나돌았다.

강릉 인민위원회에서도 '토지는 농민에게'라는 구호를 내걸고 있었기 때문에 농민들 대다수는 소련이나 공산당과 공산주의를 자연스럽게 지지했다. 게다가 나름대로 똑똑하고 장래가 촉망되는 청장년 대부분이 공산주의를 지지하고 있었기에 나같이 사상에 대해서 잘 모르던 사람들도 공산당을 좋게 생각하는 것은 당연했다. 특히 나는 일제 때 사상운동을 했던 박근업 선생이나 김유경 씨와 친했고, 편지 심부름까지 했던 터라 공산당을 거부하기는커녕 오히려 친밀하게 다가왔다.

그러던 8월 말경 면보안대장인 김원경 씨가 나를 불러 말했다.

"우리가 토지 개혁을 시행하고 민주적인 국가를 세워서 노동자와 농민이 주인이 되게 하는 혁명을 하려면 반드시 당이 필요하다네. 마침 오늘 저녁 김재택 씨 집에서 공산당을 결성하기로 했는데. 자네 함께 가 구경하고 마음에 들면 입당하지 않겠나?"

공산당을 호의적으로 생각하고 있던 나는 좋다고 대답했다.

그날 저녁에 보안대원 1명과 같이 김원경 씨를 따라갔다. 그 집에는 김유경·엄 아무개·김재택 씨 등 사천면 일대에서는 훌륭하다고 알려진 인물 너댓 명이 모여서 회의를 시작했다. 생전 처음 그런 모음에 갔는지라 모든 게 생소하고 신기했다. 회의의 분위기는 무겁고 진지했다.

"오늘 회의는 먼저 집행부를 선출하고 서기를 임명한 다음 의장을 뽑아 진행하겠습니다."

김원경이 중심이 되어 회의를 진행했는데, 내용은 공산당 세포 조직 구성에 관한 논의였다. 그리고 한참 신중하게 토론한 다음 결정서를 만들어 그것을 낭독하는 것으로 끝났다. 이로써 사천면 공산당 세포 조직이 구성되었고 세포 조직은 김유경이 지도하기로 했고, 그때 나는 공산당에 가입했다. 당증도 없이 정식 절차를 밟지도 않고 가입하기는 했으나, 그 후 나는 부락 순회 나가기에 바빠 세포 회의에 참석하지 못하는 경우가 많았기에 회의 때마다 논의된 내용을 상세히 알 수는 없었다.

한편 나 자신도 모르게 정치적인 일에 끼어들면서 내 생활도 점차 바쁘게 돌아갔고, 집안을 돌볼 겨를은 거의 없었다. 집안일을 모두 아내에게 맡겨 놓고 어쩌다 힘든 일이나 거들 뿐이었다.

거의 모든 시간을 보안대 일에 쏟고 있던 9월 초에 군보안대에서 전화 연락이 왔다. 내용인즉, 미군이 상륙한다는 소식을 들은 일본군 패잔병 300여 명이 서울 방면에서 대관령을 넘어 강릉에 왔는데, 지금 일본인 자녀들이 다니는 심상 소학교를 검거, 시내를 돌아다니면서 쌀을 내놓으라고 행패를 부리고 있으니 긴급 출동하라는 지시였다.

사천면 보안대에서는 나를 강릉으로 보냈다. 더러운 놈들, 전쟁에 졌으면 빨리 돌아가기나 할 일이지. 속으로 부아가 치밀었다. 나는 집에서 기르던 말을 타고 현장으로 급히 달려갔다. 각 면에서 출동한 파견 대원이 스무 명 정도 집결해 있었다.

강릉 경찰서 자리에 있던 군보안서에 들러 상황 보고를 들었다. 시내에 돌아다니던 일본군은 보안대가 출동하여 만류하자 공포를 쏘는 등 난폭하게 난동을 부렸다는 것이다. 현장으로 출동할 때, 불현듯 일제 때 겪었던 쓰라린 기억들이 떠올라 뒷덜미가 뻣뻣해졌다.

1923년 초 여섯 살짜리 댕기 동자였던 내가 다니던 서당을 강제로 폐쇄했던 일본인 순사가 게질게질 뱉었던 욕지거리들. 순사들의 단속을 피해 동네 친구들과 야학을 했던 1926년의 시린 겨울날, 야학하는 현장에서 잡힌 친구들이 유치장에서 하룻밤을 지내거나 며칠씩 구류를 살고, 몇 명은 주재소에 끌려가 고춧가루 물을 마시고 수소의 성기를 길게 늘어뜨려 말린 소좆매로 온몸에 구렁이가 기어간 자국이 나도록 얻어맞았던 상처들.

1929년 보통학교 5학년 되던 그해 11월에 광주 학생 의거가 일어나고 내가 다니던 사천 공립 학교에서도 동맹 휴학 투쟁을 벌였던 그 날의 눈아린 햇살. 삼

일간 구류를 살고 나왔으면서도 전혀 꺾이지 않는 기백을 보이던 주동자 전인섭 학생을 비롯한 학생 간부 다섯 명의 당당한 모습들.

1934년 음력 2월 15일, 열일곱의 어린 나이에 명주군 연곡리·퇴곡리에 사는 열여덟 살 된 한정희와 혼례를 치르던 첫날밤. 조선인 고유의 성명제가 폐지되고 일본식 씨명제로 창씨를 하지 않으면 불령선인不逞鮮人이라고 지목 받아야 했던 1940년 여름날에, 너의 이름은…… 오늘부터 에가와[江川]다, 입속말로 웅얼대던 아버지의 어두운 옆얼굴. 곰방대를 물고 눈물이 그렁그렁 맺혀 있던 아버지의 눈자위.

슬픔과 기쁨이 얼룩졌던 순간들이 주마등처럼 스쳐 지나갔다. 그것은 모든 조선인이 겪었던 열패감이었다. 이런 기억들은 곧바로 일제에 대한 분노로 이어졌다.

잠시 후, 교문 입구에서 최규학 보안서장을 선두로 심상 소학교에 출동한 우리와 일본군 간에 담판이 벌어졌다. 덩치 좋은 최규학 보안서장은 차분하게 그들을 설득했다.

“우리는 강릉 지역에 치안 유지를 담당하는 보안서원이오. 그런데 당신들이 시내를 돌아다니면서 소란을 피운다고 하던데, 요구할 사항이 있으면 관계 기관을 통해서 해결해야지 왜 군민들을 위협하는 행위를 하는 거요?”

듣고 있던 일본군 대표로 보이는 장교 한 명이 나서더니 눈꼬리를 치켜세우면서 핏대를 올렸다.

“우린 소란이노 피운 일이 없다. 반대로 너희들이 우리를 위협했기 때문에 대항했다!”

안하무인격으로 눈꼬리를 치켜세우고 달려드는 일본군 장교에게 보안서장은 더욱 침착하게 말했다.

"그렇다면 좋소. 우리가 치안 유지를 책임지고 있는 만큼 당신들의 무장을 해제시키겠소. 순순히 응해서 불상사가 없기를 바라오."

최규학 보안서장이 이렇게 말하고 일본군 장교에게 접근하려고 하자, 일본군 장교는 얼른 허리춤으로 손을 갖다 대면서 고압적인 자세를 취했다. 옆구리에 손을 대는 자세로 보아 접근하면 당장 권총을 뽑아 쏘겠다는 자세였다.

"나마이키나 고노야로(건방진 자식)! 우리 대일본이 너희 조센징에게 진 것도 아닌데, 너희가 무슨 권리로 우리노 무장 해제시키나! 당장이노 꺼지지 않으믄 이 자리에서 없애 버리겠다!"

일본인 장교가 권총을 뽑아서 철컥, 하며 안전장치를 푸는가 싶더니 총구는 이내 최규학 보안서장의 가슴팍에 겨누었다. 만약 움찔하여, 방아쇠를 당긴다면, 보안서장의 가슴에 휑 하고 바람구멍이 뚫릴 판이었다.

"고레데모 이카나이카(이래도 안 갈 테냐)!"

일본인 장교가 적반하장격으로 까탈을 부리자 일본군들도 덩달아 웅성대며 번득이는 일본도와 총으로 위협하려고 했다. 금방이라도 전투가 벌어질 판이다.

"서장님, 일단 후퇴해서 생각해 봅시다."

누군가 서장에게 귀엣말했다. 무장 해제는커녕 오히려 우리가 당할 형국이었다. 인원도 부족하고 무기도 열세인지라 일단 잠시 물러서서 방도를 구하는 게 타당하다고 보고 본서로 돌아왔다.

"어떡하죠?"

나는 심각한 표정을 짓고 있는 최규학 보안서장에게 물었다.

"으음……, 소련군한테 연락해야지."

"소련군이요?"

보안서장은 고개를 끄덕였다. 그는 단호한 말로 38선 부근에 주둔하고 있는 소련군의 힘을 빌릴 수밖에 없다는 결론을 내렸다. 보안서장은 소련군에게 전화로 이쪽 상황을 설명하고 소련군의 출동을 요청했다. 기대와 달리 소련군 측에선 자신들은 38선 이북 지역만 보호하게 규정되어 있으므로 갈 수 없다고 한다. 언변이 좋은 최규학 보안서장도 답답한 나머지, "그게 아니라, 아, 글쎄 그게 아니라"라는 말만 자꾸 수화기에 쑤셔 넣고 있었다.

"여보세요? 이건 강릉군민의 생명과 자유에 직결되는 문제예요. 우리 강릉군민이 간절히 바라는 일이라구요. ……아, 글쎄 그게 아니라, 사후 책임은 우리에게 맡기라니까요. ……예 ……예 ……그렇죠! 일본놈들 무장 해제만 협조해 주시면 되는 겁니다. 빨리 상부에 얘기해 보십시오."

보안서장은 수화기를 내리고 간단히 전화 내용을 설명했다.

"소련군은 상부의 승인을 받아야만 나갈 수 있다는구만. 잠깐 기다리라고만 하니, 내 원, 참!"

잠시 있다가 그날은 늦어서 다음 날 아침에 출동하겠다는 전화 연락이 왔다.

소련군은 다음 날 아침 10시경 털털거리는 화물차 두 대에 2개 분대 정도가 분승하여 강릉 보안서에 도착했다. 이때 나는 소련군을 처음 보았기에 무척 궁금하여 자세히 관찰했다.

그래도 서양인인지라 기골은 장대했으나, 행색은 허술하기 짝이 없었다. 인솔 장교는 수염이 길게 자란 텁석부리였고 병사들은 따발총과 경기관총을 바로 메기도 하고 들기도 하고 심지어는 거꾸로 메기까지 하는 자유분방한 자세였다. 남루한 군복을 입고 절도있게 보이지도 않는 소련군의 첫인상은 이게 군대일까 싶을 정도였다.

최규학 보안서장이 이들을 안내하며 심상 소학교로 데려갔고, 통역관이 나와서 일본어로 소리 질러 경고했다.

"우리는 소련군이다. 여기 강릉 군민의 요구에 따라 너희 일본군의 무장 해제를 위해 왔으니 모두 손을 들고 밖으로 나와라. 명령에 불복하는 자는 즉시 처형하겠다."

소련군이 엄포를 놓자, 우리 조선인들한테는 빵빵 큰소리치던 놈들이 자기들끼리 웅성거리기 시작했다. 일본군의 답변이 없자 소련군이 통역을 시켜 다시, "전부 일어서라. 모두 나와!" 소리치자마자 일본군들은 찍소리도 못하고 백기를 들고 나왔다. 그래, 수십 년을 밑에 깔고 부려먹은 조선인들은 우습다는 거지. 이런 생각이 불현듯 스쳐 소련군 힘을 빌어서야 일본군들을 무장 해제시킨 우리네 처지가 처량하게만 느껴졌다.

소련군은 압수한 총과 탄약, 일본도 따위를 모두 우리에게 넘겨주고 즉시 돌아가겠다고 했다. 우리는 하도 고마워서 잠시 기다리라고 하여 점심을 대접하려고 했다. 소련군은 절대로 안 된다며 그냥 돌아가려고 했다. 성의니까 식사나 하고 가라고 몇 번이나 권해서야 그들은 마지못해 점심을 먹었다.

"오첸 하라쇼우(참 잘한다)!"

그들은 자기들끼리 떠들며, 풋김치와 국밥이 나오자 술을 곁들여 맛있게 국밥을 퍼먹었다. 식사 후에 경월 소주를 몇 통 주니까, 그것은 받을 수 없다며 거절하는 것이다. 강릉군민이 고맙다고 주는 선물이니 부담 갖지 말고 받으라고 하자 그제야 "하라쇼, 하라쇼(좋다)!" 하며 받아 갔다.

소련군이 38선 이북에만 주둔한다는 사실을 나는 그때야 비로소 알았다. 소련군이 복장이나 규율은 멋대로지만 분명 신사적이고 조심스레게 행동했다. 세월이 흐른 뒤에 듣자 하니, 남한에서는 소련군이 행패를 부리고 물건을 빼앗는 등 무식하기 짝이 없는 못된 짓을 다 했다고 교과서에 쓰여 있다는 말을 들었는데, 다른 지방에서는 어땠는지 모르지만 내 경험으로는 전혀 반대였다.

어쨌든 이때까지만 해도, 우리 조선의 자주적인 독립을 위해 인민위원회라는 자치 조직이 전 민중적인 지지 속에서 활동했고, 각종 정당 내지 사회단체들을 조직하는 움직임이 자유롭고 활발하게 전개되어 그야말로 정치적인 자유가 만발하는 듯했다.

인민위원회는 이때까지 일제 총독부를 대신한 사실상의 국가 행정 기관 역할을 했다. 누가 시켜서 조직한 것도 아니고 미움받는 친일파도 없을 뿐만 아니라, 독립운동을 했던 존경받는 사람들이 지도하는 조직이었기 때문에 위원회에 대한 신뢰는 가히 절대적이었다. 나 또한 당연히 그렇게 생각했기에 군축산계에서 일하다 인민위원회에서 활동하던 친구 최한규가 "우리가 독립하기는 했는데, 군의 재정이 어려워서 말이 필요하다네"라고 말했을 때 그 자리에서 그토록 애지중지하고 아끼던 말을 안장까지 그대로 인민위원회에 흔쾌히 기증했다.

원래 내가 처음으로 말을 기르기 시작한 때는 1939년경부터이다.

일본에서는 말이 농사에 쓰이는 기본 역축役畜이고 육류도 말고기가 주식이었는데, 우리나라 소가 질병에 잘 견디고 번식력도 강하다는 사실이 드러나자 일제는 1920년부터 강원도 일대에 '우종 생산 지구'를 설정한 후 우량 종우를 육성해서 일본으로 가져가기 시작했다.

일제는 조선에서 한우韓牛와 말을 가져가 일본에서 번식시키고자 했다. 당시 쌀 한 가마니가 5원, 암소 한 마리가 50원 정도였는 데 비해 말은 비싸서 200원이 넘었다. 일제는 한우를 싼값에 대량으로 가져가고 말은 조선에 비싸게 팔아 이중의 착취를 했다. 게다가 전쟁 수행을 위한 군사적 목표까지 달성할 수 있어 일거양득이었다. 때문에 말 사육에는 일제의 지원이 늘 뒤따랐다.

일본 규슈[九州] 지방의 말을 중심으로 일본 열도 각지에서 우량마를 뽑아 1939년부터 강원도 등지에 배분하기 시작했는데, 나는 이때 군청축산계에서 배

일제시대 경주마 비룡을 탄 김진계

분받은 나의 말에 '비룡飛龍'이라는 애칭까지 붙여 주었다.

당시 나는 정미소를 운영하기도 하고 철도 공사장에서 원동기 기사로 일하기도 해서 상당한 돈을 모아 놓고 있었기에 비싼 말을 구입하는 데는 별 어려움이 없었다. 교통수단이 극히 불편했던 1930년대 말에, 강원도 산골짜기에서 내 말은 시속 75~80킬로미터의 가장 빠른 자가용이자 우체부·화물 배달부였다. 게다가 농사일도 도맡아 하고 경마 노릇까지 하니 1마馬 5, 6역役을 했다고 해도 과언이 아니었다.

가끔 양양에 사는 형님댁까지 백여 리를 비룡을 타고 버스보다도 빨리 순식간에 갔다 오기도 했다. 인근 주위에서는 김진계 하면 곧 말을 연상할 정도로 모르는 사람이 없어 유명해져 버렸다.

신바람 나게 말을 타다 보니까, 군농회에서 주최하는 마장 마술 대회에서 일등을 했고, 도경기에도 참가하여 일등을 했다. 마침내는 군농회에서 말을 잘 먹이라며 보내 준 보리 스무 가마를 받아 비룡을 배불리 먹이면서 강 하천 부지에서 매일 연습하여 서울 왕십리에서 열린 전국 대회에서까지 우승했다. 마을 사람들은 '마을의 자랑'이라면서 막걸리 잔치까지 베풀어 주었다.

십여 년 동안 정이 든 말을 다른 곳에 가증한다는 것은 상상도 못했지만, 인민위원회의 경우는 달랐다. 오히려 해방된 조국을 위해 기증할 것이 말 한 필밖에 없는 나 자신이 송구스러울 뿐이었다.

미군 진주와 경찰 생활

조선 인민에게 고함

본관은 태평양 방면 미육군 총사령관으로서 본관에게 부여된 권한으로써 이에 북위 38도선 이남의 조선 및 조선 인민에 대한 군정을 펴면서 다음과 같은 점령에 관한 조건을 포고한다.

제1조 북위 38도선 이남의 조선 영토와 조선 인민에 대한 최고 통치권은 당분간 본관의 권한하에 시행된다.

제2조 전 공공사업 기관에 종사하는 유급 또는 무급 직원과 고용인, 그리고 기타 제반 중요한 사업에 종사하는 자는 별도의 명령이 있을 때까지 종래의 정상 기능과 업무를 수행할 것이며 모든 기록 및 재산을 보호 보존하여야 한다.

제3조 모든 주민은 본관 및 본관의 권한하에서 발포한 일체의 명령에 즉각 복종하여야 한다. 점령군에 대한 반항 행위 또는 공공의 안녕을 교란하는 행위를 감행하는 자에 대해서는 가차 없이 엄벌에 처할 것이다.

제4조 주민은 본관의 별도 명령이 있을 때까지 일상의 직무에 종사한다.

제5조 군정 기간에는 영어를 모든 목적에 사용하는 공용어로 한다.

제6조 앞으로 모든 포고 · 고시 · 저서 및 조례는 본관 또는 본관의 권한하에서 발포될 것이며, 주민이 이행해야 할 사항들을 명기하게 될 것이다.

일본 요코하마에서, 1945년 9월 7일

1945년 9월 8일, 38선 이남에 미군이 들어왔다.

태평양 방면 육군 총사령관 맥아더의 이름으로 발표된 포고문이 강릉 시내 곳곳에도 삐라로 공중 살포되었고 이어서 9월 말경, 강릉에도 미군이 진주한다. 눈은 퀭하니 뒤통수 쪽으로 들어가 있고 코만 툭 튀어나온 미군들의 모습을 강릉에서도 자주 볼 수 있었다.

좌익 진영에 속해 있던 나는 단순하게 미군 또한 소련과 함께 우리 민족을 해방시킨 해방군으로 좋게만 여겼다. 해방군인데도 놀랍게도 포고문에서 그들은 한국인을 깔보는 위협적인 용어를 쓰고 있었다. 특히 일본 제국주의와 거의 차이가 없는 '점령군'으로 군림하려는 자세가 불편했다.

아니나 다를까 강릉에 들어온 미군들은 술집에서 권총을 들어 공포를 쏘고 "깟뎀, 깟뎀" 소리를 질러대며 행패를 부리거나, 여자들을 희롱하고 심지어 강간까지 하는 사고를 저질렀다.

내게도 미군 한 명이 와서 내가 차고 있던 손목시계를 보더니, 막무가내로 자기 속내의와 내 손목시계를 바꾸자고 졸라대는 통에 할 수 없이 그냥 손목시계를 줘 버린 일도 있었다.

미군이 진주하자, 곧 군정이 실시되었고 포고문에 명시된 대로 '남한에는 미군정 이외에는 어떤 정권도 있을 수 없다'는 선언이 현실화되기 시작했다. 이어서 전국 곳곳에 조직되었던 인민위원회는 불법 조직으로 취급되고 급기야는 강제로 해산되기 시작했다.

들리는 바로는 미군정은 일제 시기의 통치 기구를 그대로 존속시키면서 김성수나 송진우 등 친일 세력을 군정장관 고문으로 앉히고 중앙에서부터 친일관리를 재등용하고 있다는 것이다. 특히 미군은 군정경찰을 정비하는 데 최대의 노력을 기울여 각 지역 보안대를 곧바로 과거 일제 때와 마찬가지로 경찰서로 재편하는 작업을 진행하고 있었다.

서늘한 바람이 가슴까지 상쾌하게 하는 9월 말경의 어느 날 아침이었다. 일찍 출근해서 사무실을 둘러보고 사무 준비를 하려는 참에, 김원경이 들어왔다.

"오셨습니까?"

"으응." 밝은 표정으로 출근하던 때와는 영판 다른 분위기였다.

"자네, 얘기 들었나, 미군정이 인민위원회를 해산시키고, 다음은 우리 보안대 차례라는 거?"

"예에?"

나는 갑작스러운 소식에 정신이 어리바리했다.

"보안대 명칭을 경찰로 바꾸라고 군정에서 통보가 왔다네, 인원은 그대로 유지하라는 얘긴데, 그러나 다음은…… 보안대 핵심 인사를 제거할 게 분명해."

틀린 말이 아니었다. 이때부터 해방 직후 집밖에 나오지 못하던 친일파들이 마치 제철 만난 메뚜기처럼 생기를 되찾아 거리를 활보하기 시작했다.

이미 강릉에서는 보안서장을 맡았던 최규학이 물러나고 과거 일제 때에 경찰 생활을 했던 이 아무개란 작자가 새 경찰서장으로 부임했고, 일제 시대 때 순사나 순사 보조원을 했던 사람들이 재임용되기 시작했다. 이유는 과거의 경력자라는 것이었다. 최규학은 이때부터 정치 활동에 관여하지 않고, 그냥 지방 유지로서만 지냈다.

뿐만 아니라 각종 정당이나 사회단체들은 군정에 등록해야 하는 등록제를 실시하여 자유로운 설립을 엄격하게 막았다. 반대로 우익계 또는 친일파들에게는 새로운 사회단체나 정당 결성의 문을 활짝 열어 놓았다.

또 미국은 귀국한 이승만을 민족의 지도자로 내세워 대세를 장악하고 있던 좌익 진영과 대결하게 했다. 강릉 지역도 마찬가지로 은연중 인민위원회·좌익 진영과 친일파·우익 진영 양쪽으로 세력화되기 시작했다. 김원경은 이런 얘기를 할 때마다 늘 께름직한 표정을 지었다.

"그럼, 상황은 어떻게 변할까요?"

불안해 하는 내 질문에 김원경은 담담하게 답했다.

"더 가속화되겠지. 미군정은 극우 친미 정치꾼들을 계속 지원하면서, 중앙에서부터 좌우 대립을 조장하고 친일파를 재등용할 테지. 자신들의 입맛에 맞는 통치 구조를 바꾸는 작업은 변함없을 거야."

"하지만 지방에서는 여전히 인민위원회를 지지하는 세력이 강해지고 있지 않습니까?"

"그게 바로 군정이 노리는 거야. 가만히 기다렸다가 좌익 인사는 잡아들이는 게지. 쥐 몰아 잡는 식이지, 으음."

그는 낮게 신음을 토했다.

그의 말대로 얼마 지나지 않아 쥐꼬리만한 꼬투리라도 보이면 가차 없이 좌익 인사를 탄압하는 미군정의 날카로운 이빨은 강릉 거리를 싸늘하게 했다.

이런 일도 있었다. 나와 같이 면보안대원이었다가 미군정이 실시되면서 지서원이 되었던 염창근이 어느 동네로 순찰 나갔다가 사소한 말다툼을 한 후 홧김에 사람들을 데리고 그 동네에 가서 겁을 주고 온 일이 있었다. 그런데 그 동네 사람들이 진정하여 10여 명이 사천면 지서에 와서 염창근 등 다섯 명을 포고령

위반자로 체포하여 6개월씩 형을 살게 했다.

나는 그때 염창근을 만류했고 같이 가지 않았기 때문에 다행히 이 일에 관련되지 않았다. 반대로 사람들의 원성을 사고 있던 친일파 경찰이나 면서기 등은 무슨 짓을 하든 전혀 아무런 처벌을 하지 않았다. 그때 나는 지서 책임자인 김원경을 찾아가 솔직히 심정을 토로했다.

"이거 도저히 일할 맛이 없어서 집에 돌아가 농사나 지으렵니다."

이 말을 듣고 김원경은 껄껄껄 웃으며 나를 달랬다.

"설마 아무 잘못도 없는 사람을 함부로 집어넣겠나? 죄지은 일 없으면 되잖나? 신경 쓰지 말고 일이나 열심히 하세나."

명쾌하게 웃었지만, 그리 자신 있어 보이지는 않았다. 마무리할 일거리도 있고 해서 일단은 후임자가 올 때까지 자리를 지키자고 마음먹었지만 속이 찜찜하니 장마철 하늘처럼 갠 날이 없었다.

그러던 중 1945년 11월 말인가 12월 초에 경찰학교에 가서 교육받으라는 전갈이 왔다. 사실 아무 자격도 없이 활동하는 것보다 무언가 자격을 갖추고 일하는 게 나을 성싶었다. 결국 교육에 참석하기로 마음을 굳히고 강원도 경찰국에서 실시하는 도경찰학교 3개월 교육 과정을 수료했다. 학교는 당시 물자 부족 상황을 그대로 반영하여 난방도 안 되고 이불도 없었다. 돈 좀 보내라고 집에 연락해서 춘천 시내에서 이불을 사 가지고 그럭저럭 지낼 수가 있었다.

먹을 것도 별로 없는 고된 교육 훈련을 받은 나는 해방 후 최초로 실시된 경찰학교 1기생이 되었다. 수료증과 경찰 임명장을 받는 날도 기분은 왠지 꿀꿀하니 밝지만은 않았다. 교육을 수료하고 나서 휴가를 받고 잠시 집에서 쉬던 중 1946년 3월경에 묵호지서로 이동 발령이 떨어졌다. 집을 떠나기는 싫었으나 도리 없이 묵호지서로 가서 근무할 수밖에 없었다.

공산당에서는 나에게 그냥 경찰에 있으라고만 했지 그 후 구체적인 지시는 일언반구도 없었다.

묵호지서에서 일하던, 그해 6월 말에 정희한테서 짧은 편지가 날아왔다.

> 여보, 건강하시는지요?
>
> 저는 건강하내요. 그런데 하도 무서워서 편지를 써요. 도둑 땜에 클낫서요. 남자가 엄는 걸 알구 도둑이 자꾸 드러요. 곳간 쌀까지 몽창 펴 가는데 무서워서 죽겠서요. 도라 오싯스면 좋겠구먼요. 또 쓸게요.

경찰관 집에 도둑이 들다니 참으로 어이없는 노릇이었다. 피식 웃었지만 남이 들으면 창피 막심한 노릇이 아닐 수 없다.

식량 사정이 극도로 어려운 것은 사실이었다. 돈푼깨나 있는 사람들은 쌀을 매점매석하여 폭리를 취했다. 쌀값은 폭등하고 민심은 나날이 흉흉해지고 있을 때였기에 곳곳에서 쌀 도둑이 극성을 떨었다. 그해 9월경에 또다시 아내가 편지를 보냈는데,

> 이번에는 아예 곳간 벽을 부수고 쌀 만이 훔쳐 갓서요. 무서워서 도저히 잠을 잘 수가 업서요. 혼자서 살 수 업스니까 제발 얼른 도라오서요.

잘못하면 재산도 몽땅 훔쳐 가고 마누라도 훔쳐 가겠구나. 불안한 생각이 들어 지서장에게 이러저러해서 그만두어야겠다고 말했다. 이 무렵 경찰관 생활이란 겉만 번지르르했지 실속은 하나도 없었다. 월급이라고 주지만 쌀벌레 발바닥

만도 못해 하숙비에도 모자라 도리어 집에서 돈을 갖다가 써야 할 형편이었다.

내가 없으니까 집에 도둑이 횡행하고, 농사는 물론 정미업마저 손을 놓아 생활 형편은 점점 어려워지리란 게 안 보아도 뻔했다. 사실 내가 경찰 일을 시작한 이유는 미군정이 들어서면서 일제 때 순사 노릇 하며 제 동포를 괴롭히던 자들이 대거 경찰에 들어와 분위기가 전혀 달라졌기 때문이다. 미군정이 좌익이 어쨌다 싶으면 일제히 잡아 가두어 편파적인 재판을 하기 일쑤였다.

나랏일도 중요하지만, 집안이 당장 저 모양 저 꼴이니 우선 집안일을 돌보아야겠다고 완곡히 말하고 서장의 만류를 강하게 뿌리쳤다. 하도 여러 차례 사직 의사를 밝히자 지서장도 어쩔 수 없었는지, 1946년 10월 말에 사직 처리가 됐다.

해안길을 터덜터덜 걸어 집으로 돌아오는 발걸음이 무겁지만은 않았다. 돌아온 나를 아내는 입에 함박웃음 지으며 반겨 맞았다.

"여보오, 이젠 일어나세요. 날 밝았어요."

새벽잠 속에서 아내가 반찬을 만드느라고 뚜닥뚜닥거리는 소리를 들으니 확실히 행복했다. 헌데, 인간지사 새옹지마라고 했던가. 집안일을 돌보며 농사나 짓고 살자고 경찰 생활을 그만두었는데, 그것이 도리어 내가 정치의 혼란으로 들어가는 길이 될 줄이야.

사실 사직서를 쓴 날부터 마음의 혼동이란 이루 헤아릴 수 없었다. 아내하고 웃으면서 얘기하다가도 나랏일을 생각하면 갑자기 뒷골이 땡겼다. 시내 곳곳에서 감격스러운 해방의 물결이 넘치고 기쁨의 눈물을 흘렸던 때가 언젠데, 우리끼리 싸워야 하다니.

좌우익의 본격적인 대립은 1945년 12월 28일, 모스크바 삼상회의에서 조선에 대한 신탁통치안이 결의되면서부터였다. 공산당은 즉각 신탁 통치를 반대한다고 발표했다가 얼마 후 찬탁을 한다고 다시 고쳐서 발표하자 지방에서는 일대 혼란이 벌어졌다.

우왕좌왕은 강릉에서도 마찬가지였다. 내 기억으로 강릉의 좌익 계열은 한동안 반탁운동을 하다 찬탁운동으로 돌아섰던 것으로 생각된다. 좌익이 찬탁운동을 벌이자 우익은 기회는 이때다 하고 좌익을 매국노라느니 소련의 꼭두각시라느니 하면서 공격하고, 마치 자기들만이 민족의 독립을 진정으로 원하는 사람들인 양 설쳐댔다.

나는 『독립신보』를 비롯한 신문들을 자세히 보고 있었기 때문에 모스크바 삼상회의의 결정이 비교적 합리적이라는 생각을 했다. 이상하게도 중앙에서 반탁을 결정했다가 하루아침에 찬탁으로 입장을 바꾸는 걸 보았을 때, 왜 갑자기 입장이 바뀌었는지는 이해하기 힘들었다.

군산인가 어디에서는 1946년 1월 말 대한독립촉성국민대회 주최의 반탁 시민대회가 좌익 세력의 주동으로 갑자기 삼상회의의 결정을 지지하는 시위로 돌변해 일대 혼란이 벌어졌다는 소식도 들었다. 이때부터 지방에서는 '빨갱이'니 '힐갱이'니 서로 헐뜯고, 심한 경우에는 서로 사상이 다르다고 우물조차 같이 안 쓰려는 극단적인 분열과 대립 양상이 나타났다.

물론 이런 대립의 이면에는, 해방 이후 최대의 문제였던 토지 문제가 내재해 있었다. 강릉 지방에서도 주로 소작권 이동과 관련하여 소작 쟁의가 심심치 않게 발생했다. 또한 3·7제가 당시에는 당연시되었기 때문에 이를 둘러싼 다툼도 있었다.

좌우 대립 속의 농촌 생활

강릉 지방에서는 좌익 진영이 초기부터 인민위원회를 통해서 자주적 정부 수립과 토지 개혁 등을 내세웠기 때문에 좌익에 대한 지지가 압도적이었다. 나도 농민의 한 사람으로서 당연히 토지 개혁을 찬성했고, 더구나 철면피 같은 친일파보다 독립운동을 했던 좌익 인사들에게 당연히 호감이 갔기 때문에 사상적으로는 그 내막을 잘 몰랐지만 공산당을 지지했다.

당시 좌우익에 대한 국민의 지지도는, 1946년 강릉 지역 3·1절 기념식을 보면 아주 잘 나타난다. 내가 갓 경찰이 되었을 무렵이었다. 좌우익의 충돌을 막기 위해 현장에 출동하였다가 그 장면을 잘 목격할 수 있었다.

좌익 진영은 강릉 남대천 냇가의 공설 운동장에 모여서 3·1절 경축 보고 대회를 열었고, 우익 진영은 강릉상고 운동장에서 3·1절 기념식을 거행했다. 이때 대대적으로 농민을 동원한 좌익 진영은 자주독립과 토지 개혁 등에 관한 플래카드를 내걸고 미소공위를 지지하는 구호를 외치며 나중에는 수천 명이 자연스럽게 강릉 시내에서 시위까지 벌였다. 그에 비해 우익 진영은 반탁하는 구호 일색이었고, 모인 군중도 수백 명에 불과했다.

서로 따로 모여서 다른 내용을 주장해서 좌우익이 대립할 때 나로서는 농민의 권익을 대변해 주는 좌익 진영에 가담하지 않을 수 없었다. 다만 부끄럽게도 이때까지 나 자신은 무슨 마르크스니 레닌이니 하는 공산주의 이론을 체계적으로 공부하거나 심취한 적이 없었다.

경찰 생활을 그만두고 고향으로 돌아와 농사를 짓던 1946년 10월경에 마침내 9월 총파업과 10월 대구항쟁이 벌어졌다. 미국에 아부하던 친일 모리배들을 비호하고 그들에게 물질적인 혜택을 부여하기 위해서 식량의 매점과 매석을 공공연히 눈 감아 주고 있는 미군정에 반대해서였다.

이때 강릉에서는 대한 청년단 등 우익 세력의 테러와 경찰과 미군정에 의한 고문과 구속에 항의하여 연곡면 퇴곡리와 유동리에 청년들이 중심이 되어 연곡지서를 습격했다. 그들이 연곡지서 유치장에 갇혀 있던 좌익 청년들을 석방하고 무기고에서 무기를 탈취한 후 철수하는 순간에, 책상 밑에 숨어 있던 순경 한 명이 돌아가는 권영희 군을 사살한 참사가 발생했다.

좌익은 권영희의 장례식을 계기로 새로운 투쟁을 전개하려고 각 면의 공산당 및 좌익 청년들에게 동원령을 내렸다. 그러나 강릉 경찰서에서 수십 명의 경찰이 트럭을 타고 장지인 연곡면 퇴곡리에 와서 삼엄하게 검문검색을 하는 통에 별다른 충돌 없이 장례식만 치르고 말았다.

더불어 그해 11월에는 연곡면 퇴곡리에 살았던 처의 오빠 한광희와 처의 사촌 한중희 등 도피 중이던 공산주의자들이 평창군 도암면 장날을 택해서 도암지서를 습격하고 무기를 탈취하기도 했다. 좌익 측의 치열한 반격이 있자, 대한 청년단 등 극우 결사 단체들은 경찰의 후원을 받아 주로 한밤중에 좌익계 인사들의 집을 습격해서 폭행하는 일이 많았다.

무자비한 린치와 증거도 없는 폭행이 난무하자 '민청' 등 좌익계 청년들은 상당수가 겁에 질려 활동을 포기하거나, 아니면 도피하여 대항하거나 둘 중의 하나를 택해야 했다. 당시 '민民'을 붙인 사회단체나 정당의 소속원들은 너나 할 것 없이 테러를 당했을 정도이며 1946년 말경에 민청은 거의 조직 자체가 사라진 거나 다름없었다.

공산당이 불법화된 1946년 11월, 공산당과 좌익계 신민당·인민당의 세 당이 합당하여 '남조선 로동당'을 결성했다. 그런데 이 합당은 지방의 하부 조직과는 상관없이 중앙당의 일방적인 합당이어서 지방에서는 일이 어떻게 된 건지 이해할 수 없었기에 탈당하는 사람들이 속출했다. 탈당자들 중에는 우익 정당으로 전향하거나 아예 정당 활동을 포기하는 경우도 많았다. 특히 신민당·인민당의 당원들은 많은 수가 우익 정당으로 당적을 옮겼는데, 내가 살고 있던 사천면의 신민당 당원들은 몇 명 되지도 않았지만 거의 전부가 우익 정당으로 가겠다고 공포했을 정도였다.

이런 실정이었기 때문에 새로 조직된 남로당은 당원 수가 현저히 축소되었다. 역량을 확대하기 위해 취해진 '당원 5배가운동'도 상급당의 강력한 지시에 따라 일부 당원들이 이웃 사람들에게 노동당 강령을 간단히 해설하고 어떠냐고 물은 다음 "그것, 참 좋은 것 같습니다"라고 대답하면, 그 사람 이름을 적어 당원이라고 상부에 보고하는 그런 식이었다.

남로당의 지방 조직이 미군정과 경찰·우익 단체의 테러와 탄압, 내부의 분란으로 와해되기 시작하자, 당의 중앙과 하부 사이에 체계가 문란해지고 일부 간부들의 독단과 전횡이 그야말로 개판이었다. 나에게도 그런 일이 있었다.

1946년 12월, 사천면 당고문이었던 김유경이 찾아왔다.

두루마기에 묻은 하얀 눈을 털고 들어서는 그는 무언가 고민한 문제가 있는 듯 심각한 표정이었다. 잠시 인사를 나눈 후 그는 나의 의도를 물어보았다.

"자네도 해방 직후 당 세포 조직에 참여한 적이 있으니 당원이라고 할 수 있네. 헌데 당원은 자신의 모든 걸 바쳐서 혁명 과업을 완수해야 해. 또 북조선과 같이 여기서도 토지 개혁이 이루어지면 땅을 많이 갖고 있어야 아무 소용도 없네."

담배 연기를 길게 내뿜고 그는 진지하게 다시 입을 열었다.

"지금 당의 재정이 어려워 곤란을 겪고 있어. 자네가 논을 팔아서 당에 바치면 어떻겠나?"

나는 깜짝 놀랐다. 사실 그의 말에 응하기가 어려웠다. 가족의 생계를 꾸려 나가기 위해서는 농사를 지어야 하는데, 땅을 팔면 우리는 굶어 죽을 수밖에 없었기 때문이다.

"죄송합니다. 공산주의운동을 하는 것도 다 잘 먹고 잘살려고 하는 운동인데…… 죽으란 말은 아니지 않습니까? 그러니 그리는 못하겠습니다."

딱 잘라서 거절할 수밖에 없었다. 이처럼 간부들이 마음대로 정식 당원도 아닌 사람을 당원인 양 인정하면서 심지어는 재산을 내놓으라는 식의 강박을 했으니 지방 조직이 제대로 활성화될 리가 없었다. 더군다나 상부가 하부의 실정을 전혀 도외시한 채, 테러엔 테러를 외치면서 계획도 없이 맹목적인 투쟁만을 일삼으니 조직은 점점 더 곤란한 지경에 빠지지 않을 수 없었다.

방안에 담배 연기가 꽉 차서 나는 여닫이창을 확 열었다. 싸한 바람이 밀고 들어왔다.

"내가 얼마나 답답하면 이런 말까지 하겠나…… 미안하네."

"아닙니다. 사실 제가……."

내 말이 끝나기 전에 김유경은 씁슬한 표정을 짓고 일어섰다. 이런 어처구니없는 나날에 나는 이일 저일 끼어들고 싶지 않았다.

어느새 얼은 시냇물도 녹아 아지랑이가 피어오르는 봄날이 왔다. 집에서 휘파람이나 불며 병아리 모이를 주고 있던 1947년 따스한 봄날, 연곡면 퇴곡리에 사는 한경희 씨가 찾아왔다.

처가가 있는 퇴곡리 인근 지역은 한씨·권씨가 모인 40~50호의 집성 촌락이었다. 좌익의 영향이 얼마나 강한지 그 무렵 퇴곡리의 별명은 '모스크바'였다. 앞서 연곡지서 습격 사건을 일으키고 도피 중인 한광희·한중희, 나를 찾아온 한경희 등은 모두 쟁쟁한 '주의자'들이었다.

한광희는 나보다 세 살 손위 처남뻘인데 일제 때 강릉농고를 다니다 공산주의운동 관계로 체포되어 1년 징역을 살고 나왔다. 출옥 후 2년 동안 집에만 있던 그는 부면장까지 지내고 해방이 되자 즉시 공산당 활동을 벌였다. 나중에는 피신 겸 노동자 조직 활동을 위해 가 있던 영월 마차리 탄광에서 1949년에 체포되었다. 그러나 그후 곧바로 전쟁이 터져 간신히 살아남아 영월군 군당위원장으로 활동하다가 월북했다. 남아 있던 그의 부인은 작두로 목이 잘려 끔찍하게 죽었고, 이 광경을 목격한 딸이 충격으로 벙어리가 됐다는 기막힌 얘기를 나는 나중에야 들었다.

해방 직후부터 활동하기 시작한 젊은 한중희는 전쟁 때 부상으로 불구가 되었는데, 1963년 평양에서 나는 당시 건설대학을 다니고 있던 한중희를 정말 기적같이 만날 수 있었다. 나를 찾아온 한경희 역시 처의 팔촌뻘 되는 사내로, 연곡면에서는 똑똑하다고 소문이 자자한 스물여덟의 청년이었다. 그와는 전부터 안면이 있었기에 반갑게 맞이했다.

이상하게 그는 우리 집에 놀러 왔다고 하면서도 도무지 돌아가려고 하지를 않았다. 가지 않는 사람을 억지로 보낼 수 없는 것이 인심인지라 그럭저럭 지내고 있었다. 며칠인가 지나 그에게 "무슨 일이 있나?" 하고 물었더니, 그는 싱긋 웃으며 말했다.

"그저 이쪽에 볼일이 있어서요."

눈치로 보아서 시국 사건으로 피신해 왔나 보다 하고 그냥 놔두었다.

한경희는 열렬한 공산당원으로 군당 쪽에서 어떤 직책을 맡은 것으로 알았는데, 우리 집에 와서는 낮엔 어딜 가는지 돌아다니다가 저녁엔 오면 내게 이런저런 시국 얘기를 들려주고 북조선이나 노동당의 정책을 설명하는 등 사상적인 영향을 주기 시작했다.

어느 날 김유경 씨의 처 정호경, 그의 맏아들 김진교, 판교리에 사는 최아무개 씨 등 대여섯 명이 찾아와 우리 집에서 세포 회의를 열었다. 나는 약간 어색했지만 함께 참석해서 회의를 지켜보았다. 회의는 매우 심각하게 진행됐는데, 결말부에 가서 한경희는 짧게 잘라 말했다.

"현 시국이 엄혹한 탄압 국면이니 잠정적으로 깊이 잠복하면서 서서히 활동 영역을 넓혀야 합니다."

말을 마치고 그는 입을 굳게 다물었다. 날카롭게 회의를 주도하는 한경희의 발언은 그대로 세포 조직의 실천 사항이 되었다. 얼마 후, 하루는 한경희가 나에게 웃으면서 내 방에 들어왔다. 머리를 긁적이면서 "매부, 부탁이 있는데, 들어 주시겠어요?"라고 물었다.

"뭔데, 들어 봐야 알지."

다시 한번 싱긋 웃으면서 그는 내 손을 가볍게 잡았다.

"지금 민청도 지하에 들어가고 노동당도 그러하니 우리 민주 세력이 활동할 여지가 거의 없습니다. 근데 최근에 민주주의 애국청년동맹이란 중립적인 입장의 합법 단체가 생겼는데, 거기서 활동할 사람이 필요합니다."

"……."

"누구나 형님을 중립적이라고 하지 않습니까? 별문제도 생기지 않을 거예요. 걱정 마시고, 면민애청 일을 맡아 주셨으면 합니다."

가만히 듣다가 나는 고개를 좌우로 흔들면서 말했다.

"이봐, 내 나이 벌써 삼십이 넘었어. 청년 단체야 청년들이 맡아야지 청년 시절이 다 지난 내가 무슨 그런 일을 하겠나?"

내 말에 아랑곳하지 않고 그는 끈덕지게 졸라댔다. 하긴, 농민과 노동자를 지지하는 일은 일단은 나이에 상관없이 해야 하는 일이었다. 해서 그의 권유에 응하기로 했다.

어쩔 수 없이 1947년 7월 말에 엄기호의 양조장 특약점 집에 간판을 달고 사무실을 차린 사천면 민애청에 가서 나도 책임을 맡았는데, 단원들이 나이나 지명도를 고려해서 자꾸 나를 지목하는 통에 사양하다 못해 위원장이 되었다.

부위원장에는 노동리에 살던 최정규와 방동리에 살던 박중성 군이 맡고 각 리마다 민애청 위원장이 면 위원을 맡기로 하는 등 조직을 만들고 서둘러서 회원을 모집하기 시작했다. 회원은 예상했던 수를 웃돌아 대략 500여 명이나 되었다. 민애청은 주로 민족 통일을 위한 가정 방문 교육을 주된 사업을 하여 활동했다. 그러나 열성적인 준비에 비해서 민애청의 종말은 너무도 쉽게 다가왔다.

1947년 10월 초 어느 날, 혼자서 사무실을 지키고 있는데,

"빨갱이 새끼들 모두 나와!"

"안 나와! 다 죽여 버린다!"

깜짝 놀라 문을 열고 나갔다. 대한청년단 사천면 지부장 조규원이 지서 순경 한 명과 대여섯 명의 단원을 이끌고 습격해 온 것이다. 아버지가 면 유지로서 친일파였던 조규원은 공산당과 싸운다며 정의로운 척 하고 있었다. "안에는 아무도 없소"라고 내가 찬찬히 답하자,

"하나밖에 없잖아. 야, 들어가자!"

나를 밀치고 들어선 그들은 사무실 안에 있던 물건을 마구 부쉈다.

이튿날 민애청을 불법 단체로 규정하고 간판을 내리게 했다. 그때 나 혼자 사무실에 있었기에 혼자만 연행되어 사천지서로 끌려가서 밤늦게까지 이러저러한 심문을 받았다. 실정법에 어긋나는 아무런 혐의도 없었기에 곧 풀려나기는 했지만 너무도 허망했다.

민애청 사업도 이렇게 맥없이 종결되자 나는 집에서 농사일만 하기로 마음을

굳히고 있었다. 그러다가 민애청 사업을 소개했던 한경희와도 관계를 끊어야 할 사정에 이르렀다. 그해 말에 하루는 종손댁 장질 조카가 나를 만나자 물었다.

"작은댁 아저씨 집에 어떤 낯 모를 사람이 와 있는데 뭐 하는 사람이어요?"

"아, 아, 걔는 처의 팔촌 동생인데 춘천공고를 졸업하고 직장을 못 구해서 자주 놀러 오는 애야."

거짓으로라도 둘러댈 수밖에 없었다. 그러고 나서 한경희에게 자꾸 부락 사람들이 이상한 눈으로 본다는 얘기를 전했다. 뭔가 낌새가 이상하자 그는, "내가 여기에 더 있다가 매형에게까지 피해가 올 것 같소" 하면서 다음날 내 집을 떠나 어디론가 가 버렸고 그 후 그의 소식은 알 수 없었다.

아무튼 농사일에나 전념할 수밖에 없었던 1948년 3월에 김유경의 아들 진교가 찾아와서 당시의 정세에 관한 소식을 전해 주고 돌아갔다.

"금년 강릉군 대표는 주문진읍 교항리에 사는 최선규 씨가 됐습니다."

최선규는 서울에서 학교를 나와 신간회에 참여하는 등 일찍부터 유명 인사였다. 해방 후에는 주로 서울에서 활동했던 그는 강릉 지역에서 좌익 집회가 열릴 때마다 연사로 초청되는 단골손님이기도 했다.

이 말을 들은 얼마 후 남북 연석 회의가 끝나자 북쪽 라디오 방송을 들으니 이 회의에서 5월 10일 남한 단독정부 수립에 반대하기로 결의했다는 뉴스가 들려왔다.

내가 살던 사천면 판교리에서도 농민들 대다수가 참여하여 군중 집회를 열고 단선 반대 구호를 외쳤다. 대중적인 반대에도 불구하고 5·10선거는 강행되었다. 결국 사천면 판교리에 있는 운양국민학교에서 선거가 진행됐는데, 선거 위원회에서 주민들을 투표소로 데려가는 상황에서도 상당수의 주민은 아예 투표소에 얼굴을 내밀려 하지 않았다.

신문을 보니까 서울·부산·광주·대구 등 대도시에도 무더기 투표니, 투표함 투표용지 바꿔치기니, 투표함 방화니 야단법석이었고 투표율도 엉터리로 조작되어 부정 선거가 극에 달했다고 씌어 있었다.

사천면은 농촌이어서 그런지 투표소에서 약간의 소란이 있었던 것을 제외하고는 비교적 조용하게 치러졌다.

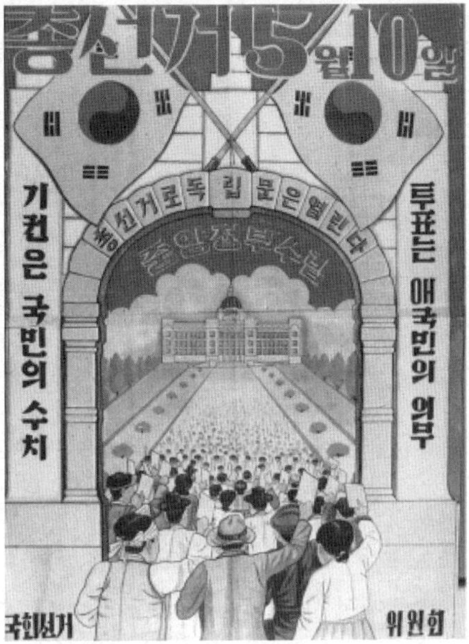

1948년 5월 10일, 남한 단독정부 선거를 알리는 포스터

강릉은 갑·을 두 개의 선거구에서 국회의원을 뽑았는데 사천면이 속한 을구는 일제 때 주문진 경방단 단장이었던 최헌길1901~1982이 당선되었다. 최헌길은 나한테는 이종사촌의 형뻘인데 해방 직후에는 주문진에서 있다가 국회의원 선거에 나온 것이다. 그는 강릉에서 유명한 우익인 입법위원 정모와 같은 계열로서 나에게 와서 사천 지역의 선거운동을 책임져 달라고 부탁까지 했다. 나는 거절할 수밖에 없었는데, 최모는 이후 경기도 지사까지 했다고 들었다.

이처럼 남한만의 단독 선거로 그해 8월 남한 단독정부가 수립되었고, 이에 대응하려고 북한에서는 남북 총선거를 실시한다는 소문이 나돌았다. 소문이 있고 나서 얼마 후에 진교가 다시 찾아왔다. 진교는 굵은 음성을 내리깔고 또박또박 말했다.

"북쪽에서 남북한 총선거를 실시하기로 했는데, 남쪽에서는 공개적으로 할 수 없어서 연판장에 유권자 명단을 작성해서 본인의 의사를 타진한 다음 도장이나 지장을 찍어서 찬반 투표를 하기도 했답니다. ……판교리에서는 형님이 이 일을 책임지라는 상급당의 지시가 내려왔습니다."

진교는 천천히 연판장으로 쓸 종이 두루마리를 내게 내놓았다.

다소 위험이 따를 것이라는 생각이 들었다. 위험할 수도 있으나 민족 통일을 위해서는 중요한 일이라는 생각이 들어 선뜻 하기로 결심했다.

상황은 더욱 엄중하여 좌익이라고 드러나기만 하면 노골적으로 테러를 당하던 시기인지라 매우 위험했지만, 상급당 지시로 주어진 임무를 저버릴 수 없는 데다가 남북통일 정부를 수립한다는 건 민족적인 과제였다. 나는 훅훅 쪄대는 무더위 속에도 집집마다 찾아가서 얼굴을 맞대고 설득하여 연판장을 받아 냈다.

어떤 사람들은 지레 겁을 먹고 도장을 찍으려 하지 않았지만 상당수의 사람은 그 취지에 공감하고 도장을 찍어 주었다. 연판장을 받고 논둑길을 밟아 돌아오는 밤길에 별의별 생각이 다 꼬리를 물었다.

막상 농사일이나 열심히 하려고 경찰을 그만두고 고향에 돌아왔는데, 도리어 나 자신은 더욱 정치적인 일에 끼어들게 돼. 이 일이 내 운명을 바꾸는 계기가 될지도 몰랐다. 걱정한 대로 내 운명은 서서히 큰 원을 그리며 바뀌어 가고 있었다.

나는 죄가 없소

"여기 김진계 있소?"

"빠져나간 거 아냐?"

살림살이가 평탄치 못했던 1948년 10월 어느 날 저녁 9시경이었다.

집에서 가까운 김진격 씨 집에서 정미업에 관해 상의하고 있는데, 청년 대여섯 명과 순경 두 명이 불시에 들이닥쳤다. 갑자기 들이닥친 이들은 집을 뒤지다가 그중 순경 한 명이 카빈총을 겨누면서 안방 문을 열어젖혔다. 순간, 뭔가 일이 잘못됐구나, 직감했지만 어떤 범법 행위가 있었던 것도 아니어서, 자리에서 일어나 떳떳하게 말했다.

"내가 김진계요."

순경은 번쩍이는 카빈총 총구로 내 가슴을 푹 찌르더니, 눈을 험악하게 부라리며 다짜고짜 수정手錠, 수갑을 채우려 했다.

"아니, 무슨 연유로 이러는 거요!"

수정을 뿌리치면서 대꾸하는 나에게 대장인 듯한 사람이 말했다.

"차차 알게 될 것이니 지서까지 동행합시다."

하면서 팔목을 잡아끌었다. 내 두 눈에 쌍심지가 돋았다.

"아니, 사유도 모르는 채 수정을 찬단 말이오? 무슨 일인지 내 발로 걸어갈 테니 이러지들 마시……."

말도 끝나기 전에 "이 새끼!"라는 말이 들리면서 주먹이 면상에 정면으로 날아왔다. 망치에 얻어맞은 듯 멍했다.

"이 자식, 맛 좀 봐야 알겠어?"

누군가 대뜸 빰을 올려붙이는 것과 동시에 곤봉이 콧날에 날아왔다. 허리께며 등짝이며 닥치는 대로 날아왔다. 눈에서 불이 번쩍 났다. 놈들은 오랫동안 벼루어 왔다는 듯이 발길질해대고 몽둥이질을 해댔다.

정신없이 맞으면서도, 놈들을 그냥 때려눕히고 도망갈까? 특별히 지은 죄도 없으니 일단 참고 지서에 가서 따지기로 하자, 불안한 생각이 활동사진처럼 들쑥거렸다. 꿈쩍도 못 하고 반항하지도 않는 나를 그들은 수정을 채워 지서에 끌고 갔다.

지서에는 전에 나와 함께 근무했던 김철환 순경이 앉아 있었다. 살았구나, 반가워서 "어이!" 하며 안도의 숨을 내쉬는데, 그는 나를 힐끔 째려보다가, 이쑤시개로 이빨을 쑤시더니 못 본 체하며 밖으로 나간다. 그가 나가자마자 문밖에서 카악, 하고 침 뱉는 소리가 들렸다. 비로소 사태가 어떻게 돌아가는지 알 것 같았다.

지난 5·10 단독 선거 반대를 위한 판교리 농민 집회 때 나도 참가했는데, 그때 그 집회에 입회했던 경찰이 바로 퉁방울 눈알 김철환이었다. 구름 한 점 없이 화창한 하늘에서 오월의 따사한 햇살이 내리쬐는 허규 씨 집 앞 공터에 사람들이 백여 명 정도 모여 있었다.

"아니, 김 형 왜 이런 집회에 왔소?"

김철환은 나를 보자 놀란 듯 붕어 눈깔을 크게 치뜨고 물었다.

"사람들이 모두 오길래 나도 구경하려고 왔지."

취조 수첩을 뒤적거리며 그는 훈계조로 말했다.

"정부의 정책을 그대로 따라야지, 이런 모임은 빨갱이들이나 하는 짓거리잖아요. 빨리 집에 돌아가는 게 좋을 거요."

후배가 그렇게 말하니 우스웠다.

"자네, 왜 그러나? 이 집회는 불법 집회도 아니고 내가 앞장서는 일도 아냐. 그저 잠시 구경 나온 것뿐이라고."

"가래면 가요!"

기가 막힐 노릇이었다. 후배란 놈이, 이런 농민 집회에 오는 것까지 가라마라 명령하다니. 아무튼 대꾸할 필요도 없다는 생각이 들어서 왼도리를 치며 가지 않겠다는 표시를 했다. 그는 똥 먹은 얼굴로, 크윽 카악! 가래침을 뱉었다. 그때부터 그는 나를 좋게 보지 않았는지, 후에 알고 보니 나를 지서에 밀고한 자도 바로 그였다.

"꿇어앉아, 암마!"

나에게 카빈총을 겨누었던 순경이 인상을 써 가며 악다구니를 올렸다.

"아니, 내가 무슨 죄를 지었다고 꿇어앉으라는 거요. 영문이나 알려 주시오."

"짜아식이. 암마, 꿇어앉으라면 꿇어앉을 것이지 웬 잔말이 많아! 아직 정신이 덜 든 모양인데 여기서 제삿밥 먹어 볼래!"

말이 끝나자마자 두꺼운 서류철이 면상에 날아오더니, 앉았던 의자를 나에게 걷어찼다. 마치 쥐에게 소리없이 기어가는 고양이처럼 천천히 다가오는가 싶더니 이내 주먹이 내 턱에 꽂혔다. 쓰러진 내 목줄기를 그의 구둣발이 질근질근 밟아댔다.

"겁도 없이. 암마, 꿇어앉아!"

한참 씩씩거리면서 책상 앞에 꿇어앉으라고 했다. 처진 입 사이로 핏물이 흐르고 입안에서 떨어져 나온 살덩어리가 씹히기 시작했다. 책상 앞에서 거드름을 피우며 앉은 순경은 풀어진 단추를 채우며, 갑자기 행정 관료의 티를 내려는 듯이 턱을 쭈욱 앞으로 빼밀면서, 쌍욕을 하던 이가 언제 그랬냐는 듯이 존댓말을 쓰기 시작했다.

"당신도 경찰 생활을 했으니까 우리 일을 누구보다 잘 알 것이오."

책상 서랍에서 하얀 백지를 꺼내면서,

"지금부터 조서를 작성할 텐데, 묻는 말에 바른대로 말하지 않으면 초주검 될 것 각오하쇼."

제법 주눅 들게 말하고 나서 그는 펜에 잉크를 듬뿍 찍어 무슨 재판소 서기나 되는 것처럼 조서를 작성하기 시작했다.

문　성명이 무엇이오?

답 김진계 올시다.

문 생년월일을 말하시오.

답 1918년 5월 26일생입니다.

문 주소는?

답 강원도 강릉군 사천면 판교리 산 105번지입니다.

문 요즈음 무슨 공작을 하고 돌아다녔습니까?

공작, 공작이라니 어안이 벙벙했다.

"농사꾼이 농사나 짓지, 달리 돌아다닐 일에 무에 있겠소."

내 말을 받아 적지 않고 순경은 펜의 뒤꼭지를 이빨로 잘근잘근 씹으면서 낮게 물어보다가, "요즘 무슨 짓을 하고 다녔냐 이 말이야~!"라며 눈을 부라리며 반말로 말끝을 올린다.

"논일 밭일하러 돌아다녔고 정미업 하러 다니느라 동업자인 김진격 씨 집에 오래간만에 찾아간 것뿐이오."

"짜아식, 완전히 나를 놀려대는구먼. 그런 거 말고 요즘 빨갱이 모임이나 집회에 간 거 말하란 말야!"

"요즈음 사람 많은 곳에 간 것은 장터에 간 일밖에 없소."

쾅 하면서 주먹으로 책상 치는 소리가 났다.

"새꺄! 너 내 앞에서 생콩 까는 헛소리 자꾸 할 거야! 얌마, 너 지난 오월에 군중 집회에 간 적 있어, 없어? 짜아식!"

"지난봄 선거 때 관의 허가를 받고 농민들이 조직한 성토대회가 있었는데 모두들 가길래 나도 구경 삼아 간 적이 있었소. 그때 김철환 순경도 왔었는데 김순경은 죄가 안 됩니까?"

"허 참, 이런 건방진 짜아식 봤나. 야 임마, 경찰관이 입회하러 간 거하구 네가 선동하러 간 거하고 같다는 거야, 뭐야?"

"짜식, 짜식 하지 마시오. 민주 경찰이 국민을 이렇게 함부로 데려다가 패면서, 죄 없는 사람한테 욕지거릴 하고 반말을 해도 되는 겁니까?"

순경은 기가 막힌다는 표정을 짓더니 씩씩거리면서 숨소리가 가빠지기 시작했다. 놈은 책상에서 일어나 팔을 걷어 올리면서 핏대를 올렸다.

"너! 말로는 안 되겠어. 너 오늘 완전히 임자 만난 줄 알아라. 그 잘난 입, 귀까지 찢어 주마."

탁자 위에 있던 곤봉을 집어 든 그는 마른 명태 패듯이 양 어깻죽지를 후려치기 시작했다. 어깨가 으스러진 것처럼 뒷골이 뻐듯하여 신음이 절로 나왔다.

몸에서 '뚝' 소리가 울리면서 불이 지진듯 뜨거웠다. '어딘가 뼈가 부러졌구나' 하는 생각이 퍼뜩 스쳤다. 다행히도 곤봉이 두 동강 나는 소리였다. 곤봉이 부러지자 그는 자기하고 입 맞춰서 조서 쓰기는 애시당초 글렀다는 표정으로 다시 책상머리에 앉아 혼자 조서를 작성하기 시작했다. 나는 쓰라린 눈을 홉뜨고 나서 조서 용지를 보았다.

문 지난 5월 초 군중 집회에 참가한 이유를 대시오.

답 그 집회는 공산당을 창당하여 폭력으로 남한에 혁명을 일으키기 위한 준비를 하기 위한 집회였기에…….

"여보시오. 왜 내가 하지도 않은 말을 만드는 거요. 처음에 무슨 집횐지 몰랐는데 사람들이 모여서 따라갔더니 5월 10일 단독 선거를 반대하는 집회였소!"

말을 듣자마자 경찰은 들고 있던 펜을 책상 위에 탁 놓았다. 검은색 잉크가 내 얼굴에 튀겼다.

"이 벼엉신, 정말 구제 불능이군. 가자, 김진계, 우리 더 이상 앙숙 되는 일 없는 게 좋겠지?"

"당신들이 죽이고 살릴 권한이 있으면 마음대로 해 보쇼."

은근히 부아가 치밀어 올라 그의 강요에 응하지 않고 버티려는데 퍽, 목줄기에 주먹이 날아왔다. 숨통이 꽉 틀어 막히는 걸 느낄 때, "이봐, 곤봉 가져와!" 마치 사람을 패기 위해서 태어난 괴물 같았다.

처음엔 매 자국이 없는 델 골라 곤봉을 휘두르다가, 그것도 재미를 잃었는지 가리지 않고 온몸을 마구 두들겨 팼다. 깨진 입술을 깨물며 견디다 못해 거의 초주검 상태가 되었을 무렵, '에라, 죽기밖에 더하랴' 하는 오기가 불쑥 치밀었다.

"야! 무슨 죄로 이렇게 개 패듯 패는 거야? 힘없고 빽 없다고 마구 치는 모양인데, 이러고도 너희들이 경찰이라고 할 수 있어?"

"씨팔놈아! 넌 공산당에 들어간 적이 있잖아. 그것만 말하라니까!"

찢어지는 소리로 더 크게 윽박지르는데 이걸 인정하면 나는 살아서 빠져나가기 힘들 것 같았다.

"공산당에 들어간 일도 없고 아무런 관계도 없고, 증거가 있으면 대 봐."

"아주 악질이구만. 물맛 좀 보여 줘야지, 안 되겠어~"

물맛이라는 말에 소름이 돋고 오줌소태 걸린 사람마냥 아랫도리가 저려 왔다. 순경 세 명이 달라붙어 나를 책상 위에 허리를 뒤로 꺾어 자빠지게 하여 꼼짝도 못 하게 가죽띠로 팔다리를 묶었다. 코와 입에 물걸레가 덮어졌다. 물에 젖은 걸레와 코와 입에 밀착되어서 열린 코와 입으로 물이 사정없이 흘러들어왔다. 내가 고개를 좌우로 흔들어 피하자,

"야, 이 새끼 머리 잡아!"

"옛!"

누군가 내 머리카락을 세게 잡아당겼다. 콸, 콸, 콸 물을 부었다. 물을 안 삼키려고 호흡을 중단하면 할수록 호흡이 급해져 결국은 더 많은 물을 마셨다. 숨이 막혀 죽을 것 같았다. 물은 마냥 뱃속으로 꾸역꾸역 들어가 배가 불룩하게 솟아올랐다. 배 창자가 풍선처럼 불룩하게 부어올랐다.

"음, 완전히 복어가 되셨군."

그는 내 배를 구둣발로 꾸욱꾸욱 눌렀다. 나는 메스꺼워서 왁, 시큼한 똥물을 토해 버리고 말았다. 입에서 끊임없이 거무튀튀한 오물이 흘러나오고, 콧구멍·목구멍·똥구멍·오줌구멍 할 것 없이, 구멍이란 구멍에서 독한 냄새가 풍기는 똥물이 흘러나왔다. 고약한 오물 냄새가 코를 찔렀다. 일제 때 일본 경찰이 했던 걸 그대로 써먹는구나. 가물가물한 의식 속에서도 별생각이 다 났다.

아프프~, 소스라치면서 잠깐 기절한 상태에서 깨어났다. 옆에 서 있던 부하가 물을 끼얹었다. 항문에서는 똥물이 설사처럼 계속 질질 나오고 있었다. 발에 밟힌 바퀴벌레일까, 나는 온몸에 진액을 뽑아내고 있었다.

상판대기 찌그러진 경찰의 얼굴이 흐릿하게 보였다. 눈앞이 뿌연데 바닥에 똥물이 젖어 있는 머리카락이 흐릿하게 보였다. 마치 논물에서 가려 뽑아낸 풀포기 같았다.

"이제 순순히 털어놓지 그래."

"하지 않은 일, 말하라니, 컥, 컥, 차라리 죽이려면, 빠, 컥, 빨리 죽여라. 이 개자식들아!"

"씨이벌, 아직도 정신 못 차렸구나. 오늘 아예 여기서 그냥 뒈져 버리자."

그는 서랍에서 시뻘건 가루가 든 비닐봉지를 꺼냈다. 고춧가루였다. 그걸 주전자에 붓더니 아까 그 걸레를 얼굴 위에 덮고 그 위에 고춧가루 물을 부었다.

컥, 컥, 눈코입으로 고춧가루 물이 마구 들어왔다. 숨통이 막혀서 질식할 것만 같았다. 귀가 찢어졌는지 귓바퀴가 따끔따끔하고 눈껍질이 찢어졌는지 눈알이 따가웠다. 도저히, 도저히 견딜 수가 없었다. 온몸이 도살장의 고깃덩어리처럼 푸들푸들 떨렸다.

얼마쯤 지났을까, 무슨 소리가 들려 왔다. 경찰관 둘이 "큰일 났다. 죽었는가 봐라" 하면서 배를 누른다, 인공호흡을 시킨다, 어찌할 줄 몰라 안절부절 당황하고 있었다. 눈 알맹이가 빠질 듯이 아팠다. 눈이 부어오르기 시작하여 눈을 제대로 뜰 수가 없었다. 온몸은 피멍이 들어서 아프지 않은 뼈마디가 한 군데도 없었다. 지칠 대로 지쳐서 겨우 숨을 돌리고 꺼져 가는 목소리로 말했다.

"너, 너희들이 나 하나쯤 쭈, 죽이기는 쉬울 테지만…… 내게도 뿌, 부모, 형제가 있고 치, 친척들이 멀쩡하게 살아 있어! 그대로 끝나지는 않을 거야! ……난 죽을 것 같은데, 네놈들도 제 명에 살진 못할 게야. 컥, 컥…… 마지막으로 부탁이니…… 차, 차라리 총 한 방으로 끝내 다오."

이쯤 되자 순경 하나가 와서 내 눈을 까뒤집어 보더니, "이거 안 되겠어" 하면서 맑은 물을 떠다가 눈을 씻어 주었다. 시간이 어느 정도 지나가 약간이나마 아픔이 가시는 듯했고 정신이 약간 들었다. 겨우 숨 쉴 만했다.

"빨갱아, 이젠 바른대로 말하는 게 좋지 않겠어?"

이제 그들은 마치 어린애 달래듯이 말했다.

"무슨 이유로 민애청을 만들었지?"

나는 하도 숨이 차서 대답하지 않고 숨을 돌리고 있었다.

"와아, 미치겠네. 좀 말해 주라. 누구누구랑 만들었어? 으응?"

이 사람 저 사람 고구마 줄기 들어 올리듯이 주렁주렁 엮어서 볼품 있는 작품을 만들겠다는 의도가 빤했다.

"민애청은 공산당과 상관없는 중립 단체로 조직되었소. 그건 삼 개월 만에 당신들이 그만두라고 해서 문 닫지 않았소. 또 그 일은 벌써 일 년이 넘은 일인데 새삼스레 왜 문제 삼소?"

시간은 자정을 훨씬 넘어 1시경이 다 되어 가는데 지서장이란 자가 술에 취해서 얼굴이 벌게져 들어왔다.

"수고들 했어. 자자, 오늘은 됐응께 고마 낼 하라구. 끄윽."

지시에 따라서 순경들이 나를 유치장에 넣으려고 양팔을 들어 세웠다.

"아무 죄도 없는 사람을 패는 것도 억울한데, 왜 유치장에 들어가야 합니까? 죽으면 죽었지 유치장에서는 못 자겠소."

버틸 대로 버티었더니 할 수 없는지 숙직실로 나를 데리고 갔다. 그날 밤 온몸이 쑤시고 눈알이 계속 화끈거려서 한숨도 자지 못했다.

다음 날 아침 아내가 몇 가지 음식을 챙겨 가지고 왔다. 내 몰골이 형편없는 데다가 식욕도 나지 않아서 한 술도 뜨지 못하는 걸 보고 정희는 초상집 상주인 양 슬프게 울어댔다. 아내가 집에 가려고 서둘러 발길을 돌리려는 참에, 나를 고문했던 순경이 아내를 불렀다.

"당신 남편이 공산당에 들었소?"

"저는 잘 몰라요."

"당신 남편 자신이 공산당에 들어갔다고 자백하던데?"

이때 나는 바보같이 순진하기만 한 아내가 쓸데없는 말을 하여 일을 그르칠까 적이 걱정되었는데, 아니나 다를까.

"그건 모르지만, 제가 공산당 사람에게 쌀 다섯 말 준 적은 있어요."

유도 심문에 속아 순진하게도 쌀을 주었다고 말하는 것이다. 순간 나는 그 말을 즉시 가로챘다.

"당신이 언제 공산당에 쌀을 주었어? 친정 오라비가 쌀을 꾸러 와서 준 게지. 그게 어째서 공산당에 준 거요?"

아내의 오빠 한중희가 잘 알려진 공산당원이었기에 나는 이렇게 둘러댔다. 아내한테서 별 신통한 내용을 얻지 못하자 다시 심문이 시작되었다. 심문은 이제 한 내용을 피곤할 정도로 되묻고 되묻는 반복이어서 별다른 진전은 없었다. 하루해가 또 지나서 저녁이 되자 이번에는 지서장이 직접 나서서 심문했는데, 비교적 점잖게 심문하는 편이었다.

경험이 많은 듯 다소 사무적으로 차분하게 조서를 작성해 갔다.

문 민애청에 가담한 이유가 무엇이오?

답 중립적인 데다가 합법적인 단체라 하여 가입했을 뿐이고 관에서 그만두라고 해서 걷어치웠습니다.

문 그러면 좌익 계열이 주최하는 군중 집회에 왜 참가했소?

답 같은 동네에서 농민 집회가 있으니 가자고 해서 친구들과 함께 구경 갔을 뿐입니다.

문 이외 다른 정당이나 단체에 가입한 일이 있소?

답 없습니다.

다 되었는지 그는 담배를 피워 물고 조서를 한 번 대충 훑어보더니,

"마, 여그 기록된 내용에 동의하믄 도장을 찍으소."

나는 도무지 앞이 잘 안 보여서 조서를 읽어 달라고 부탁했다. 지서장이 조서를 읽는데 마지막 부분에, "상기자는 범법할 요소가 있는 자로 형사 처분이 필요함"이라고 쓰여 있었다. 나는 무엇이 형사 처분이고 범법이냐고 따졌으나, 그가

끈질기게 강요하는 바람에 반항할 기운도 없어서 정신을 잃은 상태에서 지장을 찍어 주고 말았다.

그날 저녁엔 군경찰서로 넘어가 유치장에 수감되었다. 이상하게도 유치장에 갇힌 지 여러 날이 지나도 아무런 조사가 없었다. 수감된 지 팔 일째 되는 날 아침에 조사받으러 가자 민애청 같은 그런 단체는 앞으로 조직하지 않겠다는 시말서를 내밀어 쓰라고 한 후 나가라고 했다.

가까스로 경찰서에서 풀려났지만 몸이 너무 불편해서 강릉 경찰서 가까이에 있는 삼촌 댁에 들러 약도 바르고 병원에 들러서 주사도 맞은 후 이튿날에야 차편으로 집에 오게 되었다. 집에 오는 길에 그동안 당한 고초가 하도 억울해서 사천 지서에 들러 따지기로 했다.

지서에는 마침 지서장만 있었다.

"지서장님, 지금 집에 돌아가는 길이오. 근데 대체 내가 뭔 죄를 지어 이렇게 제대로 걷지 못할 정도로 맞아야 했소? 왜 일주일씩이나 유치장에서 콩밥을 먹어야 했는지, 좀 알려 주시오."

화가 난 내 얼굴에서 열기가 화끈화끈했다.

"당신, 시방 우리한테 따지러 온 모양인데, 지 죄는 지 스스로 잘 아는 거 아니오. 우리 판단으로는 당신이 공안을 어지럽힐 우려가 억수로 많기 땜시 그렇게 조처한 것이오."

"아니, 내가 공안을 어지럽히다니 그게 뭔 말이오?"

"당신은 경찰 출신으로서 관의 방침에 충실하게 따라야 하는 사람인데 오히려 관에 비협조적이고 불법 단체에 가입하고 불법 군중 집회에 참석하믄서 치안 유지를 방해만 하지 않았소?"

기가 막혀서 말이 안 나왔다.

"대한민국 국민으로서 합법적인 민애청 조직에 가입했다가 그 조직이 불법 단체로 인정되어서 그만뒀고, 경찰관까지 입회해서 합법적으로 허가된 집회에 구경 간 게 도대체 뭔 공안을 어지럽혔다는 거요? 더구나 그 일들은 일 년 전이나 몇 개월 전 일인 데다가 지금은 농사일에나 전념하는 농사꾼에게 그런 과거 지사를 가지고. 어휴, 이렇게 골병들도록 패고 유치장 살 일 시키는 까닭이 무슨 처사요?"

열변을 토하는 내 말에 전혀 개의치 않고 지서장은 태연하게 코끝을 검지로 튕기면서 천천히 말했다.

"지가 엄는 동안 지서원들이 지나친 행사를 한 것은 억수로 유감스러운 일이지만, 법을 집행할락꼬 하다 고마 그리 됐응께 김 형께서 양해 쫌 해주소 마."

너그러운 채 하다가 귀찮다는 듯이 코털을 잉, 하고 뽑았다.

"이보시오, 지서장 나리! 대한민국 법 어디에 법 집행을 위해서 고춧가루를 먹이고 곤봉으로 때려도 좋다는 말이 있단 말이오? 나는 지금 지은 죄도 없이 맞아서 골병이 들고 눈까지 병신이 되었소. 검찰청에 진정하든지 해서 이 문제를 해결하겠소!"

"아아, 이 양반아, 그라기에 유감이라 않카요!"

지서장은 깜짝 놀라며 느닷없이 목울대를 높이면서 말했다. '검찰청'이란 말이 귀에 걸린 게 분명했다. 그는 사근사근한 목소리로 송구스럽다는 듯이 피둥피둥한 얼굴에 미소까지 띠면서 말했다.

"마, 일이 요래 됐응께 안됐심더. 앞으로 다시는 이런 일이 엄또록 서원들에게 주의를 줄낑께 김 형이 노여움을 풀고 고마 쫌 참으소. 사람이 살다 보믄 우짜다가 봉변을 당할 수도 있는 거 아입니꺼. 그러니까 운수 탓으로 돌리고 고마 참아 주소. 담에 지가 한번 뵈믄 술이나 한잔 대접할끼고마."

하도 어이가 없었지만 참을 수밖에 없었다. 한바탕 지서장에게 따지고 사과를 받고서야 집으로 돌아오니 집안 식구들은 죽었다가 살아온 사람을 만난 양 반가워했다.

이튿날 나를 고문했던 순경 두 명도 내 협박에 은근히 겁이 났던지 집에 찾아와서 염치없게도 두 손을 싹싹 빌며 사과했다. 나는 뼈 있는 말 몇 마디 하고 상종하기조차 싫어서 그냥 사과를 받아들였다.

그 후 면 소재지에 있는 의원에서 일 개월 정도 통원 치료를 받고 나서야 겨우 몸이 회복되었다. 엎친 데 덮친 격으로 노환으로 고생하시던 아버지는 아들이 고문 받고 나오자, 시름시름 앓으시다가 특별한 병명도 없이 돌아가셨다. 나는 죄인 된 심정으로 상을 치렀다.

이 사건이 있고 난 후 몸이 어느 정도 낫자 집에서 지낸다는 것이 정말로 불안했다. 더구나 우익 단체들의 테러도 극심한데 뾰족한 방법도 없어 긴장 속에서 경계하며 살 수밖에 없었다. 늘 불안했다. 언제 그들이 닥쳐올지, 언제 매맞아 죽을지 모른다.

테러를 피하여

경찰에서 고문을 당하고 나온 지 한두 달이 지난 1948년 12월 초 어느 날 자정 무렵이었다.

집에서 곤히 잠들었는데 밖에 인기척이 나고 술렁거리는 소리가 들렸다. 꿈결인지 잠결인지 뒤척이다가 흠칫하며 눈을 떴다. 그렇지 않아도 조심하던 터라 일순 긴장되어 나는 흠칫하며 눈을 떴다. 그렇지 않아도 조심하던 터라 일순 긴장되어 귀를 기울였다. 스무 명 정도는 족히 되는 듯한 인원이 우리 집을 포위하고 있는 듯한 낌새였다.

'아차, 또 왔구나. 잡히면 끝장이다'라고 생각한 순간 이미 때는 늦었다.

"문 열어! 새꺄, 문 열어!"

이쪽에서 아무 소리가 없자, 창호지 뜯는 소리가 나면서 구멍이 뚫렸다. 전짓불이 방안을 훤히 비추었다. 웬 놈과 내 눈이 마주치는 순간,

"여깄다!"

놈은 크게 소리를 질렀다. 여러 놈이 문고리를 마구 잡아 뜯는데, 더 이상 있어 봐야 잡혀서 개죽음만 당할 것 같아서 잽싸게 옷을 걸치고 방안을 둘러보았다. 마침 겨울이라 옹기 화로에 불을 담아 방안을 덥히고 있었는데, 얼른 눈에 그것이 들어왔다. 옳거니 하고 화로를 번쩍 들었다. 놈들은 문고리를 더 요란하게 잡아당겼다. 이때다 싶어 느닷없이 발길로 문을 걷어찼다.

"이야!"

벼락같은 소리를 지르면서 화로를 그들 한가운데 집어던지자마자 온 마당에 시뻘건 화롯불이 튕기며 불바다가 됐다. 바지와 옷에 불티가 붙은 놈들은 깜짝 놀라 멈칫했다. 그 틈에 나는 잽싸게 담장을 뛰어넘어 집 뒷산 솔밭 사이로 달려갔다. 일제 때부터 단단한 신체에 날래기로 말하면 당할 사람이 없다고 평판이 자자했던 나는 달리기에 자신이 있었다. 정신없이 도망가는데도 누군가 뒤에서 목덜미를 확 잡아챌 듯 머리카락까지 곤두서곤 했다. 칠흑처럼 어두운 산속으로 도망치자 녀석들은 뒤쫓아 오지 못하고 소리만 질렀다.

"야, 이 빨갱이 새끼야! 니 다시 오면 죽여 버린다이잉."

놈들은 소리만 버럭버럭 지르다가 내가 완전히 사라지자 더 이상 뒤쫓아 오지 않았다. 산에 메아리치는 욕지거리가 아득해질 때까지 나는 뛰고 또 뛰었다.

한참 솔밭 속을 헤매며 도망쳐서 한숨을 돌렸다. 신도 못 신고 맨발로 뛰었던지라, 발바닥이 찢어지고, 꽁꽁 얼어 발가락은 끊어질 듯 시렸다. 시리다 못해 감각이 없었다.

어쩔 수 없이 산을 넘어 우리 동네 산자락에 살던 용철이네 집을 찾아가 사정을 말하고 밤을 지낸 후, 다음날 새벽녘에 살금살금 기어서 집 가까이에 왔다. 사방이 조용했다.

집 주위를 둘러보아 그들이 모두 돌아간 걸 확인하고 집에 들어가 아침 식사를 마쳤다. 아무래도 안심이 되지 않았다. 이런 처지에선 잠시 집을 떠나 있는 게 나을 듯 싶었다. 우선 여비를 마련한 후 강릉 노암동에서 동계 병원을 경영하는 피신할 겸 치료도 할 겸해서 매형 댁을 찾아갔다. 일단 매형 댁에서 한 일 개월 머물면서 경찰에서 매 맞아 생긴 신병을 치료하며 지내다가 어두운 밤에 집으로 돌아왔다.

그때까지 집에는 아무 일이 없었으나, 상황이 아무래도 나에게 불리할 듯 싶어서 그냥 집에 있기가 불안했다. 무슨 좋은 방도가 없을까 생각해 보았으나 뾰족한 수가 없었다.

"여보, 경찰에 무조건 잘못했다고 비세요."

아내는 잔뜩 겁먹은 표정이었다.

"뭐요?"

"앞으로 어떠한 활동도 하지 않겠다고 약속하면 되잖아요."

"난 그렇게 못하오."

퉁명스럽게 답했지만 아내도 오죽 답답했으면 저럴까 싶어 속으로는 미안했다.

면내 유지급인 친구들을 통해서 관의 동향을 살핀 다음 적절한 대책을 마련하든가, 아니면 일단 피신해서 이 난국을 벗어나든가, 두 가지 방법 중 하나를 택하기로 했다. 일단 피신하는 것이 뒤탈이 없을 듯했다. 문제는 어떻게 피신해야 하는가가 중요했다. 피신한 후 먹고 살 직업을 구하는 문제도 마음에 걸렸다.

생각 끝에 절친했던 친구 홍도복이 떠올라 찾아가 이 문제를 상의했다. 그는 마치 기다리던 사람이 찾아온 양 나를 반겼다.

"강릉읍 옥천동에서 목재소를 하는 유 씨라는 사람이 왕산면 대기리에 있는 산을 벌채해서 침목을 만든다는데, 우리가 그 일을 하면 어때?"

"그래? 그럼 우선 유 씨를 만나 보자."

도복이와 함께 유 씨를 찾아 나섰다. 배가 많이 나오고 얼굴에 살이 보기 좋게 오른 그도 역시 기다렸다는 듯이 우리를 반겼다.

"우리한테 재목 제재권을 주시면 어떻겠습니까?"

중늙은이인 유 씨는 고개를 끄덕이며 좋아했다.

"그렇지 않아도 사람을 사서 도끼로 다듬으니 대량으로 생산할 수가 없었고 수지도 맞지 않아서 걱정했는데, 잘 됐습니다. 젊은이들이니까 잘할 거요. 한번 해봅시다 그려."

껄껄 웃으면서 흔쾌히 승낙했다. 일이 이렇게 잘 풀려서 나는 홍도복과 함께 제재기를 마련하면서 사업 준비를 했다.

약 한 달간은 힘 좋은 발동기와 전기톱 등 이런저런 준비를 하느라 고생스럽게 시간을 보냈고, 현지에 가서 본격적으로 침목을 생산한 때는 1949년 9월경이었다. 우리는 일에만 몰두했다. 피신하는 몸이었기에, 아내에게도 내가 어디서 무얼 하는지 일체 비밀에 부쳤다.

우리는 산에서 벌목한 나무들을 적당한 규격으로 잘라야 했기 때문에 벌목장을 따라다니면서 이동식 가설막을 치고 제재 작업을 했는데, 하루에 4톤 트럭 한 대분 정도를 생산했다.

초기에는 침목을 운반하는 데 남의 차를 이용하고 운반비를 주었다. 침목 생산에만 열을 올렸더니 3개월 만에 장비를 구매하느라 들어간 자본을 거의 회수할 수 있었다. 피신차 제재업에 손댔지만 몇 년만 계속하면 상당한 돈을 벌 것 같아서 우리는 아예 발 벗고 이 일에 뛰어들기로 작정했다.

1949년 말 겨울에는 산간에 엄청나게 눈이 많이 내려서 벌목도 어려웠고 운반하기도 어려워서 한 일 개월 정도 쉬면서, 이 기간 동안 우리는 사업을 보다 본격적으로 하기로 하고 세세한 계획을 짰다.

"아, 이거 생각지도 못하게 쉽사리 돈이 모이는데, 기왕이면 큰돈을 벌자구. 하하하!"

돈 버는 맛에 나 역시 엉뚱한 꿈에 부풀어 있기도 했다.

"우선 운반 비용이 많이 드니까 화물차 한 대를 구매하는 게 어떨까?"

"거 좋지!"

도복이의 제의에 나는 흔쾌히 응했다. 1950년 4월경에 미군에서 불하하는 4톤 트럭 한 대를 350만 원에 구매하고, 환톱에 비해서 줄톱이 대량 생산에 유리하였기에 피대톱도 구했다.

뒤에 안 일이지만 이 무렵 북한에서는 조만식과 이주하를 서로 교환하자고 남한에 제의하던 시기였다. 전기도 안 들어오고 라디오도 없이 세상 소식과는 아예 절연된 채, 우리는 산에서 벌목만 하면서 지냈다.

어렵게 얻은 사랑둥이

사실 대기리는 삽당령 너머 험준한 산골짜기에 자리 잡고 있었기 때문에 집도 몇 채 안 되는 그야말로 산간 벽촌이었다. 밤에는 카바이드 등불을 켜고 일했고, 낮에는 행여 빛이 나는 시간을 허비할까 봐 더욱 쉴 틈도 없이 바쁘게 일했다. 일하면서도 나를 지치지 않게 한 것은 나에게도 아들, 그 소중한 자식이 있다는 생각이었다.

1934년, 16살의 어린 내가 결혼했을 때 아내는 체격도 크고 건강한 데다가 어른들께 공손했기에 부모·형제로부터 사랑을 듬뿍 받았다. 앞서 말했듯이 처음에는 아내를 그다지 탐탁하게 여기지 않았으나 점차 정이 들고 그 착한 마음씨가 고마워서 극진히 아껴 주고 사랑했다. 학교에 다니지 못한 아내에게 글을 가르쳐 주려고 『춘향전』이니 『심청전』이니 하는 소설을 사다주고 저녁이면 함께 글을 읽어서 아내는 제법 글줄도 읽고 쓸 수 있게 되었다.

물론 고된 농사일을 하고 나서 졸린 눈꺼풀을 애써 들어 올리면서 한글을 깨우친 아내가 장하기만 했다. 내게 힘이 되고 무엇이든 따라 배우려는 아내가 고맙고 사랑스러웠다. 비록 숫자 계산이나 사회 실정 등을 제대로 배우지 못했지만 그런 점은 그다지 큰 불만이 없었다.

다만 결혼한 지 십여 년이 지났는데도 아이가 없는 것은 참으로 딱한 노릇이었다. 게다가 아무리 다른 일을 잘해도 자식을 낳지 못하면 집에서 쫓겨나기도 했던 시절이었으니, 이때의 내 소원은 너무도 단순했다. 둘도 말고, 아들 하나만 있었으면 하는 게 꿈이었다. 어쨌든 결혼한 지 몇 해를 넘겨도 아이 소식이 없는 원인을 모르고만 있을 수는 없었다.

미적거리는 아내를 강릉에 있는 산부인과 병원에 데리고 가서 진찰을 받게 했다.

"자궁이 좁아서 임신할 수 없어요. 수술하면 가능할지요."

충격적인 진단 결과였다. 의사는 다소 자신이 없는지 고개를 갸우뚱했다.

"그럼 당장 합시다."

며칠 후 아내는 수술을 받았다. 수술 후에 혹시나 하는 기대도 걸어 보았으나 여전히 마찬가지였다. 좋다는 한약이든 양약이든 일 년 내내 끊이지 않고 써 보았다. 방법을 다 써 보았으나, 안타깝게도 모두 허사였다.

1934년 부인 한정희 씨와의 결혼기념 사진

결국 우리 부부는 아이를 가질 수 없었다. 친구들 아이가 벌써 커서 국민학교에 들어가는 것이 그렇게도 부러울 수가 없었다. 난농씨받이을 해 볼까. 아니면 어디 양자라도 구해 볼까.

한때는 별의별 궁리도 다 해 보았다. 그 어느 것도 딱히 내키지 않아 차일피일 미루다가 나이만 늘어 가고 걱정거리만 무거워졌다.

그러던 차에 아리따운 샛별이를 만났다.

1946년 초가을 무렵, 단풍 가을 좋은 날 사천진리沙川津里에서 친구들과 돌아오는 길이었다. 얼마쯤 가자 거리 한편에 주막집이 보였다.

"저기서 요기나 하고 가세나."

주막집에 둘러앉은 우리는 경쟁이나 하듯이 막걸리를 정신없이 퍼마셨다. 나도 오래간만에 꿀꺽꿀꺽 들이마셨다. 만취해서 놀다가 알딸딸한 기분에 주모에게 물었다.

"난농을 해서 아이를 보고 싶은데, 어디 마땅한 처자가 없을까?"

"마침 알맞은 처자가 하나 있죠. 샛별이라고 부르는 처자인데 눈이 샛별처럼 예뻐서 그렇게 부른다오. 원래 이름은 김설매金雪梅이고 해방되던 해에 풍랑으로 죽은 어부 이장춘의 아내였지요. 지금은 바닷가에서 혼자 살고 있는데 집은 가난하지만 예의범절이 반듯하고 살림살이도 잘하는 데다가 마음도 착해서 주변에서 칭찬이 자자한 여자예요."

주모는 살찐 뺨을 씰룩이며 잇대서 말했다.

"여러 사람 생각지 말고 이 여자로 하세요."

"아니, 이 사람아. 사람이 물건인가 보지도 않고 어떻게 아나?"

"하긴 그러네요. 한 번 만날 기회를 만들 테니, 그때 보고 결정해 보구려" 하더니 야릇한 웃음을 흘리면서,

"헌데 신랑 노릇이나 제대로 할 줄 아는지 모르겠네. 먼저, 그 연장이 진짜 구실 하는지, 헴, 내가 한 번 시험 삼아 붙어 볼까?"

곱게 눈을 흘기면서 말하자 좌중에 웃음보가 터졌다.

그 후 나는 묵호지서로 근무하러 갔기 때문에 그날 일을 까맣게 잊고 있었다. 묵호지서에서 사직하고 집에 돌아오던 1946년 말에 그 술집에 다시 들렀다.

"아니, 왜 이리 뜸했수?"

방문을 뛰쳐나온 주모가 반기면서 말했다.

"워낙 바빠서……."

"그렇잖아도 샛별이를 만나 말했더니 한번 만나자고 하든데……. 이번에 온 김에 한 번 보고 가시겠수?"

예전에 농담 반 진담 반으로 했던 얘기를 다시 꺼내니 쑥스럽기도 했으나 한

편으로 만나 보고 싶기도 했다.

"그럼, 한 번 보드래요."

그날 저녁 9시께 바닷가에 있는 그 집을 찾아 나섰다.

"여보서요, 누구 안 계십니까?"

사립문 앞에서 몇 번 불렀으나 반응이 없어서 뜰 안으로 들어갔다. 아랫방 창호 문에 호롱불에 비친 여인네의 그림자가 어른거리길래, 나는 "흠!" 방문 앞에 가서 몇 번 인기척을 냈다.

아무 소리가 없어서 살짝 장지문을 열었는데 듣던 대로 샛별같이 초롱초롱한 눈망울을 가진 처자가 정신없이 바느질을 하고 있었다. 바늘을 놀리는 손끝이 매우 민첩해 보였다. 나는 힘을 주어 두어 번 "험, 험." 잔기침을 했다.

고개를 든 그녀는 버들잎 모양으로 갸름한 얼굴에 눈썹이 짙은 미인형이었다.

"안녕하시드래요.…… 이장춘의 친구 되는 사람인데 얼마나 고생이 심하십니까?"

말이나 걸어 보아야 했기에 이렇게 꾸며댔다.

"들어오시라요."

짙은 눈썹을 살포시 올리면서 그녀는 말했다. 그녀는 단추 밑동을 몇 번 흩치고 익숙한 솜씨로 매듭을 짓고 나서 송곳니로 툭, 실을 끊었다.

"이래 찾아 주셔서 감사합니다. 어데 사시는 분이시죠?"

"예, 이설당에 살고 있습니다."

"이설당?!"

이설당이란 소리에 그녀는 눈을 깜빡였다. 이내 알아차렸는지 나를 짧은 시간에 힐끗 보고 나서 건성으로 인사를 나누는 것이다.

이 일이 있고 난 뒤 나는 가끔 문득문득 떠오르는 그녀의 모습을 지울 수가 없었다. 한편으로는 젊은 나이에 벌써 작은댁을 얻기도 남부끄럽고 아내에게 미안한 생각이 들어서 그냥 잊어버릴까 했는데, 샛별이 쪽에서 먼저 만나자고 연락이 왔다. 한 번이라도 다시 보았으면 좋겠다고 여러 차례 연락이 오다가 심지어는 빨리 데려갔으면 한다는 전갈까지 왔다.

일이 이쯤 되자 소문이 은근살짝 퍼져서 아내도 알고 큰형수의 귀에까지 들어갔다.

큰형수는 내가 어릴 때부터 나를 귀여워하면서 극진히 아껴 주었는데, 하루는 큰댁에 들렀을 때, 큰형수가 조용히 불러 샛별이에 대해 조곤조곤 묻더니 마음에 차는지 물었다. 그후 나중에 알았지만 내 의중을 알아챈 형수가 아내에게 찾아와 이렇게 설득했다고 한다.

"자네가 아이를 못 낳아서 되련님이 수술도 시켜 주고 계속 약까지 썼잖나? 헌데 결혼한 지 십이 년이 넘도록 아이가 없어서 되련님의 마음이 다른 데로 가려는 거 같네. 내가 남자라도 그럴 텐데…… 그래도 되련님이 무던히 참으셨던 게지. 자네도 들었겠지만 사천진리에 사는 샛별이라는 여자가 되련님을 좋아하고 있는 모양이나. 근데 만일 일이 잘못되면 자네를 내쫓고 그 여자를 들어 앉히실지도 모르잖나? 그러니 아예 이쪽에서 먼저 손을 쓰는 게 현명하잖나."

그렇지 않아도 아내는 이 일에 신경을 쓰던 터였는데, 큰형수의 설득에 넘어가고야 말았다. 두 동서끼리 이렇게 이야기가 되어 부모님께 고한 후 나도 모르게 은밀히 샛별이를 맞아들일 준비를 진행하였다. 일이 여기에 이르자 1947년 2월 초, 내 나이 서른 살이 되던 해에, 나는 집안 식구들에게 샛별이를 인사시키고 작은댁으로 들어 앉히기로 했다. 두 아내가 한집에 함께 살기도 불편한 듯 싶어서 샛별이의 집을 처분하여 아랫마을에 집을 사고 자주 왕래하면서 돌보아 주었다.

1947년 7월, 민애청 사업으로 바쁜 와중에 샛별이가 임신했다는 사실을 알

왔고, 마침내 1948년 4월 5일에 그토록 기다리던 아들을 얻었다.

사실 아들을 낳기 위해서 소실까지 얻었으니 나로서는 첫 아내 정희에게 미안한 노릇이었고 남부끄러운 일이었으나 막상 아들이 태어나자 그 기쁨은 이루 말할 수도 없었다. 아내 정희는 샛별이가 떡두꺼비 같은 아이를 낳자 한동안 몹시 질투하는 것 같았으나, 천성이 착한지라 시간이 흐름에 따라 차츰 아이를 귀여워하며 좋아했다.

아이의 이름은 부모님이 지어 주신 대로 필기必起라고 지었는데, 필기는 아무런 병치레도 없이 무럭무럭 자랐다. 나는 바깥 일을 제하고는 아이와 노는 것이 유일한 기쁨이었다. 아버지 노릇이란 이렇게 즐거운 것인지. 내가 어린애인지 필기가 어린애인지 도통 분간하기 힘들 정도였다.

늦도록 아이가 없어서 근심 걱정하다가 얻은 아이라서 그런지 있는 정 없는 정 다 쏟았고, 아이 또한 똑똑해서 어느덧 두 살 무렵에는 엄마 엄마 하며 어렵사리 말하기 시작했고 나를 무척 따랐다. 필기를 보면 모든 세상만사가 행복하게만 느껴졌다. 필기를 생각하면서 나무를 자르니 지치기는커녕 날마다 새 힘이 움솟는 듯했다.

그러던 1950년 6월 25일 아침에 화물차가 침목을 싣고 떠났는데, 하루에 두 번씩 다니던 차가 저녁이 되어도 돌아오질 않았다. 자동차가 고장 나서 수리하는 데 시간이 걸리는 모양이로구나, 생각하고 별생각 없이 그날을 지냈는데, 다음날이 되어도 깜깜무소식이었다.

6월 26일 저녁까지 차가 오지 않아 혹시 사고라도 났나 궁금하여 약 15리 정도 떨어진 큰 도로까지 나가 보았다. 아무런 인적도 없고 차도 다니지 않아서 이상하다 싶던 참인데 어떤 남자가 길 끝에서 숨 가쁘게 뛰어오길래 무슨 일인가 물었다.

"큰일 났소! 전쟁이 일어나서 인민군이 벌써 강릉 시내까지 들어왔소. 모두 피난 갔는데 여기서 뭣하고 있소?"

전쟁, 전쟁이라니, 더이상 피할 수 없는 운명이 나를 덮치고 있었다.

2부 / 인민군으로 한국전쟁에

한국전쟁 때 김진계의 피난길

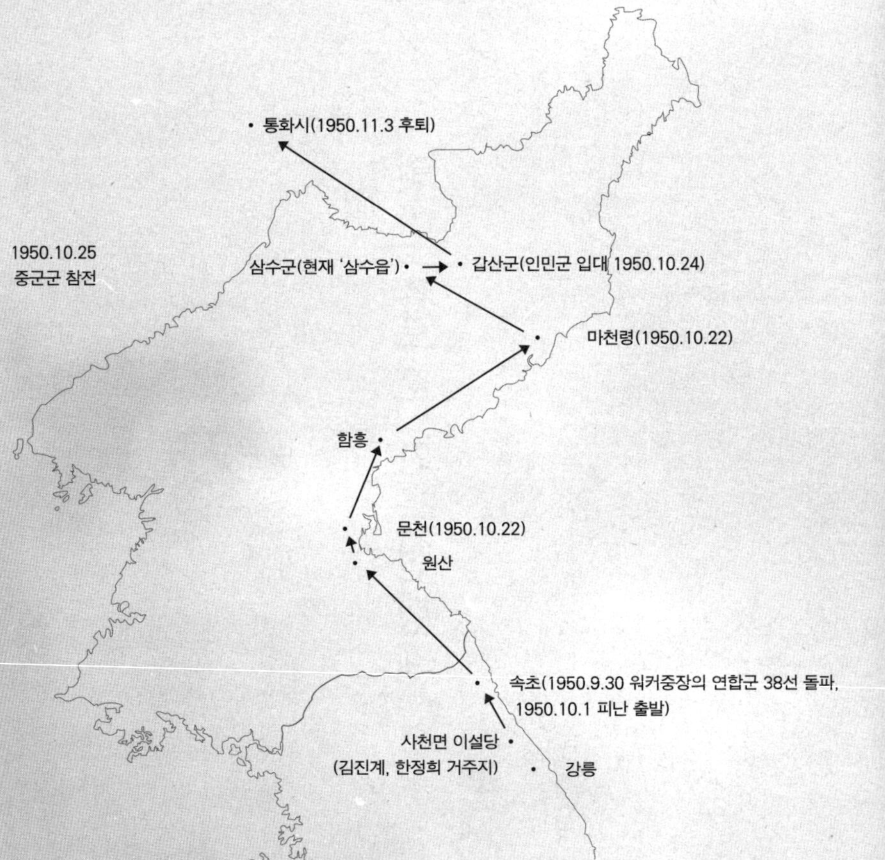

1950년 9월 15일 인천상륙작전

전쟁이라는 말에 깜짝 놀라 급히 작업장으로 돌아왔다. 이제야 친일파 세상이 물러가고 인민위원회가 정권을 잡는 세상이 올 수도 있다는 생각과 함께 기나긴 도피 생활을 끝내고 마음 놓고 집으로 돌아갈 수 있다는 생각이 들었다. 그러면서도 알지 못할 불안감이 전신을 휩쓸었다.

"도복아, 전쟁이 났대!"

"뭐, 뭐라구!"

우리는 어찌할 것인가 의논했다.

"우선 작업장을 정리하고 집으로 가자구."

도복이는 내 말을 듣고 따라나섰다.

이튿날 아침에 대강 짐을 꾸려서 집으로 향했다. 길을 떠나 삽당령 고갯마루에 올라서는데 마주쳐 오는 인민군 선발대가 보였다. 따발총을 든 모습이 은근히 겁도 났으나 일단 부딪쳐 보기로 했다.

"동무! 어데 가는기요?"

까무잡잡한 인민군 한 명이 다가와 물었다.

"예, 예, 저 산골짝에서 일하다가 집으로 가는 길입니다."

"기래요. 가기요."

싱긋 웃으면서 인민군은 잘 가라고 손짓까지 했다.

아마도 승승장구로 이기고 있기 때문에 기분이 좋았던 모양이다. 난생처음 보는 인민군인데 첫인상이 매우 좋아 보여 안심했다. 인적이 드문 첩첩산중이라 군인들이 오해할까 봐, 지레 겁먹고 떨었던 일을 생각하니 절로 헛웃음이 나왔다. 이후 큰길을 가다가 만약 인민군을 또 만나면 어떤 일을 당할지 몰랐기 때문에, 삽당령을 다 내려와서 산길을 돌아 별 탈 없이 강릉으로 왔다.

강릉 남대천 옛 시장 거리에는 사람들이 한창 장을 보고 있었다. 60리 길을 걸었기 때문에 배가 고팠고, 우리는 허기진 배에 국밥을 채우고 막걸리도 한 잔씩 걸쳤다. 오랜만에 마신 술이라 그런지 먹는 둥 마는 둥 냄새도 나지 않아 우리는 한 되를 더 시켜서 벌컥벌컥 들이켰다. 한 되를 더 먹으니까 긴장되었던 마음도 다소 풀리고 기분이 좋아졌다.

다 먹고 술값을 치르려고 물어보니 전쟁이 일어난 지 3일밖에 안 됐는데도 물가는 배나 뛰어올라 있었다. 어느덧 저녁이 어스름하여 강릉에서 이설당까지 30리 길을 가야 했다.

큰길을 따라가면 또 어떤 검문검색이 있을지 몰라 겁이 났다. 우리는 해안을 따라가는 방법이 안전할 듯 싶어서 경포대 쪽으로 걸음을 옮겼다. 경포대를 지나서 부지런히 걷는 중에 어둠이 내려와 사방은 완전히 깜깜해졌다. 서둘러 순포 호수를 지나는데 인적 하나 없는 소나무 숲이 무서울 정도로 고요했다. 파도 소리는 살벌한 느낌마저 들도록 날카롭게 철썩거렸다.

숭어 떼가 순포에서 뛰노는 소리에 가슴이 덜컹하기도 했다. 순포는 작은 호수였지만 민물과 갯물이 만나는 곳인지라, 텀벙, 숭어 떼가 많이 몰려들었다. 가까스로 어둠을 헤치고 개울을 건너니 마을 앞 들판이 뿌옇게 보였다.

논벌을 가로질러 동리로 들어가는데, 길가에 움푹움푹 파인 구덩이가 많았다. 포탄이 떨어져 패인 흔적 같았다. 마을에 들어와 도복이와 헤어지고 집으로 들어섰다. 우익 단체에게 테러를 당하고 오대산에 들어간 지 거의 2년 만이었다.

"여보!"

부엌에 있던 아내는 기뻐서 어쩔 줄 몰라 했다. 흥분을 가라앉히고 집안 소식을 물어보았다.

"큰댁은 모두 무사하오?"

"예, 모두 무사해요. 포탄이 빗발치듯 쏟아져서 식구들 모두 큰댁 뒤뜰에 파 놓은 감자 굴에 피신해서 별일이 없었어요."

"다른 집들은?"

"잘은 모르지만 모두 괜찮은가 봐요. 이런, 내 정신 좀 봐. 저녁 식사 안 하셨죠?"

별생각 없구려, 라는 말을 미처 듣지 않고 아내는 황급히 부엌으로 내려갔다. 잠시 후 오래전부터 준비해 온 듯한 깔끔한 상이 올라왔다. 상에는 고춧가루를 듬뿍 친 동태찌개와 깍두기, 청주 한 사발도 올려져 있었다.

"천천히 드세요."

반가워하는 아내에게 벌쭉 웃어 보이고 밥보다 먼저 청주를 쭈욱 들이켰다. 금방 얼얼하니 취기가 올랐다. 허겁지겁 대충 식사를 마치자 갑자기 세 살 난 귀염둥이 필기가 생각나서 도저히 견딜 수가 없었다.

"여보, 한잔하니깐 필기가 너무 보고 싶어서 참을 수가 없구려. 한 번 아랫마을에 다녀오리다."

아내는 금방 실망스러운 눈빛을 띠었다.

"저어, 지금 자정도 넘었어요. 낼 다녀오시면 안 돼요?"

"아냐, 아냐."

간곡한 만류를 뿌리치고 급히 아랫마을로 향했다.

아랫마을은 우리 집 뒤 능선을 따라 십여 분 거리에 있었다. 능선은 오대산과 연결되어 있어서, 봄가을에는 맹수들이 염분을 취하려고 내려오는 일이 잦아서 사람들이 한밤중에 나돌아다니지 않았다. 전쟁통에 맹수들도 달아났겠지 하고 술김에 겁 없이 밤길을 나섰다. 어둠살을 헤치고 험한 길을 한참 더듬어 작은 집에 들어섰다. 방문을 살짝 열었다. 샛별이는 곤히 잠들어 있었다.

"필기야, 필기야!"

몇 번 흔들어 깨우자 샛별이는 깜짝 놀라 일어났다.

"아, 아니 언제 오셨어요. 오밤중에 호랭이래도 만나면 어쩌실려고?"

머리를 매만지는 그녀는 석유 남포의 등피를 들치고 불을 켰다. 필기를 보니 아랫목에서 새근새근 잠들어 있었다. 하도 껴안아 보고 싶어서 자는 놈을 안았더니 잠결에도 아빠를 알아보는지 새믈새믈 웃었다. 이다지도 행복했건만 세상일은 호사다마好事多魔라고 했던가.

1950년 필기가 세 살이 되던 해에 전쟁이 일어났고, 나는 전쟁에 휘말려 가족들과 생이별해야 했다. 이런 처지이면서도 나는 이 전쟁이 누구에 의해서 일어난 것인지 정확히 알지 못했다.

북한 쪽 주장은 남한 측에서 삼팔선 전 지역을 걸쳐 1.2킬로미터 정도 공격해서 어쩔 수 없이 반격했다는 것이고, 남한 측은 북한이 불시에 공격해서 일어난 전쟁이라고 하지만, 나에게 북침설과 남침설보다 중요한 것은 이 전쟁으로 인해 민족이 비극의 구렁텅이에 빠져 들어갔다는 사실이다.

콰룽! ……빵! ……쿠구궁!

샛별이와 잠을 자다가 6월 28일 새벽, 귀청을 찢어대는 대포 소리에 화들짝 잠을 깼다. 이부자리를 박차고 문밖으로 뛰쳐 나섰다. 논과 밭, 들판 곳곳에 포탄이 떨어져서 커다란 구덩이가 패여 있었다. 아직도 멀리 대관령 쪽에서는 빵, 빵, 포성이 끊이지 않고 들려 왔다. 나는 서둘러 아침 식사를 마치고 사천면으로 갔다.

사천면은 집이나 공공건물 따위가 전혀 부서지지 않았다. 면사무소에는 나와 안면이 있던 좌익 계열 사람들이 많이 모여 웅성대고 있었다. 반면 면서기나 경찰은 물론 우익 사람들은 전혀 그 모습을 찾아볼 수 없었다.

면사무소 건물에 마악 들어가려는 참에 맨 처음 만난 사람은 우리 동네 윗부락에 살던 권 아무개였다. 그는 나를 보자 반갑게 손을 흔들었다. 그동안 있었던 상황을 대충 설명했다.

"인민군이 들어올 무렵에 국방군은 거의 후퇴했어. 망할 놈의 면서기랑 경찰놈덜이나, 우익 놈덜도 몽땅 도망가 버렸지. 썩을 놈덜! 퉤!"

그는 더운 숨을 폴폴 내쉬며 손부채질을 파닥파닥했다.

"그리구 인민군은 동네에 들어오자마자 전투하는 부대는 장비를 점검하더니 남쪽으로 가고, 그 뭐더라 딴따라 부대만 남아서 주민들을 면 소재지에 모이라구 하더군. 거기서 전쟁이 일어난 앞뒤 사정을 세세히 얘기해 주더라고. 인민군이 확실히 승리합니다. 안심하고 생업에 종사하십시요오, 하더라고."

그는 군악대를 딴따라 부대라고 하면서 예쁜 처녀들이 나와서 노래하고 하느작하느작 춤추는 모습을 흉내까지 냈다.

"정말 멋있데 그려. 하도 좋아서 언제 전쟁이 났나 싶대."

그와 내가 걸어서 사천 공립 국민학교에 들어가니 운동장에는 국군이 쏘다가 버리고 간 105밀리미터 포탄 상자가 집채만 한 높이로 쌓여 있었다. 국군이 얼마나 황급히 후퇴했는지 짐작이 갔다. 그의 얼굴에 웃음이 떠나지 않았다. 면사무소 앞에서 웅성거리는 사람들 가운데 반가운 사람을 발견했다.

"아니, 아저씨!"

"이 사람이 누군가, 진계 아닌가!"

김유경이었다. 해방된 해에 석방되었다가 1947년 가을, 내가 민애청 활동을 할 즈음에 그는 인민위원회를 조직했다고 다시 구속되어 춘천 교도소에 복역하고 있다는 소식이 마지막이었다.

"이 사람 여기서 다시 보네."

김유경과 동생 김원경이 어느새 내 손을 잡고 인사를 건넸다. 김원경도 김유경과 비슷한 무렵에 징역형을 살고 있었다. 두 사람은 내 손을 하나씩 나누어 잡고 어쩔 줄 몰라 했다.

"저는 아저씨를 다시 못 볼 줄 알았는데, 고생이 많으셨죠. ……얼굴이 많이 수척해지셨네요."

오랜 옥고에 시달려 깡마른 얼굴에 퀭한 눈이 가슴 아팠다.

"그래 보이나? 자넨 살이 좀 오르고 건강해졌네 그려."

그의 눈빛, 친밀하면서도 말 못 할 사정이 얽혀 있는 눈빛이었다. 문득, 바로 여기에서 해방 직후에 그와 만났던 일이 떠올랐다. 전쟁통인데도 인사말이 길어졌다. 쓸 만한 인사말이 동이 나고 서로 머쓱해질 무렵 김유경이 먼저 무거운 말을 뱉었다.

"이제 우리가 그토록 바라던 해방의 날이 왔네. 나는 면 인민위원회 복구 사업에 바쁘기 한이 없어. 자네도 빨리 치안 유지를 담당할 준빌 하게나."

"하지만 저는 일단 가족들을 돌봐야 할 것 같습니다."

"혁명 과정에서 집안이 어렵지 않은 사람이 어딨나? 자네 말구 그 일을 맡을 만한 사람이 없어. 여러 말 말고 어서 준비나 하게."

선택할 여지가 없었다. 오히려 이 시기에는 더욱 솔선수범해야 한다는 책임감마저 들었다. 점심 식사를 마치고 미노리에 있는 사천지서에 갔다. 거기서 덕실리에 살다가 춘천 교도소에 수감되었던 김재성이 나를 반갑게 맞이했다. 그는 큰 눈을 부라리며 모험담을 늘어놓았다.

"해방군이 내려오니깐 국방군이 우릴 춘천 교도소에서 남으로 호송한다잖아. 호송되는 도중에 까짓것 차에서 뛰어내렸지. 어휴, 밤낮 걸어서 여기까지 왔더니 이 발바닥 좀 봐, 이런."

물집이 터져서 곤죽이 된 발바닥을 들어 보이며 그는 빙그레 웃었다. 그는 피곤한 몸인데도 쩔뚝거리면서 내가 하는 일을 도와주었다. 지서 안에 어수선하게 흩어진 서류와 부서진 집기들을 정리하면서, 몇 년 전에 보안대원을 했던 일이 떠올라서 다시 새 세상에 오는 듯 감회에 젖었다.

작은댁에 돌아가자 샛별이는 가뭄 중에 소낙비를 본 듯 반가워했다. 샛별이와 필기와 함께 나는 이런저런 담소를 하면서 이튿날까지 틀어박혀 나돌아다니지 않았다. 내 마음 한구석에는 될 수 있으면 정치적인 데 끼지 않고 그저 이대로 지냈으면 하는 생각도 자리 잡고 있었다. 테러를 당하고 가족과 헤어져 지내던 기간이 너무 길었기에 한동안만이라도 가족과의 단란한 시간을 갖고 싶은 게 솔직한 심정이었다.

면 인민위원회에서는 나와서 일하라고 수시로 사람을 통해 연락을 보냈다. 사실 나는 경찰이나 우익 단체의 지독한 고문과 박해를 받았기에 중립적인 입장일 수는 없었다. 그래서 7월 1일, 한나절 가량이나 밍기적거리다가 면 인민위원회에 나갔다. 사천면 인민위원회 게시판 앞에서 사람들이 웅성대고 있었다.

무슨 일인가 하여 그 틈에 들어가 보니 벽보에는 '조선 근로자들은 단결하라' 고 신문 머리에 씌어 있는 6월 28일 자 『로동신문』이 붙어 있었다.

> —서울은 해방되었다—
>
> 친애하는 동포들이여! 용감한 인민군대의 장병들이여!
>
> 친애하는 서울 시민들이여!
>
> 금 6월 28일 11시 30분에 영웅적 인민의 군대는 우리 조국의 수도 서울시를 리승만 괴뢰 정권의 통치로부터 완전히 해방하였습니다. 우리 조국의 해방에 제하여……

이미 사천면 지서는 모든 체제가 북조선식으로 바뀌어 있었다. 간판도 분주소라고 바꿔 달았고, 북한에서 정치 공작대로 내려온 오창신이 사천면 분주소장으로 임명됐다. 마찬가지로 북한 출신인 이지훈이란 사람이 보안서원으로 있었다.

30세를 갓 넘은 오창신은 강원도 고성 사람으로 부드러운 느낌을 주었다. 이에 비해 스물대여섯 살 정도밖에 안 되는 이지훈은 키가 작고 황해도 사투리를 심하게 썼다. 나는 김재성과 면 자위대원으로 임명되어, 분주소 업무를 도와주며 치안 유지 사업을 시작했다.

우리는 산에 올라가 국군의 시체를 무덤을 파서 매장했는데, 특히 석교리 뒷산에 희생자가 많았다. 송장들이 여기저기 지겨울 정도로 많아서 며칠이나 걸렸다.

"아따, 이놈 봐라. 탄띠에 총알이 그대로 있네."

재성이가 가리키는 곳을 보니 총을 꼬옥 껴안은 채 죽어 있는 국군 송장이었다. 아마 겁에 질려서 숨어 있기만 하다가 심장마비로 죽은 듯했다. 송장 냄새가 얼마나 지독한지 꼭 간장 달이는 냄새 같아 골이 띵했다. 일단 송장은 매장하고 무기류는 모아서 왔는데, M1소총과 카빈소총이 150여 자루나 되었고, 탄환은 한 가마니 정도나 되었다.

분주소에서 서류철을 부채 삼아 땀을 말리며 라디오를 틀었다. 여느 날과 다름없이 개성 방송국에서는 군가풍의 행진곡이 신나게 흘러나오고 있었다. 잠시 후엔 보도 시간이었다. 7월 1일에 유엔군 지상 부대가 부산에 상륙했다는 소식이 있었기에 그 후의 소식이 자못 궁금하던 차였다.

평양에서 왔다는 서원은 손잰 걸음으로 라디오 곁을 왔다 갔다 했다.

"조선 인민군 최고 사령부의 보도!"

행진곡을 배경으로 북한 최고의 여자 방송원아나운서이라는 정금성의 기운차고 챙챙한 목소리가 귀에 울렸다.

"서울을 완전히 점령한 우리 영용한 닌민군은 기세를 몰아 계속 견결하게 전진, 전진하고 있습니다. 오늘 7월 5일 용감한 닌민군은 수원 남쪽 오산에서 미제국주의 제24사단 소속 특수 부대인 스미스 부대를 부과 12분 만에 격퇴했습니다. 우리 닌민군은 스미스 부대원 백오십 명을 사살하고, 72명을 포로로 잡았습니다. 그 부대는 일본 규슈의 구마모토에서 이 땅을 침략……."

미군과의 첫 전투였고 첫 번째 승리였다.

"와아! 진계, 들었지. 야, 우리 인민군이 양키덜을 박살내는구나!"

"그러케지! 이 땅에서 양키 놈덜을 몽둥으루모조리 몰아내갓서요!"

약간 흥분한 재성이와 이지훈은 힘주어 한마디씩 했다.

분주소는 그야말로 잔치 자리처럼 떠들썩해졌다. 걱정하던 미군의 참전이 있었으나 인민군은 아랑곳하지 않고 파죽지세로 부산을 향해 남하를 계속했다.

이 일이 있고 나서 며칠 후, 나는 면 분주소장의 추천으로 정식 보안서원으로 임명되었고, 그 즉시 부소장으로 추대되었다.

"김진계 동무는 면내 사정에 밝고 나이도 있고 하니 군보안서장의 명으로 부소장에 임명합니다."

서원들은 우렁차게 축하의 박수쳐 주었다. 사천 분주소는 북한에서 또 파견되어 온 한정주와 사기막리의 조규익이 발령을 받아 총 다섯 명이 근무하게 되었다. 북한에서 온 사람들은 경험이 많아서인지 모든 일을 조직적으로 잘 꾸려냈다. 그들은 틈나는 대로 북한 얘기를 해주었기 때문에 나는 이때 많은 것을 알 수 있었다.

"자, 오늘부터 업무를 조직적으로 합시다. 조규익 서원은 감찰, 이지훈 서원은 공민 관계를 비롯한 내부 사업을 맡으시오. 부소장은 보안 사업을…… 참, 상부에서 지시가 내려왔는데 우리가 이 지역 해안 경비를 맡으랍니다. 힘들지만 열심히 해 봅시다."

7월 중순인 그날 밤부터 해안 경계에 들어갔다. 나는 사천 모래사장현재 사천 해수욕장 터에서 해안을 감시했다. 그러나 모래사장은 거인이 들어온다 해도 분별 못할 정도로 어두웠다. 바다는 잔잔한 파도 소리로 밤새 숨을 쉬었다.

새벽까지 잔잔한 파도 소리에 고개를 연방 닭머리를 쪼면서 졸고 있는데, 부와앙, 동틀 무렵에 비행기 소리가 들렸다. 정신이 와짝 들어 깼지만 비행기는 안 보이고 바다 끝 저편에서 대포 소리와 기총 사격 소리만 요란하게 들려 왔다. 잠시 후 함포 소리가 쏟아지다가 꽝, 폭음과 함께 눈부신 화광이 하늘 높이 치솟았다.

이윽고 날이 밝아 계속 해안을 주시하는데, 바다 가운데에서 사력을 다해 헤엄쳐 오는 사람이 있었다. 목선을 타고 가서 건져 오니 인민군 해병이었다. 다리에 포탄을 맞아 피가 빠알갛게 배어 흘렀다. 다리를 잘라내지 않으면 안 될 상태였다. 급히 응급조치한 다음에야 그는 몹시 괴로운 표정으로 입을 열었다.

"우리 닌민군 어뢰정 세 척이 초저녁에 원산을 떠나 부산까디 가설라므네, ……, 도, 돌아오다가…… 헉, 국방군 아새끼레 함대를 만난기야요. 기래서 던투를 벌여서리, 으…… 우리 어뢰정 한 대가 부서지구 덕 함도 한 척 부서져서리……."

울분을 터뜨리듯이 그는 깡깡하게 뱉으면서 바다를 가리켰다. 바다에는 아직 완전히 침몰 되지 않은 선미 부근만 물에 잠겨 있는 어뢰정 하나가 보였다. 그 둘레에서 작은 보트가 맴돌며 인명 구조 작업을 벌이는 게 가물가물하게 보였다.

상처를 입은 인민군을 급히 가까운 병원으로 옮기면서 나는 뭔가 이상한 낌새를 느꼈다. 연합군이 들어오면서부터 열등한 무기와 수송 수단 때문에 곤란을 겪는 게 틀림없었다.

태평양전쟁을 겪어 본 내 예상은 틀리지 않았다. 7월 중순 무렵부터 전방으로 무기를 공급하는 일도 원활치 못해서 주민들을 동원해 등짐으로 포탄을 나르는 일이 비일비재했다.

"전쟁 승리를 위하여!"

용맹한 구호 아래 심지어는 부인네들까지 동원해서 포탄을 전방으로 나르는 경우도 있었다. 인민위원회에서는 주민들을 설득해서 식량을 모집했는데, 사실 자진해서 내놓는 사람은 극히 적었다. 강제로 징발하거나 빼앗지는 않았다. 주민들을 설득하고 교양하는 데 많은 시간이 소비됐다.

"부소장, 잠깐 얘기 좀 합시다."

어느 날 오후 오 소장은 나를 사무실 밖으로 불러냈다.

잎사귀가 축축 늘어진 버드나무 아래였으나 찌는 듯이 더운 날씨는 막지 못했다. 그는 연방 부채질을 했다.

"힘들잖소?"

"아뇨, 누구나 하는 일인데요."

"거, 좀 힘들어도 참읍시다. 우리 인민군은 계속 전투마다 승리할 거래요. 조금만 참고 더욱 열심히 치안 유지에 전념하드래요."

분주소장 오창신이 굳세게 말했다.

"하지만 일이 많아져서 다섯 명의 보안서원으로는 사천면 전체를 통솔하기 힘듭니다."

나는 상황이 역부족임을 말했다.

"일단 자위대원을 모집해서 인원을 보충한 다음, 마카모두 치안 유지와 해안 경비에 임했으믄 합니다."

연신 부채질을 해대던 오 소장은 부채질을 멈추고 말했다.

"좋은 얘기래요. 허나 자위대원은 얼푼빨리 잘 훈련시켜야 하더라구요. 개인적인 감정에서 우익 측에 있던 사람들을 마구 대하지 않도록 지도하십시오. 물론 이제, 악질적인 행위를 자행한 우두머리급의 대한청년단이나 경찰은 재판에 회부시켜서 처벌해야겠디요. 하지만 사사로운 감정에서 나온 보복은 마카전부 금지해야 하더라구요."

"예에."

분주소장은 잘 해 보자는 식으로 내 어깨를 한 번 꾹 짚더니 자리를 떴다.

초기에는 이런 방침이 철저히 잘 지켜졌다. 점차 전세가 변하면서 상황은 감정적으로 변할 수밖에 없었다. 소수지만 과거에 우익에 참여했던 사람들을 협박하고 폭행하려는 사람도 있었다. 나는 이것만큼은 철저히 막았다. '복수는 복수를 부른다'는 말 이전에, 동족끼리 서로 갈라져서 대립해서는 안 된다는 신념이 나에게는 확고했기 때문이다.

와중에 7월 말에서 8월 초에는 모든 리 단위마다 농촌 위원회가 조직되어 토지개혁이 실시되었다. 사람들은 이 위원회를 '토지 개혁 위원회'라고 불렀다.

토지 개혁은 직접 자영하지 않는 토지와 종중 토지宗中土地 : 조상을 모신 산 같은 땅 · 과수원·묘포전·특용 작물지·유휴 토지 또는 지주 소유의 토지를 다 몰수하여 토지가 없거나 적은 농민들에게 분배하는 일이었다. 이 사업을 리 단위로 구성된 농촌 위원회가 모든 농가의 실정을 소상히 알고 있었기에 싸움이 더러 있긴 했지만 큰 마찰 없이 진행되었다.

지주도 자신이 지을 땅만 남겨 놓고 땅을 내놓으면 몰수하거나 처벌하는 일이 없었기에 속으로야 어땠는지 모르지만 비교적 순응하는 편이었다. 미군정 때문에 물 건너갔다고 포기하던 토지 개혁이 실시되자 소작농이나 빈농층, 반농반어半農半漁하는 어민들은 인민군 정책에 쌍수를 들어 환영하는 편이었고, 물자 지원이나 노력 동원에도 적극적으로 참여했다.

토지 개혁이 한창이던 어느 날 분주소장이 불렀다.

"김 동무, 조선 노동당 군당위원회에서 연락이 왔드래요."

"아, 예에."

"당원 등록 사업을 벌이는데 여기에도 오늘 북에서 심사관을 파견한다고 하드래. 어디 가지 말고 입당 심사를 받으시오."

그렇게 하겠다는 나에게 잠시 후 심사관이 왔다. 날카롭게 생긴 그는 나에게 이것저것 물어본 후에 입당 연월일을 물었다.

"1945년 8월 18일입니다."

그는 싸늘한 눈빛을 힐끗 보냈다.

"동무래 과거에 비공식 입당은 했디만 인정되디 않소. 기리구 활동이나 사상으로 봐서 아딕 후보 당원 뎡도가 마땅하오. 길티만……."

"……."

"보안서원으루 열성덕인 활동을 한 거이 인정해서리 당원으루 보고하갔시오. 기래서 조선 로동당 북조선 분국이 됴직된 후인 1945년 12월 20일루 닙당 날짜를 뎡하겠소. 기럼, 그리 알기오."

"예, 감사합니다."

그 후 당원증이 내려오지는 않았지만, 비로소 나는 공식적인 노동당원이 되었다.

사천면이 비교적 조용하게 개혁이 이루어지고 질서가 잡혀가던 8월 말경, 전황은 큰 변동 없이 교착되어 갔다고 들었다. 인민군은 남하해서 낙동강 유역까지 진출했고, 미군과 국방군은 우세한 화력으로 반격을 개시하고 있었다. 전쟁이 계속되면서 인민군 측은 희생자와 부상자가 속출하여 전력에 차질을 빚자 인원을 보충하려고 의용군 모집 사업을 진행했다.

인민위원회와 당에서는 정치 공작대를 조직해서 민청을 중심으로 청년 단체들이 미제 침략 반대와 전쟁 승리를 위한 궐기 대회를 연 후 자발적인 참여를 유도했다. 어쨌든 30세에서 40세까지의 사람들은 전시 동원령에 따라 동원되어야만 했다. 다만 솔직히 아무리 좋고 훌륭한 일이라도 누가 스스로 전쟁터에 나가 죽으려고 나서겠는가. 막상 자발성을 유도하는 응모를 해도 나서지 않거나 응모 장소에 와서 신체검사 때 이 구실 저 구실로 기회를 보아 피신하는 사람들이 많아지자 자위대원들이 대상자를 강제로 동원해서 응모시키는 경우도 적지 않았다.

의용군을 모집하면서 이런 강제성이 나타난 것은 전시 상황 아래에서 어쩔 수 없는 일이었다. 그렇다고 살벌하게 총으로 위협하여 어쩔 수 없이 전선에 나가는 경우란 거의 없었다. 억지로 모집해야 전투에서 열심히 싸우지 않을 게 뻔하고 기회만 있으면 도망가려 할 텐데, 그런 병력으로 어찌 전쟁에서 승리를 바랄 수 있겠는가.

인민의 행복과 자유를 지킨다고 나가 싸우는 인민군대에서 인민의 자제들을 총알받이로 쓸 까닭이 있을까, 하고 생각했다. 적어도 내가 보고 겪은 바로는 강제 모병의 경우라도 끝까지 지원을 거부하면 인민군 치하에서 지내기는 어려울지 모르겠지만 전쟁터에 안 나갈 수는 있었다.

미군이 참전한 이래 가장 무서운 공격은 비행기 폭격이었다. 미군 비행기가 제공권을 완전히 장악하여 밤낮으로 전후방을 가리지 않고 폭격하기 시작하면서, 인민군 점령 지역에도 수많은 사상자가 났다.

미군기가 밤이 되면 공중에 내내 떠 있다가, 불빛이 조금이라도 흘러나오는 곳은 번개처럼 무차별 기총소사하고 엄청난 양의 폭탄을 투하했다. 흡사 들판에서 놀고 있는 햇병아리 한 마리를 보고 수십 마리의 독수리가 벌떼처럼 달려드는 꼴이었다.

9월 초순에 사천면에서는 이런 일이 있었다. 이설당에서 잠자는 중이었다. 쿠르릉, 쿵, 하고 뒤통수를 때리도록 요란한 포성이 울려서 불현듯 깼다. 방문을 열었다. 우리 집에서 2킬로미터 쯤 떨어진 사천면은 완전히 불바다였다. 하늘에서는 미군 B-29 폭격기들이 폭탄을 투하하고 있었다. 온 천지가 폭탄 터지는 소리로 뒤집힐 듯했다. 껌껌한 하늘까지 붉게 물들어서 대낮처럼 밝았다.

폭격이 끝날 때를 기다렸다가 자전거를 타고 황급히 사천면으로 내려갔다.

분주서원들이 불 끄기에 바빴다. 저녁 9시경 분주소를 경비하던 자위대원이 불빛 단속을 잘못하여 분주소가 폭격을 당한 것이다. 실성한 노인네 한 명이 지나치면서 읊조렸다.

"쌔엑쌔엑이가아 워언님 보오다 무섭다아~"

아마 폭격 후 충격으로 정신이 나간 듯했다. 분주소 옆집에 살던 열다섯 된 여자애는 기총소사로 허벅지가 관통되어 피를 많이 흘리고 널부러져 있었다. 급히 지혈하려고 몸을 들어 보니 동맥이 끊어져서 지혈하기에는 이미 늦었고 아이의 얼굴은 벌써 창백해져 있었다. 최선을 다해 지혈했으나 의사도 없는 상황에서 아이는 동이 틀 무렵 숨을 거두었다.

그 아이는 남편과 아이들이 피난 간 아주머니의 딸이었는데, 아주머니는 실성해서 달려들었다. 보는 사람마다 달려드는 그녀를 막을 사람은 아무도 없었다. 그녀는 내 멱살을 잡고 대들었다.

"이 개노무 새끼야! 너희들이 내 딸 죽이지 않았나! 내 딸 살려내!"

평소에 집토끼 마냥 순하던 그녀는 이미 제정신이 아닌 듯 싶었다.

마음이 얼마나 아프면 저렇겠나 싶어 나는 아주머니를 달랬다.

"아주머니, 진정하세요. 그런다구 따님이 살아 돌아오는 게 아니잖습니까?"

달래려고 다가선 나에게 그 아주머니는 어느새 가지고 왔는지 몽둥이를 휘둘렀다.

"너도 자식 잃어 봐, 네 놈들 마카 여여기서 내쫓아야 편히 살 수 있겠어!"

얼결에 나는 몇 대 호되게 얻어맞았다. 아이를 살리려고 애쓰던 나조차 얻어맞자 모두 비실비실 그녀 곁을 피했다. 그녀를 가까스로 달래서 보냈는데, 평상시에 양같이 온순한 여인네가 딸을 잃자 상상도 할 수 없는 모습으로 변하는 걸 보니, 우리 또한 너무도 비참했다. 후방에까지 퍼부어대는 미군기의 무서운 폭격으로 셀 수 없는 사람들이 죽어 갔다.

9월 들어 무기와 물자가 모자라면서 점차 전투에서 인민군이 밀리기 시작하는 기색이 뚜렷했다. 강릉 지방에도 매일같이 폭격이 계속되었다. 그때까지도 북한 방송은 열등한 무기를 가진 인민군이 세계 최강을 자랑하는 미군을 상대로 부산과 대구를 제외한 남한 전 지역을 해방시켰고, 대구 팔공산에서 가열차게 전투가 벌어지고 있다고 보고하고 있었다.

열등한 무기를 가진 인민군이 계속 승리하고 있다는 보도가 의심되어 임시수도 부산에서 보내는 남한 방송을 들어 보았다. 남한 방송은 유엔군이 속속 부산에 상륙하고 있고, 전방은 반격을 개시해서 팔공산 전투를 승리로 이끌었다고 보도하고 있었다. 그러던 9월 17일 아침이었다. 뜰에 나와 소금물로 양치를 하고 있는데,

"진계, 진계!"

허겁지겁 달려오는 사람은 자위대장 김재성이었다.

"방송 들었어?"

"뭔, 방송?"

"인천에 미군이 상륙했대!"

"뭐!"

갑자기 세상이 무너지는 양 얼떨떨했다.

1950년 9월 15일, 미해군 제7함대가 마침내 인천에 상륙했다. 이어서 9월 16일부터 낙동강 전선에서 유엔군의 총반격이 개시되었고, 9월 28일에는 중앙청에 미군기가 펄럭였다. 단 열흘 사이에 전세는 완전히 역전되어 인민군은 패퇴하기 시작했다. 분주소 창문 밖에는 팔다리 머리에 붕대를 싸매고 패잔병처럼 후송되어 오는 부상병들의 모습이 늘어 가기 시작했다.

1950년 9월 15일, 인천에 상륙한 미해군 제7함대 LST선.(출처 : 미국연방정부 퍼블릭 도메인)

"이거이 클났군 기래. 츳츳."

한 서원이 창문 곁에 서서 지나가는 부상병들을 바라보면서 안타까워 혀를 찼다. 나는 벽에 걸린 지도를 보면 볼수록 불안했다. 미군은 인천 상륙 작전으로 전방에 있는 인민군을 고립시키겠지. 밤낮없이 쌕쌕이가 하늘에 떠서 물자 공급을 차단하고. 이렇게 가다가는 무슨 꼴이 벌어질지 몰라. 한반도는 양키 놈들과 이승만 도당에 짓밟히고 민족 통일은 요원할지도 몰라. 별의별 생각이 다 떠올라 머리를 어지럽혔다.

저물녘의 이별

"후퇴하시오!"

"예? 무슨 말씀입니까?"

"동무, 지시 내용에 따르기만 하시오! 최고 사령관의 명령에 의한 일시적인 후퇴래요! 지금까지 보관 작성한 모든 서류를 땅속에 묻고, 주민들을 조직적으로 후퇴시키라요. 식량이나 모든 물자는 분산 처리하드래요, 이상이오!"

놀랄 일이었다. 1950년 9월 30일. 연합군의 워커 중장이 38선 돌파 명령을 내린 날, 들판에 안개가 잔뜩 낀 새벽녘이었다. 숙직을 서다가 강릉군 내무서에서 온 전화를 받았다. '일시적이고 조직적인 후퇴 사업'을 진행하라는 지시 내용이었다. 전화를 받고 나서야 상황이 인민군 측에 불리하며 상당히 위급한 지경에 이르렀음을 느꼈다. 예상은 했지만 이렇게 빨리 후퇴 명령이 떨어질 줄은 몰랐다.

'일시적' 후퇴란 표현은 전술상 후퇴했다가 진용을 재정비하여 다시 진격한다는 의미로서 전쟁을 계속한다는 뜻이다. '조직적'이란 말은 인적·물적 자원을 개별적으로 처리하는 게 아니라 집단으로 처리하라는 뜻이다. 주민들을 질서 정연한 대오로 묶고 식량 등은 집단으로 정리하라는 말을 곰곰이 따져보니, 전쟁이 장기화 되고 승부가 쉽게 나지 않으리라고 판단됐다.

이 일시적·조직적 후퇴 문제는 분주소에서는 당세포위원장인 이지훈 서원의 주재로 당세포 회의가 열려 대책을 논의했다. 그날 오후, 면 인민위원회 위원장 김유경과 면 당위원장 최지일이 찾아왔다. 날카로운 눈빛을 반짝이면서, 오자마자 서원들에게 지시 사항을 꼼꼼히 지적했다.

"인민위원회는 각 리 인민위원회를 통해서 각 리에 거주하는 주민들의 후퇴 대열을 조직했습니다. 방법은 각 리 당세포와 사회 단체들이 주동이 돼서 조직적으로 후퇴하도록 지시했습니다. 사정이 급박하지만 서둘지 말고 차근차근 합시다. 동무들을 믿소!"

그는 분주서원의 손을 한 사람씩 꼬옥 잡았다.

상황이 이쯤 되자 분주소에서는 주민들의 후퇴 대열을 조직할 필요는 없어졌다. 각 리 자위대원들에게 조직적인 후퇴를 지시한 후 서류 매립 작업은 극비 사항이므로 분주소장 오창신이 혼자서 담당하기로 하고 우리는 다른 일을 처리했다. 급하게 후퇴 사업이 진행되자 집안일이 궁금했다. 서둘러 이설당에 오니, 집에는 어머니만 계셨다.

"아니, 왜 어멍이어머니만 계세요?"

"네 아내와 형은 마을 사람들 마카 후퇴하러 갔고 나 혼자 남아서 집을 지키고 있잖나."

어머니는 몽창 빠진 잇새로 바람 새는 소리를 냈다. 바로 이때 아랫마을에 살던 샛별이가 필기를 업고 집으로 들어왔다. 모든 근심 걱정이 사라지는 듯했다. 샛별이는 걱정 어린 눈빛으로 다그쳤다.

"빨리 서두르드래요. 마카 후퇴하는데, 왜 이러고 계세요? 저도 후퇴하려고 왔어요."

그녀의 갸름한 얼굴이 핼쑥해졌다. 정신이 퍼뜩 들어 잠시 후퇴할 방법을 생각했다. 아이를 업고 식량까지 들고 피난 가기란 쉽지 않은 일이었다. 게다가 현대식 장비로 진격하는 미군을 피해서 식구들이 함께 다닌다면 잘못될 가능성이 더 컸다. 별로 뾰족한 방법이 떠오르지 않았다

아비의 고민도 모르고 이제 막 말을 배우기 시작한 필기는 마루에서 재롱을 떨었다.

"여보, 당신은 필기를 데리고 마을로 가요. 그리고 어머닌 큰댁에 가셔서 쉬세요."

샛별이는 의아하다는 듯한 표정으로 말했다.

"함께 가구 싶구먼요."

"그래, 내가 집을 지킬 테니까 필기 어멈은 데려가라."

시어머니란 자식을 낳아 준 며느리를 당연히 아끼기 마련이다.

"아닙니다. 아마 후퇴 기간은 길어야 일주일일 거예요. 잠시 올라갔다 오는 겁니다. 집을 비워 둬도 괜찮아요. 어머니도 큰댁에 가 계세요. 당신이 무슨 죄를 지었다고 후퇴하오. 집에서 염려 말고 앉아 있어요."

"걱정하지 말고 너나 잘 다녀와라."

어머니는 나를 안심시키려고 호물짝 웃었다.

"일주일이면 됩니다, 어머니. 갈게요."

샛별이의 새까만 눈에 하늘빛이 반짝했다. 눈물이었다.

"금방, 올게요!"

짧게 인사하고 문밖으로 뛰어나갔던 나는 그때까지만 해도 정말 일주일이나 길어야 보름 정도면 다시 돌아오리라고 확신하고 있었다. 그 일주일이란 말이 일주일이 아니라 영원한 이별 인사가 될 줄을 누가 꿈에라도 생각할 수 있었겠는가.

그것이 9월 30일, 어슴프레한 저물녘이었다.

이튿날 10월 1일, 나는 분주소원들과 분주소에서 하룻밤을 새우며 지시를 기다렸다. 기다려도 본서에서는 아무런 지시도 없었다. 기다리다 못해 내가 먼저 전화했다.

"여보세요. 어떻게 된 겁니까? ……예에, 저하고 분주서원 밖에 없다구요! ……아아, 근데 본서는 어떻게 됐다구요? ……오대산에 들어가서 유격전 하기루 했다구요? ……그럼, 우린 어떻게 해요? ……여보세요. 여보세요! 좀 크게 말씀하세요! ……면내에 간부들을 모아 놓고 대기하고 있으라구요? ……쫌 이따 연락하겠다구요? ……여보세요! ……여보세요! 여보세요!!"

전화가 불통이다. 먼저 면 인민위원회 등 간부들을 찾아 나섰건만, 이미 후퇴하고 남아 있는 사람들은 우리 분주소원들뿐이다. 본서에서 지시 오기를 기다렸으나 10월 3일이 될 때까지도 아무런 지시가 없었다. 본서에 연락했더니 전화는 완전히 불통이었다. 군당에 전화해도 역시 마찬가지였다. 이미 모두가 피신해 버린 것이다. 심한 배신감과 함께 그렇게 겁이 많은 사람들과 무슨 일을 할까 싶어 한심스럽게 느껴졌다. 그때 웬 사람이 창문 안으로 얼굴을 디밀고 소리쳤다.

"아니, 인자 강릉 시내까지 국방군이 들어와 시가전하고 있십니더. 예서 뭘 헙니꺼! 퍼뜩 후퇴하이소!"

"당신, 어디 사람이오?"

내가 소리쳤다.

"내는 경주 분주소에서 예까지 피난 왔십니더. 아따, 퍼뜩 피난 가이소!"

일이 급박해졌다. 분주소원 5명과 자위대장 등 6명이 사무실에 둘러앉아 어떻게 할 것인가를 토론했다.

먼저 오창신 분주소장이 빠른 소리로 말했다.

"상황이 급박하게 됐소. 상부 지시대로 오대산으로 들어가서 빨치산 투쟁을 합시다."

그러나 김재성은 다른 의견을 내놓았다.

"오대산에 꼭 가야 하는 건 아닙니다. 또 오대산 쪽은 이미 길이 막혔을지도 모릅니다. 일을 억지로 벌이기보다는 행동을 통일해서 강원도 당으로 가는 게 현명합니다. 강원도 당에 가서 직접 지시를 받도록 합시다."

그의 둥글은 목소리는 꽤 설득력이 있었다. 이후 몇 가지 의견이 제시되기는 했으나, 토론의 결론은 강원도 당으로 후퇴하자는 김재성의 의견에 모였다.

마침내 우리는 급히 서둘러 후퇴 준비를 하고, 다음날 늦은 오후에야 길을 떠났다. 바다엔 핏빛 노을이 널부러져 있었다. 목표 지점은 원산에 있는 강원도 당이었다.

원산, 강원도 당, ……살아서 거기까지 가야 해.

우리는 뒤를 쫓는 국군과 미군을 피해 발길을 재촉했다. 빠른 속도로 북상했는데도 주문진에 도착했을 때는 벌써 저물녘이었다. 주문진은 인적이라고는 개미 새끼 한 마리도 없었다. 텅 빈 거리가 왠지 낯설게만 느껴졌다.

더욱 서둘러 밤이 새도록 걸어갔다. 어느덧 새벽녘이 다 되었는데, 겨우 백여 리밖에 못 온 걸 알게 되자, 갈 길이 까마득하다. 다리도 아프고 피곤한 데다가 낮에는 길에 서기만 해도 쌕쌕이가 무차별하게 기총소사를 해대는 바람에 행군이 불가능해서 그냥 숲속에 들어가 밥을 지어 먹고 낮잠을 자며 쉬었다.

오후 4시경에 식사를 하고 길을 떠나려고 불을 피웠는데, 연기를 보았는지 갑자기 호주기 혹은 쌕쌕이라고 하는 전투기가 기총소사를 했다. 지금 생각하면 우스운데, 남쪽이나 북쪽이나 쌕쌕이를 이승만 대통령의 영부인인 프란체스카 여사의 나라인 호주에서 보내왔다고 해서 호주기라고 불렀다. 사실 프란체스카 여사는 남태평양에 있는 오스트레일리아호주가 아니라, 유럽에 있는 오스트리아였다. 실제로 한국전쟁 때 호주 공군은 공중전이나 지상전에서 혁혁한 전과를 세웠다. 쌕쌕이라고 한 까닭은 비행기가 가까이 다가올 때 나는 엔진 소리가 그렇게 들렸기 때문이다.

호주기든 쌕쌕이든 구름 위에서 모든 것을 내려다 보는 듯이 기다렸다가, 토끼를 본 독수리처럼 무섭게 달려 들었다. 우리는 급히 그곳을 벗어나 다른 곳으로 옮겼다. 하는 수 없이 어두워질 때까지 기다렸다가 식사를 준비해서 밥을 먹고 길을 나섰다.

다시 날은 저물어 어두컴컴해지기 시작했다. 앞이 제대로 안 보이는 길을 걸었다. 포탄에 파인 구덩이에 빠져 넘어져서 콧등이 까지면서도 걸었다.

"힘내기요. 잡히믄 죽는기야요."

몸이 건장한 한정주 서원이 앞장서서 걸어갔다. 발도 부르트고 힘들었으나 겨우 참으며 길 가기를 재촉했다. 파곤죽이 되어서 양양읍에 이르렀을 때, 앞에 피난민을 태운 소달구지가 어둠 속을 가고 있었다.

"진계! 진계!"

소달구지를 타고 가던 사람은 김유경과 그 일행이었다. 김유경은 나이가 들어 밤눈이 어두웠던 까닭에 밤길을 걸을 수 없어서 소달구지를 타고 가고 있었다고 했다. 일행은 그의 아들인 진교·진구 형제와 그의 부인인 정호경, 면 인민위원회 서기장인 김원경, 그의 부인 최모 씨 등 여섯 명이었는데, 다소 피곤한 듯 입술이 터진 김유경은 목소리로 나에게 당부했다.

"나와 안사람은 이제 나이가 들어서 후퇴하기가 힘들어. 우리는 양양군 동면에 있는 처가로 갈 터이니, 자네가 애들을 데리고 북으로 갔으면 하네 그려. 마지막 부탁이네."

가까이서 보니 잔주름이랑 거친 피부랑 하여 꽤나 늙어 보였다.

그들과 헤어진 나는 진교 형제를 데리고 길을 떠났다. 손사래를 흔들며 헤어지는 김유경의 모습을 보면서 나는 많은 걸 생각했다. 일제 때부터 해방운동을 하면서 늘 성격이 대쪽 같고 불의에 굽히지 않던 사람. 여러 번 옥고를 치르면서도 웃음을 잃지 않았던 나의 아저씨. 지금도 웃는구나. 그 순간이 정말로 그의 말대로 마지막 부탁을 이행한 순간이 될 줄은 꿈에도 몰랐다. 깡마른 그의 퀭한 눈이 이후로 고향 생각할 때마다 커다랗게 떠올라 코끝이 맹맹했다.

한국 전쟁 당시 쌕쌕이로 불리던 F-86.(출처 : Public Domain)

뒤통수를 미군이 금방 잡아챌 것만 같아 일행은 계속 걸음을 다그쳤다. 진교 형제는 젊어서 그런지 걸음이 빨라 따라잡기조차 힘이 들었다. 걸음 빠른 두 형제는 앞서 북상하여 원산 강원도 당에 가서 기다리라며 먼저 길을 보냈다.

그날 밤, 남은 일행은 속초 청초호 부근에 이르렀다. 호수를 건너야 했기에, 어둠 속에서 주위를 둘러보니 건너편에 보이는 것은 거룻배가 분명했다. 헌데 헤엄칠 줄 아는 사람은 나밖에 없어서, 내가 먼저 건너가 배를 가져올 테니 기다리라고 동료들에게 말한 다음 옷을 벗고 고쟁이 바람으로 호수에 들어갔다.

깜깜한 한밤중에 주변은 전혀 보이지 않고 물살에 떠내려가니 겁도 나고 무서워서 젖먹던 힘까지 다 쏟아 아등바등거리며 간신히 건너편에 도착할 수 있었다.

겨우 살았다고 한숨을 폭 내쉬자 몸속의 뜨거운 기운이 빠져나가면서 와들와들 떨렸다. 10월 초인지라 바닷바람이 쌀쌀했다. 겨우 정신을 차리고 배를 풀어 호수를 건너려는데 이번에는 나룻배마저 물살에 쓸려 바다 쪽으로 흘러가려고 했다.

"어어! 힘 내기오!"

"위험해! 기냥 나와, 이 사람아!"

동료들은 안타까워서 발을 동동 굴렀다.

겨우 물살에 쓸려 가는 나룻배를 갖다 댔다. 안타깝게 지켜보던 동료들은 환호성을 질렀다.

우린 나룻배를 타고 호수를 건넜다. 속담에 지름길을 가다가 물똥 싼다더니 우리 꼴이 그러했다. 우회하지 않고 청초호를 건너느라 적지 않은 시간을 허비한 우리는 그만큼 더 초조해졌다. 이윽고 간성읍에 도착했다.

벌써 날이 밝아 오기 시작했다. 빈집에 들어가서 조반을 먹으니까 쌓였던 피로가 온몸을 덮쳤다. 피곤한 김에 잠깐 잠들었을까. 잠결인지 꿈결인지 아득히 들려 오는 소리가 있었다. 쿠우웅, 쿵… 웅, 땅을 울리며 다가오는 소리는 분명히 대포 소리였다.

"일어나요! 국방군이 좇아오고 있어요!"

재성이가 날카롭게 외쳤다. 어차피 잡혀 죽으나 쌕쌕이에 맞아 죽으나 이판사판이었기 때문에 환한 낮이었지만 숲속으로 숨어서 다시 북상 길을 서둘렀다. 찬물을 헤엄쳐 그런지 몸에 열이 나고 무릎 관절이 시어서 걷기조차 불편했지만 나는 이를 악물고 따라갔다.

겨우 쌕쌕이를 피해 가다 보니 점심시간 무렵이었다. 그때 길 끝에 분주소 건물이 보였다. 분주소는 역시 사람 그림자 하나 안 보이는 빈집이었다. 열린 문으로 유치장이 보였는데 죄수들이 뒷벽을 뚫고 도주한 흔적이 눈에 들어왔다. 놀랍게도 책상 위에 보자기에 덮여 있는 밥그릇이 있었다.

"밥, 찰밥이에요."

보자기 아래 큰 그릇 속에는 놀랍게도 팥을 넣어 만든 찰밥이 가득 들어있었다. 간성에서 아침을 어설프게 지어 먹어 배가 고프던 차에 이게 웬 떡이냐 하고 먹으려 하니까, 조규익 서원이 심각한 얼굴로 다급하게 손을 저어 말렸다.

"부소장님, 독약이 들어있을지도 몰라요. 먹지 마시래요."

그런 말을 들어도 하도 배가 고파서 먹다가 죽는 한이 있어도 일단은 먹어야 했다.

"독이 들어있는지 내가 먼저 실험해 볼 테니, 별일이 없으면 자네들도 먹게나."

먹고 보니 별 탈이 없었다. 웃으면서 농담으로,

"비상이 약간 섞인 거 같지만, 맛은 아주 좋은데!"

일행에게 권하자 며칠 제대로 식사하지 못한 일행은 서로 조금씩 나누어 먹었다. 밥은 양이 꽤 많았고 정말 꿀맛이었다. 아마도 죄수들이 밥을 먹지 않고 도망친 모양이었다.

"그 비상 맛 참 좋소. 진계 동무는 먹는 거 찾는 데도 도사란 말씀이야. 허허허."

밥을 한입 가득 입에 넣고 껄껄 웃으면서 분주소장 오창신은 볼살을 실룩거렸다. 모두 오랜만에 웃을 수 있었다. 마악 웃음이 그치는 찰나, 쐐에엑, 바람 가르는 쌘소리가 들렸다.

"쌕쌕이다!"

모두 날쎄게 집을 빠져나오자마자 분주소는 비행기가 쏜 로켓탄에 맞아 지붕 한가운데서 활화산처럼 불을 뿜으며 산산이 박살 났다. 부서진 기왓장이 머리 위에 늦겨울 우박처럼 우수수 떨어졌다.

"뛰어! 흩어져!"

신발이 벗겨졌는지 피가 나는지도 모르면서 뛰었다. 쌕쌕이는 마치 사냥이나 즐기는 듯이 우리의 꽁무니를 따라다니면서 기관총을 마구 쏘아댔다. 투투투투투투~퉁, 땅 위에 길게 줄을 그으면서 기관총이 난사되고 우리는 솔개를 만난 병아리처럼 혼비백산 이리저리 뛰었다.

어느새 하늘에 치솟은 쌕쌕이가 안 보인다 싶으면 갑자기 등 뒤에서, 쐐에엑, 소리보다 먼저 비행기가 나타나서 중기관총알을 소낙비 뿌리듯이 흩뿌리고 지나갔다. 그때였다. 꽝! 로켓 터지는 소리가 나면서 눈앞에 사람들이 볏짚단 날아가듯 공중으로 붕 튕겨 나가는 게 보였다. 놀랄 새도 없었다. 나도 나동그라지면서 멀찍이 떨어져 도랑물에 머리를 처박았다.

한동안 기절해서 의식을 잃고 있다가, 주위가 조용해져서 겨우 고개를 쳐들고 둘러보았다. 세상은 언제 그랬냐 싶게 참새가 짹짹이고 가을바람 소리가 귀를 편안하게 했다. ……다른 서원들은? 아무도 보이지 않고, 두 사람만 옆에 널부러져 있었다.

조금 전에 찰밥을 함께 먹던 오창신은 형체를 알아볼 수 없게 묵사발이 됐고, 아직도 입에 찰밥을 물고 있는 조규익은 다리 한쪽이 잘려나간 채 도랑에 벌렁 자빠져 있었다. 그들은 온몸에 흥건히 피가 배어 아프다는 말도 없이 죽었다. 어이없고 기가 막혔다. 눈물 흘릴 틈도 없었다. 그저 등줄기가 오싹, 나머지 동료들은 어디로 튀었는지 한 명도 보이지 않았다.

어쩔 수 없이 혼자서 주인 잃은 권총을 회수하고 당증과 증명서를 챙긴 다음 시체를 어디엔가 묻어야 할 성싶어서 분주소 자리로 되돌아왔다. 비행기를 피해 간신히 시체 덮을 가마니를 구해 다시 산기슭으로 가려는 참에 쐐엑, 다시 쌕쌕이 소리가 들렸다. 얼른 몸을 숨겼다.

비행기 때문에 아무것도 할 수가 없었다. 기회를 봐 시체에 다가가 가마니만 덮은 다음 나는 일단 해지기를 기다렸다가 이동하기로 했다. 아무리 쌕쌕이가 쫓아온다 해도 두 사람을 묻어 주지 않고는 떠날 수가 없었다.

조금 어두워진 후에 시체 있는 곳에 가서 매장하려고 시체를 산기슭으로 옮겼다. 이미 싸늘하게 굳어 돌덩어리가 된 시체는 끔찍이 무거웠다. 삽을 못 구한 탓에 땅을 깊게 팔 수도 없어서 일단 가마니를 덮어 가매장한 다음 송장 옆에 앉아 한숨을 돌렸다. 사방에 풀벌레 소리만 날 뿐 나 혼자라는 외로움이 뼛속까지 파고들었다. 몸은 늦가을에 한기가 치밀어 정신을 차릴 수 없었다.

다리가 후들후들 떨렸으나 겨우 정신을 가다듬으면서 막대기를 지팡이 삼아 북쪽을 향해 미친놈처럼 어둠 속을 휘적휘적 걸어갔다. 사천면이 불바다가 됐을 때 봤던 미친 늙은이와 내 꼬락서니가 별 다를 바 없었다.

한참 가는데 뒤에서 자동차 소리가 들렸다. 위치로 보아 인민군 트럭이 분명했다. 이제 살았다. 차가 가까이 오자 손을 흔들어 차를 세우고 말도 없이 뒤편에 올라타려는데,

"메요? 와 말두 없이 타는 기요!"

적재함에 앉아 있던 인민군 전사가 버럭 화를 냈다.

"내무서원이오. 후퇴하는 길인데, 지쳐서……."

"기래요! 기럼 날래 타기요."

형편없는 내 모습이 불쌍한지 그다음부터는 아무 말도 걸지 않다가 꾸벅꾸벅 졸기 시작했다. 요행으로 차를 타고 한 50리쯤 가는데 진교 형제가 옆으로 스쳐 지나갔다.

"진교야! 진교야!"

소리 높여 불렀지만 차가 빨리 지나가 다시 헤어지고 말았다. 뛰어 내려서 함께 가고 싶었으나 몸도 멀쩡하지 않고 다시 걸을 자신도 없었다.

한참 달려서 날이 밝아 오자, 차는 은폐 장소로 갔고 다시 혼자 걸었다. 터벅터벅 혼자 걸었다. 창자가 쫄딱 쫄아 왔다. 전날 분주소에서 찰밥 몇 숟갈 먹은 후 아무것도 먹지 못했기에 우선 냇물에 엎드려 찬물로 배를 채웠다. 냇물에 비

친 내 얼굴은 눈자위가 퀭하니 들어가 마치 오랜 병을 앓은 환자 같았다. 뭐 좀 먹을 게 없을까. 주변을 둘러보아도 아무것도 없었다.

지친 발을 달래 가며 반나절을 걸었을 때, 길가에서 멀리 떨어진 터에 무밭이 보였다. 헐레벌떡 뛰어가서 무 하나를 쑤욱 뽑아 칼로 깎아 먹었다. 맛이 꿀맛 같고 허기가 다소 가시는 듯했다. 무를 몇 개 더 깎아 먹고 길을 가는데, 갑자기 속이 바늘에 찔린 양 쓰라렸다. 빈 배에 무를 너무 많이 먹어서 위장만 자극한 까닭이었다. 쓰라린 배를 움켜쥐고 쉬엄쉬엄 가서 고성읍에 당도했다. 이설당 마을에서 88킬로미터쯤 북으로 간 것이다.

폭격이 있었는지 마을은 잿더미였다. 고성읍 인민위원회는 텅 비어 있었다. 폭격은 피했는지 건물은 온전했지만 식량이라고는 한 톨도 없었다. 하는 수 없이 걸음을 옮겼다.

삼일포는 전쟁이 할퀴고 간 흔적이 전혀 보이지 않았다. 사람들은 한가하게 그물을 짜거나, 모래사장에서 미역을 펼쳐 말리고, 아이들은 갯가에서 멱을 감으며 쨍알거렸다. 거지꼴로 어느 집에 들어서는 나를 보고 강아지가 컹컹댔다.

"뉘시요?"

순하게 생긴 사내가 나왔다. 이래저래 사정을 말하니까,

"조금만 기다리슈."

잠시 후 주인의 아내인 듯한 사람이 상을 내왔다. 마파람에 게눈 감추듯이 밥 한 그릇을 먹고 나니, 눈꺼풀이 무거워지면서 슬금슬금 졸음이 쏟아졌다. 주인은 이내 알아차렸는지 입을 뗐다.

"부담 갖지 말구 맘 놓구 주무슈."

얼마나 고마운지 이루 다 표현할 수가 없었다. 나는 주인의 손을 붙잡고, "고맙습니다. 이 은혜를 어떻게 갚아야 할지……, 정말 고맙습니다." 고개를 주억거

렸다. 대낮인데도 바닷바람이 썰렁하여 구들 바닥에 군불을 지핀 온기가 느껴질 때서야 잠이 들었다.

드르르, 방문 여는 소리에 눈을 뜨니 어느새 저물녘이었다. 내가 깬 걸 알고 주인이 저녁상을 들고 들어왔다.

"글쎄…… 나두 후퇴해야 하는데 준비가 늦었수다. 낼쯤 떠나려구요."

그도 역시 좌익이었던 모양이었다.

식사를 마치고 호의에 감사한 후 다시 길을 떠났다. 어둑어둑한데 혼자 터벅터벅 걸어가자니 무릎이 점점 더 욱실거리며 쑤셨다. 무릎 관절은 퉁퉁 부어올랐고, 발바닥은 터진 물집 사이로 모래가 끼었는지 무척 쓰라렸다. 한발 한발 걸음을 옮기는 것이 눈물 나올 정도로 고통스러웠다. 아픔을 참으면서 걷는 내 모습이 꼭 거북이처럼 느껴졌다. 이빨을 사려 깨물고 걸었다. 얼마쯤 걸었을까. 걷는 일에 열중하던 중에 아픔도 잊는 듯했다.

어느덧 온정리 삼거리에 닿았다. 제동 병원 소사 일을 하던 어린 시절 일이 영화 필름처럼 떠올랐다. 장전에 쪽지 심부름을 다녔었지. 장질부사라고 일본 헌병을 속였었지. 소꿉장난하듯 식당 처녀랑 연애를 했었고. 도원별경 같은 금강산이 저긴데. 어디선가 일본 헌병이 고노야로[임마], 소리쳤지.

어둠 속이라 금강산을 볼 수가 없는 것이 안타까웠다. 일가 친척을 지척에 두고도 마음대로 내왕조차 못 하던 분계선 이북의 북한 땅에 깊숙이 들어왔다는 사실에 감회가 새로웠다. 장사꾼들이 몰래 남한의 풍부한 살과 다이아찡을 비롯한 약제품을 목선에 싣고 북한에 가져가 북한에 풍부한 명태나 소를 교환해 오는 밀무역을 목격한 일이 생각났다. 한 민족이 서로 상부상조하는 것까지 몰래 해야 하는 그런 불쌍한 상황은 사라져야 하는데, 이 전쟁이 어떻게 될 지 예측할 수가 없었다.

한동안 멍하니 상념에 빠져 있다가 다시 일어섰다.

장전을 지나 얼마쯤 가는데, 한 여인네가 어린아이를 업고 머리에는 봇짐을 진 채 기진맥진 걸어가고 있었다. 나는 동료들과 헤어진 후 처음 사람을 만났기에 반가워서 다가갔다. 그 여인은 낯선 남자가 다가오니 흠칫, 경계했다. 그녀를 안심시키려고 정중하게 물었다.

"아주머니, 어디서 오시는 길인데 이렇게 고생하십니까?"

"강릉에서요."

"강릉이요? 나도 강릉 사람인데, 강릉 어디래요?"

"방동리에 살아요."

여인은 무척 어두운 표정이었다.

"아, 그래요. 나는 사천면 사람인데, 잘 만났고. 나는 나쁜 사람이 아니니 조금도 두려워하지 마세요."

서로 몇 마디 주고받다 보니 자연스럽게 대화할 수 있었다. 그제야 그녀는 조금 웃기까지 했다.

"일행이 있어 함께 가다가 아이와 짐이 무거워서 그만, 이래 뒤처졌잖소. 빨리 가야 할 텐데."

몹시 힘든 듯 이마에 땀이 송글송글했다. 짐을 이고 아이까지 업은 그녀가 하도 측은해서, 무릎이 아팠지만, 아이를 내게 달라고 해서 업었다. 담요 한 장만 짊어지고 가다가 아이를 업고 가자니 허리며 무릎이 칼로 에는 양 쑤셨다. 이를 악물고 참으면서 걸으려니 나중엔 감각조차 없어져 얼얼했다. 무릎이 아파도 동행자가 있으니까 서로 말벗도 되고 외롭지 않아 좋았다.

한때는 함께 빈 집에 들어가 밥을 짓다가 쌕쌕이의 기총소사를 당하는 죽을 고비를 넘기면서도 나는 끈질기게 아이를 업고 다녔다. 삼 일 동안 그렇게 업고 다니니까 웬일인지 왼쪽 무릎이 시원스러워졌다. 냉은 냉으로 고친다는 말이 실감이 났다. 아픈 것을 더 아프게 무리하면 약을 먹지 않아도 나을 수 있는 모양이었다.

원산 부근에서 나는 아주머니와 헤어져서 원산 시내로 들어가기 위해 부지런히 길을 재촉했다. 원산을 20여 리 앞둔 지점까지 갔을 때였다. 하늘에서 천둥 치는 소리가 들렸다. 콰릉~ 콰르릉! 비가 오려는구나, 했는데 알고 보니 함포 사격 소리였다. 그때 처음 함포 사격을 보았다.

바다 끝에서 반딧불만 한 불이 번쩍하더니 아무 소리도 들리지 않았다. 한나, 두울, 세엣, 네엣…… 천천히 일곱까지 세고 나면, 슈우웅~ 콰릉, 하고 천둥 치는 소리가 나면서 폭탄을 맞은 장소는 산산조각 박살이 났다. 비행기 폭격은 비교도 안 될 정도로 무서웠다. 언제 내 발등에 포탄이 떨어질지 전혀 예측할 수 없는 함포 사격이었다.

슈웅~ 콰르릉, 쾅!

교통로를 차단하려고 원산으로 넘어가는 영마루를 미 함대가 포격하고 있었는데, 나로서는 그 길을 지나가지 않을 수 없었다. 하는 수 없이 근처에서 쉬고 다음 날 날이 밝으면 해안을 피해 산을 타고 넘어가야겠다고 마음먹고 주변에 빈집이 없나 찾아보았다. 돌아봐도 인가는 없고 밤나무 숲만 울창해서 약간 더 남쪽으로 갔다. 붉은 노을이 깔린 원산 앞바다는 온통 매를 맞아 멍이 든 살점처럼 푸르딩딩했다.

밤나무 숲 끝에 집 한 채가 눈에 들었다. 마루엔 흰옷을 입고 있는 남자가 앉아 있었다. 행색을 보아 집주인은 아닌 듯했다.

"실례합니다. 함포 사격을 밤새 쏴대는 바람……."

흰옷 입은 남자는 내 목소리를 듣자마자 획 돌아앉아,

"아, 아니, 이게 누구야! 진계 아닌가!"

"야, 너, 용철이 아냐! 살아 있었구나!"

보통학교 동창생으로 미노리에서 살던 박용철이었다. 용철이를 보는 순간 전신의 피가 용솟음치는 반가웠다. 하도 반가워서 우리는 마주 잡은 손을 연신 흔들어대며 놓을 줄을 몰랐다.

"몇 년 만이나?"

"테러 땜에 밤에 너희 집에 잠깐 들른 후에, 아마 삼 년 만이제."

"그렇군…… 헌데 왜 혼자야? 일행이 없나?"

"쌕쌕이 땜에 죽고 흩어지고 그랬제."

"나두 그래. 쯧쯧."

"그럼, 여기서 쉬고 낼 날 밝으면, 같이 영마루를 넘자."

그는 입을 꾸욱 다물고 고개를 끄덕였다. 어릴 적 친구를 만나니 잃었던 힘도 부쩍 솟았다. 빈집에서 나란히 누워 밤새 얘기하다가 깊이 잠들었다.

쨍알거리는 참새 소리에 내가 먼저 눈을 떴다. 밤나무 가지 사이로 내리쬐는 햇살이 눈아렸다. 함포 사격 소리도 없었다. 수송 차량을 향해서 쏘는 것이니만큼 낮에는 자동차가 다니지 않는다는 것을 알고 사격을 안 하는 것 같았다. 함포 공격만 없다면 너무도 평화스러웠다.

"용철아, 일어나. 가자."

우리는 빠른 걸음으로 원산으로 향했다. 가는 중에 길가에 사과밭을 보았다. 사과알이 빠알갛게 익어 제법 먹음직스럽게 달려 있었다. 식량이 없어서 아침도 굶은 터라 잘됐다 싶어 배 부르게 따 먹고 몇 알 싸서 길을 떠났다. 나중에 안 일이지만 그곳은 꿀맛 사과로 유명한 통천이었다.

함포 사격을 받던 영마루에 있는 기동로는 여기저기 포탄에 구덩이가 파여서 엉망이었다. 기동로 아래에는 기찻길이 있었는데, 철도는 엿가락처럼 늘어져 있고, 퉁겨 나간 화물 열차는 흉측스러운 철골만 남아 하룻밤이 지난 아침나절까지 불 타고 있었다. 바다에는 아직도 미군 함대가 점점이 떠 있었다. 걸음아 나 살려라, 우리는 전속력으로 고갯길을 넘었다. 고갯마루에 쏘구역대포나 기관총이 표적이 되는 구역을 벗어나 안전지대로 나온 우리는 한숨을 돌렸다.

"참, 사는 것두 보통 일이 아니네."

용철이는 찡긋 눈웃음 짓고는 큰대자로 벌렁 누웠다. 한동안 쉬다가 원산 시내로 들어갔다. 그때까지 원산은 그다지 파괴되지 않았다. 사람들이 시내를 왔다 갔다 하면서 북적댔지만 문을 연 가게는 없었다.

"말 좀 묻겠습니다. 여기 강원도 당이 어딨는지요?"

"선착장에 있능 공판장 옆에 있쟁요."

"예에, 감사합니다."

서둘러 선착장 쪽으로 향했다. 가을바람이 바다 쪽으로 비릿한 짠 냄새를 몰고 와 품 안에 달려들었다. 나는 바람을 깊이 들이마시며 배들이 묶여 있는 방향으로 시선을 꽂았다. 선착장은 물에 잠긴 듯이 깊은 침묵에 잠겨 있었다. 몇 개의 깃발이 펄럭였지만 어선들은 부두를 이루는 시설물의 일부처럼 침묵 속에 누워 있었다.

우리는 사람들에게 물어물어 강원도 당 위원회를 향해 걸었다. 녹슨 케이블과 안강망·낭장망에 매다는 무쇠 덩어리 닻과 자동차 타이어·고무 튜브, 참나무 막대기들·녹슨 드럼통·내버린 그물 조각 따위가 어지럽게 내던져진 거로 보아 전쟁이라 출어하지 않은 듯 썰렁했다. 공터를 지나 밋밋한 언덕길을 오르다 보니 공판장 옆에 벽돌로 아담하게 지은 단층 건물이 보였다.

"야아, 저기다. 다 왔다!"

용철이는 숨을 내쉬며 쏟아붓듯이 말했다.

"이젠 다 왔나. 휴우~."

된숨을 몰아내 쉬고 도당위원회 건물로 들어갔다.

들어갔는데, 텅, 비어 있었다. 여기까지 어떻게 왔는데, 목숨 걸고 찾아온 강원도 당인데. 잠시 마카 어디 나갔나? 한동안 기다려도 개미 새끼 한 마리 얼씬거리지 않았다. 우리 처지가 한심하게 느껴졌다.

"어떡하나…… 강원도 당만 믿고 왔는데."

"아직도 당을 믿는 시민들은 후퇴하지도 않았는데, 당 간부라는 새끼들이 코빼기도 안 보이고 이래 급하다구 먼저 도망간 거나. 개새끼덜!"

성깔을 내는 용철이의 양미간이 심하게 일그러졌다. 텅 빈 강원도 당 사무실 안에서 우리는 허탈하면서도 심한 배신감을 느꼈다. 더욱이 당원인 나는 노동당을 전적으로 신뢰하고 있었기 때문에 배신감이 더했다.

호주머니 깊숙이 있는 오창신과 조규익의 당증, 서원증이 손끝에 느껴졌다. 도당에 오면 사고 사실과 함께 그들의 당증과 서원증을 도당에 반납하는 것이 어이없게 죽어 간 동료들에게 내가 할 수 있는 최소한의 선물이라고 생각했건만. 호주머니에서 분주소장과 조서원의 증명서를 싼 헝겊을 꺼내 보았다. 밥을 한입 가득 물고 껄껄 웃던 오창신의 모습이 떠올랐다. 천진난만하게 웃던 조규익의 얼굴도 스쳐 지나갔다. 그래. 어디까지라도 가서 기어이 갖다 주고야 말겠다. 나는 굳은 마음을 가다듬고 다시 호주머니에 헝겊을 집어넣었다.

깨진 창으로 시꺼멓게 콜타르를 바른 통나무로 지어진 창고가 군데군데 엎드려 있는 쓸쓸한 부둣가가 눈에 들었다. 그 부둣가를 말없이 걷고 있는 어민들의 모습이 어릿어릿 보였다. 멍하니 마당에 심겨진 감나무만 바라보았다. 이파리

하나 없이 감만 주렁주렁 열린 감나무였다. 텅 빈 도당 사무실과 풍성한 감나무, 기묘한 대조였다. 정신 차려야 했다.

"야, 용철아! 일어나! 가다 보면 도당 간부들을 만날지도 몰라. 하다못해 다른 기간원들이라도 만나서 소식을 물어서 찾아야 해! 일어나!"

소락대기 치는 나의 말을 한쪽 귀로 흘리면서, 침묵 속에 잠긴 부두를 무표정하게 바라보고 있던 그는 넋두리처럼 한마디 툭 뱉었다.

"맞아, 여기서 죽을 순 없지. 북쪽 끝까지라도 가 보는 수밖에."

후퇴, 후퇴!

우리 두 사람은 북으로 북으로 정처 없이 걸어갔다. 원산을 떠나 이틀을 가다 보니 몸은 지치고 배는 고파서 한 발짝 떼어 놓을 기운마저 없었다. 혹시 음식 얻을 민가라도 없나 살펴봐도 도대체 방도가 없으니 그저 발길 닿는 대로 무작정 쫄쫄 굶으면서 문천 방면으로 가고 있을 때였다. 전쟁통이라 설마 했으나 멀리 뭔가 팔고 있는 아줌마가 눈에 띄었다.

"이젠 살았다!"

용철이는 구세주라도 만난 듯이 좋아하며 뛰어갔다. 아줌마는 감자부침을 팔고 있었다.

"아줌마, 그거 있는 대로 부쳐 주쇼."

허겁지겁 감자부침 세 접시를 순식간에 먹어 치우고 나니 그나마 살 것 같았다. 세 접시를 더 사서 종이에 싸 담요 속에 넣고 다시 길을 떠났다. 한참을 가다 보니 어느새 칠흑 같은 어둠에 빠져 사방을 분간조차 할 수 없었다. 고원에서 어림잡아 십 리 정도는 왔을 텐데. 점점 깊은 산속으로 올라가길래 혹시 길을 잘못 들었는가 생각하던 차에 어떤 사람이 허겁지겁 앞쪽에서 내려오며 또랑또랑하게 말을 건넸다.

"이보기오. 디금 어데로 가는 길입네까?"

"북쪽으로……."

"북쪽이요? 무시기 소리야요. 기쪽으루 가면 피양이요. 피양은 발쎄 미군이 들어왔습네다. 마식령을 넘어서리 가야 합네다."

"뭐요!"

그 말을 들으니 귀가 번쩍 뜨였다. 방향을 잘못 잡았던 것이다.

산바람이 스산하게 불어 얼굴을 때리는 10월 19일이었다. 다시 오던 길로 되돌아 그 사람과 같이 가다 보니 고원이었다. 우리는 헛걸음 헛고생만 한 셈이다. 거기서 우린 고원 거리를 헤매다가 방향으로 어림잡아 함흥 쪽으로 향했다. 하늘은 점점 어두워지고 숲에서는 짐승의 울음소리가 가슴을 서늘하게 했다.

"날래 갑세다."

평양에서 왔다는 사내는 걸음이 무척 빨랐다. 그를 따라가다가 탁 트인 들판 한가운데를 가로 흐르는 넓은 강줄기 앞에 섰다. 강물에 어둠이 드리워져 한 치 앞을 볼 수가 없으니 어찌 해야할 지 난감했다. 어느새 평양에서 왔다는 사내는 사라지고 없었다. 한동안 이리저리 돌아다니며 다리나 배를 찾아보아도 찾을 수 없어 망설이는데, 어디선가 사람들이 웅성이는 소리가 들렸다.

귀를 기울여 소리를 따라 내려갔다. 나루터에 사람들이 모여서 배를 타고 있었다. 잘 됐다 싶어 전쟁 중이기에 조금 비싼 뱃삯을 주고 강을 건넌 후 사람들을 따라 걸어갔다. 그 사람들은 모두 뒤늦게 나선 길인지 하도 빨리 걸어서 우리 둘은 다시 뒤로 처지고, 이왕 이리된 바에야 천천히 가자고 마음먹었다. 굳어서 딱

딱해진 감자부침은 맛을 잃었지만 그나마 요기가 되었다. 우리는 걷고 또 걸었다. 쌕쌕이를 피해 밤새 가는 중에 어느덧 날이 하얗게 밝았다. 길가에 있는 농촌 부락으로 들어가 쉬어 가기로 했다.

"계세요?"

"누구요?"

초가집에서 주근깨가 콧등을 덮은 아낙네가 비녀를 꼽으면서 나왔다.

"좀 쉬었다 가려는데……."

"네에, 들어오시오. 남편두 피난 가구 내만 남았는데……."

그녀는 피난 가서 고생할 남편을 생각해서 그랬는지 우리를 무척 친절하게 대했다.

"남편이 없어서리 추수를 채 못했는데, 품값은 두둑이 줄 터이니 메칠 추수두 해주구 탈곡두 해두지 아니하겠습메?"

그녀는 다정한 표정으로 우리에게 제안했다. 나는 허리에 찬 권총을 내보이며 대답했다.

"우리도 댁의 남편처럼 북쪽으로 피난하고 있는 내무서원입니다. 강릉에서부터 여기까지 행군하느라 시달려서 잠깐 쉬어만 가려고 한 겁니다. 아주머니, 정말 미안합니다."

듣자마자 그녀 얼굴이 밝아졌다.

"그래요! 내두 노동당원이쟁요. 반갑습메다. 내는 그냥 평범한 피난민인지 알구 그래 하지 않았습메. 아이구 몰라보구 미안합메다."

이런저런 이야기를 나누는 중에 졸음이 참을 수 없이 마구 밀려와 비몽사몽 얘기 나누면서 꾸벅꾸벅 졸았다. 그녀는 우리의 처지를 알고 푹 쉬라면서 자리를 비켜 주었다. 용철이와 나는 앉은 자리에서 곯아떨어졌다.

"이제 일어나서 식사 좀 듭소."

한숨 푹 자고 있는데 주인 아낙네가 잠을 깨웠다. 햅쌀로 지은 먹음직한 점심 상이었다. 오랜만에 햅쌀밥을 배불리 먹고 나니 또다시 졸음이 쏟아져서 우리는 또 낮잠에 빠졌다.

문득, 잠에서 깨어났는데 어느덧 어스름 저녁이었다. 여주인은 논밭에 일 나갔다가 들어오고 있었다. 어둠을 타서 다시 피난해야만 했다. 그녀는 마루에 앉아 머리 수건으로 이마의 땀을 걷어 내고 있었다.

"밤도 늦어서 이젠 떠나렵니다. 대접해 주셔서 고맙습니다."

"아잉요. 저녁상 올릴 테니 잡숫구 가시지 아잉요."

주인 아낙네는 상을 금방 지어 올릴 테니 잠깐 기다리라면서 한사코 만류하는 것이었다. 참으로 순박한 인심에 나는 돈 200원을 건네려 했다.

"아주머니, 감사하지만 빨리 길을 떠나야 합니다. 정말로 감사합니다. 이거 얼마 안 되지만……."

"아, 아니, 안 되오."

돈을 안 받겠다고 하는 걸 억지로 주었다. 그녀는 "그럼 쌀이라도 가지구 가소" 라며 우리에게 쌀 한 바가지를 퍼 주었다. 이렇듯 북쪽의 정치를 지지하는 사람은 우리 같은 피난민을 정말로 따스하게 대했다.

다시 길을 떠났다. 밤을 꼬박 새우며 높은 산마루를 하나 넘었는데 드넓은 평야가 새벽살에 뿌연히 보였다. 그곳은 바로 그 유명한 홍원벌이었다. 계속해서 한참 가다 보니 성천강에 이르렀다.

일단 성천강을 건너 함흥으로 들어가기로 했다. 그 옛날 이성계의 '함흥차사' 라는 옛 고사를 생각하며 성천강에 다가갔다. 강폭은 매우 넓어 한 800미터쯤은 되어 보였고 물살도 빨랐는데, 수력 발전을 위해 장진호에서 인공으로 뚫은 굴을 통해서 역류한 물이 합류했던 때문이다.

끝이 막막하도록 긴 만수교에 도착하여 혹시 다리가 끊기지 않았는가 두루 살펴보았다. 다리 끝은 잘 안 보이지만 대강 봐서는 말끔하여 부서진 곳이 없어 보였다. 다만 대낮인지라 다리를 건너는 도중에 쌕쌕이가 기총소사를 할까 봐, 있는 힘을 다해서 다리를 뛰어 건너기로 했다. 다리 중간쯤 되어 가는데 아니나 다를까, 쐐엑~ 엥~, 색쌕이였다.

"용철아, 엎드려!"

이젠 꼼짝없이 죽었구나 하고 잽싸게 다리 난간에 몸을 붙여 납작 엎드렸다. 비행기는 우리 머리 위에서 낮게 떠 회전하고 있었다. 간이 조마조마해지고 등줄기에 식은땀이 흥건하게 돋아났다. 땀을 빨빨 흘리며 한참 엎드려 있었는데, 비행기는 우리를 발견하지 못했는지 그저 한두 바퀴 하늘을 맴돌다 사라져 버렸다. 안도의 한숨을 쉬고 한고비 넘기자 마음이 급해져서 다시 재빠르게 다리 위를 줄달음질쳤다. 그런데 맙소사, 이게 웬일인가.

함흥 방면으로 이어지는 다리 끝부분이 비행기 폭격으로 난간만 앙상한 철근을 보이는 채로 대롱대롱 가까스로 매달려 있지 않은가. 우리는 그 자리에 털썩 주저앉았다. 여기까지 와서 강을 못 건너면 헤엄쳐 가기도 어렵고 어떻게 한단 말인가. 우리는 끊어진 다리를 쳐다보며 한숨만 쉬었다. 그런데 가만히 난간을 살펴보니까 조심해서 잘만 건너면 괜찮을 것 같았다.

"저 철근은 아직 성한 것 같은데⋯⋯ 난간만 꽉 붙잡고 가면 괜찮지 않을까."

용철이도 희망이 보인다는 듯 앞으로 기어가 끊어진 다리를 살펴보았다.

"용철아, 죽기 아니면 까무러치기다. 한번 건너 보자."

나는 벌떡 일어나 먼저 다리 난간에 매달렸다. 폭파되어 금방 부서질 것 같은 녹슨 난간을 조심스럽게 붙잡았다. 녹슨 난간에 매달려 팔을 뗄 때마다 철 가루가 머리 위에 우수수 떨어졌다. 발밑에는 푸르다 못해 씨꺼먼 물이 먹이를 기다리는 상어처럼 아가리를 벌리고 험악하게 흘렀다. 머리에서 무언가 빠져나가는 듯 했다. 마치 고무풍선에서 바람이 새어 나가는 듯이 아무 생각도 없었다. 다만 살아야 한다는 생각이 남아 온몸에 신경이 곤두섰다. 까딱 잘못하면 그대로 떨어져 쿨렁쿨렁 거칠게 흐르는 강물의 먹이가 될 판이다.

가까스로 다리를 건넜다. 용철이도 곧 뒤따라 아슬아슬하게 건너왔다. 긴장이 풀리면서 다리가 후들거리고 기운이 쑤욱 빠졌다. 뒤돌아 부서진 난간을 보면서 내가 어떻게 저길 건너왔나 신기할 정도였다. 사람들이 막판에 몰리면 바위도 번쩍 들어 올린다는 말이 맞는 것 같았다.

함흥에 도착했을 때, 함흥 도당 건물은 폭격을 맞아 완전히 파괴되어 있었다. 폭탄이 터질 때 일어나는 폭풍으로 승용차 1대가 2층 슬라브 지붕에 파괴된 채 올라가 있고, 사람의 씨는 눈을 씻고 보아도 없었다.

생각 끝에 청진 쪽으로 가 봐야 상황은 비슷하리라고 단정하고 아예 방향을 바꿔 만주 쪽으로 가자고 결정했다. 가지고 있던 수첩을 들쳐 지도를 보니 만주로 가는 가장 가까운 방법은 마천령을 넘어 혜산진으로 가는 길을 택하는 것이었다. 우리는 행군 방향을 바꿔 선천강을 따라 올라가기 시작했다.

얼마 후 하늘 높이 치솟은 산마루가 나타났다. 갈수록 험악하고 벼랑이 많았다. 한 고개를 넘자 또 그런 고개가 나오는 굽이굽이 험한 산길뿐이었다. 그 고개들이 바로 마천령의 '불감재령'이라는 곳이었다.

아침부터 내내 지나던 길에 사과 몇 알만 따 먹었던 터라 황혼 무렵에 이르니 창자가 칼로 에는 양 쓰라렸다. 이대로는 밤길을 걸어갈 자신이 없었다. 쉴 만한 곳을 찾던 중에 산마루턱에 조그만 오두막을 발견했다.

"계십니까?"

"메요?"

오두막에서 허우대가 크고 머리털과 수염이 뻣뻣하게 일어서서 수세미같이 텁수룩한 한 젊은이가 나와서 퉁명스럽게 물었다.

"무시기요?"

"피난길인데 하룻밤 신세를 질까 하고요."

"국군 선발대 아잉요? 어데서 온 사람이기오?"

아마 집주인의 아들인 모양이었다. 그는 뱁새눈처럼 작은 눈을 쉴 새 없이 좌우로 번득이면서 불안감을 감추지 못했다.

"우리는 이남에서 피신해서 여기까지 왔으니 안심하시오."

"그런데 어째 여기루 오능기요?"

다소 마음이 놓이지 않는지 이런저런 말을 걸어왔다. 아마도 짐작건대 징병기피자인 듯했다. 그래서 솔직히 우리의 신분을 얘기하고 혜산 방향으로 후퇴 중이며 강제로 징용하거나 그런 사람은 아니라고 털어놓으니까, 그제서야 누그러져서 안도하는 표정이었다.

"미안함메. 증말 미안함메."

그는 갈구리 같은 손을 홰홰 저었다. 잠시 후 감자에 좁쌀밥으로 지은 저녁상이 들어와 맛있게 먹고 있는데, 잔뜩 호기심 어린 눈빛을 뜨고 그가 검지로, "거 얼매짜리요?" 내가 손목에 차고 있는 오메가 손목시계를 가리키면서 물었다.

"삼천 원입니다."

"메요? ……천오백 원밖에 없는데…… 어째 아니 됩메?"

굉장히 가지고 싶었는지 천오백 원에 어떻게 안 되겠느냐 하는 표정이 동정심이 갈 정도였다. 나도 돈이 떨어졌기에 그냥 그 값에 팔기로 했다.

한참 후에 잠을 자려고 하는데 그 젊은이가 자꾸 밖으로 나갔다 오는 것이 수상했다. 의심이 덜컥 났다. 아무래도 만반의 준비를 하는 것이 좋을 듯 싶었다. 살그머니 소변 보는 척 나가서 허리춤에 감추어 두었던 권총에 실탄을 장전하고 안전장치를 푼 후 방에 들어와 누웠다.

"용철아, 밖을 잘 경계해. 알지?"

"알아."

용철이도 긴장했는지 곤두선 목소리로 낮게 답했다. 그날 밤은 밖에 신경을 곤두세우며 하얗게 밤을 새우다가 그만 새벽녘에야 곯아떨어졌다. 눈을 떴을 때는 이미 해가 높이 떠 있었다.

밤새 아무 일도 없었기에 공연히 쓸데없이 괜한 사람을 의심했다고 우리끼리 말하고 주인이 해주는 아침밥을 먹고 다시 길을 떠났다. 사실 피난하면서 하루도 마음 편히 쉰 적은 없었다. 언제 어디서 죽을지 모를 하루살이 목숨이었다.

10월 22일, 붉은 낙엽을 떨구어 내며 벌써 차가운 만주 바람이 불어오기 시작했다. 산 고개를 돌며 길을 가는데 날씨가 갑자기 추워지고 바람이 불더니 빗방울과 싸락눈이 뒤섞인 진눈깨비가 얼굴을 때렸다. 첫눈치고는 잔인한 눈발이었다.

피난할 때 두꺼운 우의를 준비하지 못한 우리는 진눈깨비에 온몸이 젖어 윗니와 아랫니가 탁탁 부딪칠 정도로 추위에 전신을 떨어야 했다. 주변을 아무리 둘러봐도 외진 산길뿐이고 우리는 진눈깨비 속을 뛰었다. 몸에서 조금씩 열기가 났다. 산길 위에 설은 눈이 얇게 깔려서 우리는 수도 없이 미끄러지고 넘어지고, 죽지 않으려고 쌕쌕이를 피해 뛰었다. 추위와 싸우면서 한 30여 리 갔을 때, 집 한 채가 보였다. 체면이고 뭐고 접어둔 채 무작정 그 집으로 들어갔다.

"어서 오십메."

주인은 한복을 입은 노인이었고, 방안은 구들장이 따끈했다. 한기가 다소 가

시자 인사를 나눴다. 주인은 함경도 사투리로 주절주절 읊어댔다.

"아, 뭐잉야, 손님드릉 이남에서 파견한 선발대 아닙메?"

반가워하는 그 말의 속뜻을 얼른 알아채지 못한 우리는 잠시 어리둥절해서 그냥 헛웃음만 흘렸다. 노인은 황소눈을 꾸먹거리면서 제 딴에 지레 짐작하고서 덧붙였다.

"그러믄 국군두 곧 뒤따라 들어오구 있쟁요."

그제서야 노인의 말뜻이 분명해졌다. 그러니 우리는 별수 없이 남한에서 파견한 국군 선발대처럼 되어 버렸다.

"이제야 기다리고 기다리던 국군이 오능기 아닙메. 메니메니 해도 이승만 박사가 젤이쟁요."

노인은 남쪽을 지지하는 얘기만 했다. 너무 기가 막혀 말대꾸도 안 하고 빙그레 웃으며 한쪽 귀로 노인의 말을 흘려듣기만 했다. 들창 밖을 보니 낮에 내리던 진눈깨비가 그때까지 계속해서 내리고 있었다. 할 수 없이 그 집에서 하룻밤을 지내고 가야겠다고 하는 참에 주인이 저녁상을 들고 들어왔다. 감자에 기장으로 지은 잡곡밥이었는데 처음 먹어 보는 밥인지라 신기한 맛이 났다.

식사 후 노인은 이런저런 말을 붙이다가 운을 뗐다.

"이곳에 특산물루 산청 꿀이 있는데 한 보시기에 삼백 원입메. 한 번 아니 잡수기요?"

특산물이란 말에 호기심이 동했다. 마침 시계를 판 돈도 있던 참이라 꿀을 달라고 해서 싫증이 나도록 실컷 먹었다.

저녁이 되어 이런저런 생각에 잠겼는데 밖에서 두런두런 웅성거리는 사람들의 말소리가 들려 내다보니 청년 너댓 명이 와 있었다. 부엌에서 닭을 잡고 음식을 마련하는 듯 싶었다. 이들의 말을 얼핏 들으니까 함흥에는 벌써 국군이 들어와서 주민들이 환영 나가고 야단법석이라는 것이다. 빨리 길을 재촉해야 했다. 이윽고 밤이 깊었을 때, 누가 문을 두드려 열어 보니 주인집 아들인 듯한 사내가 닭살을 얹은 모밀 국수를 가지고 들어왔다.

"국방군 선발대 선생님들, 마니많이 듭소."

고맙다고 인사한 후 메밀국수를 먹으면서 이북에서는 농민들에게 잘해준다는데 어째서 이 사람들은 이북에는 불만이 많고 왜 말끝마다 이승만을 찬양하는지 궁금하기만 했다. 이런 궁금증은 전쟁이 끝난 후에야 풀 수 있었다. 당시 북한에서는 토지 개혁을 반대하는 악질 지주나 친일 부역자 중 일부를 산간 지방으로 이주시켜 살게 했다고 하는데, 이들이 바로 그런 사람들이었다.

이튿날 아침에야 눈이 그쳐서 우리는 다시 빠른 걸음으로 길을 떠났다.

부지런히 걸어 고개를 하나 넘어가니까 부락이 보였다. 부락으로 들어가는 길목에서 남자 서너 명이 어떤 사람을 나무에 동여매고 몽둥이로 복날 개 패듯이 족치고 있었다. 무슨 일인가 접근하다가 문득 떠오르는 생각이 어젯밤 노인처럼 이승만을 기다리는 불평분자일지도 모른다는 것이다.

"거기 뭐 하고 있어!"

벽력같이 소락대기를 쳤다. 갑작스러운 소리에 당황했는지 그들은 우리 쪽을 힐끔힐끔 보면서 뭐라고 중얼거렸다. 순간, 우리는 두 명밖에 안 되어 불리하다는 생각으로 이때다 싶어 허리춤에서 권총을 꺼내 공포 두 발을 쏘았다. 따~앙, 총소리가 앞산 뒷산에 메아리쳐 울리자 그때서야 그들은 혼비백산하여 줄행랑을 치기 시작했다. 그들이 전부 도망치는 걸 확인한 다음 나무에 묶여 있던 사람을 풀어주었는데, 아니나 다를까,

"나, 나는 이 마을에 리里 판정원이고…… 컥…… 리당 간부이쟁요."

된숨을 몰아쉬면서 겨우겨우 말하는 그의 말에 따르면, 그는 그다지 지은 죄도 없고 하여 다른 사람들이 북으로 후퇴할 때 그냥 남아 있었다고 한다. 그때 마을의 징병 기피자들이 산속으로 도망갔다가 미군이 온다는 소식을 돌아와서 보복으로 그를 죽이려 들었다는 것이다.

얼마나 맞았는지 그의 온몸은 시커멓게 멍들은 피투성이였고, 제대로 걷지도 못했다. 몇 차례 쓰러지는 그를 우리 둘이서 부축해서 가까운 마을에 산다는 친척 집에 데려다주고 다시 북상 길을 떠났다. 얼마 못 가 눈앞에 드넓은 호수가 펼쳐졌다. 어림짐작으로도 폭이 2킬로미터는 넘어 보였다. 우회해서 가려면 30리는 훨씬 더 걸어야 할 것 같았다. 수영이라면 자신 있는 우리는 할 수 없이 얼음처럼 차가운 호수를 헤엄쳐 건널 수밖에 없었다.

쿠릉~ 쿠우웅.

의도치 않게, 사람을 구하느라 지체하고 부전호를 헤엄쳐 건넌 다음 옷을 말리느라 시간이 걸려서인지 어느 틈에 멀리 불감재령 쪽에서 포탄 터지는 소리가 간간이 들려 왔다.

"국방군이 벌써 불감재령까지 왔나 보다. 서둘러 가자."

빠른 걸음을 걷는 중에 용철이가 갑자기 한 마디 툭 뱉었다.

"진계야, 이러다 가도 가도 끝이 없으면 어떡하니? 만약, 만약에 말이야. 인민군이 완전히 패하면 우린 어떡하냐?"

'인민군이 패하면'이란 말이 귀에 꽉 들어차 왱왱 울렸다. 만약을 생각할 짬이 없었다. 지금 이 순간은 잡히면 당장 죽을 처지인데 어쩔 것인가.

"용철아, 우선 혜산진까지 가 보자. 정 안 되면 중국으로 넘어가는 수밖에 없잖아. 중국에 가면 살 수 있을 거야. 그리고 지긴 왜 져. 자, 가자!"

용철이는 입을 꾸욱 다물고 더 빠르게 걷기 시작했다. 산굽이를 끝도 없이 휘

감는 고원길을 눈보라를 맞으며 가다 보니 도저히 힘이 들어서 포기하고 싶은 생각마저 들기 시작했다.

산등을 넘던 그때, 밤나무 숲 아래 하얗게 눈에 덮인 군용 트럭 한 대가 보였다. 다리도 아프고 상황도 모르는 판에 잘됐다 싶어 순식간에 미끄러져 내려갔다. 그것은 폭격을 피해 은폐시킨 인민군 차량이었는데 4톤짜리 일제 '지스'였다.

나는 기계라면 어떤 것이든 자신이 있었다. 일제 때 정미소를 하면서 원동기에 대해서는 박사가 다 됐었고, 철도 공사장에서도 내가 기계 다루는 솜씨는 모두가 다 인정할 정도였다. 더구나 징용 가서 트럭을 만지며 운전도 배웠기 때문에 자동차에 대해서도 훤하게 알고 있었다. 주변에 인민군이 없는가 둘러봤으나 아무도 없었다. 운전석에는 여러 가지 도구가 흩어져 있었다. 본넷을 열었더니 배전선 등을 뜯다가 만 흔적이 있었다. 아마도 고장이 나서 고치려고 하다가 안 되니까 그냥 버리고 간 것 같았다.

"고칠 수 있겠어?"

"해 봐야지."

나는 팔을 걷어붙였다. 먼저 휘발유가 충분한지 보았다. 그런대로 몇백 리는 갈 수 있는 충분한 양이었다. 코드 선을 지선으로 이어 불꽃을 튀겼더니 불꽃이 약한 게 포인트가 타서 고장 난 듯 싶었다. 포인트를 뜯어 돌에 갈아서 다시 불꽃을 튀겨 보니 상당히 좋아졌다. 배터리가 충전되지 않았으면 어떡하나 걱정하며 시동을 걸었다. 헌데 시동이 걸리지 않았다. 플러그를 뽑아 청소하고 그래도 움직이지 않으면 그냥 갈 수밖에 없다고 작정하고 다시 시동을 걸어 보았다.

부릉~ 부르릉, 천만다행으로 시동이 걸렸다. 냉각수와 오일 등을 점검한 다음 차를 몰고 시운전을 해 봤다. 트럭은 험한 길을 털컥털컥 기침을 해대면서 조금씩 전진하기 시작했다.

"됐다!"

운이 좋았다. 허나 낮에는 차를 몰고 다닐 수 없기 때문에 밤까지 기다리기로 했다. 기다리는 동안 요기라도 해야 하겠길래 가까운 마을에 먹을 것을 구하러 용철이가 떠나고 나는 트럭을 지켰다. 한참 있다가 용철이는 저녁 무렵에야 삶은 감자를 구해 왔다.

어둠이 내려 차를 몰고 큰길로 나가 달리는데 그렇게 편할 수가 없었다. 기분이 좋아서 속력을 냈는데 어느새 부전 호수를 지났다. 길을 가다가 후퇴하는 사람들을 보는 대로 모두 태우고 한참 가니까 삼수갑산三水甲山이란 지명으로 알려진 삼수군에 들어섰다.

어느덧 뒤에 태운 사람들은 스무 명이 넘었고 종일 내내 달리다가 도착한 곳이 갑산군이었다. 그동안 온 거리가 이백여 리. 연료 계기판의 바늘은 0점을 가리키고 있었다.

제기랄 휘발유가 동이 났군. 더 이상 가다가는 길에다 차를 세워둘 것만 같아서 근처 솔밭으로 들어갔다. 뒤에 태웠던 사람들을 보내고 용철이와 상의한 결과 뒤따라 후퇴하는 인민군 차량이 있으면 차를 인계하고 가기로 했다. 한참 있다가 새벽녘에 인민군 차량 한 대가 오기에 길을 막아 차를 세웠다. 사유를 말하고 휘발유를 얻어 그곳에서 20여 리 떨어진 인민군 은폐지까지 차를 끌어다 주었다. 인민군 중대장은 젊은 사람이었는데 운전수가 모자란다고 간곡히 입대를 권하는 것이다. 나는 내무서원 증명서를 보이며 집결처로 찾아가는 길이라고 거절했다. 입대는 생각조차 하고 있지 않았다. 인민군 부대에서 아침 식사를 한 후 다시 길을 걸어 혜산진으로 향했다.

"혜산진이 멀지 않았어."

다짐하듯이 내가 말하자 용철이가 환하게 웃으며 고개를 끄덕였다.

새벽녘 이슬은 맑고도 청아했다. 이제 국경선이 가까운 혜산진에만 도착하면 누군가 만날 수 있겠지, 쌕쌕이도 더 이상 따라오지 않을 테고. 절로 기운이 났다. 길섶 위에 자란 풀을 밟고 발길을 옮길 때마다 서릿발이 뿌드득거리며 상쾌하게 밟혔다. 용철이는 얇은 입술을 오므려서 새소리에 맞추어 휘파람까지 불었다. 기분 좋게 한 십여 리쯤 가는데, 별안간,

"꼼짝 말기요!"

모퉁이를 돌아오던 인민군 장교가 권총을 뽑아 들고 불쑥 우리 앞에 섰다. 뒤에 또 다른 장교 한 명도 권총을 겨냥했다. 두 손을 들고 코앞에 번쩍거리는 총구를 보는 순간 정신이 어리마리했다.

"어데 가는기오?"

"혜산진에 가는 보안대원입니다."

말을 듣고 나서 그는 권총을 거두어 집어넣으면서 까랑까랑한 목소리로 다그쳤다.

"동무덜은 군에 닙대해야 하는기요. 지금은 국가 돈망으 시기이니까네 닙대해야 됩네다."

당혹스러웠다. 고생고생하다가 이제 거의 다 왔는데. 용철이는 매달리듯이 간청했다.

"우리는 가족과 자식이 있고 나이도 있어서…… 우선 집결지인 혜산진에 가서 상황을 알고 지시를 받아야 합니다."

"메요?"

성난 목소리가 터져 나왔다.

"동무! 조국이 동무네 안방입네까? 거룩한 조국 해방 전선에 서면 낭만적이구 감상적인 반동 생각은 지워 버려야 함네다. 동무덜이 민족 통일 전선의 선봉

이 되어 주기오!"

말없이 서 있던 다른 인민군 장교가 앙칼지게 쏘아붙였다. 말끝마다 칼날이 숨어 있는 듯 날카롭게 말끝을 올려 입대만을 요구했다. 하도 막무가내로 말하기에, 나는 내무서원 증명서를 내보이며 진지하게 사정했다.

"보십시오. 우린 혜산진에 집결해야 합니다. 거기서 중앙의 지시를."

"디금은 닙대하는 거이 둥앙의 디시요, 듕앙의 디시! 알겠습네까? 가티 가는 거디요?"

차갑게 내 말끝을 자른 그는 중앙이라는 말을 발음하는 순간에는 당당한 자세를 취했다. 깡깡하게 내뱉는 그의 말을 도저히 피할 수가 없었다. 그리고 가만히 생각해 보니 이대로 무작정 후퇴하는 것보다는 차라리 군에 입대하는 게 오히려 잘하는 일인지도 몰랐다.

조금은 뇌꼴스러웠지만 하는 수 없이 인민군에 입대하여 우리는 정처 없는 후퇴의 길에 종지부를 찍었다. 마침내 일제의 징용 이후에 두 번째로 군복을 입은 것이다.

인민군 입대와 중공군

인민군 대열 참모에 이끌려 부대에 온 날은 1950년 10월 24일이었다. 그가 대열 참모라는 사실은 부대에 들어가 그와 면담하면서 알았다. 대열 참모란 군의 인사를 담당하는 직책이었다. 그는 사단의 물자를 책임지는 후방부의 대열 참모로서 일단 내가 입대하겠다고 하자 매우 친절하게 대해 주었다. 저녁때쯤 대열 참모가 부른다고 하기에 본부 막사에 찾아갔다. 그가 양손을 들어 보이면서 환히 웃어 보였다.

"툭하합네다. 동무는 나이도 있고 분주소 부소장으루 일했으네까네 특무상사로 님명하기로 결뎡했습네다" 하면서 나의 두 손을 꽈악 잡았다.

"기런데 아딕 군복이 도탁하디 않았으네까네 나중에 디급하갔습네다. 위선 이거레 달구 다니라우요."

일단 내 어깨에 특무장 견장을 달아 주었다. 특무상사는 소대장 바로 밑의 직책이었다. 이왕 입대한 것 이제부터라도 조국 해방 전쟁에 철저하게 참여해 보기로 했기에 비교적 담담했다.

"대열 참모님, 어차피 군에 입대했으니 이 소련제 권총과 죽은 분주소장과 내무서원의 당증과 증명서는 받아 주시기 바랍니다."

대충 사유를 말하고 피난 중, 내내 주머니에 간직했던 유품을 꺼내 넘겨주자 대열 참모는,

"역시 내래 사람을 잘 봤구먼. 장하오. 뎡말 장한 일이오! 동무터럼 곧은 사람들이 있어서리 우리 당과 조국이 유지되는 거야요!"
하며 나를 추켜세웠다. 나는 오창신과 조교익이 남긴 마지막 의무를 수행했다는 생각에 어깨가 가벼워지고 후련한 느낌이 들었다. 입대하자마자 자동차를 다룰 줄 안다고 중대 특무상사로 배치되었고 용철이는 다른 곳으로 배치되어 아쉬운 작별을 해야 했다. 그 이후로는 용철이가 어떻게 되었는지 들어 본 적이 없다.

임무를 받고 소속된 소대 소대장과 중대장을 찾아가 인사했는데, 중대장 김철은 자기도 강원도 사람이라며 반가워했다. 다음 날 아침 식사 후, 연대에서 부른다고 하여 가 보니 후방부 연대장상좌이 반가이 맞이해 주었다.

"앞으로 잘 지내 봅세다."

인사를 간단히 마치자 그는 목소리를 낮추어 덧붙였다.

"다름이 아니라, 정세가 악화되어 적이 마천령을 넘어오고 있쉐다. 기래서 우리가 대적하려면 비상식이 필요한데 동부가 여기서 이십 리쯤 떨어진 면 소재지에 가서 감자엿을 고아 와야 하겠쉐다. 어찌하든지 삼일 안으루 적어두 오백 대 이상은 마련해야 하웨다. 알겠쉐까?"

아무튼 그가 주는 증명서와 서신 한 통을 가지고 명령받은 곳으로 갔다. 처음 주어진 임무인지라 차를 몰고 가면서도 자못 긴장되었고 잘해 낼지 걱정거리였다.

먼저 면 인민위원회에 찾아갔다. 그곳은 모두 정상적으로 업무를 보고 있었다. 면 위원장을 찾아가 명령을 전달하고 서신을 건넸더니 위원장은 서신을 다 읽은 후 난감하다는 듯이 입이 딱 벌어졌다.

"이거이, 참 곤란함네다레. 창고에 현물세루 받은 감분녹말 가루이래 얼마든디 있디만, 길금엿가루이 없습네다. 디금부터 길금을 내어 엿을 고을려면 일두일이 걸릴텐데 야단입메다."

그는 한숨을 푹 내쉬면서 면서기를 불렀다. 셋이서 의논한 결과 우선 각 집에 길금이 있을 테니 그것을 이용해 보자고 하여 각 리 인민위원장들에게 연락하여, 감분 100포씩 가져가서 집집마다 분배한 다음 3일 이내에 고아 오라고 명령했다.

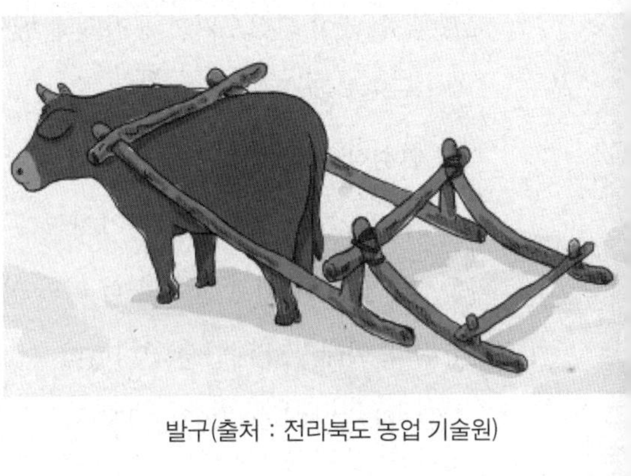
발구(출처 : 전라북도 농업 기술원)

지시를 보내고 기다렸더니 점심 식사 후에 각 리마다 소달구지와 발구짐을 나르는 수레를 끄고 와서 창고의 감분과 보리를 할당량만큼씩 가지고 갔다. 보리는 각 집에서 길금을 얻어 쓰는 값으로 대신 지불하는 것이었다.

나는 그날 가까운 리에 실태에 검사하러 나가 보았다. 찾아간 마을에서는 인민위원장이 집집마다 감분을 나눠 주고 있어서 상태가 양호한 듯 싶었다.

"삼 일 이내에 엿을 고아야 하는데, 어떻소?"

인민위원장에게 물어보았다.

"길금이 모잘라서 오 일은 거릴텐데…… 이거이 걱뎡입메다."

그는 고개를 갸우뚱하면서 퉁명스럽게 말했다.

"그럼 일단 모든 가정에 있는 길금을 다 모아 보죠."

나는 제의에 따라 저녁까지 그곳에 있는 길금을 몽땅 모아서 그 마을에서 가능한 엿의 양을 헤아리니 대략 50대 정도였다. 그날 밤은 그 마을에서 보내고 다음 날 아침 이웃 리로 갔는데, 웬걸 그 마을에서는 그때야 감분과 보리를 분배하고 있었다. 나는 안 되겠다 싶은 나머지,

"긴급 명령을 이렇게 태만히 하다니 군사 재판에 회부되고 싶소? 왜 어제 나눠 주지 않고 이제야 하는 게요!"

은근히 화를 내면서 겁을 주었다. 리 위원장은 금세 안색이 붉어졌다.

"알고 있습네다. 기런데 어제 나눠 두려는데 아무두 아니 오는 겁메다. 기래서 고조 벨 수 없이 되었으니까네 양해해 두시기오."

"서둘러야 합니다. 시간이 없소."

리 위원장의 말을 들으니 그도 그럴 것 같았다. 다른 마을이 걱정되어서 다른 리에 가 보았는데 상황은 마찬가지였다. 그 마을에 가서도 서두르라고 독촉한 다음, 면 인민위원회로 돌아와 각 리의 정황을 검토한 후 전령을 보내서 연대에 보고했다. 연대장의 대답은 간단했다.

"가능하믄 날래 끝내기오, 이상!"

명령에 따라 더욱 서둘렀으나 3일 후에 만들어진 엿은 겨우 80대에 불과했다. 5일째 되던 날 120대 정도의 엿을 만들었는데, 부대가 혜산진으로 후퇴해야 했기에 부득이 그것만 가지고 긴급히 후퇴해야 했다. 최초의 임무를 완벽하게 꾸리지는 못했지만 나는 최선을 다했던 까닭에 연대장으로부터 수고했다는 소리를 들을 수 있었다.

혜산진에 도착한 부대는 재편성되었다. 나는 운전 경력도 있어서인지 13사단 후방부로 배속되었다. 이때 처음으로 인민군 선서를 낭독하고 인민군 정복을 지급 받아 입었다. 군 생활을 시작한 지도 며칠 지난 셈이라 이때쯤 처음에는 혼란스럽기만 했던 계급과 부대 편제에 익숙해질 수 있었다.

인민군의 계급은 하전사가 전사·상등병·하사·중사·상사·특무상사의 순위로 올라가며, 위관급과 남한의 영관급에 해당하는 좌관급, 그리고 장성급은 남한과 달리 4계급으로 나뉘어 있었다. 군관은 소위·중위·상위·대위·소좌·중좌·상좌·대좌, 장령은 소장·중장·상장·대장의 순으로 계급이 높아졌다.

남한의 육군에 해당하는 지상군의 경우 대체로 소대장은 소위, 중대장은 중위, 대대장은 소좌, 연대장은 상좌, 여단장은 대좌, 사단장은 소장, 군단장은 중장, 군사령관은 상장, 총참모부장은 대장이 맡고 있었다.

부대는 12~13명, 소대는 50여 명, 중대는 150여 명, 대대는 500~600여 명, 연대 2,000여 명, 사단 1만 명쯤의 병력을 유지하고 있었다. 전쟁 중이라 기억되는데 대장 위에 차수·원수의 계급이 새로 생겨 차수에는 최용건 부사령관이 원수에는 김일성 최고 사령관이 취임했다.

11월 3일경, 부대는 혜산진에서 500리나 되는 만포진으로 갔다가 마침내 국경을 넘어 중국의 통화通化로 거듭 후퇴해야 했다. 이 후퇴 길은 깜깜한 밤에 그것도 가파른 절벽 길로 차를 절벽에 바싹 기대어 가야 했기에 운전하기가 몹시 위험했다.

칠흑처럼 어두운 밤에 몰래 운전하며 후퇴하는 중에, 차창에서 보는 밤하늘은 정말 진저리치도록 아름다웠다. 이토록 투명하고 별이 눈 속에 들어올 것만 같은 아름다운 밤하늘을 나는 감상할 여유조차 없었다.

"아악, 사람 살려! 악!"

"정지! 정지!"

얼마쯤 갔는데 전사들을 실은 트럭에서 찢어지는 듯한 괴성이 들렸다. 뒤에 탄 전사들은 차를 멈추라고 야단이었고 고통을 못 이기는 비명소리가 고요한 밤하늘을 찢어댔다. 차를 멈추고 무슨 일인가 하여 급히 가 보았다.

"뭔 일이오?"

"이 전사래, 앞사람이 조는 바람에 앞사람 총구에 찔려서리 눈알이 빠졌습네다. 여기……."

전사 하나가 빠져 내려뜨려진 눈알을 손으로 싸쥐고 있었다. 도로가 나빠서 차가 튀는 바람에 졸던 전사의 총이 뒷사람의 눈을 찌른 것이었다. 비릿한 피 냄새가 코를 찔렀다.

캄캄한 밤중이라 어찌할 도리도 없고, 게다가 위생병도 없어서 나는 그를 냇가로 데리고 가 흐르는 피를 냇물에 닦아 주고 강제로 눈알을 쑤셔 넣었다. 내 손가락이나 군복은 피가 튕겨 온통 피투성이가 되었다.

"아이구! 내 눈! 내 눈 어딨어! 오마니!"

전사는 미친놈처럼 떼굴떼굴 굴렀으나 어쩔 도리가 없었다. 벌써 목이 잠겨서 끄윽 갈리는 소리를 지르는 게 금방 숨이 넘어갈 것 같았다. 붕대로 눈을 감아주었다. 그는 숨을 할딱거리다가 잠시 후에 흰 거품을 물고 기절해 버렸다. 피투

1950년 10월 25일, 한국전쟁에 참여한 중공군의 '항미원조(抗美援朝)' 포스터.(출처 : 인민망)

성이가 된 나는 다친 전사나 존 전사나 둘 다 모두 측은한 마음에 입을 다물었다. 얼마나 피곤했으면 졸았을까. 한밤중에 험한 길을 박쥐 마냥 숨어서 후퇴해야 하는 우리네 처지가 비참한 게지.

이튿날 11월 4일, 동이 틀 무렵에 만포진에 도착해서 잠시 대기하다가 다리를 건너 통화지안에 들어가니 아침 11시쯤 되었다. 생전 처음 밟는 중국 땅이었다. 통화에서 전열을 정비하던 첫째날 아침에, 이상한 옷을 입은 사람들을 보았다. 어디서 나오는지 솜을 누벼 입은 중국 사람들이 셀 수 없는 숫자로 국경선을 넘어가고 있었다. 마치 모래 언덕에서 햇살을 맞이하려고 나오는 개미 떼 같다고나 할까.

"저들이 뭐 하는 사람들입니까?"

나는 대열 참모에게 물었다.

"둥화 닌민 공화국 닌민 지원군임네다."

"예?"

"메칠 전부터 참전하고 있디요."

말을 들으니 그들은 10월 25일부터 한국전쟁에 참여했다고 한다. 나는 낮에나 자고 밤에는 후퇴 작전에만 참여했기 때문에 그 사실을 전혀 몰랐다. 그들은 목도채두 사람이 짐을 운반할 때 어깨에 거는 굵은 막대를 둘씩 메고 오면서 무슨 노래인지 씽얼씽얼거리면서 국경선 쪽으로 꾸역꾸역 흘러가고 있었다. 흘러간다는 말이 적당한 표현이었다. 마치 큰 강줄기가 홍수가 나서 큰 고목을 뿌리째 뽑아서 떠내려 보내는 듯한 강줄기 같았다.

가까이 다가가서 보니, 열 명에 한 사람씩 일제 구구식 소총을 메고 있었다. 옆구리에는 무슨 방망이 같은 걸 두어 개씩 차고 있었다.

"저건 또 뭡니까?"

"방망이 수류탄이 앙이요."

대열 참모는 씨익 웃으면서 대답했다. 그는 우리 앞을 지나가는 중공군 군관인 듯한 사람에게 가볍게 손을 들어 인사를 건넸다.

"씽쿨러(수고하십니다)!"

"메유꽌시(괜찮습니다)!"

중공군 군관은 가볍게 손사래 치며 웃어 보였다. 중공군들이 조선 땅을 줄지어 들어가는데, 밑도 끝도 없어 보였다.

"……사실 참전할 수밖에 없슴네다. 미군 비행기가 만주 땅까지 폭격할지도 모른다는 정보가 있구, 연합군이래 압록강변 초산楚山까지 닿았다는데, 턱짬에 칼을 들이미는 데야 가만히 있을 수 있겠슴네까. 암튼 이제 우리도 만만치 않을 검네다. 분명히, 전세는 역전될 검네다."

힘주어 말하는 대열 참모는 거대한 용의 몸체를 이루고 두만강을 건너러 가는 중공군을 가리켰다. 그들은 미국에 대항하고 북조선을 도와준 전쟁이라는 뜻으로 이 전쟁을 '항미원조전쟁抗美援朝战争'이라고 말했고, 자신들을 '중국 인민 해방군'이라고 불렀다.

11월 6일, 사단 병력 전체가 기차를 타고 이틀 정도 걸려서 도착한 곳은 길림吉林이었다.

길림에 도착하자마자 부대원은 중국 인민 정부의 도움으로 분산되어 각 마을로 들어갔는데, 우리 자동차 교도 중대는 대강구 자자촌으로 갔다. 그곳엔 우리가 집단으로 머무를만한 건물이 없어서 5명, 10명씩 사민 집에 배치되었다. 식사는 식당에 와서 고량미수수쌀 주먹밥 한 덩이와 단무지 한 조각씩 먹었다. 이 정도도 우리는 굶주리고 있던 터라 꿀맛 같을 뿐이었다.

내가 배치된 집은 비교적 넓은 집이었는데 젊은 중국인 부부가 살다가 남편은 한국전쟁을 돕기 위해 모집한 중국 인민 지원군에 나가고 젊은 부인 혼자 살고 있었다. 늘씬한 키에 둥그렇고 커다란 엉덩이는 전형적인 만주족 여인의 뒤태였다.

만주의 중국인 집들은 부엌을 통해 방으로 들어간다. 한가운데 폭이 1미터 정도인 복도를 따라가면서 양쪽에 방이 있는데, 방 사이는 휘장으로 칸막이를 하고 살았다.

우리의 일과는 주로 자동차 이론 및 실습 교육이었는데, 책임자인 소대장이 중대 본부나 중국 인민 정부 관계자와 접촉하여 물자나 모든 애로 사항을 해결하는 역할을 맡았고 나는 교육 훈련을 담당했다. 하루 중 2시간 정도는 이론 교육을 하고 나머지 시간은 실습했으나 실습 차량이 2톤짜리 화물 자동차 한 대뿐이어서 70명을 2개 조로 나누어 35명씩 태우고 다니면서 교육했다. 결과적으로

1명당 운전대를 잡을 수 있는 기회는 1회에 5분씩 2회 정도뿐이었다. 그러나 모두 열성적으로 배웠기 때문에 운전 실력이 그야말로 일취월장하였다.

훈련에 열중하던 도중 중국 인민들의 호의에 보답하기 위해 사회봉사를 하라는 지시가 내려왔다. 생각을 모은 끝에 우리는 땔 나무를 해주기로 하고 주민들로부터 낫 50여 개를 빌려 산으로 갔다. 그러나 산에 나무라곤 전혀 없어 대신 풀을 깎아 70여 짐을 해서 나누어 주었더니 모두 좋아하는 것이었다. 유숙하던 주인집 여자도 처음에는 서먹서먹했으나 우리가 여러 가지로 잘 보살펴 주자 말은 서로 통하지 않지만 친숙해졌다.

또 하루는 소대장이 자자촌의 조선인 교포조선족들의 일손이 모자라 벼를 탈곡을 못 하고 있다며 대원들을 데리고 탈곡 원호 사업을 하라고 지시했다. 나는 대원들을 데리고 집단으로 모여 사는 조선인 교포 부락으로 가 한 집에 6~7명씩 배치해 탈곡을 도왔다. 그들은 대부분 경상도가 고향으로서 일제 때 가난을 견디지 못해 북간도로 이주해 온 사람들이었다.

"어떻게 농사를 지었기에 벼가 이렇게 잘 여물었습니까?" 하고 물어보니,

"북간도는 천혜의 기름진 땅이라요. 중국인은 고량미고량주 만드는 수수열매 농사나 했지 벼농사는 할 줄 몰라요. 조선인들만이 벼농사를 짓는데 땅이 하도 질어 버려진 땅을 일구어 그냥 씨를 뿌려 놓고 풀이나 좀 뜯어 주면 이렇게 잘 되는 거라요. 게다가 모내기를 해 농사를 지으면 두 배 이상 소출이 나는데 노동력 부족으로 모내기를 못 하니 안타깝지요."

나는 모내기를 못 해 아쉬워 하는 교포들보다 더 아쉬웠다.

광대한 북간도의 기름진 땅을 우리 땅으로 회복할 수 있다면 얼마나 좋을까, 이 땅까지 우리의 조국이라면 부강한 나라로 발전하는 데 얼마나 큰 힘이 될 것인가 하는 생각도 떠올랐다.

하늘이 맑게 갠 어느 날 아침이었다.

"시엔셩, 칭실리엔(선생님, 세수하세요)."

그녀가 이미 세수한 물을 가져와 내게 씻으라고 건네주었다.

씨꺼먼 땟물이어서 더럽기 그지없었다. 도저히 그 물에 세수할 맘이 나지 않아서 할 수 없이 버리고 새 물을 떠서 세수했다. 얼굴이 붉어진 그녀는 화가 난 듯 뭐라고 쏼라쏼라 투덜대며 들어가 버렸다. 무슨 일인가 몰라서 조선을 여러 번 왔다 갔다 했다는 중국인에게 물었더니,

"헤헤, 울리 사람 물이 귀해서 세숫대야 한 그릇에 온 식구가 세수한다 해. 여자가 세수한 물을 남자에게 주는 거 그거 남편처럼 사랑한다는 표시다. 헤헤헤!"

카이저 콧수염을 기른 중국인이 재미있다는 듯이 웃어 젖혔다. 문득, 아침마다 중국 인민들이 깊게 판 우물에서 물을 퍼서 여럿이 돌아가면서 세수하던 모습이 떠올랐다. 나는 미안한 마음에 쓴웃음이 나왔다.

그 일이 있은 이튿날인가 저녁에 그녀가 나를 자기 방으로 불렀다. 이번에는 무슨 일인가 하고 한참 미적거리다가 따라 들어갔다. 가늘고 흰 손가락을 입술에 대고 긴 복도를 따라 걸어 들어가는 그녀는 검은 몸뻬를 입었는데도 걸음을 옮길 때마다 둥그런 둔부가 육감적으로 가볍게 흔들렸다.

"니취팔러마(식사하셨어요)? 츠바(좀 드세요)."

그녀는 콩을 갈아 만든 부침개라는 젬병과 호떡이 든 쟁반을 살짝 앞에 내려놓았다.

"씨에 씨에(감사합니다)."

서로 정답게 젬병을 먹으면서 담소를 나누는데, 아니나 다를까, 그녀는 자꾸 내 어깨 가까이에 와서 추근덕거리기 시작했다. 볼에 여인의 머릿결이 스치면서 몸 냄새가 향긋했다. 은은하게 풍기는 살 냄새는 어떤 꽃냄새인지, 아카시아 꽃

내음 같기도 하고. 천천히 고개를 들어 그윽한 눈길로 나를 바라보는데, 어떤 힘으로 내 온몸을 빨아들일 것 같아서 도저히 쳐다볼 수 없었다.

"워 헌 꾸도…… 워 아이니(저 외로워요…… 당신을 사랑해요)."

"이봐요. 나, 난 부대원들과 함께 자야 한다구요."

얼떨결에 조선말로 말했는데, 뭐로 알아들었는지 훅 하고 어깨를 한 번 움츠리면서 입술을 쪼옥 내밀고 달굴 대로 달구어진 몸뚱이를 더욱 밀고 들어왔다. 가슴팍에 물컹 하고 여인의 봉긋한 융기가 느껴질 때, 뭉클하는 느낌이 아찔했다. 안 돼. 이러면 안 돼. 정희와 샛별이가 있는데. 벌떡 일어나 방 밖으로 나왔다.

나중에 중국인에게 이 일을 다시 물어보니, 그는 긴 콧수염을 손끝으로 다스려 만지면서 헤실헤실 웃었다. 얼마나 콧수염을 만졌는지 수염 끝이 손 기름에 쩔어서 빳빳해 보였다.

"여자가 귀해서 남편이 부인에게 식사를 차려 주고 여자는 편히 논다 해. 어떤 때는 여자가 바람까지 마음대로 피운다. 그거 좋다 해. 헤헤헤!"

옆에 있던 서울에서 양말 공장에 다니다가 인민군에 입대했다는 이응수 중사가 듣고 있다가 웃으면서 놀렸다.

"엇따, 특무장님은 이따금 생각도 안 나는가 보죠."

"옛끼, 이 사람아, 그럼 내가 목석인 줄 알았나. 하하하하."

말은 그렇게 했지만 우리는 중국 인민에게 피해를 주는 일은 절대로 하지 않았다. 그런 짓을 했다가 걸리면 총살감이래서가 아니라, 늘 인민을 위한다는 군대가 인민을 위하면 위했지 해치는 일은 절대로 하지 않는다는 원칙 때문이었다.

아무튼 우리나라의 풍습과 비교하면 너무나 우스운 일이었지만 내가 그런 일을 당하고 보니 어이가 없어, 비극적인 전쟁통에 그야말로 바보처럼 웃고 말았다. 그러나 그녀는 그날 이후로 나를 쌀쌀맞게 대했다.

정말 우스꽝스러운 일이 터지고 말았다. 우리 부대원들이 여주인을 도와준다고 머물던 집을 깨끗이 청소하기 시작했다. 천장에 매달아 놓은 오색 종잇조각에 먼지가 쌓이고 거미줄이 덮여 있어 더러워 보였다. 그 쓰레기 같은 종이를 부대원들이 깨끗이 치웠더니, 그녀는 나에게 하얗게 뱀눈을 흘기면서 씩씩거렸다.

"니먼 저춘 후아이단(나쁜 놈팡이들 같으니)!"

그녀는 그날로 즉시 인민 정부에 항의하는 등 보통 난리가 아니었다.

나중에 알고 보니 그 종잇조각은 일종의 부적인데, 우리가 자기 집에 거하는 복을 다 떨구어 냈다는 것이다. 세상에 귀신 단지 같은 먼지와 거미줄투성이의 종이쪽지에 복이 달려 있다고 생각하다니 우스운 풍습이었다.

중국 인민 정부에서 책임자가 나와 사건 경위를 따졌다. 나는 소대장 대리로 그를 만나 우리 부대원이 중국 풍습을 몰라 그런 것이니 용서를 바란다고 거듭 사과하지 않을 수 없었다. 책임자가 돌아가고 우리가 연신 "뚜이부치, 뚜이부치(죄송합니다)!" 하면서 오랜 시간 동안 잘못을 빌고, 부대원들이 문 앞에서 절까지 하면서 거듭 미안하다고 했지만, 그녀는 우리를 전혀 용서하지 않아서 결국 우리 부대원은 집을 옮길 수밖에 없었다.

싸늘한 만주 삭풍이 콧잔등을 후려치는 11월 15일.

중공군은 우리가 주둔한 곳에서 가까운 터에 야영하고 있었다. 나는 아침 산보도 할 겸해서 소대장과 함께 그곳에 잠깐 들렀는데 그때, 이상한 광경을 목격했다. 우락부락하게 생긴 중공군 군관이 권총을 높이 뽑아 들고 뭐라고 욕을 하면서 마구 화를 내는 것이다.

"셔지이 준뻬이(사격 준비)!"

우리 귀에까지 이 말이 들려 오자 소대장은 앗, 하는 소리를 내더니,

"누구레 총살시키는가 봅네다. 내래 가서 한 번 보구 오갔시요."

중공군 틈에 들어간 소대장은 한참 있다가 돌아와서 엄지손가락을 세워 보였다.

"역시 닌민의 군댑네다."

"뭐가요?"

"날씨가 추우니까네 전사들이 사민 집에 들어가서 잠자도록 허락했나 봅네다. 여럿이서 한방에서 자는데 구석에 새우잠을 자구 있던 여인네가 비명을 질렀답네다. 얼른 불을 켜 보니깐 팔로군 한 사람이 빨가벗은 여자 배 위에 올라탔다는 검네다. 기래서 군관이 군사 규율을 어긴 전사를 끌어내서 밤새 벌을 주다가 지금 총살하려고 했던 검네다."

"기래서요?"

"기린데 마침 내래 갔을 때, 동네 사람들이 와서 그 여자는 원래 남자들을 홀리는 화냥끼가 다분한 여자라고 하면서 군관을 설득하더랍네다. 기래서 죽을 목숨 하나가 살았습네다."

팔로군의 철저한 강령, 이를테면 '바늘 하나 실 하나라도 취하지 말라'는 3대 규율과 '부녀자를 희롱 말고 건달 기풍을 소멸하자'는 8항주의를 실감할 수 있었다.

"참 대단하군요."

"무서운 군댑네다. 저 군대의 기본 전술은 야간 포위 공역입네다. 낮에는 쌕쌕이 공격을 피해서 일체 행동을 안 하구 은신처에서 잠만 자구, 저녁 아홉 시께부터 새벽 세 시까지 하루에 사십 킬로를 전진하여 주력은 적 전방에 일단 대기시킨답네다. 기리구 보조 공격 역량은 우회시켜서 적을 포위해 버리는 검네다. 기리구 나서 밤새도록 휴대용 박격포와 수류탄으로 정면과 배면으로 거칠게 공격하는 검네다. 결국 제아무리 강군이라도 버틸 수 없는 검네다."

"그래요?"

"벌써 중공군이 승리하구 있다는 승전보가 계속 올라오고 있습네다. 압도적인 인원으로 야간에 공격해서 세계 최강이라 하는 미군을 박살내구 있다는 소식임네다."

이날은 인민군과 중공군이 연합하여 총공격을 개시하기 시작한 11월 15일이었고, 마침내 12월 4일에는 연합군이 평양에서 퇴각하고 있다는 소식이 전해졌다.

우리의 대화를 증명이나 하겠다는 듯이 조금 전만 해도 험악했던 중공군 야영지에서 혁명 가요를 부르는 소리가 들려 왔다. 수백 명으로 보이는 그들은 모두 일어나 허리에 붉은 띠를 두르고 양걸춤을 추면서 노래 불렀다. 그 노래는 얼어붙은 강물을 녹이는 숭굴숭굴한 봄바람처럼 한겨울에 얼어붙은 내 가슴을 훈훈하게 녹여 주었다.

전세는 역전되고 있었다. 쿨렁쿨렁 흐르는 황하와 대동강의 거센 물결이 합쳐졌다고 할까. 미군이 현대식 무기를 몽땅 버리고 도망갈 만큼 중공군은 인민군의 공격은 무섭고 빨랐다.

12월 중순부터 서울 시민이 다시 대피하기 시작했고, 미군은 가장 좋아하는 크리스마스 전날인 12월 24일에는 흥남에서 대규모 철수 작전을 해야 했다는 소식이 전해졌다. 1951년 1월 1일에는 중공군이 38선을 넘어 남진한다. 1월 4일에는 마침내 서울을 다시 점령했다는 승전보가 전해졌다. 승전보가 전해질 때마다 우리는 두 손을 번쩍 쳐들고 함성을 질렀다.

"인민 공화국 만세!"

"조국 해방 전쟁 만세!"

사기가 부쩍 오른 우리는 훈련에 더욱 박차를 가했다. 그 결과 일부는 상당한 수준에 도달할 수 있었다. 약 한 달 반 정도 이렇게 훈련하고 있었는데, 하루는 소대장이 나를 불렀다.

"특무상사 동무! 듕국 닌민군이 참전하여 뎐황이 호전되구 있으니까네 우리두 다시 출동할디 모릅네다레."

그는 입술이 삐죽이 내밀고 자못 심각한 어투로 덧붙였다.

"혼자서 차를 몰 수 있는 동무래 몇 사람이나 됩네까?"

"한 스무 명 정돕니다."

대충 스무 명이라고 말한 나는 자신이 없었는데도, 그는 그 말만 듣고는 매우 기뻐했다. 다소 걱정스러웠다.

"그런데 야간 운전 훈련을 해야 실전에 투입되어도 실수가 없을 텐데, 지금 현재는 휘발유도 모자랍니다."

"기래요? 기건 걱덩 놓으시라요."

소대장은 즉시 수배하여 기름 한 드럼을 구해 주었다. 우리는 그날 저녁부터 야간 운전 실습을 했는데 휘발유가 다 소모되기도 전에 비상 소집령이 내려왔다. 대열을 정비한 우리 부대도 전쟁에 참여하라는 소집령이었다.

이때가 1951년 1월 5일이었다. 후속 부대인 우리도 다시 국경선을 넘어 전진을 시작했다. 소한이 지난 북방의 날씨는 입김이 얼어붙어 눈썹까지 하얗게 얼음이 앉아 있게 했다. 남한에서 '1·4후퇴'라고 하는 그때다. 코끝이 얼어붙어 푸석푸석할 정도로 추운 데다가 눈보라까지 몰아치니 불현듯 술 생각이 간절해졌다. 이응수 중사에게 슬쩍 술 얘기를 했더니만,

"사실 만주 땅에 와서 빼갈 한잔 못 마셨다는 게 말이 됩니까. 잠깐만 기다리십시오. 제가 구해오지오."

하면서 사민 지역으로 뛰어갔다. 이윽고 이 중사가 술을 사 왔으나 비상 소집령으로 마시기도 어렵고 해서 배낭 속에 넣고 대강구 집결 지역으로 갔다.

대강구에서 저녁 늦게 기차로 중국 안동까지 가게 되었는데 나는 기회가 왔다 싶어 중간에 정차하는 역에서 내려 안주를 사려고 보니까 명태밖에 없었다. 중국인 장사꾼에게 북조선 돈을 주면서 명태를 달라고 했다. 조선말을 약간 하는 그는 쉰 살 남짓 되어 보였다.

"울리 사람 조선 돈은 안 받는다 해."

"술안주를 하려고 해요. 있으면 좀 주시죠."

자꾸 졸라댔더니 좌판 아래 숨겨 두었던 명태 두 마리를 꺼내 주었다.

"이거 울리 사람 먹을려구 놔둔 거다 해."

나는 고마워서 돈을 물려고 했는데, 중국인은 고개를 홰홰 저었다.

"울리 팔로군하구 조선 인민군하구 사이가 좋아야 한다. 이거 그냥 가져가라, 매유꽌시(괜찮다)!"

중국인 장사꾼은 선심 쓰는 자기 모습을 자랑이나 하듯이 크게 부른 디룩배를 내밀고 고래를 연신 끄덕였다. 쌔쌔(고맙소), 나도 웃으면서 고개를 깊이 숙여서 감사를 표했다. 동맹군의 우정 때문에 공짜로 얻은 명태 두 마리를 들고 기차에 오르는 기분도 괜찮았다. 우리가 탄 기차간에는 소대장만 있었고 나머지는 모두 하전사들이었다. 나는 조용히 소대장을 데리고 내 자리에 와서 배낭에서 빼갈을 꺼냈다.

"이것 메요?"

나는 웃으면서,

"보면 모르십니까? 훈련도 끝나고 낼이면 전선에 도착할 테고 어쩌면…… 마지막으로 한잔 합시다."

긴말이 필요 없었다. 내가 술을 컵에 따르자 소대장은 얼굴에 엷은 웃음을 드리웠다. "김 동무, 이거레 대열 이동 둥이라 마시면 아니 되는데……" 하면서도 컵을 건네니까 벌쭉 웃으면서 마셨다.

술이 하도 독해서 컵에 따른 한 잔을 홀짝홀짝 조금씩 마셔야 했다. 한잔 마신 후 이응수 중사도 불러 셋이서 한 잔씩 더 했다. 사실 부대원들은 전선의 불길 속에 배치되면서 언제 죽을지 모른다는 생각에 약간씩은 초조해하고 있었다.

세 명 모두 알딸딸했지만 반병 정도 남아 있던 술은 배낭에 넣어 두고 잠에 곯아떨어졌다. 한참 곤히 자고 있는데 누가 흔들어 깨워 일어나 보니 중대장이 소대장과 함께 내 얼굴을 빠안히 보고 있었다. 중대장은 호되게 호통을 치기는커녕 예상과는 달리 엷게 웃음을 머금은 채 말했다.

"잘들 하고 있소. 아아니 술이 있으면 나도 부를 일이지."

우리는 중대장에게 술병을 넘겨주었다. 술을 마셨다고 혼날 줄 알았는데 도리어 중대장이 술을 마시겠다고 하는 걸 보니 사람의 마음은 다 같은 모양이로구나, 헛웃음이 나왔다. 초조해하면서 우리는 전선의 불길 속에 점차 다가가고 있었다.

다음 날 저녁에야 목적지인 중국 안동에 도착했다. 안동에서 우리 교대 중대는 재편성되었다.

내가 속한 부대는 포병 연대에 소속되었는데, 자동차 교도 중대 인원 중에서 운전을 잘하는 25명만 남고 나머지는 보병 연대에 배속됐다. 우리는 자동차 한 대씩 맡았는데 임무는 4톤짜리 자동차 뒤에 포 1문씩을 끌고 운반하는 일이었다. 나는 연대 직속 자동차 기수로 임명되어 자동차 대열 행군을 책임져야 했다.

우리가 모는 군용 수송차는 바퀴가 6개인 차 6대와, 바퀴가 4개인 차 6대였는데, 운전병 1명에 조수 1명씩을 배치했다. 바퀴가 6개인 차에는 122밀리미터 가비즈 곡사포를, 바퀴가 4개인 차에는 86밀리미터 지스데리 반고사포를 끌고 가는 임무다. 122밀리미터 곡사포는 무게가 3.5톤으로서 포 다리가 상당히 무거

한국전쟁 중 인민군 입대 후 참전 지역

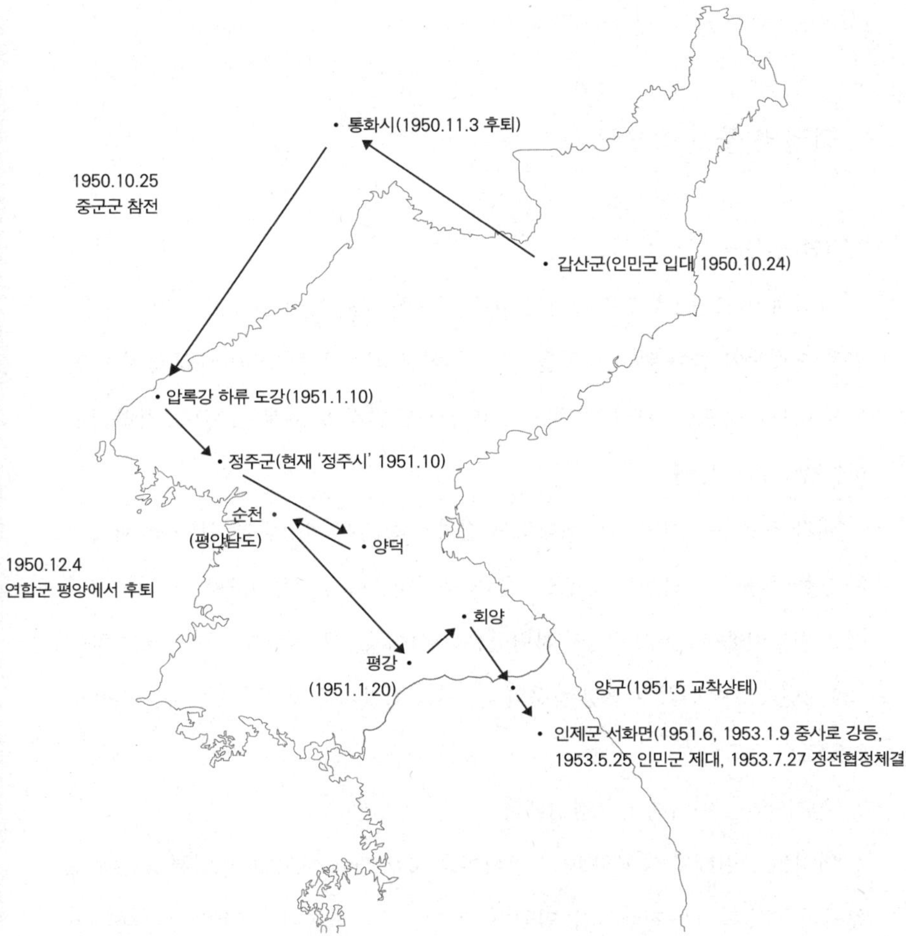

워서 10여 명이 낑낑대고 가까스로 끌어다가 자동차에 부착해야 했다.

더 이상 풀어져 있거나 태평할 수는 없었다. 언제 어디서 총알이나 폭탄이 날아올지 모르는 전선으로, 널름대는 전쟁의 입 안으로 들어간다.

전쟁의 불길 속으로

"출바알!"

마침내 1951년 1월 7일 17시경, 호송 군관의 지휘 아래 우리 포 운반 수송 차량은 오랫동안 참아 왔던 시동을 걸었다. 행선지는 군사 기밀이라 몰랐지만 안동에서 동북방으로 달리는 방향으로 미루어 압록강 하류 부근으로 도강하려고 하는 행군이 아닐까.

내가 가르친 운전병들이 제대로 운전하지 못할까 걱정되어, 나는 맨 뒤에서 차를 몰았다. 모든 운전병이 조심스럽게 운전하느라 행렬은 마치 병든 거북이처럼 느릿느릿했다. 더구나 어떤 사람들은 자신이 없어서 5단까지 변속되는 차량을 1, 2단으로 운전하여 주행 정량의 4, 5배의 휘발유를 헛되이 소모하는 경우도 있었다.

"정지, 정지! 여기래 압록강입메다."

이리도 느린데도 다행히 평지 주행이라 하루 만에 사고 없이 압록강가에 도착하여 도하 작전을 진행할 수 있었다. 으스름 달이 비슥이 떠 있었지만, 강물 위에 두터운 안개가 깔려 도통 보이지 않는 칠흑 새벽이었다.

건너야 할 가교는, 강을 가로질러 띄운 도하용 배 위에 굵은 널빤지를 깔아 만든 간이식 가교였다. 짙은 안개가 깔린 데다가 막상 포를 견인하는 육중한 군차량이 건널 수 있느냐가 참으로 문제였다. 책임상 내가 먼저 시범을 보여야 했기에 일단 포와 포탄을 떼어 놓고 빈 차로 건너보기로 했다. 실상 나도 겁이 났다. 할 수 있다는 자신감을 가지고 운전대를 잡았다.

처음엔 가교가 약간 물에 가라앉았다. 천천히 바퀴를 굴려 지나가니 완전히 잠기지는 않아 무사히 건너올 수 있었다. 가교의 중심으로만 가면 괜찮을 것 같았다. 어느 정도 안심하고 포탄을 내려놓고 포만 견인하고 조심조심 건너기로 했다. 무거운 포의 무게 때문에 가교가 완전히 물에 잠길 정도였지만 앞에 보이는 다리 방향만 보고 사고 없이 무사히 건널 수 있었다.

견인차와 대포가 한 대씩 모두 도하하고 나서 포수들이 포탄을 운반했는데 모두 네 번씩이나 강을 왔다 갔다 하면서 무거운 포 상자를 짊어지고 가야 하니 보통 힘든 일이 아니었다. 차를 모는 일도 고역이었지만 땀을 빨빨 흘리면서 포탄이 든 무거운 포 상자를 짊어지고 강을 건너는 포수들의 불안한 걸음걸이를 보면 더욱 정신이 아찔했다.

고생 고생해서 마지막 트럭이 압록강을 건널 즈음엔 동틀 무렵이 되었다. 아침 햇살이 압록강물을 환히 비추기 전에 서둘러 가까운 숲속으로 대열을 은폐시켜야 했다. 은폐지까지 사고 없이 무사히 오자 나는 이마의 비지땀을 닦으면서 안도의 한숨을 휴 내쉬었다. 이게 바로 전쟁이로구나.

더욱이 1950년 11월 초순 무렵부터 맥아더의 명령에 따라 전선에서 중국 국경선 사이에 모든 시설물·공장·시가지·마을을 황무지로 만드는 북폭 융단 폭격이 시작되었기 때문에 한순간도 안심할 수가 없었다.

북폭이 단행되자마자 제일 먼저 신의주가 소이탄 폭격으로 지도상에서 완전히 사라질 정도였고, 1주일 후엔 회령이 네이팜탄 공격으로 파괴되는 등 압록강·두만강 지역 일대는 완전히 초토화되고 있었다. 바로 이런 시기에 전진을 단행했던 우리의 상황은 무척 위험천만했던 것이다. 특히 나는 운전병을 책임지고 있었기 때문에 차가 고장나거나 불시에 B-29기의 폭격에 맞을까 항상 노심초사할 수밖에 없었다.

아무튼 낮에 잠을 푹 자 두고 저녁 식사 후 다시 이동하는 다람쥐 쳇바퀴 돌듯 반복되는 생활이었다. 어느덧 평안북도 정주군 두산리에 도착했다.

가는 도중에 운전병들은 아직도 미숙하여 팬벨트가 끊어진 줄도 몰라 운전하다가 멈추기도 하고 좁은 길에서 잘못하여 빠지기도 하는 등 말썽을 피웠으나 다행히 큰 사고는 없었다. 이런저런 고장이나 사고 따위는 내가 돌봐 주어야 했기에 신경도 쓰였고 고생이 심해 혀에 혓바늘이 돋아 터지기도 했다. 어떤 날은 논두렁에 빠진 차를 끌어내느라고 한참을 씨름해야 했다. 일을 끝내고 땀에 젖은 속내의를 벗어서 짜내면 겨울인데도 마대 걸레처럼 땀이 뚝뚝 떨어졌다.

무사히 목적지에 도착한 후, 포수들은 낮까지 진지를 파느라 정신없이 보내고 있었다. 이윽고 마련된 포진지에 대포 3문을 설치하였고 다음 날인 1월 10일 낮, 포 공격이 시작됐다.

"백이십이 미리 하우빗짜곡사포 발사 준비!"

"하나 포 준비 끝!"

"둘 포 준비 끝!"

"삼 포 준비 끝!"

"발사!!"

콰르릉…… 콰르릉!

쿠웅…… 쿵쿠웅! 쿠웅쿵! ……쿵쿵!

발포 명령이 내리자마자 포신은 새빨간 불덩이를 토해냈다. 천지가 울부짖는 소리를 냈다. 세워 둔 차들이 땅울림에 움찔움찔 움직였다. 귀마개를 막았지만 입을 크게 열고 있지 않으면 고막이 찢어져 나갈 정도였다. 땅이 울려서 허연 모래 먼지가 일었고, 모래 먼지는 벌린 입으로 사정없이 들어찼다.

목표 탄착 지점은 두산리에서 10리 정도 떨어진 '쑥섬'이라는 섬이었다. 그 섬에는 1·4후퇴 때 퇴로가 차단된 국군과 치안대가 숨어 있다는 정보였다. 우리는 그곳에 있는 인민군의 무전을 받고 계속해서 섬이 없어질 정도의 포 공격을 융단 깔 듯이 퍼부어댔다.

한참을 아무런 반응이 없다가 이윽고 꾸르르 삑삑, 꾸르륵 삑삑, 무전이 들어오기 시작했다. 상황병은 수신이 들어오는 대로 큰소리로 외쳐댔다.

"제3연대 총공격을 개시했습니다."

작전 참모 막사가 다시 긴장됐다.

"제3연대 육 중대 적군 진지 점령!"

"포로 70명 생포!"

그 우박 같은 포 공격 속에서 사망자가 많으리라는 것은 미루어 짐작할 수 있는 일이었다. 첫 전투에 참여한 나로서는 이겼다는 사실이 기쁘면서도, 바로 그 사실 때문에 우울해졌다. 결국 죽는 사람은 같은 동족일 뿐이었으니, 생각할수록 기가 막힌 비극이었다.

첫 전투에서 승리하고 나서 우리는 두산리 인민위원회의 지원을 받아 인가에 배치되어 3일간을 비교적 한가하게 지내면서 장비를 점검했다. 1951년 1월 13일. 다시 행군하라는 명령이 떨어졌다. 목표지는 평안남도 양덕이었다. 지도를 보고 계산해도 500여 리는 넘는 거리였다.

다만 지금과 같은 운전 실력으로는 그날 밤 안에 목표 지점까지 가기는 거의 불가능할 것 같아서 중대장에게 건의했다. 그랬더니 중대장은, "오늘 밤 안에 아니 가더라두 가는 데까지 가 보기요" 하며 어쩔 수 없지 않느냐고 양해하여 주었다.

계속 행군하는 도중에 다시 청천강을 건너야 했는데 부교가 수심이 깊은 곳에 놓여 있었다. 내가 먼저 조심스럽게 건너는데 중간 부근은 강물에 살짝 잠겨 앞이 잘 안 보였다. 아무리 조심해도 위험했다. 궁리 끝에 조수에게 내려 다리 한가운데로 가라고 해서 그를 따라 무사히 건널 수 있었다.

"좌로, 좌로 조금 가기요!"

조수의 인도에 따라 운전병들이 하나씩 차를 몰고 다리를 건너는데 다섯 번째 차량이 그만 다리로 가는 길을 잘못 알아 부교 앞에 오기도 전에 모래톱에 빠지고 말았다. 뒤따르던 차량으로 끌어내려고 했으나 너무 깊이 빠졌는지 꿈쩍도 하지 않고 헛바퀴만 돌고 있었다. 하는 수 없이 다른 차량부터 강을 건너게 하고 보니 어느덧 시각이 자정을 넘고 있었다.

차를 그냥 버리고 가자니 낮이 되면 미군기가 그걸 보고 우리를 추적해 습격할 텐데 야단이었다. 트럭을 붙잡고 안절부절못하던 차에 때마침 반대편에서 탱크가 건너오는 게 보였다. 다행이다 싶어 탱크 운전병에게 견인을 부탁했다. 한동안 용을 쓰면서 차를 모래톱에서 건진 후 다리를 건넜을 때는 이미 앞서 나간 차량은 보이지 않고 3대만 남아 있었다.

어느새 동이 터 오려고 하늘이 희끄무레해지는데 속력을 내어 신안주를 지나도 앞서 나간 차량은 전혀 보이지 않았다. 그러다가 동이 텄다. 할 수 없이 우리는 가까운 소나무 숲에 숨은 후 해가 지기를 기다렸다.

그곳에서 양덕까지 400여 리가 남아 있었는데 먼저 보낸 차들이 고장이라도 나지 않았을까 심히 걱정되었다. 마음이 하도 초조해서 에라 모르겠다 하고 해도 지지 않은 상황에서 차를 몰았다. 죽음을 각오한 운전이었다. 나는 비행기라도 불시에 만날까 봐 간이 콩알만 해졌다. 죽음을 각오하고 바싹 긴장해서 그런지 3대의 차량은 상당히 빠른 속도로 전진했다. 다행히 쌕쌕이는 우리를 발견하지 못했다. 조금 후에 어두워져서 우리는 맘 놓고 기어를 올렸다.

깜깜한 밤에야 오히려 자연스레 운전할 수 있었다. 사람의 시력이란 참으로 신기했다. 처음엔 길이 안 보였지만 가만히 어둠을 직시하면 말갛게 정면이 드러났다. 특히 깊은 밤에도 허여멀쑥하게 드러내는 전봇대는 정말 고맙고도 중요한 표지판이었다. 순천을 지나 신성천 언저리에 이르자, 논두렁에 빠진 차 한 대가 있어서 꺼내 주고 운전병에게 물었다.

"선두 차량은 다들 먼저 갔나?"

"옛, 먼저 떠났습네다!"

"알았다. 출발!"

우리도 전속력으로 달렸다. 신성천 다리도 끊겨 대동강 상류 쪽으로 건너야 했는데, 물이 그다지 깊지 않아서 비교적 쉽사리 건널 수 있었다. 계속해서 전속력을 다해 전진했는데, 만 하루가 늦어 해가 솟아오를 무렵에야 가까스로 양덕에 도착할 수 있었다.

쿠웅! ……쿠구궁! ……쿵쿵!

양덕에 왔을 때 국군이 쏘아대는 포탄으로 귀청이 찢어질 듯했다. 앞산에 아름드리 통나무가 쩍쩍 갈라지면서 쓰러지는 게 보였다. 이제 진짜 전선에 왔구나! 약간 떨리기까지 했다.

저녁에 다시 행군하여 20여 리 전진한 다음 우리 부대는 포진지도 없이 포를 설치하고 무차별 공격을 가했다. 포신이 뜨거워서 손을 못 댈 정도였다. 상황병은 우리가 쏜 포탄 공격에 국군은 후퇴하여 평강 쪽으로 내려갔다고 했다. 그곳에서 하루 쉬고 후퇴하는 국군을 추격해서 평강 부근으로 내려가 포진지를 설치하고 또 공격했다.

쿠웅! ……쿠루웅! 쿵쿵쿵!

막사에서 취침하는 시간에도 계속 포를 쏘아댔다. 아침이 되면 골이 멍할 정도였고, 시냇물에 가면 시냇물 흘러가는 소리는 안 들리고 귀에서 포 소리만 우렁우렁 울리는 이명耳鳴 현상이 일어났다. 고막이 찢어져서 귀에서 누런 고름을 흘리는 부대원도 많았다.

평강 쪽으로 내려간 다음 날인 1월 20일경에 사단 정치부에서 나를 찾는다는 전령이 왔다. 무슨 일일까? 본부 막사에는 사단 정치 부사단장이 기다리고 있었다.

"입당하셨습니까?"

그는 내게 출생지와 본적지·출신 성분·지식 정도를 묻고 나서 입당 여부를 물었다. 나는 묻는 대로 대답하고 과거에 입당한 과정을 설명한 후, 1차 진공 시기에 재차 1945년 12월 20일 자로 등록했으나 후퇴하는 바람에 당원증을 받지 못한 경위를 말했다. 내 얘기가 끝나자 그는 다시 물었다.

"그거 참 안됐소. 누가 보증해 줄 수 있는 사람이 있습니까?"

나 혼자 떨어져서 후퇴하다가 입대했는데 누가, 어디 가서. 도저히 증명할 길이 없기에 난감했다. 그래서 솔직히 말했다.

"혼자 후퇴했기 때문에 보증인을 당장 세울 수 없습니다!"

사단 정치부 책임자는 책상을 연필로 톡톡 치다가 입을 뗐다.

"그럼 어쩌나. 그럼 새루 입당하는 걸루 합시다."

난감했던 문제가 의외로 쉽게 풀렸다.

"예!" 내가 동의하자마자 그는 중사 한 명을 불러서 화선 입당 수속을 서둘러 밟아 주라고 명했다. 이틀이 지난 1월 22일에 그가 다시 불렀다.

"동무는 1951년 1월 22일 자로 화선입당火線入黨 : 전쟁 기간에 후보 기간 없이 직접 당원이 되는 입당 방법되었소. 당 생활에 조금도 어긋나거나 틀리는 일 없이 잘해 주기 바라오. 우리 공화국의 당 생활은……."

당 생활에 대한 지시를 조목조목 내리고 나서 사단장의 지사가 있을 테니 밖에 가서 대기하라고 했다. 잠시 후 나는 사단장실에 불려 갔다.

"사단장 동지! 특무상사 김진계 명령받고 왔습니닷!"

거수경례하며 신고하자 사단장은, "쉬어!"하고는 빙그레 웃으면서, "거기 앉으시오"라고 했지만, 나는 앉지 않았다. 그는 윤이 번들거리는 가죽 장화와 가죽 벨트에 꽂혀 있는 때때권총소련제 T.T권총 때문에 더욱 위엄 있어 보였다. 그는 나를 쳐다보며 힘주어 말했다.

"사단 정치 부사단장으로부터 동무에 대해 보고를 많이 들었소. 특히 대열 행군에서 수고를 많이 한다는데, 기리구 사단에 마침 자동차 기사가 없수다. 오늘부터 동무를 자동차 기사로 임명하갔는데 기럼, 감당하갔소?"

사단장은 큼직한 눈으로 나를 보며 물었다.

"기리구 원래 군관이 되자면 군관 학교를 나와야 하오. 길티만 지금은 전시인 만큼 그대로 임명하겠소. 오늘부터 동무에게 중위로서 자동차 기사 직위를 부여하는 바이오."

뜻밖에 신임을 얻어 군관장교으로 진급했으니 솔직히 기쁘기 그지없었다. 자동차 기사는 직위가 군관급으로 일종의 기술 병고에 속했다. 본래 군관이 되자면 정치군관학교를 졸업해야만 했는데 전시라는 상황 때문에 소위도 아닌 중위 직에 임명받았으니 감개무량하지 않을 수 없었다. 나는 대열 참모를 따라가 새로 복장과 견장을 받았다. 모두들 축하해 주었다. 지위가 높아지자 나는 더욱 열성적으로 맡겨진 임무에 충실했다.

다음으로 우리가 진격해 간 곳은 회양이었고, 계속해서 며칠 간격으로 금화까지 내려갔다. 금화에서는 상당히 치열한 공방전이 벌어졌는데, 우리는 차량이 모자라서 총알이 핑핑 날아오는 참호 언저리까지 식량이나 피복을 후송해야 했다. 이어 금황에서 전진하여 단발령·직동령을 단숨에 탈환하고 인제 언저리까지 남하했다.

전선은 인제·양구·춘천 등지로 확대됐고, 사단 선발대는 영월·제천 방면까지 내려갔다. 우리 13사단은 2군단 2사와 협동 작전으로 인제를 공격하고 있었는데 다른 사단 선발대는 춘천을 해방시켰고 홍천을 지나 영월·제천 부근까지 직격했다가 반격을 받고 일진일퇴를 거듭하고 있었다.

……이제 강원도 북쪽 지방이 해방되었으니까 조금만 더 전진하면 머지않아 가족들과 만날 수 있다. 어머니, 조금만 기다리세요. 필기야, 조금만 참아라. 생각만 해도 기운이 버쩍버쩍 솟았다.

하지만 그런 기쁨도 잠깐이었다. 5월에 접어들면서 전열을 재정비한 미군과 국군이 총반격을 개시하기 시작하여 인민군은 다시 후퇴, 양구·인제 부근에서 전선이 교착 상태에 들어갔다.

전선이 교착 상태로 들어가면서 국군 포로도 많이 생겼다.

우리가 맡은 동부 전선은 국군이 대치하고 있었고, 서부 전선에서는 중국 인민군과 미군이 싸우고 있었기 때문에 우리는 미군 포로를 거의 볼 수 없었다. 당시 인민군들은 미군에 대해서는 그 증오심이 극심해서 양키라면 결사적으로 싸우려고 했다. 그러나 국군과 맞댈 때에는 상황이 조금 달랐다. 내가 죽이지 않으면 적이 나를 죽이는 전장에서도 증오심보다는 미묘한 민족 감정이 앞서 있었다.

그래서 국군 포로병을 보면, "야레, 니 고향이 어디가!"라고 물어보면서,

"야, 이 간나이 새끼야, 기래 할 짓 없어서 코쟁이 밑 닦아 주려구 전장에 나완?"

혹은, "리승만이 너희들한테 땅 한 평 준거 있네?"라고 구박을 주곤 했다.

국방군 포로를 국제법에 따라 대우하려고 우리는 노력했다. 우리의 적은 해방을 가로막은 양키들인데 우리끼리 싸워서야 되겠느냐는 정치 교양을 최우선으로 행했다. 마음 쓰리게도 전쟁이 장기화되면서 그런 원칙이 반드시 지켜지지는 않게 되었다.

"이 간나 새끼레!"

흥분한 병사는 명령에 따르지 않고 국군을 잡으면 개머리판으로 뒷통수를 까기도 했다. 일부 인민군 병사의 이런 폭력은 전우가 죽은 걸 보고 흥분한 까닭이었다. 처음엔 이런 병사가 물론 엄한 처벌을 받았으나 나중엔 아무도 막는 이가 없었다. 모두들 지루한 전쟁에 지쳐 가고 있었다.

전투가 끝나면 노래를 부르고 양걸춤을 추어도 남는 건 잔인하도록 공허한 마음뿐이었다. 전투 때마다 따발총과 포를 정신없이 쏘아대며 슬픔과 공포를 잊어 보려고 몸부림쳤다. 오직 살아남기 위해 우리는 최선을 다할 수밖에 없었다. 내가 죽이지 않으면 적이 나를 죽이는 극한 상황이었으니 누가 누구의 잘못을 가릴 수 있겠는가. 병사들은 조금식 미쳐 가고 있었다. 동족끼리 서로 총부리를 겨누었으니.

누가 누구를 죽이고 있는가

국군의 반격으로 일진일퇴가 거듭되자 최고 사령부는 추격전에서 기동 방어 전술로 방침을 바꾸었다. 기동 방어 전술이란 고지를 내주고 후퇴하는 척하면서 적을 속여서 적군이 들어오면 포위 섬멸하는, 이를테면 적의 역량을 소모하는 소모 전술이었다.

그맘때 우리 사단은 인제군 서화면을 중심으로 형성된 양구 전선 전투를 담당했는데, 우리 포중대는 직동령 고개 아래에 있은 이포리를 기본 은폐지로 삼아 수시로 이동하면서 진지를 구축하고 적을 기습 공격했다. 이포리에 있는 은폐지는 절벽으로 둘러싸인 험지로서 적의 항공 정찰에도 좀처럼 드러나지 않는 천연 요새였다.

이포리에서 이동하여 공격하다 보니 산골짜기인 데다가 길이 몹시 나빠서 수시로 차량이 고장났는데, 수리할 줄 아는 사람은 나 혼자여서 밤낮으로 눈코 뜰 새 없이 바빴다. 아무래도 운전병 중의 하나를 골라 차량 수리를 전문으로 책임질 수 있는 기수를 배치해야겠다. 눈여겨보니 이응수 중사가 그중 나았다. 나는 연대 대열 참모에게 건의해서 이 중사를 기수로 배치했다. 얼굴에 주근깨가 많은 이응수 중사는 서울 태생으로 머리가 좋고 행동이 민첩해서 수리 기술을 금방 배워 나갔다.

1951년 6월에는 비가 많이 와서 큰 홍수가 났다. 이 바람에 차는 진흙탕에 빠져서 옴짝달싹도 못 하는 일이 비일비재한 데다 노숙하기도 불편했다. 뿐만 아니라 길도 중도에서 끊기는 수가 많아 식량 수송도 어려워 식량 사정이 그리 좋지 않았다.

비는 억수로 쏟아지는데 천막도 없었다. 산중에서 그때까지 하복이 지급되지 않아 입고 있던 동복이 말짱 젖으면 그냥 입은 채 체온으로 말려야 했고, 밤이면 기온이 뚝 떨어져서 오들오들 떠느라 여름 감기에 걸리거나 재수 없으면 악성 뇌염에 걸리기도 했다. 게다가 먹을거리도 없어서 금화에 저장해 두었던 콩으로 허기를 때우다 보니 전사들은 모두 설사병으로 고생해서 얼굴빛이 누렇게 떠 있었다.

갑자기 후퇴 명령이 내려졌다. 전방에 배치된 포를 견인해 오라는 지시였다.

명령이 떨어지자마자 즉시 현장에 가 보니 포위될 직전의 급박한 상황이었다. 10문의 포를 끌고 다급하게 후퇴하는데 차 한 대가 안 보였다.

"이 중사, 한 대 어디 갔어?"

"한번 찾아보죠."

급히 차를 돌려 오던 길로 되돌아갔다. 한참 가서 서화면 한탄강 줄기에 이르니 곡사포를 달고 있는 차 한 대가 어두운 허허벌판 한가운데 처박혀 있는 게 흐릿하게 보였다. 차를 몰아 가까이 댔다.

"무슨 일이야?"

차 밑에 들어가 있는 전사에게 물었다. 그는 얼굴에 씨꺼먼 기름이 잔뜩 묻어 있었다.

"앞바퀴 됴인트에 고장이 났습네다. 핸들이 움딕이지 않습네다."

은폐나 엄폐할 지형지물도 없는 벌판 한가운데에 처박힌 것이다. 포병 몇 명은 포대에 걸터앉아 출발하기만을 기다리고 있었다. 조금 있으면 날이 밝아 오기 시작할 텐데 고장은 났고 정말 큰일이었다. 조인트 베어링이 파손되어서 시간이 제법 걸리는 일이었다. 부서진 베어링을 새것으로 갈아 끼우는 그때, 타 타 타 탓! 연속적인 발포 소리가 귀를 찢자마자, 앞에서 도와주던 고장 난 차 운전병은 잽싸게 길가의 구덩이로 몸을 던졌다.

"양키다!"

F-51 무스탕기 두 대가 기총소사를 퍼부어댔다. 아뿔싸! 차에 포탄을 가득 실어 놓았기에 아차 하면 뼈도 못 추릴 찰나였다. 재빨리 떼굴떼굴 굴러서 차 밑을 빠져나와 길가에 있는 어두컴컴한 바위 아래 몸을 숨겼다.

한참 동안 몸을 숨기고 있자니, 미군기는 불빛이 안 보이니까 공중을 두세 번 낮게 회전하다가 사라져 버렸다. 언제 그랬냐 싶게 다시 공허한 밤의 정막이 들

한국전쟁 당시 미군의 F-51 무스탕기(출처 : Hulton Archive)

판에 깔렸다.

바위틈에서 나온 나는 다시 수리를 시작했다. 한쪽 바퀴에서 '악셀샤프트'를 뜯어 베어링을 교체하는 동안 이미 날은 환하게 밝아 버리고 말았다. 포병들은 빨리 고치라고 아우성이었다.

돌아간 전투기가 보고했는지 위치를 알아챈 국군의 105밀리미터 포탄과 박격포탄이, 휭~ 휘파람 소릴 내면서 한꺼번에 연거푸 날아오기 시작했다.

빵! 빵! 빵!

포탄은 자동차 주변 이곳저곳에 떨어져 터졌다. 고막이 터질 것처럼 요란한 소리와 짙은 화약 냄새로 몽롱한 지경이었다. 상황은 너무 다급했다. 그렇다 해도 다른 쪽 바퀴마저 수리하지 않으면 안 되었다.

"군관 동무, 미쳤어요? 피하셔야 합니다!"

이 중사가 주근깨 많은 얼굴에 땀이 범벅이 되어 소리쳤지만 나는 정말 미친 놈처럼 차 밑에 기어 들어가 계속 작업을 했다. 해는 벌써 중천에 떠 있는데 수리를 빨리 마쳐야만 했다.

"저, 덕군임네다!"

언덕 너머로 손짓하면서 이 중사가 크게 소리쳤다. 정말 저쪽 능선 너머에서 국군 병사들이 뚜렷이 보이기 시작했다. 하나, 둘울, 세엣, 네엣, 세어 볼 필요도 없이 중대 병력 규모였다. 그들은 서쪽 방면과 동쪽 방면으로 흩어지면서 산언저리에서 차단선을 치며 조여 왔다.

"이제 다 됐다. 올라타!"

잘못하다가는 포위되어 사살되기 직전이었다. 수 발의 총성이 귓전을 스치고 지나갔다. 주변 돌이나 흙에 유탄이 마구 박히면서 전신이 오그라들었다. 대낮이었지만 비행기 공격을 받더라도 빨리 달아나야 했다. 총알이 빗발처럼 날아왔다. 운전석에 올라 시동을 거는데 전혀 먹혀들지 않았다. 차라리 죽더라도 포로가 돼서는 절대 안 될 일이었다. 이렇게 끝나는 모양이로구나. 통일도 못 보고. 제기랄!

"군관 동무, 와 기러십네까? 뎡신차리시라요!"

귀를 찢어 버릴 듯한 총성에도 나는 운전석에서 머엉하니 있었다. 또렷이 구분될 정도로 그들은 가까이 다가오고 있었다. 탕, 탕, 타앙, 차 위에 있던 포병대 소속 전사들이 응사하는 총소리였다. 바로 그때 이응수가 다급하게 내 옆에 비집고 들어와 시동을 걸었다. 고장 난 차는 신통하게도 부릉, 하고 시동이 걸렸다. 국군이 쏘는 총탄은 계속 휭휭 날카롭게 바람을 가르면서 스쳐 지나갔다.

이제는 살았다 싶어 기수 이응수와 운전병 등 두 명을 태우고 포차야 나 살려라, 포위망을 빠져나갔다. 뒤통수에서 들리는 콩 볶는 소리 같은 M1 총소리가 6월의 맑은 하늘을 몽조리 찢어 내고 있었다. 전속력으로 정신없이 질주하여 서화강 가에 갔는데, 이번에는 아군이 우리를 적으로 오인해서 총격을 가했다. 쨍그렁, 하고 총알이 앞 유리창을 박살 내면서 내 귀밑머리를 스쳐 지나갔다.

"야이, 새끼덜아! 우리야, 우리! 미친놈덜아! 아군이란 말야!"

이 중사가 고래고래 소리치며 모자를 흔들어서 총격을 멈추게 한 후 강을 건넜다. 그때 숲속에서 인민군 세 명이 나와 길을 막아섰다.

"앞길에 대전차 지뢰가 매설되어 갈 수 없습네다."

"걱정 말고 비켜, 우린 급해!"

"아니 됩네다."

"참, 이거…… 그럼 빨리 지뢰를 제거해."

"매설이래 우리가 했디만 해제는 공병 둥대당의 승인을 받아야 됩네다."

할 수 없이 공병 중대장을 찾아가 승인을 받아 지뢰 제거반이 지뢰를 제거한 후 갈 수밖에 없었다. 적 비행기 공격에 대비하여 적재함에 탄 전사에게 하늘을 감시하라고 지시한 다음 차를 몰아 질주했다. 밋밋한 언덕길에 오를 때였다.

"항공! 항공!"

차를 급하게 멈추자마자, 파파바바바~박!

바로 눈앞에 있는 본넷에 탄알이 박혔다. 순식간에 본넷이 벌집이 되어 버렸다. 숨이 턱 막히고 머릿골이 지잉 울렸다. 두려움과 투혼이 바람처럼 몸을 휩쌌다. 죽을 각오를 하고 다시 자동차를 몰고 가다가 멈추고 가다 다시 멈추고 하여 비행기의 기총소사를 피해 나갔다. 산굽이에서 비행기를 따돌린 후에 엔진 소리를 죽여서 숲속으로 숨어 버렸다.

한동안 숲속에서 주변의 동태를 살펴도 비행기는 우리를 잃어버리고 가 버린 듯하여 다시 기본 은폐지까지 달려갔다. 가까스로 목적지에 도착했을 때는 땀이 흘러서 등허리와 가슴팍까지 온통 축축하게 젖어 있었다. 겨우 한숨을 돌리고 나니 배도 고프고 기운도 없었다. 갈증이라도 채울 양으로 수통의 물을 벌컥벌컥 들이마시고 나서야 살았다는 실감이 났다.

“김 전사, 물 좀 먹어 봐.”

조수석 옆에 그때까지 앉아 있던 낙오 차량 운전병은 말이 없었다. 그는 한참이나 나를 보아 온 듯이 눈을 멍하니 뜨고 있었다.

“물 먹으라니까! 자아, 어!”

그의 어깨를 흔든 그때, 그의 고개가 바닥으로 꺾였다. 눈을 뜬 채, 언제 죽었는지도 몰랐다. 다만 목줄기 바로 밑의 가슴살이 총탄에 의해 관통되었는지 마치 구겨진 휴지처럼 찢어져 있었다.

눈물 흘릴 틈도 없었다. 다만 그의 주먹 손을 맞잡고 부들부들 떨면서 “김 전사! 김 전사!” 중얼거리기만 했다. 그의 죽음을 입술을 꽉 깨물고 묵묵히 지켜보기만 했다. 그의 웃는 얼굴이 크게 떠올랐다. 뜨거운 불덩어리가 치밀어 내 의지와는 반대로 주체할 수 없는 눈물이 막 쏟아졌다.

죽을 고비를 넘기고 물걸레처럼 늘어진 몸으로 한숨 자고 나서 저녁에 다시 포를 이동시키는 임무를 수행했다. 그즈음 인민군과 국군은 직동령을 둘러싸고 계속 공방전을 벌이고 있었다. 직동령은 피아간의 요충지로서 이곳을 한 번 빼앗기면 200여 리는 후퇴해야만 했기에 어느 쪽도 물러서지 않고 으르렁거렸다. 우리는 포탄이 아니라 식량이나 피복도 수송해야 했기 때문에 정신없이 이리저리 돌아다녔다.

그러던 와중의 7월 초 어느 날. 서화면 전투에서 죽을 고비를 넘기면서도 자동차와 포를 구출한 공로로 나는 국기 훈장 3급을, 이응수는 전사 영예 훈장 2급을, 운전병 전원은 군공 메달 1개씩 수여 받는 기쁨을 누렸다. 이때만 해도 국기 훈장을 받은 사람은 극히 적을 때라 이것은 파격적인 영광이었다. 이응수가 받은 전사 영예 훈장 또한 받은 사람이 한 사단에서 몇 사람 안 될 정도로 극히 드문 영예였다. 내가 가지고 있는 보잘것없는 기술이 조국의 해방 전쟁에 유용하게 쓰인다는 사실에 가슴이 뿌듯했다.

그해 6월경부터 추적추적 내리던 가랑비가 7월경에는 엄청난 장맛비로 변해서 대홍수가 났다.

홍수가 나자 후방 수송로가 무너지고 다리가 파손되는 등 물자 수송이 거의 되지 않을 지경에 이르렀다. 게다가 미군기의 공습으로 보급로는 완전히 차단되어 있었다. 빈약한 식량 공급 사정으로 굶어 죽어야 할 형편이었다. 한 발의 탄알도 중요했지만 정말 한 톨의 쌀알은 더더욱 시급했다.

설상가상으로 인민군의 어려운 형편을 파악한 국군은 연일 끊이지 않고 파죽지세로 공격해 들어왔다. 굶으면서 싸울 수는 없는지라, 하는 수 없이 주변 산골에 농민들이 심어 놓은 옥수수를 따서 한 끼에 하나씩 먹으면서 파도처럼 밀려오는 적의 공격을 막아야 했다. 옥수수를 따 올 때는 해당량의 옥수수에 대한 인수증을 옷 수숫대에 잘 보이게 달아 놓곤 했다. 사실 청천강 이남의 제공권은 완전히 미군기에 의해 장악되어 있었다.

미군기는 수시로 인민군 부대의 이동 상황을 정찰하려고 돌아다녔고 대포 사격을 지휘하는 포 지휘기 'L-나이트기L-9'는 자랑이나 하듯이 마음 놓고 아군 진지 위에 종일 떠 있었다. 우리의 야크 비행기는 떴다 하면 활개를 치고 다니는 미국의 B-29기·F-15기·무스탕기에게는 그야말로 '한입의 밥'이었다. 흡사 매에 쫓겨 바위틈으로 도망 다니는 참새 같다고나 할까.

낮에는 거의 매일 공중에서 고운 여자 목소리가 들렸다.

"인민군 전사 여러분, 투항하셔야 합니다! 이미 전세는 기울었습니다. 백기를 들고나오셔서 자유의 품으로 오십시오. 대한민국 정부는 여러분의 투항을 환영

합니다!"

이런 목소리를 들을 때마다 등골이 쭈뼛쭈뼛했다. 미군기 중의 일부는 심리전의 일환으로 항복하라는 여자 음성을 녹음했다가 틀어 주었는데 그대로 공중폭발이라도 해주었으면 싶었다. 미군기들이 이토록 설쳐대는 상황에서, 낮에는 이동할 엄두도 내지 못하고 모든 활동을 밤에만 해야 했다. 선무 방송을 하는 미군기가 날아갈 때마다 전사들은 손으로 쑥떡을 먹이곤 했다.

어느 날인가 한 전사가 하늘을 대고 따발총을 쏘며 화풀이를 했는데, 생각지도 못했던 일이 생겼다.

"쌍! 양키 아새끼래! 내 총알 맛을 보라우요!"

그 전사는 미군에 대한 증오가 너무도 강해 무서운 투혼으로 자신의 몸을 엄폐할 생각도 않고 아예 선 자세로 따발총을 갈겨댔다. 놀랍게도 우연히 그가 쏜 총알이 비행기 연료통에 맞아 미군기가 떨어졌던 것이다.

그 전사 때문에 이후 각 부대에는 '비행기 사냥꾼조'가 생겼다. 전사들은 산꼭대기에 올라가 매복했다가 비행기를 맞혀 떨어뜨리면 계급이 올라가고 훈장도 수여 받았다. 이후로 전사들은 비행기만 보았다 하면 따발총 사격을 했다. 어린애 장난으로 보일지 모르나 간혹 연료 탱크에 총을 맞아 연기를 뿜으면서 떨어지는 비행기도 생겼는데, 내가 본 것만도 여러 대였다.

네이팜탄·삼발이·쏘구역

1951년 8월 말경 어느 날 밤이었다.

"항공! 항공!"

지긋지긋한 공중 폭격이다. 차량을 은폐시키고 빠르게 대피했다.

부우우웅……. 수십 대의 미군 폭격기가 기동로를 중심으로 느닷없이 조명탄을 수없이 터뜨려 놓아 대낮같이 환하게 밝혀 놓은 채, 오고 가는 차량에 기총소사하거나 로켓포 등 셀 수 없이 많은 폭탄을 투하하기 시작했다. 이렇게 많은 비행기가 와서 공격한다는 사실은 우리의 위치를 확실히 알고 있다는 얘기였다. 폭격기들은 창공을 갈기갈기 찢어 가면서 우박 같은 폭탄을 떨어뜨리고 있었다. 저건 또 뭔지? 처음 보는 폭탄이었다.

"불깡통이닷!"

말로만 듣던 네이팜탄이었다.

쿠루루루룽~웅! 네이팜탄이 떨어지자마자 주둔지와 인근 마을은 불바다의 지옥이 되어 말 그대로 아비규환이었다. 마치 지옥도를 연상케 했다.

"살려 줘! 사람 살려!"

불에 타서 얼굴이 넝마 조각이 된 어떤 전사는 다 타 버린 헝겊 조각을 몸에 걸쳤는데 속살이 다 보였다. 며칠이 지나면 맨살의 여기저기가 찢어져서 누런 고름이 새어 나왔다. 눈 뜨고도 볼 수 없는 참혹한 모습이었다.

"약 가져와!"

"아까징끼두 다 떨어졌습네다!"

아까징끼와 다이아찡 가루는 보물과 다를 바 없었다. 구경만 하려고 해도 하늘에서 별 따기나 마찬가지였다. 불에 타서 입술도 없는 그을린 입에 겨우 물만을 흘려 놓아야 했다.

네이팜탄은 정말로 무서웠다. 나는 이런 장면을 당하면 미칠 것만 같았다. 뜨거운 바람이 몸을 휩싸면 아뜩아뜩 현기증이 나고, 가슴 속 깊은 곳에서 피가 역류하는 듯한 고함이 터져 나왔다. 양키 놈들아, 살아있는 생명체는 모조리 말살

시켜야 속이 시원하단 말이냐!

인민군들은 미군기의 습격을 악착같이 피해 물자 공급을 계속했다. 그러자 미군은 또 기동로 주변에 '삼발이'를 수없이 낙하시켜 자동차가 다니지 못하게 막기도 했다.

'삼발이'란 직경 5밀리미터, 길이 6센티미터 정도 되고, 강철 파이프로 만든 쇠꼬챙이 3개를 정丁자 형태로 만든 것으로서 땅에 떨어지면 한끝은 반드시 위쪽으로 솟는다. 이것은 속이 빈 파이프로 만들어졌기에 바퀴에 닿으면 파이프 구멍이 타이어 공기를 뽑아낸다. 삼발이 때문에 곳곳에서 타이어 펑크가 나면 우리는 그것을 다시 때워야 갈 수 있었다. 삼발이가 있다고 라이트를 켜고 피해 갈 수도 없는 노릇이었다.

인민군으로서는 이 문제를 해결하기 위해서 기동로에 500미터 간격으로 항공신호병을 배치하고 비행기가 나타나면 총을 쏘아 신호했다. 마치 조상들이 적의 침공을 알리려고 봉화를 피어 올렸듯이 총소리를 이어서 신호하면 자동차는 라이트를 끄고 가거나 정지했다. 심지어는 조수에게 흰색 백포 옷을 입혀서 길을 뛰어가면서 안내하게 했다. 또 삼발이를 제거하려고 병사들을 일정 구간에 투입하여 전지를 가지고 줍도록 했다.

온갖 방법을 동원해서 미군기의 공격을 피해 수송 작전을 해야 했는데, 때문에 운전병들은 온갖 위험을 무릅쓰고 요리조리 피해 다녀서 '빨쥐'라는 별명으로 불리었다. 무엇보다도 운전병들이 겪는 가장 큰 어려움은 무엇보다도 '쏘구역' 행군이었다.

쏘구역이란 꼭 지나칠 수밖에 없는 산벼랑이나 해안선 벼랑 도로에 낮 동안 시사포를 쏘아 좌표를 맞추어 두고 대기하고 있다가 밤에 불빛만 비치면 직사포로

북한의 최현 장군

공격하는 지점을 말하는데 운전을 하다가 불시의 공격으로 죽는 경우가 많았다.

나도 여러 차례 쏘구역을 지나다가 죽을 뻔한 경우가 있었다. 길을 가다가 갑자기 사방에서 집중 포격을 받으면 당황하여 우왕좌왕하다가 벼랑에 굴러 파괴된 차량도 많았다. 쏘구역으로 예상되는 도로를 지날 때 절대로 라이트를 켜지 않고 조수에게 흰옷을 입고 안내하게 하여 이동했는데, 자칫 잘못하면 천길 벼랑 아래로 떨어져 죽는 수가 많았다.

우리 13사단은 2사단·27사단과 함께 당시 2군단 소속으로 양구 방면을 맡고 있었는데, 2사단은 인제 쪽을, 27사단은 금강산을 중심으로 한 동해를 방어했다. 우리 사단 오른쪽으로, 중·서부 전선은 중국 군대가 담당했다. 2군단장은 항일 빨치산으로 유명한 최현 장군1907~1982이었다.

본래 중국 길림성에서 태어난 그는 일제 시대 때 홍범도 장군 부대에서 항일운동을 한다. 1925년 중국 군벌에세 잡혀서 투옥된 그는 옥중에서는 이발사가 되어 일한다. 간수와 친해져 간수와 함께 탈출해서 동만주에서 빨치산 활동을 했다는 전설적 영웅이었다. 그는 한치의 오차도 없는 명사수였기에 그를 쏘려고 일경이 권총을 들었을 때 일경의 손목을 쏴서 총을 떨어뜨렸다는 일화도 있다.

유엔군이 압록강과 두만강까지 올라간 그는 강원도 철령을 지키고 유격전을 벌였다. 때문에 청진이나 흥남에 있던 사람들이 철령이나 추가령으로 피난 가지 못하고 1950년 12월 24일 흥남에서 배를 타고 대규모로 철수했던 것이다.

1951년 9월, 하늘이 청명한 어느 날, 2군단에 소속된 전 수송 부대원들은 군단 야영지에 마련된 임시 연병장에 모였다. 마침내 단상에 그가 나왔다. 얼굴이 조금 길어 보이는 그는 키가 크고 풍채가 훌륭했다. 우리는 수백 대의 차를 연병장에 정열시키고 그의 연설을 들었다.

"여러 동지더얼! ……전투는 곧 식량입니다. 양식이 없으면 전투를 못 합니다. 이렇게 하늘도 높은 가을날에 전사들은 강냉이 한쪽씩으로 끼니를 때우고 있습니다. 겨울이 되면 식량 사정은 더욱 나빠질지도 모릅니다. 오늘 수백 대의 차가 왔는데, 여러 동지덜이 식량 문제를 해결하기 위해서는 더욱 영용하게 애써 주시기 바랍니다."

쉿소리 섞인 그의 목소리는 앞산 뒷산을 쩌렁쩌렁하게 울렸다. 그는 함경도 태생이면서도 말씨는 서울말을 자연스럽게 썼다. 연설이 끝나자 그는 선탑자들에게 훈장을 직접 수여했다.

멀리서만 그를 보다가 며칠 후 나는 야전 병실에 부대원을 보러 갔다가 그를 가까이에서 보았다. 병실에 있는데 갑자기 누군가가 들어왔다. 놀랍게도 최현이었다. 우리는 부동자세를 취하고 경례했다. 들어오자마자 병실의 청소 상태를 살펴보던 그는 의무군관을 불렀다.

"군관 동무! 이 침대 밑에 먼지가 많은데, 어찌 된 거요?"

"예? 아 옛, ……담당병들이 게을러서……."

"뭐요? 청소를 꼭 하전사들만 하란 법이 있소? 지금 당장 귀관이 청소하시오. 지금 당장!"

"예엣?"

결국 군단장의 지시에 의무군관은 침대 밑에 기어 들어가서 무릎을 꿇고 걸레질을 하기 시작했다. 한참 후에 의무군관이 청소를 마치고 나오자 최현은 조용히 말했다.

"군관도 직접 해 봐야 아래 전사를 이해하는 거요."

그러한 최현을 전사들은 누구나 좋아했다. 하전사들은 모이기만 하면 "최현은 군관에겐 범이요. 전사에겐 아버지다"라는 얘기를 하곤 했다.

어찌 보면 그는 성격은 급했지만 전략 전술엔 뛰어나기로 소문나 있었다. 그에 관한 일화 중의 유명한 것으로는 전투 계획을 그림으로 작성해서 아무도 모르게 했다는 이야기가 있다.

이를테면 작전 지도에 소 머리라든가 말 혹은 계란을 그려 놓았는데, 나중에 알고 보면 소 머리는 소가 머리로 공격한다는 의미에서 진공 작전을, 말은 물러서다가 뒷발질을 친다는 의미에서 기동 방어 작전을 의미하고, 계란은 포위 작전으로서 노른자위를 포위 섬멸한다는 뜻이었다. 우리는 최현 장군의 지휘 아래 동부 전선을 맡아 국군과 일진일퇴의 공방전을 거듭했다. 전쟁 후 최현 장군은 노동적위대 부위원장과 인민무력부장1969~1976을 하며 최고위직에 이르렀다.

요새 방어 전술

전선이 지루할 정도로 교착 상태로 들어가자 1951년 10월, 최고 사령부에서는 진지 방어를 요새 방어로 작전 변경을 지시했다. '요새 방어 전술'은 굴이나 토치카를 뚫고 견고히 지키다가 적의 공격을 물리치는 전술로써 일종의 진지 사수 작전이었다. 이 명령은 군관인 내가 직접 수행해야 했다. 아침 점호 때, 나는 부대원을 모아 놓고 명령을 전달했다.

"명령대로 우리는 굴을 뚫어야 하오. 우리에게 할당된 임무는 자동차 운전병 한 명과 조수 두 명, 트럭 한 대가 각각 들어갈 수 있는 굴을 일주일 내에 파는 것이오."

"네에?"

하전사들은 벌린 입을 다물지 못하고 있었다. 사실은 나 역시 기가 막혔다. 불가능한 일이었다.

"장비는커녕 공병삽 한 자루두 아니 가지구서리 일주일 내에 무엇을 오떻게 하란 말임네까?"

하전사 한 명이 투덜대며 질문했다.

"나도 알고 있소. 사단 본부에 건의할 테니 일단 작업을 시작합시다."

나는 그 즉시 도구가 없어 작업이 곤란하니 지원해 달라고 사단 본부에 연락했지만 대답은 간단했다.

"공작해서 연장이레 장만하기요. 이상!"

'공작하라'는 말은 사실 도둑질하라는 말이나 다름없었다.

하는 수 없이 머리를 맞대고 궁리한 결과 회양 시내의 폭격으로 비워 둔 공장을 대상으로 '공작'도둑질하여 곡괭이·삽·정 등을 가져와서 굴착 작업을 진행했다.

6대의 차량을 넣을 수 있는 6개의 굴을 파는 것은 거의 불가능한 일이었다. 우리 인력으로는 도저히 불가능했다. 한 달 걸려서 고작 4개밖에 못 만들었으니 가히 그 어려움을 짐작할 수 있는 일이었다. 하는 수 없이 포 중대의 지원을 받아 6개의 차고를 겨우 만들 수 있었다.

방어 전투에 들어가면서 사상자가 눈에 띄게 줄어드는 것을 눈으로 목격할 수 있었다. 전방에 무기·식량을 실어다 주고 돌아올 때는 부상자와 환자를 싣고 오기 때문에 전투가 어떻게 진행되는지 부상자는 얼마인지에 대해서 누구보다도 잘 알고 있었다. 가령 초기에는 4톤 트럭의 절반쯤이나 차는 2, 30명의 부상자를 후방으로 실어 날라야 했는데 그것이 한두 명으로 줄어든 것이다. 머리가 깨지고, 손이 잘리고, 턱이 날아가고, 창자가 빠져나온 목불인견의 참상을 보고 있노라면 나도 몸서리가 쳐졌다.

그때마다 나는 미국에 대한 끓어 오르는 분노를 억누를 수가 없었다. 그들이 무슨 권리로 이 땅에 와서 친일파 민족 반역자를 앞세워 인민을 죽이고 있고 지랄을 떨고 있는지. 저 쌕쌕이를, 저 네이팜탄을 이 땅에서 영원히 몰아낼 수는 없는 것인지.

그 무렵 양군 사이에는 1211고지를 둘러싼 공방전이 치열하게 벌어지고 있었다. 1211고지는 직동령 남쪽에 있는 봉우리로서 인민군은 그곳을 빼앗기면 직동령이 제1방어선이 될 것이기에 필사적으로 지키고 있었다. 국군은 이 방어선을 빼앗으려고 나중엔 대형 헬기에 탱크를 매달아 높은 산마루에 올려놓고 포격하는 등 무차별 공격을 감행했다.

나중에 1211고지는 엄청난 포격으로 나무 한 그루 남지 않았고, 산 정상이 1미터나 내려앉았다고 한다. 인민군은 깊숙이 굴을 파고 국군이 올라오면 수류탄을 던지는 등 사력을 다했다. 쌍방 간에 사상자가 얼마나 많았는지 골짜기에 송장이 가득했다고 하여 '함정굴'이라고 불렀다.

당시 국방군의 전력은 인민군을 훨씬 능가했다. 하늘은 미군이 무장 헬기를 비롯한 수송기·포 지휘기·정글 폭격기·전투기 등으로 완전히 장악하고 있었고, 지상에도 미국의 신형 탱크·군단포 등 신형 무기가 동원되었다.

'만년필 폭탄'이라는 신종 무기도 있었는데, 이것은 미군 비행기가 밤새 뿌려놓은 만년필 같은 폭탄으로서 건드리기만 하면 터져서 많은 전사의 팔뚝을 절단해 버렸다. 이후로 전사들은 고급 만년필이 땅에 떨어져 있어도 절대로 줍지 않았다.

미군은 한반도 전역을 기상천외한 신형 무기의 실험장으로 사용했는데, 이에 반해 인민군이 가진 무기라고는 탱크나 박격포·수류탄 정도가 고작이었다. 인민군은 그 전쟁을 '정의의 전쟁' 또는 '조국 해방 전쟁'이라고 생각하는 신념과 인민을 위해 봉사하는 '인민의 군대'라는 희생심 하나로 버텨 나갈 뿐이었다.

고지를 사수하면서 1951년도 거의 다 가고 12월이 되었다.

얼음 알갱이를 싣고 오는 북풍이 불어 마른 은사시나무 가지가 맵게 울어댔다. 몇 주 동안 끊임없이 함박눈이 내려서 우리 운전병들은 엄청난 곤욕을 치렀다. 눈길에 빠지는 건 비일비재했고 길을 잘못 들어서 골짜기로 굴러 떨어지는 경우도 있었다. 다만 다행이라면 겨울이라 그런지 다른 계절과 비교해서 전투가 줄었다는 사실뿐이었다.

그러던 어느 날 사단 본부에서 무전이 내려왔다.

"미군이 세균 무기로 파리를 뿌렸으니 주으라!"

긴급 명령이었다. 그날 이후, 빈 병을 들고 눈 위에 기어 다니는 파리를 상당히 많이 주웠는데 그 더러움이란 생각만 해도 끔찍했다. 지독하게 추운 한겨울에 살아 있는 파리가 날지도 못하고 눈 위를 스멀스멀 기어 다니는 걸 보면 기분이 나빴을 뿐만 아니라 혹시라도 어떤 전염병에 걸리지 않을까 더럭 겁이 났다. 며칠 후 면역성이 없는 사람은 고열과 오한 전율에 덜덜 떨다가 피부에 누런 얼룩이 져서 5~7일 동안 흡사 모기약을 맞은 파리처럼 푸들푸들 떨다가 죽어 갔다. 병세가 심한 전사는 가슴 위에 피를 쏟은 채 넉장거리로 나자빠졌다. 그의 가슴에서 쿨렁거리며 쏟아지는 피가 흰 눈을 붉게 물들였다.

그맘때는 꼭 약 올리기라도 하듯이 정찰기 한 대가 지나가면서 온 하늘을 덮어 버릴 만큼 많은 투항 권고 삐라를 뿌려댔다. 삐라는 눈송이처럼 펄럭이면서 하늘에서 떨어졌다.

붉은 악마에 속지 말고, 인민군들이여, 무기를 버리라!!

쇠스랑을 들은 '김일성 원수'가 붉은 피를 머금고 겁에 질린 전사들을 전쟁터로 내모는 무서운 그림이 그려져 있었다. 김일성은 당시 최고 사령관으로서 계급은 원수직이었다.

"퉤! 똥파리 같은 새끼덜!"

누군가 정찰기가 사라진 방향으로 마른침을 뱉었다. 사실 나로서는 이 파리들을 직접 목격했기에 미군이 세균전에 시도했다는 사실을 믿을 수밖에 없었는데, 이 일로 병사들의 미국에 대한 적개심은 하늘을 찌를 듯했다.

그해 겨울 동안 식량 수송 사업을 하면서 이럭저럭 지내다 보니, 어느덧 1952년 봄이 왔다. 자연은 피비린내 나는 전쟁에도 아랑곳하지 않고 어김없이 세상의 빛깔을 바꾸어 놓았다. 폭격으로 뒤집힌 산에도 울긋불긋 진달래가 피고 산새들이 지저귀며 날아다니니 고향 생각이 절로 났다. 아내와 부모님, 형님들은 무사하게 있는지 필기와 샛별이는 어찌 지내는지 궁금하여 당장이라도 달려가고 싶었다. 눈앞에 국군이 가로막고 있어 가고 싶어도 가지 못하니 나는 미칠 듯이 고향이 그리워 잠을 이루지 못했다.

한시라도 빨리 고향에 가려면 전쟁에 이기는 수밖에 없어. 이제 조금만 더 진격하면 강릉에 도착할텐데. 안타까운 마음에 가슴만 졸여대며 시간이 흘러갔다.

어느덧, 가슴팍에 땀이 송글송글 맺히기 시작하는 1952년 5월, 몇 달 동안 굴속에서 생활하던 백여 명의 수송 부대원들 사이에 이상한 병이 번지기 시작했다. 적지 않은 수의 전사가 코가 마비되어 부패한 냄새마저 맡을 수 없는 지경이 되었다. 노상 습기에 차 있고 또 운동 부족이니 그리될 수밖에 없었다. 그래서 전사들 대부분은 병에 걸려 조는 닭처럼 눈이 반쯤 감겨 있었다. 그중에는 다리가 오그라들어 걸음을 못 걷는 일명 '쫄나병'이 생겨 속수무책으로 후송되는 사람들이 늘어났다. 그들은 밤새 고통에 떨다가 아침을 맞았다.

"기사앙! 동무들! 일어나시오!"

아침 점호를 하려고 전사들을 깨우면 그중에는 흔들어 깨워도 눈을 멀거니 뜨고 꼼짝도 안 하는 이가 서너 명 있었다. 지난밤에 쫄나병으로 낑낑대다가 아예 일어나지를 못했던 것이다.

대낮에도 쫄나병 환자 중 뻗정다리로 서 있다가 픽 고꾸라지는 경우도 있었다. 침을 질질 흘리면서 넋을 잃고 헛소리를 하거나 혹은 반미치광이가 되어 소름 끼치는 비명을 지르는 병사도 있었다. 처음에는 의사들도 원인을 찾아내지 못해서 환자만 더욱 늘어났다. 집중해서 연구한 결과, 운동 부족에다 비타민C가 결핍된 까닭에 일어난 병으로 판명되었다.

그 이후 각 전호마다 콩나물을 길러서 대량으로 공급하고 또 솔잎을 큰 솥에 넣고 끓인 다음 사과즙을 섞어 만든 음료수를 수시로 마시게 하여 병사들의 병은 점차 나아 갔다.

이 일이 있자 사단 본부에서는 병사들의 건강을 염려하여 1일 급식량도 800그램에서 1킬로그램으로 늘렸고 소고기와 돼지고기 등 육류 공급도 늘렸다. 우리 운전병들은 후방에서 육류를 가져오기도 했지만 간혹 말이 공작이지, 사실은 동네에 내려가 닭이며 돼지를 훔쳐서 고기를 공급하기도 했다.

나 역시 영양실조가 되어 얼굴에 핏기가 빠져 가니 가끔 약한 마음마저 들었다. 게다가 폐허가 된 국토를 바라보거나 동굴 안에서 비참하게 널부러져 있는 쫄나병 환자를 보면 깊은 생각에 빠지지 않을 수 없었다. 저 환자들은 한 명 한 명이 모두 조국이었다.

가련한 조국아, 전쟁이 무언데, 언 볼을 따스하게 어루만져 주는 햇살이 내리쬐는 우리들의 고향에 언제야 돌아갈 수 있을까. 여기서 끝나면 안 돼, 조금만 내려가면 고향인데, 조금만 더 밀고 내려가면 부산인데, 그때 어디선가 기타 소리가 들리기 시작했다.

시간만 나면 악기를 만들곤 하는 박태욱 전사였다. 손재주가 신기에 가까운 그는 지루한 동굴 생활을 하면서도 늘 음악 속에 살았는데, 악기가 없어 스스로 악기를 제작하기도 했다.

먼저 나뭇결이 붉은 홍송紅松이나 오동나무를 바삭 말린 그는 얇게 썰어 내거나 통째로 깎아서 소리통을 만들었다. 소리통을 접합시킬 때는 소가죽을 삶아 풀처럼 흘러 내리는 아교로 나무를 붙였다. 소리통 위에 삐삐선전선줄으로 선을 걸어서 기타를 만들었다. 바이올린은 얇은 전화줄에서 선을 여러 가닥 뽑아서 현을 만들고 활대는 전화선을 겹겹이 꼬아 만들었다. 현을 튕겨서 소리를 내는 그의 연주는 제법 그럴싸했다.

듣기 편한 기타선율에 맞추어 박 전사는 장엄하게 노래를 부르기 시작했다. 소련식 음률로 김옥성이 작곡한 〈결전의 길로〉석광희 작사, 김옥성 작곡, 1951라는 노래였다. 시루에 심어 놓은 콩나물처럼 동굴 안에 빼곡이 누워 있던 우리는 그의 노래에 귀를 기울였다. 영혼이 터질 듯한 저음의 목소리였다.

가렬한 전투의 저기 저 언덕
피 흘린 동지를 잊지 말아라
쓰러진 전우의 원한 씻으러
나가자 동무여 섬멸의 길로
만세 만세 만세 높이 부르자

러시아 풍의 강한 리듬, 당시 전사들이 많이 부르던 노래 중 하나였다. 그 선율은 가슴과 가슴으로 들불처럼 옮겨붙어 모두가 노래하게 했다. 지쳐 버리고 시들어가는 영혼들을 달래듯이, 힘없는 전사들의 마음을 단단히 묶듯이 강렬한 혁명적 호소력이 동굴 벽에 울려 퍼졌다. 이 노래는 북한 인민들이라면 누구나 알고 가장 많이 부르는 노래 중 하나가 되었다.

1952년 국군의 공세

언제나 낮에 자고 밤에 운전하는 생활만 반복하던 나로서는 전시 상황을 정확히 알 길이 없었다. 다만 전령이 전달하는 약간의 상황 정보를 듣고 따라, 전체적인 분위기만 알 뿐이었다. 들리는 바에 의하면 1951년 11월 제4차 전원회의를 열어 전쟁 상황을 분석하고 전략 전술을 새로 정했다고 하는데 정확한 내용은 잘 몰랐다.

다만 제3차 전원회의1950.12에서는 강원도 당위원장 림춘추1912~1988가 조직적인 후퇴 시기에 자신이 안전만 생각해서 주민들을 버리고 먼저 달아났다 하여, 김일성에게 비판받고 일시 숙청당했다는 이야기 정도는 들어서 알았다.

나는 텅 빈 강원도 당에 갔을 때의 배신감을 떠올리며 림춘추가 비판 받은 것은 정말 백번 지당하다고 생각했다. 이후에 나는 공작원 훈련을 받으면서, 말로만 듣던 림춘추를 처음 만난다.

1951년 7월 초부터 개성에서 정전 협상이 진행되고 있다는 소식도 들렸다. 머지않은 장래에 전쟁이 끝날지도 모른다고 짐작되었다. 우리 부대의 전투도 소강상태에 들어가 있었다. 정전 협상도 있고 이제 곧 전쟁이 끝나리라고 전사들이 생각하는 건 당연했다.

솔직히 나는 정전이 빨리 되어 이 비극적인 전쟁이 빨리 끝났으면 하는 심정

림춘추

도 있었지만, 이 상태에서 전쟁이 끝나면 고향에는 영영 못 돌아갈는지도 모른다는 걱정이 앞섰다. 끝나도 강릉까지 진격한 다음에 전쟁이 끝나야만 했다. 어찌 되었든 내 생각과는 상관없이 북이든 남이든 계속된 전쟁으로 피해가 엄청났고 이 비극에 모두 염증을 느끼고 있었다.

1952년 12월 15일, 당중앙위원회 제5차 전원회의가 열렸는데 '조선 로동당의 조직 사상적 강화는 우리 승리의 기초'라는 문제를 놓고 토의했다. 전쟁이 소강상태에 빠지자 자칫 규율이 해이해질까 우려해서 당원들의 사상·의식을 강화하고 단결을 공고히 하려는 의도에서 나온 문제였다.

이때의 결의 사항 중 하나는 동향·동창·친척·친우 등 무원칙한 단결을 배제하고 정치 사상적 원칙에 입각한 단결을 강화하여 당의 통일을 공고히 하자는 것이었다. 이 결의는 특히 군 내부에 있는 남한 출신과 북한 출신 사이에 보이지 않는 갈등과 대립이 문제로 제기되었다.

사실 남한 출신은 대부분 의용군으로 인민군에 입대했기 때문에 사상적 무장이나 학력 내지 지식 등에서 뛰어난 사람들이 많았다. 이에 비해 북한 출신들은 의무 복무자들이 많았기 때문에 학력이나 당성에 뒤지는 경우가 많아서 북한 출신들은 남한 출신들을 시기하기도 했으나 내심으로 은근히 부러워하거나 존경하는 경우가 많았다.

남한 출신은 숫자가 적었고, 고향을 잃고 왔다는 외로움 때문에 상대적으로 서로 친했고 위해 주는 분위기가 강했다. 사실 '객지에서는 고향 까마귀만 보아도 반갑다'는 속담처럼 남한 출신들이 동향이라는 이유만으로 서로 친밀하게 지내고 마음이 쏠리는 것은 자연스러웠다.

한번은 이런 일이 있었다. 우리 운전병 중에 윤씨 성을 가진 남한 출신 전사가 있었다. 어느 날 그는 쌀을 싣고 나갔는데, 해가 훤히 솟았는데도 돌아오지 않는 것이었다. 걱정되어 나가 봤더니 아침 9시경이 돼서야 차를 몰고 왔다. 나는 단단히 따질 참으로 버럭 화를 냈다.

"이 사람아, 비행기 습격이라도 받으면 어떡할려구 이리 늦게 오는 거야? 지금 보급대에서는 난리가 났다구!"

그는 고개를 깊이 숙였다.

"잘못했시유, 군관 동지."

뭔가 사정이 있는 듯한 표정이기에 나는 참호로 데리고 가서 자세히 물어보았다. 쌀을 싣고 가던 그는 굽이굽이 도는 벼랑길에서 마주 오던 차량 두 대가 충돌해서 사고가 난 현장을 목격했다. 그중 한 차에서 간호부가 부상자를 인솔하다가 그만 차가 충돌할 때 나무 창살이 튀어 오르면서 여성의 중요 부위에 박혀서 다 죽어 가는 소리로 살려 달라고 하는 것이었다.

그 간호원은 평소에 윤 사병과도 같은 충청도 출신의 전사인지라 다급하게 차에 올라가 나무 창살을 빼 주었다. 운전병은 무기고로 가는 차량이라면서 아파서 죽겠다는 간호원을 그냥 내버려 두고 가려고 했다.

"헐 수 없이 지가 삼십 리 떨어진 병원까지 데려다 입원시키느라구 늦었시유. 지가 다아 책임지겄시유, 군관 동지이."

숨을 한 번 몰아쉬면서 그는 입을 굳게 다물었다. 이 일은 원래 그와는 상관없었고 그는 다른 중요한 업무가 있었지만 그리된 것은 무엇보다도 동향이라는 친분이 크게 작용했다고 볼 수 있는데, 나는 그 일을 가지고 크게 나무라지 않았다. 나도 동향인에 대한 친근감이 작용했기 때문이다.

다만 이 사태에 대해 당내 통일을 저해할 정도로 문제가 있다면 시정하라는 것이 당의 지시였다. 이 문제는 나중에 박헌영 일당의 숙청 과정에서도 드러나지만 하나의 병폐로 작용했던 점이 없지는 않았다. 더욱이 제5차 전원회의와 관련하여 놀라운 사건은 이승엽·이강국 등 남한 출신 당 간부들이 대거 체포되었다는 소식이었다. 그 여파가 계속 확대되고 있다는, 나로서는 곤혹스러운 소문도 돌았다.

특히 나도 잘 알고 있는 김일기의 경우는 더욱 그랬다. 강릉군 당위원장으로 일하다가 월북한 그는 당시 동부 전선 연락소장으로 금화군 이포리 방면에서 당의 연락부 사업을 책임지고 있었는데, 어느 날 갑자기 강직된 다음 사라져 버려 어디 가서 무슨 일을 하고 있는지 소식불통이라는 얘기를 들었다. 그는 후퇴하면서도 강릉군 당원 명부를 가지고 온 유일한 당 간부로서 그의 당성에 대해 아무도 의심하는 사람이 없었다. 그런데도 그가 사라졌다는 것은 쉽게 이해되지 않았다.

혼란스러우면서 불안했다. 가끔 남한 출신 동료를 만나면 이거 어떻게 돌아가는 거야, 서로 묻곤 했지만 답답한 건 마찬가지였다. 한편으로 당 간부가 아니었기에 무슨 일이 있으랴 생각하면서 곧 주어진 임무에 매진하기 바빴다.

당 전원회의가 열리던 1952년 12월 중순, 미군은 '리치웨이 공세'라는 대대적인 공격을 가해 왔다. 포탄이 끊이지 않고 날아왔고 미군의 포 지휘기는 하루 종일 떠다니면서 인민군 한 명이라도 보였다 하면 융단 폭격을 하는 듯했다. 종일 여기저기 포탄 쏟아지는 소리가 쾅, 쾅 울려 이산 저산에 메아리치고 있었다.

그러던 1953년 1월 6일경 낮, 작전실에서 긴급 무전이 걸려 왔다.

"아군 포 진지가 발견되었으니 빨리 출동하여 포를 회수해 오라. 이상!"

느닷없이 명령이 떨어졌다. 백주 대낮에는 비행기 폭격으로 나돌아다닐 엄두도 못 내는데, 이런 명령을 하다니 죽으라는 얘기나 다름없었다. 명령은 명령이었다. 나는 죽음을 각오해야 했다.

은폐지에 가서 차를 수배했는데, 하필이면 수리 중이라서 약 십오 리 떨어져 포진지 가까이에 은폐시킨 차량을 끌고 가야 했다. 시간이 지체되어 시각은 오전 11시가 되었다.

겨우 차를 끌고 포 진지가 보이는 언덕에 이르렀다. 이미 포탄이 마구 쏟아져서 도저히 들어갈 수 없었다. 날개가 양쪽으로 반듯하게 뻗어 있고 꽁지와 여기저기에 뾰족한 증기관총이 붙어 있는 B-29기는 엄청난 굉음을 토해내면서 어른의 손바닥만 한 기관포탄을 쏟아 내고 있었다. 폭격기가 기총소사하는 모습은 흡사 하늘에서 돌우박을 수도 없이 쏟아붓는 것 같았다.

크르릉~ 쿵! 쿠웅! 온 천지를 우리는 굉음에 가슴이 폭파될 지경이었다.

폭격이 어느 정도 멈추기를 기다리는 수밖에 달리 도리가 없었다. 잠시 기다리는 동안 그만 아군의 은폐된 포 진지 가까이에 적 폭탄이 떨어지고 말았다. 폭격기가 사라진 다음에 포 진지로 내려갔다. 포 진지에서 포를 끌고 나오려는데 대포의 바퀴와 조준경이 부서져 있었다. 옮기려면 바퀴를 수리해야 했는데, 다시 비행기 소리가 들렸기 때문에 대포를 그대로 두고 일단 후퇴하여 은폐지로 돌아왔다.

3일 후에 사단 본부에서 찾는다는 전갈이 왔다. 사단장은 코를 씩씩거리며 흥분해 있었다.

"동무래 평소 맡은 임무에 충실한 줄 알았더니, 이번에는 형편없이 일을 벌여놔서 실망이웨다. 와 제때 포를 옮기디 아니 하구 차량을 십오 리나 떨어진 데 은폐시켜 놓았쉐까? 기리구 대포를 아딕두 기곳에 방티하다니! 이거이 어캐 된 거야요?"

눈을 오끔하게 뜨고 목소리로 덧붙였다.

"동무는 명령 불복종으루 영창감이웨다."

나는 얼결에 답했다.

"포 바퀴가 부서져서 수리한 후에 이동하려……."

"그만 하웨다. 무슨 변명이오! 동무는 영창에 보내야디 마땅하디만, 내래 동무의 기동안 공훈두 있구 해서리 중사루 강등시키겠쉐다. 기사가 배치될 때까지 종전과 같이 일하시오. 알갔소, 동무? 기럼 나가시오."

획 소리지르고는 사단장은 창문 쪽으로 차갑게 등을 돌렸다. 아무리 생각해도 포 진지가 발견되게 한 포중대에 책임을 묻지 않고 내게만 책임을 묻는 게 당혹스러웠다. 혹시 남한 출신이라고 배척하는 것은 아닌가 하는 생각까지 들었다.

잠시 후 정치 부사단장이 찾는다고 해서 그에게 갔다. 정치 부사단장은 서운하게 생각하지 마라, 기운을 내라, 이말 저말 위로의 말을 건넸지만 내 귀에는 잘 들려 오지 않았다. 나는 견장을 떼고 권총과 군관 증명서를 정치 부사단장 책상 위에 올려놓고 나왔다.

너무 억울하다는 생각이 들었지만 군대에서 상관의 명령이 있으면 그만인지라, 즉시 중사로 강등되고 말았다. 중사로 강등된 날로부터 부하 운전병들 보기에도 창피했고 도무지 의욕이 나지 않았다. 나를 미워해서 일부러 그런 것이 아닌가 하는 의심까지 들었으나 증거는 없었다.

이삼 일 풀이 죽어 지내다가 어차피 이렇게 된 일을 어떻게 하겠느냐는 생각이 들어서 다시 맡은 임무에 충실하기로 했다. 혁명을 하겠다고 부모 처자를 집에 두고 고향을 등지고 나온 내가 이런 일 때문에 혁명을 포기할 수는 없었다.

불시에 중사로 강등되어 일하던 나는 1953년 2월 초에 장기간의 토굴 생활로 천식을 앓았다. 천식이 심해서 사단 병원에 갔는데 그곳에서는 고칠 수 없다며 안변에 있는 석왕사 병원으로 후송되어야 한다고 했다.

후송이 결정되어 정들었던 이응수 중사와 운전병들의 환송을 받으며 부대를 떠날 때는 꼭 고향을 떠나는 것 같은 서운한 기분이 들었다. 후송된 석왕사 병원에서 약 20여 일 치료받다가 다시 양덕으로 후송되어 치료받고 병이 어느 정도 나아서 퇴원하자마자 최고 사령부 운수국 차량 운전병으로 근무지가 이동되었다. 그곳은 주로 무연탄이나 군수 물자를 나르는 일이 주 업무였는데, 후방이라 그런지 미군기 공격이 그리 심하지 않아 낮에도 수송 사업을 했다.

어느 날 모처럼 시간이 나서 평양에 갔다.

평양 시내는 건물이란 건물은 하나도 남아 있지 않고 모두 부서져서 허허벌판이었다. 더구나 평양 시민들은 오갈 데가 없이 부서진 집 속에 토굴 비슷하게 파놓고 살아가는데 마치 원시인들 같았다. 도시 전체가 완전히 빈민 소굴이요 난민 소굴이었다. 식량도 동이 날 대로 나 버렸고, 비바람을 피할 천막이나 움집조차도 없었다. 굶주리고 병든 사람이 하나둘 비참한 최후를 맞이하고 있었다. 살아 움직이는 사람보다 죽어 나자빠진 시체가 더 흔했다. 아니 살아 있는 사람도 반쯤은 죽어 있었다.

말을 들어 보니 미군기는 평양 시민이야 죽든 말든 야간마다 무차별 융단 폭격을 가해 그런 지경이 되었다고 한다. 세상에 이럴 수가 있는가. 아무리 전쟁에 승리해야 한다 해도, 평양을 초토화하려고 작정했구나. 너무 잔인하다는 생각이 떠나지 않았다.

전쟁 후에 원산에 들른 적이 있었는데, 그곳도 평양과 다를 바 없었다. 아니, 평야보다 더하면 더했지 덜하지는 않았다. 원산은 미군 함대가 집중 포격을 해서 전 시가지가 30센티미터 정도씩 내려앉았다고 한다. 끔찍하고 소름 끼치는 일이었다.

미군은 군사 시설뿐만 아니라 민가까지도 야간에 불빛만 비치면 굶주린 개가 고기를 본 듯이 공격했는데, 나도 그런 일을 당해 죽을 뻔한 일이 있었다. 그러니까 1953년 2월 중순 무렵이었다.

내가 속한 부대는 성문리 탄광 부근에 있었다. 전선에서 매일 밤 고생하다가 후방에 오니 따뜻한 온돌방에서 푹 자고 싶은 게 소원이었는데, 마침 그날따라 날씨도 추웠고 해서 핑계 삼아 민가에 찾아갔다. 이집 저집 찾아다니다가 마침 남편이 탄광에 밤일 나가고 주인아주머니하고 세 살짜리 여자애와 두 살짜리 남자아이만 있는 기와집에 들어갔다.

염치 불고하고 안방에 누워 여자 어린애와 함께 초저녁부터 곯아떨어져 자고 있었는데, 잠결인지 꿈결인지 우우~웅, 하고 B-29기가 날아오는 소리가 들렸다. 나는 벌떡 일어나 집 밖으로 뛰쳐나갔다. 이런, 옆집에서 누군가 호롱불을 끄는 걸 깜빡 잊고 잤는지 희미한 불빛이 창호지 문으로 새어 나오고 있었다.

"불 꺼요, 불 꺼!"

급히 소리를 질렀으나, 이미 때는 늦었다. 쏴아~앙, 하늘에서 벼락 떨어지는 소리가 들리자마자 쿠궁, 폭탄이 터지면서 집의 용마루가 우지끈하고 부러졌다. 벽이 허물어졌다.

콰르릉~ 쾅! 쾅! 쿠궁!

정신없이 마을 밖으로 뛰어나갔다. 온 천지가 송두리째 뒤집히는 듯한 폭탄 터지는 소리로 요란했다. 언덕에 올라 살았다 싶어 정신을 차리고 보니 옆구리에서 여자아이가 바락바락 악을 쓰며 울고 있었다. 나도 모르게 여자아이를 옆구리에 끼고 나왔던 것이다. 식은땀이 등줄기를 타고 줄줄 흘러내렸다. 아이를 달래며 내려다본 마을은 온통 불바다였다.

폭격기는 4대가 편대를 이뤄 마을 상공을 빙빙 돌면서 줄줄이 폭탄을 투하했다. 폭탄을 떨어뜨리는 장면이 마치 큰 독수리가 엄청난 양의 물똥을 싸는 것 같았다. 말이 물똥이지 물똥치고는 무시무시한 물똥이었다. 한 방울만 떨어져도 온통 불바다가 되어버리는 저주스러운 물똥이었다.

동산에 요행으로 살아난 몇몇 사람이 올라왔다. 폭격은 동쪽에서 아침 해가 뜰 무렵까지 지루할 정도로 계속되었다. 날이 훤히 밝고 폭격기들이 떠나간 후 마을에 내려갔다. 사백여 호 되는 마을은 그야말로 쑥밭이었다. 곳곳에 창자가 빠져나온 시체, 형체를 알 수 없는 송장들뿐만 아니라 소나 돼지가 고깃덩어리가 되어 즐비하게 널려 있었다. 부락민들은 피 칠갑 된 시체나 식구를 안고 울고 있었다. 집마다 불이 꺼지지 않아, 아직 초가지붕과 이엉에 붙은 파란 불혀가 널름널름 지붕을 핥으며 번지고 있었다.

문득, 내가 자던 집 아주머니가 걱정스러웠다. 집에 들어섰을 때, 아이를 끌어안고 머리가 반쯤 깨어져 순두부 같은 뇌장이 물컥 나온 채 그녀는 마당에 죽어 있었다. 온몸에 힘이 쪼옥 빠진 나는 모골이 송연해졌다. 그때 갑자기 어디선가,

"이노무 양키 새끼들, 모조리 둑여 버리겠습메!"

실성해 버린 어느 할아버지가 시퍼런 낫을 들고 거리를 뛰어다니고 있었다. 길모퉁이 한쪽에서는 새파란 청년이 머리를 쥐어뜯으며 "오마니, 오마니!" 하면서 어린애처럼 울음을 터뜨리고 있었다. 알아듣지 못할 비명 소리가 휘날리고, 온 천지가 부서진 잔해 위에 인육의 핏덩어리로 널려 있는 참혹한 광경이었다.

이 부락은 탄광촌으로서 군사 시설과는 전혀 상관도 없는데 이렇게 무차별 폭격을 하다니 참으로 치가 떨리고 분노가 솟아났다. 정말로 미군 비행사를 만나면 물어보고 싶었다. 이 선량한 주민들에게 무슨 죄가 있다고 이토록 처참하게 죽였느냐. 이토록 비참한 상황은 북한 도처에 하루에도 몇 번씩 일어나는 일이었다.

1952년 초 물자를 인수하러 원산에 갔을 때였다. 차량을 은폐지에 숨기고 쉬고 있는데 멀리서 엿장수가 엿을 팔기 위해 길을 가는 것이 보였다. 이런 상황에서도 엿을 파는구나, 감탄하던 차에 하늘 저편에서 미군기가 나타났다. 미군기는 곧 로켓탄을 퍼붓고 기총소사를 가했다. 비행기가 사라진 후 달려가 보니 엿 목판은 산산조각이 되어 날아갔고 엿장수는 팔과 다리가 사방으로 흩어진 채 끔찍하게 죽어 있었다.

안주 옆의 문덕군을 지날 때도 이와 비슷한 광경을 목격했다. 모내기하려고 논에서 소를 몰며 써레질하던 농부에게 미군기가 날아오더니 기총소사를 가해 농부를 벌집으로 만들어 버렸다. 그러자 놀란 소가 써레를 달고 이리 뛰고 저리 뛰고 하는데 미군기는 소마저 쫓아가면서 기총소사를 가해 기어코 농부와 소를 벌집으로 만들어 놓았다.

전쟁이 끝난 후 북한에서 살면서 느낀 점은 이런 무차별 폭격으로 인해 주민들이 대량 살상되었던 까닭에 북한 주민들은 미국이라면 치를 떨며 증오한다는 사실이었다.

이런 일이 있고 난 뒤 나는 계속 후방 근무를 하다가 1953년 5월 25일 전쟁이 완전히 끝나기도 전에 제대 명령을 받았다. 제대하게 된 이유는 민족보위상 명령 제103호에 근거하여 후방 복구 사업을 하라는 명령 때문이었는데, 그 요지는 이러했다.

> 전쟁으로 인해 우리 조선 민주주의 인민 공화국은 전 지역이 미 제국주의자들의 폭격으로 파괴되어 군수품은 물론 생활필수품조차 생산하기 어렵고 농촌은 극심한 인력 부족으로 황폐화 되기 직전이다. 그러므로 지금은 후방을 강고하게 일떠 세워야

한다. 그래야 전방에서도 용감성을 발휘하여 조국 해방 전쟁을 승리로 이끌 수 있다.

이에 따라 복무연한 7년이 넘은 사람이나 고령자36세 이상, 혹은 몸이 허약한 사람은 일차적으로 제대할 수가 있었다. 강고하게 후방을 복구하라는 명령에 따라 막상 제대 명령을 받고 나자, 한편으로 전쟁에서 벗어나니 기쁘기도 했으나 다른 한편으로 별의별 생각이 다 머리에서 떠나지 않았다.

이제 이대로 전쟁이 끝나 버리면 영원히 고향으로 갈 수 없는 것은 아닐까. 만약 이대로 북한 땅에 머물게 되면 앞으로 어떻게 살아야 할까. 어쨌거나 고향으로 돌아가지 못하면 정희와 샛별이, 내 아들 필기는 어떡하나. 이런저런 고민으로 밤잠을 이루기가 힘들었다. 제대하면 어떻게 해야 할지 군 당국과 상의하기로 했다.

우리는 인민군. 평화 왔다, 인민군.
씩씩하고 용감한 조선의 젊은이다, 젊은이다, 젊은이다.

초대소 앞의 스피커에서는 〈인민군의 노래〉가 흘러나오고 있었다. 전쟁터에서 장총춤이나 양걸춤에 맞추어 부르던 노래인데, 그리 흥겹게 느껴지지 않았다. 초대소에는 나 말고도 많은 제대병이 대기하고 있었다. 모두들 철저한 사상 교육을 받은 탓인지 그들의 표정에서는 패퇴했다는 분위기를 전혀 읽을 수 없었다. 오랜 전쟁에 찌든 표정이 완연했으면서도 조국 해방 전쟁에 참여했었다는 자부심 때문에 오히려 자랑스럽고 기쁜 표정이었다.

나는 초대소에서 제대병을 배치하는 책임자 앞에 갔다.

"저는 몇 가지 기술도 있고 해서 평양에 있는 노동 직장에서 일하기를 원합니다."

책임자는 갓 면도해서 민틋한 턱을 쭉 내밀었다.

"들어오시면서 피양 시내를 보시디 않았습네까?"

"……."

"피양은 양키 놈들 땜에 깡그리 부서져서 일할 만한 공장이 하나두 없습네다래. 기리구 디금은 농촌의 복구 사업이 더 시급합네다. 기리니끼니 농촌으루 가 보시는기 어드렇겠습네까?"

듣고 보니 농촌으로 가서 일하는 것도 좋을 듯했다. 곰곰이 생각한 후 그렇게 하겠다고 말했다.

"하지만 고향도 아니고 아는 곳도 없는 저로서는 어디로 가야 할지 막연하기만 합니다."

"기러면 안주군은 어드렇겠습네까?"

그는 기다렸다는 듯이 제안했다.

"안주군이래 좋은 곳이디요. 안주군은 옛날 우리 조상들이 외적과 싸워 이긴 명승지루 청천강을 끼구 넓은 들에서 농사짓기가 괜찮습네다. 피양에 공장두 둥요하디만 농촌이나 어데나 던닌민들이 잘 살 수 있는 세상을 만들어야디 않겠습네까?"

사실 딱히 갈 곳도 없고 해서 일단 그곳에 가 보기로 마음먹었다.

"아 참, 더기 앉은 분도 안주군으로 간다고 하던데."

사무실 한편 의자에 깔끔하게 생긴 사람이 앉아 있었다. 함께 대기하던 그는 내 말을 엿들었는지 서글서글한 눈매로 웃으면서 다가왔다.

"내래 고향이 안주군임네다. 함께 가 봅쉐다. 걱정 마시라요."

"예. 한번 가 보죠."

내가 동의하자 그는 불쑥 손을 내밀면서 자신을 소개했다.

"내래 김경린이라 함네다."

"김진계입니다."

우리는 통성명을 하고 함께 떠나기로 했다. 사실 낯선 이곳에서 어떻게 생활해 나갈지 막막하던 차에 그래도 함께 갈 사람이 생기니 다행이다 싶었다.

이튿날, 나는 제대 증명서·식량 정지 증명서군에서 배급을 중단하니 배치된 곳에 가서 다시 받도록 하는 확인서·조선 로동당 이동 증명서 등의 서류를 받고 김경린과 함께 안주군을 향해 출발하기 시작했다. 버스도 없고 하여 초라한 인민군 제대복을 걸치고 180여 리 길을 김경린과 함께 터덜터덜 걸어 갔다.

돌이켜 보면, 참으로 엄청난 사건을 체험했던 순간들이었다. 다만 나는 최선을 다했다고 생각했기에 뿌듯한 보람을 느끼고 있었다. 아직 끝나지 않은 이 전쟁은 민족과 조국 땅에 치료하기 힘든 생채기만 남기고 있었다. 더욱이 남쪽에 가족을 두고 온 나의 마음은 전쟁이 길어지면 길어질수록 답답하기만 했다.

강릉만이라도 해방 지구가 되기를 바라는 애절한 소망을 지닌 채 평률리로 향했다. 목줄기에 땀이 송골송골 맺히기 시작하는 오뉴월이었다. 들판에 날아다니며 짹알거리는 참새 소리에 맞추어 김경린은 콧노래를 흥얼거리면서 가볍게 걸었다.

3부 / 북조선에서 살다

안주군 평률리 민주선전실장

안주군에 가려면 평양을 거쳐 가야만 했다.

"하루 만에 백팔십 리는 가디 못할 테구. 형님, 피양 시내나 둘러보면서리 천천히 갑세다."

김경린은 내가 나이가 많다고 깍듯이 형님이라고 불렀다. 사실 평양을 제대로 구경해 본 적도 없었기 때문에 그의 말이 반갑게 들렸다. 경린이와 평양 시내를 한 바퀴 거닐면서 구경하기로 했다.

평양은 얼마 전 잠깐 와 본 모습에서 크게 달라진 것이 없었다. 폭격에 없어져 흔적만 남은 부벽루에서 본 능라의 수양버들은 푸르싱싱 보기 좋았지만, 폭격을 면한 을밀대에서 바라본 파괴된 평양시의 정경은 반대로 폐허를 드러내고 있었다.

전쟁이란 잔인했다. 본평양·서평양·동평양 할 것 없이 눈에 보이는 것이라곤 방공호 아니면 산등성이에 붙어 있는 게딱지 같은 집 몇 채뿐이었다. 살아남

젊은날 김진계

은 사람들은 길거리에 나와 지나가는 우리를 붙잡고 물건을 팔아 달라고 애원하고 있었다. 떨리는 목소리에는 생존을 위한 처절한 몸부림이 느껴졌다.

“경린아, 저기서 부부 간첩이 교수형 당한 것 아나?”

계월향이 왜적에게 잡혀 배를 갈리어 죽었다는 가루배를 넘으면서 내가 말을 건넸다.

“기런 얘기래 금시초문입네다.”

“저 산등성이에 시체가 대롱대롱 매달려 있었다구. 작년 2월에 물품 인수하러 차를 몰고 오는데 뭐가 왔다갔다 하는 거라. 차를 세우고 가 보니깐 글쎄 남녀 두 명이 철봉대처럼 생긴 형틀에 교수형 당해 있는 거였어.”

“와 기랬담네까?”

“큼지막하게 포고문이 붙어 있더군. 신호탄을 쏴서 평양 대폭격을 유도한 간첩이라는 거야.”

“저런 죽일 놈덜! 꼬럼 고 년넘덜 땜에 수십만 명이 죽은 거로구만요. 거 양키 놈덜 밑이나 닦아 주는 놈덜은 교수형 가지구는 아니 됩네다. 육시럴 놈덜!”

“계월향은 왜놈을 죽이려고 하다가 죽었는데, 그 년놈들은 양키 놈들을 데려다가 제 동족을 죽이게 하였으니…….”

다소 씁쓸한 기분을 가루배를 넘었다. 구경을 마치고 송편을 사서 요기를 한 다음 안주군으로 향했다.

그날, 1953년 5월 27일 오후 3시쯤에, 우리는 마침내 목적지인 안주군에 도착했다. 물어서 찾아간 군당위원회 사무실은 논현리 산골짜기 밤나무 밑에 방공호 비슷한 반토굴 집이었다. 옹색한 사무실 전면에는 김일성 상과 스탈린의 초상화가 첫눈에 들어왔다.

"어서 오시기오!"

30대 후반으로 보이는 사람이 반갑게 맞아 주었다. 그는 당원 등록과장이었는데 내가 당 이동증과 제대증을 그에게 제시하자 반색을 하면서 쌍수를 들고 환영했다.

"김 동무, 우리 안주군으로 와서 뎡말 기쁩네다. 그러지 않아두 일꾼이 부족해서리 사업을 추진하는 데 애를 먹구 있는데 김 동무래 뎡말 잘 오셨습네다."

낯선 곳을 찾아오자니 다소 불안했는데, 이렇게 따뜻하게 맞이해 주니 저으기 안심스러웠다. 오늘은 시간이 늦었으니까 다음날 다시 찾아오라는 군 당위원장의 말을 듣고, 나는 거기서 약 20리 떨어진 경린의 집으로 갔다. 그의 집은 초가집이었는데 다행히 폭격을 맞지 않아 그대로 있었다.

집에서는 야단법석이 났다. 1946년에 입대하여 전쟁 중에는 전혀 소식도 없던 그가 만 7년 만에 돌아왔으니 그럴 만도 했다. 그의 어머니와 처는 흡사 죽었다 다시 살아온 유령을 만난 양 놀랍고 반가워서 어쩔 줄 몰라 하며 눈물을 흘렸다.

말이 막히면 새끼손가락을 귓구멍을 후비는 버릇이 있는 경린이가 눈물을 흘리며 연방 귓구멍만 후벼댔다. 함께 있는 나 역시 목구멍에서 욱, 치미는 뜨거운 기운을 느꼈다. 남쪽에 있는 그리운 어머니와 정희·샛별이, 그리고 필기가 생각나서 눈시울이 움찔했다.

저녁이 으슥하자 술상이 나왔다. 반찬이래야 김치 쪼가리하고 고추·상추·나물 따위이고 술은 카바이트 술소주이었지만, 그래도 어스름 달빛 아래서 마음 놓고 기울이는 술맛은 별미였다. 잠시 후에 리 당위원장과 리 인민위원장, 리 서기장과 동네 사람들이 왔다.

"야가 경린이가? 뎡말 몰라보게 많이 컸구나!"

"제대한 거이 축하합메다!"

"기동안 고생했쉐다. 이제부터 우리 평률리를 닌민의 낙원으로 만들어 봅쉐다."

"반갑습네다. 위선 요기더기 인사레 해야디요."

동네 사람들이 한마디씩 하는 중에 리 당위원장은 내 팔목을 슬그머니 끌어당겼다.

"길세, 일손이 모자라서리 걱덩 많았는데, 고조 이래 와 두시니끼니 참 고맙습네다. 아딕 미배치 상태이디만 내가 군당위원장 발목을 꽈악 잡아서리 우리 평률리로 배치할 테니까네 시원하게 한번 일해 주구레."

하면서 내 술잔에 술을 그득히 부었다. 그러자 인민위원장과 리당 부위원장은 물론이고 여기저기서 맞장구를 쳤다.

"고롬, 고롬! 당연히 평률리에 와야디!"

"경린이하구 같이 왔는데 평률리 아니구 어데루 가갔시오. 이제 우리하구 사는 거라요."

"고롬 길티!"

힐끔힐끔 방안을 둘러보던 경린이가 불쑥 일어났다.

"도야지 멱따는 소리디만 한 곡조 뽑갔시오. 본래 내래 음치니까네 알아서들 들으시라요."

착한 김경린은 지그시 눈을 감고 〈황성옛터〉를 불렀고, 동네 사람들도 술잔을 돌리면서 한 사람씩 노래를 불렀다. 경린의 어머니는 목수건을 휘휘 휘두르면서 꾀꼬리 같은 목소리로 민요를 불렀다. 말로만 듣던 평안도 민요였다.

돈돌라리 돈돌라리 돈돌라리요 모래 동산에 돈돌라리요.

돈돌라리 돈돌라리 돈돌라리요 리가리라리 돈돌라리요.

돈돌라리 돈돌라리 돈돌라리요 아아아아~

언제 잤는지 모르게 나는 술에 취해 곯아떨어져서 밤새도록 남쪽에 있는 어머니의 손을 잡고 춤을 추는 꿈을 꾸다가 아침을 맞았다.

오후에 군당위원회에 다시 찾아갔다. 마침 군당위원회 건물 앞에 서 있던 군당 부 위원장이 반색을 하며 나를 맞이했다. "어서 오시오." 그는 부채질을 멈추고 안으로 인도했다.

"이거이 한잔 드시갔습네까, 냉순데?"

하고 나에게 권했다. 좋다며, 내가 벌컥 물을 들이켜고 나자, 그는 안주군의 농촌 실정을 자세히 알려 주었다. 내 서류를 검토했다며 서류에서는 드러나지 않는 몇 가지 신상 문제를 자세히 물었다. 잠시 후 중키에 둥글넓적한 얼굴이 편안한 느낌을 주는 40대의 군 당위원장이 들어왔다.

"얘기는 많이 들었습네다. 평률리에선 김 동무가 왔다고 쌩 난리웨다. 단 데 배치했다간 물매 맞게 생겼시오. 기런데 평률리에는 디금 유급직인 민주선전실장 자리가 비었는데, 어드렇습네까?"

민주선전실장이 뭘 하는 건지 나는 잘 몰랐기에 내가 하고픈 걸 더 찾아보고 싶었다.

"저는 솔직히 자동차 계통에서 일해 보고 싶습니다."

"사정을 잘 아시갔디만 유감스럽게도 기런 자리래 없습네다. 기럼, 위선 민주선전실장으로 일하믄서리 다른 일자리래 찾아보시면 오떻갔습네까? 민주선전실장의 비중이 워낙 중요해서리."

그도 그럴듯했다. 그렇게 하기로 대답하고 평률리로 돌아온 그 날은 1953년도 5월 27일이었다.

평률리로 돌아온 나는 리 당위원장 김기활과 리 인민위원장 김명근을 차례로 찾아가 민주선전실장에 배치되었다고 배치 인사를 했다. 그들 역시 잘 됐다면서 만면에 희색을 띄우며 손을 내밀어 악수를 청했다. 배치 인사를 한 다음 김경린의 집에 와서 그와 배치받은 일에 대해 몇 마디 상의하다가 저녁을 들고 일찍 잠자리에 들었다.

잠자리에 들어 눈을 감았지만 온갖 생각에 도통 잠이 오지 않았다. 일자리를 구하긴 했지만 민주선전실장이란 일을 맡아 본 적이 없는데 어떻게 일을 해야 할지 난감했다. 당장 끼니 걱정은 없겠지만, 필기와 샛별이, 아내 정희와 어머니, 집안 식구들이 어떻게 지낼까. 들창 밖에 고즈넉이 떠 있는 달 속에 하나하나 아로새겨지는 식구들 얼굴을 보다가 잠이 들었다.

밤새 뒤척이다가 겨우 선잠이 든 꿈속에 샛별이가 밝게 웃으면서 다가온다. 노상 할머니 품에 안겨 놀던 필기도 나무에 매달려 놀고 있다. 그 나뭇가지는 너무 약해서 부러질 것 같다. 필기야, 그러다 떨어진다, 떨어져. 나는 나무 밑으로 다가서려고 펄쩍 일어서는데, 이튿날 새벽이다.

밤새 꿈만 꾸다가 잠을 이루지 못한 나는 동켠 하늘에서 눈부신 햇살이 피어오르고 있는 두미산에 올라가 멀리 남쪽 하늘을 바라보았다. 계절은 하루하루 달라져 가면서 엄격히 순환하고 있었다. 오월의 하늘은 물빛보다도 진한 푸른색이면 남이나 북이나 구분 없이 그냥 하늘일 뿐이었다. 그냥 푸른 하늘일 따름이었다. 언제, 언제야 고향에 가게 될는지 모르는 남쪽 하늘을 눈이 시리도록 바라보다가 아침 동산을 내려왔다.

민주선절실장의 임무와 전쟁 휴전

리 당위원장 김기활 씨는 내가 해야 할 일을 상당히 자세히 설명해 주기 시작했다.

"알다시피 우리 공화국에는 행정 체계로 닌민위원회 계통이 있고 당 위원회가 있쉐다. 기런데 당위원회는 닌민위원회와 독립해서 로동당의 로선이나 사상이념 등을 알리구 닌민을 교양 개조하는 당조직 체계이웨다. 이거이 김동무래 나보다 더 잘 알갔고, 여기서 민주선전실장은 딕접적으로는 닌민위원회의 산아기구이나 맡은 님무상 간접적으로 당 위원회의 일도 함께 해야 합메다. 기래설라무네."

신경 쓰고 들어야 할 정도로 말이 빨랐다.

"민주선전실장의 님무는 닌민 대중, 기러니끼니 우리 주민들에게 로동당과 공화국 정부의 정책을 선전하구 해설해서리 모든 닌민이 당정책에 자발적으로 따르도록 하구, 정책을 시행하는 데 열성적으루 참여하도록 지도하는 거래 기 첫 번째 임무이웨다. 기리구 닌민의 문화 오락 사업을 지도하구 개발해서리 닌민의 문화 수준의 항상시켜서, 고조 닌민의 당의 두리주위에 강고히 결집하도록 하는 거, 기거래 두 번째 임무이웨다."

여기까지 말한 그는 목이 마른 지 대접을 들고 나가 물을 그득 퍼가지고 들어왔다. 그는 내게도 권하면서 계속 말했다.

"이런 님무를 수행하기 위해서 민주선전실 산하에 각 닌민반 단위루 선동원을 조직하웨다. 기래서 선동원들은 당정책이 나오면 기거레 가지구서리 논과 밭에서 일하면서 농민 대중에게 딕접 교육시키는 거웨다."

"그러면 평률리에서 구체적으로 어떤 일을 해야 합니까?"

나는 좀 더 현실적인 얘기를 듣고 싶었다.

"기러니까네 위선 도서실을 잘 관리 운영해야 함네다. 도서실에 책임자를 두어 책을 빌려 주구 농민들이 지식을 넓히도록 도와 주는 거웨다. 참, 이미 이천 권 정도 모아져 있으니까네 기건 걱덩마시라요."

"예, 알겠습니다."

"기리구 군중 문화 오락실은 아직 준비가 아니 됐습네다. 길티만 각종 오락 기구를 갖다 놓구 닌민들이 항상 와서 즐기도록 해야 함네다. 기리구 써클 책임자를 두어 다양한 써클을 활성화해야 함네다. 음악 써클·무용 써클·연극 써클을 조직해서리 책임자를 두고 청년들을 이 됴직에 망라해 가지구서리 취미를 갖구 모여 즐기게 함으로써, 집에서 공연히 술이나 마시구 도박이나 하구 방탕한 생활을 하거나 풍기 문란한 행동을 저지르는 걸 사전에 방지하는 검네다. 기리구……."

참으로 복잡하고 어려운 일이 아닐 수 없었다. 요점인즉, 당의 사업과 정책을 수행하기 전에, 민주선전실이 인민 대중에게 정치 교양 사업을 하여, 모든 일을 인민들이 자발적으로 이끌어 가게 한다는 사실이었다.

민주선전실장의 역할을 파악한 나는 사흘을 쉬고 6월 1일부터 리 인민위원회에 가서 인수인계를 받고 사업에 뛰어들었다. 먼저 해야 할 일은 선동원들을 정확히 파악하고 농민들과 친해지는 일이었다. 농민들의 구체적인 실정을 조사하여 그 일에 맞게 당정책을 펴 나가야 했다.

3일간 평률리를 순회하면서 선동원들을 중심으로 안면을 익히고 실정을 파악하는 분주한 나날을 보냈다. 평률리는 평야 지대이긴 했지만 자그마한 야산이 계속 이어져 있어 논보다는 밭이 많은 곳이었다. 평률·명학·봉덕 등 세 개의 자연 부락에 300호 남짓 되는 집들이 흩어져 1,200명 정도의 농민이 살고 있었는데, 젊은 남자는 거의 없고 대부분 노인·여자·아이들이었다. 다른 지역과 마찬가지로 웬만한 집들은 거의 파괴되어 있었다. 폭격을 면한 집들도 거의 집들도 거의 손질을 안 해서 사람이 살지 않는 집으로 여겨질 정도였다.

특이한 것은 땅을 깊이 파서 구들을 낮게 깔고 그 위에 얼기설기 지붕을 엮어 만든 집이 많았는데, 이런 주거 형태는 불빛만 보아도 폭격을 해대는 미군의 초토화 전술 때문에 나타난 참호식 주거 형태였던 것이다.

평률리 전체를 통틀어 3,000평 이상의 땅을 소유한 중농은 너댓 집 정도로 지극히 적었는데, 이는 토지 개혁의 결과였다. 토지 없는 농민은 없었지만 절대 다수가 2,000평 이하의 빈농이었고, 게다가 전쟁 중에 제대로 농사를 지을 수도 없었다. 관개 시설은 파괴됐고, 비료도 인분을 빼놓고는 마땅한 게 없었다. 농기계라고 해봐야 호미·낫·괭이·삽 등이 전부였고, 그나마 소도 중농 몇 사람만이 가지고 있는 정도니 식량 사정은 최악이었다.

부락을 돌면서 나는 초근목피라는 말 그대로 산에 올라가서 '솔지'라는 소나무 껍질이나 칡뿌리를 캐 가지고 오는 아이들을 숱하게 보았다. 실상 먹고 사는 문제가 가장 큰 문제였다.

6월 초 어느 날 아침, 명학 부락에서 선동원을 만나고 막 돌아오려는 참이었다. 쌀 두 가마니를 싣고 서너 사람이 소달구지를 타고 오고 있었다. 리 인민위원장 김명근의 얼굴도 보였다. 그는 나를 보자 먼저 말을 붙였다.

"김 동무! 산보 가십네까? 어데 가시는지요?"

"예, 부락 실정도 알고 선동원들의 안면도 익힐 겸 해서 돌아다니는 중입니다."

낯선 곳에서 그래도 아는 사람을 만나니까 반가운 마음이 들었다.

"역시 우리가 제대로 사람을 봤구만!"

"근데 저 쌀은 뭡니까?"

"대여곡 아니오. 남편이 일찍 죽고 아새끼 셋과 사는 과부 아줌마가 굶어 죽게 생겼는데도 말고 안 하구 끙끙 앓구 있는 거 아닙네까? 기래 내래 대신 신청해 가져오는 검네다."

대여곡貸與穀 제도는 식량을 군 인민위에서 빌려 주고 가을 추수 후 다시 돌려받는 조선 시대의 '환곡'과 같은 제도였다. 이자는 없고 빌려 간 양만큼만 갚으면 됐다. 비축된 쌀이 있겠냐마는 중국에서 들어온 쌀이 군마다 배분되어 많지는 않지만 웬만큼은 대여해 줄 수 있다는 김명근의 말이었다.

"어떻게 하면 쌀을 얻을 수 있습니까?"

"군 인민위원회에 가서 신청서를 내면 대개는 거의 대여곡을 받을 수 있습네다. 인민위원회는 리 사람 형편을 환히 아니까네 어떤 사람이 정말 쌀이 떨어져서 굶어 죽게 되어설라무네 대여곡을 신청하는지 금방 알디요. 여유 있는 사람이 신청하믄 점잖게 타일러서 되돌려보내는 검네다. 기런데 신청서를 써주는 건 리 인민위원장의 일입네다. 기러니 내래 이래 뵈두 쎈 사람 아니기오. 하하하!"

그는 고개를 연신 흔들어가며 너털웃음을 웃어댔다.

대여곡 이외에 쌀을 구하는 방법은 양은 얼마 안 되더라도 장날 장터에 가서 사는 것이었다. 중농이나 빈농 중에도 쌀이 약간 남은 사람은 장에 나와 쌀을 팔았다. 그 돈으로 다른 물품을 사기 위해서였다. 부족한 것은 쌀뿐만이 아니라 보리·감자·밀이 다 부족했고 반찬거리도 마찬가지였다. 그저 김치 쪼가리에 남새밭에서 나는 고추·오이·호박·상추 등이 전부였고, 그나마 그것도 황송한 것이었다.

의복은 겨우 걸치고 다닌다고 해야 표현이 적당했다. 제대할 때 제대복과 군에서 입던 속옷을 배낭에 넣고 온 나는 부자인 셈이었다. 어떤 옷이든지 다 단벌이었다. 아이들 옷은 기운 자리에 덧대어 기우고 해서 누더기나 다름없었다.

돌아다니면서 보면 짚신 신은 사람이 유난히 많이 눈에 띄었다. 고무신을 신은 사람도 많지 않았고 구두를 신은 사람은 아예 눈을 씻고 찾아보아도 찾을 수 없었다. 군에서 지급하는 농구화 비슷한 지하족북한군 군화은 아마 평률리에서 가장 좋은 신발이 아닌가 싶을 정도였다.

지하족(출처 : 나무위키)

물자 부족은 말할 것도 없어 국가에서 배급하는 재생 종이일명 똥종이라고 하는도 양이 적어 아이들은 빈틈없이 깨알 같은 글씨를 종이에 써서 공부하고 있었다. 연필은 꽁다리가 완전히 다 없어질 때까지 깍지를 끼워 썼고, 중학생 아이들은 물감을 푼 잉크에 펜촉이 하도 귀해 신주단지처럼 모시고 있었다. 단 한 가지 부족하지 않은 물품이 있었는데, 그것은 의약품이었다.

리 진료소에는 언제나 풍부한 약품을 확보하고 있었다. 평률리 진료소의 진료소장은 일제 때 의사를 하던 나이 많은 노인이었는데, 내가 들어가 인사하자 반갑게 맞아 주며 전황에 대해 이것저것 물어보았다.

"기럼 전쟁이 끝날 가능성이 많갔구만요. 고거이 참 양키 아새키덜 때문에 우리 닌민들만 맥없이 죽구 또 나라만 반쪽으루 굳어지게 생겼구만. 쯧쯧."

혀를 끌끌 차면서 그는 연신 '양키 아새끼덜 때문에'라는 말을 수없이 반복했다.

"약은 부족하지 않습니까?"

내가 화제를 바꾸어 묻자,

"부족하디 않아요. 다아 사회주의 형제덜이 보내 주지 않습네까. 여기 약들은 다 웽그리아'헝가리'의 러시아 발음 닌민들이 언조해 주는 거디요. 닌민 군대에도 웽그리아 약이 많디 않습네까?"

웃으면서 되묻는 것이었다. 실제로 진료소에 있는 약품들은 거의 웽그리아 물품이 많았다. 진료소를 나온 나는 선동원들을 만나러 갔다. 선동원들은 한 부락마다 7~8명씩 20여 명 정도가 있었다. 남자가 여자보다 조금 많았고 대개 30대, 40대의 장년들이 맡고 있었다. 나이 어린 젊은이가 얘기해 봐야 농민들에게 잘 침투되지 않는 것은 당연하였기 때문에 여령을 고려한 배치였다. 모두 다 노동원이었으면 마을 내에서는 신임을 얻고 있는 듯이 보여 안심이 되었다.

리 실정과 선동원 파악을 위해 마을을 돈 뒤 나는 우선 인계받은 도서실을 살펴보아야 했다. 도서실은 몰수한 지주의 집을 개조해 만든 민주선전실의 한쪽에 있었는데 규모는 작았으나 그럭저럭 구색을 갖추고 있었다. 도서대장을 일일이 확인해보니까, 마르크스·레닌 선집에서부터 임화·이기영의 소설 등 문학 작품과 축산·원예에 관한 책에 이르기까지 꽤 다양했다. 도서를 관장할 공석중인 도서실 책임자로 평률리 부락의 김순옥을 뽑아 올렸다. 리 당위원장 김기활의 조언에 따르면 추천된 그녀는 중학교를 나온 스물대여섯의 야무진 처녀라는 것이었다. 김순옥이 책을 분야별로 새롭게 정리하고 도서실을 환하게 꾸며 놓아 도서실 분위기는 갑자기 달라 보였다.

며칠 후 군 인민위원회 문화선전부에서 선동원 세미나가 있다는 통지가 왔다. 선동원은 세미나가 열린 그날에는 각 리 문화선전실장과 당 간부·인민위원회 책임자 등 30여 명이 모였다. 선동원 세미나는 상부에서 내려온 지침을 가지고 토론을 벌이는 방식으로 진행되었다.

나는 열심히 필기해서 리에 돌아와 선동원들을 모아 놓고 들었던 얘기를 군에서 준 제강提綱, 요약문, 팜플렛 그대로 전달했다. 그리고 농민들에게 제강 내용을 그대로 침투시키라고 지시했다. 아쉽게도 필기 전달식 세미나 조직의 허점은 금방 드러났다.

농민들의 실정과 기호, 수준에 맞게 작성되지 못한 제강의 내용은 한 귀로 듣고 한 귀로 흘려 버려 소귀에 경 읽는 식에 지나지 않았고, 선동원들은 또한 피동적으로 암기한 걸 한번 떠들어대고는 자기 할 일을 다 했다고 하는 다분히 형식적인 선동으로 일관할 뿐이었다.

이래서는 안 되겠다 싶어 나는 군에서 준 제강을 토대로 농민들의 기호와 수준에 맞게 따로 제강을 작성한 다음 성원들에게도 그냥 전달이 아니라 농민들과 일을 하면서 대화식으로 침투하게끔 방법을 바꾸고자 문제를 제기했다. 월 4회 열리는 리 선동원 세미나 시간은 초기에는 주로 이런 방법적인 문제를 토론하는 데 시간을 많이 할애했다. 그 결과 눈에 띄게 농민들의 반응이 달라지기 시작했다.

잠을 못 자면서 분주하게 하루하루 지내던 어느 날, 리 인민위원장 김명근이 찾아왔다. 늘 웃는 그는 하도 웃어서 눈가에 주름이 잡혀 있었다.

"아무리 친구라두 한집에서 오래 살믄 불편하디 않습네까? 기래서 실장 동무래 숙식할 마땅한 집이레 구했으니까네 한번 가 보디 않겠습네까?"

김경린의 집이 불편하면 다른 집에서 하숙하라는 것이었다. 사실 경린이는 형님 형님 하면서 나를 걱정해 주지만, 집이 비좁아 다른 곳으로 옮겨야 한다고 생각하던 차였다. 나는 그의 말에 동의하고 이삿짐을 옮기기 시작했다. 새로 하숙하게 된 집은 다른 집과는 달리 행랑채도 따로 있는 깨끗한 집이었다.

"어서 오시라요!"

싸리문을 열고 들어가자 깨끗하게 차려입은 여인네가 마중 나왔다.

"김성옥 동무는 우리 리의 여맹위원장입네다."

"아, 그러세요. 반갑습니다."

김명근의 소개에 반갑게 인사했다. 토종닭 두 마리가 뜨락 한구석에서 모이를 쪼고 있었다.

"제 남편은 가까운 신사동 부락에 세포위원장으로 있다가 국군이 침공했을 때 치안대에게 피살되었습네다. 기때 집두 부서졌습네다. 기래서 이 집은 국가에서 새로 지어 보상해 준 집입네다."

집 주인이라는 여맹위원장이 말했다.

"기리구 우리 집에는 딸 셋, 아들 하나 이렇게 살구 있습네다. 기래서 집안에 남정네라믄 어린 아들래미 하나밖에 없으니까네 됴금은 불안했는데 선생님이 오시니까니 아주 좋습네다."

하면서 상당히 극진하게 대접해 주었다. 나는 행랑채에 짐을 옮기고 다시 사무실로 갔다.

민주선전실장으로 업무를 파악하고 뛰어다니다 보니 6월 한 달도 금세 지나갔다. 민주선전실장이 된 지 한 달이 지나자 첫 월급이 나왔는데, 당시 군 당위원장이나 당간부보다 많은 12원이었다. 이는 선전실장이 일이 많고 위치로 보아 비중이 컸기 때문이다.

이맘때 농촌에는 전쟁으로 인해 젊은 남자들이라고는 거의 찾아보기 어려웠다. 남자라고 하면 노인네들 아니면 불구자들뿐이어서 농사는 거의 여자들이 짓고 있었다. 그래서 '트럭대 일'이라는 농담까지 돌 지경이었다.

트럭대 일이란 말은 남자 한 명에 여자는 한 트럭이나 될 정도로 남자가 귀한 상황을 풍자해서 나온 말이었다. 여자가 시집가기란 그만한 경쟁을 뚫어야 한다는 말이기도 했다.

전쟁이 낳은 비극이었지만 '해방 처녀'라는 말도 유행했다. 이 말은 국군이 들어왔을 때 국군과 사랑하다가 국군이 후퇴한 뒤에는 다시 처녀 노릇 하는 여자를 빗대어서 하는 말이었다. 이런 말들이 유행하면 은연중에 여자가 무시되고 스스로 자기를 비하하며 또한 농업 생산의 주역이었던 여성들의 사기를 꺾는 듯싶어서 나는 이런 유행어를 근절시키려고 애썼다.

곤란했던 일은 남자가 모자라기 때문에 나타난 일종의 '남자 품귀 현상'이었다. 대중 사업을 하는 내 경우에는 마을 여자들과 자연스럽게 친해지게 되었다. 젊은 과부들이나 노처녀들이 끈덕지게 접근해 오는데 어찌해야 할지 모를 지경이었다. 농촌에 남자들이 없어 그러려니 해도 내가 독신인 걸 알고부터는 수시로 하숙집에 찾아와서 농담을 걸거나 필요 이상의 친절을 베풀어서 하숙집 주인 아줌마 보기에 쑥스러울 지경이었다. 나로서는 처신하기가 난감했으나 맡은 임무상 그들을 소홀히 대할 수도 없어서 되도록 남녀 문제를 피하는 정도였다.

눈코 뜰 새 없이 바쁘던 7월 초 어느 날이었다. 일이 늦게 끝나 밤이 이슥해서 돌아왔을 때 주인댁 큰딸인 장왈현이 저녁상을 들고 들어왔다. 그녀는 살그머니 방에 앉으면서 자그맣게 말했다.

"실장님께 한 가지 말씀드릴 거이 있는데…… 시간이래 있습네까?"

"다시 회의에 나가야 하는데 할 말이 있으면 지금 하시죠."

했더니 장왈현은 얼굴을 붉히면서 머뭇거렸다.

"기럼 담에 말씀드리갔습네다."

약간 떨리는 목소리로 말했는데, 나는 상당히 바빴기 때문에 처녀가 왜 그러는지 별로 신경 쓰지 않고 지나치고 말았다. 사실 민주선전실장이 해야 할 일은 산더미같이 쌓여 있었다. 민주선전실장은 본래의 임무 외에도 사상 교육을 담당하는 리 당부위원장과 리 당위원을 겸임했고, 또 리 인민위원회 위원도 맡아야 했다. 노동당 학습 강사로 일해야 했고, 당연히 조쏘문화협회의 리 위원장과 유

적유물보존위원회 리위원장도 맡아야 했다. 때문에 각종 회의는 항상 저녁 10시경에나 열렸다.

회의만 하더라도 매월 리 당위원회 및 협의회 4회, 원래 임무인 선동원 세미나 4회, 간부 학습회 4회, 리인민위원회 2회, 당원 학습회 4회, 당세포총회 4회, 조쏘문화협회 1회, 민청회의 지도 사업 2회, 여성동맹 및 농민동맹회의 지도 사업 각 1회 등 한 달 30일 중 하루도 빠진 날이 거의 없었고, 여기에다 군당 전원회의까지 합하면 한 달 내내라고 해도 과언이 아니었다. 이런 실정에서 내게 일요일 같은 여유가 있을 리 만무했다.

주민들이 각종 회의에 참여하여 토론하는 협의제 원칙에 따라 모든 정책이 결정·집행되는 사회 체계였기 때문에, 저녁이면 회의를 하고 낮에는 준비해야 하는, 그야말로 '코 한 번 훌쩍일 짬'도 없는 바쁜 세월을 보냈다. 어느 날인가는 저녁 늦게 회의를 마치고 하도 피곤해서 그냥 사무실에서 쪼그리고 잠잔 적도 있었다. 이튿날 아침에야 비로소 집에 갈 수 있었다.

그날 아침, 좀 쉬고 싶어서 방에 그냥 벌렁 누워 있었다.

행랑방에 눕자 황토색 냄새가 뭉실 들어오고 문풍지 틈으로 퍼렇게 물들어가는 산야가 언뜻언뜻 비치는 게 보였다. 눈이 저절로 감기는 그때, 장왈현이 아침상을 들고 들어왔다. 그녀가 밥상을 놓고 소리 없이 나가려고 하는데, 며칠 전 일이 불현듯 떠올라서 물었다.

"저녁에는 바빠서 시간이 없어요. 차라리 지금 시간이 나는데…… 무슨 이야긴지 해 보시오. 내가 도울 일이라도 있습니까?"

"급한 일은 아니디요……. 다음에…… 조, 조용할 때, 말씀드리디요."

그녀는 고운 태가 어린 얼굴에 밉잖게 눈웃음을 쳤다. 그러나 목소리는 몹시 떨고 있었다. 문풍지 떨듯 떨리는 목소리를 듣고서야, 뜨거운 느낌이 왔다. 난감했다. 그렇다고 해서 당사자를 앞에 두고 먼저 딱 잘라서 말했다가는 오히려 망신 당할 수도 있겠기에 가만히 있었다. 왈현은 물에 젖은 자신의 손을 앞치마에 쓰윽 문지르면서 조용히 방 밖으로 나갔다.

며칠이 지난 1953년 7월 27일 저녁, 선동원 세미나를 시작하려고 하는데 민주선전실에 있던 낡은 구식 라디오에서 보도가 흘러나왔다. 북한 중앙 방송의 긴급 저녁 뉴스였다.

무언가 예감이 이상해서 소리를 높이고 들었는데,

"조선 인민의 영웅적인 투쟁으로 이제 미제 침략군은 두 무릎을 꿇었습니다. 삼 년간의 가열찬 조국 해방 전쟁은 오늘 낮 판문점에서 미군과 정전 협정을 맺음으로써 사실상 종결되었습니다. 영용한 우리 전사들은……."

휴전, 휴전이 선포된 것이다. 예상은 했지만 착잡한 마음을 억누를 수가 없었다. 사람들은 뜻밖에 전쟁이 일찍 끝났다며 모두들 기쁜 표정이었다. 선동원들에게는 정전이 되었으니 이제 마음 놓고 농사에 열중하자고 당부하고, 저녁 늦게 집에 와서 방안에 앉았다.

정말 허탈했다. 결국 이렇게 되는구나. 이제 고향에 돌아가기는 다 틀렸구나. 언제가 될지, 언제 우리 필기를 보게 될지, 막연하구나. 멀어졌구나. 누워서 천정을 보았다. 가족들의 얼굴이 하나씩 떠올랐다. 필기·샛별이· 정희·어머니·형님들·친척들. 분주소장 오창신과 조규익·김유경·진교·진주·이응수 중사와 부대원들, 숱하게 쓰러져 간 이름 없는 전사들의 얼굴이 떠올랐다.

지난 2년간에 일어났던 갖가지 일들이 한꺼번에 나타났다가 스러지고 다시 나타났다가 스러졌다. 압록강을 건너 전선으로 향하던 수송 중대의 행렬·귀청이 찢어지는 포 소리·네이팜탄 폭격에 불덩이가 되어 무너지던 시설물들·파리떼·쫄나병에 걸린 전사의 퀭한 눈초리·팔다리가 잘려나간 사람들·아우성·비명 소리.

사람의 세상살이도 저만치 복잡할까. 전쟁을 끝내고 얻은 것은 과연 무엇인가. 통일은 더욱 까마득히 멀어졌는데, 이 상태가 성과인가. 언제 통일이 가능할까. 아냐, 언젠가는 통일이 되겠지. 암, 되고 말고. 북조선에서 평등하게 잘 사는 사회를 만들면 반드시 통일의 기회는 올 거야. 필기야, 제발 기죽지 말고 어서 커라. 아버지도 여기서 보란 듯이 열심히 살아가마. 누워서 이리저리 아무리 뒤치락거려도 잠이 오지 않았다.

며칠 뒤인 7월 말이었다. 마침 회의도 없고 일도 밀리지 않아 집에 돌아와 쉬려던 중이었다.

"안에 계십네까?"

누가 부르기에 방문을 여니 주인 아주머니 김성옥이었다.

"들어오세요."

"고단하실텐데, 이거 죄송함네다."

"아닙니다. 여기 앉으시죠."

조용히 앉은 아주머니는 요즘 여성동맹이 어떻게 돌아간다는 둥 이러쿵저러쿵 하다가 헛기침을 흠 하면서 말문을 돌렸다.

"벨 거이 아니구 우리 아이래 실장님께 얘기 좀 해 달라구 졸라서리 들렀습네다."

"무슨 일인데요?"

아차 싶으면서도 짐짓 모른 체하며 물었다.

"실은 기 아이래 실장님을 좋아해서 기러는데 직접 얘기하려다가 남살스러워서리 아니 했다고 함네다. 기러니끼니."

나는 아무래도 안 되겠다 싶어서 말끝을 잘랐다.

"저같이 못나고 가진 것 없는 떠돌이한테 호의를 갖고 있어 고맙지만 저는 나름대로 고충이 많습니다. 지금이라도 마음을 돌리라고 잘 타일러 주십시오. 저는 남쪽에 처자식이 있는 사람입니다. 통일이 되면 고향에 내려가야 합니다. 나이도 십 년 차이가 나서 도저히 감당할 수 없습니다."

나는 장왈현이 스물두 살인 걸 알고 있었다.

"길티요. 저희도 실장님의 처지를 잘 알고 있습네다. 기리티만 저 애가 기런 건 상관 아니 한다면서리. 저리 상심하니까네 어미된 도리루 보고만 있을 수두 없구 해서 그럽네다."

말끝을 늘어뜨리며 내 눈빛을 흘끗 보았다. 나는 더 이상 듣고 있을 수가 없어서 딱 잘라 말했다.

"암튼, 될 수 없는 일을 억지로 하려고 할 수는 없는 거 아닙니까? 그러니까 따님을 잘 타일러 주십시오."

"……기래요……."

그녀는 겸연쩍은 표정을 짓고 밖으로 나갔다. 문제는 일단 마무리되는 듯했다.

정전 협정이 조인되자 노동당에서는 전쟁 승리에 대한 정치 사업을 대대적으로 벌였다. 군인민위원회 문화선전부 세미나 조직에 참여한 나도 이 사업을 선전하려고 열중했다. 그 기본 내용을 요약하면 다음과 같다.

미제국주의자를 위시한 제국주의 16개국의 무력 침공을 반대하여 싸운 조국 해방전쟁은 인류 역사상 일찍이 찾아보기 힘든 가열차고 준엄한 전쟁이었다.

이 전쟁에서 세계 최강이라는 미제국주의자와 연합군의 엄청난 군사 장비 · 화력 · 군대에 비하면 열악하기 그지없는 우리의 영용한 인민군대는 조국을 수호하려는 단합된 인민의 힘에 의지하여 저들의 야욕을 좌절시켰다.

전쟁을 승리로 이끈 요인은 불패의 위력을 발휘한 노동당의 현명한 영도와 당을 굳건히 수호하려 한 당원 대중, 당 두리에 결속된 인민군대의 영용스런 영웅성, 그리고 불요 불굴의 헌신성이었다.

이상이 정치 사업 내용이었다. 다만 승리라고 할 수 있을까. 나는 전쟁에서 승리했다는 말이 실감 나게 다가오지 않았다. 수백만의 목숨을 앗아간 이 전쟁이 북침인지 남침인지 나는 알 수 없었지만 북침으로 교양 받고 또 그렇게 믿었다. 군관으로 전쟁을 겪으면서 들었던 얘기를 나 혼자 종합해 보면 적어도 1950년 6월만은 북한이 먼저 공격을 개시했다는 게 사실에 가깝다는 느낌이 들었다. 숱한 정치사상 교양을 받으면서 내 머릿속에 의문으로 남았던 것은 바로 이 지점이었다. 전쟁을 '조국 해방 전쟁'으로 성격 규정한다면 왜 떳떳이 '미해방 지구의 해방'을 위해 무력을 먼저 사용해서, 남침했다고 말하지 않느냐 하는 것이다.

정전 협정 소식을 들었을 때 나의 솔직한 심정은 엄청난 화력의 미국과 맞서 싸워 순전히 맨손 하나만으로 그나마 '공화국'을 지켜 낼 수 있었다는 것은 놀라운 일이었지만, 분단된 조국의 상황은 완전한 승리라고 결코 볼 수가 없었다. 그럼에도 불구하고 이런 내 심정은 심정에 불과할 뿐이었다.

아무튼 전쟁 종결에 따른 노동당과 당국의 정치 사업과 더불어 1953년 8월 2일부터는 조선 노동당 제6차 전원회의가 열려 전후 복구 사업을 진행하기 위한 방침이 내려졌다. 방침에 따라 계속된 과업을 열성적으로 수행하고, 그 교양 내용을 농민들에게 침투시키다 보니 어느덧 나도 모르게 이곳 평률리에 정이 들기 시작했다.

높고 낮은 두미산 줄기가 아담하게 어울려 있고, 그 사이로 손바닥 만한 작은 평야가 편안하게 누워 있으며, 청천강에서 끌어온 물줄기가 흡사 어머니의 젖줄기처럼 땅을 적시고 있는 풍경을 보고 있노라면 나는 마치 내 고향 이설당에 와 있는 듯한 착각에 빠져들곤 했다.

중공업을 중시하는 경제 복구 정책

'전후 인민 경제의 복구 발전을 위하여'라는 주제로 1953년 8월 2일부터 25일까지 열린 당 제6차 전원회의는 전후 복구 사업의 기본 방향이 제시된 중요한 회의였다. 사실 제6차 전원회의는 당 대회에 버금가는 회의였다. 원래 제3차 당 대회가 열려야 하지만 전쟁 때문에 전원회의로 대체하고 복구 기간이 끝나면 당 대회를 연다는 것이었다.

그 내용을 처음에는 라디오로 들었다. 이어 '전후 인민 경제의 복구 발전을 위하여'라는 제목의 전원회의 토론 내용과 결정서 제강이 내려왔고, 『로동신문』에도 자세히 보도되었다. 민주선전실 앞뜰에 있는 미루나무 그늘에 걸터앉아 읽어 보았다. 머리말에는 국내 정서와 국제 정세가 서술되어 있었다. 나는 전원회의의 내용을 선동원들에게 교육해야 했기 때문에 항목별로 요약해서 옮겨 적기 시작했다.

> 3년간의 전쟁으로 도시와 농촌은 잿더미로 화하고 인민 경제는 여지없이 파괴되었다는 상황, 그리고 적은 우리의 모든 산업 시설과 심지어는 주민 거주지까지 무차별 폭격하여 1제곱킬로미터 당 18개 이상의 폭탄이 투하되었다는 보고.
>
> 평양에는 오직 2개만의 건물만이 무사했고, 평양 인구는 40만에서 8만으로 줄어

들었으며, 50만의 군인과 100만의 민간인이 사상 내지 실종되었고, 총인구는 1949년 912만에서 1953년 849만으로 감소했다는 실정.

공업 · 농업 · 운수 · 철도 등 모든 산업 시설과 교육 · 문화 · 보건 시설들조차 모조리 파괴되었고, 특히 7,000여 개의 공장 기업소가 파괴되어 벽돌 한 장, 시멘트 1그램도 생산할 수 없게 된 처지.

결과적으로 전쟁 전에 비해 전력 생산은 26%, 석탄 생산은 11%, 철 생산은 10%에 불과할 정도로 감소하였다는 통계 수치, 여기에 수천수만의 주택 · 학교 · 병원 · 진료소 · 극장 등이 불탔고 식량 생산은 전쟁 전의 70% 정도로 감소해서 주민들은 헐벗고 굶주리고 추위에 떨고 있다는 사실.

인민 경제 복구 건설의 기본 노선이 제시되었는데, '중공업의 우선적 장성에 기초한 경공업과 농업의 동시적 발전'으로 인민 생활을 획기적으로 향상시킨다는 것이었다.

사람들 가운데서는 '중공업에서 밥이 나오는가?', '중공업 우선 정책은 처음 듣는 소리다', '당장 배가 고파 야단인데 외국에서 주는 원조를 우선 인민 생활에 돌려야 한다'는 등 반대 의견도 있었다. 그러나 제6차 전원회의는 이러한 반대를 물리치고 기본 노선을 채택하고 복구 건설의 방향을 결정한 것이라는 내용이었다.

복구 건설 사업의 첫 단계는 전반적인 복구 건설의 준비 단계로서 1953년 말까지 준비 사업과 정치 사업을 진행하고, 둘째 단계는 복구 발전 3개년계획 1954~1956을 수행하여, 경제 각 부문에 걸쳐 전쟁 전의 수준을 회복하고, 마지막 셋째 단계는 공업화의 기초를 축성하기 위한 5개년계획을 수행하여 공업화의 1단계 과업을 완수한다는 것이었다.

이 방침을 실천에 옮기기 위해서는 많은 난관이 따를 것으로 예상되었다. 극도로 열악한 인민 생활을 고려해 볼 때 계획을 수행하는 데에는 너무도 많은 장애물이 있었다. 때문에 민주선전실의 역할은 그 어느 때보다 중요했다. 어깨가 무거워지는 것을 느끼지 않을 수 없었다.

군 선동원 세미나가 열린 뒤, 나는 평률리 선동원 세미나 조직을 열었다. 봉덕·평률·명학 부락의 선동원들이 빠짐없이 참석하였는데 중요한 회의라서 그런지 모두들 얼마간 긴장되어 있었다.

나는 먼저 제6차 전원회의의 중요 내용을 간단히 설명한 뒤 선동원들의 질문을 받기 시작했다.

"얘기는 좋은 얘긴데 알곡 생산에만 밤낮 없이 매달리는 우리와 중공업 발전이래 무슨 관계가 있습네까?"

아무도 발언하는 사람이 없어서 내가 천천히 얘기를 풀어나갔다.

"아주 중요한 지적입니다. 먼저 농사를 짓기 위해서는 연장이나 기계가 있어야 합니다. 도로를 닦으려면 또 중장비가 있어야 합니다. 이 기계는 어디서 납니까? 기계를 만드는 건 공장입니다. 농사를 손으로만 짓거나 쟁기나 호미로만 지어서는 알곡 생산의 획기적인 증대가 불가능합니다. 뜨락또르트랙터니 모심는 기계니 하는 것들이 생산되어야 하는 겁니다. 그러기 위해서는 우선 기계를 만드는 공장을 세워야 하고 기계의 원료가 되는 철강을 생산하는 공장을 세워야 하는 겁니다. 우리에게 지금 뭐가 있습니까? 벽돌이 하나 있습니까? 연장이 제대로 있습니까? 철공장이 없는데 뜨락또르는 말할 것도 없

북한에서 만드는 천리마 트랙터

고 쟁기는 어디서 나옵니까? 이것이 중공업을 우선해야 하는 이유입니다."

"기럼 중공업을 장성시키는 사업을 위해서 우리는 무슨 일을 할 수 있습네까?"

명학 부락에서 온 중년의 사내가 질문했다.

"좋은 질문입니다. 그런데 먼저 생각해 봅시다. 이런 공장을 세우는 데 필요한 자금은 어디서 나오는지. 우리가 전쟁 중에 무슨 자금을 비축해 두었겠습니까?"

회의실에 앉은 선동원들의 얼굴이 일순 굳어졌다. 나는 잠시 숨을 끊었다가 잇대어 말했다.

"결국 우리 인민들에게서 나오는 겁니다. 노동력은 우리에게 있습니다. 또 사회주의 형제국들이 도와주고 있기도 합니다. 소련이 10억 루블, 중국은 8만 원을 도와주기로 벌써 약속했습니다. 동독은 함흥식 건설을 총책임지겠다고 했고, 르므니아루마니아는 평양에 최신식 설비로 중앙 병원을 지어 주기로 약속했습니다. 그런데 어떤 사람은 형제국의 원조가 있다고 해서 그 돈으로 쌀을 사고 자동차도 사면 얼마나 좋겠냐고 합니다. 물론 당장은 좋겠지만, 시간이 흐르면 자동차·뜨락또르도 노후되어 폐기 처분되면 남는 게 뭐 있습니까? ……원래 소련은 농업을 희생하면서 중공업을 발전시켜 오늘날과 같은 높은 수준의 경제 발전을 이룩했습니다. 그러나 우리 당은 소련의 경험을 살리되 그 단점을 극복하는 방향에서 농업과 경공업의 희생이 아니라 동시적 발전이라는 방침을 창조적으로 내 온 것입니다. 따라서 농사를 열심히 지으면서 기계화 문제에 대해 조금만 참는 것, 생활필수품이 다소 풍족하지 않더라도 허리띠를 졸라매고 농업 생산 증대에 노력하는 것, 이것이야말로 중공업 우선 정책의 기초가 되는 일입니다."

앉아 있는 선동원들의 눈빛이 반짝반짝 빛나 보였다. 내가 알고 있는 한도 내에서 설명한 다음 구체적으로 어떤 방법으로 당의 기본 방향을 수행하기 위한 분위기를 조성할 것인지에 대해 토론이 이어졌다. 모든 선동원들이 열심히 계획을 짜고 준비를 해나갔다.

강연·해설 담화 등의 구두 선전과 표어·포스터·벽보·만화 등 직관물 선전의 일정 및 세부 준비 상황을 토의하는 것만 밤 늦게까지 해도 시간이 부족했다. 우리는 그동안 연습에 충실했던 음악 써클·무용 써클·연극 써클·농악 써클 등 다채로운 선전 수단을 동원하여 인민 경제 복구 건설의 기본 방향을 대중에게 침투시켜서 자발적인 참여의식을 드높이는 분위기를 만들어나갔다.

아울러 전후 인민 경제 복구 건설의 기본 방향에 따라 농업 생산을 증대하는 사업도 진행되었다.

전쟁 기간중 100만 톤을 밑돌았던 농업 생산에서 가장 큰 문제는 농업용수 문제였다. 북한은 남한에 비해 4~6월에 강우량이 적고, 7~8월에는 가뭄과 홍수 피해가 심했다. 실제로 평률리만 하더라도 물 때문에 농사짓기가 꽤나 어려웠다. 게다가 저수지란 저수는 모두 파괴된 상태에서 관개 시설을 새롭게 복구 건설하지 않으면 알곡 생산의 증대를 기대하기란 매우 어려운 실정이었다. 그래서 제6차 전원회의가 있은 지 얼마 지나지 않아 '평남 관개 시설 공사 계획'이 수립되었다. 이 평남 관개 시설 사업은 전후 북한에서 처음 시도하는 대규모 관개 시설 공사였다.

평남 관개 사업

제6차 전원회의의 결정 내용에 대한 선동 교양 사업에 여념이 없던 8월 중순 무렵 어느 날, 군당위원회에서 군당 전원회의가 열린다고 연락이 왔다.

회의는 군 당위원장이 주재했다.

"우리 평률리에 큰 과업이 내려졌습네다."

우리는 무안가 궁금해서 모두들 위원장의 입만 주시했다.

"평남에 관개 사업을 하라는 방침이 내려왔습네다. ……원래 평남 지역의 관개 사업은 일본 제국주의자덜이 시행하려고 하다가 태평양전쟁으루 중단했던 사업입네다. 해방 후에 우리 인민공화국에서 이 사업을 다시 진척시키다가 전쟁이 터져서리 다시 중단되었디요. ……에, 또…… 이거래 알다시피 중공업을 우선 발전시키고 경공업과 농업을 동시적으로 발전시키라는 제6차 전원회의의 결정 내용을 구체화한 사업이며 아울러 농업용수를 원활히 해결하여 알곡 생산을 획기적으로 증대하기 위한 사업입네다."

그는 돌아서서 등 위에 있는 지도판을 가리켰다.

"이 사업은 위선 요기, 대동강 상류 고지점에서 2킬로미터 상당의 굴을 뚫는 검네다. 기래서 대동강물이 미치지 않았던 우리 안주군 송암리와 반룡리·상서리·용연리 일대에 연풍호 저수지를 만들어서 그곳에서 다시 굴을 뚫어 낙차 오십 미터 되는 수력 발전 시설을 만들구, 흐르는 물은 관개 수로루 보내는 관개 시설 조성 사업입네다. 기래서 이 일루 말미암아 네 개의 리가 수몰될 예정입네다."

군당위원장의 손은 지도 위의 평안남도와 평안북도를 왔다 갔다 하고 있었다. 그는 눈을 크게 뜨면서 강조하기를,

"기리구 관개 수로는 넓이 오십 미터에 초당 사십팔 톤의 물이 간선 수로루 흐르다가 용연리에 이르게 되면 수량이 줄어들기 때문에, 청천강에 이십팔 인치 펌프 여덟 대를 설치해서 수로에 물을 합수合水시켜서 평남 안주군·문덕군·숙천군·평원군·증산군 일대의 농업용수로 쓰는 뎡말 방대한 사업입네다."

엄청난 사업임이 틀림없었다. 놀란 당 간부와 선전실장들의 벌린 입이 쉽게 닫히지 않았다. 관개 사업이 시작되리라는 것을 알고는 있었지만 이렇게 방대하

고 거창하리라고는 미처 예상도 못 했던 까닭이었다. 위원장의 말에 따르면, 이 평남 관개 사업으로 물 공급을 받는 논은 면적 32,000정보에 이르고 증산되는 알곡은 50,000톤 정도나 되었다.

"동무덜! 기리구 놀라지 마시라요. 이 사실은 을마나 방대한지 간선 수로와 지선 수로의 길이를 모두 합하면 팔백칠십 킬로미터루 평양에서 저 부산까디 갔다가 돌아오는 길이와 맞먹는 검네다."

다시 한번 놀라지 않을 수 없었다. 전쟁을 방금 끝낸 인민들이 이렇게 엄청난 과업을 과연 해낼 수 있을는지 의문스러웠다. 위원장은 잇대어 강조했다.

"특히 선전실장 동무들은, 이 과업이 어떤 기계나 장비두 없이 기야말로 인력으로써만 무에서 유를 창조하는 사업임을 잘 알고 계시갔디요? 기리니끼니 닌민들의 자발적인 참여가 없이는 도저히 진척될 수 없는 검네다. 기래서 이번 과업은 선전실장 동무들의 사상 사업이 제일 둥요한 검네다."

농민들은 열렬한 관심을 보였다. 땅을 사랑하는 농민들의 마음이 노동당의 정책과 맞아떨어졌기 때문이다. 자발적으로 과업에 참여했던 그들은, 언제 공사가 끝나게 되는지, 많은 관심을 보였다.

전쟁의 승리에 대해, 전후 인민 경제 복구 건설의 당노선에 대해, 평남 관개 사업에 대해 세미나를 조직한다, 강연회를 연다, 각종 써클을 지도한다 하면서 발에 자동차 바퀴를 달고 다녀도 모자랄 만큼 바쁘던 8월 중순 무렵의 어느 날 어두컴컴한 저녁참이었다.

시원한 우물물에 등목하고 방에서 쉬고 있는데, 김경린이 찾아왔다. 서로 너무 바빠서 자주 못 만났기에 그동안 미뤄 왔던 일들을 이래저래 얘기하던 중에 갑자기 경린이가 목소리를 낮추더니,

"형님, 소문을 들으니 이 댁 주인 딸이 형님을 좋아한다믄서요. 기런데 형님이래 메하고 와 고집만 부리시는 거야요? 하하하!"

넉살 좋게 웃어대는 그의 당돌한 말에 나는 말문이 막혔다.

"색시가 소학교밖에 아니 다녀서리 기래요?"

"무슨 말을 그렇게 하는가?"

"기럼 와 기래요? 형님답잖게시리. 혹시 형님이래 아즉도 고향에 남아 있다는 처자레 생각하구 있는 거이 아님네까?"

말을 듣는 중에, 이 댁 아주머니가 나와 친한 경린에게 부탁했구나 하는 생각이 얼핏 떠올랐다.

"그래, 이 사람아, 잘 알면서 왜 묻나? 내가 여기서 다시 장가들면 어떡하나? 생각해 보게. 나는 고향에 처자가 다 살아 있는 몸인데 만일 통일이 되면 어떻게 되겠나? 언젠가 통일이 될 텐데 그때 가서 지금 사는 처자를 버리겠나, 아니면 나만 기다리고 사는 조강지처를 버리겠나?"

"내래 와 형님 마음을 모르갔습네까? 하디만 생각해 보시라우요. 아, 남반부 기놈덜이래 남쪽에 형수님을 가만히 놔뒀겠습네까? 기 땅에는 시방 양키놈덜과 반동덜이 자기네 세상이라구 판을 치구 있디요. 모르긴 몰라두, 형님껜 미안하디만, 잘못되었을 거이야요. 어카갔습네까? 고조 눈 탁 감구 살아야디요. 꼬롬. 기리구 통일은 영영 아니 되구 디금처럼 계속 갈라져 있으믄, 늙어서리 꼬부라져두 홀아비루 살다 갈 겁네까?"

그는 목청을 약간 높였다. 착한 사람이 어린애처럼 투정 부리는 모습이 우스웠다. 다시 목소리를 낮추면서,

"기리니끼니 날래 겔혼하시라요. ……사실 형님이 정 기러신다믄 내래 벨말은 아니 하겠습네다. 디금 복구 건설 사업이 한창인데 뎐댕이 다시 일어난다믄

이래 복구 사업이레 하갔습네까?"

"무슨 소리 하는 거야!"

그러자 그는 착한 얼굴에 엷은 웃음을 드리우면서 말했다.

"형님, 디금 나이두 있으니끼니 내래 권하는 대로 마음을 돌리시기요."

"……됐네."

내가 말문을 닫자 그는 자리에서 일어났다.

"잘 생각해 보시라요. 동생이 다아 형님 생각해서 하는 말임네다."

하며 방문을 열었다. 문틈으로 밤하늘에 수정처럼 돋아난 별발이 반짝였다. 아쉬운 듯이 경린이는 문밖에서 크게 소리쳤다. 그 목소리가 멀리서 밤공기를 울리면서 들려 오는 개 짖는 소리와 섞여서 귀에 아련했다.

"형님이요! 더 무얼 기달리시갔다는 기야요? 발쎄 전쟁두 오래 던에 끝나서리, 이잔 모든 걸 잊구 둑으나 사나 여게서 살아야 하는 기야요. 기리니끼니 여러 말 말구 장개부텀 가시라요. 아, 길쎄 오둑하믄 타향두 정들믄 고향이라구 하디 않습네까. 여게가 고향이라 생각하시구서, 꼬롬 날래 마음 돌리시라요."

그러나 나에게, 전쟁은, 아직 끝나지 않았다. 안주군에서 아무리 이쁜 여인네가 있다 해도 고향 땅에서 평생의 언질을 주고받은 정희와 생별이가 될 수는 없었다.

거국적으로 민족 해방을 기념하는 8월 15일이 되었다. 아침 일찍, 나는 리 인민위원회 사무실에 나갔다. 사실 공휴일이었지만 간부들은 쉴 틈도 없었다. 잠시 후 리 인민위원회 위원장 김명근이 환히 웃으며 들어왔다.

"선전실장 동무, 오늘은 민족적인 경사일인데, 모두덜 쉬면서 즐겁게 놀아야 하디 않겠습네까? 김 동무 생각엔 오디서 놀면 좋갔습네까?"

듣던 중 반가운 소리였다.

“날씨도 더운데 이따가 저기 두미산에나 올라가죠? 시원한 나무 그늘아래서 놀면 어떻겠습니까?”

그는 빙그레 웃으면서 말했다.

“날두 더운데 산에 올라가야 힘만 듭네다. 내 생각으루는 실장님 하숙집이 집두 넓구 좋으니까네 리 간부들끼리 도야지 한 마릴 잡아서리 놀구 마시믄 어드렇겠습네까?”

“그것도 좋은데요.”

주인댁에게 허락을 받겠다며 나는 먼저 집으로 왔다.

잠시 후 김경린·김명근 등 리 간부들이 몰려와서 돼지 삶을 물을 끓인다, 돼지를 잡는다, 술을 사 온다하며 시끌벅적했다.

우리는 오후 3시경부터 술을 마시기 시작했다. 오랜만에 술을 마셔서 그런지 금방 취기가 올라 내 얼굴은 홍당무가 되었다. 술이 몇 순배 돌자 리 인민위원장인 김명근이 나를 슬쩍 떠보았다.

“실장 동무우, 거 술잔 한잔 드시니 얼굴이 총각 같습네다. 기런데 이왕 술 한잔 마시며 노는 김에 실장 동무 좋아하는 처녀도 있구 하니까네 오늘 잔치나 지냅쉐다.”

“예? 아, 아니 무슨 말씀이십니까?”

“길티, 길티! 오늘 여게서 장개를 딜여야가서!”

“꼬롬, 건배, 건배, 건배!”

누군가가 거들었다. 그제야 나는 이 자리가 미리 계획된 자리라는 것을 알아챘다. 안 될 말이라고 고개를 저었으나, 내 말은 듣지도 않고, 사람들은 잔치하자며 내게 졸라댔다. 계속 극구 사양하는데, 리 당위원장인 김기활이 정색을 하면서 불쑥 입을 벌렸다.

"선전실장 동무! 우리 간부덜이래 모두 이렇게 권하구 있구 기 처녀두 만일 통일이 되구 가족과 상봉한다믄 물러서갔다구 할 뎡도로 동무를 사랑하구 있으니까네 시집 오갔다구 하는 거 아니가서. 기리구 동무래 기래두 배운 거이 많구 똑똑하니까네 처자 둘쯤은 너끈히 거느릴 수 이서. 동무덜! 안 기래요?"

"꼬롬, 꼬롬! 하하하!"

맞장구치는 소리를 듣자마자 김은 계속 잇대었다.

"기리구 쇠뿔도 단김에 빼라는 말두 있으니까네, 오늘 여게서 잔치하자우요! 하하하하!"

그때, 옆에 있던 김경린은 내 의사도 묻지 않고 밖에 대고 소리쳤다.

"여이! 신부랑 어머니래 날래날래 들어오시기요!"

당황한 나는 그만두라고 하려 했으나 이미 늦었다. 문이 열리면서 웃는 낯으로 아주머니가 치맛단에 손의 물기를 닦으면서 들어오는데 정신이 아찔했다. 이어서 왈현이가 사뿐히 걸어 들어와 내 옆에 바싹 앉았다.

"실장 동무! 날래날래 악수라두 하시라요!"

사람들이 너도나도 나서서 빨리 서약하는 의미에서 악수하라고 성화였다. 얼떨결에 왈현이와 악수를 했다. 왈현이의 볼은 불그스름하게 물들었다. 그걸 자신도 알고 있는지 그녀는 한쪽 손등으로 뺨을 살짝 가리면서 다소곳이 고개를 숙였다.

우리가 악수하자 사람들은 일제히 박수쳤다. 리당위원장 김기활은 축사를 한답시고 일어나서 연설도 했다. 마음씨 착한 경린이는 뭐가 그리 좋은지, 혼자서 노래하면서 허리에 붉은 띠를 길게 늘어지게 묶더니 아무 사람이나 손을 맞잡고 양걸춤을 추면서 난리였다. 그들은 저녁 늦게까지 놀다가 돌아갔다.

새하얀 보름달이 높이 떠 있었다. 나는 처녀와 집 앞 냇가에 앉아서 이런저런 말을 했다.

"어떻게 한평생 살아야 하는 결혼을 날림으로 할 수 있겠습니까? 내 마음이 결정될 때까지 시간이 필요했습니다……."

왈현이는 땅만 쳐다보고 있다가 입을 뗐다.

"실장님의 사뎡이래 소상히 알구 있슴네다. 통일이 되믄…… 그때는…… 내래 물러날 각오두 돼 있슴네다."

냇물 위에 보름달이 밝게 그려져 일렁이고 있었다. 잠시 침묵이 흐르는 중에 내가 입을 뗐다.

"우리…… 결혼식은 나중에 정식으로 치르기로 하고, 우선 한 집에서 동거하면서 삽시다."

결혼식이란 말을 듣고서야 왈현이는 움찔하더니, 볼우물에 엷은 웃음이 고인 눈가에 얼핏 물기가 반짝였다. 고운 뺨에 눈물을 흘리는 모습에 한 장의 사진이 겹쳐져서 떠올랐다.

그것은 아무런 움직임도 없이 고정된 모습이었다. 그 얼굴들, 그 얼굴은 늘 말이 없고 흰 저고리에 검은 치마를 차려입은 정희의 얼굴이었다. 또 머리에 옥비녀를 꽂고 눈부시게 하얀 이를 드러내고 웃는 샛별이의 버들잎 같은 얼굴이었다. 나는 고개를 흔들면서 눈을 감았다.

사상 검토와 통일 전선 사업

1953년 7월 말, 남한에서 월북한 이승엽·조일명·이강국·임화·박승원·안영달·조용복·설정식 등이 간첩 혐의로 재판을 받는다는 소식이 들렸다. 놀라운 일이었다. 그들 모두가 내가 알고 있기에는 해방 직후부터 노동 계급을 위해 헌신해 온 사람들이었다. 열 길 물속은 알아도 한 길 사람 속은 알 수 없다는 말마따나 그런 사람들이 뭐가 아쉬워서 간첩질을 했는지 참으로 괴이하고 납득하기 어려운 일이었다.

이승엽

그러나 이승엽 사건의 조짐은 이미 훨씬 전부터 나타나고 있었다.

군에 있을 때인 1952년 12월, 당 간부들에 대한 전면적인 사상 검토 작업이 시작되고, 남한 출신과 북한 출신 사이의 미묘한 갈등 문제가 비판 대상으로 떠오를 때 이미 이승엽 등 남한 출신 당 간부들이 체포되고 있었다. 그 뒤 까마귀 날아가면 배 떨어진다고, 나로서는 납득할 수 없는 사유로 사단장에게 불려가서 하루아침에 중위에서 중사로 강등되었다. 그러나 나는 당시 당 간부가 아니었고 내게 직접 닥친 문제가 아니라서 그 정도로 지나쳤다. 물론 내심으로는 나 역시 남한 출신이었기 때문에 불안한 마음은 항상 짙게 깔려 있었다.

그때와 마찬가지로 나는 민주선전실 사업이 너무 바빴던 터라 이승엽의 재판 소식에는 달리 신경 쓸 여유가 없었다. 그저 선전실장으로서 연이어 떨어지는 조국 해방 전쟁의 승리, 인민 경제 복구 건설 사업과 평남 관개 사업에 대한 선동 활동을 조직하며 주민들과 대화하는 일에만도 숨 쉴 틈이 없었다.

그 결과 누구네 집에 숟가락이 몇 개 있는지, 생활이 어떤 정도인지 환히 알게 되고, 사업이나 임무에도 능수 능란하게 되어서 많은 농민에게 능력을 인정받아 신임이 두터워졌다. 그래서 농민들은 자신의 애로 사항을 다른 누구보다도 먼저 내게 가져와서 해결해 달라고 부탁했고, 나는 최선을 다해 인민위원회에 제기하여 문제를 처리해 주었다. 이렇게 일에 충실하다 보니까 매일 새벽 1시나 2시가 되어서야 귀가할 수 있었다.

이때쯤 민주선전실은 폭격을 맞지 않은 교회 건물로 옮겨 몇백 명이 들어갈 수 있는 강당을 마련하고, 저녁 먹고는 와서 푸근히 얘기도 나누고 놀 수 있도록 온돌방도 마련했다. 자연히 선전실은 리의 사랑방으로서 모든 활동의 중심지가 되었다.

잠도 제대로 못 자면서 다음날 아침이면 일찍 일어나 다시 업무에 온 신경을 쏟아야 했으니, 몸은 점점 야위어 갔다. 솔직히 시간만 나면 자고 싶을 뿐이었다. 일에 파묻혀 지내다가 신혼 생활의 단꿈도 꾸지 못했고 사상 검토 사업에 대한 불안감마저 잊고 지냈다.

민주선전실장직을 맡은 지 4개월이 넘어가던 1953년 10월 초 어느 날, '유급 민주 실장 제도가 폐지되어 무급 민주 실장 제도로 변경되었으니 이대로 알고 더욱 가열차게 일해 주시기 바랍니다'라는 간단한 통보가 내려왔다.

유급에서 무급으로 되었다니, 월급 없이 일하란 말인가? 은근히 걱정스러웠다. 밥통이 떨어지게 된 셈이니 앞으로 어찌해야 할지 불안하기 그지없었다. 한편으로는 일이 너무 힘들었기 때문에 차라리 잘됐다 싶기도 했다. 며칠 동안 다른 직장으로 이동하라는 지시가 있기를 기다렸다. 통 소식이 없어서 군 인민위원회에 알아보니 일단은 현재 맡은 직무에 충실하며 기다리라고 해서 다시 또 며칠이 지났다.

답답한 마음을 누르고 집에서 이 생각 저 생각 하던 어느 날, 군 당위원장 김관술이 찾는다는 연락이 왔다. 그는 얼굴에 함박웃음을 머금고 반겨 주었다.

"내래 김 동무를 오늘 이렇게 만나자고 한 거이 다름이 아니라 김 동무가 평률리에 온 이후로 리 내 사업이 눈에 띄게 달라져 가고 있다는 거를 치하하고 싶어서임네다. 리 당위원장 말이 동무를 평률리에서 빼면 혁명 사업에 막대한 지장이 있다는 검네다. 기래서 군당위원회에서는 이번 실장 제도 개편과 관련해서 다른 리와 마찬가지루 그대루 뉴임시키기루 결뎡했습네다."

나는 사정을 솔직히 얘기했다.

"저는 사실 민주실장으로 많이 부족하다고 생각합니다. 위원장님 말씀의 취지는 잘 알겠지만 이 기회에 능력이나 경험이 있는 운수 계통의 직장으로 옮겼으면 합니다."

그는 고개를 가로저으면서 말했다.

"김 동무래 너무 일을 잘해 두셔서 그대로 뉴임시키기루 했으니까네 다른 생각은 마시라우요. 참, 기리구 생활은 평률리에서 보장해 둘 테니까네 기거이 벨 걱정 놓으시라우요."

하는 수 없이 나는 리 당위원회를 찾아가 사정을 설명하고 운수 계통에서 일하게 해달라고 청원하고는 선전실에도 나가지 않고 집에 있었다.

며칠 후 리 인민위원장이 나를 불렀다. 그는 군당에서 내게 내각 결정 제○○호로 몰수된 집을 부여하기로 했다면서 증서를 건네주었다.

"기리구 당장 생활이 곤란하니까네 평률리 자체에서 제일 좋다고 소문난 상답 천오백 평을 디급하기루 했습네다. 이 정도믄 두 내외분이 농사를 지으면서리 먹구 사는 데 지장이 없갔디만 내년 수확기까디는 당장 생활이래 곤란할테니까네 배급을 계속해 드리갔습네다."

당장 전기세나 생활 잡비는 이리저리 융통해 보자는 말도 덧붙였다.

"사실 유급에서 무급으로 되는 건 공무원에서 농민으로 된 것이니, 다른 사람들이 생각하기를 마치 제가 무슨 죄라도 지어 철직된 것처럼 생각할까 봐 솔직히 그게 불만입니다."

"기거이 기구 개편으로 우리 공화국 자체에 그리 된 거이니까네 섭섭해하지 마시라요. 기리구 누가 기러케 말하믄, 기딴 소리 말라 하시라요. 기럼 신경 쓰디 말구 열심히 하셔야 함네다!"

이 정도로 대화를 마치고 사무실을 나왔다.

이렇게 농민으로 일하면서 민주선전실장 일을 맡아 하게 되자, 전에 비해서 일은 배나 힘이 들고 정치 사업도 전만 못했다. 더구나 당 간부로서의 역할도 그만큼 줄어들 수밖에 없었다. 사실 정치 사업은 핵심적인 일이었지만, 그 성과가 쉽게 눈에 띄는 일은 아니었다. 반대로 전심전력을 쏟지 않으면 그만큼 결과가 나쁘게 나타나는 일이었다. 몸이 열 개라면 좋을 정도로 열심히 일했으나 결과는 전만 못해 마음속으로 염려가 되기도 했다.

농한기가 시작되는 10월부터 평남 관개 공사를 시작했다.

수문 공사와 잠관 공사하천 밑으로 대형 관을 묻어 땅속으로 간선이 통과하도록 하는 공사에 동원된 노동자를 제외하고 들판은 농민들로 인산인해를 이루었다. 한 대의 뜨락또르, 한 대의 불도저, 한 대의 크레인도 없이 순전히 인력으로써만 엄청난 길이의 뚝이 쌓아 올려지고 있었다.

도시락을 싸 들고 새벽같이 집을 나와 인근 야산에서 삽과 곡괭이로 퍼낸 흙을 농민들은 질통을 짊어지고 해가 질 때까지 부지런히 날랐다. 나 또한 질통을 짊어지고 모범을 보여야 한다는 생각에서 누구보다도 열심히 일했다. 농짓거리도 하고 흥얼흥얼 노래 부르면서 사람들의 흥을 돋우기 위해 노력했다.

공사가 시작되던 첫날 어둠이 깃드는데도 작업을 끝낼 줄 모르는 농민들의 모습은 그야말로 장관이었다. 마치 노동하는 인간의 군상을 그린 한 폭의 동양화 같았다. 그 모습을 보고 군 당위원장이 감격스러운 목소리로 말했다.

"인민 대중이야말로 정말 위대한 역사의 창조자입니다."

고개를 끄덕이면서 나 역시 그의 말에 동감을 표시했다.

"그리고 주인이지요!"

관개 시설 축성 사업으로 한창 바쁘던 1953년 12월 18일에 조선 노동당 중앙위원회 제7차 전원회의가 열렸다. 이 회의에서 '통일 전선 사업을 한층 강화하는 데 대하여'라는 의제로 토의한 결과에 따른 방침이 내려왔다.

토의에서는 각계각층 군중들과의 통일 전선 사업이 과소 평가되거나 그릇되게 집행되어 인민 경제 복구 건설 사업에 인민들을 결속시키지 못했다는 비판이 행해졌다. 특히 전쟁 중 일시적 후퇴 시기에 잘못을 범한 벌로 3개월 내지 6개월의 '두문벌'자기 집에서 나오지 못하는 벌을 받은 사람들을 '반동'이니 '치안대 고문'이니 하면서 무시하는 사례가 많은데, 이것을 엄하게 금지하라는 지시가 있었다. 또 남쪽으로 넘어간 월남자 가족들을 적대시하거나 경원시하는 경향도 월남자에게 죄가 있지 가족들은 아무런 죄가 없으니 절대 차별 대우하지 말라는 지시가 내려왔다.

당중앙위원회 조직부장이었던 허가이가 전쟁 중 국군이 침공할 때 후퇴 못한 노동당원들 중 어쩔 수 없이 치안대에 협조했거나 무서워서 당원증을 매몰 또는 소각했거나 심지어는 치안대에 잡혀 매를 맞다가 겨우 탈출하여 숨어 지냈던 사람들에게조차 지나치게 책벌을 가했는데, 이것은 잘못된 경향으로서 신랄하게 비판되었다. 오히려 소외된 사람들과 통일 전선 사업을 개선하고 강화하라는 지시가 내려왔다. 그렇지 않고서는 방대한 전후 인민 경제 복구 건설 3개년계획도 수행할 수 없다는 것이었다.

이 일은 사실상 쉬운 일이 아니었다. 주민들 사이에는 전쟁으로 서로 원수진 경우도 있어서 반목하고 질시하는 일이 많았다. 그런데 그들 사이에 엉킨 감정을 풀기는 말같이 쉬운 일이 아니었다.

물론 월남자 가족에 대해서는 외형상 차별이 없었다.

의무 교육은 당연히 받을 수 있고, 기타 식량을 배급받거나 직장을 배치받는 일에 대해서도 동등한 대우를 받았다. 그러나 대학을 간다거나 중요한 간부 지위에는 오르기가 힘든 것은 사실이었다. 당이나 기업소의 책임자들이 본인을 믿는다고 하더라도 그가 월남자 가족일 경우에는 자신이 책임질 수 없기 때문에 추천을 기피하는 경우가 대부분이었기 때문이다.

그 직후에 나에게 올바른 통일 전선 사업을 위해서 우리가 해야 할 일이 무언지 발표하라는 지시가 내려왔다. 이후 군당위원회 회의실에 가서 발표할 기회가 있었다. 나는 발표 요지를 자아비판하는 식으로 발제했다.

"이 통일 전선 사업을 강화하려면 먼저 핵심 간부들이 각계각층의 군중들을 당 주위로 결속시킬 수 있도록 새로 조직되어야 합니다. 다음으로 구체적인 실정 파악을 위해서 리 내에 누가 어떤 입장과 처지에 있는지 정확한 조사 사업에 착수해야 합니다. ……제가 조사한 바로는 평률리 내의 총 농가수 삼백여 호 중에 치안대 일에 가담한 자가 대략 이십 프로 정도이고, 원자탄이 쏟아진다는 유언비어에 속아서 월남한 사람들을 제외한 월남자는 대략 10프로 정도임을 파악했습니다. 또 포로 교환으로 돌아온 귀환병도 여덟 명 있었는데, 그중 당원이 네 명임을 파악했습니다."

대강 이 정도의 발제를 마치자 질의 시간이 되었다.

"조사 결과가 그러타면, 오떠케 하면 되겠수까?"

다른 리에서 온 대표가 실제적인 질문을 했다.

"우리 간부들이 중심이 되어서 활동해야 한다고 생각합니다. 말하자면 우린 이들의 위축된 심정을 풀어 주고 주민들이 이들을 차별 대우하지 않도록, 간부들이 중심이 되어서 가가호호 방문을 시작해야 하고 각종 군중 강연이나 해설 담화 등을 시행하여 교육·교양해야 한다고 생각합니다."

내 응답이 끝나자 여기에 대해서 반론하는 이는 없었다. 우리는 이러한 발제에 따라 행동하기로 결정했다. 처음에는 차별받던 이들도 의심하는 눈초리였고 주민들도 과거의 행적에 대해 분노하던 심정을 풀려고 하지 않았으나, 가족들이 무슨 죄가 있느냐, 입장 바꿔 생각해 보자고 리당이나 리 인민위원회 간부들이 진지하게 설득하자, 점차로 단합하고 단결된 모습이 나타나기 시작했다.

이런 영향도 있고 해서 평남 관개 시설 공사에서 평률리에 맡겨졌던 구간을 우리는 1954년 3월까지 완성할 수 있었다. 사실 그 일은 엄청난 양의 흙을 날라야 했기에 서로 단결하여 밤낮으로 작업하지 않으면 안 되는 일이었다. 민주선전실장으로서 나는 분위기를 조성하려고 북과 꽹과리 등 농악 기구를 동원하기도 했다. 군 내에서는 내가 정치 사업이 뛰어난 선전실장이라고 소문이 자자했다.

이 무렵 중앙에서도 지원 사업단이 내려왔다. 대동강으로부터 벌써 숭굴숭굴한 봄바람이 밀려오는 듯한 기분 좋은 날씨였다. 지원 사업단 중에 예술인도 포함되어 있었다. 그들과 함께 인민을 위로하는 오락회를 열었는데, 마침 내게 노래를 부르라고 하여 나는 강릉 민요인 성주풀이 한 대목을 불렀다.

> 저 건너 갈뫼봉에 설설 기는 저 포수야.
> 그 산 비둘기 잡지 마라. 그 비둘기 나와 함께
> 임을 잊고 밤새도록 임을 찾아 헤매노라.
> 에라 만수~ 에라 대신이여.
>
> 두리 둥둥 북소리는 풍년 불러서 흥이로다.

정자 나무 그늘 아래 쌍봉학이 춤을 추고

상쇠잡이 꽹과리 쩡쩡 열두발 상모가 춤을 춘다.

에라 만수~ 에라 풍년이로다.

걸쭉하게 한번 뽑아내자 예술인 중에서 작가라는 사람이 다가왔다.

"실장 동무래, 대단함네다."

"고맙습니다."

"기런데 어데서 배운 겁네까?"

"그냥 어릴 때 배운 노랩니다. 제 고향 강릉 노래지요."

고개를 끄덕이면서 그는 가방에서 공책을 꺼냈다.

"우리 예술 사업 중에 훌륭한 고전 노래를 발굴해서리 보존하는 사업이 있습네다. 디금 실장 동무래 부른 노래는 아딕두 채록이 안 된 노랜데 이거, 내래 오늘 큰 수확을 얻었습네다. 하하하!"

구경 나온 우리 평률리 농민들도 한바탕 웃음보를 터트렸다.

즐거운 분위기가 늘 있었던 탓인지, 우리 평률리 농민들은 대동단결하여 평남 관개 공사만이 아니라 농사일에서도 항상 앞서 나갔다. 평률리는 군내의 낙후한 리에서 모범리로 변해 나갔다.

구환병 사상 검토 사업과 박헌영

이 무렵 뜻하지 않은 사건이 터졌다.

1954년 가을에는 통일 전선 사업이 잘 이루어져서 모두가 한결같은 줄 알았는데 그중의 몇 사람은 딴마음을 품고 있었다. 김순희라는 55살 된 사람이 있었는데, 그는 해방 후 민주당 간부와 치안대 고문을 했던 인물이었다. 부농 출신으로서 가끔 나를 보기만 하면 노동당에 입당시켜 달라고 입에 발린 소리나 하는 얍삽한 친구였다. 북한 당국에 불만을 품은 그는 귀환병인 정선모·김기원과 결탁하여 반정부 결사를 조직하여, 국군이 후퇴하던 무렵에 99식 보총과 카빈총, M1총 등 5정의 총기를 파묻어 두었었다. 어느 날 무기들을 꺼내서 수리하다가 지나가던 김경린에게 들켜 흉계가 탄로 난 것이었다. 그들은 전원이 체포되어 재판에 넘겨졌고, 그 후 소식은 전혀 알려지지 않았다.

이 사건 때문에 평률리에서는 엄두현·배두영 등 4명의 귀환병이 조사 대상이 되었다. 그들은 자백하기를 전쟁 후 포로 교환 당시 모든 포로에게 정부 전복 각서를 쓰라고 강요받았는데 자신들도 고향으로 돌아오려고 어쩔 수 없이 각서를 썼다고 했다. 그들은 이 일을 자수하려고 했다. 그런데 자신들이 반정부 활동하지 않으면 그만이겠지 하고 생각하여 입을 다물었다가 조사를 받은 것이다. 물론 이들은 죄가 가벼워 사상 교양 교육을 받고 아무런 벌도 없었지만, 이 같은 일로 전국적인 '귀환병 사상 검토 사업'이 시작됐다.

또 이 무렵 과거에 치안대 대장을 하면서 사람들의 원성을 샀던 김덕일 자수 사건도 있었다. 하루는 사무실에 있는데, 창밖에서 야단법석이었다.

"이런 쫑깐나이 새끼레, 씨를 말려야 함네다!"

"둑여! 아주, 둑여 버려!"

"사람 살려! 아이고, 사람 살려!"

여러 사람이 몽둥이로 한 사람을 내려치고 있는데, 맞는 사람이 김덕일이요, 때리는 사람은 과거에 치안대에 끌려가 피살된 사람들의 가족이었다. 그들이 이렇게 된 이면에는 내력이 있었다.

월남하려고 했던 김덕일은 미처 도망가지 못하고 혼자 남하하다가 도중에 도로 올라와 고모네 집 마루 밑에 땅굴을 파고 놀랍게도 4년을 잠복했다. 이 무렵, 자수자는 관대하게 용서해 준다는 내무상 방학세의 포고문을 보고 그걸 주머니에 넣은 채 다른 곳으로 이동하려고 했다. 장날을 택해서 커다란 독 안에 들어가 고종사촌의 소달구지를 타고 갔다.

공교롭게도 그 마을 청년 한 사람이 달구지 뒤를 졸졸 따라오고 있었다. 그는 친구와 함께 장에 가려고 약속했다가 친구가 오지 않자 달구지 뒤에서 자꾸 "이 사람이래 와 안 오지?"라고 혼자서 중얼거렸다. 김덕일의 고종사촌은 지레 겁을 먹고 이 사람이 자신들의 일을 눈치채고 뒤따르는 줄로만 여기고, 시장 가까이에서 달구지를 버려둔 채 냅다 도망쳐 버렸다.

혼자 남은 소는 시장에 들어가 이리저리 돌아다니다가 어느 집 뜰에 달구지를 처박고 말았다. 해서 달구지가 넘어지면서 독이 와장창 깨지는 바람에 그 속에 있던 텁수룩한 얼굴의 김덕일이 드러났다. 장독 안에서 수상한 사람을 발견한 장꾼들은 그를 묶어서 내무서에 신고했다.

내무서에 붙잡힌 그는 방학세의 포고문을 지니고 있었던 덕분으로 자수자로 취급되고 석방되어서 평률리에 있는 자기 집에 돌아와 살게 되었다.

문제는 여기서 발생했다. 김덕일에 의해 피살된 사람들의 가족들이 가만히 있을 리 없었다. 특히 아버지가 피살된 배봉찬같이 혈기 왕성한 청년들은 당장 아버지의 원수를 갚겠다고 야단이었고, 내 사무실 앞에서 소란이 벌어진 것이었다.

"자, 자, 이러지들 마세요. 진정하세요."

나는 밖으로 뛰어나가 말렸다. 하지만,

"내래 어케 진정하갔쉐까? 잠꼬대 같은 소리 집어치우라요! 아, 벌레 새끼덜두 제 목숨은 아까와 하는 법이야요! 이 쌍노무 새끼래!"

"자, 자, 이렇게 해서는 일이 해결 안 됩니다. 여러분!"

"우리를 부모 형제 모르는 개차반으로 취급하지 말라우요. 요런 아새끼래 고조 요놈의 여편네나 장모, 기 아들레미까지두 죄다 족쳐설라므네 씨앗을 말려야 함네다!"

"옳소! 옳소!"

난감했다. 전혀 진정될 기미가 보이지 않았다.

심각한 얼굴로 리 인민위원장이 나와서 설득에 나섰다.

"동무덜, 진정하시기요. 닌민위원회에서 하나 제안 하겠수다!"

리 인민위원장이 나서자 사람들은 잠시 조용해졌다.

"우리 리 닌민위원회에서 내일 리민대회를 열고서리 김덕일이래 자아비판을 하도록 하면 오떻갔습네까?"

군중들은 조용히 있다가 자기들끼리 잠시 쑥덕이더니 좋다고 했다.

마침내 리민대회가 열려 김덕일이 자아비판을 한 후 눈물을 흘리면서 용서를 빌자, 일은 대충 마무리되었다. 하지만 리민대회에서도 복수하려던 피해자들이 많아 분위기가 하마터면 그를 때려죽이자는 쪽으로 기울 뻔했다. 한때는 작은 위기를 맞기도 했으나 통일 전선 사업은 무난하게 진행되어 갔다. 다만 나 역시 예상치 못한 사건에 휘말려 들어가 버렸다.

1954년 3월 평률리에서 지낸 지 10개월이 지난 즈음이었다.

내 처갓집은 여자들만 생활하다 보니 여러 어려움에 처해 농민 은행에 500여 원의 빚을 지고 있었다. 내가 월급이라도 받았으면 그 돈으로 빚을 갚았겠지만 무급으로 일했던지라 갚을 방도가 막막했다.

왈현이와 고민하던 끝에 군당에서 내게 집을 하나 부여했으니 처갓집 식구들을 모두 그 집으로 오게 하고, 처갓집을 팔면 빚을 갚을 수 있을 듯 싶었다. 친구인 김경린과 의논해 보았더니, 그 집은 과거에 치안대가 부수는 바람에 보상받은 집이고 처가의 개인 소유니 팔 수 있다는 말이었다.

이때 경린이가 소개한 축출된 지주 한 명이 그 집을 사겠다고 하여 나는 과거에 무엇을 하였든 집값만 후하게 주면 팔겠다고 했다. 그 축출된 지주에게 600원을 받고 집을 팔아 농민 은행에 있는 빚을 갚았다. 빚을 갚고 이사를 마쳐서 기분이 후련했다. 헌데 갑자기 세포총회를 소집한다는 연락이 왔다. 과거와는 달리 의제에 대해 아무런 말도 하지 않아 이상했다.

"이번 회의의 의제가 뭔지 알아야 준비를 해 가지 않습니까?"

"내래 뎡말 뭔지 모릅네다. 가 보시믄 알 거이 아니오."

전달하는 사람은 마뜩잖은 표정으로 심드렁하게 대꾸했다. 뭔가 이상하다 싶었지만 별다른 생각 없이 회의에 참석했다. 회의장에는 그날따라 군당 조직부장이 와서 직접 회의를 지도하길래 사안이 중대한 모양이로구나 하고 생각했는데,

"선전실장 동무, 일어나시오."

군당 조직부장은 갑자기 나를 싸늘하게 꿰뚫어 보면서 말문을 열었다.

"오늘 세포총회의 의제는 김진계 동무의 사업작풍에 대한 것입니다. 세포 부위원장 동무는 보고하십시오."

세포 부위원장이 일어났다.

"네, 보고하갔습네다. 김진계 동무는 민주선전실장의 임무레 맡고 있으면서 계급성두 없이 축출된 지주에게 집을 팔구서리 거기에다가 국가 소유인 집을 팔아 버린 중대한 과오를 범하고 말았습네다. 기래서……."

때아닌 사설에 나는 어안이 벙벙하여 다음 말이 잘 들리지 않았다. 아찔했다. 하지만, 가만히 있을 수만은 없었다. 그의 말이 끝나기를 기다렸다가 이의를 제기했다.

"제가 무슨 국가 소유의 집을 팔았다는 겁니까? 그 집은 국가에서 보상해준 개인 집이라고 들었습니다. 축출 지주에게 판 것이 잘못이라고 했는데, 집을 파는데 누가 축출 지주라고 이마에 써 붙이고 다닙니까?"

내가 다소 흥분하자 군당 조직부장은 내 발언을 제지했다. 잠시 침묵이 흘렀다. 3명의 당원이 차례차례 일어나 발언을 했는데, 나를 비판하기보다 내가 북한 사정에 대해 잘 몰라서 일어난 일이라고 변호해 주었다. 그때, 리 인민위원장 김명근이 일어나서 낮은 목소리로 설득했다.

"실장이면 집을 팔건 뭘 팔건 닌민위원회와 상의했어야 당연함네다. 기런데 실장 동무는 이거래 닌민위원장인 나와 전혀 아니 상의했슴네다. 기래서 문데가 일어난 거웨다. 기리구……."

나는 내 잘못을 시인하지 않을 수 없었다. 그래서 마지막 발언 기회가 주어졌을 때, 전후 사정을 상세하게 설명하면서 이렇게 말했다.

"국가 소유인 줄 알았으면 팔 수도 없고 팔지도 않았을 겁니다. 그리고 인민위원회와 사전에 협의했다면 이런 과오가 없었을 겁니다. 앞으로 시정하겠습니다."

내 말이 끝나자 김경린의 진술이 있었다.

"매매를 소개하고서리 보증 선 데서 실수가 있었으니까네 앞으루 됴심하갔슴네다."

말없이 조용히 듣던 군당 조직부장이 입을 열어 결론을 맺었다.

"개인 소유를 금디하는 우리 사회에서 마음대로 집을 사구 팔구 하는 거, 이거 완뎐히 헌법에 위배됩네다. 혁명의 대오에 서서 닌민 대중을 이끄는 간부당원이 이런 과오를 범한 거 이거래 뎡말 뉴감입네다."

길게 한숨을 내쉬더니, "이 문제레 군당위원회에 위임하겠수다" 하고는 회의를 마쳤다.

문득, 군에 있을 때나 사회에 나와서도 워낙 바쁘다 보니 북한 헌법이나 법률에 대해 자세히 공부해 두지 못한 것이 잘못이라는 생각이 얼핏 스쳐 지나갔다. 회의는 마쳤지만 경린과 나, 특히 나는 이번 일이 이승엽 사건과 어떤 식으로든 연결되지 않을까 내심 걱정스러웠다.

얼마 지나지 않아 나와 김경린이 군당위원회에 소환되어 갔다. 갔더니 군 당 위원장 김관술이 환히 웃으면서 맞이했다.

"아니, 김 동무, 일 잘한다고 소문이 파다해서리 칭찬해 주었더니 이거이 오떠케 된 일이오? 위선 자세한 얘기레 들어 봅쉐다."

그는 내가 말하는 전후 사정을 잘 듣고는 집행위원들과 협의하러 회의실에 들어갔다. 협의가 끝난 후 경린이와 나는 회의실로 들어갔다. 김관술이 회의 결과를 알려주는데,

"동무래 헌법을 위배한 거이 중대한 과오인 것이 확실함네다. 길티만 혁명 건설 과뎡서 동무가 헌신덕으루 노력한 점을 감안해서 덩상을 참작하구 경고 책벌을 내리니까네 그리 알기오."

나는 묵은 체증이 가라앉는 듯 싶었다.

"기리구 김경린 동무는 북한 출신으루 헌법을 잘 알구 있으면서두 와 실수를 했소? 기리티만 동무 역시 칠 년이란 장기간 군 복무를 하여 국가에 충성하였으네까니 역시 경고 책벌에 그치갔쇘다. 알갔습네까?"

"예!!"

우리 둘은 크게 한목소리로 대답했다. 김 위원장은 팔았던 집은 개인 소유로 해서 축출 지주가 그냥 살게 한다는 말을 덧붙였다. 죽었다가 살아난 기분이다. 하지만 집으로 돌아오는 발걸음은 흡사 쇠사슬을 끄는 양 무겁기 한이 없었다. 돌아오는 도중에 술독에 빠지도록 만취되어 갈지자걸음으로 늦게야 돌아왔다.

집에 와서 곰곰이 생각하니 한편으로는 서운했다. 돈을 벌려고 했던 것이 아니고 국가 빚을 갚기 위해 저지른 일이었기 때문이다. 다른 한편으로는 헌법이나 규칙을 잘 모르고 지낸 자신이 부끄러웠다.

이승엽 등 남한 출신 당 간부들의 간첩 사건으로 음으로 양으로 사상 검토 사업이 활발하던 무렵이었다. 갑자기 평률리에도 반동 출판물의 목록과 금지된 남한 노래 곡목이 시달되어 왔다. 회수할 책의 목록과 금지곡을 정리하고 보니 소설가·시인·음악가, 그 모두가 남한 출신이었다. 평률리 도서실에 비치된 도서의 절반가량을 회수해야 했고 노래도 부를 노래가 거의 없어질 지경이었다.

같은 남한 출신으로서 아무리 간첩질을 했다고 하지만 이미 발간된 출판물과 창작과 영화·연극·노래까지 금지하는 걸 보니 마음이 착잡해졌다. 도서실에서 이태준·김남천·임화 등의 문화 작품을 회수하고 나니 남은 책이라고는 마르크스·레닌 저작집 같은 사상 서적밖에 없어 노상 자리가 꽉 찼던 도서실이 텅 비게 되었다. 게다가 개인이 소유한 서적까지 모두 회수하라고 했는데 그 일은 쉽지가 않았다. 어떤 사람들은 도리어 깊숙이 감추어 두고 내놓지 않는 경우도 있었다. 일이 이 지경이니 개개인에 대한 설복과 교양으로 자발적인 반납을 유도할 수밖에 없었다.

사정이 이렇게 되자 사람들 가운데는 남한 출신을 꺼리는 사람도 있었다. 1954년 4월경, 군 인민위원회 문화선전부에서 실시하는 민주선전실장 세미나에 갔었는데 반룡리 민주선전실장이란 자가 농을 걸었다.

"동무두 이남치이남 출신 아니기요? 기런데 이번엔 어케 걸리디 않았수다."

좋게 받아들이면 당이 이남 출신을 지나치게 타격한다는 말도 되겠지만, 말끝을 뒤트는 게 은근히 부아가 치밀었다.

"그건 왜 묻지요?"

"이남치래 거의가 간첩질이래 해서리 걸리디 않았습네까?"

더 이상 참을 수 없었다.

"당신, 말끝마다 이남치, 이남치 하면서 남한 출신이 마치 모두 간첩인 것처럼 말하는데, 남한 출신도 혁명을 위해서 목숨을 바친 애국 열사가 부지기수요. 당신 같은 허풍선이와는 비교도 안 돼!"

내 눈빛이 무서웠는지 그는 지레 겁을 먹고 사과했다.

1955년 12월, 이승엽 간첩 사건으로 다수의 남한 출신들이 기소된 지 2년이 지나 마침내 내각 부수상과 외무상을 겸하고 있던 박헌영이 간첩 협의로 체포되고 기소됐다.

평양 '중앙 방송'에 의하면, 박헌영1900~1956은 일제시대였던 1925년에 체포되었을 때에도 공청 간부들을 전부 일제에 넘겨주고 풀려났다는 것이다. 연희 전문학교 교장이었던 선교사 언더우드에게 포섭되어 1939년 12월에는 노동운동 대열에 들어가 파괴 공작을 하기도 했으며, 해방 후 공산당의 책임자가 되어 1946년 9월 반도 호텔에서 하지 미군정 사령관과 밀회하고 이후 월북하여 간첩 활동을 벌였다는 것이다. 그는 또한 이승엽·조일명·이강국 등 남한 출신자들을 포섭해서 간첩 활동을 했는데, 1948년 6월에는 서득은에게 자료를 주어서 미국에 보냈다는 것이 혐의 내용이었다.

전쟁 기간 중 북한에서 많은 무전이 날아갔는데 잡을 수가 없었다고 한다. 무전 소리만 나면 이튿날 수상이 머무는 집이 폭격을 당하는 것이었다. 웬일인가 수상쩍어 1951년에 김 수상이 이승엽이 있는 데서 항공 사령관에게 전화를 걸어,

"내일 인천을 폭격하시오. ……내 지시가 다시 있을 터이니 그때를 기다리시오."

하자 날마다 전 지역에 새까맣게 몰려와 폭격하던 미군기들이 그날만은 인천을 수비하느라 한 대도 북한 지역으로 날아들지 않았다고 하는 얘기가 사실인지 아닌지 확인할 길은 없지만 그럴듯하게 돌았다.

미국 간첩 혐의로 사형당한 박헌영

박헌영 사건은 내게는 충격이었다. 전에 이승엽 사건을 듣고 놀란 때와는 비교도 안 될 정도였다. 물론 박헌영이 끼리끼리 어울리는 종파주의적 경향이 있고 해방 후 당 활동과 정책에서 오류가 많았다는 얘기는 공공연하게 나돌았다. 나로서는 박헌영을 노동당의 지도자로 알고 있었고, 해방 지역 강릉 지역뿐만 아니라 공산주의자들 대다수가 그를 존경하고 따랐다. 그가 미제국의 간첩이었다니. 전쟁 당시 서울에 나와 활동했다고 들었는데, 그가 간첩이었다면 우리는 철저히 우롱당한 셈이다.

일이 있자마자 예상했듯이, 제5차 전원회의 문헌 재토의 사업이 전당적으로 실시되었고, 이승엽 사건 때 많은 남한 출신자들이 중요 위치에서 해임되거나 철직되었기에 나 역시 불안하지 않을 수 없었다.

내가 있던 평률리 당세포 회의에서도 군당 조직부 부부장이 참가하여 당 생활에 대한 사상 재검토 사업을 진행했다. 연 3일에 걸쳐 진행된 세포 회의에서는 남한 출신만이 아니라 북한 출신까지 포함하여 전원을 대상으로 당 생활에 대한 재검토가 진행되었다. 그 자리에서 지목을 받은 경린이는 서슴없이 자아비판을 했다.

"내래 해방 후 박헌영이 우리 공산당의 지도자로서 일제 때 감옥살이두 하구 로동 계급의 해방을 위해서리 일한다는 소문을 듣구 위대한 닌물이구나 하구서리 존경하는 마음이 있었습네다. 이런 잘못된 생각이레 가졌던 거 기피기피 반성하갔습네다!"

경린이가 또랑또랑한 목소리로 자아비판을 마치자마자 모든 참석자들의 눈빛들이 나에게 모였다. 나 역시 자아비판을 하지 않을 수 없었다.

"……그의 얼굴은 모르지만 ……솔직히 존경하는 마음도 있었습니다. ……그가 해방 후 공산당 책임자였고, 위대한 인물로 생각했기 때문에 영향을 받은 것은 틀림없습니다. 그러나 지금 발표된 바와 같이 미국의 첩자질을 한 이런 자에 대해서는 존경은 고사하고 저주를 주어야 마땅하다고 생각합니다!"

이때 조직부 부부장이 낮은 목소리로 물었다.

"남조선에 있을 때 박헌영의 지시를 받구 실천한 일이 있습네까?"

얼굴이 화끈 달아오르는 뜨거움이 느껴졌지만 나는 또박또박 대답했다.

"직접 지시를 받은 일은 없지만 간접적으로 그의 지시에 따라 활동할 수밖에 없었습니다. ……물론 그가 간첩이라는 사실을 모르고 한 행동이었습니다. 이후로는 당의 지시에 열심히 따르겠습니다."

내 말이 끝나면 끝내기로 했는지, 부부장이 몇 마디 하고 회의를 끝냈다. 힘이 빠져서 고개를 떨구고 나오는 중에 리 당위원장이 내 옆에 함께 걸어가면서 쉿소리 나는 목소리로 말했다.

"김 동무, 기운 내시기오. 동무는 박헌영 일당과 딕접적으루 아무런 관련이 없으니까니 메 일이 있갔시요. 걱뎡 말기오."

그는 싱긋 웃으며 사무실로 들어갔다. 어쨌든 나 같은 남한 출신자들은 이런 미묘한 분위기에서 얼마간 불안했다. 물론 당에서도 긴급 지시가 내려 이런 남북 대립 사상은 엄격히 금지하라고 했고, 평률리에서도 리 당위원장이 직접 나서서 남북 대립 사상을 일소하자고 강연회도 열고 해설 담화도 써 붙였다. 하지만 주민들 사이에서 이런 경향은 1960년대 초반까지는 쉽사리 없어지지 않았다.

그 뒤에는 남한 출신들이 대부분 능력이 있다는 평가를 받기 시작해서 점차 인민의 흠모를 받고 한 명씩 다시 복권되기 시작했다. 그 대표적인 예로 강릉 출신인 김일기를 들 수 있겠는데, 그는 이승엽 사건과 연루되어 하위 간부로 활동하다가 다시 능력이 인정되어 당중앙위 조직부 부부장까지 맡아 일했다.

농업 협동화운동

1954년은 언제 시간이 갔는지 모르게 정신없이 보낸 한 해였다.

무급 선전실장으로 있으면서 농사지으랴 선동원 세미나 조직하랴 몸이 열이라도 모자랄 지경이었다. 더구나 아내 왈현이가 임신을 해서 일찍 집에 들어가 보고 싶을 때도 비는 시간은 농사일을 끝낸 저녁 시간밖에 없었기 때문에 하루도 민주선전실을 벗어날 수 없는 형편이었다.

모내기 때는 '알곡 증산의 열쇠는 이른 모내기', '모내기 때는 왔다! 모두가 모내기로!' 등등의 표어를 포스터나 플래카드로 만들어 곳곳에 붙이고 모내기 독려의 각종 담화·강연을 조직하느라 밤을 꼬박 새우기도 했다. 덕분에 우리 집은 맨 마지막으로 모내기를 끝낼 수밖에 없었다. 평률리가 안주군에서 제일 먼저 모범적으로 모내기를 끝낸 리였다. 그래서인지 돈이 없어 비료를 주지 못했는데도, 가을걷이가 끝나고 보니까 제법 농사가 잘되어 민주선전실장의 체면을 살려 주었다.

이때 일부 리에서는 농업 생산의 근본적인 변화를 가져오는 실험이 진행되고 있었다. 농업 협동조합이 그것이었다.

전후 식량 생산 증대 사업은 정권의 사활이 걸린 중요한 사업 중의 하나였다. 금강산도 식후경이라고 사회주의고 조국 통일이고 배가 고프면 귀에 들어올 리가 만무하기 때문이다. 따라서 인민 경제 복구 건설의 총노선으로 중공업의 우선적 장성을 그렇게 강조하면서도 농업의 동시적 발전을 전면에 내세운 것은 올바르고 당연하다고 나는 생각했다.

전쟁이 끝나자마자 농업 생산력을 높이는 문제와 더불어 농업에서의 생산 관계를 사회주의적으로 개조하는 문제가 동시에 즉각적으로 제기되었다. 그 이유는, 첫째 농민의 절대다수인 90% 이상이 빈농이라 이해관계가 일치하였고, 둘째 생산 도구의 절대 부족 상태에서 관개 시설·농기계·비료·농사 기술 등등 생산력을 높이기 위한 모든 요소가 노동력의 집약과 집중·협업·국가의 지원이 필요했기 때문이다. 가축·농기구·종자와 노동력이 부족한 빈궁한 인민은 혼자서는 쉽게 살아남을 수가 없었다.

이에 따라 3개년 인민 경제 계획의 시초부터, 평남 관개 공사와 같은 농업 생산 기분 강화 사업을 벌이는 동시에 경험적 단계로서 1개 시군에 1~2개씩의 협동조합을 운영했던 것이다.

농업 협동화운동은 먼저 시범적 단위로 각 시군에 대표적인 소규모 협동조합을 조직하면서 시작됐다. 그 규모는 부락 단위로 약 100여 호 내외의 규모인데 하나의 시군에 시범 조합 하나를 두었다. 안주군에서는 청송리가 시범 조합으로 지정되었다. 시범 조합의 성패에 따라 얼마만큼 사회주의 제도로 개조되는가가 판가름 나기 때문에 시범 조합에는 군 행정 단위의 지도와 지원이 많았다. 그래서 군에서는 농기구와 농약·화학 비료를 우선 공급했고, 기술적인 지도도 강화했다.

이때 비로소 다수확을 위해 시작된 것이 종자의 품종 개량과 '공기 온열 난종 처리법'이었다. 이 공기 온열 난종 처리법이란 볍씨가 발아할 때 공기를 따뜻하게 해서 빠르게 자라게 하는 처리법이다. 밭에서 못자리를 만들어 키우는 육상모와 온상에서 모를 기르는 냉상모가 시도되었다.

냉상모냉상 모판에서 기른 모와 육상모는 물이 없는 밭에서 인공적으로 물을 주며 모를 키워 모가 자라날 때 항시 물을 그리워하며 자라게 하다가 물이 있는 논으로 옮겨 심으면 병 없이 쑥쑥 잘 자라는 점을 이용한 방법이다. 이것은 또한 개인농은 인력과 자원이 모자라 실시하기 어렵고 협동조합에서만 가능했다.

모내기 할 때도 병목식 소주밀식으로 이앙했다. 과거에는 평당 100주 이앙했지만, 포기당 1주씩 4승 간격으로 두 줄씩 심고 통풍이 잘되게 골을 7치씩 넓혀 평당 140~150주 이앙하게 됐다. 이렇게 하니 협동조합에서 하는 농사는 잘 될 수밖에 없었고, 농민들에게 직접 협동 농장의 우월성을 보여 주는 계기가 되었다. 문제가 없는 것은 아니었다.

농업 협동화가 이루어지면 중농 이하는 상당히 유리했으나, 사실 중농 중에서 논과 밭을 상대적으로 많이 갖고있는 사람들은 불리한 면도 있었다. 또 농민들은 개인 소유에 대한 집념이 강해서 농민들을 협동조합으로 유도하려면 강한 설득력이 필요했다.

나 자신만 해도 국가에서 부여받은 토지 1,500평과 처갓집에서 경작하던 2,000평을 합해서 도합 3,500평 규모의 농사를 지어서 중농 이상의 수확하였다. 유급 민주선전실장으로 있을 때의 월급하고는 비교가 되지 않았던 것이다. 사람들은 농담 삼아 말하기도 했다.

"실장님이래, 대뜸 졸부가 됐습네다."

그러던 1954년 가을, 당에서 농업 협동화운동을 전체 농촌에 확대실시하라는 지시가 내려왔다. 이때 당에서 내려온 농업 협동화운동에 관한 제강은 주로 협동조합의 유리한 점을 강조하는 것이었다. 나는 우리 리의 선전원들에게 이 요지를 외우게 하고 선전 활동을 시작했다.

첫째, 농업 생산에서 개인 경리보다 다수확을 할 수 있다.

둘째, 기계화를 도입할 수 있어 힘든 일이 줄어든다.

셋째, 영농 기술을 개량할 수 있어 농업 생산이 늘어난다.

넷째, 농지 정리를 하여 쓸데없는 기반 면적이 줄고 경지 면적이 늘어나 다수확과 기계화 도입에 좋다.

다섯째, 함께 일하고 함께 쉬므로 한 집안같이 이웃 간에 정이 두터워져서 좋다.

요지를 제시하고 농민들 속에 들어가 설득·침투한 후 그 반응을 점검해 보았다. 점검해 본 결과 대다수 농민이 협동조합을 반대한다는 보고였다. 저게 될까 하는 농민들의 불신과 토지에 대한 애착 때문이었다.

민주선전실은 새로운 방법으로 재차 설득하고 침투하려고 이번에는 철학적인 제강을 마련했다. 평률·봉덕·명학 부락을 순회하면서 농민들을 모아 놓고 내가 직접 농민들 앞에 나서서 설득 작업을 했다. 벌써 싸늘한 바람이 추위를 느끼게 하는 늦가을의 밤이었다.

"여러분, 말씀드릴 게 있어서 이렇게 모셨습니다."

평률 부락에 사는 백여 명의 농민들이 민주선전실 회의실에 모여 경청하기 시작했다.

"사물의 낡은 측면과 새 측면이 서로 대립 투쟁하면 반드시 새것이 이깁니다. 모든 물질은 새로운 것이 50%만 섞이면 다른 물질로 변해 버립니다. 사회 현상에서도 원시 공동체 사회에서 노예 사회로 변하고, 중세 사회도 새로운 봉건 영국에 의해 멸망하며, 봉건제 사회는 자본주의 사회에 의해 소멸하지 않았습니까? 오늘 사회주의 사회에서 개인이 농사하는 것과 집단이 농사하는 방법 중 어느 게 좋은지는 그 결과가 뻔히 보이는 것입니다."

말이 다소 어려웠던지 몇 사람은 고개를 갸우뚱하면서 혀를 내둘렀다.

"사람들은 낡은 습성을 버리기 싫어하기 때문에 새것을 받아들이려고 하지 않아요. 예를 들면 사람은 누구나 자기 고향을 좋아하는데, 사실 따지고 보면 전국에 자기 고향보다 더 좋은 곳은 얼마든지 있지요. 그런데 사람들은 습관과 습성에 젖어서 고향만이 최고라고 생각합니다. 또 신이 낡아 떨어지면 새 신을 사서 신는데, 처음 신는 새 신은 발에 안 맞아 아프기도 하구 해서 여간 골칫거리가 아닙니다. 그렇다고 해서 헌 신을 다시 신을 수는 없는 일 아닙니까?"

나는 말머리를 돌렸다.

"새 신은 자꾸 신어서 빨리 길들어야 발이 편하듯이, 낡은 습관은 빨리 버리고 새로운 세계를 배우는 것이 중요합니다. 음식도 자기가 자랄 때 처음 먹은 음식이 늙어서까지 맛이 있는 법입니다. 마치 함경도 사람들은 명태를 좋아하고 서해안 사람들은 조기를 좋아하듯이 자기 입맛이나 관습에 익숙한 것을 쉽사리 버리려고 하지 않는 것과 마찬가집니다. ……그러나 동무들! 새로운 협동조합을 경험하지 않았기 때문에 혼자서 하는 개인 농사에만 매달려서 협동 농장의 우월성이나 유리함을 모른다면 이는 마치 관습이나 습성에 매여 눈앞에 보이는 행복을 버리려는 것과 똑같은 겁니다. 그러므로 우리는 새로운 협동조합을 택하여 하루빨리 우리 모두의 행복을 찾지 않으면 안 됩니다. 안 그렇습니까?"

"옳소!"

옳소란 말이 들려서, 옳거니 했는데 아니나 다를까 나와 절친한 몇몇 농민들뿐이었다. 오히려 어처구니없는 질문이 나오기도 했다.

"실장 동무, 물어볼 거이 있습네다. 기래도 혼자서 농사짓는 게 좋으면 오떠케 함네까?"

어느 중농의 말이었다. 다른 말로 하면 기득권을 빼앗기기 싫다는 얘기였다.

"물론 협동조합이 싫으면 가입하지 않고 혼자 농사지어도 무방합니다. 그러나 협동조합에 들어와서 일단 한번 시행해 보면 좋은 점이 있다는 걸 알게 될 겁니다."

쉽게 대답했지만, 나 자신이 생각해도 그리 좋은 답변은 아니었다. 우리는 끈질기게 설득하고 또 설득했다. 또 연극을 조직해서 공연하기도 했다. 특히 빈농들에게 초점을 맞춰 차근차근 협동조합의 유리한 점을 부각해 나갔다. 그렇게 끈질기게 설득하니 봉덕 부락에 사는 빈농들 대다수가 호응하면서 적극찬동하기 시작했다. 그리고 마침내 평률리 사람들도 협동조합을 택하기로 결정했다.

김경린을 중심으로 발기 위원회를 조직해서 가입자를 받아 1954년 중농 3호를 제외한 봉덕 부락 전원이 협동조합을 결성했고, 평률 부락에서 김기활이 앞장서서 발기 위원회를 구성, 이듬해 초에 중농 2호를 제외한 협동조합이 결성되었다.

이렇게 협동조합이 결성되고 농한기인 겨울동안에도 다음 해 농사를 위해 공동 객토 작업 등에 열성을 보이자 협동조합에 들어오지 않았던 중농들도 마음을 바꾸게 되었다.

본래 협동조합에는 세 가지 형태가 있었다.

제1형태는 일종의 두레소결의 반와 같은 협동조합으로 서로 돌아가면서 품앗이를 하는 형태다. 제2형태는 토지·농기구·역우 등을 모두 통합하여 생산물을 투하된 노동력과 토지의 양 및 등급에 따라 분배하며 농기구대와 역축대는 그해 농사가 끝난 후 찾아가는 형태다. 마지막으로 제3형태는 토지·농기구·역축 등을 통합하고 생산물은 순전히 투하된 노동력에 따라 분배하며 농기구와 역축 대금은 그해 농사가 끝난 후 찾아가는 형태다.

3형태 모두 토지·농기구 등은 개인 소유로 남는 것이었다. 이것은 농민들의 토지에 대한 애착을 고려해서였다. 개인 소유는 협동조합이 정착되고 한참 지나서인 육십몇 년인가 비로소 공동 소유로 전환된다. 전국적으로 거의 모두가 협동화의 가장 높은 형태인 제3형태를 취했는데, 그만그만하게 적은 토지를 갖고 있는 빈농들이 대다수였기 때문이다.

협동조합이 결성되자마자 관리 위원장과 작업반장부터 선거로 선출했다. 선거 결과 발기 위원장인 김경린과 김기활이 자연스럽게 각각 봉덕 조합과 평률 조합의 위원장으로 뽑혔다. 이때부터 협동조합의 세칙 규정을 정하고 작업 기준 및 기타 자질구레한 상황을 정하기 위해, 매일같이 농민 조합원들이 모여 회의를 했다. 중요한 사항은 모두 총회에서 결정했다.

1년간의 시범 협동조합 운영을 바탕으로 농업 위원회에서 모범 세칙 규정을 내려보냈다. 우리는 그것을 토대로 한 토론을 통해 모내기·김매기·풀베기·거름주기 등등 세세한 작업의 1일 정량과 노력 공수점수를 정하고 최종적으로 총회에서 확정지었다. 노동력은 18세 이상이면 누구나 남녀·연령에 상관없이 동등한 대우를 받아 일한 양과 질에 따라 분배하기로 되어 있었다. 농산 작업반·축산 작업반·과수 작업반 등 6, 7개의 작업반 밑에 분조를 두고 그날그날 일한 것에 대한 평가는 공동 토론으로 결정하기로 했다. 분배는 총생산량에서 문화본드 3%, 축적본드 5%를 제하고공동의 문화 사업과 다음연도 영농 기자재 구입 및 기타를 위해 투입된 노동량에 따라 분배하였는데, 가족 1인당 조건 없이 하루 알곡 1킬로그램으로 계산한 8원이 조금 넘었고, 노동자나 공무원에 대한 배급가는 1원 20전 정도였다.

농업 협동조합운동이 한창 진행되던 무렵에 곤란한 문제가 발생했다. 1954

년도 농사는 개인농이었기 때문에 농민들은 3:7제로 현물세를 납부하였다. 이어 국가에서 양곡 수매 사업이 벌어졌는데 수매량이 개인별로 할당되었다. 헌데 문제는 그해 가을 판정된 양곡 수매량이 지나치게 많아서 전국적으로 불평불만이 생겼다는 사실이다.

내 경우를 보더라도 1954년 가을 현물세를 납부한 후 햅쌀로 떡도 해 먹고 하여 이리저리 낭비했던 터라 할당된 수량대로 양곡 수매에 응하고 나면 1년간의 식량조차 모자랄 형편이었다.

나는 당 간부로서 식량으로 쓸 양까지 보태 수매에 응했지만 농민들 대다수는 수매에 거부감을 표시하면서 응하지 않았다. 실정이 이렇게 되자 상급 기관에서는 소영웅주의적인 성과주의에 빠져서 빨리 계산된 수량대로 수매하라고 하급 기관을 독촉하였다. 하급 기관들은 어쩔 수 없이 강압적인 방식으로 양곡 수매를 집행했다. 이 일이 있고 난 후 당장 먹을 것이 부족해진 농민들 사이에서 정부와 당에 대한 불평불만이 쏟아져 나왔다. 심지어 어떤 사람들은,

“이거래 무시기 거지 깡깽이 아니믄 죽으란 말 아닙네까! 노동당은 메하는 거요!”

“에이, 썅! 공산주의 좋다더니 일본 넘들이랑 다른 것이 메가 있네!”

하면서 사회주의 자체를 비난하는 발언까지 서슴지 않았다.

이 소식이 통보 계통을 통해서 당 중앙으로 전해졌다. 당 중앙에서는 소영웅주의적인 성과 위주로 양곡 수매를 지시했던 농업위원회농업성 간부들을 해임했다. 그 후 전체 농민들에게 사과하는 강연회를 개최하여 불평불만을 무마하고 생산지수를 현실화시킨 다음 수매량 판정을 하게 했다.

이듬해 1955년 10월 초, 평률리 협동조합 총회가 열렸다. 총회가 열리기 전에 내가 선동원들과 함께 만든 촌극이 공연됐다. 역할을 맡은 청년 한 명이 등장하

여 바닥을 보면서 말했다.

“야이, 이거 물꼬가 터졌구만. 꼭 미친년 오줌 싸듯이 콸콸 새는구만!”

그는 그냥 지나쳐 퇴장한다. 다른 사람이 등장하여 물꼬를 보다가,

“작업반장 어디 있어! 작업반장이 있어야 공수쳐 두지!”

크게 외치고는 작업반장을 찾으러 가고, 다음은 체격이 건장한 사람이 삽을 들고 등장한다. 마치 터진 물꼬를 고칠 듯이 머뭇거리다가,

“막을까 말까. 막을까 말까. 에라이, 내 논도 아닌데 기활이가 책임지겠디.”

하고는 되레 터진 물꼬에 오줌을 갈겨대는 시늉을 한다. 이 장면에서 사람들은 배꼽을 잡고 웃었다. 그러나 그것이 바로 자신들의 모습이기에 서로 속이 뜨끔한지 쑥스러워하는 표정을 지었다. 촌극이 끝나고 관리 위원장 김기활의 사회로 평가가 진행되었다.

“우리로서는 한 번도 경험해 보지 못한 협동조합 일이 첫해인데도 불구하고, 다행히 작년 수준과 비슷하게 알곡 생산량을 올릴 수 있었다는 것은 큰 다행입니다. 이거이 다 여러 조합원들이 그만큼 노력을 기울였기 때문에 가능했던 게 아닌가 생각함네다. ……그러나 농기계·비료·농약·농사 기술 등 그 어느 때보다 많은 보조와 지원이 있었구. 공동 작업을 통해 충분히 알곡 생산을 높일 수 있었는데도 그렇지 못한 거. 이거이 아딕두 우리 조합원들에게 낡은 사고가 잔존해 있어서 그런 거 아닙네까? ……이 문제에 대해 발언을 해주시믄 고맙겠습네다.”

아무도 손을 드는 사람이 없었다. 250여 명의 조합원을 죽 둘러보던 관리위원장은 답답하다는 듯한 표정을 짓다가 힘주어 말했다.

“내년에는 정말 획기적인 증산이 이루어져야 각자 가져가는 분배 몫도 그만큼 많아질 검네다. 올해 어떤 잘못이 있었는지 정확히 파헤쳐야 함네다.”

말을 마치자 중년 사내가 손을 들고 일어섰다.

"그동안 토의두 많이 했구 연극두 보아서리 무얼 잘못했는디 각자가 잘 알구 있을 거웨다. 솔직히 내래 땅이 많은 것두 아닌데 혼자 농사짓던 작년보다 올해 농사지은 게 조금 적었시요. 사실 내래 열심히 했으믄 조금 많아졌겠지만, 내가 아니믄 딴 사람이 하겠디, 하구 설라무네 일을 게을리 했수다. 이젠 평률리 조합은 내꺼디 하구 맘뽀를 고치겠쉐다."

"앞으루 터진 물꼬에 오줌싸기 없기요!"

누군가 소리쳐 박장대소가 터졌다. 이마가 시원하게 넓은 아줌마가 손을 들었다.

"이젠 서루 눈치만 보디 말구 시어머니처럼 잔소리두 하고 그래야겠시요 잘하자우 하면 기분 나쁘게 듣디 말구. 남이 잘못된 거를 지적하는 건 좋은 일 아닙네까?"

"고롬, 길티 않구!"

여기저기서 맞장구가 터져 나왔다.

이번에는 마을에서 제일 오래 사신 노인 한 분이 발언을 신청했다.

"개인농이레 없애구 협동조합을 만든 것은 서로 힘을 합쳐야만 생산두 많이 되구 알곡 생산만 많이 되믄 자연히 개인에게두 많은 배당이 오리라구 생각했기 때문 아니오? 기런데 땅이니 농기구니 비료니 농약이니 하는 거는 공동으로 사용하면서리, 아딕두 우리 머리속엔 땅이구 뭐구 집단의 것이 아니라 개인의 것이라는 옛날 생각이 남아 있습네다. 기래 보면 옛날엔 꼭두새벽부터 논에 나가던 사람이 올해에는 해가 중천에 떠 있어두 안 나오구, 아무개야 소리쳐야 게우 어슬렁어슬렁 기어 나오니, 이거이 말이 됩네까?"

문제를 깊이 지적하는 노인의 말에 조합원들은 숨을 죽이고 경청했다.

"집단의식을 안 가지믄 아무 것도 아니 됩네다. 계관모범 협동조합인 순안군 재경 협동조합이나 황해남도 새길 협동조합 얘기를 민주선전실장님한테 들었는데, 우리가 거기 조합원들과 못한 거이 무에 있습네까? 손가락이 없습네까? 발가락이 없습네까? 다 똑같은 검네다. 기런데 거기는 알곡 생산이 우리의 두 배 가까우니…… 우리 노력해 보자우요!"

노인이 말을 마치자 강당이 떠나갈 듯한 박수 소리가 터져 나왔다. 이어서 관리 위원장이 나와서 결론을 맺었는데, 그의 말마따나 가장 큰 문제는 바로 태공게으르게 일하는 것이었다. 더구나 중농들까지 비료나 일손을 구하기 힘들고 부락에서 소외돼 뒤늦게 협동조합에 가입하는 터에, 농민들의 의식은 사회주의적 집단주의로 개조되지 않고 여전히 개인주의에 매몰되었던 것이다.

총회가 끝나고 이어 분배가 시작되면서 분위기가 바뀌었다. 제일 많이 분배받은 사람은 달구지에 플래카드까지 붙이고 알곡 가마니를 실어 갔다.

그날은 밤늦게까지 실컷 마시고 두드리는 잔칫날이었다. 총회가 있고부터 조합원들의 생활 양식이 달라져 저녁 해가 떨어지기 전까지 일을 해서 생산량이 부쩍 뛰어오르기 시작했다. 이런 현상은 우리 평률리뿐만 아니라 전국적인 현상이었기에 북한의 알곡 생산량은 눈에 띄게 불어났다.

이 무렵 평남 관개 공사는 수문·잠관 등 각조 구조물 공사를 제외하고 토량 운반 등에 의한 기반 공사는 1년 반 만에 거의 완성 단계에 이르렀다. 이 공사는 1956년 완공되어 개통식이 평률리 이웃인 용연리에서 거행되었는데, 김일성도 참석한 그 완공식에 나도 참관했었다.

쏴아~

뒷산 앞산에 울리는 굉장한 물소리와 함께 거대한 폭포가 쏟아졌다. 하얀 물보라 위에 오색 무지개가 영롱하게 하늘과 땅에 이어졌다. 초당 48톤이나 되는 수량이 한꺼번에 분출되는 것이 그야말로 장관이었다.

관개 시설의 완성으로 북한의 농업 생산량은 급증하기 시작했다. 그래서 평남 관개 공사를 시발로 황해남북도에 걸치는 어지돈 관개 수리 공사도 진척되었다. 황해남북도 서흥군·봉산군·사리원시·황주군황해북도·재령군황해남도의 농업용수를 공급하고 몽리 면적 32,000정보, 발전량 4,000kW에 이르는 어지돈 관개 공사 역시 방대한 사업이었다.

더불어 인공적·물리적 관개 시설도 만들어졌는데, 기양 관개 시설이 그 대표적인 예였다. 강서군 기양리에 세워진 기양 관개는 대동강 하류에서 8대의 거대한 28인치 양수기로 연중무휴 물을 끌어 올려 태성 저수지를 만들고 여러 개의 작은 저수지에 기계 설비를 사용하여 1년 내내 급수시킨 다음 관개 수로로 용수를 공급하는 인공적인 관개 시설이었다.

특히 압록강 관개 시설 공사는 수풍호 물을 이용하여 평안북도·청수·삭주·구성·태천·신의주·용천·철산·정주·박천·영변 등지의 광활한 곡창 지대를 관개하기 위한 북한 최대의 관개 공사였다.

대규모 관개 시설과 더불어 한 방울의 물도 헛되이 흘려보내지 말자는 노동당의 방침에 따라 지방의 중소 저수지들도 무수히 건설되었다. 그리고 강의 하류 지역에는 자판수 양수기를 설치하여 홍수 때에는 물을 하천으로 끌어내 농경지의 침수를 예방하였다. 이 같은 사업이 1차 5개년계획 기간에 실시된 뒤부터 사실상 농촌에는 물 걱정이 사라지게 되었다.

전국적으로 관개 시설을 확장해 알곡 생산을 증가시키는 한편, 다각적으로 농업 생산량을 증대하려고 거대한 투자가 집중되었다. 그중의 하나는 관개 시설 정비를 통해서 육전을 수전으로 전환하는 사업이었다.

양수기를 이용하여 높은 지대까지 물을 끌어올리고 밭을 논으로 전환하는 대대적인 사업이 그것인데, 이로 인해 북한의 쌀 생산량은 상당히 늘었다. 원래 남북한 간의 경지 면적은 서로 비슷했으나 남한은 주로 논농사 약 60%였고, 북한은 주로 밭농사 약 70%였다고 한다. 북한의 수전 확대 사업이 지속해서 전개되어 1970년경에는 총 경지 면적 중 논농사가 40%로 증가했고, 쌀 생산량은 380만 톤에서 1970년 초 480만 톤으로 늘어났다.

아울러 농업의 수리화·전기화·기계화·화학화가 1956년 4월에 열린 조선노동당 제3차 대회에서 결정되어 그 실행을 위한 노력이 집중되었다. 농촌 전기 공급은 전후 인민 경제 복구 건설 3개년계획 기간에 수풍 발전소 등 전쟁으로 파괴된 시설들이 완전히 복구되어, 제1차 5개년계획1957~1960 기간 동안 집중적으로 농촌 전기화 사업을 진행하여 산간 오지에 이르기까지 전기 공급이 완성되었다.

농촌 기계화 사업은 힘든 노동으로부터 농민들을 해방하고 농업 생산력을 비약적으로 높이기 위한 것으로서 한마디로 뜨락또르 공급이었다. 이 뜨락또르는 신설된 기양의 뜨락또르 공장에서 완전히 국내 생산으로 충족했는데 처음에는 소련제 뜨락또르를 사 와서 그것을 분배하고 그대로 본떠서 하나씩 만들기 시작했다.

그 후 대량 생산에 들어가 연간 8,000대 정도를 생산하는 시설을 갖추고 1956년경부터 보급을 시작, 1960년 제1차 5개년계획이 끝나던 해에는 대다수 리 협동조합에 20여 대 정도의 뜨락또르를 공급할 수 있었다. 그리하여 과거 역축에 의존하던 경작 방법이 뜨락또르에 의존하는 경영 방식으로 바뀌었고, 과거 역마인경소는 뜨락또르 작업소로 변경되어 리 협동조합에 배속되게 되었다.

화학화는 함흥 비료 공장이 복구 확장되어 1956년경에 공급이 확대되고 5개년계획이 끝나면서 1960년대에 들어서야 비로소 원활한 보급이 이루어질 수 있었다.

농촌 경리 발전을 위한 국가적 지원 속에서 농업 협동화 사업도 차차 진척되어 1953년부터 1954년까지는 개인농이 부분적으로 있다가, 1956년부터 조금씩 정리되면서, 1958년에는 전국적인 범위에서 협동화가 완성됐다. 그리하여 1958년부터는 협동 농장으로 바뀌게 된다. 물론 1954년 첫해의 생산량은 얼마 안 됐지만, 그 이후엔 생산량이 급속히 증가했다.

평률리에 있는 두 개의 협동조합도 점차 그 규모를 늘려 1956년 초에는 하나의 리 협동조합으로 통합되었다. 이때 조합원 총회에서 지난날 관리 위원장의 능력 부족으로 사업 성과가 미진했는데 통합 후에는 능력 있는 관리 위원장이 더욱 필요하다며 만장일치로 나를 선출하는 바람에 나는 관리 위원장으로 일하게 되었다.

선전실장직을 리 당위원회가 천거한 사람에게 인계하고 본격적으로 1956년도 영농 준비 사업을 힘차게 밀고 나가려고 할 때, 제3차 당 대회의 결정에 따라 반半 유급 민주선전실장 제도를 시행하라는 지시가 내려왔다. 반유급 제도란 쌀은 배급받지 않고 농사를 지어서 해결하고 월급은 국가에서 지급하는 제도였다.

반유급 제도가 실시되고 며칠 지난 어느 날, 군 당위원장이 불러 찾아갔다. 그는 나를 오랫동안 기다렸다는 듯이 반가이 맞았다.

"김 동무, 관리 위원장을 그만두고 민주선전실을 다시 맡아 주셨으면 합니다. 이거이, 단순한 부탁이 아니라 꼭 기래야 하는 거웨다. 기건 관리 위원회 사업보다도 정치 사업 비중이 더 크기 때문이야요. 군내의 정치 사업에서 모범을 창조해 두기요. 힘드시갔지만 꼬옥 부탁임네다!"

그의 간곡한 부탁에 나는, "네, 다시 열심히 해 보겠습니다"라고 대답할 수밖에 없었다.

다시 민주선전실장이 된 나는 농촌의 화합 분위기를 조성하려고 본격적으로 농악 써클을 만들었다. 꽹과리·징·장고·북·새납날라리 등 악기를 협동조합 문화

본드의 축적을 이용하여 평양까지 가서 백화점에서 구매했다.

"오늘은 풍류 장단을 쳐 보겠습니다. 자, 한번 따라서 쳐 봅시다."

덩덩 따다 덩기다궁따!

덩덩 따다 덩기닥쿵타, 덩따기닥 구궁기닥 궁딱!

나는 청년들을 동네 공터에 데려가 매일 조금씩 가르쳤다. 어렸을 때 강릉에서 사물을 모조리 쳐 본 경험이 있었던 나는 자신이 있었다. 몇 달을 걸쳐 가르치니 제법 제소리가 나왔다. 상쇠를 선두로 하여 장구·북·징잡이가 신명 나게 두드리는 가락은 마을 사람들의 어깨를 들썩이게 했다. 작열하는 태양 아래서 힘겨운 노동에 지친 농사 일꾼들은 풍물 한마당으로 피로와 고통을 씻어 내곤 했다. 푸른 들판 위의 황혼에 빨갛게 물들어가는 저물녘 매미 소리와 함께 어우러진 풍경은 그야말로 한 폭의 동양화였다.

마침 이 무렵에 8·15 경축 행사가 있어서 군에 대중 집회와 시가행진이 있다는 통보가 왔다. 나는 탈바가지 10여 개를 만들고 한복을 입혀서 시위 조직을 선도하면 흥이 날 것 같아서 그 준비에 착수했다. 단지 새납을 불 사람이 마땅치 않았는데, 강원도 이천에서 월북한 박동춘이라는 사람이 새납을 잘 분다 하여 그를 초청했다. 그는 신장염 장기 환자였는데도 불구하고 그날만큼은 참가하겠다고 쾌히 승낙했다. 치밀하게 준비를 마치니 마침내 8월 15일이 되었다.

지이~잉

채쟁 채쟁쟁쟁 채재쟁 채재쟁 쟁쟁쟁쟁

두둥 두둥 덩더꿍!

농악대가 선두에서 북과 꽹과리를 치며 나아가고 이어서 상모를 돌리는 농군들이 나아갔다. 뒤이어 무동들이 춤을 추며 나아간 후 탈춤 행렬이 뒤따르니 군중들은 흥겨워 환호를 높이 질렀다. 나는 청홍색의 띠를 두르고 상모를 돌리며 원무를 추었다. 우리 평률리의 농악대가 신바람 나게 행진하자 시위 분위기는 한껏 고조되었다. 이때 군내의 농악 써클은 우리 평률리밖에 없었다. 가장행렬에서 우리 평률리가 일등을 차지했다.

와, 와! 환호성을 지르며 우리가 제일 앞장서서 군민들을 선도하자 군 당위원장 김관술은 너무도 기쁜 나머지 상모를 돌리고 있던 내게 손을 흔들며 다가와서 크게 소리치는 것이었다.

"김 동무, 김 동무! 참으로 장함네다. 감격적임네다!"

마을에서는 우리 농악대를 축하한다고 하면서 여인네들이 벌써 솥을 걸고 국을 끓여 내고 있었다. 얼큰한 고깃국 냄새가 한바탕 일을 끝낸 빈 뱃속을 자극했다.

"선전실장 동무! 식기 전에 한 점 드시기요."

새납을 불던 박 동무였다.

"기래요, 이거래 먹어야디 힘이 솟디!"

"길티 길티, 고조 고기래 보약이구 말구! 하하하!"

누군가 기타와 아코디언을 들고나와서 인민 가요를 연주하기 시작했다.

한사람씩 어깨동무를 하고 인민 가요를 불렀다. 연신 어깨를 들썩거리며 일어설 판이었던 군 당위원장이 마침내 "조오타!" 하며 나가서 꼽추춤을 추자, 누구부터인지 모르게 모두 일어서서 얼쑤 어깨춤을 추었다.

달빛과 모닥불빛 곁에서 춤추는 그림자들, 흡사 꿈을 꾸는 것 같았다.

이어서 여맹위원장의 입에서 아리랑이 흘러나왔다. 처음에는 한두 사람의 입에서 시작되었다가 모든 사람의 입으로 옮겨붙어 버렸다.

아리랑 아리랑 아라리요. 아리랑 고개를 넘어간다.

부귀 귀천 있다고 슬퍼 마소. 무산대중 행복한 날 있으리오.

십여 마디가 넘게 노랫말을 바꾸어 가면서 노래하는데, 서로서로 어깨를 부여안은 우리의 볼에는 기쁨의 불빛이 환히 피어 있었다.

저기 저 산이 백두산이라지. 동지섣달에도 란만 핀다.

누구의 목소리인지 워낙 꾀꼬리 청이라 무거운 어둠살을 훌 날려 보내 마치 금세 동이 트는 듯했다. 그 후 우리 민주선전실은 연극 써클·음악 써클·무용 써클까지 조직하여 농민들에게 공연하니 협동조합의 분위기는 한결 좋아졌다.

일터에서 돌아와 동산에 올라 황혼에 물드는 평률리 평야를 바라보면, 나는 과거의 추억에 다시 빠지곤 했다. 노을빛에 보고픈 얼굴들이 하나둘씩 되살아났다. 초가을날 저녁밥 짓는 연기가 낮게 깔린 마을을 우두커니 내려다보곤 했다. 집에 돌아오면, 종일 내내 뛰어다녀 그런지 심신이 피곤하여 옷을 입은 채 이불 위에 산처럼 무너지곤 했다. 밤마다 식은땀을 흘렸다.

왈현이는 걱정 어린 표정으로 물었다.

"와 기럽네까? 무신 일이래 있었슴네까?"

"아냐, 아무것두……."

하지만…… 왠지, 허전했다. 고향, 고향 때문이었다. 그러나 그때마다 나는 입술을 옹다물고 그리운 고향 생각을 현실을 통해서 이겨 보려고 했다. 그래, 고향으로 가기 위해서, 사회주의가 우월하다는 걸 보여 주기 위해서, 필기와 샛별이, 정희와 함께 행복하게 살기 위해서, 그때까지 살아 계셔야 합니다, 어머니.

민촌 이기영과 민준선전실장 교육

1956년 무더운 여름날 점심께였다. 전화통이 날카롭게 울렸다.

"여보세요. 민주선전실입니다. ……예, 받아 적겠습니다. ……내일모레요. 모란봉 극장에서 ……예? 예! 이기영 선생님도 강연하신다구요! ……정말입니까? ……아, 그냥, 좋아서 ……예, 물론이지요. ……꼭 참석하겠습니다."

'전국 모범 민주선전실장 강습회'가 평양 모란봉 극장에서 있으니까 꼭 오라는 연락이었다. 강사로는 변사로 유명한 신불출 선생 외에 여러 명이 있었는데, 특히 소설가 민촌民村 이기영1895~1984도 함께한다는 연락이었다. 소문으로만 듣던 대작가 이기영 선생을 만날 수 있다는 소식이 자못 기대감을 자극했다.

1946년부터 1957년까지 소련·동독·체코 등지를 방문한 그는 1952년 고골리 1백 주년 기념제까지 초청 인사로 세 차례나 소련을 다녀오기도 했다. 같은 해에 한국전에서 국제법을 어기고 세균 무기를 사용한 미국을 전범으로 고발하는 문제를 논의하려고 소집된 오슬로 세계평화회의에 북조선 대표로 파견되기도 한 그는 전 인민의 관심을 한몸에 받고 있었다.

그가 '전국 모범 민주선전실장 강습회'의 강사로 온다는 소식을 듣고 나는 도서실에 가서 그의 작품을 닥치는 대로 읽었는데, 그중에서 1920년대를 배경으로 한 인물이 농촌의 빈곤한 가정에서 자라나서 노동 계급의식을 깨닫고 소작쟁의에 참가하는 혁명운동가의 이야기를 담은 『고향』이라는 장편소설이 감명 깊었다.

이틀 후, 평양 모란봉 극장을 찾아갔다. 전국 각지에 민주선전실의 대표로 온 일꾼들이 더운 날씨에도 손부채를 파닥이면서 이기영을 기다렸다. 단상 앞에는 '전국 모범 민주선전실장 강습회'라고 붓글씨로 쓴 휘장이 걸려 있고, 그 밑에 작은 글씨로 '선전 선동 활동에 대하여'라는 강연 제목이 씌어 있었다.

얼마 후 이기영이 단상에 올랐다. 먼저 중앙당 선전선동부장이 나와서 이기영에 대한 간단한 약력을 소개하기 시작했다.

이기영

"더운 날 모두덜 와 두셔서 감사합네다. 위선 민촌 이기영 선생님을 소개하갔습네다. …… 선생님은 1895년에 충청남도 아산에서 가난한 농민의 아들루 태어나셔서리, 1924년에 『개벽』지루 등단하셨습네다. 기리구 조선프롤레타리아 예술 동맹 결성에 참여하셔 많은 작품을 발표하시면서 활동하시다가 1934년에 일 년간 감옥생활을 하셨습네다. 기리구 1946년에 남한에서 조선 프롤레타리아 예술 동맹 건설을 주도하시구, 월북하셔서는 북조선문학 예술 총동맹 건설에 참여하셔서 초대위원장으루 님명되셨습네다. ……에에, 선생님의 대표작으루는 『고향』1933, 『인간 수업』1936, 『신개지』1938, 기리구 여기 오셔서 1948년에 쓰신 장편소설 『땅』이 있습네다. 특히 선생님의 작품이 쏘련과 동구권에두 번역될 거라 하니까네. 온 인민의 자랑이 아닐 수 없습네다. ……에, 또 현재는 『두만강』이라는 장편소설을 쓰고 계신데, 바쁜 시간을 쪼개서 이레 와 두셨습네다. ……이데 선생님께서 나오셔서 말씀하시니까네 녈렬하게 박수 치시기 바랍네다. ……자, 선생님, 나오시디요."

테가 둥그런 안경을 쓴 이기영이 의자에서 일어났다. 소문에 의하면 그가 어릴 때 동네에서 고대소설 '낭독꾼'으로 뽑혔을 정도로 입심이 좋다고들 했기에, 좌중은 기대감에 들떠서 극장 안에 바늘이라도 하나 떨어지면 그 소리가 들릴 만큼 조용해졌다.

"부족한 사람을 이렇게 환영해 주셔서 감사합니다. 기런데…… 거 밸거이 아닌 사람 데려다가 약력 소개래 너무 거창함네다!"

극장 안에 와르르 하고 웃음보가 터졌다. 그가 남쪽 말을 하다가 느닷없이 평양말을 썼기 때문이다. 그건 약과였다. 그는 팔도 사투리를 자유자재로 쓰고, 예화로 드는 얘기는 재밌으면서도 문제의 핵심을 찔렀다.

"선전 선동의 핵심은 대중 심리요. 대중 심리의 핵심은 '재미'지유. 아무리 공자왈 장자왈 지껄여대도 재미없으면 짜증만 납니다. 소설두 마찬가집니다. 제목 자체가 선전 선동이어야 해유. 재미없으면 안 읽어유. ……그 소설 읽어 봤능교. 재미있어 미치갔네. 하모, 읽어 봤제. 그 짜릿, 짜릿, 짜릿한 부분이, 와따메! 환장하겠어라유."

이 부분에서 그는 여자 목소리로 마치 추워서 오금을 오들오들 떠는 시늉을 했다.

"니는 거기 읽었나, 내는 여그 읽었다. 요런 요런 부분이, 우와아~, 기가 막히대이, 그러면 충청도 사람이 옆에 있다가, 지두 읽어 봐야겄네유우 하고, 함경도 사람은 그래 밑두끝두없이 재미있슴둥 나두 읽어야 되지 아잉요 하는 게죠. 이렇게 안 읽구는 못 배기게 만들 듯이 선전 선동 활동도 일단은 재미있게 하는기라."

이쯤 되면 사람들은 박장대소하고 배꼽을 잡고 웃어댔다. 말만 소설 쓰듯이 자유자재로 푸는 것이 아니라 그는 손짓에서 발짓에 이르기까지 모든 몸짓이 연극배우처럼 자연스러웠다. 그의 언변에 도취해 청중들은 푹푹 쪄대는 오뉴월의 더위도 잊고 부채질도 하지 않고, 눈만 뗑그래져서 단상의 그만 바라보았다. 그러다가도 인민의 생활상을 강조할 부분에 이르면 차분한 목소리로 흥분한 좌중의 분위기를 대번에 휘어잡았다.

"저는 조선 일대의 광부·막노동꾼·머슴 등의 일을 닥치는 대로 하면서 도처에서 가난한 농민들의 굶주린 형편과 노동자들과의 비참한 생활을 목도할 때마다 치솟는 민족적 격분을 금할 수가 없었어요. 그래서 이런 비참한 생활을 극복하기 위해서 내가 할 수 있는 분야는 무엇인가 고민했지요. 그건 소설이었어요. 그래서 당연히 제 소설의 내용은 인민의 터전이었고, 인민이 사는 삶의 전형을 순간순간 잘 포착해야 했습니다. 말하자면 소설을 쓰면서 선전 선동이란 인민이 사는 터전에 맞게 창안되어야 한다는 사실을 배운 겁니다."

라면서 낮은 목소리로 조용히 말할 때, 그의 눈빛은 반짝했다.

한참을 낮은 목소리를 듣는 중에 약간 지루하다 싶으면 또 난데없이 우스갯소리가 터져 나왔다.

"제가 남조선에 있을 때 기발한 선전 선동 문구가 있었던 게 기억납니다. 혹시 삼신이 얘기 아십니까?"

청중에게 넌즈시 질문을 던져 주의를 환기한 다음, 그는 이승만의 떨리는 목소리를 흉내낸다.

"여어러분, 나 리승만은 압네다. 삼신이가 무언지……. 정치에는 등신이…… 사람 암살하는 데는 귀신이…… 외교에는 망신이…… 삼신三神이는 나 리승만 아닙네까?"

말이 끝나자마자 우레와 같은 웃음소리가 터져 나왔다. 무조건 웃기는 얘기 같지만 그의 얘기는 뼈대가 있었다.

농민들의 지식을 넓히도록 도와주고, 각종 오락 기구도 마련하여 능력과 소질에 따라 음악 써클·무용 써클·연극 써클 등을 조직하고 주로 청년층이 써클에 가입하여 활동하게 하여 음주와 도박 등 풍기 문란한 잡기에 빠지지 않도록 교육하라는 내용이었다. 특히 그는 선전 선동하는 사람이 지녀야 할 제일 중요한 품성은 친절과 겸손이라고 강조했다.

"만약에 누가 길을 물어보면 '저기 가 봐요' 하고 손가락질만 하면 안되지요. 그러지 말고 '같이 가 드리죠' 하고 친절하게 안내해야 참 선전 일꾼입니다. 그리구 인사할 때도 마찬가집니다. 뭐 자기 목에 나무 판때기 댄 것도 아닌데 눈짓만 찡긋하거나 대가리만 까딱하거 거, 그거는 인사가 아닙니다. 인사는 허리를 굽혀서 해야지 '아구구, 뉘집 아들인고?' 하는 겁니다. 제가 팔도를 여기저기 다 둘러봤지만 여기 평안도가 제일 딱딱한 거 같아유. 그래서 평안도 사람은 뻔뻔하다는 말을 듣는 모양입니다."
라고 말하는 그의 말 속에는 간절함이 녹아 있었다.

교육이 끝나자 그는 육십 세의 노구를 이끌고 극장 문 앞에 서서 나오는 사람마다 한 사람씩 악수하면서 격려했다. 내 차례가 되었다. 그의 안경알 뒤에 눈이 서글서글하게 보였다.

"수고합시다."

그의 낮은 목소리가 가슴에 저릿하게 울렸다. 그때, 깜짝 놀랐다. 그의 오른손 검지에 큰 혹이 느껴졌기 때문이다. 글을 하도 많이 써서 딱딱하게 굳은 자국임이 틀림없었다. 얼마나 이악스럽게 자기 일에 집중했는가를 피부로 느낄 수 있는 순간이었다.

어느 누구에게도 반말을 쓰지 않고 마치 자신이 머슴인 것처럼 겸손하게 행동하는 그와 함께 이틀간의 교육을 받고, 그가 1957년에 최고 인민회의 부의장이 되었을 때 한 차례 교육을 더 받았는데, 참으로 많은 것을 생각하게 했다.

그에게서 교육을 받은 후 나는 선전 선동의 중요성을 다시 한번 깨닫게 되었다. 민주 선전 일을 하다가 어려운 일에 봉착할 때마다 자기가 사는 농촌 실정에 맞게 삶의 터전에서 선전 선동을 창안하라는 그의 말이 뇌리에 떠오르곤 했다.

교육을 받고 평률리로 돌아왔는데 중공군이 가을에 철수한다는 소식을 들었다. 그들은 1950년 10월 25일 한국전쟁에 개입한 후로 1956년까지 각 군마다 주둔했는데, 평률리에는 중대 병력이 분산되어 주둔해 있었다. 주둔해 있는 동안 부락의 우물도 파 주고 땅도 개간해 주는 등 여러 가지 농촌 지원 사업을 했다. 중공군이 했던 대표적인 일로는 평양에 있는 4층 건물, 평남도당 내각 청사종합 청사를 지은 일을 들 수 있다. 그들은 이 건물을 화강암으로 석축 쌓듯이 꼼꼼하고 튼튼하게 지어 주었다.

나는 가끔 민주선전실장으로 있으면서 그들에게 위안 잔치도 해주곤 했으며, 주민과 유대를 강화한다고 리에 중요 간부들을 초청해 술좌석도 함께 했다. 그런데 떠난다고 하니까 농민들이 약간 섭섭해했다.

그들이 떠날 때에 농민들이 기차역까지 나가서 깃발을 흔들면서 환송회를 열어 주었다. 그만치 그들과 농민들 사이에는 거리감이 없었다. 이기영의 말을 빌리면, 그들은 현지의 특성을 잘 파악하고 많은 것을 도와주고 간 동맹군이었다.

천리마운동과 주체 사상의 태동

1956년 8월경부터 천리마운동이 시작되었다. 천리마운동은 전쟁으로 파괴된 사회를 건설하는 과정에서 생긴 독특한 창조물이고, 인민 경제 복구 건설 3개년계획이 끝나 가는 시점에 연관된 대중운동이었다.

3개년계획은 적어도 농업 생산 기반 시설인 관개 수로와 저수지를 축성하고 중공업 공장 시설을 짓는 데는 성공한 것으로 평가되었다. 농촌에서도 일단 식량만큼은 전쟁 이전의 수준을 회복하고 더욱 증산되는 추세에 있었다. 중공업이 우선이라는 당노선의 결과, 생필품이 여전히 부족했고 주민들의 일상생활은 형편없었다고 표현하는 것이 적당할 것이다.

1956년 4월 26~29일까지 개최된 제3차 당 대회에서는 3개년계획을 총화하고 다시 1957~1961년까지의 제1차 5개년계획을 수립하였다. 이에 필요한 재원 확보를 위해 김일성은 1956년 6월 1일, 약 50일간을 예정으로 소련과 동구라파 각국 순방길에 나섰다.

여기서 8월 종파 사건이 발생했다. 수상의 귀국을 보고하는 형식의 당중앙위원회 전원회의에서 당의 최창익 부수상·김두봉당 정치위원·윤공흡 상업상 등이 중공업 우선 장성 노선을 정면으로 비판하고 김일성에 대한 공격을 시도했던 것이다.

나는 8월 전원회의의 내용을 녹음으로 들을 수 있었다. 녹음은 인신공격이리라 짐작되는 부분만 삭제하고는 그대로 8월 전원회의의 진행 과정을 알 수 있도록 편집되었다. 김일성의 목소리는 안 들리고 주로 최창익·박창옥·윤공흡의 목소리가 통명스럽게 터져 나왔다.

"중공업에서 쌀이 나옵니까, 밥이 나옵니까?"

"중공업이 우선이라니, 내 생전에 듣도 보도 못한 정책이오!"

"당장 배가 고파 야단인데 외국에서 주는 원조는 인민에 돌려야지요!"

그들의 주장은 외국 원조를 열악한 인민 생활의 개선에 즉각 돌려야 한다는 것이다. 이에 대한 답변과 최창익·박창옥·윤공흡 등의 종파적 행동에 대한 공격은 주로 민족보위상 최용건이 맡아서 했고, 중앙위원들 대다수도 당노선이 올바르다고 최창익 등을 도리어 비판하는 분위기였다.

종파 싸움이 팽배했던 8월 전원회의의 내용은 즉각 대중에게 소상히 알려졌다. 그리고 최창익 등 종파 분자들에 대한 비판은 1958년 무렵까지 한동안 계속

천리마운동 포스터(출처 : 나무위키)

되어, 전원회의가 끝나자마자 중국과 소련으로 도망가 버리고 말았다는 이들의 음모와 죄상은 그 뒤 자세히 알려졌다. 나중에야 밝혀진 사실인데, 바로 이 무렵 김일성이 중국과 소련 등지를 방문하고 귀국할 때 암살 미수 사건이 있었다.

이때 인민군 내부에 장평산 등 일부 장성들이 순안에 있는 고사포 부대에 명령하여 수상이 탄 전용기를 격추하라고 명령했다고 한다. 다행히 공군에 있던 당원들이 그 비행기가 어떤 비행기인지 알았기 때문에 공군 사령관의 명령을 듣지 않고 포격하지 않았다는 것이다.

이어서 1958년에는 최고 위원장인 김두봉1889~1961도 파직되었다. 김두봉은 항일 투쟁 시기에 중국 의용군에 들어가 활약한 바 있는데, 중국 장개석군의 비밀 경찰이었던 '남의사' 대원으로 활동했다는 사실까지도 탄로났다는 얘기를 들은 적이 있다.

그 바람에 직위에서 파직된 그는 평남 맹산군의 맹산 목장에 가서 살도록 조

언어학자이며 독립운동가였던 김두봉

치되었다. 그 후 그의 생활이 낱낱이 폭로되었는데, 그는 개인 향락에 사로잡혀 사업을 게을리하고 관료주의가 농후하였다는 당중앙위의 조사 결과 발표가 있었다. 기억에 따라 발표문을 요약하면 아래와 같다.

한 예로, 전쟁 기간에 회의 장소가 없어서 평남 대동군 대보산에서 비서회의를 소집한 적이 있었는데, 그 스스로 명령을 내리기를 누구든지 증명서가 없으면 회의장에 들여보내지 말라 했다. 그런데 막상 자신은 증명서 없이 회의장에 들어가려다 보초병이 막자 실랑이를 벌이던 중에 김일성 수상이 보증하여 회의장에 들어갔다. 그는 자신의 잘못을 반성하기는커녕 그 보초병이 발칙하다면서 교체하라고 했다.

또한 자기 업무는 태만하면서 젊은 아내를 얻어 지나치게 향락에 빠진 호화생활을 했고, 개성에 갔을 때 황진이 묘에 참배하면서 세상에서 제일가는 여걸이라는 등 반혁명적인 발언을 했으며, 봉건 유교 사상에 젖어 목민심서나 공자·맹자의 글을 부하들에게 읽으라고 강요했다.

또 강원도 고성군 해금강에 해구가 많이 서식한다는 사실을 알고 고성군 당위원장에게 해구를 잡아 해구신을 보내 달라고 했다. 고성군 당위원장은 해금강이 휴전선 근방이라 그곳까지 가서 해구를 잡기가 어려워 대신 커다란 황구개를 잡아 올렸다고 했다.

이처럼 그의 행동은 반혁명적이었기에 비판받아야 마땅하다는 것이 발표문의 결론이었는데, 이외에도 많은 사건이 있었다. 이렇게 어수선한 당내의 상황과 '영락한 인민 생활'이라는 열악한 조건 속에서 천리마운동은 시작되었다.

천리마운동의 시초는 중공업 우선이라는 정책과도 관련되었다.

중공업 우선이라는 당의 노선을 지켜 1차 5개년 경제 계획을 수행하자면 인민에게 더 허리띠를 졸라매라고 요구하고 주민들은 이에 적극호응해야만 했다. 형편없는 생활을 견뎌내면서 더욱 빨리 사회주의를 건설하기 위해서는 인민 대중의 정치 사상적 의식이 확고해야만 했던 것이다.

이런 필요성 때문에 8월 종파 사건도 소상히 대중에게 공개되고 당노선에 대한 대중의 의견을 구하면서 제기된 것이 바로 천리마운동이었다. 천리마운동은 경제와 문화·사상·도덕의 모든 분야에서 뒤떨어지고 낡은 것을 일소하고 새로운 혁신을 일으키면서 사회주의 건설을 촉진하는 수백만 근로자들의 혁명운동에서 제시되었다.

이를테면 혁신적인 공산주의 사상으로 전 인민이 무장하고 협심 단결해서 이 어려운 상황을 헌신적인 노력을 투입해 빠르게 사회주의 사회를 건설해 나가자는 운동이었다.

천리마 작업반운동은 1956년부터 시작해서 1958년에는 모든 부문 모든 작업반에서 천리마 칭호를 받기 위해 부단한 노력을 기울였다. 평률리 농업 협동조합에는 농산 작업반 6개, 축산 작업반 1개, 과수 작업반 1개 양장분조 1개, 담배분조 1개 등 8개 작업반이 있었는데, 1개가 천리마 작업반 칭호를 받았을 뿐이었다.

천리마운동의 자발적인 참여를 유도하기 위한 영웅 칭호는 중요한 역할을 했다. 예를 들면, 이웃 군인 문덕군 용오리의 전승복은 모를 기르지 않고 직접 파종하는 '건직파 담수 재배법'을 창안해서 '노력 영웅' 칭호를 받았다. '전투 영웅'이나 '노력 영웅' 칭호를 받으면 약간의 연금도 연금이지만 사회적·국가적인 대우가 달라지게 된다.

우선 영웅 칭호는 그 부모와 자식에까지 물려 줄 수 있고, 기차는 당연히 무료 승차이고 영웅 칭호자 좌석까지 따로 마련되어 있었다. 어디 가나 특별 대우를 받으며, 군중 집회에 가면 의례적으로 주석단에 모셔졌다. 영화나 연극도 무료이고, 좌석 또한 별도로 설치되어 있었다.

때문에 모든 사람이 부러워하는 영웅 칭호를 따려고 누구나 노력했다. 천리마 작업반 칭호나 영웅 칭호는 공히 사회주의를 더 빨리 건설하기 위해 인민들의 경쟁심과 영웅심을 고무·충동시키는 정치적 수단이었던 것이다. 이때부터 사회 각 분야에서 지혜와 창의를 발휘한 사람에게는 공훈 배우·인민 배우·인민 예술가·공훈 작가·공훈 체육인 등의 칭호가 부여되었다. 이 시기에 북한 전역에서는 건설하는 분위기를 고양하기 위해서 〈평양의 노래〉라는 인민 가요가 유행이었다.

> 금수산 제일봉에 아침 햇살 붉게 피니
> 꽃봉오리 완연하다 모란봉이라 하였는가.
> 양덕 맹산에 흐르는 물은 청루벽으로 감돌고
> 능라도 버들 꾀꼬리 우는 대동강에 봄이로다.
> 이 강산 좋은 곳에 터를 잡은 평양이라.

사실 전후 복구 건설을 위한 1차 5개년계획의 조속한 완수를 위해서 천리마 운동은 불가피했다. 초기 협동조합에서와 마찬가지로 공장에서도 태공게으르게 일하는 것은 산업 생산 증대의 커다란 저해 요소로 작용했기 때문이다. 이렇게 천리마운동이 전개되었기 때문에 그 어려운 1차 5개년계획은 기간 전에 부문별·지표별로 목표를 달성할 수 있었다고 말할 수 있다.

천리마 칭호를 받는 것은 쉬운 일이 아니었다. 천리마처럼 빠르게 생산 실적을 올렸다고 해서 되는 게 아니었다. 첫째, 작업반원들의 사회주의적 의식 상태, 둘째 출근 상태, 셋째 위생 상태·노동 시설 상태·기계 도구 상태 등, 넷째 작업 환경 등등을 군당에서 그루빠를 조직하고 개별 담화 또는 기타 방법을 동원해서 소상히 파악한 다음 중앙당에 신청해야 한다. 평률리 협동 농장의 농산반도 이런 까다로운 심사를 다 받고 나서 천리마 칭호를 받을 수 있었다.

아울러 사회주의 건설 기간의 단축이라는 천리마운동과 뗄 수 없는 관계가 있는 것이 사상에서 주체의 확립이란 과제였다. 천리마운동이 한창이던 1956년 9월경 북한에서는 새로운 사상적 기초를 확립하려고 초급 간부들을 교육했다. 나 역시 군당 학교에서 1개월간 마르크스·레닌주의 철학, 사회운동사, 조선 혁명사 등을 학습했다. 다만 교육이 너무 초보적인 수준이었고, 시험 문제 또한 너무 쉬웠다.

그 후 1956년 12월에 열린 '전국 선전 선동 일꾼 열성자 대회'에 안주군 대표로 참가했다. 이 회의는 사상에서 주체를 확립하는 문제를 토의한 대회로, 김일성도 참가한 중요한 회의였다. 회의 이후에 전국적으로 사상운동이 새로이 일어났는데, 그것이 바로 '주체의 확립'이라는 의제였다.

주체의 확립이란 조선 혁명의 주인·중심은 바로 조선 사람이므로 사대주의 사상이나 교조주의 사상을 버리고, 우리나라 현실에 맞게 공산주의 이론을 창조적으로 적용하자는 뜻이었다. 해방 이후부터 무조건 외국, 특히 소련의 이론이나 기구를 모방하던 교조주의가 엄중하게 비판되었다.

예를 들어, 소련의 교육 교재에 '몽골은 우리나라의 동방에 있다'라고 되어 있는 것을 그대로 북한 아동 교재에 실은 적이 있었다. 학생들은 한때 우리나라 서 북방에 있는 몽골을 동방에 있는 걸로 잘못 알게 된 적도 있었다. 소련을 그대로 따르자는 무비판적인 교조주의의 대표적인 실례였다.

또 전후 복구 건설 사업에서도, 건설상건설부장관이었던 김승화는 소련을 그대로 모방하였던 일 때문에 비판받았다. 그는 주택을 건설하면서 우리의 전통적인 온돌을 무시하고 소련식 페치카벽난로를 도입하고 침대 생활을 하게끔 집을 지었다. 또 수도관을 매설할 때는 한겨울에 아무리 추워도 지하 30센티미터밖에 얼지 않으므로 60센티미터 정도에 매설하면 충분한데, 소련을 그대로 모방하여 지하 1미터 이하로 수도관을 묻었다. 그 결과 주민들이 싫어하고 연료 낭비가 큰 집을 짓고 노력이 배가 드는 굴설 작업을 하게 하여 헛된 경제적 손실을 입혔다.

다른 예로 농업 협동화 조직에서도 교조주의자들은 소련의 '콜호즈', '소포즈'와 똑같이 조직하고자 했는데, 이는 우리나라 농민들의 생활 실정을 무시한 모방이었다. 또 학교 교육은 이론 교육에만 치우쳐서 실무 교육이 전혀 없어 실제 사업과 생활에서 거리가 먼 경우도 있었다.

이런 일도 있었다. 한번은 할아버지가 동네 입구에 있는 집단 농장 외양간을 지나가는데 암소가 고통스럽게 우는 영각 소리를 들었다고 한다.

음메에에에~ 음메에에~.

외양간 안에는 얼마 전에 축산 대학을 졸업하고 이제 막 축산 기수가 되어 협동조합에 배치된 여학생이 있었다. 그 여학생은 말도 못 하고 뒤돌아서서 울고만 있었다. 소가 새끼를 분만하는 중이었는데, 새끼 다리가 걸려서 좀처럼 나오지 않아 고통스럽게 소리만 지르며 뺑뺑 돌아치는 걸 보고, 여학생은 어찌할 바를 몰라 소 궁둥이를 따라 돌다가 그냥 뒤돌아서서 울고만 있었던 것이다.

"허허, 울지 말라우요. 이럴 땐……."

늙은 농부가 즉시 두 팔을 걷어 붙이고 손에 비누칠을 한 다음, 송아지 사타구니를 미끄럽게 해서 쉽게 출산시켰다.

"고맙습네다. 이거 창피해서리……."

"아니, 이거레 모르구 어떻게 일을 함네까?"

노인이 털털하게 웃으면서 물었다.

"……할아버지, 소련식 농업 교과서로 배워서리 뎡작 우리 농촌에서 생활하려니까네 어려움이 많습네다."

여학생의 얼굴은 금방 홍당무가 되었다는 얘기였다.

이처럼 모든 사업, 모든 분야에서 주체가 확립되지 않으면 올바른 사업작풍이 나올 수 없었다. 그래서 혁명과 건설에서 주체를 확립해 세우라는 당 중앙의 토의 결과에 따라 전국적으로 새로운 사업 작품을 세우기 위한 정치 사업이 진행되었다. 이런 부단한 노력의 결과로 얼마 후에는 북한 지형에 맞는 소형 뜨락또르도 생산되기 시작했다.

어느 날 선동원과 함께 그날의 성과를 총화하고 퇴근하는 길에 나는 이상한 차가 기어가는 걸 보았다.

"저거이 보시라우요. 저게 기 뜨락또르야요!"

나는 선동원이 가리키는 쪽을 보았다. 농업 생산을 위해서 새로 개발되었다는 신형 뜨락또르였다. 넓은 들판에서 쓰이는 외국산 뜨락또르는 경사진 땅을 가면 바퀴가 커서 자빠지곤 해서 우리 실정에 맞지 않았다. 그래서 기술자들이 노력해서 키가 작고 중량이 무거우며 바퀴는 무한궤도로 된 소형 뜨락또르가 개발된 것이다.

"실장 동무, 저거이 꼭 딱정벌레 같디요? 하하하."

선동원이 호쾌하게 웃어댔다. 내가 보기엔 뚜껑만 씌우면 소형 탱크가 될 것 같은 모양이었다.

더불어 전 인민적 학습 체계가 수립되어 나갔다. 1956년에는 초등 의무 교육제, 1958년에는 중등 의무 교육 7년제, 그리고 1963년부터는 9년제 의무 교육제가 실시되었다. 각 리마다 성인 학교를 설립해서 농한기를 이용한 문맹 퇴치 사업과 중학교 과정의 교육 사업을 벌였다. 또 기술 의무제가 실시되어 모든 학생은 한 가지 이상의 기술을 기술 학교 혹은 고등 기술 학교에서 배워야만 했으며, 대학은 1차 5개년계획 기간 동안 19개에서 78개로 증설되어 학생들은 국가에서 지급되는 숙식비를 타서 학교에 다녔다. 교육에 대한 강조는 공장에서도 적용되어 '일하면서 배우자'는 구호 아래 규모가 큰 1급 기업소 이상에서는 공장 대학을 설립하여 작업이 끝난 후 4시간씩 학교에 나가는 체계가 시행되었다.

더불어 각 도 단위로 공산 대학이 설립되어 정치 일꾼을 양성하기 위한 학교 과정이 시행되었다.

나 역시 1957년 1월부터 3개월간 도당 정치 일꾼 양성 학교에 들어갔고, 최우등 성적으로 졸업했다. 이때의 교육 내용은 혁명과 건설에서 주체를 세우는 문제가 주였는데, 특히 사상에서의 '주체'가 강조되었다.

천리마운동과 사상에서의 주체를 세워가는 1956, 1957년은 바쁘게 돌아가는 소용돌이의 시기였다. 8월 종파 분자들의 교조주의에 대한 학습과 토론이 유난히 많았던 숨 가쁜 속도의 건설 시기였다. 나 역시 학습과 토론으로 바쁘게 지내던 어느 날, 뜻하지 않은 편지를 받았다.

> 그동안 소식을 몰라 궁금했습니다. 그런데 주소 안내소에 알아보니까 평률리에 계시다고 해서, 편지를 올립니다. 제가 찾는 김진계 씨는 1950년 후퇴 시기에 저와 헤어져서 소식이 끊긴 분입니다. 혹시 동명이인인가 걱정하면서도 이렇게 연락합니다. 즉시 회답을 바랍니다.

저는 현재 함흥시 성천에서 노동 지도원으로 일하고 있으며, 강원도 당에서 일하시던 김유경 씨의 아들인 김진교라는……

진교였다. 살아 있다니. 너무도 반가워서 즉시 회답을 보냈다. 나 역시 전쟁 이후에 이산가족을 찾아 주던 '주소 안내소'에 혹시나 하여 친지들의 성명·나이·전쟁 전 주소 등을 적어 보냈었다. 특히 김유경 씨의 행방을 알아보려고 몇 번이나 보냈으나 전혀 소식이 없다 하여 포기하던 참이었다.

진교의 편지에 회답을 보내고 5일쯤 지난 어느 날 민주선전실에서 교육 제강을 짜고 있던 중이었다. 푸른 하늘에는 무척 맑은 양털 구름만 흐르고, 여름의 끝을 장식하듯이 산들바람이 시원하게 부는 날이었다.

"실장 동무, 밖에 손님이 왔습네다."

"들어오시라고 하지요."

조금 후에 문 두드리는 소리가 났다. 하도 방문하는 사람이 많아서 습관적으로 들어오세요, 하자 문이 천천히 열렸다.

"누구시죠?"

"……."

그가 말이 없기에 나는 그의 얼굴을 천천히 뜯어 보았다.

"혀, 혀엉…… 형님! 저, 못 알아보시겠나?"

말끝이 늘어지는 억양이 분명 고향 말투였다. 그의 말이 끝나기도 전에 순간적으로, 큰 키에 호리호리했으나 불안 속에서도 맑고 날카로운 눈매를 반짝이던 갸름한 얼굴이 금방 떠올랐다.

"그러고 보니, 너, 너!"

"예, 진교예요, 진교!"

너무도 반갑고 놀라서 정신없이 일어서서 손을 맞잡았다.

“네가 이곳을 찾아오다니…….”

말을 잇지 못했다. 진교도 마찬가지로 혀엉, 혀엉 하면서 목이 메어 눈시울을 붉히다가 마침내 우리는 부둥켜안고 한동안 눈물을 흘렸다. 잠시 후 겨우 진정하여 서로 안부를 물었다.

“전쟁 시기에 젤 첨엔 군에 복무하다가 제대하고 나서 노동자를 배치하는 노동 지도원으로 일했어요. 헌데 너무 열심히 일했는지 몸이 조금씩 약해지더니, 폐결핵에 걸렸대요. 그래서 지금은 요양 중이에요.”

“저런, 몸조심해야지. 그런데 아버지는 어떻게, 편안하시고……?”

“아버지…….”

“…….”

“……그때…….”

진교의 어글어글한 눈매에 다시 물기가 반짝였다. 우리가 헤어진 다음, 그의 아버지 김유경 씨와 어머니 정호경 씨 그리고 삼촌 김원경 씨는 함께 양양군 현남면 포매리에 있는 외갓집으로 갔다가 국방군에게 체포되어 사천지서에 구속되었고, 여든이 넘은 할머니와 열 살짜리 여동생 정진이가 5리 넘게 떨어진 지서에 식사를 날라다 부모를 모셨지만, 1951년 2월 부모와 삼촌이 즉결 총살되었다는 얘기를 들었다고 말하는 진교의 목소리는 방 안의 공기를 무겁게 했다. 한동안 창밖을 보며 아무말도 못했다.

“그러면 동생 진주는…….”

“진주는 잘 있어요. 개도 같이 인민군으로 입대했다가 제대한 다음 당에서 후비 양성 조치에 따라 고등 학원을 졸업했어요. 그리고 지금은 불가리아 체육 대학에 유학 가서 공부하고 있어요. 지금도 편지가 와요.”

진주는 아버지 김유경이 혁명가였다는 사실이 인정되어 전쟁 중에 국비 유학을 떠난다. 후에 진주는 대학을 졸업하고 체육 연구소에 있다가 체육성에 취직해서 소련 담당 지도원이 되었다.

"그래, 잘 됐구나. 강릉 사람 중 다른 사람 소식은 모르나?"

"저희 친척집 조카 김홍기 씨 아시나? 그분은 평남 성천군 중학교 교무주임으로 있었는데…… 요즘엔…… 주소를 몰라요."

말끝을 흐리는 걸 보니 그는 공작원으로 선발된 듯 싶었다.

남쪽 출신 중에 꽤 많은 사람이 공작원으로 선발되었으니, 소식이 끊기면 그리 된 줄로 알았다. 나머지 몇 사람은 함흥시에서 잘 지낸다고 했다. 말을 나누는 중에 벌써 황혼이 곱게 들녘을 수놓았다.

"자, 우리 집에 가자."

벼가 익어 황금 물결을 일렁이고 있는 논길을 따라 함께 걸었다. 왠지 말을 안 했다. 아니 못 했다고 해야 옳을 것이다. 나도 그랬지만 진교도 아버지 김유경 씨를 생각하는 게 분명했다. 산등성이에 깔린 노을에 아저씨가 빙그레 웃는 얼굴이 아른거리는 듯했다. 들바람 속에 나즈막하면서도 다정스러운 음성, 마디마디마다 알힘이 맺혔던 목소리는 늘상 하던 말이 들리는 듯했다. ……이봐, 자네, 이제 조국이 해방을 맞이했으니 나라를 위해서 뭔가 하면서 살아야지, 안 그래?

진교는 내 집에서 5일간 머물다가 함흥으로 돌아갔다. 얼마 후 다시 결핵이 악화하여 걱정이라는 연락이 와서 내 집에서 요양하면 어떨까, 라고 회신했다. 1958년 초 꽃샘추위가 맵짜던 시기에 내 집에서 잠시 요양 생활을 한 적이 있었다. 함께 고향 얘기를 나누는 순간은 그리운 기억들이 하나둘 되살아 나는 소중한 시간이었다. 진교와의 만남도 그와 나누었던 고향 얘기도 그게 전부였다. 한 달 후, 전혀 예상치도 못했던 운명이 다가오고 있었기 때문이다.

4부 / 특수 공작원

동무, 한번 해봅세다

“예, 제가 김진계입니다. ……예 ……예 ……혹시, 무슨 일인지 알면 제가 마음의 채비라도 할텐데…… 아, 예…… 그냥 오라구요…… 어디로 갑니까? ……예, 알겠습니다.”

1958년 2월 28일 이른 아침이었다. 전화선을 타고 다급한 목소리가 귓전을 때렸다. 오전 10시까지 빨리 오라는 내용이었다. 무슨 일인지는 모르나 일단 찾아가면 알겠지 싶어 서둘러 군당위원장실로 갔다.

군 당위원장은 약간 조심스러운 태도로 나를 맞았다.

“중앙당에서 지도원 동무가 김 동무를 찾아왔습네다. 기리니끼니 일단 기다려 보시라우요.”

그는 나를 옆방으로 안내했다. 옆방에는 아무도 없어서 한동안 기다리던 중 인상이 수더분한 사람이 들어왔다.

“아침 일찍 오시느라 수고하셨습네다.”

서로 간단히 인사를 마치자마자 그는, "다름이 아니라 당에서 필요해서 기러니까네 이력서 한 장 써 주셨으믄 함네다"라면서 나에게 이력서 용지와 자서전 용지, 가족 상황표를 주었다.

그것들을 받아 다른 방으로 가서 쓰면서 무엇 때문에 그럴까 궁금했다. 그러나 무슨 일이지 도통 짐작이 가질 않았다. 아무튼 이력서 용지를 깨끗이 써서 갖다 주었다. 꼼꼼하게 한 자 한 자 살펴보던 그는 내게 물었다.

"군에 있을 때 중위루 있다가 와 강등됐습네까?"

여차여차 사실대로 말했다.

"기거 너무했구먼요. ……진짜 철직 강직시킬 사람이래 포중대장 아님네까?"

고개를 갸우뚱하면서 그는 잇대어 말했다.

"기래, 어데 가나 관료듀의래 문제야요."

"어차피 누군가가 책임져야 했던 일인데 제가 책임지니깐 되레 마음 편하더군요."

내 말이 끝나자 그는 빙그레 웃고나서 이것저것 궁금한 걸 계속 묻더니,

"오후에 할 일도 있구 하니까서리 나와 함께 여관으루 가서 점심 식사나 하신 후에 계속 토론합세다."

일단 그러기로 했다. 상부 기관에서 나왔으니 절에 간 새색시처럼 따를 수밖에 없었다.

여관에서 음식이 나오기까지 그는 날씨가 춥다느니, 요즘 농사가 어떻냐느니 빈말을 건네면서 음식이 나오기를 기다렸다. 음식은 특별 주문이라서 그런지 진수성찬이었다. 오랜만에 포식을 즐겼다. 배는 불렀으나 무슨 일 때문에 이러는지 도통 알 수가 없었다. 식사를 끝내고 궁금해하는 내 심중을 알아차렸는지 지도원이 먼저 말을 걸었다.

"자, 기럼 다시 시작해 봅세다."

가방에서 뭔가를 꺼내 펼쳐 놓은 그의 얼굴은 상당히 침착해 보였다. 펼쳐 놓은 종이는 50,000분의 1 지형도였다.

"여게가 어데멘제 아시갔습네까?"

나는 찬찬히 지도를 뜯어보았다. 지도에는 강릉·주문진·경포대 호수가 표시되어 있었다.

"강릉 근방이구만요?"

지도원은 빙그레 웃음을 드리우고 얼굴을 들었다.

"기래요. 잘 살펴 보시라우요. 고향 생각이래 안 나심네까?"

"왜 안 나겠습니까. 산 설고 물 설은 타관에 있는 사람이 고향을 잊을 리가 있나요. 날아다니는 새도 자기가 놀던 숲으로 가는 게 상정인데……."

말을 맺지 못하고 나는 고개를 설레설레 흔들었다. 가지도 못하는 고향을 말해서 무얼 한단 말인가. 지도원은 흡족한 표정을 짓고 있었다.

"기렇습네다. 이 세상에 고향이 싫다는 사람덜이 어데 있습네까? 기리티만 아즉두 우리나라 형편이래 군사 분계선이 가로막구 있어서리 고향을 그리워하면서두 가디 못하는 사람덜이 을마나 많습네까? 이거래 민듁의 비극임네다. 기리구 이 비극의 원흉이래 남반부를 차지하여 둥지를 틀구 있는 미국놈덜 아님네까!"

그는 미국 놈들이란 단어를 힘주어 말했다.

"하루빨리 이 비극이래 청산하구서리 우리 민족이 마음 놓구 살 수 있어야 하디요. 기러자면 통일이 되어야 하는데…… 이 둥대한 과업을 누구래 맡아야 하갔습네까?"

잠시 숨을 멈추고 짙은 눈을 내리깐 그는 다시 눈을 동그랗게 뜨면서 이어서 말했다.

"이 듕대한 과업은 이 땅의 주인인 우리 조선 사람덜의 과업임네다. ……과거 전쟁 시기에 적의 화구에 폭탄을 안고 몸을 던져 아군의 딘격을 보장한 김창걸 마도로쇼브전사처럼 오직 죠국의 겨레의 미래를 위해서 꽃다운 청춘을 버린 영웅덜이 디금두 많이 있어야 함네다. 죠국 통일이래 우리가 가만히 앉아서리 기다린다구 이루어지지 않슴네다. 우리두 스스로 떨쳐 일어나 우리 손으루 죠국 통일의 위업을 달성해야 함네다. 이잔 고향을 되찾아야 하디 않슴네까? ……결론 뎍으루 말해서리 우리 노동당원덜이 선봉이 되어야 하구서리, 기중에 남반부에서 오신 동무덜이래 젤 앞장서야 함네다. 남반부에서 오신 분덜은 부모·형제·처자가 남한에 있구 활동하기가 여러 가지로 유리함네다. 또 말이나 습관, 기리구 예의 범절 등 생활 조건두 익숙하니까네 남반부에서 오신 혁명가덜이 앞장서서 죠국 통일 사업에 매진해야 함네다. 길티 않슴네까, 선생님?"

장시간의 열변을 토하고 나서 고개를 드는 그의 짙은 눈빛과 내 눈빛이 마주쳤을 때, 나는 그가 말하는 게 무얼 뜻하는지 그제야 알 수 있었다.

"선생님이라니요. 배운 게 없는 저 같은 사람에게는 어울리지 않습니다. 암튼 구구절절이 옳으신 말씀입니다. 요즘 다소 해이해졌었는데 마침 이렇게 따뜻한 경각심을 주셔서 감사합니다. 하지만 마음은 간절하나 저 같은 사람이 뭘 어떻게 해야 하는지 그 방도나 방법을 전혀 모르는데…… 좋은 방법이 있겠습니까?"

긍정적으로 대답하자 그는 고개 한번 끄덕이고는 확고하게 말했다.

"물론이디요. 사실 내레 여기에 온 거이 선생님을 만나서 남반부 혁명 과업에 참가하실 의향이 있으신지 타진하러 온 검네다. 남반부 혁명 과업을 수행하는 뎔차와 방법이래 당 듕앙위원회에서 책임디구 보장할 것이니끼니 아무 걱정두 하실 필요래 없슴네다……. 기리구 지식이 짧다구 걱정하실 필요도 없슴네다. 사실 군당에서는 선생님을 놓치지 않으려구 무딘 애를 쓰구 있을 정도임네다. 선생님의 능력과 지식이면 충분함네다. 기러니까네 당의 동원에 응하시겠는디만 말씀해 주시기요. 어케 하시갔시요?"

그가 단도직입적으로 묻자 나는 잠시 망설여졌다. 쉽게 대답할 수 있는 문제가 아니었다.

전쟁 전 남북을 왕래하며 공작을 진행하는 남로당원들을 많이 보아 왔었다. 그들은 공작 도중 사살되었거나, 체포되었어도 감옥에서 고생하다 전쟁 발발 직후 대부분 처형되었다. 공작원으로 남파되었다가 남한 경찰에 잡히면 일단 죽은 목숨이라고 생각해야 했다. 두려운 일이었다.

별의별 걱정스러운 상념이 머리끝에 달라붙어 떨어지지 않았다. 반면에 삼천만 동포의 동족상잔을 막고, 조국을 위해 한목숨 바치자는 마치 안중근의 심정 같은 결연한 다짐도 떠올랐다. 한순간에 마음을 굳히고 말을 꺼냈다.

"그걸 제가 할 수 있을까요?"

"선생님이 가장 덕격자임네다."

설레는 마음을 억누르고 나는 솔직히 마음을 털어놓았다.

"지도원 동무, 솔직히 생사를 걸어야 한다고 생각하니 두려운 마음이 생기는 것은 사실입니다. 그것은 제가 사업을 잘하느냐 못하느냐에 달려 있다고 생각합니다. 미해방 지구에서 고초를 겪는 부모 처자와 남조선 인민을 생각할 때, 한점의 불꽃이 온 산천을 뒤덮듯이 남조선 혁명의 불길이 활활 타오를 수만 있다면, 통일의 성스러운 위업 달성에 내 한 몸을 던지겠습니다. 영광으로 알고 당의 부름에 응하겠습니다. 근데 아시겠지만 저에게는 처와 일남 일녀의 자식이 있습니다. 제가 없으면 당장 생활이 곤란합니다."

"아, 기거래 전혀 걱뎡 마시라우요. 가족의 생활 대책이래 당과 국가에서 책임디구 보장하니끼니 염려하실 거 없슴네다."

그는 빙그레 웃었다.

"그렇다면 아무 걱정 없습니다."

말이 끝나자마자 그는 내 한쪽 손을 으스러지게 잡았다. 그와 나의 체온이 한데 섞이며 전신으로 골고루 퍼지는 느낌이었다.

잠시 후 군당위원장 전용 지프가 나를 태우러 왔다.

"내래 듕앙당에 보고하구서리 듕앙당의 비준을 받아 통지할 테니까네, 리 내의 업무는 다른 사람에게 닌계하구 대기하구 있다가, 통지가 오믄 당듕앙위원회 일호 청사루 즉시 찾아오시라우요."

그의 말이 끝나자마자 나는 고개를 끄덕였다.

지프는 힘차게 평률리로 내달렸다. 군당위원장 차를 초라하게 옷을 입은 사람이 타니까 운전기사는 이상하다는 듯이 백미러로 힐끔힐끔 쳐다보았다. 평률리로 가는 길에서 보니 얼어붙은 동토가 곧 풀릴 듯했다. 그동안 무슨 일인가에 내내 얼어 있었던 내 마음도 스르르 녹는 듯했다. 평률리에 와서는 민주선전실 사업을 김기형 부위원장에게 인계하기로 리당위원장과 상의한 다음 인수인계 작업을 마무리지었다.

집으로 돌아오는 길이 무척 더디고 추웠다. 어느새 붉게 물든 황혼도 지고 어둠이 짙게 깔려 있었다. 하늘 저 끝에서 북극성이 빛나고 있었다. 어둠을 밝히려면 누군가 저 별처럼 빛을 밝혀야 한다. 내가 그 일을 해야 한다. 이젠 완전히 딴 사람으로 살아야 한다. 어금니를 꽉 깨물고 집으로 들어섰다.

"오셨어요?"

왈현이는 싸리문을 열고 들어오는 나를 반겼다. 그녀의 얼굴을 마주 보니까 할말이 없었다. 어떤 일을 맡았는지 도무지 얘기할 수 없었다.

"여보, 나, 중앙당에 소환돼 갈 거 같소. 얼마간 떨어져 살아야 한다는구려. 그러니까 아이들 잘 돌봐야 해요. 알겠소?"

갑작스러운 내 말에 그녀의 눈이 동그랗게 떠졌다.

"메요? 내래 따라 가면 되지 않습네까? 떨어져서 어케 삼네까?"

"당장에 그렇게 쉽게 되는 일이 어디 있나. 우선 내가 가 있어도 당에서 잘 보살펴 줄 테니 걱정하지 말구…… 진교를 잘 돌봐 줘요."

그녀의 잔등을 토닥거렸다. 그녀는 내게 더이상 무어라고 하지 않았다. 내가 결정한 일에 대해서는 그대로 따르면서도 자신이 나를 위해 하고자 하는 일은 그냥 행동으로 옮기는 그런 여자였다. 옆방에 누워 있던 진교는 내 목소리를 듣고 방 밖으로 나오면서,

"무슨 일이래요?"

나지막히 물었다.

"중앙당에서 소환 명령이네."

말이 끝나자마자 진교는 무슨 뜻인지 알아차린 듯 내 손을 덥썩 잡았다.

"혹시 연락부 소환 아닙니까?"

나는 말 없이 고개를 끄덕였다.

"형님, 축하합니다! 형님이 선발되시다니, 정말 영광입니다!"

나는 웃으며 그가 손을 흔드는 대로 놔두었다.

"눈치 하나 빠르네. 알겠지만 절대 비밀이네. 누구에게도 얘기 말게나."

"그럼요. 남조선 해방을 위한 사업인데."

진교는 들뜬 음성으로 말했다.

이윽고 1958년 3월 2일에 소환 명령이 내려왔다. 아내가 하도 질기게 졸라대는 통에 평양 근교에 있는 처가댁 작은집에서 살기로 하고 함께 평양으로 떠났다.

평양에 도착해서 중앙당 1호 청사에 들어가려는데, 현관에서 지도원이 나를 알아보고 자료 연구과 과장실로 안내했다. 중앙당 연락부 자료 연구과는 공작 활동에 필요한 인원, 특히 남한 출신 당원들에 대한 소상한 자료와 정보를 수집·분석·평가하는 부서였다. 각 도당에도 자료 연구과가 있었는데, 중앙당 연락부에서 직접 파견한 사람들이라 도당위원장도 간섭할 수 없는 곳이었다. 여기에서 누가 당 사업을 잘하고 있는지, 당성은 어떤지, 무슨 책벌을 받았는지 등등 남한 출신에 대한 기초 자료를 수집해 중앙당에 보내면 중앙당에서는 이를 토대로 공작원을 선발했다. 물론 이것은 나중에 내가 초대소에 있으면서 알게 된 사실이었다.

과장실로 들어가는 순간, 깜짝 놀랐다.

"앉으시오."

과장이란 사람은 다름이 아니라 내가 알고 있던 최선규였다. 그는 강릉군 주문진에서 살다가 해주에서 열린 남조선 인민 대표자 대회에 강릉군 대표로 선출되어 월북한 사람이었다. 나를 알면서도 그는 서로 모르는 척해야 한다는 눈짓을 짧게 보냈다. 나도 모르는 척하면서 형식적인 질문을 주고받은 후, 지도원을 따라 초대소에 가게 되었다. 승용차에 올라타 평양 근교 대타령에 있는 처가댁 작은집에 들러 아내를 내려 주고, 지도원과 나는 초대소로 향했다.

한참 숲길을 헤치고 차가 달렸다. 고르지 못한 황톳길에서 바퀴가 튀어 오를 때마다 덜컹대는 쇳소리가 들려 왔고, 차 꽁무니에 부옇게 마른 먼지가 피어올랐다. 도무지 다시 찾아올 수 없을 정도로 복잡한 산길을 50리 가량 달린 끝에야 공작원을 훈련하는 초대소에 도착할 수 있었다. 초대소는 한식 기와집이었다.

현관부터 꼭 가정집처럼 편안하게 느껴졌다.

"이제부터 당증과 공민증은 당에서 보관하게 됩니다. 저한테 주십시오."

방에 들어서자마자 지도원이 말했다. 나는 당증과 공민증을 꺼내 그에게 건네주었다.

"여기가 선생님이 거처할 방이니까 며칠간 책이나 보면서 푹 쉬십시오. 옷장에 내의와 양복이 있으니까 갈아입으시고…… 다만, 선생님의 신분을 여기에 있는 누구에게도 노출하면 안 됩니다."

아까부터 지도원의 태도가 뭔가 이상하다 싶었는데, 알고 보니 그는 초대소 문을 들어섰을 때부터 남한 말을 또박또박 쓰고 있었다.

창문 밖으로 이제 막 새순이 돋아나는 봄 숲이 보였다. 옷을 갈아입고 나니까 저녁 식사가 들어왔다. 반찬이며 밥이며 푸짐하니 그야말로 진수성찬이었다. 농촌에서는 전혀 볼 수 없는 요리였다. 꾸역꾸역 먹었지만 있는 음식도 다 못 먹을 정도였다.

식사를 마치고 나서 방 안에 있는 일제 시계 라디오를 틀었는데, 웬걸!

"앵~두 나무 우물가에~ 동네 처녀 바람났네~."

전혀 못 들어 본 노래가 나오는 것이 아닌가. 자세히 들어 보니까 당에서 듣지 말라고 권유하곤 했던 남한 방송이었다. 당의 말은 '우리 방송만 들으면 되지 남의 방송을 들을 필요가 있느냐'는 식이었다. 라디오에 납땜을 해서 남한 방송을 못 듣게 된 때는 1966년 7월경부터다.

그때 방문이 스르르 열리는 소리가 나서 얼른 방송을 끄려니까,

"아아, 그냥 계속 들으십시오. 여기서는 남조선 방송을 많이 들으셔야 합니다. 저는 먼저 가서 쉬겠습니다. 그럼……."

지도원은 자리를 비켜 주고 떠났다. 나는 오랜만에 남한 방송을 들었는데, 뉴스며 음악이며 연속극이며 한마디로 신기했다. 폭신폭신한 솜이불 속에서 정신없이 남한 방송을 듣던 나는 그만 라디오를 켜 놓은 채 잠이 들어 버렸다.

다음날 일찍 일어나 심호흡을 하자마자 향긋한 산 공기가 가슴 속에 파고들어 온몸을 구석구석 씻어 내는 것 같았다. 3월이었는데도 산이라 그런지 아침 바람은 맵싸했다. 운동 삼아서 마당을 청소하는데, 한 아주머니가 다가왔다.

"선생님, 청소는 우리 일입니다. 선생님은 저기 있는 운동 기구로 체력 단련만 하시면 됩니다. 아마 낼부터는 무술 훈련을 받을 겁니다."

아주머니는 전형적인 서울 말투를 또박또박 구사했다. 그녀가 손짓한 넓은 마당 모퉁이에는 모래를 가죽 포대에 담은 뻬자루와 주먹을 단련하려고 통나무에 새끼줄을 묶어 놓은 권고대拳苦臺가 세워져 있었다. 한참 운동을 하고있는 중에, 취사원이 아침 식사를 가지고 왔다. 식사는 간단했지만 역시 훌륭한 요리였다. 맛있게 식사하는 중에 취사원이 물었다.

"고향이 어디세요?"

그녀 역시 남한 말을 쓰고 있다.

"왜요?"

"억양이 강릉 말씨 같아서요. 저는 강릉 오죽헌에서 왔어요."

듣고 보니 그녀의 말투도 강릉 사람 같았다. 그녀는 초대소 취사원이기에 당 핵심 간부의 가족인 게 확실했다. 나는 지도원의 말마따나 신분을 감추어야 했기에 거짓말을 했다.

"저는 평창군에서 왔습니다."

"그래요? 이상하다. 억양이 꼭 강릉 말씬데…… 제 남편은 출장 가고 저는 여기서 밥 짓는 일을 해요. 아무튼 고향이 달라도 선생님 말씀을 들으니깐 고향 생각이 나서 좋네요."

사실 내가 더 반가웠다. 여기서 한 고향 사람을 만나다니. 다만 만일의 경우에 대비해야 했기 때문에 출신을 숨겨야 했다.

일주일에 한 번 거리에 나가는 때에는 보안을 철저히 해야 했다. 영화관에 갈 때도 색안경을 쓰고 가야 했고, 특별석에 다른 사람보다 늦게 들어가서 다른 사람보다 먼저 나와야 했다. 남한 말을 쓰면서 흡사 남한에서 사는 것처럼 살아야 했고, 초대소는 일체 외부인 출입이 금지되었다. 신분을 위장해야 했기에 항상 경계하며 긴장된 생활을 해야 했다.

지도원이 오지 않아서 나는 방 안에 있는 책을 읽거나, 남한 방송을 듣거나, 체력 단련을 하면서 시간을 보냈다. 책꽂이에는 마르크스·레닌 선집뿐만 아니라 남한의 책자와 『조선일보』 같은 일간 신문도 많았다. 참, 여기서는 '남조선'이라고 하지 않고, '남한'이라고 했다.

남한 소식이 늘 궁금했던 나는 몇 년 치나 되는 『강원일보』를 꼼꼼히 읽어 보았다. 특히 오죽헌을 증축하려고 위원회가 구성되었다는 기사를 비롯해 고향 강릉에 관계된 기사는 빼놓지 않고 한 구절 한 구절 되씹지 않을 수 없었다. 주요 인사의 이력과 인사이동 상황을 자세히 설명한 『남한 총감』도 내게 많은 도움이 되었다. 내가 알고 있는 인물들이 지금 현재 어느 직책에서 무얼 하는지 소상하게 알 수 있어서 제법 흥미로웠다.

남한에서 쓰는 은어를 모아 놓은 책자도 재미있었다. 여자를 '깔치'라고 부른다는 것을 이때 처음 알았다. 소설책은 정비석의 『자유부인』1956을 끝까지 읽었다. 몇 권을 더 읽어 보았는데 남한의 소설은 별 내용이 없고 천편일률적으로 남녀 간의 애정을 소재로 한 노골적인 장면이 나왔다. 다만 『자유부인』은 사람의 궁금증을 자극하면서 이야기를 전개하는 묘미가 있었다.

어느덧 초대소에 간 지 일주일 정도 지나자, 당시로서는 흔치 않던 소련제 볼가 승용차를 타고 지도원이 찾아왔다. 방에 들어오자마자 그는 내게 가명을 짓자고 했다.

"어떤 이름이 좋을까요?"

"뭐, 그냥 내 이름을 뒤집어서 계진금이라고 하면 어때요?"

"하하, 그거 좋습니다."

쉽게 가명이 지어졌다. 사실 가명은 출장할 때 증명서 떼는 일 이외에는 별로 필요가 없었다. 가명을 짓고 나자 지도원이 서류 하나를 보여 줬다.

"당에서 선생님 집에 매달 천이백 원을 보내기로 했는데, 어떠세요?"

"천이백 원씩이나요!"

입을 다물 수가 없었다. 웬만한 당 간부의 월급이 200~300원 남짓한데, 갑자기 떼부자가 되는 기분이었다.

며칠 후부터 아침마다 유단자인 교관에 의해서 태권도·가라테·십팔기 등 특수 무술을 배우고, 오후에는 지도원의 지시에 따라 본격적인 훈련에 돌입했다.

"먼저 오만분의 일 지도로 지형 연구를 한 후, 높은 산꼭대기에 올라가서 밤새 목표 지점을 찾아가는 훈련을 합니다. 대담성을 몸에 익히는 훈련입니다. 아침마다 역기와 곤봉대로 체력 단련을 하는데 주로 지구력과 순발력을 기르는 훈련을 먼저 합니다."

매일 나는 지형도를 연구했다. 지형도를 연구하고 나서야 내가 있는 초대소가 강동군 성문리 산골짜기에 있다는 걸 알았다. 그곳은 내가 군에서 제대할 때 거쳤던 초대소 부근이었다.

매일 낮에는 지형도를 익히고 밤에는 지형도에 목표한 지점을 찾아가는 훈련을 시작했다. 사실 이런 훈련은 처음인지라, 칠흑처럼 어두운 산길을 가다가 사방을 분간하기 힘들어서 어떤 때는 나뭇가지에 눈을 찔리기도 했고, 어떤 때는 칡이나 다래 넝쿨에 걸려 넘어지기도 했다. 어떤 때는 산짐승 달아나는 소리에 머리끝이 곤두서도록 화들짝 놀라기도 했다.

수목이 우거진 숲에서는 아예 한 손으로는 얼굴을 감싸고 한 손으로는 주변을 더듬어 나뭇가지를 확인하면서 행군했다. 또 한 발짝 앞도 안 보이는 산속에서 밤을 새우며 두려움을 없애는 훈련도 병행했다.

한밤중에 산속에 있으려니 바람에 솔방울 떨어지는 소리도 크게 들려 신경이 곤두섰다. 때로는 노루나 오소리, 혹은 산돼지 따위가 사람이 있는 줄도 모르고 다가왔다가 후다닥 도망치기도 하여 간이 콩알만 해진 적이 한두 번이 아니었다.

게다가 아무런 무기도 없이 하는 극기 훈련이어서 상당히 힘들었다. 이런 단련이 없으면 대남 공작을 나갔을 때 아차 실수하여 죽음의 구렁텅이로 빠질 수 있기 때문에, 또한 땀을 많이 흘리고 어둠에 익숙해질수록 나에게는 이로운 일이었기에 한시도 게으름을 피우지 않고 노력을 기울였다.

이즈음엔 산짐승을 별로 잡지 않았다. 하룻밤에 산짐승 두세 마리는 만나는 게 보통이었다. 어느 날인가 산정에 올라가서 힘이 들어 잠시 휴식을 취하고 있을 때였다. 무슨 소리가 나서 보니 눈앞에서 노루란 놈이 사람이 있는 줄도 모르고 얼씬거리는 게 아닌가.

숨을 죽이고 다가갔다. 가만히 노리다가 물푸레나무 지팡이로 힘껏 후려갈겼다. 그만 맞지는 않고 노루가 놀라서 달아났다. 에라 놓쳤구나 하는 순간, 가파른 벼랑에 쿵 하고 노루가 떨어지는 소리가 들렸다.

잘 됐다, 저놈이 다리가 부러졌거나 목이 부러졌을 테지 오늘 저녁은 횡재했구나. 더듬더듬 찾아가 보았는데, 쓰러져 있던 노루는 내 소리를 듣자마자 후다닥 도망쳐 버리는 것이다. 노루를 놓치고 나니 참으로 내 모습이 바보같이 느껴져서 피식 코웃음을 흘리고 말았다. 사실 훈련이란 외로움과의 싸움이었기에,

스스로 외로움을 극복하지 않으면 외로움마저 차디찬 공포가 되어 다가왔다.

위험하다는 야간 훈련을 오히려 즐기면서 지내기로 했다. 산악 행군 훈련은 가급적 소리를 내지 않고 항시 전방의 동태를 살펴 귀를 기울이면서 실행해야 했다. 성문리에는 여러 채의 초대소가 있어 다른 공작원들도 야간 산악 훈련을 나왔다. 우린 서로 부딪치는 경우도 있었다. 따라서 인기척이 있으면 항상 숨었다가 지나가면 다시 행군하곤 했다.

지형지물 찾기 훈련도 병행했다. 이 훈련은 지도상에 나타난 독립수·암초·독립 가옥·묘지·교량 등을 찾아서 확인하는 훈련으로서 낮보다 밤에 많이 실시했다. 야간 훈련을 하다가 늑대를 만나기도 했다. 이상하게 어떤 물체가 자꾸 따라오기에 나무막대기를 하나 주워서 가만히 기다렸다가 확 내려치니까 펄쩍 뛰면서 도망가는 그게 바로 늑대였다.

어느 날 접선 장소에서 흙뿌리기로 음향 신호를 할 때였다. 내가 정해진 횟수의 흙을 뿌렸는데 저쪽에서는 한 움큼의 흙이 흩뿌려지는 소리가 들렸다. 이상하다 싶어 군호를 외치니까 치이익, 늑대가 이빨 사이로 입김을 뿜으면서 사납게 뛰쳐나오는 것이었다. 나는 기겁을 하고 쫓아 버렸다.

구슬땀을 흘리면서 훈련을 하는 사이에 어느덧 한 달이 지났다. 평률리에 있을 때에는 밤잠도 제대로 못 자고 제때 식사도 못하면서 일을 해 많이 쇠약해져 있었는데, 그동안 영양가 있는 음식을 먹으면서 신체 단련을 한 결과 몸이 전과 달리 강철처럼 튼튼해졌고 얼굴에도 살이 부쩍 올랐다.

이런 나의 모습과 생활 태도를 보고 지도원은 흡족해서 권총 사격 연습을 하자고 했다. 나는 군대 시절의 경험을 바탕으로 15미터 거리의 1종 사격과 30미터 거리의 2종 사격을 했다.

탕! 탕! 탕! 공작원이라는 자부심을 지니고 한 발 한 발 정조준하여 쐈지만, 그다지 좋은 성적은 아니었다. 군대 시절에는 명사수로 일컬어질 만큼 사격에 자신이 있었다. 오랫동안 권총을 쏴 보지 않아 뜻대로 되지 않았다. 지도원에게 권총을 놓고 가라고 얘기해서 권총 사격 훈련은 따로 시간을 내어 매일 실시하기로 했다.

그날 저녁에 지도원과 함께 평양 모란봉 극장에 가서 연극을 구경하고 초대소로 돌아와 지도원과 함께 잤다. 이때 나는 거의 매 주마다 〈성황당〉, 〈꽃 파는 처녀〉 같은 영화나 연극을 보았는데, 남한 영화도 많이 봤다. 남한 영화는 주로 초대소에서 보았고, 그중의 〈상록수〉라는 영화는 북한 영화와 별 차이가 없어 보였다. 이외에 남한 실정을 알기 위해서 상품 판매나 여행 같은 주제에 따라 분야별로 편집된 영화도 많이 보았다.

어느 날, 권총 조준 훈련과 권고대 치기 훈련을 마치고 난 저물녘이었다. 지도원이 와서 초대소를 옮겨야 한다고 했다. 나는 공책 한 권과 권총 한 자루만 가지고 맨몸으로 1킬로미터 떨어진 다른 초대소로 옮겨갔다. 초대소를 옮긴 후 지도원은 지도를 꺼내 놓고 한 지점을 가리키며 무게 있게 말했다.

"내일부터 이 지점에서 접선 훈련을 할 겁니다. 접선 훈련은 사느냐 죽느냐가 달려있는 가장 중요한 훈련입니다. 내일 저녁 12시 정각에 어떤 사람과 접선 훈련을 할 겁니다. 오늘은 그만 푹 쉬십시오."

지도원은 자신이 차고 있던 나침반 달린 일제 에니카 손목시계를 풀어 주었다.

아침이 되자 지도원은 나에게 접선 방법에 대하여 자세히 강의했다.

"접선 시간이 되면 음향 신호로 흙뿌리기를 합니다. 선생님이 두 번 하면 상대가 세 번, 또 선생님이 세 번 하면 상대가 두 번, 하는 식으로 다섯 번을 맞춘 후 작은 목소리로 군호를 확인합니다. 군호는 상대방이 '모란봉' 그러면 선생님은

'대동강' 하면 됩니다. 군호가 맞으면 상대방을 이 초대소로 데려오면 되는 겁니다. 말로 하면 간단하지만, 실제 해 보면 그리 쉬운 일이 아니지요. 다른 공작원과 실제 접선 훈련을 할 테니까 잘하셔야 합니다."

접선 방법을 배우면서 접선 장소의 지도 연구를 확실히 했고, 접선 장소에서는 뚜렷한 독립수도 있어서 자신 있게 찾을 수 있을 것 같았다.

저녁 8시부터 직접 훈련에 나섰다. 어두컴컴한 논벌과 마을을 지나 산에 올라가 목표 지점에 이르렀을 때는 밤 11시였다. 그곳에서 좌우를 살피면서 아무리 귀를 곤두세워도 사람의 기척이 느껴지지 않았다. 한참을 기다려 접선 시각인 밤 12시가 거의 다 되자 인기척이 나는 것 같았다. 옳지, 온 모양이로구나 싶어 음향 신호를 보냈으나 아무런 응답이 없었다.

이상한 생각이 들어 다시 흙을 뿌려 음향 신호를 보냈다. 역시 아무런 응답이 없다. 지형을 오인해서 상대방이 늦게 올 수도 있다는 생각에 5분 정도 더 기다리다가 최종 음향 신호를 보냈더니, 그때서야 응답이 왔다. 군호를 외치고 보니 마주친 이는 어이없게도 지도원이었다.

"낮 모를 사람이라더니, 지도원 동무군요?"

그랬더니 지도원의 발언은 신경질적인 어조였다.

"나 참, 이 사람은 어떻게 된 거야! 접선하러 온 사람이 접선 장소도 못 찾다니, 이것 말이 됩니까? 에이! ……일단 초대소로 갑시다."

접선 상대자가 나타나지 않은 것이다.

둘이서 초대소로 돌아왔는데, 지도원의 말이,

"오늘 만나기로 한 사람이 앞으로 선생님과 함께 생활할 사람입니다."

라는 것이다.

이튿날, 지도원이 나가서 저녁 무렵에야 박 선생이라는 사람을 데리고 왔다.

그가 나와 한 조가 된다는 사람이었다.

"계 선생, 고생 많습니다. 앞으루 잘 부탁합니다."

그가 손을 내밀어 악수했는데, 몸이 큰 만큼 손바닥 또한 두터웠다. 강릉 말씨를 쓰는 그를 어디선가 많이 본 듯한 느낌이 스쳐 갔다. 그러나 아무리 생각해도 누구인지 기억나지 않았다. 그는 자신이 공작원이라는 사실에 강한 자부심을 품고 있는 듯했다. 지도원은 내가 공작원으로 단련되기 위해서 우선 박 선생의 안내원 역할을 맡아야 한다고 말했다. 본격적인 활동을 하려면 안내원 활동을 거치는 것이 필요했다.

나의 임무는 그를 강릉에 데려다주고 나만 돌아왔다가 해발 500고지 접선 장소에서 다시 그를 데려 오는 것이다. 간단한 임무였으나 안전지대인 평양에서도 접선 장소를 찾지 못해 실패한 사람이었기 때문에 마음이 석연치가 않았다. 그러나 당의 지시인 만큼 거역할 수가 없었다.

박 선생의 임무가 무엇인지 나는 전혀 알 수가 없었다. 알려고 하지도 않았고 또 알아서도 안 될 일이다. 내 임무인 안내 사업만 잘하면 됐다. 나는 강릉 지역의 지형을 연구하면서 그와 접선 신호로 음향 신호를 돌치기 셋으로 맞추고, 군호는 내가 '경포대' 박 선생은 '낙산사'라고 정했다.

다음날, 우리는 전투 준비를 서둘러 끝내고 출발했다. 준비는 각자 따로따로 했는데, 나는 권총 1정에 탄환 16발, 수류탄 2개, 손전지 1개, 단도 1정, 3일간의 비상식량과 전투복 등을 준비했다. 배낭에 무기를 집어넣는 내 손길이 조금은 떨리고 있었다.

준비를 끝내고 밖으로 나와 심호흡을 하고 있을 때 지도원과 박 선생이 나왔다.

"권총이 뭐 필요하겠습니까? 지형은 돌 몇 개까지 셀 정도로 환히 알고 또 계 선생이 있는데."

박 선생이 지도원에게 하는 말이었다. 지도원은 아무 말 없이 묵묵히 서 있었다. 나는 전투하는 사람이 무기가 필요 없다고 말하는 그의 태도가 아무래도 이상하다 싶었지만 입밖에 내지는 않았다.

그날 저녁, 중앙당 부부장이 왔는데 그는 처음 보는 사람이었다. 건장한 체격에 얼굴이 거무튀튀한 40대의 남자였는데 대단히 겸손한 사람이었다. 그는 일일이 우리에게 굳은 악수를 청했다.

"선생님들이 이번에 크게 수고하시겠습니다."

라고 치하하는 것이었다. 그리고는 우리에게 준비 정형을 물어본 다음 박 선생을 따로 다른 방에 데리고 가 임무를 주는 것 같았다.

저녁 10시경에는 인삼주와 주안상을 들여와 연회가 열렸다.

"선생님들, 맘껏 잡수십시오. 술을 잘 마셔야 전투도 잘합니다."

부부장은 우리에게 연신 술을 권했다. 과일주와 맥주는 흔히 먹어 본 적이 있지만 고급술인 인삼주를 양껏 마시니까 기분이 알딸딸했다. 그러나 전혀 취기가 오르지 않았다. 정말로 목숨을 걸고 남한에 내려갈 걸 생각하니 이상한 각오가 솟아올랐다.

박 선생이 건배를 외쳤다.

"조국 통일을 위하여 건배!"

자정이 다 되어 우리는 승용차를 타고 초대소를 출발하여 평양역으로 갔다. 거기서 원산행 열차 침대칸 표를 사서 원산으로 향했다.

일행 네 사람, 나와 박 선생 그리고 지도원과 부부장은 침대칸에서 잠을 잤다. 덜컹이는 침대 위에서 밤새 이리저리 뒤척이다가 눈을 뜨니 어느새 새벽 햇살이 퍼지고 있는 원산시였다. 눈꺼풀이 무거울 정도로 잔뜩 긴장되었다. 새벽 햇살에 눈이 따가웠다.

우리는 다시 고성옛날의 장진으로 가 그곳 초대소에서 머물다가 월음기를 이용해서 침투 훈련을 결행하기로 했다. 월음기月陰期는 달에 그림자가 지는, 가장 어두운 음력 그믐의 기간이다.

어선으로 가장한 공작선을 타고 가장 어두운 월음기를 이용하여 멀리 공해를 돌아, 고기잡이를 하는 척하다가 날이 저물면 접근 상륙한다. 박 선생과 나는 500고지에 올라가 접선 장소를 설정한 후 박 선생은 가고 나는 돌아와 그날 밤 분계선을 넘어 귀환한다 — 이것이 우리의 계획이다.

공작선을 타고 침투하려는 우리의 손을 잡고 부부장은 우렁우렁한 목소리로 당부했다.

"목숨을 함부로 버리거나 해서는 안 됩니다. 이건 단지 내려갔다가 올라오는 침투 훈련이란 걸 명심하십시오. 살아서만 오시면 되는 겁니다."

박 선생과 나는 말 없이 공작선에 올랐다. 갑판에 서자 소금기 섞인 끈끈한 바닷바람이 불어 온다. 뱃고동 소리도 없는 공작선은 검붉은 밤바다를 바람처럼 헤쳐나간다. 초조하기는커녕 이상하리만치 차분하다. 일제 때 징용을 마치고 시모노세키에서 부산항으로 화물선을 타고 올 때도 이렇게 조용하지는 않았다. 생선 비린내가 요란한 함지를 옆에 둔 아주머니들이 활기차게 떠들었고, 고향으로 돌아가는 내 가슴은 마냥 들떠 있었지.

"울밑에 선 봉선화야아 네 모양이 처어량하다아 길고……."

박 씨는 갑판에 나와 여유 있게 〈봉선화〉를 흥얼거린다. 밤바다의 산들바람이 시원하다. 파도 소리만 날 뿐 너무도 조용한 밤이다. 철썩, 하고 파도가 뱃전에 부딪혔다. 공해로 나오니 남한의 경비선을 경계할 필요는 전혀 없다. 날씨가 시꺼멓게 흐려지는 것이 아무래도 불안하다. 다소 긴장을 풀고 목적지로 가려고 하는데, 느닷없이 파도가 일기 시작했다. 갑자기 하늘이 쩍 갈라지더니 시퍼런 칼날 같은 번갯불이 번쩍했다.

쿠르릉~ 콰앙!

천둥이 치고 장대비가 쏟아지기 시작했다. 갑판에 나와 있는 게 위험할 정도로 거센 바람이 불어닥치고 파도가 배를 삼킬 듯이 아가리를 벌리고 달려든다.

"다시 북상해야 함네다! 아니면 위험함네다!"

선장이 바닷물을 흠빡 뒤집어쓰고 소리쳤다. 날씨가 너무 나빠서 도저히 육지로 접근하기가 불가능하다는 말다. 하는 수 없이 다시 고향으로 돌아왔다.

첫 번째 공작은 결국 기상 관계로 실패하고 말았다. 그렇지만 나는 이때부터 처음 침투 공작을 체험했다. 목숨을 건 공작원이 된 것이다.

첫 침투

한 달 중 가장 어두운 월음기를 놓치면 다음 월음기까지 기다려야 했다.

얼추 한 달간 기다려야 했기 때문에 우린 온정리 세거리에 있는 임시 초대소에서 쉬기로 했다. 특별히 하는 일 없이 한나절 밍기적 거리다가 근처 강변에 나가 놀던 중에 박 선생이 웃통을 벗으며 내게 다가왔다.

"계 선생님, 씨름 한판 할까요?"

나보다 7살 정도 아래였던 그는 허우대가 황소같고 어깨가 떡판처럼 떠억 벌어졌다. 어디를 보아도 힘깨나 쓸 몸뚱이였다. 다른 거라면 몰라도 나는 씨름이라면 누구보다 자신 있었다.

"그러죠. 헌데 샅바가 없어서……."

"그냥, 허리만 잡고 하죠, 뭐."

"그래요? 좋습니다."

우리는 무릎을 맞대고 마주 앉았다.

"자아, 시작합니다."

그는 마치 적당히 봐 주겠다는 듯이 비시시 웃으면서 말했다.

끄응, 둘이 맞붙어 일어섰다. 그는 떡판 어깨로 바싹 밀면서 들어왔다. 이리저리 밀어 보니 이건 영락없는 허깨비였다. 오금잽이로 슬쩍 걸었다.

"어이쿠!"

맥없이 툭 쓰러지며 엉덩방아를 찧는 모습을 보니 웃음이 터져 나오는데,

"이거 보통 실력이 아니시구만요. 한 판만 더 합시다!"

우린 다시 맞잡았다. 나는 너무 빨리 끝내면 재미없을 성싶어서 내 몸쪽으로 슬쩍 당겨 보았더니, 그는 득달같이 달려든다. 그의 힘이 앞으로 쏠리는 걸 이용해서 이번에는 밭다리로 툭 걸어 가볍게 넘어뜨린다. 도저히 나와 적수가 될 것 같지 않아 그만하자고 말하려는데,

"아이쿠, 엉덩이야…… 한 판만 더 합시다, 계 선생님."

"그만하시죠."

"어휴, 이길 수 있었는데. 한판만, 딱 한 판만 더 합시다!"

"또 하자구요?"

그는 고개를 연신 끄덕이며,

"예, 딱 한판만 합시다."

라며 억울하다는 듯이 입술을 질근 문다. 오래 끌면 자꾸 달라붙을 것 같아서 이번에는 맞잡자마자 힘을 주어 뿌려 돌려치기를 하니까, 그만 팽 돌아가면서 고꾸라진다. 힘이나 기술이나 내겐 도무지 적수가 될 수 없다.

"박 선생, 백 번 해야 안 될 테니, 이젠 그만합시다."

나는 손을 털며 말했다. 인상을 찌푸리며 모래사장에서 일어서는 그가 이젠 항복할 듯 싶다. 그런데 한숨을 내쉬면서 하는 말이,

"젠장! ……내일 샅바를 만들어서 정식으로 한번 해 봅시다."

하는 것이다.

얼마나 오기가 났는지 그는 흡사 바싹 독이 오른 싸움닭 벼슬처럼 가슴살을 푸들푸들 떨면서 말한다. 그도 그럴 것이 떡대가 듬직한 그에 비하면 나는 크지 않은 중키에 말라 보였기 때문이다. 나는 뼈와 근육이 끈질기게 단련된 강골이란 사실을 그는 잘 모르고 있었다. 아무튼 자꾸 지면서도 마치 실수로 졌다는 듯이 허풍떠는 그의 모습이 속으로 우스웠다.

이튿날 새벽, 그는 아낙네가 아기 업는 띠를 구해서 샅바를 만들어 왔다.

"계 선생님! 씨름하러 갑시다!"

그는 마당에서 온몸운동을 하며 설쳐댄다. 깡깡대는 그의 목소리가 창문을 뚫고 들어와 내 아침잠을 송두리째 앗아갔다. 한번 져 주고는 싶었으나 별수 없이 본때를 보여 줘야겠구나. 함께 강변을 따라 걸었다.

"이젠 그만하지요. 져 드릴 수도 없고. 이거 난처합니다. ……씨름만 자꾸 해서 뭐 합니까? 그냥 쉬죠."

그만하자는 투로 얘기한 내 말에 약이 바삭 올랐는지,

"이번엔 좀 다를 겁니다!"

그는 어깨를 권투 선수처럼 연방 돌리면서 열을 올렸다. 강변의 돌을 주워내고 모래판을 만들었다. 샅바를 차고는 다시 씨름을 시작한다. 첫판은 배지기로 가볍게 이겼다. 그는 숨을 할딱거리면서 다시 하자고 했다. 이번에는 잣치기로 넘어뜨린다. 셋째 판은 덧거리로 다시 따낸다. 그의 우람한 몸집이 통나무처럼 허물어져 버렸다.

놀랍게도 그는 승복하지 않고 끈질기게 덤벼들었다. 찰거머리 같았다. 한번 맛을 보여 줘야겠다 이번엔 일어서자마자 끙 하면서 힘을 주어 배지기로 바짝 들어 올렸다.

"자아! 이젠 메다꼰지겠습니다!"

마악 힘을 주려는 찰나, "졌습니다! 계 선생, 졌습니다!"

그는 다급하게 숨을 할딱거리면서 소리쳤다.

"어째, 이래도 겨뤄 보겠소?"

"손 바짝 들었습니다. 앞발 뒷발 다 들고 항복, 항복입니다!"

두 손을 좌우로 흔들며 항복이라고 애원했다. 우리는 서로 어깨를 두들기며 한바탕 웃어젖혔다. 이후 다시는 씨름 얘기를 꺼내지 않았다. 이튿날에도 역시 월음기를 기다리는 시간은 지루하고 심심했다.

보름 정도 지난 어느 날, 지도원이 낯선 사람을 데리고 왔다. 지도원은 자기는 부서 변동으로 다른 곳에 가게 되었다며 이제부터는 서 지도원이 같이 사업할 것이라고 알려 주었다. 인사를 나누자 새로 온 지도원은,

"나는 함경도 출신이고 일본 와세다 대학을 장학생으루 최단기에 졸업했습니다. 뭐 일본 유학도 별거 아닙니다."

하며 자기소개를 했다. 훈련이 되어 서울말을 잘했지만, 아래턱을 쓱 내밀고 말하는 행동거지가 여간 거만해 보이지 않았다.

"박 선생, 선생은 서울에서 명문이라는 고려대학을 졸업하셨다니, 아시는 게 꽤 많겠습니다."

그는 지켜야 할 비밀까지 마구 털어놓으면서 자신이 뭐든지 아는 양 자랑하기에 바빴다. 나를 거들떠보지도 않는 그는 박 선생하고만 날마다 얘기하고 일본어로 대화하는 등 납득이 안 되는 행동을 빈번히 했다. 내가 일본어를 모르는

줄 아는 모양이다. 내가 배우지 못했다고 얕잡아 보는 듯싶어 왠지 기분이 좋지 않았다.

다음날 서 지도원은 경치 구경이나 가자고 제안했다.

"나는 그 좋다는 삼일포도 못 가 봤고 해금강도 구경 못 했지요."

"거긴 휴전선인데 갈 수 있을까요?"

내가 퉁명스럽게 반문하자 그는,

"아니, 내가 가는데, 무슨 문제가 있겠습니까?"

자신 있게 말하는 것이다. 해금강은 16살 때 온정리 제동 병원에 있으면서 가 본 이래 처음이다. 나도 은근히 가 보고 싶은 마음이 동했다.

"그러면 한번 직접 가 보죠."

내친 김에 함께 구경 가기로 했다.

동쪽으로 20리쯤 걸어 내려가니까 삼일포였다. 삼일포는 기암절벽으로 둘러싸여 바위산에서 샘이 흘러나와 큰 호수를 이루는 절경이었다. 해금강 가는 길을 따라 10리쯤 옛 고성읍 자리가 나왔다. 허물어진 집터가 군데군데 보이고 갈밭만 무성하게 우거져 황량하기 그지없었다.

해금강으로 가자면 호수를 따라 걸어야만 했다. 우리가 갈대밭 사이를 헤치고 호숫가를 서성거리는데 마침 건너편에서 우리를 향해 오는 배 한 척이 보였다. 가까이 다가온 배에서 군관 하나가 내렸는데, 그의 손에는 권총이 들려 있었다.

"뭐 하는 사람들이오?"

서 지도원은 앞으로 나서면서 자랑이나 하듯이 증명서를 꺼내 보였다.

"해금강을 구경하려고……."

"동무!"

증명서를 들여다보던 군관이 서 씨의 말을 끊었다.

"미쳤소? 여긴 위수 디역이오! 누구도 못 들어오는 데니까니, 날래 돌아들 가시기오!"

눈살을 찌푸리면서 앙칼진 목소리를 내뱉었다. 군관은 뒤로 돌아서서 배에 올라타며 쭝얼거렸다.

"남반부에서 넘북하는 사람인가 했더니, 웬 오그라진 것들 가트니……."

우리는 오던 길로 부리나케 되돌아왔다. 점심께가 되어 배가 여간 고프지 않았으나 나는 참고 뛰다시피 길을 걸었다.

"하이고! 창자가 등판에 달라 붙을라고 하네. 게 선생 쉬었다 갑시다."

숨이 차는지 서 지도원은 연신 혓바닥을 내 빼물고 헐떡거리며 말했다.

"아니, 지금 그럴 새가 어디 있습니까? 분계선에서 쉴 수 있습니까!"

내가 약간 언성을 높여 차갑게 말하자 그들은 아무 말도 없이 나를 따라왔다.

이튿날 서 지도원은 중앙당으로 가고 나와 박 씨는 한가히 시간을 보낼 수 있었다. 옛 생각이 나 이번에는 금강산으로 가고 싶었다. 다행히 금강산은 위수 지역이 아니기 때문에 박 씨와 함께 금강산으로 향했다.

금강산 입구에 있는 신계사의 절간은 미군의 폭격으로 인해 산산이 부서져서 주춧돌과 절터의 흔적만 남아 있었다. 하지만 다행히 산으로 올라갈수록 옛 모습 그대로 남아 있었다. 그렇게도 오묘한 기암절벽·낙락장송의 절경에 빠져서 머엉하니 걸어 구룡연에 도착했다. 높이 74미터의 폭포에서 쏟아지는 물줄기는 그야말로 장관이었다. 마치 엄청난 규모의 댐의 무너져 물이 터져 나오는 듯했다.

헌데 예전과는 달리 옆에 정자가 세워져 있었다. 다가가 보니 그건 노동자들이 즐기며 휴식하라고 지어 놓은 정자였다. 우리 둘은 정자에서 땀을 식히며 쉬었다. 더 올라가 팔담까지 갔다. 그리고 다시 내려와 구룡연에서 점심식사를 한 후 쉬면서 놀다가 초대소로 돌아왔다.

침투 훈련을 앞에 둔 우리는 심심풀이로 이일 저일 하면서 초조한 마음을 풀어야 했다. 전투와 훈련에서 야기되는 피로와 불안감을 말끔히 해소하고 새로운 투쟁심을 키워나가야 했다.

어느덧 월음기도 얼마 남지 않았기에 초대소로 돌아오자마자 말했다.

"박 선생, 접선 훈련을 한 번 더 해 봐야 할 것 같습니다."

"또요?"

"지난번에 초대소에서도 실패한 일이 있잖소?"

그는 전에 한 번 실수한 적이 있어서 그런지 그다지 달가워하는 눈치가 아니었다.

"박 선생은 걱정이 없겠지만, 내가 좀 불안합니다. 실제로 침투해서 실수하면 박 선생도 위험하니 한 번만 더 합시다."

"그래요…… 뭐, 한 번 더 하죠."

내가 자꾸 권하자 그는 억지로 한다는 듯이 마지못해 승낙하면서,

"저기 온정리 뒷산에 보이는 독립수를 접선 장소로 정하죠."

라며 창문 밖으로 멀리 보이는 뒷산을 손가락질했다.

나는 그가 또 잘못 찾을까 걱정되어 오르기 쉬운 남쪽 길로 가게 하고, 나는 힘든 북쪽 길로 올라가기로 했다. 우리는 음향 신호와 군호를 정하고 어두워지기를 기다렸다.

저녁이 되어 각자 길을 출발했다. 북쪽 길은 깎아지른 벼랑길이었다. 밧줄 하나에 몸을 의지하고 올라가자니 무척 힘이 들어 이마에서 비지땀이 뚝뚝 떨어졌다. 땀을 빨빨 흘리며 가까스로 목표 지점에 도달했을 때는 이미 접선 시간이 다

돼 있었다.

나는 천천히 음향 신호를 보냈다. 그러나 아무런 기척이 없었다. 정식 전투도 아니고 길이 험해서 늦게 오는가 싶어 15분을 기다리고 또 30분을 기다리다가 신호를 보내도 도대체 꿩 구워 먹은 사람마냥 깜깜무소식이었다. 더이상 기다려 봤자 소용없을 성싶어 접선을 포기하고 내려왔다.

낮에 뻔히 보았던 산에서 접선 지점도 못 찾는 위인과 이남으로 공작 나가서 어떻게 접선할 수 있을는지 참으로 한심스러웠다. 새벽 1시경이 되어서야 초대소에 도착했다. 놀랍게도 그는 이미 돌아와 이부자리를 깔고 누워 있는 것이 아닌가. 기가 막혀 화가 났지만 마음을 가다듬었다.

"박 선생, 아니, 이거 어떻게 된 거요? 이러다간 접선이구 자시구 목숨 건지기두 힘들겠습니다 그려."

그랬더니 그는 발을 꼬고 누워 되려 태연하게 대꾸했다.

"깜깜해서 나침반도 안 보이잖소. 사방으로 찾다가 못 찾고 그냥 돌아올 수밖에……."

"내일 한번 다시 해 봅시다."

"원, 계 선생두, 아니 강릉 지리에 환한 사람이 왜 그리 걱정이오? 그만둡시다."

손을 내젓는 그는 어느새 심드렁해진 낯짝으로 하품만 빽빽 해대고 있었다. 그 모습을 보자니 숨이 턱 막히도록 기가 막혔다. 또 한편으로는 그와 함께 목숨을 걸고 공작할 걸 생각하니 걱정이 태산 같았다.

5월 월음기가 되었으나 선박도 마땅치 못했고 파도가 높아져서 갈 수가 없었다 어쩔 수 없이 우리는 평양으로 돌아와 이번에는 감북동 초대소로 갔다. 그곳에서도 생활은 별반 다른 게 없어 장기나 두면서 소일했다.

여기에도 서 지도원은 가끔 들렀으나 내게는 별다른 말이 없고 주로 박 선생과 어울려 다니면서 이런저런 얘기를 주고받았다.

하루는 서 지도원이 박 선생과 얘기하는 걸 우연히 들었다.

"……박 선생, 내가 선생네 집에 공작금을 많이 전해 줄 테니 걱정 마십시오."

무슨 일이든 자신이 나서지 않으면 좀이 쑤셔서 못 견딘다는 식으로 노상 천방지축이던 서 씨는 마치 자신이 뭐라도 되는 양 장담했다.

"그런데 박 선생 부탁이 있습니다. 남한에는 좋은 물건이 많다는데 몇 개 좀 사다 주시오."

이런 대화를 엿들은 나는 어이가 없어 할 말을 잃었다. 저런 자들을 조국 통일 사업에 배치하다니. 당장이라도 그만두고 싶었다. 목숨을 잃을지도 모르는 대남 공작 사업을 위해서 온갖 희생을 각오했지만, 지도원이나 동료가 저 모양 저 꼴이니 눈앞이 캄캄했다.

하루는 연락부에서 공작원을 담당하는 과장이 나왔길래 나는 도저히 안 되겠다 싶어 면담을 신청했다. 나는 몹시 흥분해 있었다.

"저를 다른 곳으로 보내 주십시오. 박 선생은 두 번이나 접선 훈련에 실패했는데도 가장 중요한 접선 훈련을 태공[게을리]하고 있습니다. 이남에 내려갔다간 큰일입니다. 현재 저를 지도하고 있는 서 지도원도 바꿔 주십시오. 도저히 안 되겠습니다."

말을 들은 과장은 두말없이 알았다고 하고는 되돌아갔다. 이튿날 처음에 나를 맡았던 지도원이 다시 와서 내게 이동 준비를 하라고 했다. 나는 즉시 짐을 싸서 감현동 초대소로 옮겼다. 얼마간 시간이 지난 후에 나는 지도원으로부터 새로운 소식을 들었다.

"해방 후 강릉군 보안서장을 맡았던 최규학을 아십니까?"

"알다마다요."

"박 선생이 최규학의 동생인 최규웅입니다."

"아! 그래요?"

나는 그제서야 박 선생의 얼굴이 왜 낯이 익었는가 깨달았다.

"며칠 전에 최규웅이 남파되었는데, 내려가자마자 자수해서 접선하러 나갔던 공작원이 사살됐습니다."

"뭐요!"

나는 불에 덴 듯 소리쳤다. 박 선생이 기어코 일을 저질렀던 것이다.

만약 내가 그와 한 조가 되어 공작했었더라면 이미 나는 죽은 목숨이나 마찬가지였다. 지도원이 최규학에 대해 자세히 물으면서 "계 선생님 판단이 옳았습니다"라고 말했을 때, 나는 등에 식은땀이 돋는 것이 느껴졌다.

감현동 초대소에 온 지 며칠이 지난 날이었다. 지도원은 지도 몇 장을 꺼내 붉은 줄을 그으면서 조용히 말했다.

"이곳을 자세히 연구하십시오. 지도를 완전히 외워야 합니다."

휴전선 근방의 육로 지도였다. 한동안 지도를 검토하여 완전히 암기할 무렵에 지도원이 또 왔다.

"이건 암호 문건입니다. 암호 변신 방법에 대해서는 여기에 자세히 써 놓았습니다. 잘 보고 연습해 보십시오."

또 며칠 동안 암호 문건을 가지고 연습했는데, 그리 어렵지는 않았다. 그 뒤 어느 날인가 지도원이 낯선 사람 하나를 데리고 왔다.

"이제부터 이분이 선생님의 사업을 도와주실 분입니다. 인사하시죠."

"계진금입니다. 많이 지도하여 주십시오."

"아닙니다. 선생님 말씀을 많이 들었는데 제가 도리어 배워야겠습니다."

이후 별말이 없었다. 첫인상부터 말이 없는 사람처럼 보였다. 인사를 끝낸 뒤

보따리를 풀어 보니 무전기와 바스 80 건전지가 네 개 붙은 덩어리가 나왔다. 그 무게가 족히 10킬로그램은 돼 보였다. 그가 나에게 가르쳐 준 기술은 무전기 송수신 방법이었다.

송신은 국제적으로 통용되는 영문 부호와 숫자 부호를 조립해서 타전하는데 1분에 10조 이상으로 정확히 칠 수 있는 능력을 익혀야 했다. 수신은 원래 A2로 해야 하나 이것은 상당한 기술과 연습이 필요했으므로, 우선 A3로 하기로 했다. A3의 연습은 중앙에서 말로 불러 주는 숫자를 종이에 받아 적어서, 적자마자 암호 해석을 해내야 했다. 무전기는 난생처음인지라 어린 소년이 품앗이 성인인 팔레꾼이 되어 섬떡을 받는 기분처럼 어리둥절했다. 당연히 자신이 없어 매일 네댓 시간씩 열심히 연습했다. 그 결과 10여 일이 지난 후에는 1분에 10조 정도는 칠 수 있게 되었다.

어느덧 7월 말이 되었다. 하루는 지도원이 와서 그동안 행했던 무전 연습 상황과 지도 연구 상황을 면밀이 검토하고 나서 차분하게 입을 열었다.

"선생님, 이젠 전투에 참가하셔야겠습니다."

오랫동안 기다려 온 나는 반갑게 귀를 기울였다.

"이번 임무는 군사 분계선을 넘어서 남북을 왕래하는 길을 개척하는 임무입니다. 이미 개척한 길을 따라 선생님이 남한으로 내려가셨다가, 언제든지 혼자 복귀하시는 데 이용할 길을 개척하는 겁니다. 이번엔 전투원의 안내를 받게 되겠지만 그래도 자세히 살펴서 행동해야 합니다."

이윽고 8월 초, 지도원이 과장과 함께 초대소에 왔다.

과장과 지도원이 베푸는 환송연을 마친 후, 나는 새벽 열차를 타고 원산을 지나 평강으로 갔다. 이어 평강에서 다시 남으로 내려가 화선에 자리잡은 방향 초대소에 닿았다. 이때 내 휴대품은 무전기와 바스Basman, 건전지 이름 80건전지 80개를 묶은 것 5개·비옷·전투복·10일간의 비상식·권총 1정·수류탄 2개 등인데, 그 무게가 도합 25킬로그램 정도였다. 그걸 짊어지고 숲 속으로 험준한 산을 넘어서 행군해야만 한다.

"목적지까지 갔다 오는 기간은 엿새 동안입니다. 가능하면 총은 쏘지 마시기오."

지도원은 차분하게 몇 가지 주의점을 지적했다. 출발 전날, 다른 전투원들의 안내를 받아 야간 훈련을 했는데 비교적 순조로웠다. 하지만 나로서는 처음 침투 작전이기 때문에 상당히 긴장됐다.

마침내, 침투하는 저녁이 됐다. 방향을 안내하는 방향장이 다가왔다.

"이번 침투에는 무전기가 필요 없습니다. 맨몸으로도 다니기 힘든 코스니까, 비상식만 가지고 떠납시다."

그의 목소리는 바닥에 깔리듯 차분했다. 마침 짐이 무겁던 차에 잘됐다 싶었다. 휴대품을 모두 정리하니 전부 10킬로그램 정도로 줄어들었다. 남쪽 땅은 노을 속에서 푸른 나뭇잎들이 대해처럼 일렁거릴 뿐 별다른 움직임을 볼 수 없었다. 저 멀리에서부터 자욱하게 안개가 펼쳐지고 있었다. 침투하기에는 가장 좋은 시기다. 나는 지도원과 작별하고 길을 떠났다.

이윽고 밤이 되자 나는 두 명의 모범 전투원을 따라 인민군이 지키는 전방민경대민정 경찰대 초소를 지나 남으로 남으로 행군했다. 안내원 조장방향장은 뒤에 서고 다른 안내원은 앞에 섰다. 나는 가운데서 따라갔다. 소련제 때때권총을 쥐고 전진하는 우리는 아무런 말도 없이 그림자처럼 움직였다.

얼마 후 아군이 설치한 지뢰 매설 구역을 지나게 되었다. 안내원이 지시하는 대로 그가 밟고 지나간 발자국만 조심스럽게 밟고 따라가니 문제가 없었다. 지뢰 지역을 벗어나 조금 더 나가자 큰 강줄기가 보였다. 북한강이다. 한밤에 검은 머리를 헤쳐 풀고 황해로 내달리는 한강물을 나는 잠시 바라보았다. 넘실대는 한강 물 건너편에 남한 땅이 희뿌연 안개를 드리운 채 숨을 할딱거리고 있다.

북한강 기슭에는 옛날 기동로가 있다. 기동로에 아카시아 숲이 생겨나고 소나무가 뻗어 있어서 행군하기가 상당히 어려웠다. 또한 갈대가 키만치 자라 있고 여기저기서 짐승들이 움직이고 있다. 조금 더 전진하는데, 어둠 속에 웬 판자때기가 눈에 들어왔다.

D.M.Z
군사 분계선
오라 남으로! 귀순 환영!

영문과 한글로 적힌 군사 분계선이었다. 팻말을 보자마자 갑자기 가슴 속이 흠칫했다. 분명히 여기도 나의 조국인데 하는 생각 속에, 남의 땅이라는 낯선 감정이 급습하면서 단박에 긴장되었다. 불안한 감정을 억제하려고 옷깃에다 턱을 반쯤 묻고 계속 전진, 전진했다.

팔목시계의 바늘은 자정을 넘기고 있다. 우리는 완전히 숨을 죽이고 전방을 자세히 관찰하면서 풀 밟는 소리도 내지 않고 유령처럼 전진한다. 얼추 한 시간 정도 가다 보니 불이 반짝이는 국군 초소가 보인다.

초소를 우회하여 산으로 돌아가려는데 뭔가 이마에 탁 걸렸다. 해골 그림이 그려지고 '지뢰'라고 쓰여진 표지판이다. 뒷머리로부터 등줄기를 따라 소름이 쪼르르 돋는다. 내 앞의 안내원이 손으로 더듬어 한발 한발 지뢰를 피해 가기에 그를 따라가면서 나아갔다.

겨우 지뢰밭을 벗어난 우리는 숲속으로 들어간다. 사방이 어둡고 조용하여 우리가 지나며 내는 가랑잎 밟는 소리나 마른 가지 부서지는 소리만이 가끔 정적을 깨고 있다. 어느덧 남방 한계선을 완전히 넘어갈 즈음 멀리서 여명이 밝아와 우리는 숲속에서 잠복해서 쉬기로 했다.

아침 10시경에 숲속에서 비상식으로 요기를 때우고 있을 때였다.

탕! 탕! 탕!

갑자기 총소리가 나서 재빨리 전투태세를 갖추었다. 엄폐 하고 쌍안경으로 살펴보니, 우리를 향해 쏜 총소리는 아니다. 산 아래에서 국군 한 명이 물고기를 잡으려고 강에 대고 M1총을 쏘는 소리다. 내심으로는 놀라웠다. ……저렇게 물에다 쏘아댈 총알이 있을 만큼 전쟁 물자가 풍부하단 말인가. 인민군은 총알 한 발이 아까워 연습 사격도 자제하는데.

어느새 해가 중천에 떴다. 가만히 있어도 땀이 줄줄 흘러내리는 지독한 날씨다. 대낮에 숲속에서 자려니 하루살이랑 파리 떼가 득시글득시글 달라붙어 제대로 잠을 잘 수가 없다. 장갑을 끼고 수건으로 얼굴을 감싼 채 약간 눈을 붙였다. 점차 해가 저물어 다시 저녁이다. 다시 행군을 시작했다.

원래 행군 길은 높은 580고지를 넘어야 했다. 한치 앞이 안 보이는 칠흑 어둠 속에서 손을 앞으로 뻗쳐 더듬으면서 산을 넘으려면 하룻밤이 다 지날 것만 같았다. 우리는 산 아래에 난 오솔길로 우회해서 가기로 하고, 산을 돌아서 빠른 걸음으로 가는데 전방에서 사람 목소리가 들렸다.

우리는 잽싸게 숨어서 동정을 살폈다. 국군 세 명이다.

그들은 총을 우리 쪽으로 겨누고 몸을 낮춘 채 살금살금 다가오고 있다. 제기랄! 들켰다. 일대 격전이 벌어질 판이다. 우린 덩굴 속에 몸을 숨기고 엎드렸다.

"분명히 여기였어요. 무슨 소리가 났는데?"

한 병사가 숨죽인 목소리로 낮게 속삭였다. 병사 한 명이 아래를 내려다본다.

그는 수상쩍은 정적에 안면 근육을 꿈틀하며 고개를 홱 돌리더니 꼼짝도 못 하고 있다. 잠시 면도날 같은 침묵이 흐른다. 내 가슴은 심하게 방망이질 친다. 권총을 꽉 잡은 손바닥에서 땀이 축축하게 배어난다.

"이 일병, 아무 소리 하지 말고 그냥 따라와!"

고참인 듯한 다른 병사가 약간 큰 목소리로 말했다.

"그려, 밤에 댕기는 손님들이니께 찍소리 말고 가드라고!"

그들은 들으라는 듯이 큰 소리로 말하면서 뒷걸음질 치기 시작했다. 교전하면 자칫 목숨을 잃을지도 모르는 일이기 때문에 자리를 피하는 것 같았다. 사실 우리는 따발총 방아쇠에 검지를 걸고 만일 누가 소리치기라도 한다면 즉각 발사할 판이었다.

아무튼 우리는 원래 예정보다 빠르게 이틀 만에 양구 뒷산 목표 지점에 도착했다. 이윽고 날이 밝은 후에 은폐지를 정했다. 은폐지는 민간인 출입 금지 구역으로서 국군도 잘 오지 않는 으슥한 산속이었다. 거기엔 산에서 자라는 돌배가 무더기로 떨어져 있었다. 조장은 하도 많이 와 봐서 그런지 태연하기 그지없었다.

"돌배 무더기는 곰이 쌓아 놓은 겁니다. 자, 먹어 보소. 꿀맛이웨다."

조장은 돌배 몇 개를 냇물에 씻어 와서 먹었다. 정말 신 맛 하나 없는 꿀맛이었다.

은폐지에서 한숨 잔 후 저녁부터 복귀하기로 했다. 밤새 별다른 문제 없이 휴전선 남쪽 분계선에 이르렀을 때 해가 뜨기 시작했다. 서둘러 은폐지를 찾았으나 마땅한 곳이 없었다. 헌데 마침 가까운 곳에 마른 낙엽이 가득 차 있는 골짜기가 보였다. 그곳에 숨어서 낙엽을 덮고 머리만 밖으로 내민 채 은폐했다.

아침이 되어 우리는 돌아가면서 경계 하기로 했다. 경계를 모범 전투원에 맡기고 나는 잠이 들었다. 얼마쯤 자는데 누군가 어깨를 조용히 흔든다. 놀란 나는 눈을 와짝 떴다. 쉿! 모범 전투원이 조용히 하라며 따발총을 쥐어준다. 왜 그런가 했더니 바로 앞에서 돌 구르는 소리를 내면서 뿔 두 개가 우뚝 솟은 산양이 우리 쪽으로 달려오는 것이었다.

"쉿!"

손가락을 입술에 대고 조용하라고 했지만 산양이 알아들을 리 만무했다. 근처에 국군 초소가 있었기 때문에 산양이 우리에게 다가오면 들통나기 십상이다. 이 산양이 도망가기는커녕 나뭇잎에 숨어서 머리만 내밀고 있는 우리가 이상한지 고개를 갸우뚱하며 자꾸 다가오면서,

메에헴~ 메에헴~, 산이 울리도록 소리 지르는 것이다.

만일 국군이 이 소리를 듣고 이곳으로 온다면, 군사 분계선까지 다 와서 일대 전투가 벌어질는지도 모르는 상황이다. 안 되겠다 싶어 모두 나뭇잎에서 나와 돌멩이를 던졌다. 돌멩이가 날아가서 산양은 도망가기 시작했다. 놈은 우리를 힐끔힐끔 쳐다보면서 메에헴, 메에헴, 자꾸 소리 질렀다.

이놈, 하면서 쫓아가는 시늉을 했더니 그제서야 멀리 내빼고 말았다. 어이가 없어 웃음만 나왔다. 허나 그렇다고 해서 크게 웃을 수도 없어 모두 미소만 지었다.

오후 5시경, 날이 흐려졌다.

느닷없이 소낙비가 쏟아지기 시작했다. 옳거니, 하고 빗속을 이용해서 복귀하기로 했다. 낮이지만 빗물에 가려 잘 안 보이므로 겁 없이 빠른 걸음으로 행군을 시작했다. 한참을 가니까 국군 초소 하나가 나타났다. 하필 그때 소낙비가 딱 멈추고 여우볕이 밝게 내리쪼였다.

우리는 초소를 피해 부리나케 산을 기어 올라가 우회해서 복귀하기로 눈짓 신호를 했다. 칡넝쿨과 다래 줄기가 자꾸 발에 엉켜서 걸음이 더디고 힘들었다.

숨을 죽이고 기어서 초소에서 어느 정도 벗어났을까.

"누구얏! 손들엇!"

돌연 쇳소리 섞인 고함소리가 초소 쪽에서 튀어나온다.

"공비다!"

"사격 개시!"

뒤돌아볼 틈도 없었다. 등 뒤에서 불똥이 쏟아지기 시작한다.

타타타타타타타타~앙!

벌집을 잘못 건드려서 일시에 벌떼가 쏟아져 나오는 꼴로 중기관총 탄알이 등 뒤에서 비 오듯이 쏟아진다.

"뛰어, 뛰어!"

조장은 내 등을 마구 밀었다. 갈대 줄기에 몸을 부딪치고, 아카시아 가시에 살갗을 찢기면서도 내달린다. 노련한 두 모범 전투원들은 교대 교대로 돌아서서 내달리면서 따발총을 쏘아댄다. 조장은 내 손을 끌고 지뢰 매설 지역을 통과한다. 나도 지원 사격을 하면서 내달린다. 저녁 하늘은 총알 날아가는 소리로 갈기갈기 찢어졌다. 놀란 새들이 푸드득 거리며 하늘로 마구 치솟았다.

가까스로 사격 거리에서 벗어났지만 총소리는 계속 산을 울렸다. 있는 힘을 다해 산을 넘어가던 중에 다행히 어둠이 깃들기 시작했다. 휴우 하고 한숨이 절로 나왔다. 오던 길을 밤새도록 되짚어 새벽녘에야 북방 한계선에 도달해 날이 밝기를 기다려 지뢰밭을 지났다. 얼마 후 민경대 초소가 눈앞에 보였다.

살아서 돌아온 것이다.

그때, 침투 중에는 목석처럼 전혀 말이 없던 모범 전투원 한 명이 들릴 듯 말 듯 중얼거렸다.

"휴! 오마니, 다시 살아 왔습네다."

십 년 만에

민경대를 지키는 전사들은 우리 일행을 보고 우리가 누군지 금방 알아차렸다. 잠시 후 자기네 식사를 가져오며 극진히 대접해 주었다. 거기서 전화로 방향 초대소에 통지를 하자 얼마 후 지도원이 지프를 몰고 찾아왔다. 우리는 방향에서 전투 정형을 총화한 다음 평양 초대소로 복귀했다.

"다음 공작 때까지 맘 푹 놓고 쉬셔야 합니다."

지도원의 말에 따라 나는 초대소에서 며칠 동안 발 뻗고 누워 쉬었다.

오랫동안 행군을 했기 때문인지 발이 부르터서 잘 가라앉지 않았다. 초대소에 있는 오일 페니실린을 발랐는데, 얼마 후 얼굴이 몹시 부어오르면서 노란 진물이 나오기 시작하는 것이 아닌가. 피부과 병원에 가서 치료했지만 잘 낫지 않았다.

3일째 되던 날, 얼굴이 전부 나은 것 같은 기분이 들면서 진물이 말라붙어 생긴 껍질을 손으로 벗겨 내니 마치 탈바가지처럼 벗겨지는 것이다. 알고 보니 그 증세는 페니실린 부작용이었다. 이 부작용은 1960년에는 수천 명 중에 한 사람씩 나타난다고 밝혀져서 1961년에는 약 자체를 실험하지 않고는 사용하지 않았는데, 다행히 금방 나았다.

병에서 낫자마자 틈틈이 무전기 송수신 훈련은 물론 무전기를 조립하는 훈련도 병행했다. 하루도 빠짐없이 매일 줄넘기와 역기를 하고 특수 무술을 거듭하면서 지내던 중, 하루는 지도원이 누군가를 데리고 왔다. 그는 무전기 지도원이었다.

무전기 지도원은 내가 송신 연습하는 것을 지켜보고서,

"그만하면 됐습니다. 무전기 조립 기술만 배우시면 되겠습니다."

만족하며 웃었다.

그날부터 나는 그가 준 무전기 회로를 암기해서 납땜기로 무전기 조립 훈련을 했다. 내가 연습용으로 만든 무전기는 성냥통의 절반 만한 크기로 주머니에 넣고 다닐 수 있을 정도로 작았다. 수신기는 쏘니 트랜지스터를 사용하기도 했고, 무전기 지도원과 시간을 맞춰 연락 연습을 하기도 했다. 또 내가 조립한 무전기로 중앙과 교신 연습을 하기도 하고, 토굴을 파 놓고 그 안에서 송신 줄만 내놓고 해보기도 했다. 결과는 모두 대성공이다.

"제가 더 가르칠 게 없습니다."

무전기 지도원은 배우는 속도가 놀랍다며 나를 칭찬해 주었다. 마침내 나는 무전기에는 완전히 자신있게 되었다.

행군 연습을 위해서는 모래주머니를 달고 30~50리 길을 왕복했다. 이때 취사원은 함경도 할머니였는데, 나를 친자식처럼 아껴 주고 보살펴 주었다. 할머니는 손수 개를 잡아서 보신을 시켜 줄 정도로 극진했다. 영양이 충분해서 그런지 나는 되레 힘이 남아 폭발할 지경이었다. 처음에는 50킬로그램짜리 역기를 용상을 겨우 올리던 것을 나중에는 80킬로그램, 100킬로그램까지 끄떡없이 올릴 수 있었다.

하루는 지도원과 과장이 와서 자기들도 한번 들어 보겠다며 100킬로그램짜리 역기 앞으로 갔다.

"으랏차차차찻!"

과장이 기합을 주며 힘을 썼다. 그러나 아예 움직이지도 않았다. 힘을 써서 얼굴이 벌게진 과장은 손바닥을 털면서 너털웃음을 날렸다.

"아니, 이놈의 역기가 망신을 줍니다 그려. 내가 계 선생님보다 몸집이 큰데, 허허."

지도원도 들어 보려고 애를 썼지만 땅에서 한 치도 들리지 않았다.

"무리하다가 허리 다치면 마나님한테 쫓겨납니다, 지도원 동무."

내가 만류하자 지도원은 멋쩍게 물러섰다.

"아무튼 계 선생님 대단하십니다. 체육 지도원들이 알면 데려간다고 할까봐 겁납니다, 하하하!"

훈련을 거듭하던 1958년 선선한 바람이 부는 9월 어느 날이었다. 공작 담당 과장이 나를 호출했다.

"계 선생님, 시급히 강원도 양양군 향호리에 있는 무인 포스트에 갔다 오셔야 겠습니다. 아무래도 선생님이 맡아 주셔야겠습니다."

"어디서 출발합니까?"

첫 번째 침투를 성공리에 마친 나는 자신감이 있었다.

"고성에서 밤에 배를 타고 휴전선을 넘어 향호리에 갔다 오는 겁니다."

"예! 해 보겠습니다."

"살아서 돌아오셔야 합니다. 당과 혁명을 위해서 말입니다."

주먹을 불끈 쥔 나는 권총·수류탄·단도를 휴대한 채 다시 침투 준비를 했다. 1958년 9월 15일 깜깜한 밤, 우리 일행은 공작선을 타고 향호리 근처 해안에 접근했다. 남한의 경비정은 전혀 보이지 않았다. 다만 멀리 초소에서 희미한 불빛만 반짝일 뿐이다.

안전하다고 판정하고 얼굴을 검은 칠로 위장한 나는 공작선에서 내려 고무보트를 타고 안내원과 함께 해안에 상륙했다. 뽀트수보트를 운전하는 사람들에게 그 장소에 대기하라고 한 후 안내원과 나는 모래사장을 낮은 자세로 전진해 갔다.

안내원은 내 뒤를 따라오면서 모래 위에 난 발자국을 지웠다. 무인 포스트는 향호리 개목호수에 물이 흐르는 개울 근처 전주 밑이었는데, 포스트 매설 신호는 대못을 박아 아래로 구부려 놓은 것이다. 안내원은 바닷가에서 감시 임무를 맡고 나는 조심스럽게 전주 가까이 접근했다.

깜깜해서 전혀 안 보이는 어둠을 가만히 주시하자 눈이 점차 밝아졌다. 20미터 전방의 전주를 확인하고 조용히 다가갔다. 전주 근처엔 아무런 문제가 없었다. 정해진 전주에는 정말 대못이 아래로 구부려져 있다. 매설 신호를 확인하자 안심한 나는 전주 밑을 팠다.

그곳엔 아무것도 없었다. 주변의 흙을 파서 세밀히 조사했으나 그래도 포스트가 전혀 안 보였다. 할 수 없이 가지고 간 포스트만 매설하고 흔적 나지 않고 주변을 깨끗이 정리했다. 다시 해안으로 와서 안내원과 다시 접선하니 불안감이 다소 가셨다. 약간 대담해진 나는 국군 초소가 불만 켜진 것은 아닌지 한번 조사해 보기로 했다. 숨소리를 죽이고 은밀히 접근했다.

"까불지 말라구. 난 이뻥이야."

"하메 그레 됐능교. 우짜노 본관은 삼땡인디."

"이거 미안해서 어쩌지. 자 장땡 나가십니다."

화투놀이 하는 게 분명하다. 창틀에 접근해서 초소 안을 살그머니 들여다보았다. 벽에 세워 둔 카빈총이 보였다. 고개를 들어 들여다보니 순경 두 명과 시원하게 대머리가 까진 민간인 한 명이 군용 담요를 깔고 화투놀이에 열중하고 있었다. 민간인은 기분이 좋은지 손바닥으로 담요를 두들겨대면서 껄껄거렸다.

안내원은 나를 보고 화투장 치는 시늉을 하면서 비시시 웃었다. 그 웃음은 '해안 경비가 저 모양이니 한심하지 않습니까?'라는 뜻 같았다. 나도 싱긋 웃어 보였다.

우리는 모래사장의 발자국을 지우면서 바닷물까지 왔다. 그리고 보트를 타고 모선으로 귀한하기로 했다. 모선은 해안에서 벗어나 북상하기 시작했다. 우리 공작선은 최고 15노트밖에 질주하지 못했는데, 우리는 국군 경비정도 15노트 정도라는 사실을 알고 있었다. 먼저 발견하고 도주하기만 하면 체포될 걱정은 없었다.

"엎드려!"

불빛이 안내원의 손에 있는 담배갑에 씌어진 '모란 담배'라는 글자까지 선명히 보일 정도로 비쳤는데도 서치 라이트는 그냥 스쳐 지나가 버렸다. 이상하다. 우리는 발각되지 않고 무사히 복귀할 수 있었다.

초대소로 돌아온 나는 피로를 푼 후 다시 훈련에 열중했다. 무전 송신은 분당 16조[부호 80자] 수준까지 올라갔고 무전기 조립은 회로도를 보지 않고도 능히 조립할 수 있게 되었다.

행군은 매일 저녁 80~100리 정도를 강행할 수 있었는데, 그 이상을 가려면 다리에 힘이 빠졌다. 생각다 못해 2킬로그램 정도의 모래주머니를 각반으로 만들어 다리에 차고 생활하다가 잘 때만 풀어 놓는 방법을 써 보았다. 그랬더니 행군할 때는 마치 날아다니는 기분이면서 하룻밤에 160리까지 무난하게 주파할 수 있었다. 또 팔을 탄탄하게 하려고 매일 자기 전에 주먹을 단련시키는 권고대[拳固臺]를 1,000번씩 때리고 자리에 들었다. 주먹이 찢어져 피가 흐르고 범벅이 되어도 이를 악물고 계속 쳤다. 나중에는 기왓장 3장 정도는 한주먹에 깰 수가 있었다.

1958년은 지나고 1959년 4월이 되자, 어느 날 과장이 초대소로 찾아왔다. 새로운 임무가 내려진 것이다.

"계 선생님, 이제부터 실제 임무를 해야겠습니다."

과장은 담담한 표정을 지어 보였다.

"사천면 고향으루 가셔서 가족들 상황을 알아보고 오십시오. 공작이 가능한 사람은 포섭해야 합니다.”

“알겠습니다.”

공작 생활에 어느 정도 자신이 생겨 침투하는 일에는 별다른 문제가 없을 것 같았다. 막상 고향땅을 다시 밟는다고 생각하니 마음이 설레였다. 어느덧 고향을 떠난 지 9년 가까운데 가족들에게는 아무런 일도 없었는지 궁금하기도 했고, 나를 만나면 형님들은 어떻게 나올까 초조하기도 했다.

……십 년이면 강산도 변한다는데 고향은 어떻게 변했을까? 어머님은 돌아가시지나 않았을까? 정희는, 샛별이는, 내 아들 필기는? 쉽사리 잠이 오지 않았다.

이튿날 기차를 타고 장전으로 향했다.

장전에서 공작선을 타고 사천진리 북방 1킬로미터 지점에 당도했는데, 갑자기 파도가 높아져 육지에 접근하기 어려웠다. 하지만 여기까지 어렵게 와서 되돌아가려니까 너무나 억울한 것 같았다. 고무보트를 내려 노를 저어 천천히 접근했다. 보트를 저어 약간 전진하는데 파도가 몰아치면서 그만 보트가 벌렁 뒤집히고 말았다.

“꽉 잡아!”

안내원과 보트수까지 3명이 물에 빠져 허우적거리다가 구사일생으로 겨우 보트에 매달려 모선에 되돌아온 우리의 몰골은 꼭 물에 빠진 생쥐꼴이었다. 이제는 어쩔 수 없이 되돌아오는데, 이번에는 파도가 높아져서 모선조차 항해하기가 어려워졌다. 배는 파도에 휩쓸려 이리저리 부딪쳤다.

쿠~앙! 쾅! 파도가 세차게 뱃전을 때리면 배는 뒤집어질 듯 옆으로 기우뚱거렸다. 이대로 있다가는 배가 전복되어 모두 물귀신이 될 판이다.

“선생님! 이러다간 다 죽을 거 같습네다. 속초항으루 들어가서리 목숨이라도 부지합쉐다.”

물벼락을 흠뻑 뒤집어쓴 선장이 다급하게 말했다.

“안 돼요! 속초항에 가면 체포돼서 개밥이 돼요. 배가 끝장나면 헤엄쳐서라도 돌아가야 하오! 동무! 여기서 포기하면 안 돼, 정신 차리쇼!”

나는 단호하게 선장의 제의를 묵살했다. 선장도 무안한지 고개를 끄덕이면서 입술을 굳게 다물었다. 두 눈을 부릅뜬 그의 마빡은 땀방울과 물방울로 흠씬 젖어 있었다. 연신 파도에 휩쓸리면서도 배는 북상, 북상했다. 파도가 배 안에까지 들이쳐서 우리는 바닷물을 흠뻑 뒤집어쓰고 말았다. 배가 왈가닥왈가닥 요동쳐서 선원들조차 뱃멀미를 하고 토악질까지 했다.

천신만고 끝에 우리는 휴전선 부근에 다다랐다. 무전으로 구원을 요청하자 지금 함정도 위험해서 출항이 곤란하니 그대로 천천히 들어오라는 답신이었다. 별수없이 항해를 계속하여 간신히 휴전선을 넘어서자 그때서야 파도가 수그러들기 시작했다.

장전에 도착해서 휴식을 취한 다음 이튿날 다시 공작을 시도해 보았다. 역시 파도가 높아서 포기할 수밖에 없었다. 게다가 다른 공작원들의 사업 계획이 맞물려 나는 부득이 공작 일정을 바꿔야만 했다.

초대소에서 휴식을 취하면서 1차 공작의 실패에 대해 곰곰이 생각해 보았다. 날씨 때문에 불가피한 일이기는 했지만 여태까지의 당일치기 공작은 여러모로 불편한 문제를 야기했다. 적어도 3일 이상은 공작하는 게 충분한 임무 수행이 가능할 듯 싶었다. 공작 구상을 달리하기로 마음먹은 나는 우선 3일을 머물 수 있는 비트비밀 아지트 굴설 연습을 시작했다.

나는 초대소 앞에 두 명 정도 들어가 침식할 수 있을 정도로 비트를 파서 그

위를 흔적 없이 위장해 보았다. 출입구는 개집으로 덮었더니 전혀 표시가 나지 않았다. 심지어는 지도원조차 나를 찾아왔다가 못 찾고 헤맬 정도였다. 이제야 됐다 싶었다.

이런저런 사정으로 1959년 10월이 되어서야 다시 침투 공작을 시작했다. 사천진리 북방에서 물개 바위를 목표로 출발했는데 육지를 눈앞에 두었을 때, 모선에 연결된 밧줄에서 긴급 신호가 왔다. 모선에서 발동기로 밧줄을 끌어당겨 팽팽하게 보트를 끌어당겼다. 우리도 황급히 보트를 저어 모선으로 돌아갔다.

"선생님, 날래 타시기요. 주문진에서 쾌속 경비정이래 추격 나오는 것이 레이다에 포착되었습네다."

서둘러 공해상에 나간 후 공해에서 하루 더 지내고 상륙을 시도하겠다고 무전 연락을 했더니 '무조건 복귀하라'는 지시였다. 또 한 번 실패하고 말았다.

어느덧 해가 바뀌어 1960년이 되었다. 남한에서는 3월 15일에 정부통령 선거를 앞두고 긴장이 감도는 시기였다. 나는 초대소에서 남한 방송을 열심히 들었다. 2월 25일 아침, 지도원과 과장이 찾아왔다.

"선생님, 일이 두 번씩이나 실패하니까, 맘이 불안하시죠? 하지만 좌절하지 마십시오. 이번에는 기필코 성공합시다."

지도원은 위로의 말과 함께 재침투 계획을 지시했다. 지도원의 지시가 끝나자 과장은 쇳소리 나는 쉰 목소리로 당부했다.

"지금 남조선의 정치 정세가 심상치 않습니다. 이번에 나가시면 가족과 친지의 상황을 탐지하시고 남조선 정세를 잘 알아 오십시오. 너무 공작에 욕심부리다가 실수할 우려가 있으니까 무리하지 마시고 각별히 유의하셔서 안전에 만전을 기하시기 바랍니다. ……기본 임무는 친척에게 접근하여 가족과 친척의 변동 상황을 알아보는 것이라는 사실을 잊지 마십시오. 특히 이번만은 집에 들리지 마십시오. 왜냐면 가족이 따라나서면 큰일이며 다음 공작도 못 못하게 됩니다. 무엇보다도 선생님이 임무를 완수하는 것보다 무사히 복귀하시는 것이 우리에겐 더욱 중요합니다. 아시겠지요?"

"예, 명심하겠습니다."

주의 사항을 듣고 다시 침투 준비에 들어갔다.

마침내 1960년 2월 28일, 세 번째 침투 공작을 시도했다. 고향에 간다는 생각에 외롭게 간판에 서 있는 나를 달래기나 하듯이 바다는 쏴와아, 쏴와아, 목청껏 울어댔다. 나는 감상적인 상념을 털어 내고 입술을 질끈 깨물었다.

다행히 이번에는 아무런 상황도 없어서 사천진리 북방 1.5킬로미터 지점에서 순조롭게 침투했다. 접선 장소를 이설당 진등 끝에 있는 남양 홍씨 묘지로 정하고, 복귀 접선 신호는 흙뿌리기로 정한 다음 안내원을 돌려보낸 나는 혼자 마을로 들어갔다.

사방은 어둠이 깔려 분간하기 어려웠지만 고향길은 십 년 전과 별로 다른 게 없었다. 마을로 들어서자 컹컹거리며 개들이 짖었다. 그 소리를 들으니 어릴 때 씨름하던 생각, 짱을 하던 생각이 고스란히 되살아났다. 형님과 말타기하던 들판, 필기를 낳고 기뻐서 소리치던 대숲도 여전했다. 모든 사연이 눈앞에 한꺼번에 나타났다가 사라져 버렸다.

먼저 큰형님 댁에 갔으나 집이 허물어져서 없길래, 중형님 댁에 갔다. 중형님 집 문패를 확인해보았다. 형님 성함이 그대로 있었다.

형님! 진계가 왔어요!

소리치면서 당장 뛰어들고 싶었다. 허나 잠시 마음을 가라앉히고 주변을 돌아보았다. 나는 북에서 온 공작원이다. 뒷사랑방에 불이 켜져 있어서 살그머니다가갔다. 창호지 문에 침을 발라 뚫고 들여다보니, 방안에는 낯선 여인네가 두 아이와 곤히 잠들어 있었다.

다시 안방으로 다가갔다.

"……쥔 양반……, 주인 양반……."

두세 번 불렀으나 안에서는 아무런 대답이 없다. 형님께서 주무시는가 싶어서 문을 살짝 밀어 봤다. 다행히도 문이 잠겨 있지 않았다. 잠시 망설이다가 방문을 열고 들어갔다. 방안에는 형님이 곤히 잠들어 있었다.

"형님, ……형님!"

흔들어 깨우자 형은 눈을 비비며 일어났다. 한참 바라보던 형은 깜짝 놀랐다.

"누, 누구, 누구?"

"진정하세요, 저, 진계예요."

"뭐, 뭐라고?"

형님은 내 손을 잡았다. 연신 내 뺨을 만져 본다.

"이렇게 만나다니! 이거 꿈 아니냐……?"

"꿈이라뇨. 생신데요."

"그렇구나…… 헌데 너 어떻게 왔어? 얼마 전에 홍기가 내려왔다가 잡혀서 온 집안이 쑥밭이 됐는데…… 차라리 오지 않는 게 안전할 텐데……."

홍기라는 말을 듣자 진교가 얼버무리던 말이 떠올랐다.

'우리 친척 김홍기 씨는 중학교 교무주임을 했는데 지금은 소식을, 잘 모르겠어요.'

역시 예상했던 대로 그도 공작원이었다. 그런데 벌써 체포되다니.

"형님, 걱정하지 마세요. 전 형님이 보고 싶어서 잠시 들른 것뿐입니다. 제가 쉽게 잡힐 사람입니까?"

우선 형님을 안심시켜야 했다.

"제가 온 사실은 형님밖에 모릅니다. ……참, 형수님은 어디 가셨어요?"

"큰형님 댁에 제사 지내러 갔어."

"그래요? 형님하고만 얘기해야겠는데 형수님이 오시면 안 되겠네……, 조금 있다가 제가 나가면 진등 끝 홍씨 묘지 앞으로 오세요. 그리구 오셔서 에헴, 하구 기침 소릴 내세요. 그러면 제가 숨어 있다가 나갈게요."

"그, 그래, 알겠어."

나는 먼저 약속 장소에 갔다. 밤은 칠흑같이 어두운데 아직 날씨가 싸늘하고 늦겨울 바람이 불어 코끝이 얼얼했다. 한편으로는 불안하고 초조하여 긴장되었고, 날씨가 추워서 온몸이 덜덜 떨렸다.

다행히 형님이 바로 나오셔서 우리는 묘지 뒤편 으슥한 곳에 가서 그동안 밀렸던 가족들 소식이며 살아온 이야기를 나눴다. 형님은 정희가 나를 기다리며 매일 밤 정한수를 떠 놓고 기도한다는 말도 했다.

"형님, 근데 어머니는요……?"

"으응, 어머니? ……어머닌…… 니 걱정만 하시다가, 돌아가셨다."

"……."

어머니는, 돌아가셨다.

텅 빈 머릿속에 쌘 바람이 휑하니 지나가는 느낌이 들었다.

"그, 그럼 샛별이랑, 필기는……."

"……말도 마라. 너 떠난 다음 고생만 죽도록 하다가…… 중공군이 내려올 때 필기 데리고 피난가지 않았나. 거기서 필기는 홍역을 앓아 죽구……. 필기 어미만 올라왔더구나. 나중에 실성해서…… 차마 눈 뜨고 볼 수 없을 정도로 처참하게 돌아다니다가 어느 땐가…… 그냥 죽었어."

형은 고개를 들고 밤하늘만 멀거니 보더니 긴 한숨을 토했다. 갑자기 땅바닥이 무너져 내리는 것 같았다. 필기, 샛별이 모두 죽다니. 가슴 한가운데를 뻥 하니 뚫고 지나가는 허무감에 한동안 정신이 얼얼했다. 왠지 눈물이 나오지 않았다. 등에 업은 필기를 추스리면서 사기그릇처럼 하얀 이를 이쁘게 드러내고 씨익 웃던 샛별이, 그 맑은 눈동자가 크게 어른거렸다.

"……큰형님은요?"

"이젠 많이 늙으셨지만, 아직 별 탈은 없어. 강릉으로 이사 갔지."

큰조카 찬기는 논산 훈련소에서 대위로 복무하다가 죽고, 나머지 조카는 대학교와 고등학교에 다녀서 큰형이 학비를 대느라고 고생이 많다는 얘기를 했다. 여러 친척이 살아 가는 얘기와 아울러 어머니 장례 치르던 일과 묘소 자리도 가르쳐 줬다.

"형님, 제가 왔다는 사실을 아무한테도 말하지 마세요. 정희한테도 말하면 안 돼요. 정희가 알면 큰 소동이 납니다. 그저 형님만 알고 계세요. 오늘은 늦었으니까 낼 저녁에 어머님 묘소에 들릴게요. 밤 열한 시에 묘지에 나와 주세요."

마침 공작금이 있어서 형님께 드렸다.

"많은 돈은 아니지만 조카들 학비에나 보태세요. 전 낼 형님을 뵙고 북으로 올라가요. 그러면 이 돈도 아무 쓸 데없어요."

"아냐, 아냐. 내 걱정하지 말고 너나 써라."

계속 사양하는 걸 억지로 드리고 헤어졌다. 일단 은신처를 찾아야 했다. 황급히 고향 뒤쪽에 있는 155고지 말뚝배기 산 위로 올라가 비트를 만들고 잠복했다.

형님을 뵙고 나서 친지들의 소식을 대강 들으니 이런저런 생각에 잠이 오지 않았다. 발이 꽁꽁 얼어 시린 데 마음은 착잡하고 답답하여 그저 한숨만 나왔다.

다시 날이 밝아 한낮이 되었다. 정오경 사람 소리가 들렸다.

"저쪽에 한번 가 보자구."

나무꾼 두세 명이 내가 은신한 곳 근처에 왔다. 일순 긴장이 되어 숨을 죽였다. 그들의 동태를 가만히 살펴봤다.

"젠장, 여긴 나무 씨도 없네, 퉤!"

그들은 두리번거리다가 다른 곳으로 떠났다. 땔 나무를 하러 온 사람들이었다. 나는 겨우 안심하고 혹시나 다시 오지 않을까 신경을 곤두세웠다. 이렇게 신경 쓰다 보니 그날 낮은 한숨도 자지 못했다. 게게 풀린 눈으로 닭 머리를 쪼으면서 끄덕끄덕 졸다가 어느새 밤이 되었다.

저녁 8시. 은신처를 떠나 사방을 경계하며 어머니 묘소를 찾아갔다.

밤 11시경이 되어서야 무덤 가까이에 당도했다. 어머니의 묘소를 보는 순간, 두 다리는 맥이 풀려 힘없기 고꾸라졌다. 치밀어 오르는 뜨거운 기운이 용암처럼 분출될 것만 같았다.

뚝이 무너지듯 겹겹이 싸여 있던 슬픔이 일시에 터져 나왔다. ……어머니, 천하의 불효자, 이 못된 놈! 이제야 왔습니다. 일주일이면 온다구 말씀 드리구선, 의치 해드린다구 약속하구선…… 십 년 만에 왔어요, 어머니!

얼마 동안 울었을까. 두 손에는 머리카락이 풀포기 마냥 뽑혀 있었다. 정신차려야 했다. 눈물을 닦았다. 십 분, 이십 분, 형님은 나타나지 않았다. 혹시 무슨 일이 났는지 긴장하자, 초조하고 불안한 마음을 가눌 수가 없었다. 온 신경을 기울여 사방을 경계하는데 발걸음 소리가 들렸다. 으슥한 곳에 숨어서 기다리는데, 약속한 대로 에헴 하고 헛기침 소리가 났다. 형님이었다.

"진계야?"

"여기요, 여기!"

"헌데, 네가 아무에게도 알리지 말라고 했지만, 어찌 그럴 수 있냐? 네 아내에게 도리상 알리지 않을 수 지 않나."

"네?!"

"바위배기골에서 너를 보겠다며 기다리고 있어. 가서 만나 봐라."

이미 엎질러진 물이다. 어쩔 수 없이 형님을 따라갈 수밖에 없었다.

바위배기골에 다가가니 아내는 나를 보고 입술을 깨물며 다가왔다. 내 가슴팍에 무너지듯 쓰러졌다. 나는 정희의 등을 가볍게 쓸어 주었다. 정희는 처음엔 가볍게 몸을 떨다가 점점 사시나무 떨듯 온몸을 떨었다.

"여보, 이왕 내려오셨으니까 자수해서 여기서 함께 살아요, 네? 자수하면 벌두 없구 되레 집도 주구 돈도 준대요. 이젠 돌아가실 생각 마세요."

자수하라는 말에 정신이 번쩍 들었다.

"당신 마음은 이해하나, 내가 어찌 자수하겠소?"

"여보, 무서워요!"

정희는 기어드는 목소리로 말했다.

"자수하시면……."

"그만하시오!" 하며 나는 말꼬리를 냉큼 잘랐다.

"나는 그런 보상에 관심이 없는 사람이란 걸 당신이 잘 알지 않소. 자수 그 자체가 변절이오. 변절자는 잘되는 법이 없어요. 자기만 살려고 남을 죽일 수는 없지 않소. 나는 지금 지나는 길에 잠깐 들른 것이오. 내일부터는 다시 나타나지 않을 거요. 절대 피해가 없을 테니 안심해요."

내가 여러 말로 타이르자 훌쩍거리던 아내는 눈물을 멈추었다.

"자, 자, 오랜만에 만났는데 한잔 들면서, 천천히 얘기하자꾸나."

마침 곁에 있던 형님이 술을 꺼냈다. 정희도 가지고 온 달걀과 곶감을 차려 놓았다.

“진계야, 네 생각만 하지 말고 네 아내가 고생한 것두 생각해 봐라. 네가 북에 갔을 때 아랫마을 최 아무개가 집에 와서 대들보에 대고 총질을 해대고 네가 숨어 있는 곳을 대라며 위협하구, 자위단원 청년들이 제수씨를 끌고 난타하여 실신 상태가 되지 않았나. 그리구 농짝·축음기·벽시계·책상·이불까지 몽땅 가져가서 제수씨는 완전히 알거지로 살았단 말이다.”

말을 듣고 나니 아내에게 미안한 생각과 함께 분통이 머리끝까지 솟아올랐다. 당장이라도 쫓아가서 최가놈을 박살내고 싶었다. 내 성격을 잘 아는 형님은 내 주먹을 꽈악 붙잡고 참으라고 타일렀다. 또 내게는 공작 임무가 있었기에 나는 입술을 악물고 분통을 삼켰다.

술을 들면서 형님에게 남한이 어떤지 이런저런 정세에 관해서 물었다.

“지금 자유당에서 이승만이랑 이기붕이를 당선시키려구 난리가 이만저만이 아냐. 하지만 백성들 맘은 벌써 딴 데로 갔지. 이번에두 분명히 별의별 부정을 다 저지를 거냐. ……무슨 난리가 날 게 분명해.”

이제 가족·친지들의 처지나 남한의 정세 등에 대해 어느 정도 알아냈고 또 시간도 꽤 늦은 편이라 서둘러야 했다. 북한의 의무 교육 제도, 평생 무상으로 치료해 주는 의료 제도, 협동 농장 체제를 갖춘 농촌 경제 등에 대한 실상을 느낀 대로 상세히 설명해 주고 두 사람에게 작별을 고해야 했다.

“형님, 나는 북으로 가면 그만입니다. 내가 왔다는 건 아무도 모르는 일이니까 절대 입 밖에 내지 마십시오. 그럼 형님…… 건강히 지내십시오!”

“진계야, 산속 깊이, 깊이 들어가 숨어야 한다. 몸조심하고…….”

“당신도 홍기네 일을 생각해서 절대 누구에게도 말하지 말아요. 고생하겠지만 어쩌겠소. 용기 잃지 말고 살아요.”

“아무쪼록 무사히 지내세요. 늘 기다리겠어요.”

형님은 내 어깨를 껴안아 주셨다. 아내 정희는 눈물만 글썽였다. 그날 밤 깊은 산 속에 들어가 은신처를 정한 후 낮에 북으로 무전을 쳤다.

현지 무사히 도착. 접근 공작 완료. 복귀 접선 바람.

간단히 송신하고 수신 시간에 암호를 받아 해독했다.

배 나감. 소정된 시간에 접선 복귀 바람. 조심하라.

이번 공작에서 아무런 문제 없이 임무를 수행했다고 생각하니까 긴장이 풀려 잠시 눈을 붙였다. 깨어나니 저녁 무렵이었다. 그동안 너무 긴장해서 이틀이나 아무것도 먹지 않고 냉수만 먹고 지냈는데도 도무지 식욕이 없었다. 그러나 저녁에는 복귀해야 하기에 억지로라도 비상식량을 꺼내 먹었지만 날씨도 춥고 입맛도 없어 말린 쇠고기 몇 쪽만 집어 먹고 말았다.

어둠이 완전히 깔린 후 접선 장소에 가 소나무를 꺾어 길바닥에 놓은 후 대기했으나 안내원은 오지 않았다. 접선 시간인 자정을 훨씬 넘어 30~40분을 기다려도 기척이 없었다. 답답하기 그지없었다. 아무래도 안내원이 지형을 오인해서 접선 장소를 못 찾나 싶어 다시 잠복했다.

다음날 정해진 시간에 다시 무전 연락을 하자 금방 답신이 왔다.

안내원 지형 오인해서 접선 못함. 오늘 배 나감. 접선 바람.

지시대로 다시 접선 장소에 나갔으나 새벽 1시가 되도록 아무런 기척도 없다.

다시 산속에 잠복해서 무전 연락을 보내니 또 지형을 오인했다는 것이다. 두 번씩이나 접선에 실패하자 불안하고 답답해지기 시작했다. 하지만 복귀할 자신은 있다. 만일 월음기가 지나도록 접선이 안 되면 산을 타고 휴전선을 넘어 복귀해야 하는데, 육로로 침투한 경험이 있기 때문이다.

그날 낮에는 날씨가 흐려지더니 꽃샘바람이 불고 눈보라가 치기 시작했다. 갑자기 눈이 흩뿌려져서 걱정되었으나 비옷을 꺼내 입으니까 몸에 온기가 돌기 시작했다. 천막을 치고 눈이 덮이면 발각되지 않을 것 같아 천막을 치고 잠을 청했다. 사실 날씨는 몹시 춥고 몸은 떨렸지만 천막 안은 그런대로 온기가 있어 다행이었다. 나는 어느새 깊은 잠에 빠져들었다.

저녁에 일어나서 밖을 보니 눈이 한 뼘 정도 쌓여 있어 이동할 수가 없었다. 교신 시간에 무전을 송신했다.

지금 눈이 내려 20센티미터 정도 쌓였음. 산에 잠복중. 다시 지시 바람.

아무리 기다려도 답신이 안 왔다. 야참이 그리울 정도로 배가 고팠다. 게다가 눈 속에 파묻혀 지내려니까 춥고 참는 데도 한도가 있었다. 하지만 참는 수 외에는 달리 방법이 없었다.

이튿날 아침에야 눈이 그쳤다. 봄에 내린 눈이라 금방 녹아 없어지기 시작했지만 2, 3일은 족히 걸릴 것 같았다. 3월 7일. 또다시 교신 시간에 무전을 송신했는데, 드디어 답신이 왔다.

배 나감. 접선 바람. 안내원 두 명. 소정의 장소에서 소정의 방법으로 대범하게 접선 바람.

이번에는 실패하지 않겠지, 하는 기대감이 들었다. 저녁 7시경에 산에서 나와 접선 장소에 도착했을 때는 11시였다. 한참 기다리다가 접선 시간이 다가오는데 멀리서 인기척이 들렸다. 틀림없이 두 명이다. 안전 신호를 보냈다. 신호가 맞았다. 음향 신호로 흙을 한 번 뿌렸다. 안내원이 흙을 두 번 뿌렸다. 그들이 '금강산' 하고 군호를 말하기에 나는 '경포대' 하고 답했다.

"수고하셨습네다."

안내원은 작은 목소리로 말했다. 서로 반가워서 얼싸안았다. 본래의 안내원이 아니고 다른 사람들이었다.

무사히 복귀하여 장전항에 도착했을 때는 먼 동쪽 어둠 속의 수평선 근처가 발그레하게 갈라지는 중이다. 온몸이 나른하고 맥이 풀렸다. 장전 초대소에서 편안히 쉬고 있는데, 일주일이나 식사를 제대로 안 하다가 음식을 먹어서 그런지 창자가 끊어질 듯이 아팠다.

얼마 후 의사가 왔다.

"대장 안에 변이 굳어서리 기런 검네다. 관장을 해야겠습네다. 기리구 몸이 많이 망가져서 치료 좀 해야겠수다."

의사가 관장하니까 금방 속이 편안해졌다. 다음날 평양으로 돌아와 선교리 초대소에 가니 기다리고 있던 과장은 이번 공작은 대성공이라면서 크게 기뻐했다.

그들과 헤어져서 방에 누워 쉬었다. 푹 쉬고 싶었다. 그러나 내 눈에는 고향 풍경이 쉽사리 사라지지 않았다. 눈을 감으면 흰 눈이 소복하게 쌓인 고향 마을이 어렴풋 떠올랐다. 고향 논 가운데 한꺼번에 떠오른 황새 떼가 스쳐 지나가는 듯했다. 정신을 모아 다시 보면 더 뚜렷하게 보였다.

잠시 고향에 대한 감상에 젖기도 했지만, 그것은 잠깐뿐이었다. 나에겐 예감할 수 없는 일이 계속 닥쳐오고 있었다.

5부 / 붉은 강, 푸른 산

'청산리 정신 및 방법'과 '대안의 사업 체계'

1960년 3월 초 고향에서의 공작 임무를 무사히 마치고 돌아온 후, 줄곧 초대소에서 휴식을 취했다. 4월부터 7월까지 휴가 명령을 받았다. 지도원과 함께 안주군으로 갔을 때 내 집은 평률리에서 미사리로 옮겨 있었다. 처남이 평률 인민학교 교원으로 와서, 처갓집이 미사리에 자리 잡아 내가 없는 상태에서 처갓집 옆으로 이사를 한 것이다.

아내 왈현이, 큰딸 정애, 아들 일기, 이렇게 우리 식구는 평양 가까이에 있는 관광 명소와 휴양지를 여행하기도 하며 단란한 한때를 즐길 수 있었다. 부벽루에 올라 푸른 대동강 물과 송림과 탁 트인 아득한 들판을 바라보고는 가슴이 터질 듯했다. 몸이 공중에 날아오르는 기분이었다.

묘향산 명승지와 명사십리 해변에 있는 노동자 농민 휴양소도 다녀 왔다. 이런 휴양소에서 노동자들은 휴가철에 번갈아 가면서 대략 두 주일 정도 쉬다 갔고, 농민들은 주로 농한기에 와서 쉬었다. 농민들은 각 리 당위원회에서 추천하는 사람들만 휴양소 이용권이 나왔다. 낯선 고장 휴양소에 와서 가족들과 함께 밤길을 거니는 시간은 정말로 꿈만 같았다. 총을 들고 죽느냐 사느냐 뛰어다니던 침투 활동의 기억도 금방 잊혔다.

왈현이와 아이들의 손을 잡고 어둠이 밀려오는 논길을 걸으며 듣는 개구리 소리가 어찌나 고즈넉하고 정겨운지. 일기는 까치걸음 하면서 즐거워했고, 개구리들은 가까이 가면 일제히 울음을 그쳤다가 다시 합창했다. 내가 흥얼거리는 콧노래가 바람결에 실려 야드르르하게 번져 갔다.

"아버지, 개꾸락지덜이 깨굴깨굴 소리치믄 뒤에서리 꽤액꽤액 우는 거이 뭡네까?"

엄마 젖이나 빨던 갓난쟁이 일기가 이제는 세발자전거를 타고 돌아다니는 네 살배기 장난꾸러기가 되어 새초롬한 얼굴을 들고 물었다.

"으응, 그건 맹꽁이라는 거야."

"와 맹꽁이라구 함네까?"

"맹꽁맹꽁하고 우니까."

"기거이 이상함네다? 내래 듣기엔 꽤액꽤액 우는데?"

뭐라고 설명해야 할지 할 말이 없었다. 그때 나를 구해 준 건 내년이면 인민학교에 들어갈 큰딸 정애였다.

"기레면 네래 꽥꽥이라구 부르믄 되갔네."

"야래, 뎡말 신통하구나!"

엄마 왈현이가 맞장구를 치자 우리 가족은 웃음바다가 되었다. 일기 놈은 꽥꽥 맹꽁맹꽁, 소리치면서 논길을 내달렸고, 맹꽁이란 놈도 꽥꽥인지 맹꽁맹꽁인지 더 크게 노래했다. 풀벌레 소리며 개구리 소리 따위가 울려 퍼지는 밤하늘 별이 눈부시게 아름다웠다.

사실 평화롭고 행복한 기분에 휩싸여 있을 때도 내 마음 한구석에는 납덩이처럼 가라앉은 죄의식이 있었다. 그것은 나 때문에 표현못할 고통을 겪고 있는 정희의 눈빛, 그 눈빛에는 정희가 겪는 고통이 찐득하게 가라앉아 나의 가슴을 무겁게 짓눌렀다. 이제는 더 만나 보려야 볼 수도 없는 필기, 샛별이도.

내 사정을 잘 알고 있는 왈현이는 늘 그 점이 걸리는 듯 근심스러워 했다. 행복이 커지면 커질수록 고통의 무게는 두 배 세 배로 커졌다.

시간 가는 줄도 모르고 휴가를 지내던 중에 4·19 소식을 들었다. 나는 휴가를 중지하고 곧장 초대소로 달려갔다. 『서울신문』에 보도된 4·19 기사를 읽었다. 며칠 후 4·19혁명 과정을 촬영한 다큐멘터리 영화를 보았다. 아마 일본을 통해 들어온 듯싶은데, 김주열 열사의 사망 소식을 듣고 거리로 뛰쳐나온 마산 시민들의 시위와, 이승만 동상을 학생과 시민들이 밧줄에 묶어 질질 끌고 다니는 장면을 보았다. 이때 남한 소식이 연일 방송으로 보도되었고, 사태 추이는 긴장된 분위기 속에서 주시되었다.

다시 집으로 돌아와 4·19혁명으로 이러저러한 회의에 참가하다 보니 어느새 3개월의 휴가 기간이 다 지나갔다. 이번에는 695 중앙당 학교에 입교해서 6개월간 학습하라는 지시가 내려왔다. 나는 연락을 받는 즉시 중앙당 학교로 떠났다.

중앙당 학교는 마치 초대소 같은 개인 집으로서 산골짜기 깊숙이 은폐되어 있었다. 정해진 시간마다 강사들이 개인 방을 찾아와서 일대일로 강의를 했다. 강의 내용은 주로 마르크스주의 철학·자본론·정치 경제학·세계 사회 발전사·조선 역사·조선 노동당사·소련 공산당사·중국 공산당사 등이었고, 학습은 주로 세미나식으로 진행되었다. 하루 7시간씩 배운 후, 그날그날 복습하지 않으면 다음 날 진도에 지장이 있고 토론에서 뒤떨어지기 때문에 매일 자정 무렵까지 학습해야 했다.

중앙당 학교를 최우등의 성적으로 수료할 때는 어느덧 해가 바뀌어 1961년이었다. 승용차를 타고 지도원과 함께 다시 선교리 초대소로 돌아왔다. 이제 내게는 또 새로운 생활이 기다리고 있었다.

"이제는 당분간 사회에 나가서 경험을 쌓아야 합니다. 계 선생님은 당 사업을 위해 평남도당에 배치되었습니다. 이 일 역시 공작 활동의 일부란 걸 잊지 마십시오."

1961년 2월 20일 자로 평남도당 농업부 지도원으로 배치되었다.

나는 이미 안주군 평률리에서 초보적인 당 사업을 해 왔던 터라 그다지 어렵지는 않았지만, 현장 감각을 다소 잊었기에 열심히 연구하고 실천하지 않으면 안 됐다. 배치되자마자 청산리 협동 농장에 대한 집중 지도에 지도 그루빠'그룹'을 러시아어 발음대로 표기한 북한말의 일원으로 참가하라는 통보를 받았다.

'청산리 방법'이란 평안남도 강서군 '청산리 협동 농장'에서 1960년 2월 보름 동안, 김일성이 멍석을 깔고 농민들과 대화를 하고 숙식을 같이하면서, 현장 지도를 실시한 지도 방법을 말한다. 당 간부들이 대중 속으로 직접 파고 들어가 대중의 실제 생활과 요구를 파악하고 대중에 근거하여 문제를 해결하려는 이런 사업작풍을 '청산리 정신'이라고 불렀다.

김일성은 중앙당에서부터 도당·군당·리당에 이르기까지 간부 중의 일부를 선정하여 지도 그루빠를 구성한 다음, 청산리 협동 농장에 가서 전체 농장원이 모인 자리에서 지도 그루빠가 무엇을 검토할 것인지 아주 세세하게 구체적인 부분까지 설명하는 일로부터 사업을 시작했다. 김일성은 이러한 청산리의 경험을 토대로 청산리 정신 및 방법을 확산시켰다.

김용준(1904~1967)의 조선화 〈강선제강소를 지도하는 김일성 동지〉(1963)

"청산리 정신의 기본은 윗기관이 아래 기관을 도와주고 윗사람이 아랫사람을 도와주는 거라요. 늘 현지에 내려가 실정을 깊이 알아보고 문제 해결의 방도를 세우는 거디요. 모든 사업에서 정치 사업·사람과의 사업을 앞세우구, 대중의 자각적 열성과 창의성을 동원하야 혁명 과업을 수행하도록 하는 데 있디요."

당 중앙위원회 상무위원회에서 한 연설 '강서군당 사업 지도에 대하여'를 통해 김일성은 설명했다. 청산리 방법은 조선 노동당이 전통적으로 추구해 온 '혁명적 군중 노선'을 사회주의 건설의 현실에 맞게 구체화한 대중 지도의 방법으로서 관료주의·주관주의·형식주의를 퇴치하기 위한 방법이었다.

청산리 방법에 대한 학습 시간은 토론에 앞서 먼저 강의가 있었다. 그날 강사로 나선 선생은 여간 재미있지 않았다. 보기만 해도 웃기는 강사였다. 생김새부터 재미있는 그는 살빛이 검은 데다가 얼굴 한복판에 뼈가 솟아 수수깡처럼 속이 빈 것 같은 코를 달고 있었다. 왼쪽 뺨에 검은 점이 났는데 얘기하면서 가끔 그 점을 천천히 긁는 게 버릇이었다.

아무튼 이 훈장이 얼마나 재미있는지 우리는 그의 말을 얼이 빠져서 듣곤 했다.

"어렵게 생각하지 말기요. 우리 사회에 을마나 문데가 많습네까? 특히 책임자덜이나 간부덜이 이거 골칫덩어리 아닙네까?"

말하면서 우리에게 손가락질을 하는데, 곧 우리 모두가 골칫덩어리란 얘기였다. 동시에 그는 디룩디룩 배부른 간부 흉내도 냈다.

"책임자덜이 사업에는 열심히 아니 하구서리 술만 퍼 마시구 부하덜에게 욕만 한다거나, 제때에 물자를 공급하디 않구서리 여편네 몰래 다른 에미나이 아새끼레 까구 물자를 쪼금씩 빼돌리믄 어케 함네까? 이런 잘못된 사업작풍이래 알려구 청산리 방법을 하는 검네다."

그 강사는 점잖게 빰에 난 점을 긁으면서,

"위선 농장원덜에게 비밀이 철저히 보장된다구 약속함네다. 기러믄 누구래 잔칫집에만 돌아다니믄서 술만 퍼먹구, 누구래 틈만 있으믄 과부 집에 드나들면서 아랫도리 운동한다는 얘기럴 종합할 수 있슴네다. 기리구 나서 간부덜을 한 사람씩 불러서 '요즘 애로 사항 없습네까?' 하고 은근슬쩍 물어서리 유도심문을 해설나무네 자백을 받아 확인하는 검네다."

'애로 사항 없습네까?'라고 천천히 묻는 부분에서 그가 얇게 뱁새눈을 뜨고 음흉한 표정을 지을 때, 우리는 웃지 않을 수가 없었다.

"뫼가 뫼가 나쁜디 실상을 정확히 파악하구서리, 마디막으루 총화를 열어 '오늘은 아무 얘기든지 맘껏 하시라우요' 하구서리 간부덜에게 변명 못하게 함네다. 기러믄 고조, 온갖 비편과 불평 불만이 터져 나오는데, 기거레 받아서 웬만하믄 자아비판하게 하구, 상황이 엄중하믄 해임시킴네다."

곰처럼 가슴을 내밀면서 그 강사가 위엄 있게 말하자, 몇 사람이 궁시렁대며 문제를 누설했다.

"간부들이 술이나 먹구 과부집에 들락거리지는 않나, 욕질 하는 간부는 누구

갓서. 맨날 욕질한 사람은 알끼야요. 모내기는 제 때에 했나 등등 모든 부분을 딕뎝 농장당원들과 대화를 해야디요."

"기럼요. 책상머리에서 생산 목표량을 뎡하거나 혹은 엉뚱한 닥물을 심게 하거나 하면 달못된 거 아니간. 강냉이 심어야 할 곳에 조를 심으라 하딜 않나, 목표 생산량을 과중하게 할당하거나 손꾸락딜만 하는, 내레 관료듀의관료주의가 젤 문제라구 생각하디요."

다 들은 그는 되도록 벌책을 가하지 않고, 다만 잘못된 점을 엄격하게 비판하고 좋은 점을 가르치는 걸 목표로 한다는 얘기로 결론 삼았다. 강의를 다 듣고 난 다음 나는 지도 그루빠의 일원으로 17, 8명의 다른 지도원과 함께 청산리 협동 농장을 집중지도하러 갔다.

김일성 '수상'이 1년 전에 직접 지도를 하고 갔던 곳이라 자못 기대를 하고 방문했으나 청산리 협동 농장의 낙후된 첫인상은 나의 기대를 여지없이 허물어 버렸다.

청산리 협동 농장은 집이 300여 호, 일꾼 500여 명, 총인원 1,000여 명이 모여 사는 농장이었는데 사는 꼴이 말이 아니었다. 들판에 서로 드문드문 떨어져 있는 집들은 대부분 초가집이었고 한눈에 보아도 당장 고치거나 새로 지어야 할 집들이 많았다. 땅도 무엇 하나 심을 수 없을 만치 척박했다. 논농사보다 밭농사가 조금 많고 농기계 보유 실태도 평균 이하인 형편 없었다. 또 남루한 옷으로 겨우 몸을 가린 사람들이 대부분이었다.

우리 지도 그루빠가 도착하자 농장원들은 서너 명씩 몰려나와 우리의 손을 잡으며 몹시 반기는 기색이었다. 우리는 청산리 방법에 따라 먼저 지도 그루빠에서 총화를 열어 공개적으로 농장원들에게 감찰한 내용을 전달했다. 이때 수첩을 꺼내 열심히 받아 적는 사람이 꽤 많이 눈에 띄었다.

종자를 제 시기에 파종했는가, 종자 숫자를 지나치게 많이 넣지 않았는가 적게 넣었는가, 종자는 우량종을 선별했는가, 협동 농장의 관리 위원장이나 농산 지도원·작업반장·분조장은 임무에 열중하고 있는가 등등의 문제였다. 이런 지도 요강을 농장원에게 침투시키면, 농장원들은 자기 스스로 모두 지도 그루빠가 되어 청산리 협동 농장을 조사할 수 있다는 장점이 있었다.

그런 다음 우리는 한 집을 밀려 '비밀실'을 만들어 놓고 농장원을 한 사람 한 사람씩 불러 불만 사항이나 시정 사항을 들었다. 동시에 각자 맡은 분야를 구체적으로 조사했다. 나는 농산 작업반 하나를 맡아 논밭에 나가 토지 실태를 조사하고, 작업반들의 집을 방문해 생활 정도를 자세히 살펴보았다. 첫 인상대로 사는 것은 심각할 정도로 열악했다. 심지어는 집안 식구에 비해 수저가 모자라거나 집에 식칼이 없어서 어떻게 음식을 해 먹는지 신통한 집도 있었다.

근 보름 동안 계속된 지도가 거의 마무리되어 갈 무렵, 우리 지도 그루빠는 보고서를 작성한 다음, 마지막 단계로 간부들이 가장 무서워하는 '청산리 총화 회의'를 실시했다. 농장원들은 총화 회의에서 많은 문제를 기탄없이 지적했다. 이때 지도 그루빠가 파악한 문제와 농장원들이 지적한 사항들이 대개 다 일치했다.

청산리 방법에 따른 집중 지도를 행한 결과, 김일성이 내려와 직접 지도했다는 이곳도, 내가 보기엔 1년이 지난 그때까지 아직도 관료주의가 팽배해 있었다. 협동 농장의 낙후한 사정을 파악하고 나서야 우리는 김일성의 의중을 알 수 있었다. 그가 청산리 마을을 택해서 찾아간 이유는 그곳이 모범적이라서가 아니라 가장 뒤처진 곳이기 때문이었다.

이후에도 우리는 집을 지어 주러 청산리 협동 농장을 여러 번 갔다. 물론 다른 농장에도 노력 봉사를 갔지만, 김일성이 처음 청산리 정신과 방법을 창안한 곳인 이곳을 모범 농장으로 키우기 위해 우리는 더욱 심혈을 기울였다. 그 후에도 김일성은 6, 7년간 계속 청산리에 가서 직접 지도했고, 몇 년이 지난 청산리 협동 농장은 그야말로 전국에서 가장 모범적인 농장으로 발전할 수 있었다.

청산리 협동 농장에서 집중 지도를 끝내고, 이번에는 용강군 대안 전기 공장에서 실시하는 집중 지도에 지도 그루빠의 일원으로 참가했다. 대안 전기 공장에 대한 집중 지도는 청산리 정신 및 방법을 모든 공장에 실시하기 위한 기초 조사에 그 목적이 있었다.

농업 지도에서 비롯된 청산리 집중 지도 방법은 '청산리 정신 및 방법'으로 일반화되어 농업뿐만 아니라, 당·국가·경제 기관 사업의 기본 정신으로 나중에는 헌법에까지 등장했다. 이후에 청산리 정신 및 방법이 공장에서 창조적으로 실시된 방법이 바로 '대안의 사업 체계'였다.

'대안의 사업 체계'와 대안 전기 공장

'대안의 사업 체계'는 1961년 12월 김일성이 대안 전기 공장을 현장 지도하고 확립한 공장 관리 지침이다. 당시 북한에서는 사회주의 제도가 실현되어 공장이 종합화되고 대규모화되었다. 사회주의의 제도의 실현에도 불구하고, 인민경제에 대한 지도 체계와 지도 방법은 이에 맞게 개편되지 못했으며 간부들의 능력과 수준도 이에 따라가지 못하는 것이 현실이었다.

이에 당 중앙위원회는 제4차 당 대회가 끝난 뒤인 1961년 11월 4기 제2차 전원회의에서 경제 지도 운영을 근본적으로 개선하기 위한 과업을 제시했다. 다음날 김일성은 대안 전기 공장에 대한 현지 집중 지도를 통해 새로운 사회주의적 기업 관리 체계를 모색한다.

이 대안의 핵심은 대형화된 공장 및 기업소에 기존의 지배인 유일 관리제를 폐지하고, 노동자의 참여가 보장되는 공장 당 위원회의 집단적 지도 아래 집중적인 생산 체계·자재 공급 체계·후방 공급 체계 등으로 공장과 기업소를 관리 운영해 나가는 것이다. 내가 지도 그루빠에 참가하여 간 대안 전기 공장이 바로 그곳이다. 우리는 '대안의 사업 체계'를 세우는 데 필요한 모든 기초 자료를 조사하고 분석하는 작업을 벌였다.

대안 전기 공장은 각종 모터와 변압기를 생산하는 1급 기업소로서 대동 목장을 지나 작은 봉우리가 공장 뒤에 있고, 공장 앞 조금 멀리에는 대동강 물이 흘러가고 있었다.

공장 곁에는 7, 80여 명이 생활하는 기숙사 건물이 있었는데, 단층 건물에 보건 진료소가 있는 큰 기와집이다. 공장은 천여 명이 넘는 노동자들이 3교대로 일하고, 깨끗하게 정돈된 편이다. 아쉽게도 사정을 보면 청산리 마을처럼 다른 공장에 비해 뒤쳐져 있었다.

우리는 청산리 방법에 따라 먼저 전체 노동자들 앞에서 우리가 조사할 사항을 공개했다. 공장 한 켠에 비밀실을 마련하여 노동자를 한 사람씩 불러 개별 토의를 했다. 동시에 각 부문으로 내려가 조사 사업을 벌였다.

나는 내가 담당한 후생 부문에 대해 실태를 파악했다. 노동자들의 기숙사 시설·위생·식생활·세탁이 잘 이루어지는지, 공장 내에 병원 시설이 잘 되어 있는지, 노동자들이 즐길 수 있는 오락이나 문화 써클이나 여가 활용, 통근 버스나 주택 문제가 잘 되어 있는지, 검토하고 토의했다.

"책임자덜이 시간 약속을 안 지킵네다."

"3교대 할 때 밤에 출근하는 로동자덜에게 통근차가 없습네다."

이외에 편의 제공이 부족하다는 등 많은 사실을 파악할 수 있었다.

우리 지도 그루빠는 집단 토의와 개별 토의에서 나온 시정 사항을 정리해서 상부에 올릴 보고서를 작성했다. 대안 전기 공장에서 가장 심각한 오류는 창고에 완제품이 아닌 반제품이 출고가 안 되고 쌓여 있으며, 자재 공급성에서 부품을 제대로 조달하지 않는다는 사실을 찾아냈다. 이때 총화는 하지 않고 보고서만 중앙당에 올리고 우리는 다시 돌아왔다.

김일성(출처 : 나무위키)

그로부터 8개월 후인 1961년 12월 초에 나는 다시 지도 그루빠의 일원으로 대안 전기 공장의 지도 사업에 참가했다. 김일성도 참가한 2, 30명의 지도 그루빠는 이미 3월에 조사한 자료를 토대로 청산리 방법을 적용해 나갔다.

첫날 대안 전기 공장 간부들이 참석한 회의에서 김일성은 청산리의 경험을 자신있게 설명했다.

"체험하셨다시피 공장에서리 청산리 정신 및 방법을 구현해서 사업을 벌이면, 기거레 발전할 수밖에 없지 않겠습네까."

마지막 날 지도 그루빠는 청산리 총화사업의 진행과 그 결과를 분석하고 앞으로의 사업에 도움이 될 교훈을 찾는 회의와 꼭 같은 '대안의 사업 체계 총화'를 실시했다. 사실 '청산리 총화'와 마찬가지로 '대안의 사업 체계 총화' 시간도 간부들에게는 욕먹는 시간이었다.

천여 명이 큰 강당에 모여 앉아서 대안의 사업 체계 총화를 실시했다. 단상 한쪽에는 김일성이 팔짱을 끼고 말없이 앉아 있었다. 가까이에서 김일성을 봤는데, 아직 이때는 혹이 없었다.

한 노동자가 일어나 간부들에게 이렇게 지적했다.

"우리 닌민 공화국은 닌민을 제일 귀중히 여기는 거이 아닙네까? 기런데 자기 식구덜은 꼬박꼬박 잘 멕이믄서 채소 공급이나 부식 공급, 그리구 생선뇨리는 제 때에 먹어 본 덕이 없시요."

한 달에 일인당 2킬로그램씩 육류를 무상 공급해야 하는데, 제 때에 공급된 적이 없다는 지적이다. 뒤이어 눈썹이 진한 여성 노동자가 발언을 신청했다.

"우리 녀성들 기숙사는 깨끗하디 않아서리 며칠 전에 바퀴벌레도 봤습네다. 기리구 물이 자주 끊겨서리 이부자리랑 세탁물을 제 때에 세탁하디 못했습네다. 숙소 문제를 신경써 주시기 바랍네다."

이번에는 눈이 부리부리한 남자가 일어섰다.

"대체 자재 공급성이래 무얼 하는지 모르갔시오. 부품이 없어 생산되지 않는데도 코빼기조차 내밀지 않습네다. 기런데 이런 사정을 아무리 기업소 간부나 지배인에게 건의해도 소용이 없습네다."

듣고만 있던 간부는 뇌꼴스러웠는지 입술을 삐죽 내밀었지만, 아무 말도 할 수 없었다.

대여섯 시간 동안 진행된 이 총화에서 노동자들이 여러 문제와 해결책을 지적할 수는 있어도 간부들은 반대 토론이나 변명을 할 수 없었다. 다만 듣기만 하고 시정 사항은 개선해야만 했다.

"예, 알았소. 시정하겠소"라는 대답도 못한다. 그것 역시 관료주의라는 것이었다. 비판받은 간부가 "예, 시정하지요"라고 한 말이 속으로는 창자가 꼬여서 보복하겠다는 어조일 수 있기에 대답 자체가 금지됐다.

대안의 사업 체계는 이때부터 전 공장으로 확대되었다. 기존의 공장 관리 제도는 관료주의와 비능률을 초래하는 것이기에, 당 위원회의 사상 지도를 핵심으로 새로운 관리 체계가 수립되었다.

청산리 총화나 대안의 사업 체계 총화와 같이 아래에서 위를 비판하는 이같은 총화 회의는 관료주의를 뿌리 뽑으려고 매년 2회씩 실시되어, 노동자나 농장원들이 간부들을 마음껏 비판했다.

그런 까닭에 지도 그루빠가 와서 집중 지도를 하는 6월 중간 총화나 12월 연말 총화 시기가 되면, 간부들은 겁이 나서 쩔쩔매는 반면에 농장원들이나 노동자들은 좋아하고 환영했다. 보고 제도와 개방적인 비판 제도가 정착되어서 파업 같은 행위는 있을 수 없었다. 불만이 있으면 총화 회의를 통하거나, 항시 세포 위원장에게 불만을 보고하고, 세포 위원장은 그날로 즉시 군당위원회 통보과에 보고하고, 다시 도당 통보과에 보고되어 시정 명령이 다음날 내려왔다.

만일 시정 사항이 제 때에 시정되지 않고 인명 재해라도 난다면, 그날로 책임자는 자리를 떠나야 했다. 자기가 책임진 사람이 죽으면 식구를 죽인 것이나 마찬가지라고 간주되기 때문이었다. 또 지도 그루빠는 집중 지도가 끝나면 다과회를 하거나 선물을 절대로 받지 않고, 지도 그루빠끼리 다시 총화하고 상급당에 보고한 다음 각기 복귀했다.

나는 이런 식으로 지도 그루빠의 일원이 되어 집중 지도를 수없이 했는데, 공장보다는 문덕군 용오리 등 여러 농장에 가서 청산리 총화를 지도했다. 이런 집중 지도는 1961년부터 협동 농장에만 실시되다가 1962년 대안의 사업 체계가 정리된 후부터는 전국의 농장과 공장이 한꺼번에 청산리 총화와 '대안의 사업 체계' 총화하는 것으로 발전했다.

이처럼 청산리 방법과 대안의 사업 체계는 각기 실시하는 장소를 농장과 공장으로 한다는 점에서 차이가 있으나, 그 집중 지도 방법과 경제의 관리·운명면에서 '정치 사업 = 사람과의 사업'을 앞세워 관료주의·형식주의를 극복하고 생산을 자각적으로 수행하는 점은 같았다.

약 2개월 동안 청산리와 대안 전기 공장의 집중 지도를 맡아 임무를 수행하고 나서야 비로소 평남도당 농업부 책임 지도원으로 일할 수 있었다.

책임 지도원이란 시·군 농업 부문의 간부 대열을 튼튼이 꾸리고 수시로 점검하고 교육하여 그들이 맡은 바 업무를 충실히 하도록 하는 중책이었다. 또 시·군당위원장과 이 부문을 공동으로 책임지는 중요한 지위였다. 이렇게 책임 지도원 업무를 맡아 일을 하던 중, 도에서 운영하는 맹산 목장에 사업을 지도하러 나간 어느날이었다. 누군가가 나를 찾아왔다.

"내 좀 보이소, 책임 지도원 동무이십니꺼?"

"네, 그렇습니다만……."

키는 중키이고 얼굴에 주름살이 가득한 대머리 할아범이었다.

"나는 김두봉이라구 합니더."

순간 나는 깜짝 놀랐다. 전 최고인민회의 위원장인 김두봉1889~1961이었다.

1889년 경상남도 기장에서 태어난 백연伯淵 김두봉은 보명중학교를 졸업한 뒤 독학으로 조선어 사전을 편찬하고 조선어학회 사건으로 옥고를 치른 언어학자였으며, 상해로 망명해서 교포의 자녀들을 위해서 인성 학교人成學校의 교장직을 지낸 바 있었다. 1942년에는 화북 조선 동맹의 주석으로 추대되었고, 해방 후 조국에 들어와서 1946년 9월 11일에 김일성대학 초대 총장을 지내는 등 고위직을 두루 거치다가 1958년에 숙청된 뒤 전혀 소식이 없는 인물이었다.

나는 이내 차분해져서 그의 얼굴을 자세히 뜯어보았다.

소문과는 달리 그는 탐욕스럽게 생기지도 않았고 오히려 마음씨 순한 시골 할아버지처럼 보였다.

"부탁이 있어서 왔습니더. ……내 아내는 펭생 밥두 못 짓구 곱게만 지내다가

1949년 1월 15일 북한 최고인민회의 상임위원장 김두봉이 신임장을 받는 장면.
(출처 : 김국후, 『평양의 소련군정』)

갑자기 농사두 하구 살림살이를 하려니까 참말 힘들어서 지금 치마끈두 바로 매지 못한다 아입니꺼. ……지도원 동무…… 제발 목장 안에 있는 유치원 교양원이라도 자리가 있으면 배치해 주이소. 제발 부탁합니더."

목이 메어 애원하듯이 말하는 그는 실주름 그어진 눈가에 눈물이 그렁그렁 맺혀서 가련하기까지 했다. 도저히 믿어지지 않았다. 그가 조선민주주의인민공화국의 최고위원국회의장, 김일성종합대학 총장이었다는 사실이 거짓말 같았다.

가련한 늙은이의 몰상을 바라보는 순간, 죄야 김두봉에게 있지 젊은 아내에게 무슨 잘못이 있으랴 싶어 동정심이 솟았다. 마침 그의 아내가 와서 인사를 했는데, 과연 소문대로 서른 서넛 정도로 보이는 미인으로서 팔십 고령의 김두봉과는 전혀 어울리지 않았다.

그녀 역시 애절하게 호소했다.

"책임 지도원 동무, 내래 생전에 농사일이라구는 해 본 일두 없구서리 배운 거라구는 글밖에 없습네다. 기래설라무네 제발 유치원 교양원으루 배치시켜 주셨으면 뎡말 감사하갔습네다."

하지만 자꾸 매달려 간청하는 그녀에게 나는 장담할 수 없었다. 간부 인사를 배치하는 건 내 마음대로 할 수 있는 일도 아니었기 때문이다.

"인사 배치권은 군당 책임비서에게 있으니까, 그분에게 말씀드려 보죠."

"꼭 좀 부탁합네다."

그녀는 머리를 연신 굽신거렸다.

은근히 측은한 생각이 들어서 그러마고 약속한 나는, 며칠 후 군당 책임비서에게 김두봉의 처를 목장 유치원 교양원으로 쓰면 어떻겠느냐고 상의하고 평양으로 돌아왔다.

후에 들었는데, 1956년 8월 종파 사건과 개인 비리 때문에 철직 해임되어 맹산 목장으로 쫓겨난 김두봉은 목장에서 특별히 하는 일 없이 놀았다고 한다. 맹산 목장에서 일하는 사기꾼에게 갖고 있던 돈과 양복을 뇌물로 바치고 잘 봐 달라고 했던 그는 아까운 돈과 양복만 날렸다는 등 별의별 소문이 다 나돌았다. 다행히 김두봉의 처는 목장 유치원 교양원으로 배치되어 열심히 아동 교육을 하고 있다고 들었다.

1961년 여름, 우리 가족은 평양시 서성 구역의 중앙당 아파트로 이사했다. 방 4개에 화장실이 딸린 당시로써는 고급인 '섹찌아형 아파트'였다. '섹찌아sektsiia'란 소련어로 '부분'이란 뜻이다. 한 개의 현관으로 올라가면 각 층마다 2세대, 혹은 3세대씩 연결된 구조인데, 전쟁이 끝나고 소련의 원조로 1954년 평양에 노동자 아파트 형태로 지으려 했으나 1층 이상은 북한의 난방 방식인 온돌을 만들 수 없었다. 2층 이상은 소련의 난방 시스템인 라디에이터를 쓰면서, 간부들이 사는 아파트 유형이 되었다.

이사하고 얼마 지나지 않은 어느 날, 점심을 먹으러 중앙당에서 집으로 걸어갈 때였다.

"아이고, 이게 누굽니까? 매, 매형 아닙니까?"

거구의 사내가 나에게 달려와 손을 맞잡는 것이었다. 누군가 보았더니 남쪽의 사촌 처남인 한중희였다. 키가 190센티미터가 넘는 그는 어디서든 금방 눈에 띄었는데, 그 거대한 덩치에 어울리지 않게 눈물을 글썽이며 내 손을 맞잡은 채 말을 잊고 있었다. 나 또한 목구멍이 뜨거웠다. 여기서 만날 줄은 꿈에도 생각지 못했던 것이다.

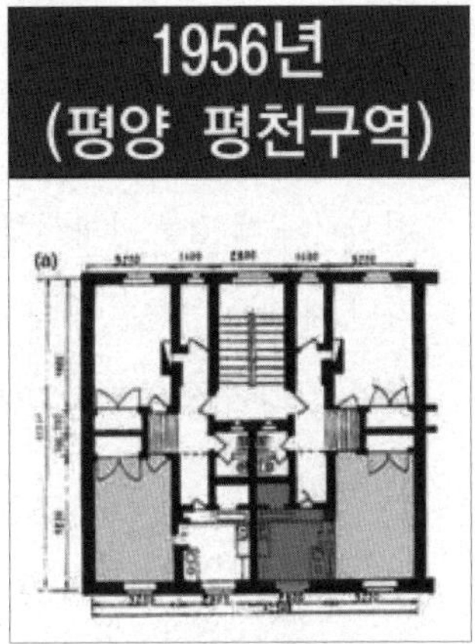

평양의 섹찌아형 아파트
(최봄이, 「북한 공동주거의 형성요인과 변화과정」, 서울대 대학원, 2023)

"매형! 우선 우리 집에 갑시다. 가서 얘기나 좀 합시다."

자기 집으로 나를 이끄는 그는 다리를 심하게 절고 있었다. 그의 집은 바로 내 집으로 가는 길목에 있었다. 그가 손을 끌고 자기 집의 문을 열었다.

"여보, 형님 오셨소!"

방문이 열리고 그의 부인이 뛰어나왔다. 깔끔하게 한복을 차려입은 부인이 다소곳이 고개를 숙여 인사했다. 인사를 끝내고 우리는 그동안 있었던 얘기를 나누었다.

"중희야, 근데 다리는 왜 저냐?"

"이거요?"

그는 씁쓸하게 웃으면서 자기의 다리를 바라보면서 말했다.

"의족입니다.……사실은 전쟁 전부터 금강정치학원에서 공작원 훈련을 받았어요. 남파 공작을 했는데 총에 맞아서리 다리를 절단할 수밖에 없었어요."

중희의 다리는 의족이었다. 할 말은 많았으나 잠시 식사하러 나온 중이었기에 나는 다시 사무실로 갔다가, 저녁에 소주를 사 들고 찾아가서 밤새도록 얘기를 나누었다.

1951년 10월 황해도 서흥군에 금강정치학원을 설립하여 공작원 간부를 훈련시켜 수백 명을 남파시켰으나 대부분 실패했다. 힘이 센 그는 금강정치학원에 다닐 때 같은 공작원인 대구의 씨름왕 나윤출하고 씨름을 해서 이기기도 했다는 얘기, 다리 부상으로 공작 사업을 할 수가 없어 평남 도위원회 노동부에서 활동했다고 한다.

"결혼은 어떻게 했는가."

"아내는 이남의 의용군 출신입니다. 공화국에 와서 김일성대학 법대를 다닌 총명한 여자인데, 글쎄, 이 의족을 보고서리, 조국을 위해 다리를 다쳤는데 내가 결혼하겠다, 뭐 이러는 거 아닙니까. 지금 아내는 검찰에서 검사로 일하고 있습니다. 내는 건설 대학에 들어가 설계를 배워서 평양 시내에 있는 설계사무소에서 일하고 있습니다."

한다는 얘기 등 밤을 지새며 얘기해도 끝이 없었다. 무엇보다도 가슴 아파하며 나눈 얘기는 숨어서 갈 수밖에 없는 머나먼 남한 땅에 대한 얘기였다.

도당 책임 지도원으로 일하던 1961년 9월 11일부터 18일까지, 조선 노동당 제4차 대회가 열렸다. 이때 나는 회의 참석자들을 안내하고 숙식을 제공하고, 당증을 검열하는 임무를 맡았다. 나흘 동안 2,000여 명 정도가 참석한 대회장 안은 와글와글 시끄러운 소리가 밀물처럼 몰려 왔다가 썰물처럼 빠지곤 했다. 나는 참가자들의 당증을 검열하다가 발견한 사실에 깜짝 놀랐다.

안주 탄광에서 일하는 노동자 당원의 당증을 보니까 월 수입이 400원이었다. 그즈음 나는 75원을 받고 있었기에 놀라지 않을 수 없었다. 그때 마침 탄광 노동자 두엇이 걸어오길래 물어봤다.

"무슨 월급이 이리 많습니까?"

"도급제로 석탄을 캐는데 많이 캐믄 급수가 높아져서리 그 뎡도는 받습네다. 메가 이상함네까? 츳."

그들은 되레 이상하다는 듯이 가볍게 혀를 찼다. 나는 농담 삼아 엉뚱한 질문을 했다.

"그 많은 돈을 어데에 씁니까?"

의외로 그의 대답은 간단했다.

"술 먹죠."

당연한 얘기였다. 기초적인 식의주는 모두 나라에서 해결해주니까 월급은 얼마 안 되는 세금을 제외하면 거의 소비 생활에만 썼다. 게다가 탄광 노동자나 용광로 등 힘든 일을 하는 노동자들은 등급이 높아 상대적으로 임금이 높았고, 또한 막장에서 나오면 매일 소주와 돼지고기 한 덩이를 공급받으면서 일반 주민들에 비해서 상대적으로 풍족하게 살 수 있었다.

여러 사람을 만나면서 나는 제4차 당 대회를 가까이에서 볼 수 있었다. 제4차 당 대회의 주요 토의 안건은 '사회주의의 완전한 승리를 위해 기술 개선과 문화 혁명을 수행하고 인민들의 생활을 획기적으로 개선 향상시킨다'는 문제였다.

또 평화적인 민족 통일의 방안으로 '연방제 안'이 나왔다. 그 내용을 보면, 먼저 남북한이 서로 다른 체제임을 인정하고, 두 정부의 대표들로 구성된 최고 인민회의를 두어 두 정부의 조절자 역할을 하도록 한다. 서신 왕래 및 남북 왕래·경제 교류 등 통일을 위한 기반을 조성한 후 두 정부의 통일 의지가 굳어진 시점에 이르면, 대민족 회의를 구성하여 통일 정부를 만든다는 방안이었다.

남북통일을 위한 이 연방제 안을 포함한 전반적인 문제를 다루는 실무 대책으로 1962년 3월에 열린 제4기 제3차 전원회의에서 남조선 총국을 두는 것이 결정됐다. 이 시기부터 전에는 중앙당 연락부에서 대남 사업을 전담했는데, 1962년부터는 남조선 총국이 모든 대남 사업을 총괄했다. 초대 총국장은 이효순이 맡았는데 이즈음 남조선 총국의 위치는 대단했다.

당·정치 기관·공장·기업소·협동 농장 할 것 없이 남조선 총국의 요구에는 사람이건 물자건 최우선으로 응하게 되어 있었다. 조국 통일을 위한 사업에는 절대복종이라는 원칙이 섰던 것이다.

사실 북한의 이런 변화는 남한의 영향이 컸다.

1960년 4·19혁명 이후에 학생운동이 이승만 타도에서 "가자 북으로, 오라 남으로!"라는 구호를 내세우며 통일운동으로 이어졌고, 북한의 조국 통일 사업은 이에 자극받은 바가 컸다. 이 일이 있은 지 얼마 후, 세계정세의 변화와 함께 새로운 정책이 채택되었다.

직접적으로 1961년 5월 16일 남한에서 있었던 군사 쿠데타였다. 이 쿠데타는 남한 민중의 열기가 고조되자 미국이 박정희 일당과 짜고 군사 쿠데타를 일으켜 민중의 요구에 철퇴를 가한 사건이었다고들 한다. 또 5·16쿠데타가 일어나자 북한에서는 처음에는 일절 비난을 하지 않고 박정희의 형 박상희와 절친한 사이였다는 황태성을 보내 박정희를 만나 그의 의중을 알아보기로 했다고 한다. 이후 박정희의 노골적인 반공 정책에 대단히 실망했다는 얘기를 들은 적이 있다.

이 무렵 동서 냉전의 기류 속에 1962년 5월부터 소련 수상 니키타 흐루쇼프 1894~1971가 쿠바에 미사일 설치를 결정하는 이른바 '쿠바 사태'가 일어났다. 쿠바 사태는 중남미 지역에서 미국이 제국주의적 지배권을 확보하려고 쿠바 혁명 세력을 고립시키려 했기 때문에 일어났다. 미국은 쿠바를 경제적 군사적으로 고립시키려고 소련 선박의 쿠바 출입을 금지했다. 놀라운 사실은 그해 10월 28일 이런 미국의 강경 정책에 소련 수상 흐루쇼프가 굴복했다는 상황이었다.

안으로는 남한에 군부 정권이 들어서서 강력하게 무장하고, 밖으로는 소련이 미국에 당하는 판이기에, 북한에서는 가만히 있다가는 당할지도 모른다는 걱정이 파다했다. 경제 건설과 더불어 국방 건설을 병진해야 한다는 문제가 제기되었다. 이 문제를 다루려고 1962년 5월에 제4기 제5차 전원회의가 열렸다.

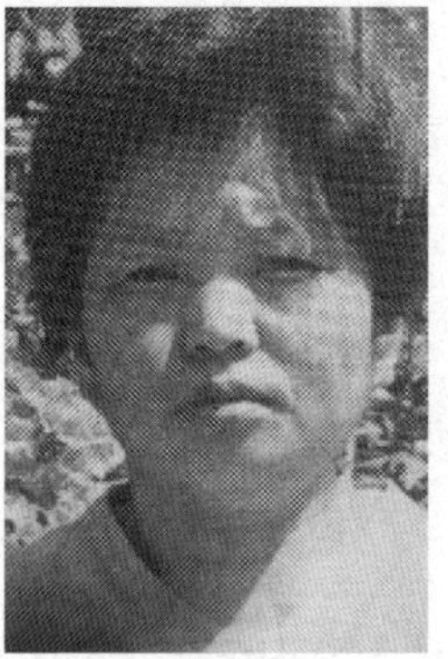

남한에서 23년 동안 수감되었던 정순덕은 1985년 석방되었고, 2004년 인천에서 사망한다.

이 회의에서는, 7개년계획을 실행하면서 경제건설뿐만 아니라, 국방건설도 병행하여 집중토론되었다. 곧바로 '주체' 문제와 이어졌다. 조선혁명은 조선사람 스스로 해야 하기에 자립경제여야 하고, 자주국방이어야 한다는 구호가 나왔다. 국방건설의 세부 방침으로는 4대 군사 노선, 즉 전군의 간부화·전 장비의 현대화·전 국토의 요새화·전 인민의 무장화라는 방안이 확립되었다.

이런 병진 정책의 구체적 방도로써 공장을 건설할 때, 땅 위에 공장을 세우면 땅속에도 공장을 건설한다는 방침이 세워졌다. 내가 가보았던 기양 트랙터 공장 지하에는 탱크를 생산할 수 있는 지하 시설을 갖추었고, 덕천 자동차 공장 지하에는 전자 생산 시설, 각종 주물 공장, 수류탄이나 포탄을 생산하는 시설이 설비되었다. 리 인민위원회·리당에서는 산속에 주민대피소를 파 놓았다.

또 이 일을 독려하기 위해서 '정순덕 작업반운동'과 '정순덕 기대機隊운동'이 있었다. 정순덕1933~2004은 1950년에 지리산에 들어가 빨치산운동을 한 여빨찌여자 빨치산였다. 그녀는 빨치산이 거의 전멸했던 1950년대 후반까지 항복하지 않고 '마지막 빨치산'으로 숨어 지냈다. 1963년 11월 겨울에 월동 식량을 구하려고 몰래 하산하다가 국군에게 발각되어 체포되었다.

하산 당시 국군이 쏜 두 발의 실탄을 맞아 다리를 절단하지 않을 수 없었다.

다리가 절단된 고통을 당하면서도 굴하지 않고 오히려 재판정에서 "나를 사형시켜 달라! 나를 사형시키지 않은 판사는 개새끼다!"라고 당당하게 외쳤다고 한다.

이 소식이 알려지자 정순덕 혁명 투사의 정신을 이어받고 정순덕을 하루빨리 구출하자는 운동이 전국에서 전개되었다. 소위 정순덕 작업반운동과 정순덕 기대운동이었다. 이 운동들은 모두 정순덕을 구출하기 위해 먼저 조국이 통일되어야 하고, 그러기 위해서는 경제 건설에 온힘을 기울이자는 생산 독려운동이었기에 그 성과는 대단했다.

아울러 평양 지하철이 1962년부터 공사가 진행되어 1968년에 완성되었다. 평양 지하철은 지하 150미터 정도에서 평양시를 한 바퀴 도는 순환선이었다. 지하철은 대동강 밑으로 동평양과 서평양을 연결하였고, 전시에는 주민들이 지하철을 통해서 평양시를 평성시로 대피할 수 있도록 설계되었는데, 나는 평양 지하철을 1969년경 우연히 평양에 들렀다가 타 보았다.

우르르르릉…… 땅속의 전동 열차는 굉음을 토해내면서 달렸다. 지하철의 내부는 마치 공룡굴처럼 웅장하고 튼튼해 보였다. 나중에 들은 얘기지만 1970년대 초에 남한의 이후락 정보부장이 평양에 왔을 때 평양의 지하철 시설을 둘러보고 감탄하여 1974년 서울 지하철 개통을 서둘렀다고 한다.

이후 1962년 가을부터 나는 평남도당 농업부 책임 지도원에서 평남도당 문덕군 책임 지도원으로 발령받았다. 문덕군은 너른 평야 지대로, 논농사를 짓는 곡창 지대였다. 책임 지도원으로서 나는 문덕군에 있는 각 리 협동농장의 실태를 조사하고 농업 생산성을 향상하는 지도 사업을 실시해야 했다. 도당에서 일러준 대로 처음 문덕군으로 가 보았을 때였다.

"우리 문덕군은 안주군을 나누어 만든 군임네다. 기리구 문덕군이란 이름은 고구려 시대에 수나라 대군의 침공을 무찔렀던 을지문덕 장군이 여기서 태어났기에 그의 이름을 따라 지은 땅 이름임네다."

군 인민위원회 간부는 지도에서 문덕군을 손으로 가리키며 소개했다.

북한의 행정 구역은 1952~1953년에 걸쳐 이미 완전히 바뀌어 있었다. 면을 없애는 대신 서너 개의 리를 합쳐 새로운 리를 만들고 군은 거의 절반으로 나누어 잘게 만들었다. 생산의 중심 단위인 군이 너무 크면 군 인민위원회 위원장이 책임지기에는 너무 어렵기 때문이라는 것이 이유였다. 그래서 안주군이 안주군과 문덕군으로 갈라졌다. 또 도가 너무 생활 양식·생산물·지형 조건이 다른 지역적 특성을 고려해 마천령 산맥을 기준으로 함북·함남 일부를 합쳐 양강도를 만들었다. 황해도는 재령 땅을 기준으로 황해남·북도로 나누었고 자강도도 신설했다.

넓은 들판에서 마을 주민들이 추수에 열중하고 있었다. 문덕군의 농업 생산 실태를 파악하기 위해, 제일 먼저 용오리 협동 농장을 찾아갔다. 그 농장은 알곡 생산량이 정보당 6.5톤으로 다른 곳보다 월등히 많아, 연구할 필요가 있었다.

모범 농민 십여 명과 용오리 선전실에서 대화를 나누었다. 선전실은 백여 명 정도가 한꺼번에 들어갈 수 있는 큰 양옥집 강당이었다. 공작원 생활 기간을 빼면, 거의 농업 일을 맡아 한 나는 과학적 영농을 알고 있었다. 내가 과학, 과학 말하는 게 귀에 거슬렸던지 나이 든 농부 한 명이 물었다.

"기렇게 꼭 농사를 과학덕으루 해야 함네까?"

"예, 물론이지요. 헌데 죄송합니다만 할아버지는 농사를 지으신 지 얼마나 되십니까?"

"한 사오십 년 되나……."

노인은 손가락을 꼼지락거리며 중얼거렸다.

“그러시면 제가 하나 여쭤보죠. 벼 마디가 몇 개인 줄 아십니까?”

“길쎄? 세 마디였나, 네 마딘가…….”

답을 바로 대지 못하리라 예상했기에 내가 아는 과학적 영농의 의미를 천천히 설명했다.

“농사를 오래 지으셨지만 사실 벼 마디가 몇 마딘지 모르시는 거, 그것도 문젭니다. 농사를 지으려면 벼 마디 수를 알아보고 그걸 이용하는 게 중요합니다. 보통 벼의 지상 마디는 세 마디로 되어 있지만, 우리 눈에 보이지 않는 지하 마디도 있습니다. 벼의 지하 마디는 벼마다 달라 몇 갠지 정확히 알 순 없지만 벼농사가 잘 되느냐 못 되느냐와 밀접하게 관련되어 있습니다, 할아버지.”

벼 한 줄기를 집어 들고 설명을 계속했다.

“벼의 마디를 분열점이라고도 하는데…… 바로 여깁니다. 이 분열점에서 새로운 벼 가지가 나오지요. 분열점이 많을수록 대궁 수가 많아지고 벼 포기도 실해져서 수확을 많이 거둘 수 있지요. 근데 어떡해야 분열점이 늘어날까요? 저기 아랫마을에서 오셨다는 청년 동무 한번 말씀해 보시죠.”

“…….”

내가 한 청년을 바라보자 그도 역시 바로 답을 대지 못했다. 곰방대에서 매캐한 풋연초 냄새를 피워 올리는 노인이 자신있게 말했다.

“기거야 거름을 잘 줘야 하는 거 아닙네까?”

“맞습니다. 거름을 잘 주면 분열점이 늘어나죠. 그런데 문제는 어떤 거름을 언제 주느냐 하는 문젭니다.”

“……기러믄 담뱃잎도 같은 문제입네까?”

노인이 물었다.

"말씀드리기 전에 먼저 제가 여쭙겠습니다. 담배는 싹이 틀 때 잎이 몇 개 나오는 줄 아십니까?"

농민들은 한참 동안 수군대면서 두 개다, 세 개다, 토론하는 중에, 멀리서 우는 황소의 긴 영각 소리가 창틀을 넘어왔다.

"길쎄요. 두 개 아닙네까?"

한참 후에 할아버지가 말했다.

"맞습니다. 담배는 쌍자엽 식물이니까 싹이 틀 때 잎이 두 개 나옵니다. 근데 쌍떡잎식물은 대개 곧은 뿌릴 갖고 있어서 옮겨 심으면 뿌리 내리는 기간이 깁니다. 그래서 어릴 때 일찍 옮겨 심어야 빨리 뿌리를 내리고 잘 자랍니다."

농민들은 고개를 끄덕였다.

"제가 어르신네께 이런 말씀을 드리는 건 농사를 그냥 습관에 따라 지어서는 안 된다는 점입니다. 식물의 성질을 세밀하게 관찰 연구해서 알맞게 조치하면 더 많이 거둘 수 있습니다."

목소리를 가다듬고 잇대어 말했다.

"저는 용오리 농장의 알곡 생산량이 6.5톤인 걸 알고 무척 놀랐습니다. 순전히 여러분의 헌신적인 노력 덕택입니다. 여기에 조금만 과학화에 주의를 기울인다면 알곡 생산은 비약적으로 높아질 게 틀림없습니다."

대화를 마치면서 나는 모든 협동 농장 관리 위원회마다 영농의 과학화를 위한 지침을 마련하라는 당의 지시를 전달했다. 그 후로는 그동안의 습관적인 영농 체계를 개선하여 농업 생산량을 더욱 많이 높일 수 있었다. 이처럼 과학적인 영농을 체계화하려고 노력했는데, 그중의 대표적인 사례로 '기담도稻'라는 것이 있었다.

1961년 강남군 금대리에 사는 '한기담'이라는 농민이 농사를 짓다가 볏짚단을 자세히 보니, 다른 벼보다 이삭이 유난히 많이 달린 벼포기가 눈에 띄었다고 한다. 그는 그 벼의 나락을 따로 간직했다가 종자로 이용해 보았다. 그랬더니 다른 사람들보다 훨씬 많은 수확하게 되었다.

그 이름을 딴 '기담도'라는 새로운 품종의 벼가 나왔다. 당국은 이 벼를 널리 확산시키려고 1963년 9월 『로동신문』에 이 사실을 실어 대대적으로 선전했다. 더욱이 당시는 세계적으로 농업 생산량을 증대시키는 종자 전쟁이 치열하던 시기였기에 기담도의 탄생은 자랑스럽지 않을 수 없었다. 기담도는 피와 벼가 자연 교배된 것으로서, 보통 벼알이 한 이삭에 80개 정도가 달리는 데 비해 기담도는 다닥다닥 350~450개 정도가 달렸다.

이 기사를 읽고 나도 이 새로운 품종에 관심을 가졌기에 금대리 당 위원회에 들른 적이 있었다. 때마침 소련 대사관에서도 『로동신문』을 보고 답사하고자 그곳에 왔었다. 거기서 기담도를 심어 놓은 종묘답을 구경하던 중에 소련 대사관 직원이 리 당위원장에게 태연스럽게 조선말로 물었다.

"저 건너편에 있는 논은 어떤 겁니까?"

"어디요, 어디요?"

그때 나는 못 볼 걸 보고 말았다.

리 당위원장이 고개를 돌리고 시선을 멀리 두는 사이였다. 소련 대사관 직원이 기담도 벼 이삭 하나를 호주머니에 슬쩍 집어넣는 것이다. 더 우스운 건 그와 내가 눈이 마주친 상황이었다. 쑥스러운지 그는 괜히 입맛을 쩝 다셨다.

기가 막혔으나 차마 그 사실을 리 당위원장에게 말할 수는 없었다. 그즈음에는 소련과 사이가 좋지 않아서 어떤 기술이나 종자 등을 빼돌리는 것이 전혀 용납되지 않던 시기였다.

그 순간에 하필이면 문익점이 원나라에서 목화씨를 붓대 속에 감추어 가지고 온 고사故事가 생각나서 씁쓸하면서도 한편으로는 뿌듯한 자부심이 솟아올랐다.

풍기문란과 당 생활

1963년, 문덕군 책임 지도원 일로 눈코 뜰 새 없이 바쁠 때였다. 하루는 누가 문덕군 당사무실 문을 손기척노크했다. 보기 좋게 살이 붙어서 인품 있게 보이는 용오리 여맹 위원장이었다.

"디도원 동무, 이거 창피한 일이래 생겼습네다."

"뭔데요?"

그녀는 길게 찢어진 눈꼬리를 치켜올렸다. 심사가 꼬이거나 뭔가 염려스러울 때면 으레 보이는 표정이다. 마침 사무실을 같이 쓰는 다른 지도원이 없었기에 내가 그녀의 문제를 들어 주어야 했다.

"와, 전승복 동무르 아십네까?"

"예, 알다마다요. 용오리에 사는 모범 농민 말하는 거죠?"

"기래요. 이거이, 원 창피해서리."

여맹 위원장은 말을 못 하고 왔다 갔다 하다가 내가 자꾸 물어보자, 창밖 전신주에 눈을 던지며 말머리를 돌렸다.

얘기인 즉, 문덕군의 모범 농민노력 영웅인 전승복이 동네 과부와 간통한 사실을 알고 참다못한 그의 아내가 이 사실을 리 여맹위원장에게 호소했고, 리위원장이 여맹총회를 열어 의견을 물어본 결과, 처가 있는 남편을 꾄 그 과부의 행실이 괘씸하다, 그런 화냥년은 당장 혼내 주어야 한다고 모두 앙칼지게 쏘아붙였다는 것이다.

"기래서 어떻게 되었는데요?"

"기래서 회의는 일단 막음끝냄했는데, 제가 없는 사이에 부녀자덜이 모여서 결론을 내리고서는 전승복이 아내와 여맹원덜이 과부를 불러서리 가위루 머릴 깎는 벌을 내리구 과부의 머리채를 홀라당 잘라 버렸다고 함네다."

"그래요?"

이 사실을 알고 가만히 있을 수 없었다. 우리가 보고하기 전에 이미 사회 안전부에서 사실을 알고 명백한 인신권 침해 사건이라고 조사에 나섰고, 여맹원들을 모아 놓고 조사하니, 서로들 "내래 몬저 머릴 깎았습네다"라고 주장했다는 것이다. 여성들 다 처벌할 수는 없고 별수 없이 처벌을 포기했단다. 그 후 평남도당에서는 이 사실을 보고받고 전승복을 교육해 다시는 이런 풍기 문란을 저지르지 않도록 다짐받은 후 처벌은 하지 않았다.

비슷한 일이 1964년 문덕군 입석리에 있는 '사회주의 노동청년동맹'에서도 일어났다. 1946년부터 여러 청년동맹이 있었는데, 1964년 5월 청년동맹 제5차 대회에서 '사회주의 노동청년동맹'이라는 이름으로 불리었다. 줄여서 '사로청社勞靑'이라고 불렀다.

밀렸던 서류를 정리하고 이제 마악 서류함을 닫고 퇴근하려는 참에 전화통이 요란하게 울렸다.

"예, 책임 지도원입니다."

수화기가 귓불에 닿자마자 사로청 위원장의 목소리가 들렸다.

"여기 사로청임네다. 이거이 풍기 문란한 일이 있어서 기러니 날래 참석해 주셨으믄 좋캇시요꼬럼."

"무슨 일입니까?"

"허, 이거레 뎐화루 애기하는 거이 불편하니까네…… 말하자믄…… 기런 거 있디 않습네까? 꼬럼"

말끝마다 꼬럼을 붙이는 그가 어쩔 줄 몰라 하는 표정이 떠올랐다.

"뭔데요. 그냥 말씀하시죠?"

"어케 디금 시간이 안 나십네까?"

일단 와서 얘기를 들어 보라는 얘기였다.

일을 끝내고 사로청에 서둘러 가보았다. 들어 보니 사로청에 있는 스물둘 된 처녀가 이 남자 저 남자를 유혹하여 방탕한 생활을 하는 걸 적발했다는 것이다. 사로청 위원회는 처녀를 설득하고 다시는 문란한 행위를 하지 말도록 교육했으나 전혀 반성하지 않아서 사로청 회의를 열었다고 한다.

마침 내가 들어갔을 때 마악 회의를 열려는 참이었다. 앞 좌석 오른편에 그 처녀인 듯한 여자가 앉아 있었다. 얼굴색이 허여멀쑥하고 몸매는 간드러진 게 충분히 그럴 만도 했다. 그녀는 손가락으로 이마에 흘러내린 기름진 머리카락을 쓸어넘기면서 당당하게 주위를 둘러보았다.

사로청 위원장이 회의 내용을 말한 뒤 처녀에게 권유했다.

"자, 자아비판하시기오."

부끄러워서 얼굴에 최소한 붉은 기는 띄우겠지라는 나의 추측을 비웃는 듯이, 처녀는 대뜸 한다는 소리가 "아무 때나 비판, 비판입네까!" 였다.

"먼저 사회적으루 물의를 일으켜서리 미안함네다. 길티만 내 꺼 가지구 내 맘대루 하는데 사로청이 와 간섭함네까?"

"기거이 무쉰 말이요."

"기러믄 기거이 내 꺼래 아니구서니 사로청 꺼란 말입네까!"

고개를 빳빳이 세운 그녀는 숫제 생떼를 썼다. 사로청 위원장은 할 말을 잃었는지 꿀 먹은 벙어리가 되어, 손가락으로 책상을 톡톡 치면서 맥없는 한숨을 푹

푹 내쉬었다. 자꾸 나를 보며 무슨 말 좀 하라는 눈빛이었다. 나도 이런 경우는 처음이어서 어떻게 해야 할지 얼른 떠오르지 않았다.

아무튼 이 일로 처녀는 사로청에서 엄중 경고만 받았다. 법적인 문제는 아니었기에 어쩔 수가 없었다. 하는 수 없이 이 문제는 군사로청·도사로청으로 올라가 도사로청 간부들이 처녀를 설득해서 다음부터는 그런 짓을 다시는 하지 않겠다는 서약을 받고 무마되었다.

농업부 책임 지도원으로 농업 생산에 신경 쓰는 나에게 사람들이 와서 이런 풍기 문제까지 상의하는 것은 내가 당원이기 때문이다. 물론 나 또한 이런 일을 해결하는 데 앞장서야만 했다.

북한은 '프롤레타리아 독재'를 하는 사회주의 국가였기 때문에 프롤레타리아 조직의 최고 형태인 조선 노동당의 지도와 방침에 따라 사회 전체가 움직였다. 당은 사회를 이끌어 나가는 영도자·향도자로서 이를테면 사회라는 배를 인도하는 방향타의 역할을 맡는 것이었다.

북한에서 행정 조직은 다만 정책의 집행 기관일 따름이다. 정책을 수립하고 정책이 제대로 집행되는지 정치·사상적으로 지도하는 것은 당이다. 북한에도 노동당 외에 여러 정당이나 단체가 있다. 실제로는 조선 노동당의 지도와 정책에 따라 일사분란하게 온 사회가 움직이기 때문에 들러리에 지나지 않는다고 보아도 지나치지가 않다. 더 정확하게 말하면 천도교 청우당이나 민주당에 당원으로서 들어가려고 하는 사람은 거의 없기 때문에 당세가 미미할 수밖에 없는 것이다.

특히 민주당은 해방 후 기독교인에게 상당한 지지를 받았다고 들었으나, 한국전쟁 당시 민주당원들이 대부분 치안대에서 활동하면서 노동당 간부 및 인민위원회 간부들과 그 가족들까지 학살했고, 또 대다수가 월남해 버렸기 때문에 북한 주민들이 민주당을 대하는 태도가 좋을 리 없었다.

1946년에 설립된 천도교 청우당도 그 활동이 지지부진을 면치 못했다. 청우당의 안주군 접천도교의 조직 단위 대표가 평률리에 살았는데, 내가 그에게 당원이 몇 명이냐고 물었을 때 그는 세 명이라고 대답했다. 그것도 예순이 넘은 노인들뿐이었다.

반면에 노동당은 마르크스·레닌주의를 지도 이념으로 하여 북한 사회를 공산주의 사회로 만드는 것을 목표로 했다. 따라서 자본주의적인 사적 자본 축적이 허용하지 않았고 자본주의적 요소인 자유주의와 개인 사상은 철저히 배격했다.

당원의 수는 초기 1945년 12월에는 4,530명이었다가, 내가 전쟁 중 화선입당 했던 1951년 1월 22일 당원 수가 100만 명이었다. '불처럼 타오르는 전선'이라는 뜻의 '화선火線입당'은 1년 동안 후보당원의 검증절차를 없이 곧바로 노동당원증을 수여 받는 방법인데, 전쟁 중에 나처럼 화선입당 한 당원이 늘었던 것이다. 전쟁 후에도 노동당이 채택한 '문호 개방 정책'으로 당원이 급증하여 1965년경에는 160만 명으로 증가했다.

당의 각급 기관은 아래에서부터 3인에서 최고 50인까지 구성되는 세포 회의, 그 위에 초급당, 그 위에 군당, 도당, 맨 위에는 중앙당이 있었다. 세포 회의나 초급당에는 부서가 없고, 군당에서부터 위원장을 보좌하는 조직·사상·군사부로 나뉜 부위원장 제도가 있었다. 이런 위원장 제도가, 1966년 10월에 개최된 당 대표자대회에서는 종래의 위원장제를 비서국제로 개편하여 당을 운영했다. 군당위원장은 군 당책임비서로 바뀌어 불리고, 중앙당에서는 김일성을 총비서로 추대했다.

당의 최고 결정 기관은 당 대회이다. 당 대회는 5년마다 한 번씩 열기로 되어 있으나 필요에 따라 단축하거나 연장하기도 했다. 제3차 당 대회를 전쟁 때문에 연기한 것은 그 예이다.

당 대회와 당 대회 사이에서 당의 모든 사업을 지도하는 최고 기관은 당 중앙위원회이다. 특히 당 중앙위원회가 소집하는 중앙위 전원회의는 당 중앙위원회 위원뿐만 아니라 후보 위원·내각 성원·도당 간부·사회단체 간부·주요 기관 및 공장, 기업소 간부 등이 참여하여 당면한 중요 정책을 결정하는, 당으로서는 중요한 회의였다. 원래 제1차 당 대회에서 제3차 당 대회까지는 기期를 표현하지 않았으나 제4차 당 대회1961년 이후부터는 '제4기 제5차 전원회의' 등으로 당 대회 기수와 전원회의 횟수를 표시하게 되었다.

'당 중앙'이라고 부르기도 하는 중앙위원회에는 각 부서가 있고 노동당 출판사·당역사 연구소 등 직속 기관이 있었다. 내가 공작 활동을 할 때 갔었던 중앙당 1호 청사는 바로 중앙위원회의 조직 부서가 들어 있는 건물이었다. 2호 청사는 경제 부서를 비롯한 일반 부서가, 3호 청사는 연락부가 사용하고 있었다.

또 조선 노동당의 당 생활은 매우 엄격했다. 당원들은 생산 활동이나 가정생활에서 다른 사람에게 모범이 되어야 했고, 비당원들보다 생활상의 제약이 많았다. 당원들은 똑같은 일을 하면서도 월급을 많이 받을 수 없었고, 회의와 토론에 참여해야 했기에 밤늦게까지 개인 생활을 누릴 수 없었다. 평률리에서 민주선실장 일을 할 때 나는 당원이라는 자각 때문에 더 늦게 자고 더 일찍 일어나야 해서, 몸이 심하게 축나지 않을 수 없었다.

다행히도 당원들은 비당원들에 비해 각종 진급에서 우선순위가 주어지는 특권이 있었다. 이런 특권 때문에 당원들은 잘못하면 특권의식에 사로잡히곤 했다. 많은 사람은 당원이 되기를 원했고, 노동당에 들어가야 진급도 잘 되고, 편안히 살 수 있다고 생각했다. 내가 평률리에 있을 때도,

"실장님, 어떻게 이번에는 제가 당에 들어갈 수 없을까요?"

라고 묻는 이들이 끊이지 않았다. 여간한 노력이 아니면 당에 입당하기란 참으로 어려웠다.

먼저 입당하려는 자=비당원가 입당 청원서와 이력서를 세포 회의에 제출하면, 세포 위원장은 이 서류를 수리하여 세포 총회에서 토의한다. 세포 총회에서는 비당원을 참가시켜서 그에게 여러 가지 질문을 한다. 예를 들면,

"당을 위해서 당신은 뭘 할 수 있습니까?"

"과거 자신의 행동에 과오가 없습니까?"

등 여러 각도에서 꼬치꼬치 캐묻는다.

여기서 통과되면 그는 이전 시기보다 1년 동안은 당을 위해 애쓰고 더욱 부모님께 효도하고, 집과 이웃과 세포원들에게 모범을 보여야 한다. 세포 회의에서는 1년 동안 그의 행동을 잘 관찰하고 세포 회의를 통해서 그의 입당을 토의하고 결정한다. 결정되면 입당을 허가해 달라는 결정 문건을 만들어 군당에서 제출하고, 군당위원회에서는 심사 토의한 다음 비당원에게 후보 기간을 허가한다. 그때부터 비당원은 당원이 되기 위한 1년간 교육 받고 준비가 덜 되면 1년 연장 교육을 받는다. 그래도 준비가 덜 되면 입당할 수 없고, 후보 기간 내에 과오가 있어도 당원이 되기는 힘들다. 어려운 과정을 통해 모든 공장·농장·학교에는 거의 새로운 분자로 구성된 당조직이 설치되었다.

다음 문제는 이 조직원들을 어떻게 교육하는가 하는 문제였다. 시간이 지나면서 당의 책임 일꾼들에 대한 훈련은 점차 체계화되었다. 초보 단계에는 비정규 과정으로 시와 군에 당 학교가 설치되어 지방 당원이 요원 훈련에 선발되면, 학교에 보내 일상 업무를 수행하면서 훈련을 받았다. 훈련 기간은 주제에 따라 달랐다. 지방당 조직에 관한 내용은 6주, 새로운 농업 기술은 2개월간이었다.

이보다 상급 단계로 훗날 공산대학이라고 불린 도당학교道黨學校가 설치되었다. 도당 공산대학에 입교하는 자는 30세 이상의 제대 군인이나 핵심 간부들이다. 이들은 당사黨史, 마르크스·레닌주의 이론, 각종 행정·기술 분야를 3년에 걸쳐 자신의 업무를 떠나 전적으로 학습에만 주력했다. 도당학교를 졸업하면 시·군·도당의 간부 또는 중앙 정부나 중앙당의 하위직에 배치되었다.

이보다 한 단계 위에는 중앙당 학교가 설치되었다. 중앙당 학교의 교육 과정은 현직 당 간부들을 대상으로 하는 6개월 또는 1년 과정의 '재직반 보수 교육在職班補修敎育'과 정규 3년 과정으로 나뉘어 있었다. 시·군·당 부위원장급을 대상으로 하는 정규 과정은 이들이 보다 상위직을 맡을 수 있는 역량을 키우는 데 중점을 두고 있었다.

따라서 당원이 된다는 것은 교육적 시각에서 보면, 평생 멀미가 나도록 시험을 치고 교육받는다는 평생 학생이 되는 것이었다. 이런 평생 교육을 위해서 여러 교재가 출판되었는데, 그중에서 가장 잘 편집된 책은 『당사업 독본』이란 책이었다.

최용건과 한설야의 경우

1963년 초 어느 날, 당에서 『당사업 독본』이라는 책자를 간부들에게 나누어 주었다. 이 『당사업 독본』은 상·하 2권으로 구성되어 당의 규약 및 규정은 물론 당 생활·당원의 사업 방침 등이 구체적이고 세밀하게 기술되어 있었다. 일종의 옥편같은 이 책에 대해 한 간부에게 들은 말이 있다.

"이 책은 소련이나 듕국 등 다른 사회주의 국가에는 없습네다. 이거레 내용이 좋으니끼니, 서로 얻어 가려고 했디요. 소련에서는『당사업 독본』을 구하려구 첨에는 우리 당국에 요청했다가, 거절하니깐 하급 간부들에게 뭔가 주고 꼬셔서 구해 갔다고 합네다."

"오오, 이 책이 그 정도입니까."

"꼬럼, 기렇디요. 기런 일이 있은 담부터 당 듕앙에서는『당사업 독본』을 잘 보관하도록 했디요. 책을 잃어버린 간부는 철직시키고 출당시킨다고까디 했소."

이 책에는 당사업을 각계각층 '인민'들과의 어떻게 해야 하는가, 세밀하고 구체적으로 언급돼 있었다. 이 책을 통해 조직 사업의 기본 대상은 어떤 사람이어야 하고, 몇 명으로 하는 게 좋으며, 회의는 어떻게 진행해야 좋은지, 방침이 나왔다. 우리는 이 책을 교재로 하여 토론하고 늘 생활화려고 애썼다.

당 생활에서 자칫 빠지기 쉬운 관료주의와 형식주의를 시정하기 위한 당내의 제도적 기관으로는 통보과가 있었다. 어떤 문제든지 군당 통보과에 제기되면 즉시 중앙당까지 보고되어 조사가 시작되고 빨리 시정하도록 하는 체계였다.

당시 어떤 선생이 한 학생을 월남자 가족이라고 상급 학교에 추천서를 써 주지 않자, 그 학생이 비관 자살한 사건이 생겼다. 이 사실을 접수한 통보과에서 대번에 조사를 실시해서 그 선생은 중한 책벌을 받았던 것이다.

가장 중요한 관료주의 퇴치 방식은 집중 지도를 통한 사업작풍의 확립이었고, 이것이 전 사회적 사상 지도 방식으로 정형화된 것이 바로 '청산리 정신 및 방법'과 '대안의 사업 체계'였다. 이처럼 당원들은 통보과나 여러 가지 체계 속에서 언제나 모범을 보이며 살아야 했다. 당원들의 생활 등을 항시 검토하여 그 경중에 따라 처벌했는데, 당 간부급 비리가 아니면 비교적 가벼운 처벌을 내렸다.

황해북도 도당위원장 김열은 전후 복구 건설 사업이 한창이던 시기에 인민들과 함께 건설 사업에 헌신하기보다 정방산에 별장을 두고 처녀들을 유혹하여 술

자리나 마련하는 등 허랑방탕한 생활을 하다 적발됐다. 그는 그 직위를 박탈당하고 황해 제철소의 노동자로 강등 배치됐다. 이후로 김열의 별명은 '처녀 궁둥이'로 심심찮게 총각들의 입에 올랐다.

또 당 중앙위원회 사상비서부위원장 김창만은 어려서 결혼했던 조강지처가 지식 수준이 낮다고 이혼한 적이 있었다. 그 후 그는 젊은 처녀와 결혼해서 화려한 생활을 누리다가 비판을 받았고, 결국은 1966년에는 지방으로 쫓겨나 농민이 되었다.

내가 가까이 아는 사람에게도 비슷한 경우가 있었다. 안주군 인민 위원장이었던 양철현을 1963년 초 문덕군에 지도차 나갔다가 돌아오는 기차 속에서 만난 적이 있었다. 내가 반가워서 인사를 한 다음,

"지금 어디서 일하고 계십니까?"

라고 물었더니 그는 얼굴을 들지 못하고 꺼져 들어가는 목소리로,

"개천 탄광 부지배인으로……."

하며 말끝을 흐리는 것이다. 나는 더이상 묻지 않았다.

후에 알았는데, 그는 군 인민위원회 경리과 지도원으로 있던 처녀를 임신시켜 철직된 뒤 개천 탄광 노동자가 되어 막장에서 탄을 캐게 되었다고 한다. 거기서 모범적으로 일을 해서 다시 등용되어 탄광 부지배인으로 올라간 것이다.

당의 처벌은 먼저 설득·교육·자아비판 등의 과정을 거쳐 주로 주의·경고·엄중 경고기록 경고 등이 주어졌다. 그러나 죄가 중하다 싶으면 출당 등의 중벌도 내렸다. 당세포 총회에서 처벌을 결의했어도 상급 당위원회에서 비준을 해야 처벌이 가능했다. 실수할 수도 있으니 스스로 뉘우칠 기회를 주자는 뜻도 있었고, 사소한 실수로 귀중한 인력이 손실되지 않도록 배려하는 뜻도 있었다.

이런 경우는 1963년 서평양 화물 자동차 공장의 집중 지도에서도 있었다. 1

년에 2번 실시하던 당의 하반기 총화에서 지도 그루빠는 책임자는 최용건1900~1976이었다. 평안북도 출신으로 오산중학교에서 3·1운동에 가담했다 투옥됐던 최용건은 동북항일연군과 조선인민군의 지도자였다. 1958년 최고인민회의 상임위원장국회의장에 올라 1972년 12월까지, 14년간 재임하는 중요한 정치인이다.

최용건은 오산중학교 시절 함석헌의 친구였다

최고인민회의국회는 그를 중심으로 각급 당 간부가 모여 구성되어 있었다. 이때 지도 그루빠에서 감사한 결과 서평양 화물 자동차 공장의 경리부장이 공금 수천 원을 남용한 사실이 밝혀졌다. 당장 지도 그루빠 회의가 집행되었고, 내가 들은 내용은 다음과 같았다.

회의가 시작되자마자 위원장 최용건이 날카롭게 질책했다.

"경리부장 동무, 동무는 와 국가의 공금을 유용했소? 말해 보기오."

그의 목소리는 낮았지만 무서울 정도로 무게가 있었다.

경리부장은 최 위원장의 위세에 눌려 얼굴색이 하얗게 질렸다.

"이놈이래 당 앞에 죽을 죄를 졌습네다. 내래 아내하구 아이덜과 사는데, 아내래 워낙 씀씀이가 헤퍼서리 항상 월급을 타다 주어도 모자랐습네다. 첨에는 기런대루 참았는데 날이 갈수록 월급이 덕다고 바가지르 긁으면서리 무시기 없네 또 메가 없네 들들 볶아서리, 벨 수 없이, 위선 공금을 쓰구 기리구 나서 월급에서 차차 갚으려구 했습네다. ……길티만 몇 년 동안 자꾸 공금을 쓰다 보니까네, 어케 큰돈이 된 검네다. 이 일루 근심 걱뎡이 돼서 밤잠두 제대루 못 자구 불안했습네다. 디금 비리가 밝혀졌으니끼니 법의 심판을 받는다 하니, 여기서 멈추인 거이 다행입네다."

눈물까지 흘려가면서 그는 진솔하게 얘기했다.

"당과 국가에 누를 끼쳤으니끼니 깊이 반성함네다. 처벌해듀시기 바람네다."

회의장은 조용해졌다. 이때 최용건 위원장이 물었다.

"만약, 만약에 말입니다. 동무의 아내가 앞으루두 계속해서 절제하지 않구서 돈을 마구 쓰면 어떻게 할 생각이요? 이 많은 돈은 어떻게 갚으려고 하오?"

경리부장은 고개를 푹 숙이고 말했다.

"내래 그동안 아내를 설득해서 뎔제하믄서 됴금씩 공금을 갚아 오던 중이었습네다. 기회가 듀어진다믄 더욱 뎔제해서리 국가 공금을 날래 갚도록 노력하겠습네다."

자아비판이 끝나자 잠시 휴정했다. 쉬는 동안 지도 그루빠는 회의를 열어 경리부장의 사업 정형을 검토하고 경력 등을 참작했다. 잠시 후 최용건 위원장은 회의를 다시 소집하여 결론지었다.

"지도 그루빠에서 조사한 결과 동무는 평소 일에 열성적이구 당에 헌신적이었다는 사실을 알았소. 동무가 솔직하게 자복한 것을 참작해서 횡령한 돈 전액을 면제해 주는 대신, 앞으루 절대 공금에 손대지 마시오. 그래서 동무를 경고 처분하겠소."

회의는 오히려 경리부장을 위로하는 분위기 속에서 끝났다고 한다. 이처럼 그 죄질이 무겁거나 가볍거나 상관없이, 가급적 처벌보다는 설득하고 교양해서 뉘우치도록 유도했다.

그 까닭은 사회주의 체제는 사람을 감옥에 많이 넣으면 넣을수록 공밥 먹이는 격이 되어, 결국은 국가에 손해이므로 엄벌하기보다는 훈계하고 설득하는 게 오히려 사회에 도움이 되기 때문이었다. 다만 노상 그런 건 아니었다. 특히 사회주의 체제에 도전하는 정치적 범죄와 살인·강간 등의 범죄는 그 지위의 높고 낮음에 상관없이, 그리고 그 내용이 무엇이건 간에 엄하게 벌했다.

살인범의 경우 1963년 9월에 있었던 맹산 목장 사건 같은 경우가 대표적이다. 이 사건은 장마가 한창일 때 일어났다. 갑자기 맹산 목장 당비서위원장의 아내가 실종된 것이다. 즉시 사회 안전부에서 조사에 나섰으나 행방이 오리무중이라 수사에 진전이 없었다. 목장 근처에서 범이 나타나 양을 물어 간 일이 있어서 처음에는 수사를 그런 방향으로 잡았으나 별다른 흔적이 없었다. 그러다 3개월이 흘렀다.

사회 안전부는 수사 방향을 목장 당비서 쪽으로 돌려 보았다. 그 결과 특별히 가정불화가 있지는 않았으나, 당비서의 아내가 행방불명되던 날 내외가 부부싸움을 했다는 사실을 알아냈다. 수사는 여기서부터 다시 시작되었다.

사건이 일어난 지 3개월이 지날 무렵에 큰물이 졌다. 그날 웬 시체 한 구가 강물을 따라 흘러 내려왔다. 확인해 본 결과 당비서의 아내였다. 도당 사회 안전부는 이런 근거로 그를 설득하고 회유하여 마침내 자백을 받아 냈다.

그는 전쟁 시기에 국군이 들어왔을 때 치안대에서 활약하다가 국군이 후퇴하자 맹산 목장으로 들어와 과거를 숨기고 살아왔다. 아내가 건뜻하면 치안대원으로 일한 사실을 들어 협박하곤 했다. 아내에게 약점을 잡혀 살아오다가 어느 날 한꺼번에 분노가 폭발해 부부싸움을 했다. 그날이 바로 사고 날이다. 결국 그는 아내를 죽이기로 결심한다. 그래서 장모가 올 테니 마중 나가자고 속여 어두운 숲길에서 죽인다. 시체는 강바닥 모래사장에 암매장한다.

이 일이 탄로나자 그는 살인죄와 과거에 저지른 비리 혐의로 체포되어 사회 안전부로 이송됐다. 그 후 어찌 되었는지 모르지만 사건의 성격이 정치적인 이이기에 중벌을 받았다는 후문만 전해졌다.

다른 정치적인 문제로는 1962년에 파문을 일으켰던 작가 한설야1900~1976 사건이 있었다.

장편소설『황혼』의 작가 한설야

그는 일제시대에 「과도기」『조선지광』, 1929.4라는 작품을 써서 문단에 나온 작가인데, 나는 그의 작품을 평률리 리민주선전실장을 하면서 도서실에서 읽은 적이 있었다. 간도에서 이민을 갔다가 되돌아온 주인공 가족의 눈을 통해서 한 어촌이 몰락해 가는 과정을 쓰면서 식민지 사회의 허구성을 폭로한 이 소설과, 자본가의 생태를 노동자의 눈으로 객관적으로 묘사한 노동 장편소설『황혼』이 인상적이었다.

내가 있던 평양 초대소에서 한설야의 집이 가까워서 그에 대해 관심을 안 가질 수 없었다.

보통강가에 있는 그의 집은 양식으로 지어져서 대궐처럼 웅장했고, 입구에는 두세 명의 건장한 경비원이 항상 지키고 있었다. 사회 안전부 소속의 지도원의 말에 따르면 한설야의 책은 유럽이나 소련에서 모두 번역되어 인세가 매일 국제 은행의 구좌에 예금되는데, 재산이 얼마나 되는지는 한설야 자신도 모른다고 했다.

어느 날, 지도원이 한설야의 집에서 녹음했다는 테이프 얘기를 나에게 해주었다.

녹음된 내용은, 처음엔 남쪽은 자신들을 낳아 주고 길러 준 고향 산천이 있는 곳이라는 고향 타령이었다. 절절하고 따뜻하고 간곡한 마음이 없겠느냐, 뭐 그런 얘기였고, 그 다음엔 〈도쿄세〉라는 일본 노래를 한설야가 불렀다고 한다. 문제는 녹음된 내용의 뒷부분이었다. 뒤에는 현재 북조선 사회는 정상적인 사회주의 사회가 아니며, 무식하기 짝이 없는 김일성이 유일사상 체계를 자신의 우상숭배로 이용하고 있다는 무시무시한 말이 녹음되어 있다고 한다.

"그게 정말입니까?"

내 물음에 지도원이 피식 웃으면서 말했다.

"한 선생뿐만 아니라, 최승희·신불출 같은 반동 패거리들의 목소리도 모두 녹음돼 있다고 합네다."

"예?!"

나는 깜짝 놀랐다. 그들은 모두 둘째 가라면 서러울 인민의 문화 영웅들이었다. 특히 한설야는 국가에서 총리급 대우를 받고 있었다.

그의 목소리가 녹음기에 녹음된 내력은 이렇다고 들었다.

한설야의 집은 넓었고 놀기가 좋아서 항상 많은 문화 일꾼들이 모였다. 특히 남쪽에서 올라온 문화 일꾼들이 모이곤 했는데, 모인 사람들은 한설야와 무용가 최승희, 최승희와 안막 사이에서 난 안승희, 만담가 신불출 등이었다. 그들은 매일 저녁 모여서 남쪽 고향을 그리워하고, 여느 간부들은 건강을 위해서 술 안 먹기 운동을 하고 있는 데 반해, 그들은 양주를 먹으면서 금지된 일본 노래와 남쪽 노래를 부르기도 했다.

상급 간부의 집에는 국가 공무원인 가정부를 두었는데, 한설야 집 가정부가 사회안전상 댁 식모와 함께 장을 보다가, "한 선생님이 새벽 네 시까지 술을 드셔서 한잠도 못잔다"고 우연히 말한 게 발단이 되어 사회 안전부 지도원의 귀에까지 들어갔다.

지도원은 식모에게 이태리제 소형 녹음기를 주어서 그들의 말을 전부 녹음하게 시켰다. 저녁에 식모는 술상을 차리는 척하면서 녹음기를 행주에 싸서 창틀에 올려놓았고, 그들의 목소리는 소형 녹음기에 모두 담겨 사회 안전부에 넘겨졌던 것이다.

당연히 한설야는 1962년 12월 10일 조선로동당 4기 4차 전원회의에서 숙청된다. 풍문으로 도는 말에 의하면, "나를 무식하다고 한 놈은 한설야밖에 없다"

라는 김일성이 분개했다는 말이 나돌았다.

한설야는 당시 20대의 젊은 여자와 같이 살았는데, 재산이 압류되고 협동 농장으로 추방됐다는 얘기를 들었고, 신불출이나 최승희는 한 2년을 노동하다가 복권되었다고 한다. 남로당원이었던 사람들도 간첩 사건에 연루된 핵심 간부를 제외하고는 협동 농장이나 기업소에서 일하다가 나중에는 대부분 다시 당 간부로 활동하게 되었다.

유명한 씨름 선수였던 나윤출은 금강 정치 학원에 있다가 한동안 보이지 않더니 나중에는 모란봉 경기장 지배인으로 활동했다. 그 뒤 그는 1964년 월드컵 축구 대표단 간부로 영국에 가기도 했다. 하지만 그는 영국에서 외국 여자와 춤을 추고 풍기 문제를 일으켜 나중에 검토를 받았다고 한다. 8월 종파 사건의 박창옥은 함경도 어느 농장으로 배치되었다고 들었다.

이처럼 당은 당원들의 생활을 끊임없이 검토하고 비리와 잘못을 범하지 못하도록 조치했다. 그래서 당 간부들의 관료주의는 어느 정도 척결될 수 있었다. 숙청되더라도 박헌영·이승엽 등 엄청난 반역의 경우를 제외하고는 감옥에 가는 경우는 거의 없고 훈계에 그치거나 대부분 공장이나 협동 농장에 가서 다시 노동하며 생활했다. 그 노동은 과오를 반성하고 의식을 개조하라는 취지였다.

이후 1963년 3월 중순부터 나는 순화강 제방 공사에 지도 그루빠의 일원으로 참여했다. 이 공사는 해마다 장마 때면 강물이 범람하는 대동강변 대동강 망일리 벌판을 둘러싸는 'T'자형의 제방 공사를 축성하는 일이다.

대동강을 따라 강서군에서 배수문 4개를 만들고 약 10리나 되는 제방을 흙으로 쌓아야 했는데, 이 흙은 강서군에 있는 산을 허물어 날라왔다. 대규모의 사업을 위해서 취해진 조치가 인민군복무 기간은 실제로 3년 6개월인데, 대개 7년까지 했다을 최초로 대량 제대시키면서 순화강 공사에 동원시키는 방법이었다.

공사에 투입되기 전에, 제대병들은 만경대 학원 강당에 총소집되어 중앙당 농업부장 양형섭에게 공사의 중요성에 대한 교육을 받은 후 공사에 투입되었다. 천여 명의 제대병들은 공사가 끝나면, 제대증을 받고 좋은 직장에 배치될 수 있다는 꿈으로 열심히 일했다. 때문에 장마 전까지 가까스로 기초 구간은 어느 정도 축성되었다.

아쉽게도 8월이 되면서 상황은 달라졌다. 간간이 내리던 비가 8월 말부터는 엄청난 호우로 바뀌기 시작한 것이다. 장대비는 사정없이 내려 하루 만에 제방을 허물고 망일리 들판을 물바다로 만들었다. 이 홍수는 낮은 쪽 제방 50미터 정도를 허물고 나서야 기세가 꺾이면서 벌판의 물이 점차 줄기 시작했다.

며칠 동안 구조 작업을 하느라고 잠을 못 잔 나는 숙소로 돌아와 젖은 옷을 입은 채 쓰러졌다. 며칠을 잤는지 모를 정도로 깊은 잠에 빠졌다. 주민들의 실의와 낙담은 심각했다. 물이 다 빠진 뒤 농민들은 자기 마을을 망일리가 아니라 '망할리'라고 부를 정도였다.

망일리든 망할리든 그대로 둘 수는 없었다. 우리는 다시 공사를 시작해서 그해 1963년 말에 제방을 완전히 축성했고 그다음부터는 홍수 피해가 없었다. 물에 잠겼던 집을 수리하자면 다시 부수고 지어야 했기에, 망일리 전체가 산 아래 양지쪽으로 이주해서 그곳에 터를 잡았다. 그 후 원래 망일리 자리는 농토가 됐다.

제방 공사 일을 끝내고 나는 다시 평남도당으로 돌아왔다. 대동군에서 하는 연말 청산리 총화 사업으로 중앙당 집중 지도 사업에 동원되었다. 거기서 2개월 만에 일을 마치고 돌아와서 사무 정리에 분주하던 참에 간단한 통지가 내려왔다.

김진계 동무를 농업부 부부장으로 임명함. — 1964년 4월 20일도당 농업부 부부장이 통보과로 이동하면서 내가 부부장이 된 것이다. 부부장 일을 막 시작하려고 하던 4월 28일 아침에 '올라오라'는 전화를 받았다. 중앙당 695 학교에서 1년간 재교육을 받으라는 당 중앙위원회의 소환이었다.

6부 / 자모산성 호랑이

남파공작원이 훈련받는 초대소

(9군데의 초대소 이름이 나온다. 다만 '방향 초대소의 위치는 어딘지 몰라 표시할 수 없었다)

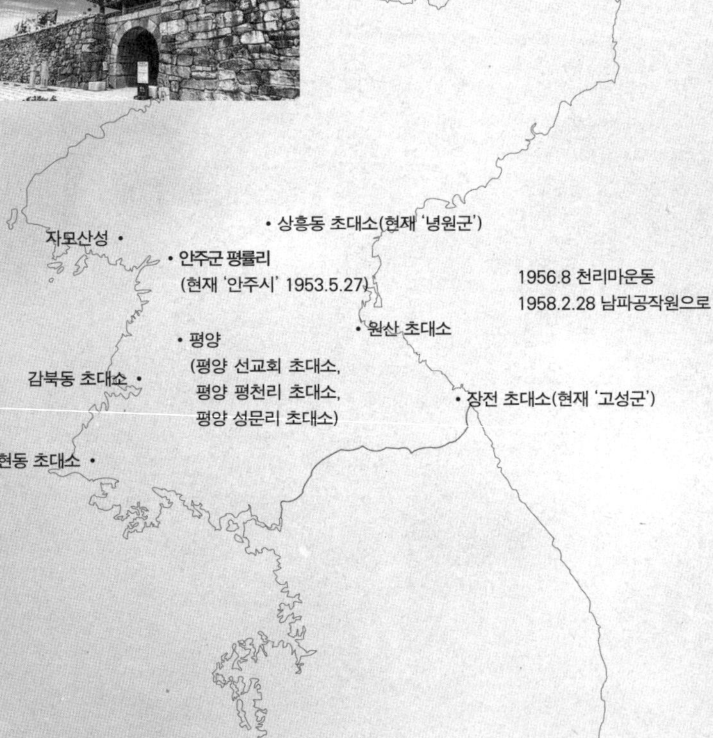

공작원 학교

1964년 4월 28일, 잔뜩 찌푸린 날씨였다.

도당위원회에서 사무 인계를 마치고 나니 날이 저물었다. 모두 퇴근한 후 혼자 사무실에 있는데, 중앙당 지도원이 나를 데리러 왔다.

"가시죠."

승용차를 타고 한참을 가는데 어디로 가는지 도통 알 수 없다. 한 치 앞도 안 보이는 야간에 산길을 이리저리 돌아가니 도무지 어디가 어딘지 알 길이 없다. 한참 후에야 중앙당 지도원은 산골짜기에 있는 초대소에 나를 내려놓고 떠나갔다.

산으로 에워싸여 좁게 터진 하늘에는 을씨년스런 바람만 소리 내어 불었다. 이런 골짜기에 초대소는 한옥으로 지어져 있다. 초대소 안은 현관에서부터 응접실·강의실·침실·화장실·목욕실이 복도를 따라 차례로 있다. 내부는 깨끗했다만, 현관 안으로 들어서자마자 결코 생소하달 수 없는 매캐한 곰팡내가 확 끼쳐 왔다. 썩은 흙냄새 같기도 하고. 오랫동안 사람이 안 살았다는 낌새였다.

관리원이 내 방에 저녁 식사를 들여다 놓았다. 역시 진수성찬이다. 저녁을 다 들자 도당에서 밤잠을 못 자고 일하던 피로가 밀려와 눈꺼풀이 저절로 잠겼다. 코가 노래지도록 잠이나 자자. 나는 초저녁부터 벌렁 누워 버렸다. 정신없이 자고 있는데 꿈인지,

찌르르르~ 찌르르르.

무슨 소리가 들렸다. 와짝 눈을 떠 보니 사방이 캄캄한 한밤중이다. 천정에서 무슨 소릴까?

찌르르르~ 찌르르르. 뭔가 오싹하고 소름 끼치는 소리. 벌떡 일어나 불을 켰다. 분명히 천정에서 나는 소리다. 응접실이나 강의실도 아니고 화장실이나 목욕탕에서 나는 소리도 아니다.

툭, 투투투…… 투, 툭. 소리가 바뀌었다. 풍뎅이나 나방이 천정에 부닥치는 소리인가 살펴보면 그렇지도 않다. 무슨 소린지 도무지 분간할 수 없다.

나는 모든 방에 전등불을 휘황히 밝혀 둔 채 잠을 자려고 침실에 왔다. 침실의 불을 끄면 소리는 잠시 멎는다. 불을 켜면 다시 소리가 들린다.

툭투투툭……. 나방이 밝은 곳을 찾아들려고 하는 소린가 했지만 4월 말 밤은 나방이 무성할 시기도 아니다. 경계를 하며 밤을 지새울까 하다가, 엣다 모르겠다 하고 잠자리에 누워 버렸다.

소나무 숲속에 은밀히 잠자고 있던 새들이 일제히 가지 끝에서 날아오르며 소리 지르는 함성 때문에 잠을 깼다. 창문을 열자 자지러지는 새 소리가 밀려들어 귀를 간지럽혔다.

마당에는 이른 시간인데도 벌써 관리원이 화초를 가꾸고 있었다.

"잘 주무셨슈?"

왈랑왈랑 소리 나게 양치질을 하는 나를 보고 그는 수건으로 이마의 땀을 닦으며 인사했다.

"관리원 동무, 내 방 천장에서 밤새 이상한 소리가 들리던데, 무슨 소립니까?"

"이상한 소리유?"

"그 소릴 들어 보셨나요?"

"전 여기서 안 자구 건너편 집에서 자유. 그래서 들어 보진 못했쥬. 그런디 선생님덜이 그 방에서 주무시면 더러 이상한 소릴 들었다구 하시네유."

"그게 뭔지 아세요?"

"글쎄유우. 엊그저끼 사람덜이 똑같이 두 마리가 밤마다 얘기하는 거라구 하더니만 허허허! 농담이구먼유."

충청도 사투리로 말하는 관리원의 말에 다소 걱정이 수그러들었다. 초대소의 취사원이나 관리원으로는 대개 남한 출신이 일했고, 공작원들과는 달리 남한 사투리를 쓰기도 했다. 소리의 정체를 꼭 알고 싶었다.

"도깨비야 사람이 만든 공상이니 있을 리 없고…… 헌데 제가 이 집에 처음 들어올 때 흙냄새 같은 냄새가 나던데…… 그게 뭔지?"

"암튼 집이 엔간히 오래돼서 그런 게쥬."

나는 일단 신경 안 쓰기로 하고 학습 준비를 했다. 이윽고 지도원이 공작원 두 명을 데리고 와서 나와 함께 1개조를 구성했다. 노동당 규약에는 3명부터 세포가 구성되기 때문에 조장과 세포 위원장은 내가 맡았다.

강의는 5월 2일부터 시작됐다. 종전과는 달리 조원들끼리 인사를 나눴다. 전혀 모르는 사람들이었다. 서로 이름을 알려고 하지도 않았다. 이름은 처음부터 모르는 게 보안에 좋다. 모두 다 공작원이므로 가명을 쓰는 게 당연하다. 나는

'계 선생'이라 하고, 다른 세포원은 각기 김 선생·박 선생이라고 불렀다.

인사를 마치고 돌아온 때는 밤이었다. 우리 세포원은 한방에서 잠을 잤다. 온돌방에 이불을 깔고 누우니 등줄기가 따스해서 소로록 잠이 왔다.

다음 날 아침 조기 운동을 하려고 현관문을 나서는데,

"앗, 이게 뭐야!"

나도 모르게 소리를 질렀다.

발을 딛으려다가 발아래 허여스름한 게 뭉쳐져 있어서 건너뛰었다. 구렁이 허물이다. 한 발쯤 되는 구렁이 한 마리가 현관문 밑으로 내빼고 있다. 내가 소동을 치는 바람에 조원들 모두가 뛰쳐나왔다. 징그러운 껍데기를 치우려고 하니까, 박 선생이 말렸다.

"계 선생님, 그대로 두었다가 관리원이 오면 말하죠?"

"아아, 그것도 좋죠."

박 선생 말대로 하기로 했다. 관리원이 아침 식사를 들고 오다가 깜짝 놀랐다. 그는 천정에 있던 도깨비의 정체를 알아채고 지도부로 가서 보고했고, 곧 우리에게 돌아왔다.

"지도부에서 뭐라고 합디까?"

"집을 부순다구 해유. 가까운 초대소로 옮기래유."

"집을 부숴요?"

"어차피 구렝이 집이니께유. 인제 됐슈?"

공작원의 편의를 위해서 잘 지어진 집 한 채를 당장 부수겠다고 결정한 지도부의 결단이 놀라웠다. 우리는 오후에 부근에 있는 다른 초대소로 이사했다.

다음 날 인민군 십여 명이 와서 구렁이가 있던 초대소를 허물었다. 허무는 중에 천정에서 구렁이 서너 마리가 떨어져서 몽둥이로 쳐서 잡았다고 한다. 인민군들은 보신하게 되었다며 좋아들 하더라고 한다. 생각해 보니 구렁이는 밝은 빛을 좋아한단 말이 사실이었다. 내가 불을 켜면 아마도 좋아서 꼬리를 툭툭 친 것이 분명했다.

학교 강의는 다음 날부터 시작됐다. 강의 방식이 종전과는 달랐고 더욱이 특이한 건 강당의 구조였다. 강당은 다른 학생과 마주 보지 못하도록 반원형으로 한 칸에 세 명씩 앉아서 교원을 바라볼 수 있고, 한 층에 여덟 칸씩 칸막이가 된 이층 구조였다. 일단 강의실에 들어가면 말을 못할 뿐더러 다른 칸에 누가 있는지조차 알 수 없다.

출입할 때에는 반드시 색안경을 쓰고 다녔고, 비가 오나 안 오나 관계 없이 우산으로 앞을 가리고 다녀야 했다. 공작원은 대부분 검은 안경 아래 입술만 보일 따름이었는데, 그 입술들조차 하나같이 강철 같은 투사처럼 꾸욱 다물어서 누가 누군지 도무지 알 길이 없다.

세포별로 배정된 방에서 처음 교육받은 내용은 대남 전략사였다. 우리 방의 3명은 한 조가 되어 1947년 이후에 강동 정치 학원에서부터 시작된 대남 전략사에 대하여 배웠다.

이때 1951년에는 '미제 간첩'이었던 이승엽이 남파되었다가 돌아오는 공작원들을 38선에서 죽였다는 사실을 처음 들었다. 당시 가까스로 살아난 당사자인 박 아무개라는 공작원이 중앙당 학교의 철학 교수가 되어 우리에게 직접 말해 주었던 사실이었다.

1950년 남파되었다가 간신히 살아서 38선을 넘어오던 그를 인민군들이 쏘아 죽이려고 했다는 것이다. 그래서 얼굴과 가슴에 총상을 입었다. 후에 신의주에서 공부하다가 이승엽이 미제 간첩이었고 공작을 하고 돌아오는 공작원들을 휴전선에서 많이 죽였다는 사실을 알았다고 얘기했다. 그 이후부터 대남 전략은 강동 정치 학원에서 이루어지지 않고 남조선 총국에서 담당하게 됐다는 설명도 덧붙였다.

이어서 말로만 듣던 동만주 빨치산 림춘추1912~1988가 교실에 들어왔다. 1950년 일시 숙청됐던 그는 김일성과 혁명을 찬양하는 저작 『항일무장 투쟁시기를 회상하며』1961, 『청년전위』1963 등을 잘 써서 복권되었다. 그에게 공작원들은 항일 빨치산 약사를 들었다.

"동무들과 우리가 일하던 시기나 정황은 다소 다르지만 그래두 도움은 되리라고 생각하오."

약간 넓적한 얼굴의 림춘추는 차분하게 말문을 열었다.

"나는 홍범도 장군 얘기를 듣고 만주에서 빨치산 부대를 찾아갔다가 김일성 수상을 만났습다. 흑룡강가에는 목재 로동자가 많아서 나도 목재 로동자가 되었고 얼마 후 빨치산이 되었지요. 전투가 있을 때마다 부상자가 많이 생기는데 치료할 사람이 없는 거야요. 그래서 짬짬이 의술을 배우고 소약민간 요법의 약 만드는 법을 배워서 의사 노릇을 했습다."

실제 체험도 재미있었고, 1957년부터 1962년까지 알바니아와 불가리아 대사를 지내고 돌아온 그의 말에는 국제적인 시각도 있었다. 두어 시간 빨치산 얘기를 하는데 요점은 대중 사업이었다.

"먼저 군중의 심리를 알고 들어가야 군중 공작이 가능합다. 그가 무엇을 알고 있는가, 어떤 처지에 있는가, 그가 갈망하는 게 무엇인가를 파악하고 나서 공작이 진행되어야 합다. 결국 공작을 할 때 가장 중요한 것은 손수 모범을 보이고 항상 상대방을 따뜻하게 대하는 겁다."

남의 아픔을 내 아픔으로 생각할 때 군중이 나를 따르고 그래야만 혁명이 가능하다는 말이다. 이외에 우리는 다른 교수와 평화 통일과 남조선 혁명의 의의에 대하여 진지하게 토론하고, 질의 문답도 하면서 이론과 사상을 다졌는데, 질문은 미리 서면으로 써서 내면, 준비된 답변을 강의실에서 듣는 식으로 진행했다.

문 조국의 평화적 통일과 남조선 혁명과는 상호 어떤 연관이 있는가?

답 우리는 먼저 '평화'와 '조국 통일' 사이의 관계부터 명확히 해야 한다. 조국 통일은 북남조선 인민 모두가 간절히 바라는 최고의 과제다. 북남이 갈라짐으로 야기되는 물질적 · 의식적 낭비와 피폐는 일일이 열거할 수조차 없을 정도다. 우리는 다른 그 어떤 과제보다도 조국 통일이야말로 북남 문제를 푸는 '중심 고리'임을 알아야 한다. 조국 통일을 완성하는 방법은 전쟁을 통한 방법과 평화적인 방법, 두 가지밖에 없다. 전쟁은 이미 우리가 한 번 겪었으며 이것은 가능하다 할 지라도 인민의 희생이 엄청나게 크기 때문에 채택할 수가 없다. 로동당이 일관된 방침으로 평화적 통일을 내세우는 것은 이 때문이다.

문 만약 평화 통일할 수 없다면 무력을 통한 방법도 불사해야 한다는 말인가?

답 오해하지 말기 바란다. 평화를 우선시하는 것은 결국에는 두 개의 조선으로 분단 상태를 영구화시키고자 하는 미제국주의자와 남조선 정권의 분열주의적 행위에 이론적 근거만 제시해 줄 뿐이다. 우리 당이 연방제를 조국 통일의 기본 방침으로 내 온 것도 평화 통일의 원칙을 실현하기 위한 것이다. 김일성 수상은 인민들이 공산주의가 좋다면 공산주의 하고 자본주의가 좋다면 자본주의 하자, 인민 대중이 원하는 대로 하자며 연방제를 역설했다. 그렇지만 아무리 좋은 통일 방도를 많이 내놓아도 소용이 없는 실정에서 우리는 무엇을 해야 하는가? 기다리고 가만히 있어야 하는가? 여기서 '남조선 혁명'과 이를 이루기 위한 공작 사업이 중요한 것이다.

문 '남조선 혁명'은 남조선 인민 자체의 과업인가, 아니면 북남조선 인민 전체의 과업인가? 남조선 인민의 역량이 미흡할 때 전 조선 혁명의 부분으로서의 남조선 혁명에 북조선 인민이 주체로서 나설 수 있는가?

답 물론 남조선 혁명의 주체는 남조선 인민이다. 남조선 혁명은 조선 혁명의 일부분이면서도 동시에 독자성을 분명히 지닌다. 조국의 평화적 통일은 오로지 혁명적 군중의 압력에 의해서만 가능하다. 미제국주의는 구식민주의에서 신식민주의라는 간접 지배 방식을 쓰고는 있지만 남한에 괴뢰 정권을 세워 자신의 이해를 관철시키고 있다. 군대는 작전권이 미국에 있고 정치는 지휘권이 미대사관에 있다. 남한 정권은 본질적으로 반통일적 · 반민중적 정권이다. 그러므로 군중이 통일을 지향해서 일어설 수 있도록 지원하는 혁명 사업이 절대적으로 요청된다. 우리는 남조선 인민을 의식화 · 조직화하는 사업을 지원해야만 한다. 다시 말해 북조선의 역량은 '남조선 혁명'의 지원 역량이다.

문 남조선의 지하당은 조선 로동당의 지시를 받는가? 아니면 독자적인 지도부를 갖는가?

답 조국 통일은 남조선 인민이 떨쳐 일어서는 남조선 혁명 없이는 불가능하다. 공작원들은 지하당을 조직해서 군중이 통일을 지향하도록 사업해야 한다. 현 단계에서 지하당의 목표는 군중 쟁취 · 민주주의 · 조국 통일이다. 지하당은 정권 탈취에 목적이 있다기보다 광범한 군중을 의식화 · 조직화하는 데 목적이 있다. 남조선 지하당은 독자적인 지도부를 가질 수 있다. 그러나 지하당의 기본 방침과 사업이 조선 로동당의 조직적인 지도에 포함되어 있다는 것은 분명하다.

문 공작 사업에 대해 더 구체적으로 설명한다면?

답 우리는 철저히 남조선 인민의 실정에 의거해서 공작 사업을 진행해야 한다. 남조선 지하당은 이름과 명칭에 구애받을 필요가 없다. 군중이 통일에 대한 지향을 갖고 자기의 삶을 개선할 수 있는 민주주의를 쟁취하는 것, 군중이 남조선 혁명의 주체가 되게 하는 것, 이것이 지하당의 존재 이유다. 공작원들은 철저히 남한의 군중에 뿌리내린다는 현실주의적 원칙을 견지해야 한다.

이런 내용을 공작원들이 토론했다. 사실 나는 이 문제에 대해 강의하는 교수와 많은 대화를 해 보았다. 남한의 민주주의와 통일운동은 '남조선 인민'이 주체적으로 일어날 때만 가능하며, 내가 해야 할 공작원의 임무는 바로 이것 '군중 쟁취'였다.

이어 마르크스주의 철학·변증법적 유물론·역사적 유물론·사회 발전사·정치 경제학·북한 노동당사·중국 공산당사·조선사 등을 배웠고, 현 국제 정세에 대한 개괄적 강의도 진행됐다. 가령 사회 발전사 같은 경우는 혁명사를 중심으로 배웠는데, 중국의 인민 혁명사부터 쿠바의 카스트로와 체 게바라, 그리고 웨트남베트남의 호지명과 그 민족 전선에 대하여 배웠다. 경제 이론은 케인즈 이론에서 마르크스 정치 경제학까지 폭넓게 배웠다.

서로 가명을 쓰면서 숨바꼭질 하듯 강의를 마치면, 저녁에는 산악 행군 훈련이 진행됐고, 대담성과 전투성을 높이기 위해서 학교에서 구성된 돌격대가 행군 도중에 습격하거나 오밤중에 초대소를 습격하기도 했다. 이에 맞서려고 우리 공작원들은 대치 훈련도 했다.

학교 구내에는 남조선과 똑같은 다방과 상점이 있어서 차도 마시고 물건도 구입했다. 물론 돈은 남한 돈으로 쓰면서 남조선 생활을 체득했다. 남조선 화폐를 쓰자니 환율이 익숙지 못해서 여러 번 당황하기도 했다.

학교를 졸업할 때에는 졸업 시험을 쳤다. 시험은 교원들이 초대소마다 찾아다니면서 시험 답안을 삐리트논술형으로 말한다는 소련말식으로 뽑아 들고 즉석에서 구두로 답변했다. 국제·국내 정세에 대한 논문을 작성해서 제시하도록 했다. 학교는 방송으로 논문을 평가했다.

이런 과정을 마치고 1965년 4월 27일, 1년간의 교육을 끝냈다.

졸업식 날 초대소마다 중앙당 지도원이 참가해서 당 생활 총화가 이루어졌고, 송별 파티가 있은 후 휴가를 받아 각기 집으로 돌아갔다.

평철리 초대소

1965년 5월 5일부터 생활하게 된 초대소는 평양시 외성 구역에 있는 평철리 초대소였다. 평철리 초대소에서 나는 매일 혼자 낮에는 연습하고, 저녁이면 시내를 구경하러 돌아다녔다. 그러다가 7월부터 본격적인 사업에 돌입했다.

내가 지도받은 사람은 이완기 과장과 차씨 성을 가진 지도원이었다. 곧 차 씨가 과장으로 승진하여 새로운 지도원이 왔는데, 그는 처음 보는 사람으로서 말끝을 끊는 강원도 양양 말투를 썼다. 며칠 지나고 강원도 말씨를 쓰는 지도원이 서른다섯쯤 되어 보이는 공작원 한 사람을 데리고 왔다.

"계 선생님, 오늘부터 함께 있을 선생이래요."

그는 나와 한 조가 될 사람이었는데 도통 말이 없어 보였다.

"참, 선생님께서 경험이나 연배가 마이많이 높으시니 조장이 되셔야 하잖소."

"예에, 그러죠."

새로 온 그 사람은 '안 선생'으로 불렸고, 나와 한 조가 되었다. 이제 본격적으로 공작을 구상하기 시작했다. 조원과 조장 사이에는 서로 성명·고향·가족·친척·친구 등을 몰라야 했다. 왜냐하면 남파하여 활동하다가 잡혀서 고문을 받는다면, 동지의 신변을 누설하면 안 되기 때문이다. 서로 엄격히 비밀을 지키면서 각기 자기 방에서 공작을 구상했다. 새로 온 공작원 '안 씨'는 말이 없고, 소리 없이 빙글 웃기만 했다. 그런 과묵함이 그를 신뢰하게 했다.

말이 났으니 말인데 안 씨의 하모니카 솜씨는 기가 막혔다. 눈을 지그시 감고 입술이 왔다 갔다 하면서 품짝품짝 하모니카를 불어대는 안 씨를 보면 누군들 가슴이 푹푹 젖지 않고는 견디지 못할 것이다. 특히 그의 십팔 번을 불 때는 더욱 그랬다.

> 나의 살던 고향은 꽃 피는 산골
> 복숭아꽃 살구꽃 아기 진달래

하모니카 소리를 들으면서 그가 남한 출신이라는 걸 직감했다. 남쪽 출신들이 좋아하는 노래였기 때문이다. 특히 2절에 "꽃동네 새동네 나의 옛동네, 파란 물 남쪽 하늘 바람이 불면"이란 부분에 오면 너나 할 것 없이 눈가에 물기가 서리곤 했다.

함께 공작 구상을 토론하면서 자연히 서로 신분을 알았는데, 짐작한 대로 남한 출신이었다. 실제로 침투 공작을 하면 같이 행동해야 하기에, 어느 정도 알 수밖에 없었다. 왜냐하면 그의 집에 가서 함께 행동하려면, 조장인 내가 아무것도 모르고 행동할 수는 없었기 때문이다.

안 씨의 집은 묵호시에 있었다. 고향 집에는 늙은 부모와 다리 병신인 형과 아우 등 다섯 명이 살았는데, 원래 성은 임林씨였다.

공작으로 구상한 내용은 이를테면 북쪽으로 남쪽 사람을 '영입'하는 사업이었다. 자정에 몰래 묵호항에 상륙해서 안 씨네 집에 간다. 나는 밖에서 계호하고 안 씨는 집에 들어간다. 부모와 동생을 만난 다음 적당한 사람을 택한다. 일본에서 지금 밀수품을 가지고 왔는데 그걸 줄 테니 선창가에 함께 가서 받아 오자고 말한다. 선창가까지 데리고 와서 강제로 배에 싣고 북쪽으로 향한다. 배 안에서 사과하고 그의 마음을 안정시킨다. 여기까지 당일치기 공작으로 끝낸다. 북쪽으로 데려와서 짧은 기간에 교육하고 다시 묵호에 데려다준다.

대강 이런 방법이 안 씨가 짠 공작 구상인데 우리 둘이 하기엔 적당한 사업이라고 여겼다. 당시 우리는 강제로 납치하는 것 자체는 문제가 있으나 누구든 직접 와서 북한 사회의 실상을 보면 생각이 달라질 수밖에 없으리라고 생각했다. 한참 후인 1969년 말 KAL기 납북 사건도 이런 맥락에서 진행된 사업이었다.

우리는 이 사업을 과장에게 비준받은 후, 1965년 9월 말경 초대소를 떠나 지도원과 함께 원산항에 도착했다. 거기서 부둣가에 있는 한 초대소에 들어가 침투 명령을 기다리며 대기했다. 월음기가 되어 공작선에 승선했다. 어선으로 가장한 공작선은 60톤 정도는 돼 보이는 비교적 큰 배였다.

서편 하늘에 자줏빛 노을이 불타고 있는 초저녁이었다.

나는 갑판에 서서 부둣가를 바라보았다. 노을 속에서 배는 공해로 서서히 나아가다가 시속을 높여 달리기 시작했다. 곧 어둠이 내리고 하늘에 별이 떴다. 공작선이 점차 속력을 높이는데 얼마나 빠른지 갑판에 서 있을 수 없을 정도였다. 난간을 꼭 붙잡고 바람이 씽씽 마주쳐 부는 갑판에 나갔다. 차가운 물살이 얼굴에 튕겼다. 선원 한 명이 밧줄을 붙잡은 채 다른 한 손으로 위장망을 정리하고 있다.

"지금 속도가 어떻게 됩니까?"

"네에?"

기관 소리에 파묻혀 목소리가 들리지 않았다. 나는 악을 썼다.

"지, 금! 얼, 마, 나, 빠, 르, 냐, 구, 요?"

"예에! 최고 시속, 사십, 노트, 입니다!"

이마가 구릿빛으로 빛나는 선원이 크게 답했다. 안 씨는 역시 말이 없었다. 고향 집 식구들 얼굴을 그려 내는 듯이 남쪽만 쳐다보고 있다.

시계는 11시를 가리키고 있다. 멀리서 등대 불빛만 희미하게 보인다 싶더니, 순식간에 묵호 등대가 코앞에 다가와 있다. 속도를 낮춰 서서히 접근하면서 묵호항 앞에 도착한 때는 밤 11시 30분이다. 묵호항 남쪽에 있는 축항 아래쪽으로 상륙 준비를 하고 고무보트를 살짝 내렸다. 고무보트를 타고 노를 저어 서서히 항에 접근하는데,

삐, 삐, 삐!

허리에 차고 있던 초단파 무전기에 신호가 왔다. 짧은 신호 세 번! 긴급히 되돌아오라는 신호다. 무슨 일인지 모르나 황급히 모선으로 되돌아왔다. 선장의 얼굴은 굳어 있다.

"남반부 경비정이래 접근하구 있쉐다. 레이더루 보니까네 분명히 알구서리 접근하는 거웨다. 서둘러야겠쉐…… 어!"

말이 끝나기도 전에 항구 저쪽에 있는 돌바위 뒤에서 경비정의 뱃머리가 보였다. 경비정이 다가오고 있었다. 두 개의 탐조등으로 모선을 훑으며 빠르게 접근했다.

"서라! 무슨 배냐! 정지, 정지하라!"

귀청이 째질 정도로 쟁쟁한 스피커 소리였다. 선장은 내 눈빛을 살폈다. 그는 마주친 내 눈빛을 보고는 재빨리 바다 위에 하얀 원을 그리면서 뱃머리를 돌렸

다. 물방울이 세차게 튕겨져 올랐다. 배는 전속력으로 질주하기 시작했다.

서라! 펑! 정지! 펑! 펑!

경비정은 공포를 쏘아대면서 쫓아왔다. 우리 배가 공해상으로 나아가자 더 이상 추격해 오지 않았다. 사실 공작선이 하도 빨라서 추격해 올래야 올 수도 없었다. 잠시 후에 레이더 화면을 보니 경비정은 멀리 남쪽으로 내려갔는지 전혀 나타나지 않았다.

"다시 들어갑시다."

나는 선장에게 말했다. 안 씨도 동의한다는 듯이 서글서글한 눈빛이 번득이면서 고개를 끄덕였다. 선장은 가로막고 나섰다.

"안 됩네다. 시간이 도저히 아니 되오. 당일치기래 할 수가 없쉐다."

턱수염이 수북한 선장의 말에 안 씨는 매우 안타까운 표정을 지었다. 배를 돌려 북상하는데 갑자기 스크류가 돌아가지 않았다. 어장인 줄 모르고 지나가다가 그만 굵은 나일론 그물이 스크류에 감겼던 것이다. 선원들이 잠수해서 엉킨 그물을 제거하고 날이 밝아 올 무렵에는 휴전선을 넘어 원산항에 도착할 수 있었다. 지도원이 원산항에 나와 기다리고 있었다.

배에서 내리는 안 씨와 나는 다소 풀이 죽어 있었다.

"정황 땜에 실패한 겁니다. 너무 상심하지 마시라요."

지도원은 우리를 위로해 주면서 술 한잔을 권했다. 이튿날 안 씨, 지도원과 함께 평양으로 되돌아왔다. 그 후 성문리 초대소에서 계속 학습하면서, 무전 송수신 연습을 더 했다.

어느덧 1966년 5월이었다. 공작 임무를 변동 없이 하려는 중에, 중앙당 특별 초대소에서 오라는 전갈이 왔다. 나와 안 씨는 함께 갔다. 중앙당 특별 초대소에는 이완기 과장이 부부장으로 승진해서 참가했고, 유장식 국장이 직접 우리를 영접해 주었다.

초대소에서 준비한 파티를 하기 전에, 작은 체구에 견결스런 눈매를 지닌 유장식 국장이 내게 다가왔다.

유장식은 1963년 남조선 총국이 되면서 이효순 총국장 바로 밑의 국장직을 맡아 조직을 담당하고 있었다. 나보다 두세 살인가 아래인 그는 심심하면 초대소에 와서 나와 장기를 두곤 했다. 내가 한두 번 이기면 "한 판 더 둡세다. 한 판만 더 둡세다!" 하며 자꾸 졸라서 어느 때는 새벽 한두 시까지 두기도 했다. 두기 싫어서 한 판을 져 주면 그제서야 "이제 두기 싫으신 모양이구먼" 하면서 호인풍으로 껄껄 웃는 그런 인물이었다.

"지난번에 실패했는데 다시 한번 용기를 내서 한번 잘 해 봅세다."

걸걸한 목소리였지만 말끝마다 웅후한 힘이 담겨 있었다.

"다음번에 수행할 공작은 어케 구성됐습네까?"

"이번에 했던 공작을 다시 시도하려고 합니다……."

조장인 나는 실패의 원인과 앞으로의 계획을 차근차근 얘기했다. 유장식은 얘기를 다 듣고 나서 덧붙였다.

"내래 다른 의견은 없습네다. 그저 몸을 됴심하기오."

그는 나에게 손수 술을 따라 주면서,

"밥두 잘 먹구 술두 잘 마시는 사림이래 일두 잘 하는 거 아니오. 실컷 마시기오."

그는 잔을 들어 올리면서 날더러 어서 들라는 시늉을 했다.

우리는 이일 저일 얘기하면서 긴장을 풀었다. 밤 11시가 넘어서 파티는 끝났다. 초대소에 와서 휴대품을 들고 평양역에 가서 기차에 몸을 실었다. 술에 흠뻑 취한 나는 침대칸에 누워 실컷 잤는데, 끼이익, 기차 서는 소리에 눈을 떠 보니 어느새 원산역이었다. 그날은 원산 초대소에서 지냈다.

다음날 저물 무렵 원산항에서 우리는 공작선을 타고 공해로 빠져나갔다. 어찌나 빠르게 달리는지 금세 남쪽 육지가 보였다. 그러나 아무리 봐도 어디가 어딘지 지형을 알 수 없었다. 놀랍게도 선장은 속력을 줄이고 배를 육지 가까이에 천천히 접근시켰다.

"선장, 여기가 아냐! 조금 더 내려갑시다."

내 말을 듣는 둥 마는 둥 선장은 퉁명스럽게 대답했다.

"여…… 여기가 맞쉐다."

"선장, 다시 봐요! 여기가 아니라니까?"

"……마, 맞쉐다!"

오히려 선장은 목울대를 높이면서 자꾸 맞다고 우겨댔다.

"상륙해서 화, 확인해 보시기오. 내래 트, 틀린 적이 없쉐다."

말까지 더듬고 답답했으나 어쩔 수 없었다. 고무보트를 내려 조용히 상륙했는데, 그곳은 왕청 같이 속초와 대포리 사이였다. 재빨리 보트를 돌려 모선에 돌아왔다. 갑판에 올라서자마자 나는 선장에게 다그쳤다.

"선장! 내가 뭐랬소! 빨리 배를 묵호로 몰아요!"

"기, 기래요……."

그때, 말을 자꾸 더듬는 그의 턱수염에 묻어난 술 냄새가 확 끼쳐 왔다.

"기, 기런데 선생, 도, 동무, 시간이 없쉐다. 묵호엔 갈 수 없으니끼니 도로, 도, 돌아갑쉐다. 내래 어지러워서…… 끄윽."

트림까지 하면서 선장은 횡설수설했다. 우리는 별수 없이 원산항에 돌아왔다. 선장이 술에 취해서 공작에 실패하리라고는 생각도 못했다. 원산항에서 영문을 모르는 방향장이 허탈하게 돌아오는 우리를 맞이했다.

"와 돌아오는 게요?"

나는 공작 진행 정형을 상세히 설명했다. 사업을 평가하려니까, 내가 말하기 전에 선원 중 몇 사람이 진술했다.

"선장 동무래 술에 취해서리 지형을 오인했습네다."

여러 진술을 듣고 방향장은 선장을 징계에 회부시켰다. 두 번씩이나 침투에 실패하니까 맥이 풀렸다. 안 씨와 나는 다시 평양으로 와서 평철리 초대소로 돌아왔다.

그러던 1966년 6월 초여름 날, 중앙당 지도원이 초대소에 찾아왔다. 그는 내 방을 둘러보고 뭐 불편한 게 없느냐는 듯 구석구석 살펴보고 나서 말문을 열었다.

"지금 남한은 우리가 공작하는 것에 대해 고도로 신경을 쓰고 있습니다. 당분간 공작을 중지할 필요가 있다고 합니다. 선생님들도 사회에 나가서 잠시 쉬시는 게 좋겠습니다."

"상부의 지십니까?"

"예."

이유는 모르지만 상부의 의견에 따라야 했다. 하지만 그 원인을 자세히 알고 싶었다.

"공작 사업이 중지된 정확한 이유를 알고 싶습니다."

두 번씩이나 공작에 실패해서 그런지, 답답해서 가만 있을 수 없었다.

"담배 좀 피우겠습니다."

지도원은 안주머니에서 담배를 꺼내 입에 물고 불을 붙였다.

"이효순 국장이 공작원들을 대거 제대시켜서 지방으로 내려 보냈습니다."

남조선 총국장인 이효순이 공작원들을 제대시키는 건 비단 남의 일이 아니었다.

"공작원을 왜 제대시킵니까?"

“삼대 공포증에 걸렸대요.”

“삼대 공포증?”

“그거, 모르세요?”

그는 얼굴을 돌려 담배 연기를 천천히 내뱉었다.

“첫째는 공작원이 남반부에 가면 변절을 잘해서 대남 전략에 막대한 손실을 준다는 거고, 둘째는 남반부 경찰 수사망이 깐깐하다는 공포입니다. 세 번째 공포증은 남반부 인민들이 밀고를 잘한다는 점입니다.”

“그래서 공작원들을 직위 해제시키는 겁니까?”

이해가 안 됐다.

“후훗, 우습죠?”

지도원 역시 대남 전략이 뭔가 잘못됐다는 투로 가볍게 웃었다. 물론 이때 공작 사업은 실패가 많았다. 지도원의 수준이 낮았고 남조선 경찰과 주민들의 신고 체제가 잘 짜여 있는 것도 원인이었지만 장기 매복·시기 대비의 원칙을 깨고 문제없이 잘 활동하는 사람을 당에서 자꾸 호출해대는 것도 실패의 한 요인이 된 것은 사실이었다.

“지도원 동무, 그러면 나는 어데로 가는 겁니까?”

“선생님 맘대로 되는 게 아니라 당에서 배치해 주는 대로 가야죠.”

“……원래 농업 부문에 있었으니까 자리가 있으면 알아봐 주십시오.”

그는 담배를 재떨이에 비벼 껐다.

“제가 알아봤죠. 황해북도 봉산군에 있는 사업소에 초급 당비서 자리가 비어 있던데, 어떻습니까? 맘에 드시면 제가 지도부에 건의해 보죠.”

“암튼…… 당에서 배치해 주는 대로 가야죠.”

이튿날부터 공작원 일이 끊어진 우리는 사회에 배치됐다. 조원 안 씨는 본래 있던 자리가 아직 공석으로 있어서 서평양 화물 자동차 부비서 자리에 그대로 배치되었다.

공작원들이 일단 소집되어 공작 활동을 할 때에는 공민증주민등록증과 당증을 모두 당에 보관했다. 가족들은 아내가 호주가 되고 자식들은 아내의 공민증에 수록되어 생활했다. 때문에 나는 당에서 보관했던 공민증과 당증을 지도원에게서 받아 들고 황해도로 찾아갔다. 황해북도 도당에 있는 중앙당 소속 파견원인 자료연구과장을 먼저 찾아갔다. 그는 나를 보자마자 반갑게 맞이했다.

"듕앙당에서 통지가 와서 선생님을 잘 알구 있슴네다."

사리원시의 위성군인 봉산군 당 위원회까지 같이 가서 군당위원장에게 나를 소개했다. 봉산군의 김종호 당위원장은 본래 남한 출신인데 공작 사업을 하다가 군당 책임자가 되어 있었다.

그는 나를 반기면서 봉산군 마산리 마동에 있는 3급 기업소인 관개 관리소에 직접 데리고 갔다. 거기에서 그는 나를 당비서로 배치되어 온 사람이라고 하면서 많은 행정 일꾼까지 모아 놓고 소개해 주었다. 이때가 1966년 6월 16일이었다.

이날부터 나는 어지돈 관개 사업의 주축인 봉산 관개 사업소에서 일하기 시작했다. 종업원 500여 명의 사업소에 당세포 수는 5개였으나 당원 수는 150여 명으로 비교적 많았고, 70개의 양수장에 양수기와 펌프가 150여 대나 되었다. 전부 따지면 국가 재산으로는 엄청난 금액이었다. 당세포가 군내 전반에 산재하였기 때문에 지도하기가 극히 난처했다.

홍수 작업장은 30리 정도 떨어져 있었는데 그건 가까운 편이었다. 정방리 등 몇 곳은 40~50리 거리에 있어 한 번 가보자면 꼬박 하루를 작심하고 가야 했다. 전화만으로 일하는 건 관료주의의 병폐라고 생각되어서 나는 현장에 직접 가기로 했다. 현장에서 현지 사업 요해와 지도를 강화하여 실정에 맞는 사업을 해야

직성이 풀릴 듯했다.

우선 홍수 작업반·청계 작업반·마동 작업반·용계 작업반·정방 작업반을 순회하고, 다음으로는 양수장들을 순회하면서 한 바퀴 돌아보고 조사 요해했다. 말이 순회지 정말로 힘들었다. 이를테면 한쪽에서 뭐가 썩는지 어떤 사고가 났는지 전혀 알 수가 없어서 기업소를 책임진 나는 항상 불안하지 않을 수 없었다.

1966년 8월에는 마산리에 있는 양수장을 저녁 11시에 순시해 보았다. 양수장의 급수 정형을 살피고 있었는데 남자 종업원이 일하는 곳은 그야말로 놀랄 판이었다. 아예 자리를 깔고 누워서 모기가 문다고 얼굴까지 싸매고 코를 드렁드렁 골면서 깊은 잠에 빠져 있었다.

"이보기오! 동무, 동무!"

나와 함께 순시하던 공장 지배인이 수차례 흔들며 소리치자 노동자들은 겨우 눈을 비시시 뜨면서 일어났다.

"누, 누구…… 어!"

"일어나, 지배인이 왔어."

노동자들은 서로를 깨우며 깜짝 놀라서 쩔쩔맸다.

"동무덜! 작업하러 나왔소, 아니믄 잠자러 나왔소? 오백 키로와트따리짜리 레커 놓구서리 자빠뎌 잠이나 잔단 말이가!"

지배인이 화가 나서 콧구멍을 비룩대면서 성을 냈다.

"그만! 그만 됐습니다."

한심하기 그지없었으나 중지시키고 나는 다음 양수장으로 갔다. 거기에서도 노동자들이 자고 있었다. 말이 안 나왔다. 야간 순시를 더 강화했지만, 몇 번 순시를 해도 별로 나아지지 않았다. 여자들은 책임성 있게 양수하는데, 남자들은 양수기를 돌려놓고 대부분 잠자는 게 보통이었다. 그 후 나는 양수 운전공을 모두 여자로 교체하고 남자들은 양수기 수리나 보강 산업에 배치했다. 바로 이 시기에 자판수 양수장을 건설하라는 지시가 내려왔다. 나는 봉산군 내 몇 군데 지점을 선정해 자판수 양수장을 세워야 했다.

전후에 건설된 많은 관개 공사와 저수지 공사로 강하천의 범람은 사라지고 농업용수는 충분히 공급되고 있었다. 강 하류의 범람은 아직 근절되지 않고 있었다. 예컨대 순화강 제방 공사처럼 제방을 쌓으면 하천에 흐르는 물은 논에 못 들어왔지만, 빗물이 논에 들어와서 고이는 것은 어찌할 수가 없었다. 특히 폭우가 쏟아졌을 때 범람할 우려가 있는 곳은 하류 지역 벌판이었다. 하류의 낮은 지역에서 발생하는 홍수를 대비하기 위해서는 어떤 대책이 필요했던 것이다. 그 대책을 연구하여 건설 지시가 내려온 것이 바로 자판수 양수장이었다.

자판수 양수장은 28인치 펌프를 이용하여 논에 넘치는 물을 하천으로 퍼대는 시설이었다. 말하자면 일 년에 한두 번 정도의 장마 기간에만 쓰이는 양수장이었다. 1966년부터 설치하기 시작한 이 자판수 양수장 정책으로 이후 하류 지방의 홍수 피해를 최소하시킬 수 있었다.

1950년대 관개 시설·협동 농장 등을 통해 농업 생산력을 전쟁 전의 수준 이상으로 높인 뒤, 농업 생산을 기계화하고 좀 더 과학적인 영농으로 발전시키려고 했다. 1964년 2월, 김일성이 '사회주의 농촌 문제에 관한 테제'에서 농촌에서의 기술·문화·사상 혁명과 수리화·기계화·화학화·전기화를 지시한 이래 이 같은 방침은 계속되었다.

1950년대에 관개 시설을 대대적으로 건설하여 농업용수를 해결한 뒤 북한에서 착수한 사업은 육전陸田, 필요할 때만 물을 대어서 곡류를 심는 농사을 수전水田, 논 농사으로 바꾸는 사업이었다. 1960년대부터, 산등성이의 평평한 논에까지 양수기로 물을 퍼서 밭을 논으로 바꾸었다. 한 양수기가 물을 최고 27미터까지 끌어올리는데,

심지어는 3단 양수까지 해서 75미터 높이까지 끌어올리기도 했다.

이 사업의 목표는 기존 논의 생산량을 높이는 동시에 밭을 논으로 바꿈으로써 전체 알곡 생산을 비약적으로 높이는 것이다. 벼 수확량은 당시 정보당 4~5톤으로 강냉이 등의 밭작물 수확량인 정보당 2~5톤보다 훨씬 높았기 때문이다.

자판수 양수장의 건설로 농업 생산량은 점차 높아지기 시작했다. 자판수 양수장과 더불어 뜨락또르는 이미 보편화 되어 있었고 모 꽂는 기계이앙기는 실험 단계에 있다가 1968년부터 사용하기 시작했다. 그 외 파종기·제초기·콤바인 등이 사용되고 있었다. 거름은 퇴비를 위주로 토양의 질을 높이는 방침을 썼다. 화학 비료는 어디까지나 보조적이었다. 화학화·전기화에서도 이 시기에 이르면 상당 정도가 진전돼 부족하지 않을 정도의 각종 비료가 공급되고 있었고 탈곡도 기계로 했다. 종자의 개발에도 힘써 내가 가본 농업 과학원에서는 소금기 있는 데서 잘 자라는 갈대의 성질을 벼에 이식시키는 실험까지 하고 있었다. 당시 광범하게 추진되던 간척지 개발 사업에 발맞추어 간척지에서 자랄 수 있는 종자를 개발하기 위한 연구였다. 이렇게 1960년대의 농업 생산은 양적 확대에서 나 자신도 놀랄 정도로 지속적인 성장을 거듭한 게 사실이다.

그러던 중 1966년 10월에 노동당 제2차 대표자회의가 개최되었다.

원래 노동장 규정에는 4년에 한 번씩 당 대회를 열었다. 1961년 제5차 당 대회에서 제기된 7개년 경제 건설 계획과 국방 건설의 병진 방침이 기한 내에 과업을 달성하지 못했기 때문에 당 대회를 열 수가 없었다. 1966년에 먼저 대표자회의를 열어 경제 건설을 3년간 연장할 수 있도록 비준을 받아야 했다. 당대표자회의에서는 사회주의 국가들의 정책 변동과 관련하여 사상 투쟁을 전개해야 할 과업이 제기되었다. 그날 나는 김일성이 네 시간에 걸쳐 행한 보고 내용을 녹음으로 청취하고 다음과 같이 공책에 꼼꼼하게 요약했다.

첫째, '경제 건설 진행 과정의 성과'에 대하여 보고하고 결함에 대하여 지적함. 제4차 당 대회가 제기한 경제 건설 7개년계획을 국방 건설의 병진으로 인하여 부득이 3년간 연장하여야 할 것을 제기함.

둘째, '국제 정세 부문'에서 좌우경 기회주의자들에 대해 폭로 비판함. 정주의 우경 투항주의 분자인 쏘련소련의 후루쇼브흐루시초프 정책에 대하여 설명하면서, 모든 사람이 평등하게 살아야 한다고 신랄하게 비판. 다음은 중국에서 좌경 모험주의자들이 소위 문화혁명을 구실로 인민들을 믿지 못하고 지나친 계급 투쟁으로 사회를 질식하게 만들어서 인민들을 당과 국가에서 이탈시키는 모험주의 행동을 한다고 신랄하게 비판.

셋째, '남조선 혁명의 투쟁 사업'을 제기하면서 평화적 조국 통일 방안에 대하여 연방제 안을 제기. 연방제 안은 두 정부의 기존 체제를 그대로 유지하면서 두 정부의 대표들로 구성된 최고 민족 회의를 조직하고, 최고 민족 회의 안에 두 정부의 대표를 뽑아 상설위원회를 조직, 이 상설위원회가 두 정부의 정책을 조절하는 역할을 해서 일정한 시기가 되면 총선거를 실시하여 조국 통일을 완성함.

이런 내용으로 회의가 끝나자 각급 도당에서는 전원회의를 소집하고 현 국제 정세 부문에 대해 토의했다. 전원회의는 3일간 진행되었다. 도당 위원들과 군당 위원장, 3급 이상 기업소 당비서, 리 당비서까지 약 500명이 참가한 대규모 회의였다. 이때 도당 위원장은 원장정이었고, 보고는 김일성이 대표자회의에서 보고한 육성을 녹음으로 청취했다. 토론은 십여 명씩 했는데, 주로 기회주의와 모험주의에 대하여 신랄하게 비판했다.

중국과 소련은 북한을 예전처럼 우호적으로 대하고 있지는 않았다. 서로 방송으로 욕설을 하기도 했다. 중국 공산당에서는 중국 주재 북한 대사관에 겨울철 난방 연료까지 보내 주지 않았고, 북한에서는 택시를 생산하지 않았기에 대사관 직원들이 별수 없이 소련제 승용차 '볼가'를 타고 다면서 "저 수정주의자들!" 하면서 손가락질했다. 심지어 중국 공산당은 수정주의자들인 북한이 남한과 합세하여 중국을 쳐들어올 위험성이 있다며 국경선 일대에 대포까지 걸어 놓았다는 얘기도 들었다.

한번은 백두산 관광을 하다가 그 갈등을 직접 체험하게 됐다.

혜산시와 장백을 경유해 천천히 백두산으로 올라가려고 했다. 내가 만주로 피난 갔을 때와는 달리 도로도 이제는 잘 보수되어 있었다. 유유히 흐르는 압록강을 기분 좋게 바라보고 있는데, 갑자기 장백 쪽으로 스피커 소리가 요란하게 들렸다.

"쪼선 동포들이레! 울리 쭝국에서 홍위병을 따라 배워라 해!"

서툰 발음이 이상해서 무슨 소린가 잘 들어 보니 중국 공산당 처녀 방송원이 조선말로 말하는 쟁쟁한 목소리였다. 소리나는 쪽을 보았을 때 나는 깜짝 놀랐다. 중국 사람들이 웬 여자를 묶어 놓고 압록강 얼음 구덩이에 머리를 처박았다 뺐다 하는 것이다. 그들은 방송을 통해 마치 자랑이나 하듯이, 그 여자가 뾰족한 구두를 신는 자본주의적 반동행위를 했기 때문에 신발의 굽을 도끼로 잘라 손에 들고 맨발로 시내를 돌게 하는 벌을 가하고, 강으로 끌고 와서 벌을 준다고 방송했다. 나는 '중국 문화 혁명'1966~1976의 좌경성이 이 정도로 심한가 싶어 어처구니가 없기도 하고 잘 이해가 되지 않았다.

잠시 후에 혜산시에 주둔중인 북한 인민군도 이에 질세라 중국말로 쏼라쏼라 소리쳤다.

"모험주의자 중국이여! 조선에서 인민 사랑을 배우라!"

서로들 떠드는 통에 시끄러워서 정신이 멍할 지경이었다.

심지어 압록강 호안 공사를 하는 데도 그 갈등은 첨예했다. 중국 측은 장백 쪽

강변에 토실의 유실을 방지한다는 구실로 돌로 석축을 쌓았고, 게다가 제방으로부터 석축을 대각선으로 강 절반까지 50미터 간격으로 엇비스듬하게 쌓아 물줄기가 혜산시 쪽으로 흐르게 했다. 홍수기가 되면 혜산시가 위험할 지경이었다. 아니나 다를까 마침내 혜산시 쪽에 쌓은 제방이 세찬 물을 견디지 못해서 끊어져 버리고 혜산시 주민들은 물난리를 겪었다. 그걸 보수하느라고 주민들이 꽤나 고생했다.

또 중국은 국경선에 경비 초소를 대거 증설하고 경비 초소의 군인들이 맞은편에 있는 북한 주민들을 감사하다가, 불시에 습격해서 홍위병 정책의 정당성과 우월성을 강제로 가르쳐서 다시 들여보내곤 했다. 이에 질세라 북한은 평양에 있는 중국 대사관을 고립시켰다. 중국 대사관이나 소련 대사관은 아무 정보도 얻지 못했을 뿐만 아니라 북한 주민의 냉대를 받았다.

소련 대사관은 동평양에 있는 소련 농공업 전람관 앞을 지나가는 사람들을 무료로 견학시키면서 텔레비전으로 소련 과학의 우월성을 선전하기도 했다. 게다가 견학이 끝나면 헬기에 태워서 평양시를 구경시키면서 소련 정치의 우월성을 심어 주려고 부단히 노력했다.

이렇게 서로가 냉전 상태에서 지내 오다가 1970년 5월에 주은래1898~1976가 북한을 방문하면서 냉전 상태가 얼음 녹듯이 풀리기 시작했고, 소련과의 관계도 차차 풀리기 시작했다. 물론 그런 관계는 정치적으로 필요했기 때문이다.

1967년, 박금철·이효순 숙청과 김정일의 등장

물기 오른 밤나무 가지에 새순이 파릇파릇 피어나고 잔디가 조금씩 푸른 빛을 더해 가는 1967년 4월, 당 중앙위원회 4기 제15차 전원회의가 열린다는 통보가 내려왔다. 들판에 따사로운 햇살이 가득히 퍼지고 있었다. 본래 전원회의는 당 중앙위원회 위원들이 모여서 열었는데, 그 내용은 전부 공개하는 것을 원칙으로 했다. 다만 당 내부의 문제에 관해서는 당원들에게만 공개했는데, 특히 4기 제15차 전원회의는 당 내부의 특별한 문제를 취급했기 때문에 3급 기업소 당 비서 이상 간부들만 그 내용을 녹음으로 청취할 수 있었다.

나는 녹음기를 틀어 녹음된 내용을 들으면서 중앙당 회의장의 정경을 떠올렸다. 중앙위원회 위원 백여 명정회원 85명, 후보위원 50명이 회의장을 빼곡히 메우고 있고, 단상 위의 배경막에 크게 그려진 인민공화국의 상징인 붉은 별 국기와 한쪽에 김일성의 얼굴 그림이 걸쳐져 있다.

회의의 결론부터 말하면, 김정일이 주축이 된 지도 그루빠가 당 중앙위원회를 집중적으로 지도한 결과 토대로 당 중앙위 내부 사업을 비판하고 당의 유일사상 체계를 확립하기로 한 회의였다. 물론 결론은 김일성이 내렸다. 이 결론에 따라 하급당에서는 「당의 유일사상 체계를 확립하는 데 대하여」라는 문건을 토의하게 됐다.

회의는 먼저 사회자인 최고인민위원회 상임위원장 최용건이 당 중앙위원회 내부에 있는 문제를 비판하면서 시작됐다.

"먼저 당 조직 비서인 박금철 동무에 대한 문제를 비판하겠습니다."

그의 목소리는 우렁우렁하면서도 쉰 목소리였다.

김일성의 보천보 전투에 함께했는데 이후에 여러 말이 있었던 박금철1911~1970?

은 조선전쟁 때 조선인민군 총정치국 부국장을 역임한다. 1956년 8월 종파사건 때 김일성을 찬양 충성하면서, 그야말로 승승장구하여 1966년 조선로동당 중앙위원회 상무위원인 인물이다.

"이에 대한 당 중앙위원회의 집중 지도 결과를…… 보고하시겠습네다."

최용건이 웅얼웅얼 말하는 바람에 나는 좀 더 귀기울여 들어야 했다.

잠시 후 깡깡 깨지는 젊은 사람의 목소리가 튀어나왔다.

"박금철 동무래 당 조직 비서로서 도당 책임비서를 비롯하여 군당 책임비서 등 중앙당에서 비준하는 인물을 등용·배치·해임·철직시키면서, 당 책임비서 자리를 자기의 측근자로 배치해서 추종자를 꾸려 놓구 봉건 유교 사상까지 주입시키는 많은 잘못을 저질렀습네다."

비판하는 보고자의 깡깡한 목소리는 매몰찼다.

"박금철 동무래 갑산 공작 위원회에서 사업할 때 친분이 있던 원상정 동무를 황해북도 도당 책임비서 자리에 등용해서는 그에게 『목민심서』라는 반동적인 책을 주면서 그걸 가지구 학습하라는 등 봉건주의 사상을 주입시켰습네다. 평북도당 책임비서와 함북도당 책임비서두 그런 방법으루 배치시켰습네다."

백발이 성성한 박금철이 얼굴도 못 들고 앉아 있다. 날카로운 목소리의 보고자는 박금철에 대하여 냉혹하달 만큼 차갑게 비판하기 시작했다. 박금철이 행한 잘못된 행동은 공식 석상에서 연거푸 폭로됐다.

박금철은 일제 시기에 갑산 공작 위원회에서 사업하다가 체포되어 15년형을 받고서 서대문 형무소에서 징역 생활을 했으나 곧 변절하여 다른 동지들을 고발했던 사실, 그래서 권영벽·이제순·오중흡 등의 혁명가가 체포되어 사형에 처했고, 자신은 전향하여 출역하면서 작업반장까지 했다는 사실, 유일사상을 훼손시키는 잘못을 범했다는 사실이 지적되었다.

항일운동을 하다가 체포된 박금철, 승승장구하다가 「목민심서」를 권했다는 이유로 숙청된다

김일성이 동광인 검덕 광산에 나가서 1966년 총화와 1967년도 사업 계획을 지도하러 갔을 때의 일이다. 거기에서 당원들이 토론하면서 1966년에는 겨우 9만 톤을 생산했지만 1967년에는 15만 톤을 생산하겠다고 결론지었다. 이 결론을 듣고 김일성은 이렇게 말했다.

"그 열의는 좋지만, 너무 많은 양을 결정해 놓구서 미달하는 것보다는 실지루 할 수 있는 양을 결정해야 합니다. 기래서 내 생각으루는 13만 톤이 좋을 것 같은데, 어떻습니까?"

하고 제안하자 광산 노동자들은 그렇게 하기로 따랐다고 한다.

이후 박금철이 검덕 광산에 갔을 때, 13만 톤도 힘들게 느껴진 광산 지배인이 "수상님이 13만 톤만 생산하라구 했는데 사실 기것두 힘듭네다"라고 투덜대니까 "무시기, 그런 걸 신경쓸까? 너무 많치 아잉요? 그냥 9만 톤만 생산해보오"라면서 수상이 정한 계획을 마음대로 변경시켰다는 것이다.

뿐만이 아니다. 연전에 김일성이 전방에 있는 전투 부대 병사들 앞에서 훈시했던 적이 있었다.

"현대전에 맞게 훈련을 쌓아서, 모든 장병이 간부화가 되어서, 일당백의 군사 간부가 되어야 합니다!"

여기에서 수상은 일당백을 강조해서 연설했다고 한다. 이 연설문을 군부대에서 당 중앙위원회에 보냈는데, 박금철이 연설문을 읽어 보다가 '일당백'이라는 구절을 보고, "혼자서 백 명을 당할 사람이 누가 있소? 가당치도 아잉 소리 하지 맙세!"라고 일당백이라는 문구를 붉은 색연필로 그어 없애 버렸다는 것이다.

또 박금철이 자기 고향 갑산에 양옥집을 크게 세워 놓고, 아내를 혁명가로 과장하여 비석을 세우고 부각시켰으며, 24세 된 맏딸을 경락 연구소에 배치하고 김봉환 박사 등 경락 연구소 연구원들에게 논문을 쓰게 해서 그걸로 딸을 의학박사로 만들었다는 사실이 폭로됐다.

매몰찬 폭로 비판이 끝나자, 잠시 후 박금철이 자아비판하는 울음 섞인 목소리가 들렸다.

"높은 자리에 앉아 있다 보니 그 누구에게서도 비판을 받지 않아 나도 모르게 자유주의자가 되었습다. 당 앞에 큰 잘못을 저질렀습다. ……관대히 보아 주신다믄 고향에 가서 여생을…… 헉."

말끝을 맺지 못하고 마침내 그는 울음을 터뜨렸다. 아마도 어깨를 들썩이며 퇴장했을 듯 싶다.

"다음은 남조선 총국장 이효순 동무에 대한 검토임네다."

사회자 최용건의 말에 나는 신경이 곤두섰다.

공작원들을 대거 제대시킨 이효순 국장에 대한 비판은 바로 내 일이나 다름없었기 때문이었다.

무슨 비판이 나올지 모르지만, 일제 때 조국 광복회 사건으로 체포되었다가

간첩 이수근(출처 : 『경향신문』)

혀를 깨물고 자결한 혁명한 이재순의 동생인 그는 혁명가의 혈통 때문에 큰 비판이 없으리라고 생각했다. 그 정도 서열에 있는 사람을 감히 누가 비판할 수 있겠는가. 비판이 없으리라는 내 예상은 보기 좋게 빗나갔다.

"와 공작원들을 지방으루 내려 보냈소?"

또 그 젊은 목소리였다.

"그건 보안 사항입네다!"

이효순은 딱 잘라서 대답했다. 이번에는 김일성이 숨을 토하면서 질문했다. 본래 평안도 사투리를 쓰는 김일성은 공식 석상에서는 언제나 표준말을 썼다.

"내 하나 물어보겠습니다. 동무! 이수근1924~1969 중앙 통신사 부사장을 누가 남조선에 내려보냈습니까?"

"……접니다."

"왜 보냈습니까?"

"……저."

그때 또 젊은 목소리가 댕돌같이 나섰다.

"쫌 날래날래 얘기하시라요!"

"……."

이효순은 말하지 않았다. 사회자는 국가 보안 문제가 많아서 이효순 문제는 정치 위원회에서 취급해야 한다며 수상에게 양해를 얻고 간단히 끝냈다. 그가 박금철을 방조하고 그의 실수를 묵인한 사실은 날카롭게 비판됐다.

"다음은 남조선 총국 부국장인 림춘추 동무에 대한 검토임네다."

위원장의 말이 끝나자 구둣발 소리가 들렸다. 림춘추가 단상 앞으로 나오는

소리 같았다. 3년 전에 중앙당 학교에서 항일 빨치산에 대하여 강의하던 그의 네모난 얼굴이 떠올랐다.

빨치산 시절에 많은 부상자를 치료했던 의사였고 또한 작가이기도 한 그는 수상과 함께 동만주 빨치산 출신이었기 때문에, 그를 누구도 쉽게 건드리지는 못했다.

몇 사람의 형식적인 질문이 오고 갔는데, 갑자기 김일성의 목소리가 튀어나왔다.

"동무, 동무는 남조선 총국에서 이효순이 못된 짓을 하구 있는데, 뭐 하구 있었소? 그 이유를 말해 보시오."

갑작스러운 수상의 질문에 회의장은 조용해졌다.

"저, 저는 전혀 알지 못했습니다."

임은 떨고 있었다.

"기럼 동무가 소설 『청년전위』를 썼다구 하는데 기 목적이 메요?"

평소 연설할 때 쓰는 표준말이 아니라 지독한 평안도 사투리에 쇳소리가 섞인 음성이었다.림춘추의 여러 대표작 중 장편소설 『청년전위』1963는 1929년 여름부터 1945년까지의 항일혁명투쟁을 그린 장편소설이다. 계속 시리즈로 나올 만치 널리 읽힌 책이다.

"『청년전위』를 발간한 거는 동만주 생활 때 전사한 혁명 영웅 육영수 투사를 중심으로 항일 빨치산 투사들을 연상하믄서, 육영수 영웅을 유삼손이라는 주인공으로 등장시켜서 만들었습니다. 그리구 닌민덜이 요구해서 제3권까지 썼습……."

그때, 탁, 하는 소리가 임의 입을 막았다. 아마도 듣고만 있던 김일성이 안경을 벗어 탁자 위에 놓는 소리 같았다.

"동무! 내래 동무를 남조선 총국에 배치한 거이, 동무를 믿구서 잘 돌보라구 배치한 거야요! 기런데 총국이 어케 돌아가는디 영판 모르믄서 소설이나 쓰구 있었슴네까!"

김이 호통을 치니까, "……저, 저는……." 림이 꾸무럭거리면서 무슨 말을 힘겹게 토하려는데,

"길쎄, 자추디 말구 얘기레 딛우라우요!"

림의 숨소리가 툭 끊기면서 잠시 침묵. 백여 명의 대표가 앉아 있는 회의장은 김일성이 말을 끝내자 정적이 감돌았다.

"다, 다음은 당 중앙위원회 국제부장과 사로청 중앙위원회 위원장에 대한 질문이 있갔습메다."

최용건이 떠듬거리면서 다음 순서를 말했을 때야 비로소 회의장에는 다시 소곤대는 목소리가 곰실댔다. 이상하게도 틈만 있으면 울리는 쨍쨍한 음성의 젊은 사람이 누구인지 도통 알 수가 없었다.

회의가 마무리될 시간에 중앙당 내부 사업을 하면서 총책임자로 누군가 단상에 나섰는데 그 음성은 아까부터 회의장에 판을 치던 그 목소리였다. 나는 궁금한 나머지 옆에서 함께 녹음기를 청취하고 있던 당 간부에게 슬쩍 물어 봤다.

"이 쨍쨍한 목소리가 누구 목소립니까?"

"말조심하십시오. ……김정일 동집니다."

지도원은 들릴락 말락한 귀엣말로 말했다.

"수상 아들!?"

나의 눈이 올롱해졌다. 김정일은 검토할 때마다 너무도 무섭게 공박했다. 그때마다 김일성이 자제시키는 살가운 귀엣말이 스피커로 아주 작게 새어 나오곤 했다.

"야레…… 너무 그러디 말라. 기러믄 쓰간?" 하면, 김정일은 조금씩 자제하곤 했다. 회의 검토가 다 끝나자 총비서인 김일성이 단상에 나와 결론을 맺었다.

"오늘 우리 사회는 로동 계급의 령도에 의해서 이루어지구 있습니다. 로동 계급의 령도는 그 전위대인 로동당에 의하여 실천되구 이런 로동당의 령도는 당 중앙위원회의 지도에 의하여 이루어지는 거, 동무덜은 잘 알구 있습니다. 기리구 이런 당 중앙위원회는 당 중앙위원회를 책임진 수령에 의해서 령도되는데, 일부 당원덜이 이 령도를 거부한다믄 그건 오합지중烏合之衆이 되구 말겁니다."

여기까지 말하고 나서 김일성은 잠시 말을 끊었다.

"그럼 사회주의 건설두, 공산주의 실현두 아무 것두 이루어질 수 없거니와 당은 무력해지고 말 겁니다. 따라서 우리 당은 유일사상을 확립해야 합니다. 그래서 전당이 하나의 사상으루, 하나의 의지루 굳게 결속해야 사회주의의 높은 봉우리인 공산주의를 달성할 수 있습니다."

김의 웅글은 목소리에는 말끝마다 힘이 맺혀 있었다.

"전당과 전체 당원들이 당 중앙이 숨을 내쉴 때 같이 내쉬구 숨을 들이마실 때엔 같이 들이마셔야 합니다. 그땐 당 중앙의 의도가 깡그리 실천되는 겁니다. 당의 유일사상 체계가 확립될 때에만 이 공산주의의 사회는 실현됩니다. 유일사상 체계를 확립하는 거, 기거이 말로만 되는 거이 아닙네다. 실천, 실천이 있어야지요. 전 당원이 당의 유일사상 체계를 확립하는 문제를 가지구 토의하구 반성해야 하겠습니다!"

이때야 무거운 침묵을 깨고 우레와 같은 박수 소리가 터져 나왔다.

이날부터 『김일성 선집』에 대하여 전당의 학습 체계가 더욱 강화되었고, 학습 토론이나 회의 중 토론에서도 반드시 김일성 교시의 문구를 사용해야 했다. 또 방송이나 출판물에도 반드시 교시 정신을 먼저 우러러 말하고 내용을 서술해야 했다. 이를테면, "절세의 애국자이시며 천재적 전략가이시며 국제 공산주의운동과 로동운동의 탁월한 영도자이시며 우리 인민의 자애로운 어버이 수령 김일성 동지께서 다음과 같이 교시하셨습니다"는 식이었다.

그후 제16차 전원회의에서 당의 유일사상 체계를 확립하기 위한 십대 강령이 발표되어 전 당원들이 학습하고 10대 강령에 준거하여 생활해 나갔다.

얼마 후 박금철은 고향인 양강도 갑산 농장으로 좌천되었고, 이효순은 철직되어 양덕군 가구 공장 4급 기업소 부지배인으로 좌천되었다. 림춘추는 당 중앙위원회에 직속되어 있는 노동당 역사 연구소 소장으로 배치되어 항일 빨치산을 연구하게 되었다. 역시 림춘추의 경우는 수상과의 옛 친분 덕택에 그리 큰 좌천이 아니라는 말이 풍문으로 돌았다.

남조선 총국장으로는 인민군 당위원장이며 항일 빨치산 출신이었던 허봉학이 취임했다가, 1968년도 김창봉의 군사 관료주의 행동으로 철직될 때 그도 남조선 총국장직을 물러났다. 그 후임으로는 당 중앙위원회 문화부장이었던 김중린김책의 아들이 등용되었다. 그리고 사로청 중앙위원회 위원장인 오현주도 철직되고, 황해북도 도당 위원장 원상정도 철직되는 등 적지 않은 군당 위원장급들이 교체되었다. 나는 이 4기 제15차 전원회의의 녹음을 들으면서 마음이 착잡했다.

김정일이 이렇게 빨리 성장할 줄은 몰랐기 때문이다. 수상의 아들이라서 김정일에 관한 얘기는 짜하게 퍼졌다.

김정일1941~2011은 김일성의 첫 번째 부인인 김정숙이 낳은 아들이었다. 항일 빨치산 시절부터 김일성의 호위병 역할을 했던 김정숙은 김일성의 목숨을 몇 번이나 구해 주었다는 얘기가 있었다. 그녀는 대동강에 가서 병을 던져 놓고, 출렁거리는 병이 몇 번째 솟아오를 때 맞추겠다 하고는 권총으로 단 한 방에 맞추었다는 일화가 있을 정도로 명사수였다고 한다. 안타깝게도 그녀는 1948년에 아

김일성에게 1960년대 말부터 후계자 수업을 30여 년간 받은 김정일.
1980년 10월 조선노동장 제6차 대회에서(출처 : 『자유일보』)

이를 낳고 산후조리를 잘못해서 죽었다.

김성애와 다시 결혼한 김일성은 김정숙과의 소생인 김정일을 크게 혼내지도 못하고, 야단칠 일이 있으면 동생인 김영주에게 얘기했다고 한다. 그 까닭인지 김정일이 '자유주의'가 많다는 얘기를 나도 많이 들었다.

김정일의 여동생은 그가 어렸을 때 수상 관저의 연못에 빠져 죽었다. 당시 수상 관저는 철책만 쳐져 있고 경호원이 밖에는 전혀 없었다. 때문에 지나가는 사람은 김일성이 평행봉도 하고 말도 타는 것을 훤히 볼 수 있었다. 수상 관저는 꾸밈이 없고 허름하달 수 있을 만치 소탈했는데, 마당 안에는 연못이 있었다. 김정일의 동생은 바로 그 연못에서 오빠와 함께 놀다가 빠져 죽은 것이다. 이후에 사람들은 김정일을 가리켜 제 동생 하나 죽는 줄도 모르구 구하지도 못하는 위인이라고 쑥덕거렸다.

1963년도 평남도당에서 사업하고 있을 때 이런 일도 있었다.

걸어서 출근하는 중이었는데 모란봉 광장 근처에서 차들이 꽉 막혀 있었다. 나는 지나가는 사람에게 왜 그러냐고 물어보았다. 김일성종합대학 정치경제대학부에 다니는 김정일이 수상 가족 차를 타고 학교에 가다가 운전기사를 제치고 자기가 운전한다고 고집을 부려 직접 운전하다가 버스를 들이받았다는 얘기였다.

"수상님 아들이래 자유주의래 많습네다."

행인은 이렇게 덧붙이고 가던 길로 가버렸다.

이런 김정일을 1963년에 대학을 졸업하자마자 혁명운동에 일생을 바친 당의 원로들을 제치고 노골적으로 부상시켜 발언을 독차지하게 하는 것이 나에겐 조금 마뜩치 않았다.

내 마음을 흐리게 한 것은 유일사상 체계 확립과 관련한 것이다. 당시 북한 주민 대다수는 내가 알기로 김일성을 존경하고 신뢰하고 있다는 사실을 부인할 수가 없다. 내가 직접 수상 관저에 들어가 살아 본 것도 아니고 직접 김일성 옆에서 장기간 사업을 같이해본 것도 아니기 때문에 일상생활의 세세한 면까지를 다 알 수는 없다. 다만 북한 주민들은 항일 빨치산을 했었고 해방 후 민주개혁을 과감히 추진했으며 전쟁 후 폐허에서 새로운 사회를 건설하는 데 올바른 방침을 견지해 급속한 경제 발전을 가져온 것으로 알고 김일성에 대한 지지를 아끼지 않았던 것이다.

김일성에 관한 일화는 북한 전역 어디에서나 쉽게 들을 수 있을 만큼 너무나 많다. 예를 들면 이런 일화도 그중 하나이다. 1959년 어느 날 강원도당 위원장 문태화는 도당 전원회의에서 김일성이 참석하러 원산에 온다고 하니까 부리나케 시가지를 깨끗이 청소해 놓았다.

김일성이 오자 문태화는 자랑도 할 겸해서 김일성에게 권했다.

"수상님, 시내를 한 바퀴 돌아 보지 않으시렵니까?"

문태화의 말대로 김일성은 따라나섰다. 그가 가고 싶은 곳은 다른 곳이었다.

"어시장이 어딨소? 안내해 보시오."

도당 위원장은 김일성을 안내하지 않을 수 없었다. 그들이 가본 어시장은 생선 뼈다귀 쓰레기 더미로 가득 차 있었다. 문태화가 안절부절못하고 있을 때 김일성이 또 물었다.

"공동변소는 어딨소? 거기 가봅시다."

공동변소는 더욱 가관이었다. 똥이 넘쳐 나서 악취가 코를 찌르고 볼일을 볼 수조차 없을 지경이었다. 도당 위원장이 호되게 문책당한 것은 말할 나위도 없었다. 이런 일화는 당 간부의 관료주의에 대한 통쾌한 공격이었기에 주민들의 속을 시원하게 해주는 측면도 있었다. 이런 얘기는 주민들에게 거드름을 피울 수도 있는 간부들에게는 대중이 주인이라는 사실을 환기했고, 김일성에 대한 숭배의 감정을 유발하는 요소로 작용했다.

이와 비슷한 예로 '순자야 공장'이라는 얘기도 있었다.

주민들의 영양 보급에 관심을 기울일 때, 마침 북한에서 쿠바에 무기를 판매하자 쿠바는 무기 대금으로 북한에 소와 닭을 보냈다. 김일성은 즉각 각 지역에 닭 공장을 지으라고 지시하고 그중 하나는 자기가 맡아 지도했다. 그는 자신이 담당한 '만경대 닭 공장'을 하도 부지런히 다녀 닭 공장에서 지도를 끝내고 갈 때마다 일하는 여성에게 "순자야, 나 간다"라고 말했다고 한다. 이후 '순자야 닭 공장'이란 바로 이 인사말이 굳어져 불렸다는 것이다.

이 같은 일화가 널려 있고 또 자꾸 많아지면서, 북한 주민들이 김일성에게 친근감과 존경심을 가진다는 사실은 자연스러운 일이다. 사실 당의 노선을 결정하고 정책을 구현하는 데 이론적으로 유일사상 체계는 필요한 측면도 있었다. 경제고 정치고 무엇이고 간에 노동당에 의해 조직되고 실행되는 사회에서 하부 조직이 상부 조직의 말에 따르지 않고 계획을 마음대로 집행한다면 문제가 아닐 수 없기 때문이다. 전쟁 후 무의 상태에서 유를 창조해 내기 위해서는 강고한 통합력이 있어야만 하기도 했다.

다만 나는 당에 대한 유일사상 체계가 한 사람에 대한 지나친 우상 숭배여서는 안 된다고 생각했다. 주민들의 자발적인 지지를 전제로 하지 않고 형식주의적인 강제로 귀결된다면 그것은 외부적으로는 '유일'로 보일는지 모르지만 내부적으로는 절대로 유일이 될 수 없기 때문이다.

4기 제15차 전원회의에서 결정된 내용을 듣고 나는 이 같은 위험성을 피부로 느꼈다. 김일성 '수상' 이렇게 이름 뒤에 한마디면 끝나는 것을, "절세의 애국자이시며 천재적 전략가이시며 온 인류의 태양이시며" 등등 주절주절 길게 수식어가 이어지는 것은 도대체 이해할 수가 없었다. 신문이나 책자나 방송에서 그런 수식어가 절반을 차지했다. 내게는 시간 낭비·종이 낭비·인력 낭비로만 보였다. 나로서는 당내의 아첨쟁이들이 만들어 낸 형식주의적 작풍이라고 볼 수밖에 없었다.

실제로 김일성은 언젠가 연설 뒤에 참석자들이 "김일성 만세!"를 부르니까 "여러분들이 만세만 부르지 말고 실천을 해야 합니다. 실천을 안 하면 무슨 소용이 있습니까?"라고 말한 적도 있었다.

언젠가는 김일성 사진을 가가호호 나누어 주었다. 그걸 집에 붙이거나 그냥 두거나 하는 것은 자유였다. 내가 북한에 있었던 1970년 전까지는 사진 쪽지를 보고 경배하거나 하는 일은 본 적이 없었다.

김일성을 진정으로 지지하고 성원하는 사람들도 강제적인 방법을 동원해서 우상화를 강요하면 필연적으로 당과 사회는 경직성을 면키 어려우며 겉으로야 뭐라고 못하지만 속에서는 차츰 정나미가 떨어질 것은 당연했다.

스탈린의 예가 단적인 표본이 아닌가. 김정일까지 어린 나이에 뚜렷한 당 활동의 성과가 없이 '수상의 은덕'으로 '설친다'고 일반적으로 느낄 소지가 있다면 이는 중대한 결함일 수밖에 없었다.

아무튼 나는 4기 제15차 전원회의의 결정과 김정일이 등장하는 일련의 조짐을 납득하기 힘들었다. 사실 은근히 불만스러웠다. 나 말고도 다른 이들 또한 불만인 듯했으나 어느 누구도 그것을 표현할 수는 없었다.

이런 불만과는 상관없이 즉시 당의 유일사상 체계를 확립하기 위한 10대 강령이 발표되었고, 전당과 당원들은 이를 학습하고 10대 강령에 따른 생활을 해 나가기 시작했다.

남한에서는 '의식주', 북한에서는 '식의주'

황해북도 봉산군에서 당 사업을 하고 있던 1967년 3월 말, 당 중앙위원회 조직 지도부에서 지시가 내려왔다. 군당위원회에서는 '여행 증명서 제도'가 실시된다는 사실을 모든 주민에게 각종 선전물을 통해 알리기 시작했다. 선전물을 읽어 본 주민들은 수군대며 한마디씩 했다.

"기러믄 여행 증명서래 없으믄 기차나 빼스두 탈 수 없나?"

"고롬, 증명서래 없으믄 여관에서 숙박두 금디된다구 하디, 뭐간!"

갑작스러운 조치에 모두 의아하다는 표정이다.

"……무신 문데가 있으니까네 당에서 정한 거이디."

"기리티, 기래두 됴금 불편하디 않을까?"

"군내는 맘대루 다닐 수 있는데 불편한 게 메 있네?"

"기래, 맞다."

여행 증명서의 유효 기간은 단 1개월인데, 필요하면 도착지의 군 인민위원회에서 얼마든지 재발급받을 수 있었다. 증명서는 매달마다 암호와 색깔이 바뀌어 위조할 수 없었다. 증명서를 발급하려고 군 인민위원회에는 전에 없던 '여행 증명서 발급처'라는 부서가 새로 생겼다. 증명서의 발급은 여행의 필요가 있는 사람이 리·동 인민위원회에 제출한다. 군 인민위원회는 즉각 증명서를 발급하여 그 사람에게 지급한다. 말하자면 리·동 인민위원회가 여행이 실제 필요가 있는지 없는지 심사하는 제도였다. 여행 증명서 발급을 군에서 맡는 것은 리 생산의 기초 단위인 반면, 군은 생산 행정의 중심 단위였기 때문이다.

다만, 여행 증명서는 제한 구역이 있었는데, 연선 지대휴전선 지대와 양강도 강계를 중심으로 한 군사 시설 요충 지대가 그랬다. 주민 가운데 제한 지역에 가야 할 사람은 군 인민위원회에서 도 인민위원회에 요청해 도 인민위원회가 발급하는 여행 증명서를 받아 와야 갈 수 있었다. 제한 구역이라도, 가족이 거주하거나 어떤 사고가 있거나 결혼이나 회갑 같은 경조사가 있을 때는, 신청만 하면 금방 발급됐다.

"기런데 와 이런 데도제도래 필요하디?"

모인 사람 중에 늙수그레한 중늙은이가 곰방대를 입에 물고 심드렁하게 말했으나,

"……."

아무도 똑똑히 설명 못 하는 걸 보니 주민들은 여행 증명서가 왜 필요한지 확실히 공감하고 있지 못한 모양이었다. 그때 지나가다가 말을 엿들은 듯한 사람이 웃으면서 말했다.

"기거래 경계 태세 땜에 기래요. 거 말이 있디 않습네까? 남한에서 올라온 남반부 공작원이 우리 간부를 암살하려구 평양까디 올라왔는데, 기 누구 검문하는

사람이 없었답네다."

작업모를 쓰고 말하는 모양이 무슨 간부인 듯했다.

"기래요?"

아기를 업은 한 아줌마가 놀라서 감탄을 뱉자마자 작업모가 말했다.

"길티요. 기래서 당 중앙위원회 조직비서였던 김영주 동지께서 디시지시한 거라구 함네다."

"아하……."

조직비서의 이름 석 자가 나오자 더 이상 말하는 사람이 없었다.

물론 이 간부의 말에도 의미가 있었다. 여행 증명서 제도가 있기 전까지 사실 남한 공작원이 일단 군사 분계선이나 해안 경비를 뚫고 들어오면, 어디든 맘대로 다닐 수 있는 무방비 상태나 다름없었다. 남한에서 파견된 암살 공작단이 평양까지 들어왔던 사건 이후 '미국과 남한 정권'에 대한 '공공연한 적개심'과 함께 여행 증명서 제도가 실시되면서, 더 이상 그런 사람들이 '자유'를 맛볼 수 있는 사회가 되지 못했다.

여행 증명서 제도는 북한 주민과 아닌 사람을 구분하기 위해서 시행된 것이지 여행 자체를 제한하고 통제하려고 시행한 것은 아니다. 실제로 여행 증명서를 신청했는데, 증명서를 내주지 않는 경우를 본 적은 없다. 내주지 않으면 바로 인민 위원장에게 비판이 제기되기 때문이다.

여행 증명서는 강력한 국가통제 아래 노동자를 통제한 스탈린 체제의 국내 여권 제도를 받아들인 점도 있다. 주민들이 필요 없이 왔다갔다 해서 생기는 생산력 차질이나, 근로자들이 생산 현장에서 이탈하지 않도록 하고, 수송 수단을 원활히 하려는 의미도 있었다는 것이 내 생각이다.

주민에게 여행 증명서 제도는 여행을 다닐 때 리·동인민위원회 사무실에 한

번 들려야 한다는 다리품과, 남한의 주민등록증처럼 호주머니에 여행 증명서를 넣고 다녀야 한다는 불편만 첨가될 뿐이었다. 이것은 분단이란 현실이 주민에게 부과하는 귀찮은 짐 중 하나였다.

1950년부터 북쪽에 살기 시작한 나는 당시 '사회생활의 나이'로 보면, 1945년부터 사회주의 건설에 참여한 주민보다 다섯 살이나 어린 사람이었다.

북한은 일본 제국주의가 물러간 땅 위에 새로운 사회를 세우기 시작했고 그 새로운 사회는 '인민민주주의' 사회였다. 나는 남한에서 해방 직후부터 인민위원회 보안서원과 분주소 부소장을 지냈지만, 새로운 사회를 건설하며 5년을 살아온 그들과 비교할 만한 경력이나 지식이 부족했다. 융단 폭격으로 원시시대로 돌아간 폐허에서 낙심하지 않고 열정적으로 전후 복구에 참여하는 북한 주민, 그 열정은 남에서 월북한 나에게는 신선하고도 놀라운 충격이었다. 그들은 뭐든지 할 수 있다는 신념 아래, 마치 전투에 나선 군인들처럼 전후 '인민 경제 복구 건설 사업'에 뛰어들었다.

그 때문인지 중요하건 낮은 차원의 사업건, 모든 사업은 '전투'라는 말로 표현하고 있었다. 이 표현이 남쪽에서 월북한 내게는 솔직히 조금 어색했다. 평양 출신 친구와 이야기 나눈 적이 있다.

"전투라는 단어, 정말 많이 쓰네, 많은 사업에 전투라는 단어를 붙이니."

"음, 꼬롬, 기러네."

"남쪽에서는 우리가 '전투'라는 단어를 많이 쓰면, 전쟁 준비에 광분한다고 할 거야."

"음, 기럴 수도 있갓네, 길티만 우리가 뎐댕을 벌이는 상대는 남한이 아니야, 우리 자신 아니간. 우리에게는 생툔 다테자체가 '뎐투'이고 '뎐댕' 아니간. '뎐투'라는 용어는 역설덕으루 우리의 자존심을 표현하는 말이기도 하다구."

"남한에도 '보릿고개'라고 말하던 춘궁기라는 표현도 있었어."

조금 뜸을 들이던 친구는 걱정스런 표정으로 말했다.

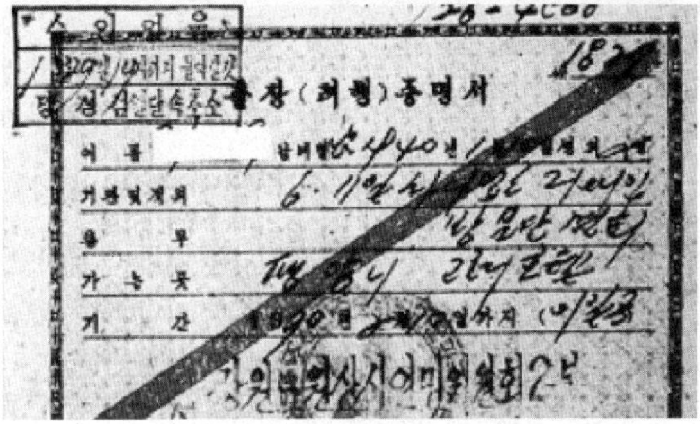

여행증명서는 일반 여행증, 국경지역 여행증, 평양 여행증, 세 가지 형태가 있었다.(출처 : 통일준비위원회)

"딘계진계, 생각해 보게나. 미데미제의 융단 폭격으로 관개 시설은 파괴되구, 농토마저 황폐해더 식량을 만들 수 없었다구. 우리가 소나무 껍질과 칡을 캐어 주린 배를 달래는 상황이디만, 우린 뎡말 애쓰 거라요. 꼬롬. 길티않구. 기런 말 하믄 남쪽에서 와서 기렇다고 비판받을 수 있으니, 됴심조심하시라요."

친구의 표현은 틀리지 않았다. 아무것도 없는 상황에서 삽자루 하루 들고 '맨손으로' '복구 건설 투쟁'에 박차를 가하는 정신은 바로 전투에 임하는 병사의 정신이기 때문이다. 전후 복구 작업은 희망에 가득 찬 '전투 정신'으로 진전되었다. 사실은 남침이지만 '미제에 의한 북침'으로 알고 있는 주민들은 '침략 전쟁에서 조국을 사수했다'는 승리감과 '무에서 유를 창조했다'는 자신감으로 복구 사업에 온몸을 던졌다.

내가 정착한 평안남도 평률리의 경우도 마찬가지였다. 평률리 마을 뒤에는 해발 500미터 정도 되는 두미산頭尾山이 있었다. 춘궁기엔 사람들이 먹을거리를 구하러 올라가 소나무 껍질을 벗겨 먹어 소나무가 모두 누런 알몸을 드러내고 있었다. 두미산은 1,000여 명의 평률리 주민을 살려낸 '은인의 산'이라고 할 정도였다. 알곡은 귀했고, 먹을거리조차 마땅한 게 없어 나무 껍질을 벗겨 먹었으니.

미군의 융단 폭격으로 가동할 만한 산업 시설은 하나도 없었다. 부분 파손, 반파라는 말을 붙일 만한 것이 거의 없고 대부분 '완전 파괴'였다. 전쟁이 남긴 것은 처음부터 다시 세워야만 할 일감만 쌓인 폐허뿐이었다. 악조건 속에서 북한은 경제 수준을 전쟁 이전의 상태로 극복하고, 더 높은 수준으로 끌어올려야 하는 겹부담을 안고 있었다.

복구 사업을 독려하던 내 기억으로, 주민들은 당과 국가가 강제하여 억지로 일하는 노예가 아니었다. "조국 전쟁에서의 승리를 전후 복구 사업에 연장시키자"는 구호처럼, 주민들은 전투하듯이 복구 사업에 참여했다. 복구 사업이 급진전되면서 그 성과는 주민들에게 돌아갔다. 식량 보급이 더욱 나아졌고 생필품 또한 부족한 품목 수가 눈에 띄게 줄었다.

1950년대 후반까지는 전전의 수준을 이미 넘어선 상태였고, 1960년대 들어서는 비약적인 성장이라고 해도 무리가 없을 만큼 식·의·주 문제는 해결된 상태였다. 풍족한 수준이 아니었으나 누구나 먹고 입고 사는 데는 별 불편을 못 느끼는 상태였다. 그 정도만 해도 북한 주민들에겐 단시간에 이룩한 기적이었다.

무엇보다도 전후 제일 먼저 복구된 것 중에서도 가장 중요한 것은 바로 먹는 문제였다. 남한에서 인간 생활의 3대 요소를 '의식주'라고 하는 데, 북한에서는 '식의주'라고 하는 이유가 여기에 있다.

식량 배급은 직업과 연령 계층에 따라 약간의 차이가 있는데, 노동자의 경우 1970년까지는 쌀과 잡곡의 비율을 50:50으로, 남녀 구분 없이 성인 1인을 기준으로 1일 700그램이 배급되었다. 다만 평양에 살면 잡곡보다 쌀을 더 먹을 수 있었다. 쌀과 잡곡의 비율을 다른 지역에 비해 70:30으로 정한 평양의 특혜는 문제가 있었다.

고된 육체노동자일수록 배급량은 많아 탄광 노동자는 1일 800그램, 노동자가 아닌 일반인들은 600그램이 기준이었다. 학생은 600그램, 인민학교 학생은

400그램, 젖 먹는 아이에게도 300그램이 나왔다. 특히 몸무게가 80킬로그램 이상인 사람은 배급량이 더 많았다.

농장원들은 자기가 지은 농사이기 때문에 쌀로만 알곡 1킬로그램쌀 75그램이 기준이었다. 수확하면 1년치 식량을 제하고 국가가 수매하는 형식이었다. 산골에 있는 농장에서는 다른 곡식과 쌀을 교환해서 충족할 수 있었다.

농장원의 경우를 제외하고 배급은 '량표배급권' 배급으로 월 2회 지급되었다. 이때 쌀과 함께 배급되는 잡곡은 대개 옥수수였는데, 옥수수가 주된 잡곡이었던 까닭은 지형상 논이 적고 밭이 많은 농토의 현실에 적합한 다수확 작물이었기 때문이다.

"북한은 먹을 것이 절대 부족하여 강냉이죽으로 연명한다"는 선전은 내가 살았던 1970년대의 북한 현실과는 차이가 있다. 식량 배급량은 풍족하지는 않아도 보통 수준은 되었다. 아이가 많으면 식량이 남고 건장한 청년들만 많으면 식량이 부족할 수도 있었다. 내 경우는 아이가 다섯이었는데, 어느 해인가는 1년에 60킬로그램이 남아 수매소에 판 적도 있었다.

사실 강냉이죽은 행여 별미 삼아 끓이는 정도이고 대개 옥수수를 빻아서 쌀 크기만큼 가공한 것을 섞기 때문에 쌀과 함께 밥을 지으면 냄새를 맡거나 먹어보지 않고서는 분별이 안 될 정도였다.

잔치를 한다거나 해서 만일 쌀이 부족하면, 필요량을 수매소에서 더 구매할 수 있었다. 5일마다 열리는 장날에, 닭·달걀·호박·고추·감자 등 필요한 농산물을 교환 혹은 구매할 수 있었다. 농촌 시장은 암시장이 아니라 공인된 소규모 시장으로 대개 현물 교환이 주거래 방식이었다. 김일성은 농촌 시장에 관한 테제도 발표해서 생필품 교환 5일장을 장려하기까지 했다.

군 단위마다 있는 수매소는 식량·책·라디오·고물 등등 별의별 품목을 다 수매하고 판매하는 한마디로 일종의 백화점이었다. 농촌에서는 필요한 식량을 장이나 이 수매소에서 구매했다.

부식은 도시의 경우 필요한 만큼 구매해서 먹되 저렴한 가격에 공급되었고, 농촌은 농가마다 일률적으로 제공된 50평 규모의 개인 텃밭에 작물을 직접 경작해서 충족했다.

고기는 '노동법령'에 명시된 사회 보장 원칙에 따라 월 2킬로그램이 배급되었으나 필요하면 상점에서 구입하기도 했다. 노동자 임금이 평균 150원 정도였을 때, 쇠고기는 1킬로그램에 8원, 돼지고기는 7원 정도로 비싼 편이었다.

주민들의 건강을 위해 토양과 기후에 적합한 사과·배 등 과실 재배 단지를 리 단위마다 40정보 이상씩 만들었다. 처음에는 일손이 모자라 과실이 다 익어도 수확하지 못하고 썩히는 경우까지 있었다. 비닐 방막비닐하우스에 의한 조기 재배 공법도 발달하여 신선한 과일을 싼값에 공급하여 남는 과실이 많았다. 남는 과실은 과실주 제조 공장에서 발효주로 사용했다.

군 전체가 사과·배나무 단지이다시피 한 황해남도 송화군은 1968년에 아예 과일군으로 이름을 바꾸기도 했다. 유명한 북청 사과는 종자 이름이 '국광'이라는 일본식 이름이었기 때문에, 굳이 왜놈 말을 쓸 필요가 있느냐 해서 '북청'으로 개칭했다. 황주의 '홍옥' 사과 역시 '황주'라고 불리게 되었다.

북한에서는 원래 막걸리가 흔치 않았다. 내가 북한에 가서 막걸리를 찾으려니까,

"감주 말입네까?"

하고 되물을 정도였다.

농토 사정으로 쌀이 부족한 북한에서는 순곡주인 막걸리를 만들지 않았고, 주로 소주를 많이 마셨다. 당시 소주는 카바이트 술이었는데 깨고 나면 골이 아

팠다. 1960년대에 들어서면서 과일주가 맥주와 더불어 술 소비의 대부분을 차지하는 인기 품종이 되었다. 술은 식당에서 전표를 끊어 얼마든 마실 수 있지만, 당에서 절주운동을 벌이기도 했다.

식당에는 여성 접대원이 있었는데, 남한처럼 술 시중하지 않고, 술을 날라주거나 경리를 보는 정도였다. 월북하거나 어로 저지선을 넘어 나포된 남한 어선의 선원들이 가끔 있는데, 그들은 남쪽에 내려갈 때까지 극진한 대접을 받는다. 그들이 식당에서 술대접을 받을 때였다. 원래 어부들이 길을 잃거나 실수할까봐 안내원이 꼭 안내했는데, 안내원이 잠깐 한눈을 판 틈에 일이 생긴 것이다. 과실주를 마시고 기분이 알딸딸해진 남한 어부들은 여성 접대원에게 말을 건넸다.

"여어, 날씬한 아가씨! 자, 여기 와서 한잔 따라 봐!"

능글맞게 어부 한 명이 농을 걸자,

"자자, 아가씨, 어서 와 봐요. 여기 앉아서 한잔하자구."

손까지 잡아끌면서 자리에 앉히려고 하자, 옆에 서 있던 다른 접대원이 성을 버럭 냈다.

"메, 동무, 그 손을 놓으시라요!"

여자의 입에서 거친 말이 튀어나오자 남한에서 온 어부들은 당황해하면서도 재미가 붙어서 저희끼리 희희낙락거렸다. 그때 안내원이 들어와 접대원들에게 남한에서 온 어부들이니 이해하라고 해서 일이 무난하게 넘어간 일이 있었다고 들었다.

작게 보면 '아가씨'라는 단어를 평범한 말로 생각하는 남한 사람과 그 단어를 술집 작부처럼 여기는 북한 주민과 의식차도 있으나, 여자들을 희롱하는 '풍기문란' 행위가 용납되지 않는 북한 사회에서는 남한 어부들의 행위가 이해되지 않는 범법 행위였다.

술을 먹거나 여럿이 어울려 놀 때는 으레 노래가 나오기 마련이다. 북한 주민들이 즐겨 부르는 대중가요는 일제 때부터 불렸던 〈황성 옛터〉, 〈유정 천 리〉에서부터 민요조에 이르기까지 다양했다. 농장원들이 좋아하던 노래 중의 하나로 〈솔방울 왈랑잘랑〉이란 노래가 있었다.

백리벌 너른 들에 가을하는 일 하두 바빠
솔방울이 왈랑잘랑 새벽 안개 지누나.
왈랑잘랑 소를 몰아 돌다리를 건너서니
에헤이야 에헤 어허이야
마을 하늘에 비둘기 떼
춤을 추네 춤을 추네.

특히 민요는 1954년경부터 예술인들이 지방을 돌아다니며 채취하기도 했다. 또한 남한에서 유행하는 노래를 부르기도 했지만, 1967년경부터는 라디오로 남한 방송을 듣는 것이 금지되고, 유일사상 체계의 확립을 위한 혁명 가요가 등장하면서부터 이런 노래는 많이 사라졌다.

이전에는 라디오 채널을 돌리면 자유로이 남한 방송을 들을 수 있었는데, 사상이 오염될 수 있다 하여 1967년에는 남한 방송 채널을 아예 납땜질했다. 이것은 당시 중소 분쟁으로 인해 중국과 소련의 방송뿐만 아니라 남한 방송도 북한에 대한 비난 방송의 양이 급속히 증가한 데 기인했다. 자기 나라 방송을 들으면 됐지 남의 나라 방송을 뭐하러 듣느냐는 것이 당시의 금지 이유였다.

먹는 것 다음으로 의복을 말하자면, 1960년대 북한 여성은 보통 흰 저고리에 검정 통치마를 입었다. 남자는 인민복을 배급받아 입었다. 우스운 일은 사람들의 옷이 비슷해서 군중 속에 끼어 있으면 얼굴을 맞대고 나서야 식별이 가능할 정도였다.

북한 국가과학원 함흥분원 원장 리승기

내가 보기엔 남한에서 옷은 멋을 부리거나 사회적 지위를 나타내지만, 북한 주민은 사치와 사회적 지위를 옷으로 표현할 만한 여유도 없거니와 그럴 필요도 없었다. 그도 그럴 것이 전후 북한은 방직·제사 시설이 대부분 파괴되어 모든 주민이 1년에 단 한 벌로 사는 시기였다. 단지 계절에 따라 소매나 바짓가랑이를 접었다 폈다 할 정도였다.

다행히도 1956년 평양 방직 공장이 대규모로 건설되고, 1960년에 신의주 종합 방직 등이 건설되면서부터 비닐론 옷감이 대규모로 생산되었다. 이 비닐론은 1939년에 교토제국대학 조교수, 1949년 서울대학교 공과대학 교수로 임용되었다가 월북한 세계적인 학자인 리승기 박사1905~1996가 개발한 것이다. 북한에 흔한 석회석에서 추출한 섬유로서 질기고 튼튼해서 입고 다녀도 잘 떨어지지 않았다.

그 후로 노동자는 1년에 작업복 한 벌이 배급되었고, 수매소에도 기성복이 진열되기 시작했다. 아울러 학생들이나 당 간부·사무원들에게도 제복이 원활하게 무상 공급되었고, 비닐 구두·내의류 또한 정기적인 배급이 이루어지고 필요하면 개인이 자유롭게 구입할 수도 있었다.

물론 획일화된 형태는 개인의 취향을 고려하지 않는다는 주민의 지적도 있었다. 1970년 무렵부터 주민들의 이런 지적을 수용해서 옷감의 색깔이 다양해지기 시작했고, 새롭게 유행하는 의복 형태도 생겨났다. 한때는 여성들의 통치마가 점차 무릎 근처까지 짧아지는 게 유행하여 나이 든 주민들의 걱정거리가 된 적도 있었다. 남한에서 가수 윤복희가 미니스커트를 유행시키던 때와 거의 비슷한 시기였던 것 같다.

남한에서는 '의식주', 북한에서는 '식의주'라고 했으니, 먹는 것, 입는 것 다음으로 이제는 주택 문제다. 북한에서 평가받을 만한 생활 보장은 주택 문제를 해결했다는 평가다.

북한의 주택 보급률은 65% 수준이며 공급량이 절대 부족하다는 남쪽 학자의 글을 읽고 나는 웃은 적이 있다. 혼례를 마친 신혼부부가 집이 없어서 2~3년간 공장 합숙소에서 떨어져 산다는 대목에 이르러서는 더욱 그랬다. 내 기억을 아무리 들추어 보아도 그런 사실을 본 적도 들은 적도 없다.

북한은 전후에 도시 근로자 아파트와 농촌의 집단 거주형 연립 주택을 건설했다. 주택 건설 공법이 새로이 개발되었고, 튼튼한 가옥을 건설하는 조립식 주택이 건설되기 시작했다. 모든 토지는 사회주의 체제 아래 당연히 국유지이니, 토지 매매나 양도는 인정되지 않는다. 주택은 직장이나 가족 수를 고려한 뒤 국가에서 개인에게 필요한 시기까지 임대하는 형식이다. 농촌은 무료로 제공되며 앞서 말했듯이 50평의 개인 경작지가 함께 제공되었다. 도시의 경우 아파트 입주자는 건물을 고치면 수선비와 매월 약간의 관리비를 지불해야 했다.

도시에서 결혼하면 7평에서 15평 사이의 작은 평수가 제공됐다. 구조는 각 층마다 중간에 긴 단일 복도가 있고 그 복도 좌우에 방이 설치된 궁륭식穹窿式; 중간 복도식 아파트와 한 개의 현관으로 올라가면 각 층마다 2세대 혹은 3세대씩 연결되고 한 건물에 네다섯 개의 현관이 있는 쩨찌아'부분'이라는 소련말 아파트였고, 한 세대당 대개 방이 1~2개, 부엌과 창고·화장실 등이 갖추어져 있었다. 그 이전에 건축된 아파트는 화장실을 공동으로 이용하는 낡은 아파트이기에 많이 불편했다. 나는 방이 네 개 달린 쎅찌아식 아파트에 살았는데 당시로는 고급이었다. 난방과 취사에 필요한 연료는 연탄과 나무가 주종이었고, 도시에서는 석유 곤로를 주로 사용했다.

주택이 공급되기 전에 직장의 위치, 가족 수를 충분히 고려하기 때문에 기왕에 공급받은 주택은 이전 사유가 확실하지 않은 한 마음대로 옮길 수 없었다. 혼례를 마친 남녀는 각자의 작업소나 협동 농장과 가까운 거리에 있는 지역의 주택을 파악해서, 먼저 개인의 요구를 동 인민위원회나 군 인민위원회에 전달한다. 동 인민위원회나 군 인민위원회는 반드시 개인의 요구를 우선하여 주택 사정을 파악한 후 배정했다. 배정받은 주택은 직장을 옮기는 특별한 사유가 아니라면 쉽게 이사할 수 없었다.

혼례 얘기가 나왔으니 말인데, 북한 주민의 결혼 풍습은 예전과는 다소 차이가 있었다. 우선 결혼하면 새 가족을 이루기 때문에 국가에서 한 가족에게 필요한 가재도구며 취사도구·가전제품을 제공하고, 세간까지 제공한다. 혼례식을 할 때 남자는 인민복, 여자는 검정 통치마에 흰 저고리를 입었는데, 이런 옷차림에 이르기까지 몇 번 우여곡절이 있었다. 원래 남자들은 한복을 입었으나, 봉건적 복고주의를 드러낼 위험이 있다고 비판되었고, 여자의 면사포는 서양 풍습이라 하여 거부되었다. 국가에서는 앞서 말한 차림으로 일반화하기를 권유했다. 남녀 모두 18세 이상이면 성인으로 혼인할 수 있으며, 주례는 대개 리 인민위원장이나 당 간부가 맡았다.

1960년대 중반까지는 대체로 중매결혼이 많았으나, 1970년대 이후로는 리 인민위원회나 사로청 등에서 구성된 음악반·무용반·연극반·수예반·문학반 등의 취미 써클 활동이 활성화되면서 자연스러운 남녀의 만남이 성행했다.

다만 과거 지주와 친일파·치안대 등의 집안 출신은, 승진에 영향을 받는 사회적 분위기 때문에, 결혼하려고 하는 상대방의 출신 성분을 물어보는 경우가 가끔 있었다. 원래 출신 성분은 절대 공개할 수가 없기 때문에 같은 지방 출신이 아니면 잘 알 수가 없었다. 평률리에서 민주선전실장으로 있을 때 나는 숱한 젊은 이들로부터 이런 질문을 수없이 받아 왔다.

"저어…… 실장님, 한 가디 물어 보갔시요. 리영숙 동무래 있디 않습네까? 기 동무래 좀 오떻습네까?"

머뭇거리며 이성 문제를 물어 오면, 영락없이 결혼 문제였다.

"아니, 왜? 옳아. 동무가 리영숙 동무에게 흑심을 품고 있었군 그래."

"그게 아니구, 기냥 누구래 한번 물어 보라구 해서리."

"리영숙! 아, 좋지. 일 잘하구 맘씨 싹싹하구 신부감으로는 최고지 뭐. 잘해 보시오!"

내가 이 정도로 얘기하면 아무런 문제가 없다는 뜻이었다. 그러나,

"딴 여자두 많은데 리영숙 동무한테 반한 모양이군 그래."

라는 식으로 얘기하면 출신 성분이 별로 좋지 않다는 얘기였다.

출신 성분을 많이 따졌지만 북한 사회가 점차 정착되면서 이것을 따지는 경향은 많이 수그러들었다. 이것은 김일성의 발언 때문이기도 했다.

"출신 성분만 가지고 따질 것이 아니라 그가 혁명을 위해서 어떻게 노력하느냐가 더욱 중요함네다. 지나치게 성분, 기거 갖구 간부 사업하지 마시오. 일제 때 항일 빨치산 빼놓고 일제 전투모 안 쓴 사람 있습네까?

김일성이 출신 성분을 지나치게 부각하지 말 것을 지시한 것도 중요하다. 사실 김일성의 먼 외가 쪽 친척인 양경섭 중앙당 농업부 과장도 부농 출신이었다. 내가 당 활동을 하면서 만난 사람 중에는 출신 성분이 안 좋은데도 당성이 인정되어 중

요 직위에 박탈된 사람도 여럿 있었다.

사회주의적 도덕관을 강조하는 사회였기에 남자가 여자를 강간하거나 윤간하는 추악한 범법 행위를 공개적으로 들은 바가 없지만, 어쩌다가 당 간부와 남편 없는 과부가 배가 맞아 당 간부가 철직되었던 일은 있었다. 1950년대 말, 나는 평양시 서성 구역에 있는 화물 자동차 수리 공장에 갔다. 그 공장은 무궤도 전차를 생산하고 있는데, 그 종장에서 일하는 당 간부가 말했다.

"순안댁 얘기 들어보셨습네까?"

"뭔 일인데요?"

순안댁이라면 그 공장에서 결혼도 하지 않고 아들을 세 명이나 난 괴짜 아주머니다. 세 아들은 성이 모두 각각이었는데, 여자의 용모가 이쁘장하니 요염하게 생겼을 뿐만 아니라 남자를 유혹하는 솜씨가 교묘하여 번번이 그 덫에 걸리지 않는 남자가 없었다. 이 여자는 보통 남자는 상대하지 않고 꼭 간부들만 상대했는데, 세 아이의 아버지를 비롯해 순안댁 때문에 철직된 간부가 열 손가락이 넘었다. 당 간부는 히죽히죽 웃으면서 말했다.

"기 과부래 이번에는 우리 지배인 동무랑 배가 맞아서리 놀다가, 지배인 동무가 또 철직되었다고 하디 않습메. 기거이 얼굴 예쁜 것두 문데야요."

당 간부는 고개를 까닥까닥하면서 웃어댔다. 한참 지나서, 이번에는 나와 얘기를 나누던 당 간부도 순안댁과 배가 맞아서 철직되었다는 소식을 들었다. 이후로 그녀에게는 '간부 절단기'라는 별명이 붙여졌다.

과부의 재혼이 가능한데도 결혼을 안 하고 간부 절단기라는 별명까지 지닌 이 여자를 1963년 내가 그 공장에 갔을 때 다시 만났는데, 그녀는 공공연하게 "이제는 딸이나 하나 낳고 그만 낳겠다"라면서 돌아다녔다.

사회를 어지럽히는 범법 행위를 혐오하는 주민의식은 차가울 정도로 확고했다. 어려서부터 자리 잡은 사회주의 사상 교육이 젊은 세대에까지 깊이 뿌리내린 결과로 봐야 할 듯싶었다. 재산을 가지고 다툴 일도 없고, 그래서 당연히 강도·절도 같은 범죄가 거의 없었다. 한일 재일 교포들이 들어와 소매치기·절도 등의 범죄를 저질러 자본주의 사회에서 가졌던 못된 버릇이 나타났다고 화제 가 된 적이 있었다.

북한에는 주거 이전의 자유가 없고, 그 예로 여행 증명서 제도와 인구를 제한하는 평양시를 들기도 하는데, 북한의 상황과는 차이가 있는 말이다.

분명히 평양시는 인구를 제한한다. 평양시가 인구를 제한한 목적은 환경 오염 방지가 첫 목적이었지, 선전용의 의미는 이차적인 문제라고 북한에서는 설명한다. 인구가 제한 없이 늘어나면 그 사람들이 노동해야 할 대규모 공장 단지를 건설해야 하고, 공장이 늘면 늘수록 대기 오염뿐만 아니라 교통량도 늘어나고 아울러 도시 미화에도 손상을 입힌다는 것이다.

평양은 오직 외국인을 위한 전시용 도시가 아니며 꼽추나 지체 부자유자·맹아·농아·거지·깡패 등 혐오감을 주는 인물들은 집단 추방하여 인구를 억제하는 그런 살벌한 도시는 아니다.

내 경험으로는 꼽추나 지체 부자유자 등 신체장애인들은 재활원에서 기술 교육을 받고 편의협동조합에서 이발소를 하거나 혹은 도장을 파거나 하면서 살았다. 적어도 내가 마지막으로 남파된 1970년 이전까지는 신체 장애자들을 평양에서 추방한 적은 없다. 거지나 깡패는 사회 자체가 용납하지 않았다. "일하지 않는 자는 먹지도 말라"는 구호가 대중의식으로 정착된 사회에서 평양역 주위를 배회하는 부랑아나 깡패가 있을 리 만무한 까닭이다.

개인사업도 어느 정도 가능했다. 전후까지 개인 사업으로 있던 이발소·목욕탕·여관·식당·중국집 등은 사회주의적 개조에 발맞추어 1958년 6월에 편의협동조합으로 다시 구성되었다. 구두닦이도 편의협동조합에 소속돼 일하고, 수입을 협동조합에 일괄 입금하면 나중에 분배받았다.

물론 평생 평양시에 절대로 거주할 수 없는 사람들이 있다. 일제 시대 때 친일 관료나 지주·자본가로 살면서 사회주의 체제에 불만을 가지는 성분으로 분류된 이들이다. 평양 이외의 다른 지역에 이미 거주하는 이들이 따로 색출되어 추방된 사실은 내 기억에는 없다.

지주의 경우에도 토지 몰수 이후에 집이나 생활할 수 있는 약간의 토지는 준다. 이들이 과거의 영화에 사로잡혀 계속 노동당의 정책에 따르지 않으면 이주할 수밖에 없었다.

대동군의 어느 지주는 논밭을 돌아다니며 "이게 내 땅인데, 이게 내 땅인데"라고 중얼거리면서 돌멩이로 자기의 옛 땅을 표시했다가 적발되었다고 한다. 그 지주는 산간벽지로 강제 추방될 수밖에 없었다. 극히 예외를 제외하고는 지주라고 해서 무조건 쫓겨나지는 않았다.

미움 받는 기독교, 찬사 받는 무상진료

북한에 "종교의 자유가 있는가?"라는 물음보다는 "북한 사람에게 종교가 필요할까?"라는 질문이 더 현실적이라고 생각한다. 북한에는 종교의 자유가 엄연히 보장돼 있다. 종교가 흥하지 않는 것은 전쟁과 관련이 있다. 해방 후 북한, 특히 평안도는 보수 기독교의 아성이었고, 이들을 기반으로 민주당은 만만치 않은 세력을 형성하고 있었다. 이들은 당시 공산당의 정책과 사사건건 부딪쳤다.

기독교인들은 대부분 지주·자산가 계급이라는 자신의 계급적 이해관계에 따라 토지 개혁에서부터 여러 민주개혁을 전부 반대하는 입장이었다. 한국전쟁은 기독교인이 전부 월남할 수 있는 절호의 기회를 제공해 주었다.

전쟁이 끝나자 북한에 남아 있는 기독교인들은 극소수에 지나지 않았다. 남아 있던 기독교인 중 일부는 기독교의 나라 미국이 교회에는 폭격하지 않는다고 선전하며 미군의 융단 폭격이 있을 때 대부분 교회당에 피신했다가 몰살당하기까지 했다. 전후 기독교가 북한 주민들에게 외면당하고 오히려 적대적인 미움을 받은 데는 이런 배경이 있었었다.

다른 민간 종교도 북한이 사회주의적 개조의 일환으로 지속적인 교양 사업을 한 결과, 뿌리 내리기가 힘들었다. 마르크스·레닌주의의 유물사관으로 사상적 기반을 닦아 나가는 젊은이들은 종교를 멀리 했다. 때문에 종교를 사람들이 갖지 않아서 북한에 종교가 그리 흔치 않은 것이지 종교의 자유가 없어서 그런 건 아니었다.

내가 대동군 대동 목장으로 집중 지도 나갔을 때였다. 사로청 위원장이 아주 골치 아픈 예수쟁이가 있다고 내게 말했다.

"다른 목장원덜은 일요일이고 메고 하루 한 시간이 바빠서 일하느라구 야단인데, 이 처녀래 한가하게 성경책을 들구 산으로 간다 말입네다."

처녀의 부모는 기독교를 믿다가 그만두었는데, 처녀는 부모에게 변절했다고 대들고 이웃과는 아예 담 쌓고 외톨이로 지낸다는 얘기였다. 처녀를 만나 보았다. 깔끔하게 생긴 조용한 처녀였다.

"와들 그러는지 이해가 되디 않습네다. 사회주의 사회는 하나님을 믿는 자유두 없는 검네까? 날 좀 가만히 혼자 있게 내버려 두라우요!"

단호하게 내뱉는 처녀의 말이 끝나자 내가 말했다.

"예수를 믿고 안 믿고는 자유입니다. 하지만 농사철이라 바쁜데 예배를 새벽에 보든지 하면서 다른 목장원들과 보조를 맞추어 일하는 게 필요하지 않겠습니까?"

"기건 기렇게 하갓시요. 길티만 신앙 생활 하는 데는 왈가불가 하디 말았으믄 좋갓시요."

알았다고 하고 나는 사로청 위원장을 불러 앞으로 처녀가 기독교를 믿든말든 이러쿵저러쿵하지 말라고 지시했다. 농장원들에게 개인의 종교에 대해 놀리거나 하지 말 것을 교양했다. 그다음 사로청 위원장에게 처녀를 써클에 가입시켜 자꾸 젊은이들과 어울리도록 해야 한다고 말했다. 처녀는 점점 더 물에 뜬 기름처럼 외톨이가 되어 버리고 말았던 것이다.

일이 년이 지났을까. 기차간에서 아기를 안은 웬 아주머니가 나에게 다가왔다.

"절 모르갔시요? 대동 목장에서 성경책 보던……."

아주머니 얼굴에 깔끔하게 생긴 처녀 얼굴이 살그머니 떠올랐다.

"아아, 알다마다요!"

예전에 있던 일 이후에 그녀는 목장의 젊은이들과 잘 어울리게 되었고, 거기서 한 남자와 결혼해서 지금은 사리원에서 살고 있다고 얘기했다.

"지금도 성경책 보십니까?"

"에이, 동무, 디금은 안 봅네다."

내 물음에 그녀는 싱긋 웃었다. 아무튼 1970년까지 종교는 거의 힘을 발휘하지 못했고 주민을 설복시킬 수가 없었던 것이 사실이다.

교육 제도는 인민학교, 그 외에 중학교·고등학교까지 국가가 일체의 비용을 담당하는 의무 교육 제도이다. 전쟁이 끝나고 초기엔 인민학교 4년, 중학교 3년, 고등학교 2년의 9년 과정이었다. 여기에 유치원 2년 과정을 새로이 두어서 총

11년의 의무 교육 과정을 법제화했다.

인민학교는 리 단위마다, 고등학교는 군 단위마다 1개 이상을 두었고, 교원 1인당 담당 학생 수는 대략 30여 명 정도였다. 탁월한 재능을 지닌 학생을 발견하면, 그 재능이 예능이건 체육이건 무엇이건 간에 최대한 개발하도록 인민반에서부터라도 정규 교과 이외에 특수 교육을 시행했다.

전후 어쩌면 당에서 가장 역점을 둔 부문이 교육이라고 할 수도 있겠다. 미래의 사회주의는 이들에 의해 좌우될 것이기 때문이다. 1950년대의 '똥종이'갱지와 몽당연필만으로 공부해야 했던 시기가 지나고 경제 건설이 성과를 거두면서 무엇보다도 우선해서 공급한 것이 학습 도구였다.

교육 과정 중에 가장 중요한 시기가 있는데, 바로 중학교를 마치고 고등학교나 중에는 기술학교를 가서 전공을 선택하는 시기다. 이 시기부터 전문화 교육이 시작되고 여기서 체득한 교육 내용이 그대로 사회에 환원되었다. 바로 이 시기가 자신의 삶과 직업을 선택하는 가장 중요한 시기인 것이다.

만일 농업 계통의 전문 교육을 받은 이가 공업 계통에서 일하고자 원해서 그 요구를 수용한다면, 그에게 투자한 공업 교육비에 다시 농업 교육에 들어갈 비용과 시간을 계산하면 국가로서는 엄청난 낭비를 하는 셈이다.

교육은 평생 교육 제도다. 당 간부·기관원·정무원조차도 2년에 한 번씩은 재교육 과정을 이수해야 한다. 교원들 역시 교원 재교육 과정을 이수해야 하며, 직장 내에서도 기술 교육과 직장 내에 설치된 대학 과정을 수료해야 한다. 협동 농장에서는 기술원이나 인민위원 중에서 강사를 모셔다가 강습식 기술 교육을 진행했다.

특기할 만한 사실은 고령자에 대한 문맹 퇴치운동이다. 이 문맹 퇴치반은 저녁에 학교 교원들이 성인들에게 한글 교육과 정치사상 교육을 실시하는 교육으로서, 나 또한 교육 강사로 참가한 적이 있다. 수업 시간마다 노인들의 낙천적인 태도 때문에 웃음보가 터지곤 했는데, 이런 일도 있었다.

그날은 정치 학습에 대한 구두시험이 있는 날이다. 전날 나는 분명히 "우리나라 혁명의 성격은 반제 반봉건 민주주의 혁명입니다"라고 여러 번 반복해서 설명했다. 강단에 오르자마자 나는 정확한 답변을 기대하며, 모인 사람 중에 젊은 사람 편에 속하는 60세 정도의 할머니에게 물었다.

"할머니, 우리나라 혁명의 성격이 뭡니까?"

쉽게 답이 나오리라 기대했는데 터져 나온 답변이란,

"선생 양반, 내래 예순이 넘도록 남편 성격도 모르는데 이 나라 혁명으 성격을 어캐 알갔소?"

왕청 같은 답변에 좌중엔 와르르 웃음보가 터졌다.

노년층까지 가르치려 애썼지만 정치사상 교육의 성과는 크게 기대할 만한 것이 못되었다. 어찌하든 당의 교육에 관한 열의는 확고해서, 평생 교육 제도를 제도적으로 철저하게 관철했다.

교육 제도가 정신의 건강성을 유지하는 제도라면, 육체의 건강성을 유지해주는 보건 의료 제도 또한 철저히 예방 의학적 방침에서 짜였다. 그중 전후 복구기에 집중 수행된 사업은 집중 방역 사업이다. 1966년 4월과 10월에 전국적으로 실시된 '20호 박멸 사업'도 그중의 한 예이다.

'20호 박멸 사업'은 발진티푸스의 매개충인 이를 박멸하는 사업인데, 겉옷에서 속옷까지를 인민위원회에서 한날한시에 전부 수거해서 증기 가마에 살충한 뒤 다음날 돌려주고, 가옥과 모든 지역에 살충제를 살포하는 전국적인 대사업이었다. 회충이나 십이지장충을 없애는 사업도 있었다. 이 사업은 전후 복구기에 사람의 배설물을 농작물의 거름으로 이용해서 회충 감염자가 많이 생겼기 때문에 벌어진 사업이다. 전 주민이 복용할 구충제가 생산되고, 한날한시 전국에 리 단위로 구충제가 배급되고 일시 복용 지시가 하달되었다. 회충이란 본래 번식력이 강해서 단 한 마리가 살아남아도 금세 불어나기 때문에 '일시에' 멸종까지의 성과를 보아야 했다.

주민을 모이게 한 후, 리 인민위원회에서 구충약을 배급하고 즉시 복용하는지 확인했다. 이어서 한적한 곳에 임시 변소를 만들고 모든 주민이 그곳에 용변을 보도록 권유하고 간부들이 직접 확인했다. 이튿날 변소가 메꾸어지는 것으로 회충 박멸 사업을 끝냈다. 그런데 가끔 동네 노인 중에서,

"야네들이 뭘 하고 있는 거이가? 내래 평생 기딴 양약을 아니 먹는 사람아니네, 저리 비키라우야!"

하면서 구충제를 안 먹겠다고 버텨서 설득하느라고 애를 먹었지만, 성과가 기대 이상이었다. 비록 단편적인 예이기는 하지만, 당시 "병나고 울지 말고 웃으면서 청소하자"는 구호는 예방을 우선으로 하는 북한의 보건 위생 사업에 대한 비중을 말해 준다.

예방 의학에 대한 중요성은 김일성이 직접 '예방 의학 방침을 위주로 한 전반적인 무상 의료제의 실시'를 지시하자 더욱 높아졌다. 이후로부터 전 주민에 대한 보건 위생과 전염병 예방은 물론 방역 대책·예방 의학 재료와 약재 생산·기술 연구 등이 체계적으로 실시 강화되었다. 아쉽게도 예방 의학이 아무리 발달한다고 하더라도 질병과 사고는 여하간 있기 마련이다.

질병과 사고에 대처하여 무상 의료 진료 제도가 1953년부터 실시되었다. 무상 의료 진료는 행정 구역 단위로 이루어졌는데, 어떤 사람이 병에 걸리면 치료를 받는 절차는 다음과 같았다.

경락을 발견한 김봉한 기념우편

그는 우선 리 진료소에서 이틀간 진료와 입원 치료를 받을 수 있다. 여기에서도 완치되지 않으면 군 보건소에 후송되어 약 1개월까지의 치료를 받는다. 군 보건소에서조차 완치가 안 되면 도 병원에 후송되어 3개월간 치료 받고, 여기에서도 완치되지 않으면 무기한 입원이 가능한 국가 전문 의료 기관에서 완치가 될 때까지 무상 치료를 받을 수 있다. 진료와 치료는 차례대로 계통을 밟을 수 있지만 위급한 급성 질병일 경우에는 체류 지역에 있는 병원에서 치료 받거나 초급 진료 기관을 차례로 거치지 않는 경우도 있다. 어느 병원이나 동의학한방을 병행해서 치료에 응용했다.

동의학을 체계화시키고 발전시키려는 노력도 많았다. 1941년 경성제대를 의학부를 졸업하고 전쟁 때 야전병원에서 부상병을 치료하고, 평양의과대학에서 경락을 연구한 김봉한 교수1916~1966?의 업적이 놀라웠다. 1960년 중반 박금철이 숙청될 무렵 숙청된 그의 '봉한학설'은 세계적인 주목을 받았고, 결국 1964년 3월 '김봉한 경락 연구소'가 설립되었다. 다만 그가 자진 월북한 것이 아니라 납북됐을 거라는 말도 있었다.

무상 진료 제도에 앞서 중요한 사실은 생산 대중의 건강 심리 상태는 충분한 휴식을 통해 유지되어야 한다는 것이다. 정기 휴가 제도를 확립하고 휴가 기간을 보다 내용 있게 지내기 위한 휴양소 건립에 눈을 돌렸다.

휴가는 노동자와 사무원의 경우 연 2주간을 받았다. 유해 작업에 종사하는 노동자의 경우는 2주의 정기 휴가 외에 별도로 2주의 보충 휴가를 부었고, 농한기와 농번기가 확연히 구분되고 노동 단절이 많은 협동 농장원들에게는 별도의 휴가 기간이 없었다.

만약 한 사람이 휴가 기간을 이용하려면 명산이나 온천 지역에 건립된 휴양소에 갈 수 있었고, 가족이 함께 지낼 수 있는 가족 휴양소를 이용하는 경우도 있었다. 휴양소가 아니라 다른 곳에 가고 싶으면 휴양소에 안 가는 대신 휴가비와 양표를 받고 14일간 계획에 따라 활용할 수 있었다. 이런 휴양 제도는 남한 사람은 이해할 수 없을지 모르겠다. 바로 이런 장면 말이다.

"올여름에 해수욕 다녀오셨나요?"

"예, 묘향산에 갔댔습니다."

이 대화는 몇 해 전 남한 측 예술 방문단이 평양을 방문했을 때 일어난 일이다. 남쪽 기자는 북한 여성에게 느닷없이 마이크를 들이대고 질문을 던졌고, 북한 여성은 어색한 표정 하나 없이 답변했다.

해수욕을 묻는데, 묘향산을 답하는 엉뚱한 답변에 남한에서 얘기가 많았다고 들었다. 방송이 나가자 남한 사람들은 엉터리 답변을 한 여성의 안전을 걱정했다는 얘기를 들은 적이 있다. 북한에는 해수욕장이 없어 해수욕이라는 단어도 없다고 하는 사람도 있었다. 북한에는 분명 '해수욕장'이 있고, '해수욕'이라는 말도 자주 쓴다.

그녀는 남한 기자의 "해수욕은 어디로 갔었느냐?"는 질문을 "휴가는 어디로 갔었느냐?"는 식으로 듣고, 그녀는 휴가 기간에 평양 묘향산 가족 휴양소에 보냈다고 말하고 싶었던 것이다.

"이번 휴가는 어데소 보냈네?"

"이번엔 삼지연에 갔디."

"기래, 내래 백두산에 갔댔는데 가까운 데 있었구만."

휴가 후에 나누는 대화는 주로 이런 식이다. 노동자와 사무원이 1년에 2주간 휴가를 보내는 휴양소는 1970년까지 북한 전 지역에 약 40여 개 가량으로 명승지와 각도에 분산되어 운영되었다. 이름난 휴양소로는 백두산 휴양소·묘향산 휴양소·박연 폭포 휴양소·보천보 휴양소 등이 있었다.

휴가를 갈 때 교통편은 보통 기차였다. 교통은 기차와 버스인데 그리 발달한 편은 아니었다. 1950년대에는 역마인경소에 기껏해야 버스 한 대 정도가 있었으나 농촌에서는 주로 걸어 다녀야 했다. 1958년경부터 평남 성천 자전거 공장에서 '제비표 자전거'가 생산되기 시작해서 1960년대에는 자전거가 주요 교통수단으로 이용되었다.

사회 보장 제도는 남한 사람이 보면, 겨우 뭘 그 정도 가지고, 하며 코웃음을 칠는지도 모른다. 사실 1970년대까지는 내가 보기에는 낙후된 면이 많이 있었다.

북한의 주민들이 편의와 생활 환경에 비중을 두고 이를 해결하기 위해 노력했다고는 하지만 주민들의 요구에 미달하는 것은 식의주를 제외한 개인용품·생활 도구 등이었다. 중공업과 국방 건설 사업에 치중하였기에 주민의 소비재 생활은 뒷전에서 낙후될 수밖에 없었다. 시계나 라디오·텔레비전·고급 실내 가구 등 생활을 더욱 윤택하게 할 수 있는 물자들은 희귀했다. 있다손 치더라도 사치품으로 분류되어 값이 엄청나게 비쌌다.

1960년대 말부터야 비로소 조금씩 변화되기 시작해서 1968년에 보급되기 시작한 흑색 텔레비전의 자체 생산과 더불어 1969년에 평양 지하철이 완성되면서 소비재 공장이 급속도로 건설되기 시작했다. 1970년 4월 1일에는 전 노동자의 임금이 100% 인상되었다. 인상 원칙으로는 상박하후가 적용되어, 임금이 적은 사람은 100% 이상 인상되었고, 임금이 많은 사람은 100% 이하로 인상되었다. 특히 고된 육체노동자의 경우에 임금은 100% 훨씬 이상으로 인상되었다.

노동 조건도 이전보다 더 높은 수준으로 향상되었다. 여성의 산전 산후기에는 총 77일간의 유급 휴가가 주어졌고, 남성은 60세, 여성은 55세인 정년이 되면, 그 이후부터는 최종 노동 시기에 받았던 임금의 70%가 매월 지급되었다. 이런 사회 보장 제도는 노동자들의 매달 임금에서 공제되는 축척 번드사회 보장 공제 5%, 사회 보장 보험 1%, 문화 번드 3% 등이 비축되어 평생을 보장받도록 하였기에 가능했다. 노동을 못 하는 정년 이후에도 이웃 사람의 결혼식이나 초상에 축의금·조의금도 보낼 수 있었고, 필요한 물품을 구입할 수도 있었다. 정년 이후에 놀고 지내는 게 지루하면 그 나이에 가능한 노동을 찾아 일하면서 동료들과 어울리는 사람도 많았다.

힘에 부치는 사람들은 한가로이 장기를 두곤 하다가 한 편에 30전 하는 영화를 보러 가는 게 소일거리가 되었다. 영화관은 군 단위로 있는데 노인들이 특히 재미있어 하는 영화는 홍명희 원작의 〈임꺽정전〉으로, 재미있다는 소문이 나자 일요일만 되면 영화관 앞에 줄을 서곤 했다. 1970년 이전까지 북한에서 최고의 관객 수를 기록한 영화는 이 영화가 아닐까.

노동자와 달리 정년이 없고 사회 보장비도 지급되지 않는 협동 농장의 노령자들은 도시에 사는 노인네와 그 상황에 다소 차이가 있었다. 게다가 냉장고나 텔레비전 등의 보급률이 도시에 비해서 낮았고, 평양과 신의주 쪽에 시멘트로 포장된 국도를 제외하고 농촌은 모두 비포장도로였다.

관혼상제는 많이 변했다고는 하지만 옛날의 풍습은 유지되고 있었다. 상을 당하면 주위의 친지나 친구들이 부조금이나 쌀을 들고 가서 밤을 새우며 투전화투놀이을 하곤 했다. 쌀을 가져가는 것은 배급제인 상태에서 그게 상부상조의 현실적인 방법이기 때문이다.

화투놀이는 당에서도 놀음이라고 해서 하지 말 것을 계몽했지만, 카드놀이포카보다 더 널리 성행했는데, 놀음 도구인 화투가 생산이 안 되자 점차 사라지기 시작했다. 우습게도 화투가 없으니까 종이에 그려서 치는 사람도 있었다.

설날과 한가위가 되면 가족 친지가 모여 제사도 지냈다. 설날과 한가위·한식 등은 북한에서 명절이 아니었다. 명절은 당시에 김일성 생일4월 15일·노동절5월 1일·해방 기념일8월 15일·공화국 창건일1월 9일·노동당 창건일10월 10일 등이었다. 설날과 한가위에는 공식적으로는 쉬지 않았으나 대부분의 사람이 쉬면서 명절을 즐겼다.

이외에 북한의 주민 생활 중 덧붙일 얘기는 선거다. 북한에서 최고인민회의의 대의원 선거는 가장 중요한 선거다. 이 대의원 선거는 원래 4년마다 한 번씩 치룬다. 실제로는 여러 사정으로 인해 1970년까지 4번 했다. 선거날에는 사람들이 안 오면 당원들이 모시러 가서, 선거에 참여하도록 했다. 흑백함 투표는 내가 생각해도 공개 투표와 다를 바 없었다. 흑함과 백함을 따로 놓고 흑함은 ○, 백함은 ×로 하는 이 투표가 비밀 투표라고 보기가 어려웠다. 이 문제는 주민도 지적되는 문제였는데, 자신 있게 이렇게 하자고 말할 수 있는 분위기는 아니었다. 대의원이라는 중요한 '인민의 대표'를 뽑는 이 선거 방식은 많은 문제를 내포하고 있었다고 나는 생각한다.

내가 마지막으로 남파되던 1970년 이전까지 북한의 '인민 생활'은 어려운 상황 속에서도 발전을 만들어가는 인민 생활의 복구기였다. 휴전 직후와는 비교도 안 되게 발전된 것은 분명했다.

물론 1970년 이전까지 내가 살았던 북한은 말 그대로 "꿀이 넘치고 나비가 한가로이 날아드는 인민의 낙원"은 분명 아니지만, "주민들의 얼굴이 강제 노동에 시달려서, 통제 체제에 지쳐 절망에 불만만 가득 찬 강제 수용소"는 더욱 아니다.

북한이 '고난의 시대'를 겪는 1990년대와는 분명 큰 차이를 보이지만, 적어도 1970년대 이전의 북한은 새로운 사회를 세우겠다는 일념에 가득 찬 사회였다.

평양시 대홍수

여행 증명서 제도가 생긴 몇 달 후인 1967년 7월 12일, 당 중앙위원회에서 13일 오후 4시까지 당 중앙위원회 1호 청사로 오라는 지시가 내려왔다. 소환이었다. 나는 봉산군에 있는 관개 관리소에서 당비서로 복무하다가 다시 상흥동 초대소에 돌아가야 했다.

시간이 얼마 남지 않아 정신없이 관개 관리소 당 부비서에게 사무 인계를 마치니, 당 간부들이 열어 주는 송별회가 또 기다리고 있었다. 임신한 아내의 출산일이 오늘내일하는데 자칫하면 아이가 태어나는 것도 보지 못하고 떠나야 할 판이다. 공교롭게도 그날은 내 수직숙직날이었다.

술에 취한 상태에서 새벽에 집에 들어갔다. 벌써 일어나 마루에 앉은 왈현이는 잔잔히 웃었다.

"애는 어떻소?"

나는 아내의 터질 듯이 불러 있는 배를 보았다.

"예에, 발루 마구 차대구 기래요."

아내는 중앙당에서의 소환은 장기간의 이별이라는 사실에 이미 익숙해져 있었다. 이번에는 아이가 태어나는 것을 앞두고 있어서인지 서운한 표정이 역력했다. 아내는 걷기조차 힘든 몸을 뒤뚱뒤뚱 흔들며 부엌 쪽으로 갔다.

"낼 몇 시까지 도착해야 됩네까?"

"네 시까지요."

아버지 자격으로는 완전히 빵점이군. 나는 혼자 중얼거리면서 잠시 방바닥에 누웠다가 일어나야지 했는데, 이내 깊은 잠에 빠졌다.

얼마나 지났을까……. 미닫이문이 빠끔히 열리면서,

"디금 밥 지을텐데, 좀 드시갔습네까?"

왈현이 목소리였다. 나는 엎드린 자세에서 머리만 가만히 끄덕거렸다. 한참 자고 있는데 밥 짓겠다고 나간 왈현이가 기척이 없다. 이상하여 벌떡 일어섰다. 방문이 열렸을 때, 이웃집 아줌마가 마루에 있다가 반갑게 소리쳤다.

"애그, 정애 아범, 축하함네다!"

"예?"

"쟁애 에미가 딸을 낳았어요, 딸!"

"딸?"

바로 그때, 아이의 힘찬 울음소리가 내 귀를 세차게 흔들었다. 머릿속에 바람이 휑 하고 지나갔다. 잠깐 잠든 사이에 아내는 벌써 한 생명을 낳았던 것이다. 나는 의사 선생을 대접한다 물을 떠다 준다 허둥지둥 부산하게 왔다갔다 했다.

다행히 이웃집 아주머니가 뒤치다꺼리를 도와주어 일이 손쉬웠다. 방으로 들어가 이마에 땀이 송글송글 맺힌 아내의 손을 꼬옥 잡아 주며 아이를 찬찬히 쳐다보았다.

1954년 5월에 딸을 낳았을 때, 돌림자로 하면 같은 이름이 생길 것 같아 엉뚱한 글자인 사랑 애愛자를 돌림자로 만들어 정애貞愛라고 지었다. 1957년 3월 3일에 난 남자아이는 돌림글자인 기起자를 따서, 아기를 낳던 날 꿈에 해가 솟는 걸 봤기에 김일기金日起라고 지었다. 1961년 4월에 난 둘째딸은 꿈에 꽃봉오리를 보았기에 영英자를 넣어, 영애英愛라고 지었고, 1964년에 난 딸은 순하게 생겨서 순애順愛라고 지었다. 이제 이 아이 이름은 뭐라고 지을까. 아내는 방싯 미소 지으며 나를 쳐다보았다.

"여보, 미안합네다. 또 딸임네다."

아내는 미안한 표정을 지었으나, 나는 하냥 반가웠다. 하지만 딸이 많아지니 기분은 그냥 그랬다.

"아이 이름은 존경받고 살라는 뜻에서 경애敬愛라고 지읍시다."

아내가 가만히 머리를 끄덕였다.

"웬 놈의 딸만 이렇게 많지. 이젠 도리없이 딸 부자 소리만 듣게 됐군."
하면서 내가 핏덩이인 딸을 안아 들었다. 그때 곁에 있던 열세 살 먹은 맏딸 정애가 볼을 실룩이며 통명스럽게 말했다.

"아바진 남 말하듯이 함까? 딸이 많건 적건 다 아바지가 낳은 거 아님네까? 딸이라고 워디 못하는 일이 있슴네까? 에헴."

말끝에 함경도 사투리를 흉내 내면서 까불었다. 한방 얻어맞았다.

"오냐, 니 말이 맞다."

나는 억센 억양으로 되받아치면서 한바탕 웃었다. 아이를 쳐다보면 볼수록 신비한 생명을 느끼지 않을 수 없다. 이 아이가 커서 어른이 되었을 때는 부디 남북이 합쳐져 있어야 할 텐데. 이제 초대소에 돌아가야 하니, 산모 뒷바라지가 걱정스러웠다. 왈현이는 내 표정을 금방 읽었다.

"이웃집 아듀머니래 돌봐 듀신담네다."

맘씨 좋은 아주머니도 침상 옆에 앉아 있다가 말했다.

"걱정 말기오. 내래 이깟 일 하나 못 하갔소. 어여 가 보기오."

그날로 산모를 아주머니에게 맡기고 중앙당으로 소환되어 갔다. 중앙당 1호 청사에서 지도원을 만나자마자 우리는 평양시 서성 구역에 있는 상흥동 초대소로 향했다. 초대소에 도착해서 책을 읽으면서도 왈현이와 아이의 모습이 어른거리고 궁금해서 견딜 수가 없었다.

어쩔 수가 없이, 하루하루 지내던 8월 초 어느 날. 초대소에서 초저녁부터 자리를 깔고 누워 있는데, 창문 밖에서 갈댓잎 비비는 소리가 들려 오자 나는 곧 그게 빗소리임을 느꼈다. 나는 자리에서 일어나 무릎걸음으로 창문을 열었다. 가랑비가 조금씩 내렸다. 본격적인 장마가 시작될 것 같았다.

말라붙었던 마당은 생생한 흙 빛깔을 띠며 젖어 있었고, 처마 끝에는 낙숫물이 떨어졌다. 나는 창문을 열어 둔 채 다시 무릎으로 뒷걸음질 쳐서 자리에 누웠다. 방안에 꿉꿉한 습기가 계속 밀려 들어왔다. 빗소리가 굵어진다. 처음엔 조금씩 내리다가 8월 말이 되면서 한 시간에 200밀리미터씩 쏟아지는 비가 연거푸 세 시간 동안 쏟아졌다. 엄청난 비였다. 대동강 수위가 쉬지 않고 불어나고 있다는 기상 보도가 라디오에서 들렸다.

초대소 뜰에 외롭게 서 있던 자작나무가 온몸을 떨며 겁에 질려 설레기 시작했다. 산도 숲도 들판도 미친 바람에 휘몰리어 오돌오돌 떨고 있다. 순식간에 산 계곡으로 흙탕물이 도랑을 이루면서 콸콸콸 흘러내렸다. 심상치 않은 예감이 들어서 우산을 쓰고 오후 4시경에 초대소에서 평양 시내로 내려왔다.

"까딱하다간 대동강물이래 넘치갔네……. 이노무 하늘에 구멍이 뚫렸는지, 원참……."

온몸이 물에 젖어 생쥐 꼴이 된 사람이 지나가면서 중얼거렸다. 빗줄기는 조금도 수그러질 기색 없이 계속 퍼붓는다. 하수구는 코를 찌르는 오물을 꾸역꾸역 토해낸다. 종로구와 중구역 중심부가 강물에 잠기기 시작했다. 조금 후엔 평양역 앞에 있는 주유소와 동평양에 있는 주유소에 물이 들어찬다. 사람 정강이까지 이른 흙탕물 위에 시꺼먼 휘발유가 떠올랐다.

내가 평양역 앞에 이르렀을 때는 바로 이때였다.

거리는 이제 바닥을 볼 수 없을 정도로 흙탕물이 넘실거린다.

"주유소를 태워야 합니다. 그렇지 않으면 시가지 전체가 위험해요."

"압네다. 우리두 기렇게 할려구 함네다."

주유소 관리인은 흠뻑 물에 젖어 서글픈 표정을 지었다. 화재 방지를 하려고 미리 주유소에 불을 놓았다. 펑! 불꽃이 하늘 끝까지 일어 비 오는 평양의 저녁하늘이 대낮처럼 밝아졌다. 그때, 꽈르릉, 하늘을 찌르면서 벼락이 터졌다. 지하에 매설된 전기선과 전화선이 동시에 합선되어 불통이었다. 이젠 빗줄기가 철삿줄처럼 팽팽하게 내리꽂혔다. 물은 자꾸 불어 골목골목마다 황토물을 토해내고 있다. 비를 피하고 있다기보다는 안팎으로 적시고 있다는 말이 옳았다. 밤 8시경에는 2층, 아니 지대가 낮은 동네는 3층 밑바닥까지 물이 찼다. 주민들은 4층, 5층으로 피난했다.

"주민들은 옥상으로 날래 올라가시오!"

소리 나는 곳을 돌아보니 처음 보는 이상한 자동차가 오고 있다. 시가지에는 수륙양용차가 시내로 돌아다니며 스피커로 선도 방송을 하고 있다. 이때 김일성도 직접 수륙양용차를 타고 다니면서 지휘했다는데, 나는 직접 보지는 못했다.

"동무덜! 저쪽으로!"

수륙양용차에서 고개를 돌려 보니 공터에 있는 곡예 극장이 물에 잠기는 게 보였다. 보기 좋게 펄럭이던 색동 깃발들이 꺾여져 물살에 떠내려갔다. 원숭이·개·말·호랑이·곰·코끼리들이 물 위에 뜨거나 목만 내밀고 연신 울어대는 소리가 시끄러웠다. 누군가 뭐라고 나에게 말했다.

"저기 건물 옥상으루 옮기쟁이요!"

"예에?"

빗소리와 동물들의 아우성 때문에 알아들을 수가 없었다. 게다가 그는 드억센 함경도 사투리를 썼다.

"옥상으루!"

그가 위로 손가락질을 하면서 소리치길래 겨우 알아들었다. 얼굴에 아직 채 분장을 지우지 않은 곡예단원이었다. 나는 사람들 속에 섞여 철창에 있는 동물들을 기중기로 한 마리씩 3층 옥상으로 옮기는 작업을 도왔다. 철창은 대부분 부서져서 쓸모가 없는 것들이었다.

"이봐요! 철창이 부서졌어요!"

"괜찮습네! 내가 있슴, 괜찮습네!"

곡마단 단원은 안심하며 그 와중에도 젖은 얼굴로 벌쭉 웃었다. 동물들은 철창 밖에 그냥 나와 있었다. 그의 말마따나 그 무서운 동물들을 한 곳에 모아 놓았는데도, 이놈들도 홍수가 난 걸 아는지 그냥 사이좋게 있다.

문득, 초대소까지 물이 찰지도 모른다는 생각이 들었다. 서둘러 초대소에 올라가니 다행히 아직 거기까지 물이 차지는 않았다. 하지만 비가 끊임없이 내려 산 언덕에 있는 상흥동 초대소 마당까지 찰랑찰랑 물이 차서 피난해야 할 지경이었다.

"이거이 걱정입네다."

관리인이 어쩔 줄 몰라 허둥댔다. 조금 후에 중앙당 부부장이 내가 있는 초대소로 왔다.

"선생! 메하고 있습네까? 날래 피난 가시오!"

"부부장 동무, 저는 구들장까지 물이 불어나면 피난 갈려구 합니다."

나는 아직 괜찮다고 생각했다. 다행히 물은 더 이상 불어나지 않았다.

"이거이 보기오! 잉어 아님네까!"

관리인이 소리를 치면서 나를 불렀다. 마당에 잉어와 붕어가 날뛰는 게 아닌가. 알고 보니 보통강가의 양어장에서 기르던 붉은 붕어와 넓적다리만 한 잉어들이 흩어져서 먹을 걸 찾아 그곳까지 올라온 것이다. 나는 마당에서 맨손으로 붕어와 잉어 십여 마리를 잡았다. 부부장과 함께 평양에서 가장 높은 을밀대로 올라갔다. 을밀대에 올라가서 본 평양시의 전경은 한마디로 물에 잠긴 물바다였다.

"뎌기, 뎌기를 보시기오! 이거 큰일이네."

부부장이 손짓하는 곳은 동평양 쪽이었다. 동평양에는 제방 한 곳이 끊어져 홍수가 밀어닥쳐 평양 방직 공장이 물에 잠겨 있었다. 남포에 정박중인 어뢰정이 대동강을 거슬러 올라와서 양강도 주민들을 구제하고 있는 모습도 보였다. 우리가 을밀대에 있는 동안 내내 비는 그치지 않았다.

며칠이 지나서야 비가 그쳤다.

물은 이제 수렁 같은 흙 앙금만 남기고는 말끔히 빠지고 있다. 사람들은 방문을 열어젖히고 습기 낀 방으로 햇볕을 맞아들이거나, 젖은 옷가지 같은 것들을 널어 말리고 있다. 어떤 이는 바가지로 물을 길어다가 물 앙금이 엉긴 벽이나 방바닥을 씻어 내는가 하면, 어떤 이는 아궁이에 가득 찬 흙탕물을 양은 밥그릇 같은 것으로 퍼내고 있다. 개중에는 재난의 엄청난 피해에 상심하여 넋 나간 표정으로 진탕에 퍼질러 앉아 바쁘게 움직이는 사람들의 모습만 머엉하니 바라보고 있는 여인네도 있다. 며칠 후 큰물로 인한 피해 상황이 『로동신문』에 발표됐다.

애국 학생 70명 사망! 사회면에 나온 중학생 70명이 죽었다는 기사는 가장 가슴 아픈 피해였다. 그들은 대홍수가 나기 전날 황해 제철소 노동자들 앞에서 공연했던 평양 창광 중학교 학생들이다. 공연하던 바로 그 날, 큰비가 내렸다. 공연을 마친 다음 날 가려는데 교통이 마비되어 차를 타고 갈 수 없었다. 배를 타고 평양 시내로 오려고 재령강 하구로 나서는데, 대동강 물은 인정사정없이 그만 배를 삼켜 버리고 말았다. 게다가 빠른 물살에 시체 한 구도 건져 내지 못했다는 것이다. 이 일을 생각하면 평양 시민들은 모두 우울해지곤 했다.

다시 높이 솟아오른 한여름에 태양이 훅훅 열기를 내리 끼쳤다. 비가 내릴 때는 전혀 말이 없던 매미도 맴맴, 소리를 높였다. 평양시 대홍수 사건 이후에 주민들은 대동강 제방 공사에 모두 참가했다. 매일 어디로 복구하러 가는지, 곡괭이 같은 것을 든 주민들을 태우고 트럭 몇 대가 바퀴 소리도 요란히 줄지어 지나갔다.

자모산성 호랑이

홍수로 인한 피해를 한창 복구하던 1967년 9월 초였다. 상흥동 초대소에서 쉬고 있는데 뜰에 검은색 볼가 승용차가 올라왔다.

"계 선생님!"

누군가 차 안에서 소리쳤다. 조금 열에 들뜬 듯한 목소리, 왠지 귀에 익었다. 자동차 문이 열리자마자 지도원이 나오고 다음으로 나오는 이를 보니 2년 전에 평철리 초대소에서 함께 공작 사업을 했던 하모니카쟁이 안 씨였다.

"이게 누, 누구야! 안 선생 아닌가!"

"하하하!"

안 씨는 큰 소리를 내며 연거푸 웃기만 했다.

우리는 오랫동안 못 본 형과 아우처럼 꼭 껴안았다. 사실 서로 오랫동안 그리워하면서 기억 속에서 형님 아우하는 사이가 되어 있었다. 하지만 습관대로 나이 어린 그에게 꼭 존댓말을 썼다.

"오늘부터 안 선생이 계 선생님이랑 공작 사업을 한 겁니다."

지도원도 기쁜 얼굴이었다. 오래간만에 만난 회포를 풀고 다시 공작 사업을 준비했는데, 무엇보다도 멋들어진 그의 하모니카 소리를 들을 수 있어서 즐거웠다. 안 씨의 18번인 〈고향 생각〉·〈타향살이〉 같은 곡을 하모니카 연주로 들으면 이상하게도 혁명 정신이 불일 듯 일어났다. 먼저 우리 조가 부족한 게 뭔가 토의했다.

"저는 에이 투 수신 연락이 안 됩니다."

"나도 그래요."

우리는 숫자로 말로 불러 주어 연락하는 A3는 능숙했다. 하지만 무전 부호를 수신하는 A2는 아직 모르기에 우선 A2 수신 연습에 몰두하기로 했다. 매일 녹음기로 같이 수신 연습을 하니까 며칠 만에 일 분간의 아홉 자의 숫자 부호 정도는 능히 받을 수 있었다. 훈련을 끝내자 안 선생은 전과 다르게 능동적으로 얘기했다.

"남한의 정세를 보아서 이젠 시시하게 훈련해서는 안 될 겁니다."

"맞아요. 실지 훈련을 해야할 것 같소."

그의 제안에 동의했다. 먼저 고정 비트[비밀 아지트] 훈련부터 했다. 그냥 땅굴을 파고 나뭇잎으로 얼버무리는 게 아니라, 침식과 안전이 완전히 보장되고, 작은 유리 거울만 내밀고도 통신이 가능한 완벽한 고정 비트를 만들어야 했다. 개천으로 나가 훈련했다. 날을 정해서 하룻밤 사이에 고정 비트를 굴설하고, 지도원에게 위치를 가르쳐 주었다.

“여기서 오백 미터 전방에 비트가 있으니까 찾아보시죠.”

지도원은 자신있다는 표정이다.

“까짓것 그걸 못 찾을까?”

지도원은 두 시간 동안 찾다가 포기했다. 우리는 성공했다 싶어 며칠 동안 비트에서 생활하다가 돌아왔다.

훈련에 열중하던 중 어느새 겨울이 닥쳤다. 발아래 성큼 다가선 한겨울을 맞이하기 위해서 모두들 월동 준비를 끝내는 참이었다. 방안의 주전자 물이 얼어붙고 만주에서 불어오는 11월의 북풍이 코끝을 얼얼하게 했다. 난로 곁에 놓은 군고구마의 구수한 냄새가 방안에 퍼졌다. 주전자에 물이 팔팔 끓고 있다. 창 유리에 하얗게 성에가 서려 있다. 나는 소매로 유리창을 닦았다. 창밖에 먹빛 어둠이 손바닥만 하게 돋아났다.

“계 선생님, 우리가 공작할 곳은 산골 아닙니까? 그러니까 산에 올라가서 비트 없이 겨울 동안 지내는 훈련을 해 봅시다.”

“이 추위에요?”

평지에서도 발끝이 얼어붙는데 산에 올라가자는 말에, 그것도 비트를 굴설하지 않고 훈련하자는 말에 나는 어안이 벙벙했다.

“계 선생님만 계시면 저는 할 수 있습니다.”

안 씨는 싱긋 웃고 있었다.

“그래요? 그럼 좋소!”

나도 마주 보며 웃었다.

안 씨와 나는 식량과 취사도구, 그리고 방한용으로는 천막 하나만 가지고 순안군에 위치한 520고지에 올라가기로 했다. 그곳은 자모산성이라고 불리기도 했다. 지도원은 산 중턱에서 내려가기로 하고 따라나섰다. 내가 맨 앞에 서고 뒤에 지도원과 조원 안 씨가 잔설이 깔린 오솔길을 소리 없이 헤치고 나섰다. 능선을 타려고 안부잘르막이에 이르렀을 때, 바로 앞에서 무슨 기척이 들렸다. 조금 더 앞으로 가려고 발을 딛는 순간,

우왕~!

엄청나게 큰 그림자가 내 머리 위를 스쳐 지나갔다. 웬 짐승인지 떡방망이 같은 다리통이 잠깐 보였다. 나는 반사적으로 쓰러지면서 뒹굴었다. 그리고 재빨리 권총을 꺼냈다. 말……말로만 듣던 백두산 호랑이다.

"계, 계 선생님. 호, 호랭입니다."

안 씨는 놀란 나머지 달걀침을 꿀꺽 삼키면서 더듬거렸다. 호랑이는 어느새 능선 위로 뛰어올라 놀란 우리를 한참 노려보았다. 왕처럼 내려 보고 있었다. 성이 날 대로 났는지 고개를 쳐들고 으르릉, 된숨을 몰아쉬고 있었다. 나는 온몸에 땀이 솟아내렸지만, 금방 침착해져서 자동차 불빛 같은 호랑이 눈을 쏘아보았다.

"지도원 동무, 그냥 둬요."

우리는 호랑이를 자극하지 않으려고 소곤대며 말했다. 호랑이는 다시 공격하지 않고 우리를 보기만 했다. 숲속에 있다가 능선에 올라 그 윤곽을 드러낸 호랑이의 자태는 대단했다. 눈부신 백설 위에 서 있는 놈의 눈이 번쩍번쩍 빛났다. 놈은 꼬리를 빳빳이 세우고 허연 입김을 토해내면서 으르렁으르렁 밤하늘이 온통 바수어지도록 울어댔다. 과연 동물의 임금이라는 옛말이 실감 났다.

호랑이는 금방 다른 능선으로 사라져 버렸는데, 나는 꿈을 꾼 듯했다. 발 앞을 보니 죽은 노루 한 마리가 가슴팍이 갈기갈기 찢어진 채 있었다. 호랑이가 노루를 먹으려는 순간에 우리를 만난 것이다.

"우리가 임금님 식사하는 걸 방해했군."

나는 혼잣말로 중얼거렸다.

"저놈을 메고 가서 끓여 먹죠."

안 씨는 죽은 노루를 가리키며 말했다.

"안 돼요. 호랑이는 피 냄새를 맡고 따라옵니다."

지도원이 말렸다.

우리는 원래 호랑이가 올라간 곳으로 가야만 했으나 코스를 변경해서 다른 고개를 넘어 자모산성에 올라갔다.

"힘들면 내려오셔야 합니다."

지도원은 몇 가지 주의 사항을 부탁하고 내려갔다. 안 씨와 나는 거기에서 겨울 동안 생활해야 했다. 장갑을 낀 손을 연신 부벼야 할 정도로 날씨는 무척 추웠다. 오랜 산 생활로 이 겨울 혹한을 이기자. 무엇보다도 확고한 투쟁 정신을 길러야 한다. 나는 이빨을 앙당물었다.

고정 비트 없이 맨바닥에서 생활하는 건 말이 쉽지 얼어 죽을 지경이다. 밤에는 언 땅 위에 가랑잎을 모아서 두텁게 깔고 담요 한 장을 덮고 잤다. 잠이 올래야 올 수가 없다. 하는 수 없이 비옷을 입고 누으니까 조금은 괜찮은 듯했다. 잠시뿐이다. 손과 발, 그리고 얼굴에 얼음이 들기 시작했다. 밤이라 하지만 온 산에 눈이 덮여 눈부신 백야白夜다.

"천막을 펴서 담요 위에 덮읍시다."

"예, 에에에……."

안 씨는 턱을 덜덜 떨며 동의했다. 그는 사시나무처럼 떨고 있었다. 담요를 덮으니까 추위는 다소 가셨다. 밤새 거센 바람을 동반한 눈보라가 담요만 덮은 우리 몸을 후려쳤다. 그 바람 소리가 많은 전투에서 산화한 죽은 동지들의 원혼이요 절규라고 생각하며 싸웠다. 추위에 익숙해지기까지 늘 이빨을 탁탁 부딪치며 떨기만 해야 했다. 안 씨나 나나 손발이 멍이 든 듯이 온통 시퍼렇게 동상이 걸려 얼음 멍이 번져 갔다.

유난히도 많은 눈이 내렸다. 지천으로 뿌려대는 눈발은 자모산성을 허옇게 칠해 버렸고, 산생활을 하는 우리의 발목을 꽁꽁 묶어 버렸다. 오줌을 싸면 금세 얼음 알맹이로 변해 버렸다. 낮에는 허리까지 잠기는 눈길을 헤치고 행군 연습을 했다. 발을 잘못 디뎌서 능선 아래로 구르거나, 눈구덩이에 빠져 가면서 행군을 재촉했다. 서로 몸을 비벼대며 긴 긴 밤과 을씨년스런 낮 동안의 살인적인 추위를 참아냈다. 이렇게 두 달을 지내야 하는데 안 씨도 정말 보통내기가 아니었다.

1968년 1월 중순경에 지도원이 자모산성에 찾아왔다.

"중앙당 연락부 부부장이 빨리 철회하고, 그만 내려오랍니다."

"예에? 겨우 한 달 지났는데……."

"한 달이구 뭐구 위험해요. 몸에 바람 들어요."

"……아, 알았소."

눈 가장자리에 눈꼽이 더덕더덕 낀 나는 겨우 말을 받을 수 있었다. 콧수염에 하얀 얼음이 더덕더덕 달라붙은 우리는 산을 내려가기로 했다. 어슬렁어슬렁 눈벌을 기어 내려오는 우리는 발바닥만 핥다 지친 곰 같았다. 발걸음이 점점 무거워졌다. 한 줄기 햇빛이 얼어붙은 등짝을 내리쬐고 있는 듯했지만 무감각했다.

산에서 내려와 승용차에 타자마자 지도원은 우리의 몸을 준비해 온 털 담요로 둘러쌌다. 승용차는 어느덧 초대소에 도착했다. 승용차에서 내리려는데 얼굴도 얼고 귀도 얼고 온몸이 제대로 말을 듣지 않았다.

"이런, 움직이지두 못하네! 꼼짝 마시고 두 분 방에서 쉬셔야 합니다."

"……."

우리는 말도 못 할 지경으로 탈진 상태가 되었다. 나나 안 씨나 도착하자마자 연체동물처럼 흐느적거리다가 그대로 온돌방에 쓰러졌다. 둘이 누워서 포근히 쉬려고 하는데 온몸이 가렵기 시작했다. 말도 못 하고 잠도 못 이루고 꼼짝할 수가 없었다. 서서히 온몸의 삭신이 제멋대로 비틀렸다. 웬일인지 눈껍질이 뒤집어지는 듯했다. 정말 말을 못 할 것 같았다.

가까스로 일어나 거울을 보았다. 누르퉁퉁하게 변해 버린 피부에 눈꺼풀이 뒤집어 지고 입이 삐뚤어졌다. 말로만 듣던 입삐뚜리가 된 것이다. 심한 온몸 동상 증세였다. 온몸에 번지는 고열만으로도 숨이 턱턱 막혔다.

"아니, 거봐요. 이거 큰났네!"

지도원이 급히 평안남도 중앙 병원에 연락했다. 병원에서 물리 치료를 시작했다. 병실은 소독내로 꽉 차 있다. 물리 치료실에는 나이 먹어 보이는 노처녀 간호원이 전기 기구로 마비된 얼굴을 문지르면서 치료했다. 또 붕대 같은 걸로 얼굴을 장시간 처매 놓고 있다가 떼곤 했다.

"이게 뭐하는 겁니까?"

"전기 찜질임네다."

간호원은 상냥하게 말했다. 별로 예쁜 얼굴은 아니었으나 눈망울이 서글서글했고, 참으로 자상하게 나를 돌보아 주었다. 턱은 좀처럼 원상태로 돌아오지 않았다. 걱정된 나머지 하루는 그녀에게 물었다.

"이거 이러다가 끝나는 거 아닌지……."

"뭬가요?"

간호원은 고개를 까딱하면서 올롱해진 눈으로 침상에 누운 나를 빠끔히 내려다보았다.

"나는 할 일이 많단 말이오. 근데 이거 이래서야……."

"아유, 후후후훗!"

간호원은 입을 손으로 막고 마구 웃었다.

"일본 놈덜이 우리 조선을 침략해서리 우리 닌민의 역사를 빼뚜루 한 걸 바로 흐르게 하는 데 얼마 걸렸습네까? 기거이 비하믄 아무 것두 아닙네다. 메칠만 있으면 금방 납네다."

"정말이죠?"

"기러믄요오!"

순간 나는 귀밑이 화끈 달아오르면서 슬며시 웃고 말았다. 이십여 일 동안의 입원을 마치고 퇴원하면서 나는 의사와 간호원들에게 고맙다고 사례하고 초대소로 돌아왔다. 초대소로 돌아와서 방바닥에 넉장거리로 쓰러지면서, 라디오를 틀었다.

긴급보도였다.

7부 / 공작원의 검붉은 바다

푸에블로호와 청와대 사건

"긴급 소식을 알립니다. 오늘 원산항 앞에 있는 요도섬 앞바다 사 마일 해상에서 영용한 인민의 해군은 미제국주의의 간첩선을 발견하고 원산항으로 끌고 왔습니다. 미제국주의자들은 원산항에 있는 군항의 무전을 탐지하고 있던 중에……."

1968년 1월 23일에 조선중앙방송에서 긴급보도가 있었다. 푸에블로호 사건이다. 이 배는 미국에 네 척밖에 없는 첩보선이다. 한 척은 아랍 전쟁에서 침몰했고, 다른 한 척이 소련 영해를 탐지하고 나서 요도섬 앞바다에서 첩보 활동을 하다가 인민군에게 잡혔다.

"위급한 문젭니다."

사건이 터진 다음날, 동트기 전에 찾아온 지도원 얼굴엔 긴장의 그림자가 스쳐 지나갔다.

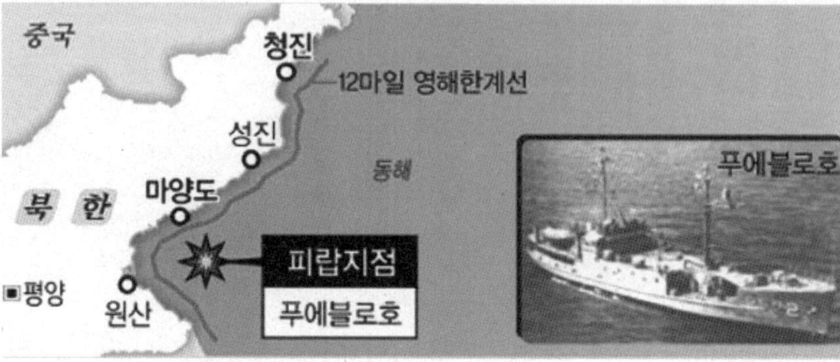

푸에블로호사건(출처 : 『세계일보』)

"미국은 하원을 즉시 소집시켜서 이 문제를 토의했답니다. 오늘 새벽에 태평양에 주둔 중인 제7함대가 동해로 접근하고 있다는 정봅니다. 아마 지금쯤 많이 올라왔을 겁니다."

"그러면 푸에블로호는 계속 원산항에 있습니까?"

지도원은 담배를 빼어 물면서 대답했다.

"아뇨. 푸에블로호는 어젯밤 벌써 청진항으로 옮겼어요. 검은색이었던 배를 회색으로 도장해서 위장시켜 버렸죠."

담배를 물고 탁, 성냥을 켰을 때 불빛에 비친 그의 얼굴은 결전을 앞둔 전사처럼 비장해 보였다. 미군이 움직일 수 있는 위기였다. 중앙당 연락부 소속인 지도원은 상황을 상세히 알고 있었다.

"지도원 동무, 상황을 처음부터 자세히 말해 주십시오. 대체 어떻게 된 겁니까?"

푸에블로호는 우연히 잡혔다.

북한 어선이 고기를 잡고 들어오다가 요도섬 앞에 날씬하게 생긴 배를 보았다. 처음 보는 배였다. 그걸 본 어민들은 고기잡이배도 아닌 이상한 선박이기에 원산항에 무전 연락했다. 연락을 받자마자 즉시 해군 경비정 3척이 쏜살같이 질주해 다가갔다. 다가가서 국적이 어딘가 물어 봤더니, 푸에블로호는 당황해서 대답 없이 뱃머리를 돌려 도주하려고 했다.

북한 경비정은 접근하면서 방사포로 선장실을 쏘았다. 포탄은 선장실에 정통으로 맞았다. 유리창이 깨지면서 선장실이 폭파되는 바람에 미해군 중령인 푸에블로호의 선장은 쓰러졌다. 북한 경비정이 푸에블로호를 스쳐 지나가면서 병사 한 명이 날쌔게 푸에블로호로 건너뛰었다. 배 안에서 미군 병사들이 무기고에서 중기관총을 꺼내려던 장면을 보자마자, 인민군 병사가 58년식 자동소총으로 그 중 한 명을 사살했다. 배 안에 있던 미군 병사들은 모두 손을 들고 밖으로 나왔다. 이렇게 푸에블로호는 나포되었다.

푸에블로호에는 유사시에 대피해서 폭파 장치가 되어 있었다. 다행히 선장인 중령이 기절하는 바람에 폭파하지 못했다. 천 톤급인 푸에블로호는 육지에서 하는 전화까지 도청할 수 있는 세계에서 가장 발전된 첩보선이다.

한편 미국에서 보복한다는 정보를 들은 북한 지도부는 다음날 비밀 장소에서 대처 방안을 토의한다. 이종옥 농업 담당 부수상만 내각 사무실에 남기고 모두들 김일성 수상과 함께 비밀 장소에 갔다. 그때 마침 소련 대사가 상기된 표정으로 내각으로 찾아와 말했다고 한다.

"미국에서 보복한다고 하는데 다 어디들 갔습니까?"

다구치는 소련 대사에게 이종옥은 조금 뜸을 들여 답했다.

"댱시 회의하러 갔습네다."

"전쟁이 나면 우리 소련군은 당신들과 동맹조약을 했기에 자동 개입해야 합니다. 아시지요?"

"뎐뎅이 일어나서야 됩네까? 평화덕으루 담판해야디."

"그럼, 당신들은 담판할 생각입니까?"

"기거야, 물론이디요."

소련 대사는 즉시 대사관으로 돌아가서 북한에서는 평화적으로 담판을 요구하고 있다고 본국에 무전 연락했다고 한다. 소련은 소련 주재 미국 대사관에 이 사실을 연락했고, 미국은 판문점에서 평화적 담판을 하자고 북한에 제의해 왔다.

김일성이 비밀회의를 마치고 돌아왔을 때, 이미 평화 담판 문제가 제기되어 있었다. 바로 이종옥의 빈말 한마디가 사건을 굳혀 놓았다는 말이다. 전혀 예상 밖으로 전개된 것에 대해 김일성은 마구 화를 내면서 왜 마음대로 평화적인 회담이니 무어니 했느냐 하고 차갑게 비판했다고 한다.

"아하, 그렇게 됐군요."

나는 지도원의 얘기를 다 듣고 입을 다물었다.

"그래요. 지금은 일촉즉발의 상황입니다. 양키놈들이 원산항을 공격한다고 방송해서 원산에 지금 전투 준비가 한창입니다. 원산 근방엔 미국기들이 벌떼처럼 맴돌이치고 있대요. 원산 주민들은 모두 털모자에 두터운 외투를 입고 며칠간의 비상식을 가지고 피난 가서 원산항을 떠나 지금은 텅 비었다고 합니다. 동해에는 양키놈덜 제칠함대에서 떠오른 비행기가 구름 같답니다."

지도원은 초조한 모습으로 담배꽁초를 세게 던졌다. 꽁초는 쓰레기 깡통에 정확히 들어가서 처박혔다. 비단 원산시뿐만 아니라 전국에 비상이 선포되었다. 평양시에서도 주민들을 소개할 준비를 했다. 피난처와 수송 수단을 준비하느라고 종일 복잡했다. 평양시 주민들은 등화 관제 시설을 점검하고, 전쟁에 대비한 비상용 배낭도 개인별로 준비했다. 사람들은 필요 없는 물건을 팔아서 당장 식량이 될 수도 있는 물품을 구했다. 심지어 어떤 사람은 『김일성 선집』을 팔려고 하기도 했다.

어떤 이는 조국 전쟁 때와는 달리 분명히 핵전쟁이 일어날 거라며 산으로 대피하고 지방으로 가 버리는 일도 생겼다. 무언가 심상치 않다는 공포가 북한 주민들에게 전염병처럼 덮친 듯했다. 밤이면 어디에 숨어 있는지 탱크와 장갑차, 또는 대포 등이 남방을 향해서 밤새도록 남으로 남으로 나가기에 길 가까이에 있는 집에서는 시끄러워 잠자기 힘들 지경이었다.

텔레비전 방송은 나포 당시의 광경을 촬영해서 방송했고, 종일 군가를 틀어 만약 미군의 공격이 있으면 즉각 대응한다는 임전 태세의 분위기를 고취시켰다. 이 시기에 새로 나온 노래가 〈수령이시여, 명령만 내리시라〉였다. 노래가 끝나면서 화면에는 항복하여 손 들고 배에서 나오는 미국인 병사들의 모습과 미 해병들이 수용된 신축 수용소가 방영되고, 푸에블로호 선장이 기자의 질문에 대답하고 통역원이 통역하는 장면이 나왔다.

소련은 푸에블로호 선박을 조사하겠다고 북한에 요청했으나, 북한은 먼저 모든 장치를 분해해서 조사한 후 소련 측에 공개했다. 사실 푸에블로호에 장비된 최신 설비는 놀랄 만해서 무슨 소리든지 소리란 소리는 다 들을 수 있는 도청 장치와 심지어 바닷물을 식수로 정화해서 먹는 시설까지도 있었고, 정찰해서 찍은 필름만 해도 수백 통이었다고 한다.

이때쯤에 텔레비전에 김일성이 직접 나와 특별 담화를 발표했다. 푸에블로호 사건의 진상을 밝히고 미국에 대해서는 "보복은 보복으로! 전면 전쟁은 전면 전쟁으로 대응하겠다!"는 내용이었다.

거의 이와 같은 시간인 1968년 1월 21일에 또 다른 속보가 전해졌다. '남조선에서 남한 혁명가들로 조직된 소규모 전투 부대가 떨쳐 일어나 청와대를 습격'하여 전투를 벌이고 있다는 소식에, 나는 입이 다물어지지 않았다. 얼른 트랜지스터 라디오로 서울 방송을 틀어 보았다. 서울에서는 어떻게 말하는지 궁금했다.

"어젯밤 9시 40분에 세검정에서 발각된 이들은 처음엔 기관원이라고 하면서 검문소를 통과하려다가…… 방송국은 점령하지 못하고 청와대로 수십 명이 들어오던 중, 청와대 부근 세검정 고개 자하문에서 전투를 벌이고 있습니다. 시민 여러분은 미리 안전에 주의……."

덧붙여 고도로 훈련받은 무장 공비들이기에 속히 진압을 못 하고 있다는 서울 방송의 보도였다. . 서울 방송은 종일 전투가 벌어지는 상황을 속보로 알리고 있었다.

"전투는 아직 계속되고 있는 가운데 체포된 일부 간첩은 중부 경찰서에서 자폭하여 경찰서가 일부 폭파됐습니다. 이로 인해 종로 경찰서 최규식 서장이 그 자리에서 숨지고, 정종수 · 김경수 · 김치선 순경 등이 크게 다쳤습니다. 국방부는 전군에 비상사태령을 선포하여, 휴가 중인 국군 장병들은 모두……."

다만 서울 방송과는 반대로 북한에서는 남한 혁명가들이 들고일어났다고 해서 어느 쪽이 맞는지 도통 알 수 없었다. 나는 직감적으로 북한의 특수 공작 부대 중 한 집단일 것이라고 생각했다.

그런 내 짐작은 틀리지 않았다. 습격 대원 30명 중 단 한 사람의 생존자인 김신조는 자신들이 모두 북한에서 파견된 124군 부대라고 발설했다.

내가 서울 방송 텔레비전을 보고 있을 때, 지도원이 심각한 표정을 지으면서 내 방에 들어왔다.

"지도원 동무, 124군 부대라면 김책 부수상의 둘째 아들 김중태 정찰부대가 아닌가요?"

"어휴……."

지도원은 한숨만 푹 쉬고는 말이 없었다. 한참 동안 텔레비전을 보더니 무거운 입을 열었다.

"하여간에 특수 훈련을 쌓았다고 소수 인원을 조직해서 습격한다는 건 소영웅적인 행동일 뿐입니다. 이게 뭡니까? 무모한 희생만 남기고……. 이제는 남조선 인민들은 북조선 하면 치를 떨면서 도깨비루만 생각할 겁니다."

지도원의 말은 빗나가지 않았다. 그해 10월, 나 자신은 전혀 듣지도 알지도 못한 울진·삼척 사건이 터졌고, 남한에는 북한에 대한 적대감이 광풍처럼 휘몰아쳐서 공작 활동을 하기가 점점 힘들어지게 되었다.

이해 12월경 휴가를 얻어 봉산에 있는 집에 갔다 오는 길에 124군 부대 사람들을 볼 수 있었다. 평양행 기차를 타려고 하는데 사민들은 3일 동안 기차를 탈 수 없고, 정찰 부대원만 승차할 수 있다는 것이다. 나는 증명서를 제시하고 승차할 수 있었다. 기차를 타고나서 그들에게 물어보니 황해도 일대의 정찰부대가 해산되어 각기 고향으로 돌아가는 길이라고 했다.

1968년에는 참으로 많은 사건이 터졌다. 남북 간에 숨 쉴 틈도 없이 고도의 긴장감이 조성됐다. 봄이 오면 꽃이 피고 새가 운다지만 이해 봄은 야단스럽기만 했다. 아침나절이면 맑게 갠 화창한 봄 날씨였지만 음침하고 불안스러웠다.

일 년을 넘기도록 사건을 해결하지 못하다가 북한 당국은 푸에블로호에 탔던 미군 포로병들에게 많은 금액을 들여서 공밥을 계속 먹일 수 없으므로, 이제는 자유 석방을 하여 북한에서 노동시키겠다고 발표했다. 미국은 외교사상 처음으로 공식 사과 성명을 발표한 뒤 북한에 보상비를 주고 포로를 찾아갔다. 마침내 이 사건은 미국의 외교적 패배로 끝났다.

이 사건이 있고 난 후 민족 보위상으로 있던 김창봉1919~1968이 철직 해임되었다. 본래 김창봉은 항일 빨치산 시기의 소년단 출신이었다. 그런데 그가 민족 보위상으로 등용된 이후에 개인 독단주의와 관료주의가 심해서 숱한 잘못을 저질렀다는 것이다. 당 중앙위원회에서 일하는 지도원이 내게 한 말만 해도 그의 잘못은 한두 가지가 아니었다.

"사실 수상 동지는 호위차도 없이 가족 차로 평범하게 지방을 오가는데, 김창봉은 부대 순시를 나갈 때, 앞에다가 싸이드카 몇 대씩을 앞세우고 나가고, 자기가 뭐 임금님이라고 다른 차들이 오고 가는 걸 차단하면서 행차하니, 이게 말이 됩니까?"

"그래서 보위성 기관원들이 그렇게 콧대가 높은가 보죠?"

"물론이지요. 그리고 오백룡 호위국장 얘기를 아세요?"

"그게 뭔데요?"

지도원은 이러면 안 된다는 식으로 다소 흥분한 표정이었다.

내가 듣기로, 김창봉은 민족 보위상이 되면서 과거의 빨치산 선배도 사정없이 비판하고 욕설을 퍼붓곤 했다고 들었다. 빨치산 대원이었고 나이가 많은 오백룡 호위국장경호실장, 1913~1984에게도 마찬가지였다. 오백룡 호위국장은 오랜기간 동안 호위국만 담당하고 있었기에 당 학교에도 가지 못하고 늘 바빴다. 그러니 학습할 시간이 그다지 많지 않았다. 하루는 고위급 학습 토론 시간이 있던 어느 날, 나이 어린 김창봉이 호위국장이 자기보다 서열이 낮다고 해서 눈을 내리깔면서 말했다.

"호위국장 동무, 동무래 '가나공화국'이 어덴지 아십네까?"

"예에? 카, ……아, 가나요?"

호위국장은 당황해서 말이 헛나왔다.

"알믄 날래 디도에서 찾아 보라요."

김은 세계전도가 담긴 작은 수첩을 건넸다. 오백룡은 허둥대며 작은 지도책에서 가나 공화국을 찾으려고 애썼다. 고령에 들어선 그는 눈이 어두워서 빨리 찾을 수가 없었다. 김은 비시시 웃으면서 성깔을 올렸다.

오백룡(출처 : 나무위키)

"가나공화국두 어덴디 모르믄서 와 학습은 아니 했슴매!"

하면서 형언할 수 없는 비판을 가했다고 한다. 뿐만이 아니다. 군부대를 순시하러 나갔을 때 관료주의적 작풍을 보였다고 한다.

어느 날 이른 새벽, 김창봉은 전방 부대에 말도 없이 나타났다. 민족 보위상이 나타났으니 부대는 말이 아니었다. 서둘러서 사열 준비를 하고 부대의 연대장도 황급히 군복을 입고 마중 나왔다. 그런데 하도 깜짝 놀란 나머지 잠옷을 미처 벗어 버리지 못하고, 잠옷 위에 군복을 입은 채 사열대 앞에 섰다. 김이 나타나자 연대장은 차렷 자세로 거수경례를 했다. 이때에 공교롭게도 잠옷이 길어서 군복 바짓가랑이 밑으로 잠옷 자락이 나와 보였다. 이걸 본 김은 천천히 연대장에게 다가갔다. 병사들은 무슨 상이라도 내릴 줄 알고 차렷 자세로 서 있었다.

"무시기, 이런 거이 다 있어!"

김은 연대장의 어깨에서 견장을 사정없이 찢어 떼어 냈다. 사실 연대장만 해도 중앙당 정치위원회 비준 대상인데 김창봉이 직위 해제시킬 권리는 없었다. 이렇게 관료주의를 행하니 보위성은 엉망이 되는 게 당연했다.

여기까지 말하고 나서 지도원은 밖으로 나가자고 했다. 봄기운이 가시고 이제 완전히 여름이 되어 매미 소리가 챙챙하게 귀에 울렸다. 흙 냄새가 물씬 풍기는 숲에는 개울을 끼고 한 가닥 오솔길이 우불구불 뻗어 있었다.

"김 선생."

"예에?"

그의 얼굴은 무언가 중요한 보안 사항을 발설할 표정이었다.

"사실 김창봉이 철직 해임된 직접적인 이유는 따로 있어요. 결국 그의 관료주의적 사고방식이 이끈 결과이긴 하겠지만…… 그가 황해도 일대에 정찰병을 대거 양성시켰습니다. 남한 혁명을 게릴라전으로 이행하려고 했던 게죠. 그들은 3층 건물에서 뛰어내리고, 야간 산행 훈련도 마친 정예 부댑니다. 124군 부대도 그런 겁니다. 소영웅주의의 산물이지요."

그는 길게 한숨을 쉬었다.

"우리 산길이나 걸읍시다. ……저기 나무 밑에서 쉴까요?"

가끔 산들바람이 시원하게 겨드랑이 밑을 파고들었다. 이후에 당 중앙위원회는 김창봉을 철직시키고 민족 보위상 후임으로 노환으로 치료받고 있던 군사위원회 부위원장 최현 장군을 배치했다고 발표했다. 이외에도 가지각색의 사건들이 벌어졌다.

1968년, 이 해에는 남한에서 지하당인 통일혁명당 사건도 있었다. 서울시 당위원장 김종태가 사형당하자 북한에서는 그를 추모하는 추도회를 열었다. 최고인민위원회 상임위원회에서는 그에게 영웅 칭호를 부여했다. 또한 서평양 전기기관차 공장을 '김종태 전기 기관차 공장'으로 개칭하는가 하면, 해주 혁명 학원을 '김종태 혁명 학원'으로 개칭하기도 했다. 남한에서 '임자도 사건의 주범'이라고 부르는 최병도에게도 영웅 칭호와 훈장이 부여됐다.

내가 쉰 살이 되던 해는 온통 전쟁 분위기였다. 사십 고개를 넘어 오십 고개를 넘기까지는 철봉에서 턱걸이 딱 한 번 더 하는 것처럼 짧다고 하더니, 사십 세에 공작원이 된 나는 어느새 오십 줄이 되었다. 나의 50대는 처음부터 이렇게 요란하게 시작되고 있었다. 알 수 없는 불안 속에서 쉰 살의 봄을 맞이했다.

원자력 연구소와 미사일

남한에서는 목련꽃이라 하는 함박꽃나무가 함박눈처럼 순결하고 넉넉하게 핀 1968년 7월 초, 지도원 김 씨는 긴장이 풀린 내게 말했다.

"백두산에서 도보 행군을 하면서 평양까지 돌파하는 훈련을 할 겁니다. 실제 상황을 가정하고 하는 훈련입니다."

지도원 김 씨와 조원 안 씨와 함께 나는 평양에서 기차를 탔다. 기차는 어둠과 적막을 헤치고 꿍다당꿍다당 소리를 내며 함경북도 길주로 달렸다. 침대칸에서 잠을 자고 아침에 식당칸에 갔다. 식당칸에는 맛있는 감자부침 냄새가 진동했다.

"호, 혹시 리승기 박사님 아니십니까?"

지도원 김 씨는 식탁에 앉아 있는 군복 입은 노인에게 물었다.

그 노인은 남한 출신인 리승기 박사1905~1996가 틀림없었다. 일제 시대에 화학 섬유인 비닐론을 발명한 그는 연구비가 없어서 직접 생산하지 못해 일본 사람에게 설계를 팔았고, 그 덕분에 일본이 화학 섬유를 생산하게 됐다. 당시 모든 주권을 빼앗기고 사는 상황에서 당연한 결과였지만 발명자가 조선인이라는 사실만으로도 온 민족의 마음을 뿌듯하게 해준 인물이었다.

해방 후 서울에 살던 그는 전쟁이 나자마자 바로 소달구지를 타고 북으로 왔고, 가족 또한 후퇴 때 모두 데려왔다고 한다. 그 뒤 과학원 부원장으로 함흥에 있으면서 화학 섬유를 생산하는 함흥 비닐론 공장을 설계한 그는 염화비닐 공장

리승기 박사(출처 : 위키피디아)

과 화학 비료 공장 같은 공장을 생산 지도한 공로자로서 북한 주민들의 추앙을 받았다. 그는 인민군 소장 계급장사단장급을 달고 부관 상위와 함께 식사하고 있었다.

"저를 아십니까?"

"알다마다요. 비닐론을 발명하신 리 박사님을 모르다뇨."

눈가에 실주름이 가득한 박사는 반갑다는 표정으로 인자하게 웃었다.

"근데 어디로 가십니까?"

리 박사는 김 씨의 갑작스러운 질문에 멈칫했다. 몇 가지 얘기를 나누면서 우리가 중앙당 소속이라는 낌새를 알아챘는지 쉽게 얘기해 주었다.

"양강도 강계에 있는 원자력 연구소로 가는 길입니다."

"아, 그러세요?"

지도원은 원래 알고 있는지 태연하게 말했다. 무심결에 엿듣던 나는 '원자력'이라는 말을 들었을 때, 깜짝 놀랐다. 우리나라에도 원자력 연구소가 있구나! 나는 처음 이 사실을 알았다.

기차는 드넓은 개마고원 지대를 끝없이 달렸다. 함경북도 길주에 가서 혜산 진행 기차를 갈아타고 가려는데, 지도원이 열차 안에서 인민군 대위 한 명을 만나 반갑게 인사하고 있었다. 서로 반갑다고 껴안고 농담을 하는 것을 보니 보통 친한 사이가 아닌 성싶었다.

"인사하세요. 여기는 황해도가 고향인 박 대위구 여기는……."

지도원은 나와 대위를 서로 인사시켰다. 물론 내 이름은 가명이다. 간단히 인사만 나누고 차창 밖으로 시선을 돌렸다. 그들이 대화하는 데 끼기보다는 푹 쉬고 싶어서, 눈을 감았다.

"……절대 비밀일세. 우리는 정말로 미사일 생산에 성공한 거야."

대위가 미사일이라고 말하는 참에, 눈 붙이려 했던 나는 눈을 와짝 떴다.

"첨엔 단거리 미사일이었는데, 이젠 중거리 생산에 들어섰어. 난 우리가 만든 시험용 미사일이 발사되는 걸 처음 봤어. 신기하더구만. 뒤꽁무니로 불줄기를 무섭게 뿜으면서 날아가는데 고놈이 아주 정확하게 목표물을 맞히더라구."

믿어지지 않았다. 원자력 연구소도 있고, 어느새 미사일까지 생산하는 단계가 되었다니. 나는 뿌듯한 기쁨을 느끼며 차창에 고개를 기댔다.

기차는 어둑어둑할 무렵에 종점인 혜산시에 닿았다. 일행은 혜산시 호텔에 짐을 풀었다. 흰 눈을 이고 있는 백두산 바로 밑에 있는 혜산시는 7월인데도 밤에는 몹시 추웠다.

"계 선생님, 이거 꿩털 이불입니다."

지도원이 어디서 꿩털 이불을 구해 가지고 왔는데 가볍고 포근했다. 그걸 덮고 자니까 아침엔 땀까지 났다. 다음날 우리는 승용차를 타고 삼지연에 있는 여관으로 갔다. 삼지연에서 안내를 받아 빨치산이 투쟁하던 대홍단과 그들이 습격했던 목재소, 이 싸움에서 산화한 김자권의 묘지 등을 둘러본 다음 무포에 가서 전적지를 참관하고, 다시 삼지연으로 돌아와 연못 구경을 했다. 삼지연 여관의 지배인은 빨치산 출신이었는데, 저녁에 우리에게 잔치를 베풀어서 잘 먹으며 놀았다. 다음날인 7월 15일에는 새벽 3시경에 일어나 삼지연에서 백여 리 떨어진 백두산 상상봉으로 향했다. 해돋이 구경을 하기 위해서였다.

"계 선생님, 백두산에서 해돋이를 보면 강릉에서 본 해돋이가 우습게 느껴질 겁니다."

지도원은 우리를 부추기며 지프를 몰았다. 지프로 운전기사를 포함해서 네 명이 올라가는데, 처음엔 가랑비가 내리다가 느닷없이 장대비가 억수로 쏟아지기 시작했다. 우리는 운이 좋았다. 백두산 해돋이는 아래에서 비가 와야 볼 수 있고 운이 좋아야 볼 수 있다는 지배인의 설명이었다. 빗속에서 지프는 고원을 올라갔다.

비를 맞으며 백두산 중턱을 올라가자, 구름층이 있었다. 손에 잡힐 듯한 구름을 지나 위로 올라가자 신기하게도 비가 내리지 않았다. 원시림대가 끊기는 2,000미터 이상부터는 쌓인 눈이 보였는데, 여름 태양에 차차 녹고 있는 듯했다. 상상봉 밑에는 인민군 초소가 있었다. 장군봉까지 자동찻길이 있는데, 지프가 백두산 중턱을 넘어서자 털털털 맥없는 소리만 내고 엔진이 가동되지 않았다.

"어, 이거 왜 이러지?"

"산소가 희박해서 여기부턴 맥이 없쟁요."

우리는 어둠 속을 걸어서 정강이까지 잠기는 눈길을 통해 산을 올랐다. 미인의 미끈한 다리를 연상시키는 하얀 자작나무 숲길을 헤치고 한 시간 동안 올라갔다. 마침내 산정에 오르자 눈 앞에 펼쳐진 천지天池, 말없이 누운 '하늘의 연못'이다. 천지를 둘러싸고 톱날 같은 봉우리들이 어둠 가운데 치솟아 있다. 그 봉우리들은 하나하나 위엄 있고 강인한 전사들처럼 우뚝 버티고 서있었다. 백암봉 2,691미터 · 천문봉 · 용문봉 · 지반봉 · 백운봉 · 옥주봉……. 인간으로서 이런 광경을 눈으로 볼 수 있다는 사실만으로도 죽기 전에 여한이 남지 않을 정도였다. 수려한 산세에 눌려 감상에 빠질 즈음, 상상봉에는 거짓말처럼 구름이 바람에 씻겨가고 있다.

"어이……, 저어기!"

안 씨가 탄성을 지르며 바라보는 동쪽에는 서서히 동이 트기 시작했다. 처음엔 붉은 혓바닥이 하늘을 벌겋게 물들였다. 금세 머리를 드는데 그건 붉게 타오르는 큰 빛 덩어리였다. 눈이 부셨다. 게다가 구름이 사라지면서 백두산 줄기가 파도처럼 수백 리나 굽이쳐 뻗어 내린 장대한 장백산맥도 눈에 들었다.

"여기 백두산에서 송화강·압록강·두만강이 시작하쟁요. 그런데 여기 사람덜 얘기가 재미있쟁요."

차를 몰고 온 운전기사가 자랑이나 하듯이 말했다.

"송화강松花江은 강물이 소나무 숲 사이루 흘러서 솔꽃이 무데기루 떠가기 때문시 '솔꽃강'이라고 하는 걸 한자루 바꿨다고 하지 아잉요. 그리고 압록강은 원래 '앞누비강'이쟁요. 또 두만강은 백두산 물이 산 밑으루 삼십 리나 도망가서 흐른다구 해서 생긴 '도망강'에서 온 말이라 하쟁요."

듣고 보니 제법 그럴싸했다.

"어휴, 추워!"

안 씨가 한 번 몸을 움찔 떨었다. 오래 나와 있으니까 추위가 밀려온 것이다. 우리는 너무 추워서 동내의를 꺼내 입고 천지에 내려갔다. 천지의 물은 얼음처럼 찼다. 골짜기에는 아직도 얼음이 남아 있었다.

백두산 천지의 아름다운 광경을 바라보고 있으니 민족의 탄생 설화가 서린 곳이라는 생각에 절로 옷깃이 여며졌다. 우리에게도 이런 보물 같은 산이 있다는 자부심이 손에 쥐어지는 듯했다. 백두산 장군봉에 다시 올라 고체 연료에 불을 지펴 밥을 지었다. 기압이 낮아 밥이 설어서 잘 먹을 수 없었다.

백두산 관광을 마치고 우리는 다음날 돌아왔다. 이제부터 본격적인 실지 훈련에 들어가야 했다. 지도원 김 씨는 지도를 펼쳐 들고 실지 훈련 내용을 설명했다.

"기차를 타고 백암에서부터 산악 행군을 시작해서 동해를 따라 밤에는 행군하고 새벽엔 비트를 파서 몸을 감춥니다. 그 다음 가능한 빠른 시간 안에 평양까지 와야 합니다. 참, 행군하는 중에 비밀 정보를 알아내면 알아낼수록 좋습니다."

우리는 지도원의 말대로 실지 훈련에 돌입했다. 수일간 계속되는 행군에 몸은 피곤하기 그지없었다. 안 씨와 내가 길주·명천·김책·북청군을 지나 신창군을 지나려고 하는데 지도원이 미리 와서 길목을 지키고 있었다.

"힘들지요? 여기서 하루 쉬고 다시 행군하죠."

"비트를 팝니까?"

"아뇨. 제가 쉴 터를 마련했습니다."

지도원이 인도한 곳은 초라한 사민집민간인집이었다.

거기서 짐짝 팽개치듯 드러누워 하루를 지냈다. 날이 밝고 짐을 정리해 들쳐메고 신발 끈을 매는데, 지도원이 입을 열었다.

"오늘 여기서 공작을 진행해 봅시다."

"언제요?"

"낮에……."

안 씨는 눈을 깜박거렸다.

"계 선생님은 목재 공장에 가서 공작을 진행하고, 안 선생은 수산 사업소에 가서 그곳 사정을 샅샅이 캐내면 됩니다."

안 선생과 나는 고개를 끄덕였다. 우리는 각기 지정된 장소로 갔다. 나는 함경남도 도 인민위원회 지도원으로 위장하고 목재 공장에 침입했다. 공장 입구는 제법 삼엄했다. 경비원에게 가짜 신분증을 보이려고 했는데도, 인민위원회 지도원이라니까 거수경례를 척 하고 그냥 들여보냈다.

“공장 디배인실이래 어덴가?”

나는 일부러 평양 말투를 썼다.

“옛, 안내하겠습매.”

지배인은 내가 누군지 정확히 확인도 안 하고, 고위 간부란 걸 믿고 정신없이 마중 나왔다. 지배인은 부문별 계획 실행 정형부터 연상 계획 정형까지 나에게 세세하게 몽땅 보고했다. 목재가 부족하니까 도에 올라가면 목재의 배정을 원활히 해 달라고 청탁까지 덧붙였다.

“알갔시오. 기럼…….”

“참!”

이제 막 침투에 성공하고 돌아가려는 참에 지배인이 제지했다. 나는 태연하게 서 있었다.

“지도원 동무, 오날 신창군에 수상한 동물덜이 침투한다고 군당에서 통지가 왔는데, 조심하심메.”

지도원이 심각하게 귀엣말을 하는 사람은 바로 나였다. 어찌나 우스운지 푸하고 웃음이 터져 나오려는 걸 겨우 참았다.

“고맙습네다. 기럼 수고하시기요.”

나는 공작지를 탈출하여 오후 4시경 사민집에 돌아왔다.

안 씨도 수산 사업소에 잠입하여 비밀 서류를 다 알아내고 빠져나왔다. 우리는 지도원 김 씨와 함께 군당위원회 책임 비서실에 가서 목재 공장과 수산 사업소의 오해 정형을 말하고 경계가 엉망이라고 지배인에게 비판하지 말 것을 당부했다.

저녁 식사를 마치자 어둠이 깃들었다. 우리는 평양으로 돌아갈 작전을 세운 후 지도원과 헤어져서 출발했다. 한참 가는데 신창군을 벗어나는 길목 저편에서 군사회안전부 상위가 지나가는 사람을 검문하고 있었다. 상위는 남한 군인 계급으로 보면 중위와 대위 사이에 있는 장교다.

"증명서 좀 봅세다."

"예에."

나는 태연하게 말하고 윗주머니에 손을 넣었다. 손을 뺐을 때는 이미 내 손에 들려 있는 권총의 총구가 상위의 턱짬을 찌르고 있었다.

"꼼짝 마!"

안 씨도 주변에 있던 병사들에게 권총을 겨누었다. 우리는 그들을 모두 포승줄로 꽁꽁 결박했다. 물론 입은 수건으로 틀어막았다.

그리고 빠른 걸음으로 신창군을 벗어나 신포시를 거쳐 이원군에 당도했다. 우리는 곧장 이원군 군당 책임비서실에 잠입해 들어갔다.

"누, 누구요!"

책임비서는 놀라서 눈이 휘뎅그레했다.

"놀라지 마시오. 우리는 중앙당 직원입니다."

"여긴 몬 들어오는……."

"우리가 못 들어가는 곳이 어디 있습니까? 실은 이곳을 지나가다가 사회안전부 상위가 우리를 검거할려구 해서 어쩔 수 없이 그 사람을 묶어 놓았습니다. 그 동무를 너무 비판하지 말기 바랍니다."

"아! 예, 예."

책임비서는 고개를 끄덕였다. 우리는 낮에는 이원의 여관에서 쉬고 밤에 홍원에 도착하여 산에 들어가 개인 비트를 파고 숨었다. 비트 안에 숨어 있는데, 사람 목소리가 들렸다.

"잘 찾아보기오!"

귀 익은 목소리라서 잘 들어 보니까 다름 아닌 지도원이었다. 웅성대는 걸로 보아 한두 사람이 아니었다. 고개를 살짝 들어 봤다. 정말 수백 명의 노농 적위대가 우리를 찾으려고 숲을 샅샅이 수색하면서 다가오고 있었다. 다행히도 그들은 비트에 숨어 있는 우리를 발견하지 못했다.

하룻밤을 지내자 그들은 포기하고 산을 내려갔다. 밤에는 바다를 30리 정도 헤엄쳐서 흥남 쪽으로 건너왔다. 흥남에 온 우리들은 증명서도 없이 사민집에 들어가서 지도원을 사칭하고 또 하룻밤 쉬었다. 그리고 다음 날엔 기차에 무임승차해서 함흥 시내까지 왔다. 지도원은 함흥역에 미리 와서 기다리고 있었다.

"이제 훈련도 거의 끝나 가는군요. 남은 건 평양까지의 행군 훈련뿐인데."

안 씨는 다소 지친 표정이었으나 그래도 아직 힘이 넘쳐 보였다.

"할 건 다 했는데, 뭐 행군할 거 없이 기차로 평양까지 갑시다."

지도원은 만족스럽다는 투로 말했다. 우리는 다음날 함흥에서 기차편으로 평양에 도착했다. 도착하자마자 초대소로 향했다. 초대소에는 우리를 위한 환영회가 준비되어 있었다.

"동무들! 정말 수고했소. 대단합니다!"

총국의 국장인 뚱뚱한 유장식이 내 손을 뜨겁게 잡았다. 환영회에 앞서 먼저 이번 훈련의 평가를 하는 총화 회의를 했다.

"공작 사업에 있을 수 있는 정황에 대비한 이번 훈련은 아주 성공적입니다. 특히 하룻밤 사이에 도보 행군으루 백팔십 리를 탈출한다는 거, 그리구 컴컴한 밤에 바다에서 삼십 리 거리를 헤엄쳤다는 거, 이것은 유례가 없는 훈련입니다."

유장식 국장은 아주 흡족한 모양이었다.

"그런데 장거리 수영 훈련은 사고의 원인이 되니까, 담부터는 하지 말았으면 좋겠습니다."

유장식의 말이 끝나자 일행은 크게 박수쳤다. 다과회가 곧바로 이어졌다. 한·중식을 마구잡이로 겸하는 군만두 열 접시와 여러 과일, 소주 몇 병을 곁들인 간단한 자리였으나 모두 유쾌했고 많이 마셨다.

다시 찾은 남한 땅

1968년 9월 28일, 아침에는 가을날 서늘한 기운이 다가올 무렵, 상흥동 초대소에 두 대의 검은 색 닛산 자동차가 화단이 있는 초대소 안으로 미끄러지듯이 들어왔다. 차 안에서 중앙당 책임 지도원 김 씨와 과장 차 씨, 그리고 부국장이 된 이완기가 차에서 내려 초대소로 들어왔다. 얼굴이 통통한 이완기가 손을 내밀어 악수를 청했다.

"계 선생님, 편안하셨습니까?"

"예에, 들어오시죠."

우리는 한 사람씩 악수하며 인사했다. 나는 접대실에서 그들과 잠시 대화를 하다가 온수 온돌방으로 된 공작실로 그들을 인도해서 얘기를 계속했다. 다시 남파에 관한 얘기였다. 죽느냐 사느냐가 달린 문제이기도 하지만, 조국 통일의 최전선 사업이기 때문에 적당히 할 수는 없었다. 서너 시간 동안 진행된 토의가 끝나자 지도원 김 씨는 정리한 토의 결과를 읽어 나갔다.

"알겠습니다. ……당 중앙과의 연락 방법은 에이 투 무전 연락으로 하되 공작 기간 중 필요할 땐 하루 세 번을 연락하게끔 시간을 설정한다. 침투 방법은 공작선으로 해상 침투하되 시간은 자정으로 한다. 지역은 강원도 명주군 사천면 사천진리 북방 일 킬로미터 지점에 있는 물개 바위 앞에 있는 형제 바위에 상륙한다. 접선 장소는 해안에서 제일 가깝고 목표가 뚜렷한 곳으로 한다. 여기까지가 침투 내용입니다. 에, 또……, 그리구…….”

“…….”

“복귀 접선 방법은 공작이 끝나는 대로 무전으로 접선 날짜를 정하고 접선 시간은 자정으로 한다. 복귀 접선 방법은 제1공작지에서 상륙 침투하여 접선 장소로 정한 곳에서 접선하고, 제2공작지에서의 접선 장소는 명주군 옥계면 금진리 앞 옥계천 하수구 돌출부에서 복귀 접선한다. ……다음은 접선 신호입니다. 접선 신호는 휽뿌리기 다섯 맞추기로 음향 신호하고, 군호는 만약 접선 시간이 위배될 시에는 오 분간 대기하다가 다시 신호하고, 소식이 없으면 접선을 중지하고 다시 무전 연락을 한다. ……무전기 암호 문건은 각자 소지하고 제1공작지에서의 연락은 제2공작지의 책임자인 조원 안 선생이 책임지고, 제2공작지에서 공작시 제1공작지의 책임자인 계 선생이 당 중앙에 연락한다. 만약 긴급 정황이 조성되어 분산되면, 조성된 정황을 보고한 후 각기 연락한다.”

“…….”

“다음은 공작 임무를 말하겠습니다. 제1공작지의 임무는 계 선생의 토대에 의거하여 남한의 정치 정세와 가족 친지들의 사상 동향을 오해한 후, 사상 동향이 좋은 사람이 있을 때에는 그에게 접근하여 교육하고 현지에서 포치사업을 조직하고 필요한 역량을 배치하여 일을 벌임하거나 대동 복귀하여 교육 후 포치한다.…… 제2공작지의 임무는 조원 안 선생의 생질인 안영기를 기본으로 조원이 두 아우 중의 어느 한 사람을 공작하여 포치하거나 대동 복귀한다. 이상입니다. 뭐 질문할 것 있습니까?”

“됐습니다.”

공작 사업을 결정하자 서둘러 침투 준비를 했다. 준비물로 무전기와 암호 문

김중린

건, 보신용으로 권총·수류탄·단도·전투용 곡괭이를 준비했다. 삽·톱·3일분 비상식·비옷·천막·전투복·포승 등 휴대품을 각자 준비했다. 특히 초단파 무선 전화기와 트랜지스터는 우리에게 생명줄과도 같았다.

안 씨는 마지막으로 자동소총을 분해해서 정비하고 있었다. 이때 부국장 이완기가 높은 분을 만나러 어디로 좀 가자고 했다.

"순안에 있는 특별 초대소에 특별한 손님이 오셔서 만나자고 하십니다."

"누군데요?"

"만나 보시면 압니다."

안 씨와 나는 승용차를 타고 순안 초대소로 갔다.

순안 특별 초대소는 현관부터가 일반 초대소와 달랐다. 들어가는 복도가 수정 조명등으로 아름다웠다. 또한 접대실은 고위 간부들이 사용하는 고급스러운 물품으로 가득 차 있었다. 접대실 한쪽 벽에는 횟집의 수족관 같은 어항에서 보글보글 수포가 끓어 오르고 있었다. 민어·개우럭·낙지·돔·바닷장어 따위가 유유히 유리벽에 지느러미를 부딪치며 놀고 있었다.

잠시 후 벤츠 승용차 두 대가 들어왔다. 한 대에서 유장식이 내렸고, 다음 한 사람은 처음 보는 사람이었다.

"저분이 누구시죠?"

"남조선 총국의 김중린 총국장이십니다."

"김중린 동지라고요?"

지도원은 말없이 고개만 살짝 끄덕여서 맞다고 표시했다. 김중린1923~2019이라면 부수상을 지내고 전쟁 중 성문리에서 연탄가스로 죽었다는 김책의 아들이었다. 김책은 빨치산을 하다가 해방 후 조국 건설 사업에 너무 바빠서 집에도 들르지 못했다고 한다. 그에 관한 일화가 많은데 이런 얘기도 있다.

하루는 꾀죄죄한 베적삼옷을 입고 짚신을 신은 아이가 내각 사무실의 김책을 찾아왔다. 함경도에서 평양까지 아버지를 찾아온 김중린이었다. 김책은 "수상을 만나 인사를 드려야지" 하며 후줄근한 차림새 그대로 김중린을 김일성에게 데리고 가서 인사를 시켰다고 한다.

이런 김책을 사람들은 소탈하고 성실한 사람이라 하여 칭찬하는 소리를 나는 자주 들었다. 그가 죽자 김책시가 생기고 김책 제철소, 1948년에는 '김책공업종합대학'이 설립되는 등 그의 이름을 기리는 사업이 이어졌다. 다만 김책 아들은 김국태, 김정채 형제로 알려져 있는데, 김진계 옹은 김중린이 김책의 아들이라고 기억한다

1958년경 한때 나는 평양 시내의 초대소에 있었는데 바로 옆집이 김책의 집이었다. 김책이 부수상까지 하다가 죽었는데도 부인이 사는 그의 집은 초라한 한식 삼간집으로 전형적인 서민들의 집이었다. 나는 그때 이래서 사람들이 김책에 대해 친근한 감정을 가지는구나, 하고 김책을 다시 생각하는 계기를 가졌었다.

처음 본 김중린은 체격이 작았고, 갈람하고 피부 색깔이 흰 얼굴로 첫인상부터 편안한 느낌을 주었다. 그래서 전혀 위험한 공작 활동을 책임질 사람처럼 보이지 않았다. 그도 부전자전이라고 수수하기가 그지없는 사람이라는 소문이 있었다. 남조선 총국장이 된 뒤 사택을 옮기라고 하자 그는 아무 데서나 살지 뭐 불편하게 자꾸 옮기느냐고 하며 서성 구역 길가에 있는 평범한 집에서 그냥 살았다고 한다. 그들은 우리에게 정중히 손을 내밀어 악수를 청했다.

"계 선생님, 수고가 많으십니다. 어디 아프신 데는 없으십니까?"

"없습니다."

나는 유장식의 인사에 가볍게 답했다.

김중린 총국장도 첫말을 꺼냈다.

"그동안 정말 수고 많이 하셨습니다. 이미 지도원들과 부장님에게 이야기를 많이 들어 잘 알구 있습니다. 가장 중요한 건 무사히 가셨다가 무사히 돌아오시는 겁니다. 초대소에서 애를 써 가면서 훈련하고 연구한 것이라고 해서 위험을 무릅쓰고 임무를 수행하려고 하면 사고가 나기 쉽습니다. 절대로 무리하지 마십시오. 공작이 안 되면 안 하구 돌아오셔도 좋습니다. 공작 기간에 남반부 주민들에게 절대 피해를 주어서는 안 됩니다. 주민에게 피해를 주는 건 곧바루 남조선 혁명을 망치는 행위입니다."

나는 지난번에 소영웅주의로 무장 침투를 감행한 청와대 사건이 생각났다. 동시에 김일성이

"공부하는 작풍은 김중린에게 배우고, 모범적인 품성은 김영주에게 배우라"

라고 한 말이 떠올랐다. 하루에 한 권씩을 꼭 보고 잔다는 소문대로 그의 한마디 한마디에는 겸손하면서도 고귀한 옛 선비의 향기가 느껴졌다.

"뭐니 뭐니 해두 무사히, 안전하게 돌아오셔야 합니다."

유장식은 고개를 끄덕끄덕했다. 김중린이 말을 마친 후 유장식에게 얼굴을 돌렸다.

"국장님은 무슨 말씀하실 거 없습니까?"

"다 말씀하셔서 더 말할 게 없습니다."

저녁 식사 후 다과회가 진행됐다. 난생처음 보는 음식이 즐비하게 차려져 있었다. 안 씨가 좋아한다고 해서 요리사는 수족관에서 장어 네댓 마리를 꺼내 회

를 쳤다.

"이것저것 많이 드십시요. 선생님들은 경험이 많으셔서 걱정 없는데, 처음 하시는 분들을 보낼 땐 정말, 걱정되더라구요."

허물없이 말하는 유장식은 자주 술잔을 들어 마시라고 권했다. 다과회를 마치고 상이 물러간 후 우리는 김중린과 유장식에게 작별 인사를 하고 특별 초대소를 떠났다. 안 씨와 나는 지도원, 그리고 과장 차 씨와 함께 평양역에 가서 원산행 기차 연석상급 침대에 몸을 실었다.

전기 기관차이기에 거의 소음이 없었다. 다만 레일 쪼인트를 넘어갈 때 털커덕 툭 하면서 작은 소리만 규칙적으로 들렸다. 마식령을 넘을 때 그 급한 경사에도 속도에는 거의 변화가 없었다. 그런데도 연석 침대에 누워 있는 우리는 거의 눈을 붙일 수 없었다. 언제나 그랬다. 침투 전에는…… 자야 한다. 쓸데없는 공상에 빠져서는 안 된다.

겨우 눈을 붙였다. 참새가 지저귀는 소리에 눈을 떴다. 새벽빛이 맑게 비치는 원산역이었다.

"계 선생님이십네까?"

"예에."

대기하고 있던 승용차는 원산 부두에 있는 초대소로 우리를 데려갔다. 원산 부두에는 역과는 달리 새벽 안개가 엷게 깔려 있다. 포구에는 쌍돛을 단 중선배와 한선배 예닐곱 척이 흰 모래사장에 비스듬히 엎혀 누워 있다. 시동 걸린 어선들의 기관 소리와 전조등 빛 속에서 깨어난 포구는 대낮처럼 활기차 보였는데, 문득 1951년 10월초 에 강원도 당 위원회를 찾아갔다가 실망했던 을씨년스런 풍경이 스쳐 지나갔다. 그때와는 전혀 다른 분위기였다. 안 씨와 나는 초대소에서 맨손 체조를 하면서 몸을 풀었다. 그때 책임 지도원과 과장은 방항배로 연락하는 곳에 갔다가 돌아왔다.

"시월 일일에 승선하기로 했습니다. 남반부 국군에게는 10월 1일이 국군의 날이라고 해서 가장 중요한 하루입니다. 걔네들 잔칫날이죠. 그래서 경비가 소홀해지죠. 마음의 준비를 단단히 하십쇼."

"예."

마침내, 1968년 10월 1일 저녁, 우리는 전투 준비를 완전히 끝내고 공작선에 몸을 실었다.

이번 공작선은 처음 보는 배로서 선두가 게 아니라, 거의 물 위를 한치 가량은 붕 떠서 깜깜한 밤하늘 속을 팽팽하게 날아가는 듯했다.바늘처럼 뾰족해서 날래 보였다. 배는 원산항을 벗어나자 엄청난 빠르기로 달렸다. 멀리 수평선 끝에서 집어등을 켠 오징어잡이 배가 보였다. 집어등을 켠 수십 척의 오징어잡이 배는 마치 황금빛 개미가 물 위에 떠있는 듯했다. 나는 배 안에서 나침반이 달린 팔목시계만 보고 있었다. 밤 11시 30분.

"이제 준비하십쇼!"

안내원이 신호했다. 배는 서서히 속력을 줄였다. 휴대품을 갖추고 선창에 나갔다. 멀리 주문진의 등대에서 빨간 불빛과 하얀 불빛이 교대로 번쩍거렸다.

"됐소! 저기가 주문진이요. 사 마일 정도 남쪽에 배를 대시오."

나는 선장에게 말했다. 켜진 레이더에 사천진리의 지형이 그대로 나타나면서 물개 바위도 나타났다. 우리는 배 위에서 서둘러 상륙 준비를 하면서 해안을 자세히 감시했다. 불리한 정황은 전혀 없는 듯했다. 고무보트를 내리고 안 씨와 안내원, 그리고 보트수와 내가 탔다. 안 씨가 야시경밤에 보는 망원투시경으로 해안을 살펴보았다.

"해안에 초소가 있습니다. 군인 서너 명이 있어요."

안 씨는 거의 들리지 않는 목소리로 귀띔했다.

"괜찮아요. 우리가 언제 그런 거 무서워했습니까? 상륙합시다!"

안 씨는 고개를 끄덕였다. 숨소리를 죽이며 상륙했다. 자정이었다.

접선 장소를 설정하려고 초소 30미터 앞까지 접근했다. 초소의 군인은 포복해서 들어가는 우리를 전혀 알아채지 못했다. 가까운 곳에 묘지가 있었다. 복귀 접선 장소를 묘지로 설정하고 안내원을 돌려보낸 후 확인 신호로 가지고 온 병 한 개를 묘지 앞에 묻어 두었다. 재빨리 초소 곁을 지나 산을 넘고 논두렁을 건너 침투하기 시작했다.

"지금 어디로 가는지 도통 모르겠네요."

안 씨가 목소리를 낮추어 물었다.

"따라오기만 해요."

나는 이곳 지리에 환했다. 우리는 155고지로 향해서 전진했다. 155고지에 도착했는데 엄폐 장소가 마땅치 않아 각자 개인 비트를 팠다. 얼추 한 시간을 파다 보니까 어느새 동편 하늘이 벌겋게 날이 밝아 오기 시작했다. 그날은 개인 비트에서 하루를 잠복했다. 가을 날씨는 청명하여 하늘이 높고 산들바람이 솔솔 불었다. 그때, 무슨 기침 소리가 들렸다.

"휴! 거 날씨 한번 좋다."

"이런 날은 발 뻗구 잠이나 자야 하는 건데."

"그렇지!"

나무꾼들이 올라오고 있었다. 그들은 비트 옆에 앉아서 담배를 한 대씩 빼어 물었다. 그들이 고개를 조금만 돌리고 주의 깊게 관찰하면 우리 발견할 듯 싶었다. 그때였다. 비트 안으로 꽃뱀 한 마리가 기어들었다. 놈은 내 넓적다리 위로 슬슬 기어올랐다. 악, 소리가 나오는 걸 손으로 틀어막았다. 비트 밖으로 나갈 수도 없고, 기절초풍할 지경이었다. 옆에 있는 나뭇가지를 들어 꽃뱀을 비트 밖의 나무꾼 있는 쪽으로 슬쩍 내던졌다.

"배, 뱀이다!"

나무꾼들은 질겁을 하면서 자리를 떴다. 엄폐호 안에서 해지기만을 기다리는데 이날 따라 해는 왜 그다지도 긴지 도무지 시간이 정지한 것만 같았다. 긴 해가 슬그머니 꼬리를 감추고, 이윽고 어둠이 깃들었다. 나는 비트에서 나와 안 씨의 비트로 갔다.

"하루동안 수고했소. 비상식으로 저녁이나 합시다. 오늘 저녁엔 고정 비트를 팝시다."

"그러지요."

우리는 저녁 식사 후 장소를 찾아 고정 비트를 굴설하기 시작했다. 깜깜한 밤이었지만 어둠에 익숙한 우리는 대낮에 일하는 사람처럼 능숙하게 작업을 계속했다. 땀을 빨빨 흘려가면서 작업하다 보니까 동틀 무렵이었다. 서둘러 굴설을 끝내고 원상태로 위장해 놓았다.

둘이서 고정 비트 안에 들어가 마음 푹 놓고 포근히 쉬고 있는데 갑자기 울음소리가 들려 왔다. 아침 11시경이었다. 감시구로 보니까 부근에 새로 쓴 묘지에 상주인 여자가 아들로 보이는 두 아이를 데리고 와서 성묘를 하고 있다. 그날은 추석날이었던 것이다. 그들은 한참 동안 울다가 고정 비트 위를 밟고 지나갔다. 그래도 고정 비트를 발견하지 못했다. 저녁때가 되어서 비트 안에서 밥을 지어 먹었다.

안 씨나 나나 난쟁이 잠을 자서 머리털에 새 둥지가 군데군데 솟아오른 꼴이 우스웠다. 해가 서산머리로 기울어 버린 다음에 어둠이 완전히 덮이기 전까지 얼마 동안은 바람과 대기가 바뀌어 가고 새들은 낮새와 밤새로 교대했다. 멧비둘기와 부엉이가 짧은 시간 동안 소리를 바꾸고 산의 숨소리가 바뀌었다.

"이제 갑시다."

어둠을 이용해서 안 씨를 데리고 내 집을 찾아 떠났다. 별이 한둘씩 돋아나 어느결에 좁은 하늘이 미어지도록 반짝이고 무수한 점을 흩뿌렸다가 사라져 가고 있었다.

지형에 능숙한 나는 길이 없는 산을 넘고 야산을 지나 집 뒷산에 이르렀다. 뒷산에는 대숲과 송백 나무가 빼곡히 차 있었다. 꼬리털이 유난히 탐스러운 다람쥐들이 떼 지어 다니면서 수북이 쌓인 낙엽을 헤치고 열매를 찾아 먹던 숲이었다.

잠시 야산에서 집을 바라보고 있는데 푸드득, 난데없이 올빼미 여남은 마리가 머리를 스치면서 위에서 맴돌았다. 기분 나쁘게 이게 무슨 일인가. 나는 흙을 흩뿌려서 올빼미를 쫓아 버렸다.

집으로 가는 길목에 이르렀다. 길목은 팔 년 전이나 다름없었다. 잠깐동안 회상에 젖었다. 이때가 밤 12시경이었다. 집 앞에 접근했다. 내 집은 진한 살 냄새를 풍기며 제자리에 있었다. 겨우 이것이 구차하게도 고향을 생각하게 하는 끈이었구나, 그런 생각이 들면서 잠시 호흡을 가다듬었다.

문패는 없었다. 사립문을 가만히 열고 들어갔다. 댓돌 위에 하얀 고무신과 젊은 아이가 신을 만한 신이 있었다. 고무신은 무척 큰걸로 보아 아내의 것임이 틀림없었다. 다만 고무신 옆의 여자 신은 누구 건가?

"주인 양반 계수?"

정희가 아니고 다른 사람이면 경찰에서 조사 나온 걸로 위장해야지. 나는 자신 있게 다시 주인을 불렀다. 전혀 인기척이 없었다. 다시 한번 불렀을 때, 어린 처녀의 목소리가 들렸다.

"엄마! 누가 밖에서 찾아요."

엄마라니! 미닫이문이 열리면서 여자애가 빠끔히 얼굴을 내밀었다. 열여덟 살 정도로 보이는 처녀였다. 방 안에는 정희가 곤히 자고 있었다.

"누, 누구세요? 누구신데 이렇게 말도 없이 들어와요."

나는 대답도 없이 방 안으로 들어갔다. 아이가 깜짝 놀라서 정희를 흔들어 깨웠다. 나는 전짓불로 내 얼굴을 비춰 보였다. 정희는 부시시 일어나다가 귀신인 줄 알고 질겁을 하면서 이불을 뒤집어썼다.

"여보, 나 좀 봐요."

다시 전지로 내 얼굴을 비추니 그때서야 비로소 아내는 나를 알아보는 기색이다.

"아, 아니, 다, 당신……!"

"그래, 나요."

처녀애는 어리둥절해 했다.

"잠시 나와 봐요."

아내는 옷을 서둘러 챙겨 입고 따라 나왔다. 아무도 안 보이는 으슥한 그늘로 아내를 데리고 갔다. 조원 안 씨는 잠복해서 우리 주위를 감시했다.

"아, 아니. 뭣하러 오셨어요?"

차분한 말투였지만 눈에서 눈물이 금세 쏟아질 것만 같은 오랜 기다림이 젖어 있었다.

"……보고 싶어서 왔지."

"……."

"집에 있는 처녀는 누구요?"

"서너 살 때 길에서 주워데려다 키우는 수양딸이에요."

"그럼 당신을 진짜 엄마로 알고 있소?"

"그럼요."

"어떡하지? 아이가 봤으니."

아내는 말이 없었다. 나는 아내와 다시 방에 들어갔다. 아내는 방등불석유나 콩기름을 넣어 불을 켜는 등을 켜려고 성냥을 그었다.

"켜지 말아요!"

나는 아내를 제지하고는 처녀 쪽으로 몸을 돌렸다.

"이름이 뭐지?"

"……며, 명자예요."

이왕 알게 된 처지이니 관계를 확실히 해야 했다.

"나는, 네 아버지다. 지나는 길에 네가 보고 싶어서 들렀다."

"예?!"

명자는 멍하니 있다가, 그만 울음보를 터트렸다. 순식간에 심하게 흐느끼면서 쓰러졌다.

"명자야, 얼마나 고생이 많으냐? 아빠가 집에 있으면 너랑 엄마를 고생시키겠느냐? 지금 일본에 사는데 지나는 길에 들렀다. 누구한테 아빠를 봤다고 하면 반공법에 걸려서 징역 간다. 아무한테도 아빠 얘길 하지 마라. 잘 있어라. 아빠는 갈게. 고생스러워도 엄마 잘 모시고 조금만 참아라."

엎드려 우는 명자의 등을 두드리면서 위로하고 밖으로 나왔다. 아내는 고무신을 신고 따라 나왔다.

"가시는 거예요?"

"모레 밤 열한 시에 다시 올 거요. ……모두들 잘 있지요?"

"예에."

큰집·작은집 식구들은 모두 잘 있고 조카들은 군청·시청에 다니고 있으며, 처가댁은 강릉시 임당동으로 이사했다는 대답이었다.

"지금도 경찰에서 자주 찾아오나요?"

"지금은 오지 않아요."

"누구에게도 내가 왔다고 말하면 안 돼요. 그럼 모레 만납시다."

"예."

나는 빠른 걸음으로 숲속에 들어갔다. 조원 안 씨가 잠복해 있다가 합류해서 바우백이 산을 넘을 때는 새벽 세 시경이었다. 그때 기동로 쪽 산밑에서 벌목하는 톱 소리가 들렸다. 도벌꾼이다. 하지만 우리는 그 길을 피해 갈 수가 없었다. 별수 없이 그들과 정면으로 맞닥뜨려야 했다. 잠시 생각하다가 범이 나타난 것처럼 위장하기로 했다. 흙을 한 줌 쥐어서 벌목꾼 있는 데로 힘껏 뿌렸다. 흙 쏟아지는 소리가 밤의 정적을 깨고 우수수 쏟아져 내렸다. 톱질 소리가 싹 멈췄다. 나는 기회다 싶어 다시 흙을 뿌리면서 굵은 음성으로 어흥, 범 소리를 질렀다. 어이쿠, 벌목꾼들은 후다닥 뚝딱 도망쳤다. 허둥대며 도망치는 뒷모습이 우스워서 폭소가 터지려는 걸 억지로 참았다.

"저놈들 나무 도적질하다가 되게 혼난 모양이지. 꽁지가 빠지도록 도망치네."

안 씨도 웃음을 참으면서 작은 소리로 말했다.

"간이 뚝 떨어졌겠어!"

웃음을 참으면서 벌목하던 데로 다가가니 지게와 도끼를 남겨 두고, 나무를 자르다가 톱도 빼내지 못한 채 도망친 것이 분명했다. 우리는 그 자리를 떠나 기동로를 건너서 산을 넘고 넘었다. 고정 비트에 도착해서 그날은 포근히 쉬면서 당 중앙에 무전으로 보고했다.

현지 무사히 도착. 비트 굴설 후 접근 공작중. 신변 안전함.

무전을 송신하자 밀렸던 피곤이 한꺼번에 밀려 왔다. 푹 잠을 자려고 하는데, 비가 내리기 시작했다. 비는 사정없이 내려서 비트 안으로 물이 스며들었다. 우선 밖으로 나와서 천막으로 비트를 덮었다. 그 위에 나뭇가지로 다시 위장을 하자, 비는 새지 않았다. 우리는 깊은 잠에 빠졌다.

다음날인 10월 5일에도 비는 계속 내렸다. 밤이 되자 나는 비옷을 입고 조원과 함께 집에 찾아 갔다. 아내를 뒤뜰에서 만나 부엌에 들어가서 밀렸던 얘기를 나누었다. 친척들이 어떻게 사는지 집중적으로 물어봤다. 공작 대상이 전혀 없군, 나는 속으로 중얼거렸다.

"참, 명자 말이어요. 열여덟 살이라서 주민등록증을 만드는데, 아직 호적이 없어서…… 어떻게 하죠?"

"그래요. 그러면 그 애를 이장한테 데리고 가서 우리 호적에 등록시켜요. 근데 걔는 학교에 다닙니까?"

"아뇨. 한글은 알지만……."

"남의 자식을 데려다가 가르쳐 주지도 않고 일만 부려먹으면 남이 뭐라고 하겠어요? 우리 형편이면 학교 공부를 시키고도 남는데 왜 공부를 시키지 않았소. 남이 낳은 자식이면 더 잘 가르쳐야지."

아내는 고개를 푹 숙였다.

"북한에서는 지금 기술 학교까지 9년제 의무 교육을 실시하고 있어요. 아이들을 학교에 보내지 않으면 당에서 가만히 놔두지 않는데…… 이게 뭐요? 말 같은 처녀를 문맹자로 만들었으니!"

"제가 잘못했어요……."

아내는 기어 들어가는 소리로 말했다. 따지고 보면 모든 게 내 책임이다.

"그러면 잡지라든가 라디오 같은 걸 사 줘서 지식을 넓혀 줘요. 다 내 책임이오."

한숨을 포옥 쉬면서 말했지만, 이런 감상주의는 혁명 과업에서 절대 금물이었다. 잠시 빗소리가 우리 두 사람의 침묵을 채워 주었다.

"농사는 잘되오?"

"그저 그래요. 농사도 잘 안되고 머슴 새경주인이 머슴에게 한 해 동안 일한 대가로 주는 돈도 비싼 데다가 세금도 너무 많아서…… 석심이 논을 팔아서 여덟 마지기 논을 샀을 뿐이에요. 얼마 전에 벌판에 다락논을 조금 더 샀어요. 근데 날씨도 짓궂고 경작하기가 워낙 힘들어서."

아녀자 혼자서 오죽하겠나, 가만히 얼굴을 들여다보니 햇살에 그을려 얼굴에 기미가 거뭇거뭇 깔려 있었다. 비는 추적추적 계속 내렸다.

"토지가 있는 것만 해도 충분해요. 더 장만하려고 하지 말고 있는 것이라도 잘 가꾸어서 다수확을 해야지…… 북한엔 관개수가 넘쳐 흘러서 가뭄을 모르고 살아요. 59년에 산간 오지까지 전기가 다 들어갔어요. 헌데 여긴 아직두 방등불등잔에서 비치는 불빛로 살구있으니, 원……. 저쪽엔 협동 농장이 다 조직돼서 기계로 모를 내고, 기계로 수확하고 탈곡해요. 저기선 소란 놈은 아예 놀고 먹기만 해요."

나도 모르게 약간 흥분했다. 당장 정희를 북한에 데려가고 싶었지만, 정희가 북한에 간다고 해서 여기와 크게 사정이 달라질 것 같지는 않았다. 왜냐하면 협동농장은 투하된 노력에 따라서 분배하기 때문에 나이 든 아내는 별로 환영받을 것 같지 않았다.

비가 계속 쏟아져 빗물에 마당이 질척거리는 게 어둠 속에서도 보였다. 비가 몰고 오는 차가운 바람에 한기가 일었다.

"비 땜에 어딜 못 가겠군. 하루동안 숨어 지낼 곳이 없겠소?"

"우선 뒷사랑방에서 하루 지내세요."

아내는 나를 공작원이라기보다 평범한 지아비로만 여기고 있다.

"차라리 천장에서 지낼 테니, 사다리나 구해 줘요."

"그러세요."

"소변 눌 통도 있어야 하는데…… 참, 내일 비가 멎으면 당신은 집을 비워 두고 명자는 멀리 심부름 보내요. 그래야 이웃 사람이 놀러 오지 않을 테니까."

나와 조원 안 씨는 요강을 가지고 다락으로 올라갔다. 새벽에 아내는 하루동안 먹을 식사를 명자 모르게 올려보냈다. 새날이 부옇게 밝아 오면서 어디서 닭 우는 소리가 아득히 들렸다. 마당엔 비안개가 서렸다.

"명자야!"

"네에."

"배추를 뽑아서 주문진 장에 팔고 와라."

"지금요?"

"그래."

아내가 명자를 멀리 보내고 있다. 아내도 밖으로 나갔다. 이제 집이 비었다. 안 씨와 나는 천장 위에서 당에 연락했다.

현재 대상 집에서 공작 진행중. 신변 안전함.

무전을 끝내고 우리는 올려 준 식사를 했다. 밤새 잠을 못 잤기에 눈을 붙였다. 잠자는 중에 누군가가 주인을 부르는 소리가 들려서 바싹 긴장을 하고 귀를 기울였다.

"너는 여기서 살아라!"

말소리를 들으니 큰형수의 음성이 분명했다. 웬 아이인지 떼어 놓고 가는 듯 싶다. 잠시 후 열 살 남짓 되어 보이는 계집아이가 방안에 들어왔다. 방안을 두루 살펴보던 아이는 다시 나가 이웃집 아이를 불러다 놓고 둘이서 노는 것이었다. 두 아이는 키득거리며 웃다가 다투다가 울다가 종일을 방안에서 지냈다. 우리는 혹시 우리가 무슨 소리라도 낼까 꼼짝도 못 하고 하루를 보내야 했다. 이웃집 아이도 돌아가고 저녁 때가 되자 명자가 돌아왔다.

"시연이, 너 왔구나. 너 혼자서 왔어?"

"응, 큰댁 아줌마가 나 보구 여기서 살라구 했어."

"그러니까 아무 데 가서도 잘 있어야지. 네가 뭔가 잘못을 했으니까 쫓겨오지!"

명자가 시연이를 조곤조곤 타이르는 게 퍽 어른스러웠다. 명자가 방 걸레질을 하는 모습이 천정 구멍으로 내려다보였다. 엎드려 걸레질하는 등허리가 미끈하고 시골 처녀답지 않게 미태가 흐르는 얼굴이었다. 남이 많이 넘보겠군. 다소 걱정스러워 하는데 아니나 다를까,

"요즘 댁내가 바람났나……."

굵은 남자의 목소리가 들렸다.

"반장님 오셨어요?"

명자는 걸레를 방구석에 놓고 살그머니 일어나 인사했다. 왠지 달갑지 않다는 투였다. 가만히 보니 반장이란 자는 산골 집의 곰보잽이였다. 반장은 주위를 둘러보고는 집 안에 둘만이 있다는 걸 확인하자, 툇마루에 걸터앉으면서 응큼한 목소리로 말했다.

"며엉자야, 요즘 아주 예뻐, 시집갈 때가 된 모양이야~"

놈은 걸레질하는 처녀의 엉덩이를 삼킬 듯이 바라보면서 코를 벌름거렸다. 입맛을 쩍 다시면서 능글맞게 명자의 엉덩이를 슬쩍 쓰다듬었다.

"왜 이래요!"

명자는 얼결에 놀란 한 마리의 꽃사슴처럼 자리를 피했다. 내 호적에 든 아이인데 놈이 그런 짓을 하니 미칠 지경이었다. 당장 뛰쳐나가 놈의 멱살을 잡고 혼내 주고 싶었지만 도리가 없었다.

"며엉자, 너 나하구 사랑 좀 해보지 않을래? 흐흐흐흐."

놈은 누런 이빨을 드러내며 계속 추근덕거렸다.

"싱거운 소리 그만두고, 가세요!"

명자는 놈을 밀쳐 내고 악을 버럭 질렀다. 그 소리는 담장을 넘어 동구 밖에까지 울릴 정도였다. 무슨 소린지 반장 놈이 쭝얼거리는 소리가 들리더니 문밖으로 나가는 것 같았다. 반장이 돌아간 후 들판에 노을이 깔리는 저물녘께 아내가 집에 돌아왔다.

"엄마!"

"별일 없지?"

"……예에."

아내는 걱정스러웠는지 명자에게 물었다.

"너는 큰댁에 가서 큰댁 아이들이랑 놀다가 거기서 자고 와라."

"저녁은 어떡하구……."

"내가 할게. 어여, 가."

"네에."

명자가 문밖으로 나가자 아내는 주위를 둘러보았다. 아무도 없자 천장 입구에 사다리를 놓았다.

소쩍새 한 마리

안 씨와 나는 사다리를 타고 내려왔다. 뒤뜰에 있는 방으로 갔다. 오랫동안 쓰지 않고 창고로만 쓰고 있는 듯했다. 셋이서 앉았다. 당장 할 말이 없었다. 잠시 정적이 맴돌았는데, 먼저 말문을 연 사람은 아내였다.

"저, 꼬옥 묻고 싶은 말이 있어요. ……우리 주인, 북에서 색시를 얻어 살림하고 있죠?"

처음엔 방바닥을 보면서 얘기하다가 말끝에 가서 얼른 고개를 들어 안 씨를 바라보았다. 아내는 무척 태연하게 물었으나 그 눈길은 애절했다. 올 것이 왔군. 나는 입을 다물고만 있었다.

"그렇죠?"

그녀가 다시 한번 물었을 때, 짧은 순간이었지만 기나긴 이십 년이 한꺼번에 지나간 듯했다. 그때 안 씨가 말했다.

"아니에요. 우리는 일부일처제 사횝니다. 아주머니가 남쪽에 살아 계시는데 무슨 색시를 얻어 살겠어요."

물론 거짓말이다. 아내의 얼굴은 순식간에 밝은 빛을 띠었다. 날이 어두워지자 어디선가 소쩍새 우는 소리가 간간이 들려 왔다. 나는 얼른 화제를 바꿨다.

"처남은 잘 지내고 있소?"

"예."

"한번 가 봐알텐데……."

"어떻게……."

"한번 물어보시오. 요즈음 꿈속에 너의 매부가 자주 보이는데 만약에 매부가 집에 오면 어떻게 했으면 좋겠니, 이렇게 말이오."

"예에, 그리 하겠어요."

나는 처가댁 식구들의 세세한 형편을 물어보았다. 살아 계신 빙장어른도 찾아가 뵙고만 싶었다. 그러기 위해서라도 우선 처남의 생각이 어떤지 확인해 봐야 했다. 소쩍새가 구슬피 우는 소리가 들렸다. 헤어진 임을 못 잊어 피를 토하며 밤마다 운다는 새였다. 소쩍 소쩍쩍 소쩍 소쩍쩍……. 산울림 치면서 아득히 들려 왔다. 나는 그만 자리에서 일어났다. 가물거리는 등잔불에 커다란 그림자를 만들고 앉아 있던 정희도 얼른 일어섰다.

"어딜 가실려구요?"

"모레 저녁에 다시 올거요. 그때 봅시다."

황급히 일어난 나는 방문을 열고 어둠속으로 들어갔다. 고정 비트에 가서 편히 쉬었다. 이틀 후 10월 9일, 한 치 앞이 안 보이는 깜깜한 밤중에 다시 집에 찾아갔다. 아내는 잠을 안 자고 있었는지 냉큼 밖으로 나왔다.

"처가에 갔었소?"

"예에."

"그래, 뭐라구 합디까?"

"매부를 위한 길이라면서…… 보면, 지체 없이 자수하라고 하래요. 안 되면 빨리 자기한테 알려 달래요."

처갓집에 갈 수가 없었다. 빨리 피해야 할 것 같은 생각도 들었다. 처갓집에 들르기는커녕 처남이 혹시 낌새라도 알아채면 위험할 것만 같았다. 나는 아내에게 몸 성히 잘 있으라는 말 이외에 달리 말이 나오지 않았다. 붙잡았던 손을 놓고 돌아서자마자 "빨리 어여 가세요"란 말이 등 뒤에서 들렸다. 일단 고정 비트에 돌아와서 우리는 다음 공작을 토의했다.

토의 내용은 대강 이러했다. 이제부터 제2공작지인 묵호로 가야 하는데, 묵호로 가서 비트를 파자면 이틀이 걸리고 대상 집에 접근하고 공작하자면 7~8일이 걸릴 테고, 그러다 보면 월음기도 지나간다. 다음 월음기에 기지로 돌아가야 하는데 그건 쉬운 일이 아니다. 그러니 아예 묵호의 공작을 포기하고 돌아갔다가 다시 해상으로 직접 침투하자.

"헌데 공작금은 어떻게 하죠?"

안 씨가 물었다.

"집에 갖다 줍시다. 다음 서울 공작을 위해서 아내를 서울 불광동으로 이사시켜서, 서울의 엄호 거점으로 삼는 게 좋겠소."

"그거 좋네요."

안 씨가 동의해서 우리는 다시 집으로 가야 했다. 이튿날인 10일 밤, 집에 도착했다. 둘이서 가지고 온 공작금은 약간의 비상금을 제외하고 36만 원 정도였다.

"여보, 이거 받으시오."

"이, 이게 뭐예요?"

"시골에서 고생하지 말고 서울로 가요."

"네?"

"남모르는 데 가서 살면 내가 가서 함께 살아도 누가 뭐라 하겠소? 그러니 서울로 이사 가요. 이담에 주소를 써서 크림 통 같은 데 넣어서 진등 끝 홍 씨 묘지 망두석 밑에 묻어 놓으면, 내가 그걸 파 보고 당신 있는 델 찾아가겠소. 알겠소?"

나는 이번에 남파돼서 처음으로 아내를 안아 주었다. 힘껏 안았다. 불쌍한 여자, 이십 년을 남편 없이 고생만 한 여자, 아내를 껴안고 이게 사랑인지 아닌지 분간도 못 하고 있다가, 엉거주춤하게 작별 인사를 했다. 힘없이 고정 비트에 돌아왔다.

다음날 낮에 당 중앙에 무전 송신했다. — 공작 불가능. 복귀 접선 바람. 신변 안전함.

다음날 중앙에서 지시가 내려왔다. — 지시 있을 때까지 잠복 대기 바람. 건강 주의.

지시 내용을 풀어 보고 나서, 밤이면 잠시 밖에 나와 있다가 낮에는 고정 비트 안에서 생활했다.

14일 낮에 중앙에서 지시가 왔다. — 배 나감. 지정된 장소에서 접선 가능.

지시 내용을 풀어 보자마자 우리는 복귀 접선 준비를 하고 어둠을 타서 접선 장소 부근에 도착하여 감시했다. 아무도 없었다. 접선 장소가 국군 경비 초소에서 30미터밖에 떨어지지 않은 곳이기 때문에 긴장하지 않을 수 없었다. 우리는 숨소리까지 죽이며 극도로 조심스럽게 행동했다.

십 분이 지났다. 고무보트도 전혀 소리 없이 접근해 왔다. 다행히 발각되지 않고 보트를 타고 모선으로 돌아올 수 있었다. 맙소사, 모선으로 올라타다가 그만 허리춤에 꽂아 넣은 권총을 바다에 빠뜨렸다. 이런, 공작도 못 하고 돌아가는 주제에 권총까지 잃었으니……. 내가 바닷속으로 들어가려니까 선원과 선장이 말렸다. 잠시 후 훈련받은 잠수부들이 바닷속으로 들어가 한 시간 동안이나 찾았으나 권총을 찾지 못했다. 나는 이래저래 기분이 잡쳐서 원산항에 돌아왔다.

원산항에 도착한 아침 7시경, 선창가에서 지도원이 손을 흔들고 있었다.

"정말 수고 많으셨습니다!"

공작선이 도착하자마자 올라탄 지도원은 우리를 포옹하며 격려해 주었다. 도착해서 우리는 먼저 목욕을 하며 피곤을 풀었다.

저녁에 기차를 타고 상흥동 초대소에 도착했다. 초대소에 도착해서야 긴장이 풀려서인지 온몸이 노곤해졌다. 하루동안 푹 쉬고 다음 날부터 공작 보고서를 작성했다.

저녁에는 총화 회의가 있었다. 총화 회의가 시작되자, 여러 문제를 들어가면서 이번 공작을 평가했다. 아직도 우리는 공작원으로 부족한 게 많다. 상황을 이기지 못했다. 다른 사업의 여지를 발견할 수 없었다. 제2의 생명인 권총을 잃어버렸다. 다들 심각하게 총화하는데, 부국장은 너털웃음을 웃었다.

"그 정도면 됐습니다. 우선 철저하게 비합법적으로 진행한 데 대하여 치하합니다. 빈 달구지꾼 노릇은 했지만 무사히 도착한 것이 다행 아니오? 하하하!"

총화가 끝나고 다과회가 있었다. 시간 가는 줄 모르고 공작하면서 있었던 이런저런 얘기로 꽃을 피웠다. 다과회가 끝나고 과장과 부국장이 돌아간 뒤 지도원이 나에게 다가왔다.

"이효순 총국장 일 아시죠?"

나는 지난번 4기 제15차 전원회의 때 3대 공포증 때문에 공작원을 대거 제대시킨 이유로 김정일에게 면박을 당한 그를 생각해 냈다.

"알죠. 근데 왜요?"

"이제 공작원들이 공작이 끝났다고 해서 사업장에 보내는 일은 다신 없을 겁니다."

"무슨 뜻이죠?"

"김일성 수상님의 지십니다. 생사를 무릅쓰고 어려운 일을 하고 돌아온 혁명가들을 절대로 지방으로 내려보내 고생시키지 말라는. 공작 후 돌아오면 푹 쉬도록 조치하라는 지시입니다."

이때 나는 전원회의 중에 비밀 관계로 광범하게 취급되지 못하고 정치 위원회로 회부된 이효순이 어떻게 해임 철직되었는지 궁금했다. 그는 항일 빨치산이었던 이재순의 동생으로서 막강한 실력을 가지고 있었기에, 그의 일이 자못 궁금했다.

"총국장이었던 이효순 말입니다. 전원회의가 끝나고 정치 위원회에서 어떤 말이 나왔나요?"

지도원은 가볍게 픽 웃었다.

"우스운 얘기죠. ……한번은 재일 조선 총연합회에 친선 방문차 이효순이 갔다고 합니다."

지도원은 존칭 없이 이효순이라고만 했다.

"거기서 글쎄 공화국 대표로 간 그 사람이 일본인과의 회합에서 우리말로 안 하고, 뭐 자랑할 게 있다구, 일본말로 연설했다는 겁니다. 공화국의 망신이죠. 게다가 재일동포한테 숱한 선물을 요구했다는 일이 위원회를 통해서 지적됐습니다."

"맙소사."

"그치만, 가장 중요하게 비판된 일은 이효순이 감히 당을 비판한 사건입니다. 엄중한 죄죠."

뭔가 심각한 말을 꺼낼 때면 담배를 무는 습관대로, 지도원은 금강 담배 한 개비를 담뱃갑에서 빼내어 물었다.

"남조선 총국장은 남조선을 총책임지고 남조선 지하당을 담당하는 건 사실이죠. 근데 그걸 잘못 생각한 겁니다. 조선 노동당은 합법적으로 북한 땅을 담당하고, 자기도 조선 반도의 절반이 남한 땅을 담당하기 때문에 김일성 총비서와 대등한 권리를 가지고 있고, 노동당의 지시를 따를 필요가 없다는 말을 공식 석상에서 했답니다."

"저런!"

유일사상 체제를 지향하는 사회에서 그런 행동을 했다는 건 엄청난 도전이었다. 지도원이 담배가 반쯤 타들어 가고 있었다.

"이거 좀 드시죠."

그는 자기만 계속 말하는 게 미안했던지 나에게 수정과를 권했다. 깨끗하고 진한 물에 잣이 동동 떠 있는 게 제법 시원했다.

“그러면 남조선 총국의 체제가 바뀌면서 통일 혁명 사업에 어떤 변화는 없나요?”

“역시 기본은 평화 통일이지요. 물론 적들이 무모하게 무력으로 도발하면 무력 전쟁으로밖에……. 평화 통일을 위해서는 두 가지가 필요합니다. 첫째는 남조선 내에 정수분자핵심인물가 많이 양성되어야 합니다. 그런데 그것보다 더욱 중요한 건 우리의 군사력 아닙니까? 우리의 군사력이 월등히 우세해야만 평화가 보장됩니다. 양키 놈덜이 언제 넘어올지 모르는데 군사력이 약하면 되나요. 때문에 경제 건설과 국방 건설의 병진 방침이 채택되고 이제 막바지에 이르고 있는 것이죠.”

담배를 천천히 빨아들인 그는 연기 한 모금을 길게 내뿜었다.

“참, 사 년 전에 있었던 대대 무력 경기 못 보셨죠?”

“평양시 상원군에서 있었던 증강된 ‘대대 무력 경기 시범’을 말이죠? 실은, 못 봤어요. 그땐 저는 평철리 초대소에서 공작 사업 중이었습니다.”

“그래, 맞다! 그때 고생 많이 하셨죠. ……하여튼 ‘대대 무력 경기 시범’이란 대단하더군요. 첨엔 멀리 뒤에서 대포로 목표 지점에 쏘아대는데, 적진에 개미 새끼 한 마리 얼씬거리지 않게 온 산을 빨갛게 뒤집어 놓고, 토치카와 참호를 산산히 박살냅디다. 다음엔 비행기가 날아와서 연신 폭격하고 탱크가 줄지어 나타나서 조져대면서 전진해요. 그러더니 하늘에서 난데없이 낙하산 부대가 쏟아지고, 보병들은 진격하면서 와아 함성을 질러대고, 화염 방사기를 쏘아대는데 씨뻘건 불줄기가 이십 미터 전방에 있는 건 몽조리 살라 버리더라구요. 방사포를 어깨에 메고 연방 쏘아대는데, 어휴, 말도 마세요. 장관도 그런 장관이 없었어요. 아무리 강한 군대라도 당해 낼 재간이 없겠습디다.”

자랑하듯이 말하는 그는 목이 타는지 찬 수정과를 훌훌 들이마시고 나서 계속 말했다.

"이런 강력한 군대로 평화가 유지되지요. 우리는 평화에만 치중하는 게 아니라 경우에 따라선 전쟁도 불사합니다. 적들이 무모한 전쟁을 도발하는데 피해를 보면서 그대로 있을 수는 없기 때문입니다. 남한에서 인민들이 양키와 군사 독재의 학정에 떨쳐 일어나서 무장 폭동이 일어나고, 바로 그때 구원해 달라는 요청이 있으면 불가불 동원될 겁니다. 그러나 이건 후차적인 문제요. 역시 우리 당은 동족끼리 피 흘리는 전쟁이 아니라, 평화 통일을 염원하는 전략 전술은 남조선 총국장이 바뀐다 해도 안 바뀝니다."

전쟁이라는 말이 쉽게 입에서 나오는 지도원의 눈빛은 차가웠다. 전쟁을 두 번씩이나 겪어 본 나로서는 그 말은 정말 진저리 나는 단어였다. 전쟁이란 단지 재떨이에 수북이 쌓인 담배꽁초 정도의 폐허를 의미한다. 다만 평화통일이 당의 변하지 않는 전략이라는 말에 다소 안도가 되었다.

그 후 11월에 2개월 휴가증이 나왔다. 휴가비를 받아서 내가 근무하던 황해북도 봉산군 마산리 마동에 있는 내 집을 찾아갔다. 2년 만이었다. 승용차에 타자 지도원 이 씨가 말했다.

"2개월입니다. 2개월이 지나면 상흥동 초대소에 정확히 돌아오셔야 합니다. 짧은 기간이니 관광도 하시고 실컷 쉬세요."

"그러죠."

차창 밖의 겨울 풍경을 바라보았다. 겨울치고는 유난히 따스했다. 이윽고 지도원 이 씨와 함께 집을 찾아가니, 내가 간다는 전갈을 미리 듣고 아내 왈현이와 아이들이 문밖에 나와서 기다리고 있었다.

"아빠!"

차에서 내리자 맏딸 정애가 제일 먼저 뛰어와서 품에 안겼다. 아이들이 하나씩 깡총깡총 달려와 품에 안겼다. 한참 동안 아이들의 볼을 비비며 좋아하는데, 왈현이는 문앞에 그냥 다소곳이 서서 웃는 얼굴로 눈시울을 붉히고 있었다.

"거 보기 좋습니다. 하하!"

지도원이 웃었다. 모두 안방으로 들어갔다. 옷깃으로 눈물을 닦던 아내는 방싯 웃으면 말했다.

"야덜아, 아바지한테 절해야디."

"그래, 누가 잘하나 한번 보자."

큰딸부터 하나씩 와서 큰절을 했다.

"아버지 친구한테도 절해야지."

아이들은 지도원 이 씨에게도 하나씩 절을 했다. 절은 못 하고 언니들 등 뒤에서 숨어 아장아장 걸어 다니는 놈이 있다. 1967년 7월 13일에 태어난 바로 그날, 내가 중앙당에 소환되어 이름만 정해 주고 떠났던 막내딸 경애였다.

"경애야, 아바지야. 자, 어서 아바지한테 가 봐야디."

왈현이가 뒤로만 숨어 있는 경애를 내 쪽으로 살짝 밀었다. 나는 경애를 안아서 볼을 부볐지만 아이는 큰소리로 울음을 터뜨렸다.

"수염이 찌르니까 기럽네다."

경애는 훌쩍훌쩍 울면서 막무가내로 버티면서 오지 않으려고 했다.

"경애야, 경애야. 야래 아바지두 몰라서리……."

왈현이는 미안한 낯빛이었지만, 내가 오히려 미안했다. 한 집안의 가장으로서 자식이 낯설어서 고개를 정도니. 한참 왈현이가 타이르고 나서야 경애는 내 무릎에 앉았다. 그때부터 떨어지지 않고 달라붙었다. 나는 가슴에 경애를 꼬옥 안고 볼을 부벼보았다. 경애는 따가울 텐데도 울지 않고 되레 웃기만 했다. 천륜이란 이런 거구나……. 아이들은 좋다고 손뼉을 치고 내 주위를 맴돌았다. 어떤 놈은 무작정 어깨에 올라타서 내려오려고 하지 않았다. 나는 발을 뻗고 벽에 기대앉았다.

"누가 한번 노래나 불러 봐라."

"기래, 아바지 기분 좋게, 길티, 정애가 불러라."

아내가 맏딸 정애를 시키자, 정애는 인민학교에서 배웠다면서 두 손을 모아 서너 번 목을 가다듬더니 노래를 불렀다. 꾀꼬리처럼 청아했다.

뻐꾹 뻐꾹 뻐꾹새가 뻐꾹거려
산엔 들엔 풍년이 찾아오고
뻐꾹 뻐꾹 처녀들이 노래하면
반가운 님네들 찾아온다오.
노래 불러라 뻐꾹새
노래 불러라 풍년새
노래 불러라 노래를

아이들의 노래를 듣고 있는데 문득 남쪽에 있는 정희 생각이 났다. 남쪽의 고정 비트에서 들었던 새소리는 구슬픈 소쩍새 소리였는데, 여기에서는 뻐꾹뻐꾹 뻐꾹새가 운다. 뻐꾹새 노래를 들으면서 내 가슴 속엔 황량한 바람이 휑하니 지나가는 듯했다. 불쌍한 여자, 정희 때문이다.

봉쇄된 해상 침투로

휴가를 마친 나는 1969년 1월 5일에 다시 상흥동 초대소로 돌아왔다. 안 씨도 휴가를 마치고 돌아와 있었다. 하룻밤을 초대소에서 쉬고 나자, 중앙당에서 연락이 왔다며 지도원이 말했다..

"계 선생님은 특별 초대소로 오라는 지십니다."

"왜요?"

"거기서 사업 준비를 하랍니다."

안과 헤어진 나는 지도원과 함께 즉시 승용차를 타고 특별 초대소로 향했다. 특별 초대소는 소나무 숲 사이에 별장식으로 여러 채 있고 기름보일러에 수세식 화장실이 설치된 현대식 주택이다. 건물마다 다른 공작원들이 숙식하면서 사업을 계획하는데, 옆 건물에 누가 있는지 전혀 알 방법이 없었다. 식사도 호출 신호가 오면 색안경과 우산을 쓰고 식당에 가야 했다.

지도원과 나는 따스한 방에서 하루를 쉬었다. 오랜 습관에 따라 나는 새벽 다섯 시에 어김없이 잠에서 깨어났다. 미명의 새벽 달빛이 조용하게 엎드려 있는 초대소의 지붕 위로 희미하게 드리워져 있다. 고개를 빙빙 돌리면서 마당에 나갔는데 작은 짐승의 발자국이 맴돌이 쳐 있는 게 보였다. 이게 무슨 발자국이지? 발자국을 따라가 보니까 산토끼란 놈이 주방에서 버린 사과 껍질을 몽땅 먹고 간 흔적이 있다. 오호라! 요놈이 사과 껍질을 꽤나 좋아하는구나. 사과 껍질을 구해서 요놈들을 잡아 보자. 나는 식사 시간을 기다렸다.

차례가 되어 식당 건물에 가서 식사하고, 사과 껍질을 주방에서 얻어 오후부터 토끼를 잡으려고 나무를 엮은 덫을 만들었다. 저녁참에 그 덫에 사과 껍질을 매달아 30킬로그램 정도 되는 무거운 돌로 눌러 놓았다.

뚝, 저녁 9시경에 마당에서 돌 떨어지는 소리가 났다. 토끼 한 마리가 돌에 치어 바둥대고 있었다. 덫을 들고 토끼를 끄집어냈는데 아직 살아 있었다. 놈을 목욕실에 던져 놓고 다시 덫을 놓았다. 한 시간 정도 지나자 또 쿵, 돌 구르는 소리가 났다. 토끼를 끄집어내어 다시 덫을 놓았더니 자정쯤에 또 걸렸다. 이러다간 잠도 못 잘 지경이었다. 하루 저녁 동안 토끼 세 마리를 잡은 건 좋았는데, 이젠 잠을 자야 했다. 덫을 조금 떨어진 곳에 놓고 자리에 누웠다.

요란하게 지저귀는 참새 소리에 곤한 새벽잠을 깼다. 길게 기지개를 하면서 밖으로 나갔다. 눈 뜨자마자 떠오른 것은 역시 덫이었다. 채 떠지지 않는 눈을 비비며 덫으로 향했다. 신선한 공기가 가슴에 채워졌다.

덫을 놓은 자리에 토끼 한 마리가 돌에 눌려 피를 흘리고 널부러져 있었다. 머리는 피 박살 나고 내장이 터져 누워 있는 게 여간 불쌍해 보이지 않았다. 갑자기 조국 해방 전쟁 때 쌕쌕이 폭격으로 죽은 송장들이 떠올랐다. 뭔가 불길해, 왜 이러지? 죽은 짐승 가지고? 그리 기분이 좋지 않았다.

"대단하십니다. 하룻밤에 토끼를 네 마리나 잡으시고!"

착하게 생긴 요리사는 놀란 표정으로 나를 바라봤다.

"이젠 그만 잡아야죠. 요리나 해주세요."

"뭘로 할까요?"

"그냥 좋으실 대로……."

저녁에 식당에 갔더니 요리사는 토끼로 토끼회도 치고 기름에 볶기도 했다. 술안주로 곁들여 먹으니까 아주 별맛이었다. 나는 다음날부터 토끼를 잡으려 하지 않았다. 사실 네 마리를 잡았더니만 더이상 없는지 사과 껍질을 먹으러 초대소에 내려오는 놈들도 없었다.

이튿날부터 우리는 본격적인 공작 구성에 들어갔다.

"이번엔 직접 서울에 가서 공작하는 겁니다."

지도원이 나지막이 말했다.

"아내가 아마 서울로 이사했을 겁니다. 땜장이로 변장하면 무난히 은폐될 수 있을 것 같습니다. 근데 나는 서울을 오십 년대 이전에 몇 번밖에 가본 적이 없어서 서울 지리를 잘 모릅니다. 서울 시가지 지도도 봤지만 구체적으로 알 수가 없습니다."

사실 그랬다. 나는 일제 시대 때 경마 경기하러, 징용 갔다가 오면서 잠깐 들른 일 이외에는 거의 서울에 간 적이 없었다.

"그러면 이렇게 합시다. 여기에 서울에서 살다 온 몇 사람이 있는데, 그들한테 자세히 물어보죠."

"그 방법이 좋겠소."

지도원의 말마따나 며칠 후 서울에서 살았다는 남한 사람들이 왔다. 한 사람은 통일 혁명당 사건으로 인해 월북한 대학생티가 나는 젊은이였고, 다른 한 사람은 무슨 일인지 모르지만 월북해서 북에서 사는 중년의 남자였다. 며칠 동안 그들에게서 서울 지리와 버스 종점 및 구간을 통행하는 법, 일상생활 양식이나 먹고 자는 방법에 이르기까지 구체적으로 꼼꼼하게 배우며, 질문도 했다.

"어떤 직업이 가장 자유롭게 이동할 수 있습니까?"

"남한에서는 어떤 직업의 사람이라도 여기저기 다닐 수 있어요."

땜장이로 위장하면 아무런 문제가 없다는 말이다. 그들에게서 서울 지리를 자세히 익힌 다음 땜장이 기술을 익히기 위해 지도원과 의논했다.

"이렇게 하죠. 땜쟁이로 위장하고 강원도 장동 탄광 노동자 지구에서 한번 해보는 겁니다."

"장동 탄광 지구요?"

"예에. 열흘간만 실지 훈련을 해 보는 겁니다."

원산에서 평양 쪽으로 가는 중에 마천령 산맥 기슭에 있는 장동 탄광 지구라면 북한에서도 몹시 째여경계가 두드러져서 외부인이 범접하기가 거의 불가능한 곳이었다. 거기에서 증명서도 없이 땜장이 노릇을 한다면 도움이 많이 될 성싶었다.

이튿날, 나는 지도원과 함께 장동 탄광으로 갔다. 지도원은 여관에 남아 있고, 나는 혼자서 경험 많은 땜장이로 위장하고 부락에 들어갔다.

오월의 따사로운 햇살이 탄광촌을 따스하게 내리비추었다. 막상 일을 나갔더니 얼마나 일이 많은지 정신이 없었다. 당시 편의협동조합에는 땜질하는 이가 없어서 일감이 쌓이고 쌓였다. 토담 아래서 햇살을 맞으면서 하는 땜질도 그렇게 고되지만은 않았다. 한 집에서 허락을 해줘서 나중엔 아예 사민집 안에서 땜질하기도 했다. 그 집에서 일주일간 일하면서 돈을 벌었는데, 번 돈을 따져 보니 가장 많이 받는다는 탄광 노동자 월급으로 계산해도 대략 10개월치는 되었다. 땜질을 연습하던 날이었다.

"계쇼?"

굵고 낮은 목소리였다.

"이거 땜질 좀 해주슈."

"예에, 해 드리죠. 잠깐만 기다리세요."

노인은 키가 훤칠하고 나이에 비해서 건강한 체구였다. 젊었을 때 꽤 미남일 얼굴이었다. 척 보기에 범상한 사람처럼 보이지 않았다. 남한 말씨여서 궁금증이 더했다. 나는 정중하게 물어보았다.

"실례지만 뭐 하는 분이시죠?"

"……."

그는 쉽게 입을 열지 않았다. 어디서 본 얼굴 같기도 했다. 땜질하면서 그의

소설가 이태준

얼굴을 곰곰이 뜯어 보았다. 한참 생각해도 떠오르지 않았다. 궁금해서 다시 물어 보았다.

"혹시, 글 쓰시는 분 아니십니까?"

"……."

조금 놀란 멍한 표정을 지으면서도 그는 말이 없었다. 얼마 후 조용히 입을 열었다.

"이태준이라고 합니다."

"……아, 역시."

나는 소설가 이태준李泰俊, 1904~?을 처음 보았다.

평률리에서 민주선전실장을 할 때 도서실을 정리하면서 그가 쓴 창작집『달밤』이나 장편소설『가마귀』를 읽어 본 적이 있었다. 읽어 보지는 않았지만『문장강화』라는 책이 좋다는 말을 여러 번 들었다. 그의 글은 우리 말을 요리조리 자유롭고 아름답게 표현해서 상당히 민족적이었다. 다만 소시민적이고 뭔가 약하다는 생각도 들었다. 아니나다를까 1954년 어느 날 그의 책 모두가 도서실에서 사라졌다.

"아직 덜 됐나요?"

"예, 조금만 더 하면 됩니다. ……헌데 아직도 글 쓰십니까?"

이 사실이 궁금했다.

"쓰고는 싶소만……."

그의 표정이 무척 쓸쓸해 보였다. 후에 알아보니, 그는 숙청당하고 장동 탄광에 가서 두 부부가 외로이 살고 있었다. 탄광이지만 여자 55세, 남자 60세가 넘으면 노동법에 따라 먹고 살 정도로 배급이 나오는 사회보장 제도가 있었다. 그의 부인은 15세 정도 아래로 깔끔하게 생겼다. 이태준의 말년 모습을 본 나는 왠지 우울해지는 느낌이 들었다.

일주일이 지나서, 나는 여관을 찾아가 지도원을 만났다. 지도원은 내가 지낸 훈련 과정을 다 듣고 나서 말했다.

“이젠 됐습니다.”

우리 둘은 그곳을 떠나기 전에 탄광 당 위원회를 찾아가, 당 책임비서를 만났다. 우락부락하고 기운 꽤나 쓰게 생긴 그는 우리가 중앙당 소속임을 알고 깜짝 놀라면서 반겼다. 우리가 일주일 동안 여행 증명서도 없이 사민집에서 생활했다는 말을 듣고는 어쩔 줄을 몰라 했다. 수상한 땜장이를 일주일 동안이나 머물게 했다는 것이 상부에 보고되면 문제는 심각해지기 때문이다.

“아이고, 기래요? 우리 탄광이 무척 째여 있는 걸루 알았는데, 이거 큰났네.”

그는 은근히 우리가 중앙당에 보고하지 말기를 바라는 눈치였다. 우리는 그를 안심시키고 다시 특별 초대소로 돌아왔다. 땜질해서 번 돈을 어떻게 할까 궁리하다가 지도원에게 넘겨주었다. 지도원은 곤란한 표정을 지으면서 말했다.

“당에서는 필요 없습니다. 선생님이나 쓰십시오.”

“나도 필요 없소. 언제 죽을지도 모르는 목숨 아니오. 대신 중앙당에 바쳐 주시오.”

지도원은 껄껄 웃었다.

“고집두 왕고집이십니다 그려. 그럼 그리 하겠습니다. 하하하!”

사실이 그랬다. 조국 통일 전선에서 싸우다가 언제 죽을지 모르는 목숨이다. 유사시를 대비해서 공작 진행 중에 나 자신의 신병 치료도 할 겸 공작지 주민과 친해지려는 수단으로 김봉환 경락 연구소에서 연구하는 유능한 한의사에게 1년 이상이나 침술 훈련을 받았다. 훈련 중 많은 사람을 시술하면서 경험을 쌓아 나중에는 환자의 눈빛만 보고도 침을 놓을 수 있는 단계까지 이르렀다.

사실 침술은 공작 사업에 꼭 필요했다. 가령 공작지에서 사업 중에 신병으로 고통받는 사람을 발견하면 무상으로 치료해 주어 친하게 지냈다가, 내가 위험에 처하면 도움 받을 수 있기 때문이다. 공작지에서의 대민 접촉을 위해서 침술뿐만 아니라 관상이나 점을 본다든지, 풍수지리를 배운다든지 여러 가지를 채택했는데, 나는 침술만 집중해서 배웠다.

마침내 1969년 9월에 서울 침투를 위한 모임이 있었다. 지도원과 과장 차 씨, 부국장 이 씨가 특별 초대소로 왔다. 나는 우선 내가 구상한 임무를 발표했다.

"먼저 서울시 주변을 배회하면서 고등학교 이상 졸업자로서 직업을 얻으려고 서울에 온 사람을 대상으로 택하려고 합니다. 그와 친해진 후 셋방을 얻어 동숙하면서 공작을 진행합니다. 시간이 지나면 대동 복귀하거나 현지에서 포치하려고 합니다. 이상입니다."

내 구상을 끝까지 청취한 다음 부국장이 말했다.

"다 좋은데, 침투 지역이 불안합니다. 차라리 대담하게 묵호시 대진리에 상륙하는 게 좋을 거 같은데. 고깃배루 위장하구 과감하게 침투하는 게 나을 것 같습니다. 기본 임무는 고등학교 이상 졸업자를 한 사람 이상 쟁취해서 포치하거나 대동 복귀하는 것으로 확실히 못 박읍시다. 기본 임무 외에 부차적 임무를 수행해야 하나 부차적 임무는 공작이 끝나면 자연히 수행되는 겁니다. 이 점 각별히 주의해 주셨으면 좋겠습니다. 또 무리하게 대동 복귀하려고 하지 마십시오. 무리하다 사고 나면 안 됩니다. 마지막으로 항상 말씀드리지만 안전하게 사업하셔야 합니다. 일이 못 돼도 좋으니까 안전하게 돌아오셔야 합니다. 더군다나 이번 사업은 계 선생님 혼자 하시는 일 아닙니까?"

나 혼자 한다. 혼자 한다는 말이 왠지 낯설었지만, 나는 겁나기는커녕 오히려 홀가분했고 마음이 편했다. 부국장의 말이 끝나자 모임을 마쳤다.

준비물을 챙겨 공작 준비를 마친 다음 이번 공작의 성공을 위한 파티가 열렸다. 왠지 모르게 과음을 해서 흠뻑 취했다. 평양역에서 원산행 기차를 탔을 때 나도 모르게 눈이 감겼다. 눈을 감았는데, 자꾸, 바로 앞에서 대가리가 짓눌려진 토끼가 보이는 것이다. 덫을 놓아 잡았던 그 토끼들 말이다. 안 보려고 해도 자꾸 다시 나타났다. 걸레 같은 창자가 내 목을 자꾸 감고 있었다. 비켜, 비켜!

"계 선생님! 계 선생님!"

흠칫 눈을 떴다. 기차 안이었다.

"왜 이러십니까? 악몽을 꾸셨나 봐요. 허, 이거 이마에 땀 좀 봐."

온몸이 식은땀으로 젖어 있었다.

"여, 여기가 어디요?"

"원산에 다 왔습니다. 술을 너무 많이 드신 거 아닙니까?"

정말 원산이다. 예감이 이상했다. 왠지 불길한 생각이 머리를 떠나지 않았다. 꿈을 떨쳐버리기라도 하듯 벌떡 일어나 짐을 챙겼다.

이윽고 원산 초대소에 도착했다. 무전기·보신용 칼을 비롯해 암호 문건과 공작금 30만 원을 휴대하기 편리하게 몸에 부착했다. 이제 진짜 혼자 남파하는 것이다. 완전하게 준비물을 점검하려고 살펴보고 또 살펴봤다.

다음날 공작선을 탔다. 공작선은 배 양쪽에 하얀 물줄기 벽을 만들면서 달렸다. 배는 전혀 안 보일 정도로 물줄기 속에 파묻혀 날 듯이 남진했다. 이윽고 휴전선을 넘자 멀리 묵호항에서 반짝이는 불빛들이 시야에 들어왔다. 자정이었다. 상륙 준비를 하고 대진리에 침투하기 시작했다. 모선에서 고무보트를 내렸다. 보트로 서서히 대진리 해안에 도착했다. 칠흑처럼 어두웠다.

조심, 조심! 소리 없이 모래사장을 천천히 전진했다. 사방은 고요했다. 오히려 지난날의 남파 때보다 수월하게 통과하고 있었다. 이젠 됐다. 전진이다. 앞서 나가는데, 갑자기.

펑!

해안 경비 초소로부터 녹색 신호탄이 솟아올라 어두운 하늘이 대낮처럼 밝아졌다. 맙소사! 이번엔 써치라이트였다. 한 개도 아니고 사방 언덕에서 화광이 모였다.

투투투투투투투~퉁! 기다렸다는 듯이 사방에서 중기관총이 터졌다. 불줄기가 팽팽하게 쫓아왔다. 탄알이 옆구리를 스치면서, 모래밭에 소낙비 오는 소리를 내며 박혔다.

"뛰어! 뛰어!"

보트수와 안내원은 나와 함께 뛰기 시작했다. 모래사장에 엎어 놓은 고무보트를 바닷물 위에 던지고 시동을 걸었는데,

"발동이 안 걸려요!"

"이럴수록 침착하시오! 덤비지 말고 천천히 발동을 걸어 보시오!"

내가 나설 수밖에 없었다. 침착하게 엔진을 감아서 시동을 걸었다. 모터는 내 안타까운 마음을 알았는지 서너 번 만에 살아났다. 시동이 걸린 고무보트는 모선 쪽으로 쏜살같이 달리기 시작했다. 동시에 모선과 고무보트에 연결된 줄이 팽팽하게 당겨지기 시작했다. 총소리를 듣고 모선에서 연결된 줄을 발동기로 감아 끄는 것이었다. 보트를 따라서 써치라이트가 따라오고 총알도 비 오듯이 쏟아졌다. 우리는 갈지자로 보트를 몰아서 어둠 속에 숨어들었다. 써치라이트는 우리를 놓치고 괜한 바닷물만 비추어대고 있었다. 모선에 도착한 우리는 황급히 승선했다.

"선장! 빨리 공해상으로 나갑시다!"

나는 선장에게 말했다.

"아닙네다. 디금 함정이 우리를 향해 오는 거이 레이더에 잡혔습네다. 북으루 복귀해야 합네다!"

어쩔 수 없이 동의할 수밖에 없었다. 선장은 고개만 끄덕이고 배를 북쪽으로 몰았다. 속도계 바늘이 40노트 이상을 넘어서고 있다. 전속력이다. 얼마 후 우리는 휴전선을 넘었고, 배는 천천히 원산항으로 향했다.

첫 침투가 실패로 돌아가 나는 맥이 풀렸다. 선실에서 나와 바깥 전경에 눈을 돌렸다.

벌겋게 하늘에 동이 터 왔다. 돌연 고등어 떼가 배 곁에 나타나더니 배를 따라오면서 파닥파닥 물 위로 솟구쳤다가 물속으로 떨어졌다. 보통 때는 그 장면이 환영식처럼 보기 좋더니 왠지 모르게 기분이 나빴다.

"실패했습니다."

내가 초대소로 돌아와서 처음 뱉은 말이었다. 모두들 시르죽은 표정이었다. 돌아올 때까지 전혀 몰랐는데 허리에 피가 흐르고 있었다. 옆구리에 스친 총알 독이 퍼져서 여간 쓰라리지 않았다.

"뭐 그런 거 가지구 그러십니까? 기운 내십시오. 작년 청와대 침투 사건 이후에 남한 해안이 철옹성같이 된 겁니다. 어려운 건 당연한 거 아닙니까? 자자, 마음 푸시고, 다시 힘을 냅시다."

부국장은 차분한 어조로 나를 위로했다. 맞는 말이었다. 예전과는 확실히 달랐다. 레이더망과 써치라이트 시설이 전 해안에 걸쳐 설치된 게 분명했다. 써치라이트는 큰 위협이 되지 못했다만, 레이더는 도저히 피할 도리가 없었다. 레이더망에서 벗어나는 유일한 길은 수영으로 침투하는 방법밖에 없다. 이것도 단시간에 잠수복과 기구들을 숨겨야 한다는 난제가 있다. 남한은 마침내 부국장 말마따나 남한 전 지역 모래사장을 철옹성으로 만들어 놓은 것이다.

첫 번째 개인 침투에서 실패하자 정나미가 뚝 떨어졌다. 그렇다고 해서 물러날 수는 없었다. 초대소에서 침술을 연마하면서 다시 침투할 기회를 기다렸다.

어느덧 일곱 달이 지나 1970년 5월이었다.

"이번엔 차라리 속초항으로 아주 천연스럽게 침투합시다. 거기서 버스 타고 서울로 가는 겁니다. 어때요?"

"그것도 괜찮은 방법입니다."

지도원의 제안에 나는 동의했다. 다음날 해상 날씨가 좋아 즉시 원산항에서 소형 공작선으로 남하 준비를 했다. 이번엔 성공해야 한다. 속으로 몇 번을 굳게 다짐했다. 작은 배라서 그런지 무척 빨랐다. 눈 깜짝할 사이에 배는 파도를 가르면서 휴전선을 넘어 속초항으로 접근했다.

자정, 대포내 항구에 조용히 공작선을 정박시켰다. 보트수와 안내원 그리고 나, 셋이서 고무보트를 내려 항구에 접근했다.

"보트에 남아 있어요. 나 혼자 갈 테니."

혼자 상륙했다. 모래사장을 지나 해안 도로까지 접근에 성공했다. 바위에 몸을 숨기고 야시경으로 정면을 둘러보았다. 맞은편 산 아래 국군 참호가 둘 있었다. 저것만 피해 가면 되겠군!

몸을 숙여 도로 쪽으로 뛰려고 하는 순간, 어디선가 나뭇잎 스치는 소리가 들렸다. 파도 소리에 묻혀 끊어질 듯 말듯한 사람 소리가 들렸다. 재빨리 다시 바위 뒤에 몸을 숨겼다. 참호 속에서 병사 하나가 나오더니 내가 숨어 있는 바위 쪽으로 걸어왔다.

'이상하다. 여기로 들어왔다던데, 보이지 않네?'

바위 앞에서 그는 두리번거리며 사방을 살피더니 중얼거렸다. 레이더로 내가 타고 온 공작선이 발각된 것 같다. 나는 입안이 타들어 가는 기분이었다. 눈꼬리가 저절로 치켜져 올라가고 귀 역시 예민한 안테나처럼 바싹 신경이 돋았다. 바위 뒤에 더욱 납작 엎드렸다. 발걸음 소리가 멀어져 갔다. 나도 모르게 땀에 젖은 두 손아귀로 권총을 움켜쥐었다.

"가, 가, 가, 간첩이다!"

갑자기 앞에서 큰 소리가 났다. 소리를 낸 놈이 소리소리 지르면서 달아난다. 소리가 나자마자 산 밑 참호에서 기관총이 불덩어리를 토해냈다. 타타타타~앙, 뛰자, 뛰어야 산다. 죽어라 하고 뛰었다. 투투투투투~퉁!

"여기요! 여기!"

보트수와 안내원이 해안 끝에서 손짓하고 있다. 총알이 빗발쳤다. 나는 첨벙첨벙 물 위를 뛰었다. 고무보트 위에서도 모범 안내원이 자동소총으로 엄호 사격을 한다. 보트에 당도하자마자 펑, 어둠을 가르면서 불줄기가 치솟았다. 조명탄이다. 하늘이 대낮처럼 밝아졌다.

"엎드려!"

우리는 납작 엎드려서 시동을 건다. 조명탄은 시들시들해지면서 바다 위에 떨어졌다. 고무보트는 급히 내빼기 시작했다. 한참 달려서 완전히 사정거리를 벗어났다. 멀리 해안에서 불꽃도 멎었다.

살았구나! 된 숨을 푹 쉬었다. 온몸이 땀범벅이다. 모선에 승선해서 겨우 숨을 돌리던 차에,

"김 선생님! 레이더에 던투기래 나타났쉐다!"

선장의 다급한 목소리가 터져 나왔다.

"전원, 전투 준비!"

공작선은 최대 속도로 달렸다. 하늘 끝에서 작은 불빛이 반짝반짝 보이더니 만 쐐에엑, 전투기 소리가 들려 왔다. 말로만 듣던 팬텀기다. 게다가 엎친 데 덮친다고 국군의 쾌속 경비정이 추격해 오는 게 레이더에 잡혔다. 전투기는 마치 송골매처럼 곤두박질치면서 하얀 로켓탄을 떨구었다. 공작선에 위장해 놓았던 대공포를 꺼내 발사했다. 대접전이 벌어졌다. 공작선은 왔다갔다 갈지자로 전진 항해했다. 조금 지나자 휴전선 근처인지라 팬텀기는 더이상 쫓아오지 않았다. 가까스로 구사일생으로 기지로 되돌아왔다.

"천만다행입니다. 어서 돌아갑시다."

지도원은 얼이 빠져서 원산항에 내리는 나를 포옹했다.

침투 공작이 또 실패로 끝나서, 나는 허탈한 기분으로 그날 저녁차로 평양 특별 초대소에 돌아왔다. 이번의 실패는 남한의 해안 경계가 삼엄해진 데다가 과거와 같은 낡은 수법으로 침투한 게 잘못이라고 총화되었다. 대안이 없다. 그렇다고 공작 사업을 중단할 수도 없었다.

'혁명가 가족' 칭호와 수상의 선물

푹푹 찌는 더운 날씨가 계속 되던 때, 그날은 1970년 8월 3일이었다.

짜증스러울 정도로 더웠다. 차라리 뜨거운 바람이라도 훅 불었으면 하는 바람이 간절한 여름날 정오였다. 초대소의 모든 창문을 활짝 열어 놓고 방 안의 공기를 바깥 공기와 바꾸는 참에, 검은색 벤츠 한 대가 문 앞으로 서서히 들어왔다. 자동차 뒷자리에서 지도원 김 씨가 웃으면서 손을 흔들었다. 내가 그를 반겨 맞이하자, 그가 먼저 말했다.

"선생님, 출입복을 갈아입으시고 저를 따라오시죠."

"아니, 오자마자 무슨 소리요?"

"기쁜 일이니까 따라오시기만 하면 됩니다."

지도원은 연신 웃어대기만 했다.

나는 열어 놓았던 창문을 모두 닫아 놓고 창문보를 내렸다. 창문 너머로 자동차의 엔진 소리가 웅웅 들려 왔다.

"축하함네다, 선생님!"

운전기사는 차 문을 열어 주면서 목례를 했다. 대체 오늘따라 무슨 영문인지. 자동차는 날개 돋친 듯 빠르게 시내로 내달렸다. 포장도로에는 불볕이 내리퍼붓는데, 차 안은 냉방 장치가 되어 있어서 가다가 감기가 들릴 정도였다. 마침내 차는 대동교에 있는 평양 여관호텔 정문 앞에 멎었다. 여관은 완전한 서구식으로 잘 지어져 있었다. 차에서 내린 나는 지도원을 따라서 2층 3호실 방문 앞까지 왔다.

"먼저, 들어가시죠."

지도원은 방문을 열었다.

무심코 방 안으로 들어가려는데,

"아빠!"

문이 열리자마자 생각지도 않은 일이 벌어졌다. 다섯 아이가 욱실대면서 쏟아져 나오는 것이다. 아이들은 한꺼번에 내 품에 안겨들었다. 왈현이는 너무 반가워, 늘 그랬듯이 저 켠에서 눈시울이 붉어져서 바라만 본다.

"잘 있었소?"

나는 아내에게 다가가 손을 쓰다듬어 잡았다.

"저야 아이들과 잘 지내디요. 당신은 그 동안……."

하고서 아내는 말문이 막혔다. 아이들은 손에 꼭 매달려서 떨어지지 않았다. 두 팔을 벌리고 뒤뚱뒤뚱 걸어온 막내딸을 안은 나는 식구들을 데리고 방 안에 들어갔다. 모두들 소파에 둘러앉았다. 호텔 방은 휴게실·침대가 갖춰진 침실 세 칸·화장실·목욕탕 등이 딸린 초현대식 방이었다. 맞은편 자리에 앉아 빙그레 웃는 지도원은 잠시 후 환한 얼굴로 말했다.

"선생님, 오늘은 다른 일이 아니라 수상 동지께서 선생님 가족에게 혁명가 가족 칭호와 선물을 증정하셨기에 가족 전체를 모셔 왔습니다."

"누, 누구!"

"경애하는 수상 동지요."

"예?"

믿어지지 않았다.

"가족들과 함께 낼부터 3박 4일 동안 어느 곳이든 마음대로 가셔서 쉬시라는 당의 조치입니다."

"아, 아, 네."

생각지도 않은 선물에 하도 놀라서 말을 더듬었다. 북한에서 '혁명가 가족'이란 칭호는 최고의 영예였던 것이다.

잠시 후 자동차 소리가 났다. 창문 밖으로 검은색 승용차가 두 대가 밀려 들어오는 게 보였다. 이완기 부국장과 차 과장이 내린다. 들어오는 그들에게 인사했다. 아이들도 목례로 인사했다.

"얼마나 고생이 많습네까? 당에서 이 혁명가 가족을 잊지 않구 있습네다."

뭉툭하게 생긴 이 부국장은 아내와 나를 번갈아 보면서 말했다.

"수상님께서 김 선생이 너무 고생한다구 해서, 또 다른 특별 선물을 보내셨습네다."

"네?"

놀란 아내는 눈꼬리를 약간 떨면서 작게 탄성을 발했다.

"이거이 받으시라요."

부국장은 나에게 수상의 선물을 전했다. 아내는 좋아서 어쩔 줄 몰랐다. 놀라운 일이다.

"빨리 풀어 보십시오. 한번 입어 보시라요."

포장지에는 검은색으로 '김일성'이라고 쓰인 수상의 명함이 붙어 있다. 보통 명함의 세 배 정도는 컸다. 아내는 손을 바들바들 떨며 쉽게 포장을 뜯어내지 못했다. 조심스럽게 풀어 보니 일반 사회에서 전혀 볼 수 없는 화려하고 품질 좋은 수출품들이 가득 들어 있다. 아내에게 보낸 선물은 모직 양장과 내의, 신발이 들어 있는데, 언제 조사했는지 모두가 맞춘 것처럼 딱 맞았다. 아이들 선물은 각자 학생복과 내의, 일반복과 양말까지 들어 있다. 막내딸 경애에게는 장난감 기관차 선물이다.

"아빠, 이거이 어때요?"

일기는 어느새 새로 얻은 학생복을 입고 가슴을 펴고 섰다. 가족 모두 새 옷을 입으니까 방 안이 환해졌다. 모두들 기뻐서 어쩔 줄 몰라 했다.

"기리구 이것두 전해 드리라는 지십네다."

부국장이 나에게 웬 표창장 같은 종이를 전해 주었다.

"혁명가 가족 증명서입네다."

아이들은 박수치고 야단이었다. 잠시동안 숨을 고르고 나서 말했다.

"……일도 제대로 못 하는 사람에게 혁명가 가족 증명서까지 주시니 대단히 감사합니다."

부국장은 손사래를 치면서 말했다.

"아니요, 기렇디 않아요. 김 선생님은 중요한 일을 많이 하셨습네다. 기리구 아주머니가 정말 고생 많았습네다. 조국 통일이 되지 않으니끼니 민족 전체가 고난을 겪고, 특히 아주머니 같은 분들이 극심한 고통을 직접 당하디요. 통일의 꿈을 안은 해방 전선의 앙센 투사의 아내로서 힘차게 극복해 주시기 바람네다."

아내는 내가 하는 일이 뭔지 이미 알고나 있었는지 별로 당황해 하는 기색 없이, 평소에 말이 없던 사람답지 않게 입을 열었다.

"혁명가으 아내가 민족으 고통을 생각할 때 기깟 고생이래 메 있갔습네까. 혁명가으 아내루 남편에게 근심 걱덩이나 끼친 게 가책될 뿐입네다. 앞으루 살림살이에 힘써서리 자녀들이래 조국의 일꾼으루 충성 봉사하도록 애쓰갔습네다."

아내는 눈시울이 금방 붉어졌다. 부국장은 열여섯 살 된 맏딸 정애의 어깨를 토닥이며 부드러운 목소리로 물었다.

"정애는 어드런?"

"학생으루 학생으 본분인 공부에 최선을 다하갔습네다. 기리구 효도하는 딸 되갔습네다."

정애는 눈이 크고 윤곽이 동그스름한 것은 제 어미를 닮았으나, 여느 모습은 애비인 나를 똑 닮았다. 나이도 차서 이제는 마악 피어나는 한 떨기 난초처럼 어여뻤다.

"꼬롬, 길티 기러면 일기는……?"

부국장이 부추기자 열네 살 짜리 일기도 또랑또랑하게 대답했다.

"닌민 학교 소년단장으루 디금까지 사회 생활에서나 학업에서 모범덕으루 살려구 노력했습네다! 길티만 부족한 거이 많디요. 기런 거 날래 뿌리 뽑아 버리구서리, 아바지의 뒤를 이어 조국으 아픔을 풀어 나가는 영용스런 혁명으 대열에 앞장 서갔습네다!"

"오오!"

부국장과 지도원은 감탄하면서 박수를 쳐댔다. 열한 살짜리 둘째 딸 영애도 작은 입을 열었다.

"저는 닌민 학교 소년단장으루 공부두 잘 하고 선생님 말씀두 잘 듣갔습네다."

귀여운 여섯 살둥이 순애도 나섰다.

"나두 유치원 선생님 말씀 잘 듣구 공부 잘 하갔습네다."

이때 아내는 만족한 듯이 말했다.

"저거래 유치원에서 돌아와서리 연탄불두 다 갈군 함네다."

아이들이 귀여워 멍하니 듣고 있던 부국장은 자기 무릎을 치면서 호탕하게 웃었다.

"하하하하! 과연 혁명가 가족은 다름네다. 선생님 가족이 더욱 모범이 되어 그 기세를 낮추지 말고 계속해 주시기 바람네다."

이렇게 선물 증정식이 끝났고, 다과상이 들어와서 한때를 즐겼다. 저녁에 우리 가족은 지도원을 따라 대극장에 가서 30년대 항일 빨치산 투쟁을 그린 혁명 연극 〈소나무〉를 감상하고 돌아왔다.

이튿날부터 우리 가족은 나흘 동안 정말 꿈 같은 시간을 보냈다. 첫날은 평안남도 강동군 봉화리에 가서 김일성의 아버지 김형직의 전적지를 참관하고 돌아왔다. 저녁에는 보통강변에 있는 곡예 극장에서 서커스를 감상하고 여관에서 쉬었다. 둘째 날은 만경대 김일성의 생가와 혁명가 유자녀 학교인 만경대 학원을 견학하고, 김일성의 어머니 강반석의 생가를 관람했다. 그리고 모란봉 극장에 가서 연극을 감상하고 돌아왔다. 셋째 날은 전승 기념관을 오전에 관람하고 나서 일찍 여관에 돌아왔다. 그날은 헤어지는 날이다.

나는 저녁을 먹은 후 아이들과 함께 놀았다. 일기 녀석은 애비를 닮아서 씨름도 잘했다. 내가 아이쿠 하면서 일부러 쓰러져서 져 주면 아빠를 이겼다고 난리였다.

잠시 후 우리는 승용차로 역전에 나갔다. 이제 가족과 헤어질 시간이었다. 평양역에서 저녁노을을 바라보니 여러 가지 생각이 났다. 이번 침투는 장기 공작이다. 서울에 침투해서 언제 올지도 모르는 단독 침투다. 아이들을 언제나 다시 볼 수 있을까. 많은 걱정거리를 떨구려고 나는 강하게 왼도리를 쳤다. 아는지 모르는지 먼 곳을 보고 있는 아내에게 말했다.

"여보, 다음 일은 중요한 일이오. 조금 시간이 걸리더라도 참고 기다려 주시오."

"예에……."

왈현이는 얼굴을 빠끔히 바로 들고 말했다. 금방 눈물이 팽 돌 것 같은 눈빛에. 이내 새벽녘 이슬 같은 맑은 눈물이 맺혔다.

"바보처럼 울긴……."

아내의 등을 토닥여 주는데, 쉐에엑, 기차는 곧 떠난다는 출발 신호 소리를 냈다.

"엄마 말 잘 듣고 공부 열심히 해라. 그래야 굳센 조선의 아들딸이다."

"네에."

아이들은 둥지 안에서 먹이를 보고 입 벌린 새처럼 일제히 대답했다.

"그럼, 이제 가거라……."

마악 떠나보내려 하는데, 막내딸 경애가 내게서 떨어지지 않으려고 달라붙어 발버둥 치며 울어댔다.

"경애야, 야래 아바지 맘 편찮게시리 이거 와 이러네. 울디 마라 뚝!"

아내가 겨우 아기를 달래어 떼어 내고 식구들은 기차에 올랐다. 기차 창가에서 온 집안 식구들이 목을 빼놓고 손을 흔들었다. 털컥, 열차 바퀴가 조금씩 굴러가기 시작했다.

"아빠! 안녕!"

나는 한참 동안 기차가 떠나는 모습을 보았다. 뾰족이 머리를 내밀은 디젤 기관차가 대여섯 칸의 객차를 매단 채 소리 없이 사라지는 것이 마치 경애의 장난감과 흡사했다.

기차는 긴 꼬리를 사르면서 산 뒤로 넘어갔다. 바람은 기관차가 내는 소리를 재빨리 흩어 놓았다. 기차가 사라져 간 뒤편 허공을 멍하니 바라만 보았다. 아이들을 억지로 떼어 보내는 내 심정은 고통스러웠다. 아빠, 아빠, 창문에 매달려 재롱 떨면서 떠나간 자식들의 얼굴을 지우지 않으려고 그 자리에 오래오래 못 박혀 있었다.

"잠이 오지 않습니까?"

"……."

접대실 벽에 걸려 있는 괘종시계가 두 번 울렸다.

"힘드시죠? ……자꾸 자식들 얼굴이 보이지요? ……공작하시는 선생님들은 혹시 자기가 사고가 나면 가족들은 어떻게 하나, 고심하시곤 하죠. ……근데 생각하면 생각할수록 나약해집니다. 그만 잊으시고 가족들과 민족을 위해서 더욱 강한 마음을 가지셔야 합니다. 이젠 주무세요."

"……."

잠자리에서 지도원이 자꾸 위로하는데, 나는 아무런 대답도 하지 않았다. 어리치는 머리를 가다듬을 길이 없었다만, 지도원의 말이 맞았다. 초대소로 돌아온 날부터 나는 가족들 생각에 잠겨 며칠 동안 하얗게 밤을 지샜다. 물론 사고가 나더라도 당에서 보살펴 주겠지만…….

나는 창문으로 비치는 교교한 달빛을 보며 오랜 시간 뒤척이다가, 다시 결단을 내렸다. 아니다. 우리 민족의 소원이 이루어진다면, 나 같은 놈 하나 사라지면 어떠랴. 그토록 갈망하는 조국 통일! 싫으나 좋으나 숙명적 과업이다! 용기를 내자!

다시 날이 밝았다. 힘차게 체력 단련을 하면서 하루를 시작했다.

"오늘은 기분이 좋으신가 봐유?"

관리인의 말에 싱긋 웃기만 했다. 새벽 공기를 박차며 산길을 뛰었다. 상쾌한 공기가 맵사하게 코를 자극했다. 줄넘기를 하면서 사업 구상을 하는데, 금방 세수를 마치고 수건을 목에 두른 지도원이 다가왔다.

"오늘은 편히 주무신 모양입니다?"

"예에, 이젠 날 듯이 가볍소. 이젠 사업 준비를 본격적으로 하죠."

"조금 쉬시죠. 온 지 며칠이나 되셨다구…… 더 쉬셔야 합니다."

"아니, 됐소."

우리는 서로 마주 보며 빙그레 웃었다. 그날부터 우리는 세심하고도 철저한 사업 준비를 해나갔다. 문제는 안전한 상륙이다. 우선 제주도는 어떨까 하여 제주도 해안을 집중 연구했다.

"맞아요. 선생님 말씀대로 안전한 상륙 지점이 문제입니다. 저도 제주도를 생각해 봤는데 오히려 쉽지 않더군요."

"남쪽에서 전혀 예상하지 못하는 곳이면 좋겠소."

"사실 오래전부터 그걸 연구했습니다. 여기, 여기는 어떻습니까?"

지도원은 오만분의 일 지도에서 부산에서 가까운 지역을 검지 손가락으로 가리켰다.

"거제도!"

"예, 거제도 다대립니다. 다대리에 침투해서, 거제도 장승포까지 행군하고 연락선을 타고 부산항에 도착합니다. 거기서 기차로 서울에 가는 겁니다. 어때요?"

지도를 보니 다대리 지역은 돌짝밭이 많은 걸로 표시되어 있어 조금 염려됐다.

"전부가 바위투성인데 어렵지 않겠소?"

"아닙니다. 전에 다대리에 살다가 입북한 어부한테 얘기를 들었는데, 침투하는 데 전혀 문제가 없을 것으로 판단됩니다."

거기서 살았다는 어부 얘기까지 하니 나는 말문이 막히고 말았다. 일단 다대리로 침투하는 걸로 결정했다. 그래, 다대리로 해서 서울로 들어간다. 나는 입을 앙세게 다물었다.

다대리의 총소리

1970년 9월 29일, 지도원이 아침 일찍 내가 있는 방에 찾아왔다. 그를 따라서 관리인이 큰 가방을 들고 따라 들어왔다. 먼저, 지도원은 작은 종이쪽지를 나에게 주었다. 암호 문건 두 개였다.

"한 조는 선생님이 사용하실 문건이고, 다른 한 조는 공작 대상에게 주어서 그가 사용할 겁니다. 이건 무전 연락 시간표입니다. 그리고 이건……."

지도원이 방 밖에서 들고 들어온 두 개의 통은 통조림통이었다.

"꽁치 간즈메 통 아니오?"

"허허, 아닙니다. 겉보기엔 그렇게 보이죠. 이 안에는 완전히 밀봉된 무전기가 들어 있어요. 한 대는 선생님이 사용하시고, 다른 한 대는 공작 대상에게 주십시오. 만약 공작 기간 중 무전기가 고장 나면 공작 대상의 것을 사용해도 되죠. 또 이거…… 한번 입어 보시죠."

'미도파 백화점'이라고 찍혀 있는 신사복 한 벌과 구두 한 켤레·와이셔츠·넥타이·손목시계였다. 모두 남한제였는데, 북한 상품에 비하면 품질이 매우 좋아 보였다.

"어떻소?"

"와, 잘 맞는데요!"

지도원은 양복 입은 나를 보고 놀란 표정이었다.

"이젠 짐을 꾸립시다."

지도원과 나는 짐을 꾸리기 시작했다. 쏘니 12석짜리 트랜지스터·비상식량 3일분·북한제 무자호 권총과 탄환·수류탄 2발·비옷·삽·곡괭이·통일 혁명당 강령 10매, 공작금 50만 원은 모두 남한 돈 500원짜리로서 마른미역에 싸서 바구니에 담아 들고 갈 수 있도록 했다.

"왜 짐을 마른미역에 쌉니까?"

내가 묻는 말에 지도원은,

"검문당하면 손자를 낳은 며느리한테 간다고 하시라고요."

하면서 가볍게 웃어 보였다.

짐은 20킬로그램이 넘었다. 그걸 지고 야간에 행동해야 한다. 그 무거운 짐을 지고 바위 억서리를 타고 행군한다는 건 쉽지 않겠지만, 모두 필요하기에 그대로 짐을 쌌다. 지도원은 마지막으로 침투 내용을 점검했다.

"다 아시겠지만, 다시 점검합니다. 침투 내용은 안내원을 따라서 해안선에 상륙해서 접선 장소를 설정하고, 안내원이 무사히 돌아가는가를 확인합니다. 단독으로 약 2킬로미터 지점까지 가서 날이 밝아 올 때까지 장승포까지 갑니다. 거기서 부산으로…… 그리고 서울에 들어갑니다."

"예에."

"이번엔 장기 공작입니다. 어느 때든지 공작이 끝나는 대로 무전 연락해서 복귀 접선하는 겁니다. 공작 임무는 전과 다름없이 대상인을 현지 포치하거나 대동 복귀하는 겁니다. 잘 아시죠?"

"예에, 알겠소."

사실 안다고 대답은 했으나 아는 것과 행동하는 것은 하늘과 땅 차이였다. 게다가 1968년 4월 1일엔 향토 예비군이 창설되고, 대학생·고교생에게까지 군사 훈련이 실시되고 있는 등 남한 사회는 반공으로 무장되었다. 예전보다 공작 활동이 쉽지 않을 것이란 사실을 나는 잘 알고 있었다.

저녁때가 되어서 차 씨와 이완기 부국장이 승용차로 왔다. 부국장이 나는 한참 동안 이번 침투에 관하여 대화를 나누었다.

"준비가 다 됐군요. 이젠 떠납시다."

우리는 벤츠를 타고 특별 초대소로 갔다. 특별 초대소에 도착해 있는데, 검은색 벤츠 두 대가 더 들어왔다. 차에서 내리는 사람은 유장식과 남조선 총국장 김중린이었다. 우리는 서로 인사를 나누고 함께 실내로 들어갔다. 김중린의 뿔테 안경 아래 서글서글한 눈매는 보는 사람을 편안하게 했다.

먼저 총국장 김중린이 잔잔한 목소리로 말했다.

"그동안 수고 많았습니다. 당에서는 공작 사업에 대해 재검토하고 있는 중입니다. 내려가 봐야 잡히기만 하고…… 아마 선생님이 마지막이 될 것 같습니다. 한 번 더 수고하셔야겠습니다. 다른 말씀은 없구, 늘 그렇듯이 안전하게 돌아오셔야 합니다. 첫째도 안전, 둘째도 안전입니다. 꼬옥 부탁인데, 아무리 어려워두 절대루 자결 같은 건 생각하지 마십시오. 살아 있어야 사업도 하고 고생도 낙이 있는 겁니다. 그러니 최후를 끝내려는 짓은 절대 삼가셔야 합니다. 잘 아시죠, 선생님?"

"예에."

그는 습관대로 안경 너머로 나의 표정을 유심히 살펴보면서 말했다.

"그리구 남쪽에서 체포된 동지들 중에 일개인의 절개를 지킨다구 전향을 거부해서 수십 년씩 고생하다가 목숨을 잃는 동무도 있다구 하는데, 마음 아픕니다. 솔직히 우리 당에서는 전향에 무관심합니다. 물론 본인의 의사에 따라 하는 것이지만 작은 영웅심으로 무모하게 고집해서는 안 됩니다. 전향하구 나와서 진짜 공산주의자가 사는 모습을 보여 주셔야 합니다. 공산주의자두 사람이다아, 하는 걸 보여야 합니다. 책상머리에나 앉아서 이러쿵저러쿵하는 나 같은 사람은 실제루 행동하시는 선생님 같은 분에 비하면 어린아입니다. 그럼 선생님의 무운을 빕니다."

"감사합니다."

나는 정중하게 인사를 했다.

그의 말은 늘 그렇듯이 남보다 자기를 낮추어서 설득력 있게 대화했다. 그는 누구보다도 겸손했다. 지도원이 손짓하자, 접대원이 음식과 술상을 들고 들어오기 시작했다. 갖가지 술에 산나물 무침이 식탁 위에 놓였다. 식탁 한가운데에는 흰 수건으로 둥근 병 밑을 싸서 얼음에 파묻은 개성 인삼주가 있었다. 접대원이 불고기를 숯불에 올려놓으려 할 때, 연락국장 유장식이 한마디 했다.

"잘 아시겠지만, 박정희가 지금 건설하느라구 무척 애를 쓰고 있답니다. 서울에 가면 수십 층짜리 집들이 즐비하고 교통망도 활발하고 호화판 상품들도 무진장 쌓여 있답니다."

석쇠 위에서 불고기가 지글지글 끓었다.

"그렇지만, 그런 외면 세계만 보지 말구 내면 세계를 보면 문제가 많습니다. 일테면 고층 건물, 그게 누구의 것입니까? 서민들에겐 그림의 떡이지요. 편하다는 경부고속도로도 실은 전쟁이 일어나면 비행장으로 쓸려고 만든 것이고 기동력을 빨리한다는 군사적 목적이 있다는 걸 아셔야 합니다. 물론 지금은 주민들이 이용하고 있으니까 편리하긴 하겠지요. 암튼 이런 저런 내면 세계를 잘 고찰하셔서 사업하시기 바랍니다."

장기와 탁구를 좋아하는 유장식은 키가 작지만 긴 얼굴이 시원했고, 말씨도 그 생김새를 닮아 걸걸하니 시원시원했다.

"자, 아무쪼록 건투를 빕니다."

그는 나의 두 손을 덥석 잡았다. 그날따라 왠지 모두들 말이 길었다. 잠시 침묵을 지키던 김중린이 익숙한 솜씨로 인삼주의 코르크 마개를 따서 내 술잔에 인삼주를 따르면서 말했다.

"선생님, 당은 선생님을 믿구 있습니다. 부디 몸조심해서 돌아와 주시기 바랍니다. 자, 건배하시다. 건배!"

"건배!"

모두 손에 든 인삼주를 단숨에 들이마셨다. 유장식은 술을 잘 마셔야 술이 많은 남한에 가서 친구를 사귀는 데 유리하다면서 40도짜리 인삼주를 자꾸 권했다. 남한이 급속히 발전하고 있다는 사실을 들었고, 그 변화의 물결에 대처하면서 공작 사업도 변해야 한다는 것을 느끼면서 술잔을 기울였다. 인삼주 위에 용성 맥주를 넙적넙적 받아 마시다가 금방 취해 버렸고, 헤어질 시간이 되었다.

"안녕히 계십시오."

"자, 잘 다녀오십시오."

"예에, 그럼."

"예, 편히 가십시오."

총국장과 연락국장에게 악수하고 우리는 헤어졌다.

1970년 10월 1일 저녁.

남한에서는 국군의 날인 이날, 우리는 대한해협으로 돌아서 4일에 상륙하기로 하고 원산 부두에 섰다. 원산항으로 불어오는 해풍이 전신을 감싸기 시작했다. 짭짤한 바다 내음이 코끝을 자극했다. 나는 가슴을 활짝 펴고 심호흡을 했다. 바다 내음이 아릿한 어린 시절을 회상시켜 주려고 발버둥 쳤으나 사실 그럴 만한 여유가 없었다. 귓전을 오락가락하는 추억의 해조음은 이내 지워졌다.

"계 선생님, 배가 옵니다."

검푸른 바다가 출렁이는 원산항에 어선으로 가장한 공작선이 거대한 몸체를 흔들며 들어서고 있었다. 엄청난 배였다. 짐작건대 백여 톤이 넘어 보였다. 갑판에는 앞뒤로 대포가 걸려 있었고, 고사 기관총도 걸려 있었다. 대포와 고사 기관총은 고기 잡는 그물로 위장하고 있었고, 모든 선원은 일본인 어부로 변장하고 있었다. 히노마루일장기는 걸지 않았다. 국제 관계를 고려한 까닭이다. 다만 평범한 고기잡이 신호기만이 펄럭이고 있다. 하지만 일장기만 안 걸었지 완전히 일본 배였다.

"자, 그럼 건투를 빕니다."

"네."

지도원과 내가 뜨겁게 껴안았을 때, 그의 체온이 내 가슴에 뭉클하게 전해졌다. 입을 악물었다. 배는 서서히 움직여서 원산항을 벗어났다.

저물녘의 가을 하늘은 창망히 높고 푸르렀다. 남쪽에 수평선 멀리 흰 구름 한 점이 떠서 정지한 듯 흐르고 있었다. 이윽고 배가 질주하는데 엄청나게 빠른 속도였다. 새하얀 물줄기를 척 가르며 배는 금방 공해상으로 나갔다. 겉만 어선이었지 이건 완전히 덩치 큰 쾌속정이었다. 얼마 후 대한해협에 당도했다.

"경계! 경계!"

삑, 삑, 하는 소리와 함께 빨간 신호등이 실내에 켜졌다. 전방에 오징어를 잡으려고 불을 환하게 켜 둔 일본 어선이 나타났다. 우리는 점차 시속을 줄여서 보통 어선과 같은 속도로 항해했다. 그러다가 그런 어선이 보이지 않으면 다시 속도를 높여서 달렸다. 배에 장착한 특수 엔진은 소리가 나지 않았다. 그 이유는 기관에 마후라를 이중으로 장치한 후 바닷속으로 꺾어 놓아, 마치 야끼다마 디젤 엔진처럼 마후라로 통통거리다가 속력을 내면 폭음이 배 밑으로 해서 바닷물 속에서 울리도록 했기 때문이다.

공작선은 3일간 계속 질주했다. 아침 햇살은 어디에서나 눈부시게 바다 위로 쏟아졌다. 내가 못 다잔 아침잠에서 설핏 깨었을 때, 우리는 남해로 들어섰다. 전혀 방해물이 없었다. 국군의 레이더에 걸리지 않으려고 섬 사이를 요리조리 빠져나갔다. 이윽고 거제도 앞바다 공해에 정박했다. 망원경으로 희뿌연 거제도가 까마득히 보이는 지점이었다.

선원들은 갑판에 나와 그물을 대래깃대와 도르래에 걸어 감아올리면서 고기잡는 시늉을 했다. 물양기物揚機에 밧줄 고리를 걸었다. 밧줄이 동력으로 감기면서 한 아름이나 되는 그물주머니에 고기가 가득 차서 허공에 떠올랐다. 아랫부분의 매듭을 풀자 광어·우럭·돔·낙지·꽃게·새우들이 어지럽게 갑판 위로 쏟아졌다. 갑판에는 갖가지 고기가 뒤섞여서 동산처럼 불룩하게 쌓였다. 이제는 완전히 위장이 끝난 셈이다.

시원한 가을바람과 따스한 햇살은 묵묵히 침투를 준비하는 내 얼굴에 쏟아져 내렸다. 갈매기 몇 마리가 바다 위를 활주하다가 부드럽게 날개를 흔들며 떠올라 배 위를 선회했다.

10월 4일 저녁 7시경. 노을이 마치 가을 홍시 같은 빛깔로 바다 위에 펼쳐지고 있었다. 곧 주홍의 황혼은 사라지고 바다는 칠흑빛이 됐다.

"지금부텁니다."

선장이 말했다. 모선에 싣고 갔던 소형 선박을 바다에 살그머니 내려놓았다. 소형 선박에는 안내원·무전수·기관장, 나 이렇게 4명이 승선했다. 둥근 스티로폼 부표를 지나면서 소형 선박은 천천히 해안으로 다가갔다. 소형 선박은 지붕이 없는 사열식 승용차 모양이었는데, 속력은 시속 30노트 정도였다.

"좌로, 계속 좌로…… 우로……."

모선에서 레이더를 보고 소형 선박의 행로를 알리면, 무전수는 그 무전을 받아 기관장에게 전했다. 우리의 배는 적의 레이더를 피해 갈지자로 달렸다. 어느덧 거제도 부근까지 접근했는데, 전혀 이상한 정황이 보이지 않았다. 해안 저쪽에서 써치라이트가 기어가는 개미 새끼도 보일 만한 무서운 불빛을 토해내고 있었다. 안내원과 나는 소형 고무보트를 내리고 옮겨 타서 노를 저었다. 바람이 적당히 불어 파도는 노 젓는 소리를 냉큼 삼켜 버렸다. 공작하기에는 아주 적당한 파도 소리였다.

"저쪽입니다."

"예."

살그머니 노를 저어 접근했다. 저 멀리서 경비 초소의 불빛이 반짝였다. 열심히 노를 저어 접근했는데, 이런! 상륙 지점으로 정한 곳은 기암절벽이 아닌가.

"안내원 동무, 상륙 지점을 옮겨야겠소."

"그럽시다."

야시경으로 관찰한 후 부락이 있는 곳으로 보트를 몰았다. 부락 쪽으로 가면 좀 나으리라고 생각했다.

"저쪽 어떻소? 부락에서 백 미터쯤 떨어진 지점……."

"경사도가 낮아 좋습니다. 그럼 저기로 합시다."

안내원도 동의했다. 우리는 해안가에 상륙했다. 해안가를 조금 지나 언덕에 무인 포스트를 정하고 나서 안전 암호를 안내원에게 주어 돌려보냈다. 이거 휴대품이 너무 무거운데……. 경사가 심한 산을 나는 끙끙대면서 겨우 올라갔다. 야음을 이용해서 산길을 재촉하는데 바싹 긴장되어 눈살이 찌푸려졌다. 산길을 마음대로 활보하던 예전과는 판이하였다. 그때,

퉁퉁퉁퉁~

발동 거는 후카시 소리였다. 저런 미친놈들이 있나! 고무보트를 타고 모선으로 돌아가는데 노를 저어 가지 않고, 발동을 걸다니! 게다가 해안에서 모선으로 돌아간다는 표시를 한다고 손전등을 몇 번 깜빡깜빡하면서 신호까지 해댔다.

빌어먹을! 저 미련한 놈들 땜에, 들켰다! 서둘러서 그 지점을 떠나야 했다. 모터 소리와 불빛을 보고 해안 경비병들이 찾아올 게 분명하다. 무거운 짐을 지고 산길을 뛰다시피 했다.

툭! 무슨 소리가 났다. 가만히 주위를 살펴보니까 상수리가 떨어지는 소리다. 가을바람이 달려와서 그 소리를 이내 지워 버리고 다시금 정적을 펼쳐 놓았다. 애솔밭을 지나치는 바람들은 가끔 애면글면하는 소리를 질렀다. 다시 마악 뛰려고 하는 참에 불빛이 번쩍번쩍했다. 경비하는 향토 예비군들이 사방으로 들락날락하면서 전짓불을 비추고 있다.

들켰다, 까짓것! 날 새기 전까지 고개를 넘으면 그만이지. 걸음을 재촉했다. 산비탈을 더듬으면서 가려는데 의외로 산세가 험난해서 빨리 갈 수가 없다. 게

다가 바윗돌이 굴러 내려와서 산비탈이 전부 바윗돌로 빼곡했다. 바윗돌과 돌 사이에는 온통 깊은 돌 구멍 천지다. 어둠 속에서 그 큰 바위를 더듬으면서 기어갔다. 시간이 너무 걸렸다. 내려가서 논길로 가야만 했다.

논벌은 더욱 을씨년스럽게 느껴졌다. 마음은 급하고 발은 잘 움직여지지가 않았다. 나무 가시에 손등이 긁혀서 쓰라린 느낌이 들었지만, 살려면 논길로 내려가야만 한다. 거의 다 내려왔을까. 논길과 숲 사이에 수렁이 있다. 다행히 수렁 한가운데에 바위 몇 덩이가 누워 있다.

껑충 뛰었다. 아차, 잘못 뛰었구나! 때는 이미 늦었다. 바위와 바위 사이에 왼쪽 다리가 끼는 동시에 무거운 짐 무게에 쏠려 왼쪽으로 쓰러질 때, 아아악! 우지끈하면서 통나무 꺾어지는 소리가 온몸에서 울렸다. 맙소사, 왼쪽 다리 무릎이 대각선으로 뒤틀리면서 꺾어졌다. 다리가 부러진 것이다.

온몸이 불덩이처럼 확 달아올랐다. 형언할 수 없는 뜨거움이 목구멍으로 치밀었다. 살려면 어떻게든지 부러진 오금을 다시 잡아야 한다. 이를 갈아 물고 빠졌던 구멍에 그대로 다리를 끼운 채로 왼쪽에서 오른쪽으로 사정없이 넘어졌다. 뚝, 소리가 나면서 오금이 다시 섰다. 두 손으로 천천히, 아주 천천히 다리를 구멍에서 뽑았지만, 다리는 시계 부랄처럼 덜렁거리면서 따로 놀았다.

한 발자국도 걸을 수 없다. 휴대품을 지고 왼쪽 다리는 질질 끌면서 엎드려 세 발로 기어갈 수밖에 없었다. 주변에 돋아 있는 잡초라도 힘껏 움켜잡아 당기면서 전진, 전진했다. 이마 위에 땀이 비 오듯이 쏟아진다. 추격전에서 벗어나려고 밤새도록 잔솔밭 사이를 기었지만 멀리 갈 수는 없다. 게다가 동편 하늘이 점차 밝아지기 시작했다. 그때,

애애애애앵~

다대리 하늘에 예비군 소집을 알리는 사이렌 소리가 울려 퍼졌다. 서둘러야

해! 산으로 다시 들어가 숨자! 산으로 기어 올라간다. 100미터 정도 올라갔을까. 섶나무가 밀집되어 있다. 몸이라도 성하면 비트라도 팔 텐데. 별수 없이 섶나무 사이에 몸을 숨겼다. 애애앵~. 찢어져라 울려대는 사이렌 소리는 희뿌연 어둠살을 마구 밀어내면서 빛을 불러일으켰다.

마침내, 태양이 솟고 있다. 멀리 산 밑에서 예비군들이 웅성거리면서 기어오르는 게 뚜렷이 보였다. ……여기서 죽으면 안 돼! 조금만 더 올라가면 부산인데, 서울인데, 살아야 해!

휴대품에서 침을 꺼내 부어오른 다리에 열 개를 꽂았다. 뼛속 깊숙이 꽂힌 침은 고통과 투쟁하는 나처럼 바들바들 떨어댔다. 이미 통나무처럼 부어오른 다리의 찢어지는 아픔은 변하지 않았다. 나무 밑에 깔린 나뭇잎을 모아 온몸을 자꾸 덮었다. 그렇게 한나절이 지났다.

정오가 됐다.

산 동쪽에서 수색하던 예비군들은 오후가 되자 내가 있는 서쪽으로 향해 온다. 목이 바싹 탄다.

바로 이때, 예비군 한 명이 카빈총을 겨누고 천천히 다가왔다. 나는 숨을 죽인다. 물 젖은 손으로 까진 전기선을 만졌을 때마냥 손끝이 짜릿하고 식은땀이 흘렀다. 보신용 칼을 뽑았다. 다행히 순진하게 생긴 예비군은 그냥 지나간다.

휴, 하고 한숨이 새어 나왔다. 한 번 왔으니까 이쪽으로 다시는 안 오겠지 하고 안심했다. 조금이라도 걸으려면 닷새는 걸릴 것 같았다. 무릎 살이 부어올라 바지가 터질 지경이다. 이미 왼쪽 다리는 관속에 들어간 듯 내 의사와 상관없이 덜렁거렸다. 산 그림자가 길게 눕더니, 가을 해는 짧아 어느새 주위는 노을빛으로 물들었다. 예비군들도 더 이상 보이지 않았다. 오늘은 무사히 넘기는군. 붉은 노을빛을 바라보는 나는 혼미해졌다.

잡히면 사형 아니면 무기일 것이 뻔했다. 그까짓 사형은 문제가 아니다. 죽음은 처음부터 각오하지 않았던가. 허나 서울에 있는 정희나 강릉의 형님들은 나 때문에 큰 고생을 할 것이 분명하다. 가족과 친척들에게 해를 끼치지 않는 방법은 내가 죽는 도리밖에 없다.

나는 김정수와 최성철로 된 가짜 주민등록증 두 개를 가지고 있다. 내 시체를 발견해도 전혀 누군지 알 길이 없을 것이다. 그래, 만약 발각되면 그 때는 자결이다. 그렇게 생각하고 나니 오히려 마음이 편안하다. 군경들이 횃불을 지피고 접근할 줄 알았는데, 다행히 그날 밤은 조용했다.

밤을 지새웠다. 음산하고 으시시한 밤이다. 바다 습기를 머금은 산바람은 뼛속까지 파고드는 냉기를 지니고 있다. 얼음처럼 차가운 이슬이 축축하게 내리고 있다. 갑자기 한기가 명치 끝으로 어슬어슬 기어 올라왔다. 슬며시 허리를 펴자 뼈마디가 우두둑 소리를 냈다.

밤새 끙끙 앓다가 이튿날 6일 새벽을 맞는다. 통증과 피곤으로 굳어져 버린 몸으로 누워 어슴푸레한 빛이 번져 가는 하늘을 묵묵히 바라본다. 잠시 후 가을 햇살이 산야를 뒤덮었다. 붉은 단풍들이 햇살을 받아 완연히 그 때깔을 과시하고 있는 그때,

애애애앵~. 다대리 경찰서는 사이렌 소리를 다시 탄환처럼 쏟아붓는다. 이윽고 예비군들이 다시 산기슭으로 모여드는 게 보인다. 나는 속수무책으로 가만히 있을 수밖에 없다. 사오십여 명에 달하는 무리들이 개미 떼처럼 바쁘게 움직이며 계곡을 오르고 있다. 나는 섶나무 사이에서 낑낑대며 나뭇잎을 덮고 은폐한다.

"잘 디비 봐라찾아봐라!"

가까운 곳에서 웅성거리는 소리가 들렸다. 바로 그때.

“여, 여, 여그 있다!”

예비군 하나가 미처 가리지 못한 내 왼쪽 다리를 발견하고는 고래고래 소리 치면서 달아났다.

“어데? 어데?”

삑~삐익! 호루라기 소리가 조용하던 산의 정적을 깨뜨렸다. 예비군들이 왁자지껄하면서 접근해 온다. 나뭇가지 스치는 소리, 발 구르는 소리. 기어코 발각된 것이다. 그래, 이젠 끝났다! 배낭에서 천천히 수류탄을 꺼낸다.

“퍼뜩 나온나! 느그들 완전히 포위됐응께, 무기 버리고 자수해라! 자수하믄 모든 걸 용서한다아!”

손 마이크로 자수 권유하는 소리가 귀에 따가웠다. 동시에 동쪽으로 우회해서 접근해 오는 예비군 서너 명이 어렴풋이 보인다. 흡사 사냥감을 포착한 사냥꾼처럼 잰걸음으로 소리 없이 접근해 온다. 나는 우선 접근을 방지하기 위해 수류탄 두 발을 까서 던진다.

쿵, 콰릉!

사방으로 붉은빛이 번져 나간다. 수류탄 작렬하는 소리가 고요한 새벽 공기를 쫙 찢어 놓는다. 아침 모이를 쪼아 먹던 참새 떼가 푸드드득 하늘로 치솟는다. 수색대는 돌연한 수류탄 공격에 혼을 빼앗겼는지 제대로 응사하지 못하고, 재빠른 동작으로 은폐물을 찾아 몸을 숨긴다. 예비군들이 쏘는 공포 몇 알이 나무통을 긁어 놓는다.

눈이 자꾸 감겼다. 다리의 통증도 이젠 폭탄처럼 터질 지경이다. 서슬이 시퍼런 칼날이 무릎 관절을 마구 후벼 파는 듯하다. 손과 등짝에 땀이 배어 축축하다. 더 이상, 더 이상. 나는 지그시 눈을 감았다. 정희와 형님들, 친척들이 눈앞에 어른거린다. ……아아, 이젠 끝이구나. 왈현아, 정애·일기·영애·순애·경애, 진달래 꽃사태 같은 내 사랑들아, 잘 살아라!

난수표와 암호표를 있는 대로 꺼내서 불에 태운다. 불빛을 보는 순간 시뻘건 핏빛이 떠오른다. 천천히 허리춤에서 권총을 뽑아 안전장치를 푼다. 나는 50미터 거리 과녁판에 쏴도 9, 10점을 맞추는 명사수다. 실수는 없다. 언제나 한 발이면 끝이다. 간단히 끝내자. 최후의 순간이다. 권총을 들어 이마를 겨냥한다. 지그시 눈을 감는다. 괜히 쓴웃음이 나온다. 조국의 산아, 내 피를 마셔다오…….

따앙!

쾅 소리와 함께 큰 몽둥이로 오른쪽 안면을 얻어맞은 듯 아찔, 순간적으로 정신을 잃었다가 깬다. 뺨에서 피가 주루룩 흐른다. 뺨에 화약 가루가 번져 냄새가 코를 찌른다. 총알이 오른쪽 뺨만 스치고 지나간 것이다. 눈을 감은 채 다시 총을 든다. 머리를 향해서 방아쇠를 당긴다.

따앙~, 쓰러졌다. 뒤통수가 돌에 부딪혔는지 따갑지만, 역시 큰 몽둥이로 얻어맞은 것만 같고 귀 안에는 쿵쿵 맥박 소리만 가득하다. 총알이 귀밑을 스치고 지나갔는지 귀엣살이 떨어져 나가고 목줄기가 피범벅이다. 두 번씩이나 실패다.

이번에는 심장께에 총구를 깊이 들이민다. 심장은 살고 싶은지 벌렁벌렁 퍼득인다. 가슴 속 깊은 곳에서 불덩어리가 치밀면서 왈칵 뜨거운 눈물이 흘러내린다. 안녕, 내 사랑, 내 조국.

따아앙!

총소리가 길게 메아리친다. 온몸이 허전하다. 맥이 주욱 빠진다. 마음이 편안해지고 눈이 감긴다. 눈꺼풀을 들어 올리려고 애쓰는데, 겨우 실눈을 떴을 때 시월의 햇살이 강하게 눈알을 찌른다. 붉게 물들인 가을 산은 아무런 말도 없다.

8부

우리하구 똑같이 생겼다 아이가

체포 이후 한국 관계지

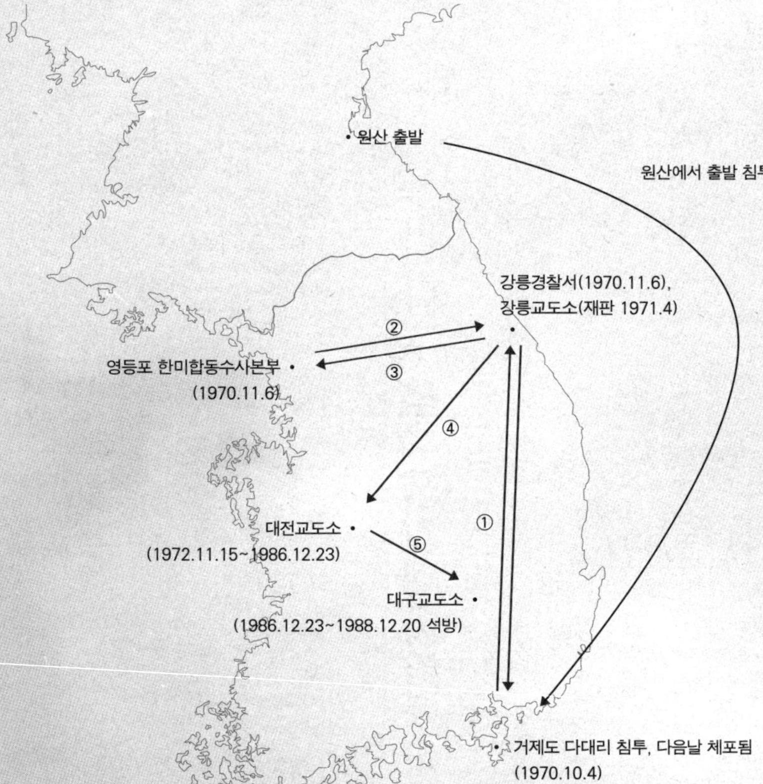

1990.4 작가 김응교, 김진계 옹을 강릉에서 처음 만남
1992.12.11 김진계 옹 사망

체포

"죽어 삐린 거 아이가?"

"더 흔들어 보라카이."

"아직 숨은 쉽니더!"

얼마쯤 지났을까. 사람들 목소리가 웅성웅성 들리고 누군가 내 몸을 흔든다. 가물가물 정신이 들었다. 내 손엔 수정이 채워져 있고, 예비군들과 순경들이 내 주위를 둘러싼 채 떠들고 있다. 그때 나는 눈을 번쩍 떴다.

"살았심더!"

일어서려고 했지만 도저히 일어날 수가 없다. 죽지도 못한다니, 한심한 생각과 함께 앞으로 닥칠 일이 막막하다. 이미 엎지른 물이다. 예비군들이 교대로 나를 업어서 지서 숙직실에 뉘어 주었다. 가슴과 등에 흐르던 피는 이미 응고되어 자동 지혈이 된 상태다. 유리창에는 간첩 잡았다고 두런거리는 사람들의 얼굴이 보였다.

“하이고, 인물두 훤한 사람이 뭐할라꼬 간첩질이노. 불쌍혀라. 쯧쯧.”

“다리가 부러졌다카는데 을매나 아프겠노.”

“아니, 이 아주머니들, 간첩한테 동정은 무슨 동정이꼬! 헐일 없으믄 가서 잠이나 자소.”

나는 그저 담담하게 누워 있다. 사람의 목숨은 실로 모질다. 명사수인 내가 굳은 마음을 먹고 쏘았는데도 빗나갔다는 것은 나 역시 생명의 애착이 강했다는 얘기다. 이제 체포된 이상 다른 사람에게 피해가 가지 않게끔 나를 최대한 방어해야 한다. 일단 평양 사람인 것처럼 내 신분을 위장하는 수밖에 없다.

문이 열리더니 스무 살쯤 되어 보이는 청년이 그릇을 들고 들어왔다. 그는 내 옆에 앉으며,

“걱정 마이소. 이걸 드시고 기운을 차리셔야지예.”

숟갈로 미음을 떠서 입에 넣어 준다. 너무 고마웠다. 간첩에게 친절을 베풀다니 상상도 못했다.

“젊은이, 뎡말 고맙수다. 이름이나 알았으믄 좋갔습네다.”

“지는 이상기라 합니더. 우선 살고 봐야 안 되겠십니꺼. 죽지 마이소. 목숨보다 중한 게 없다 아입니꺼.”

나를 간호해 준 그는 다시 밖으로 나갔다. 저녁 때가 되자 헬기 소리가 요란하게 났다. 나는 들것에 실려 다대리 국민학교에 내린 헬기로 옮겨졌다. 요란한 폭음을 내며 헬기는 솟아올랐다.

“어데로 갑니꺼?”

“진해 해군 병원.” 장교가 말했다.

“이 사람 살려 놔야 해. 서둘러. 해군 병원에 연락했나?”

“옛.”

투다다다다. 빨리 몰아! 옛! 투다다다 다다다다, 투다다다다다다. 아직도 헬기 소리가 커다란 공명통처럼 귀청을 울리는데,

"같이 온 사람 어데 갔노, 임마!"

누군가 바락 소리를 지르는 통에 눈을 떴다. 오른쪽 팔뚝에 링거 주사가 꽂혀 있었다.

"퍼뜩 말해라! 니 혼자 온 거 아이다 아이가!"

병실이었다. 그는 내 왼쪽 어깨를 마구 흔들어댔다. 퍼렇게 부풀어 오른 혈관으로 연결된 링거 호스가 심하게 흔들렸다. 총알이 뚫고 나간 왼쪽 부위가 송곳으로 쑤시는 양 아팠다. 이를 악물고 다시 눈을 감았다.

"어서 말해!"

대답을 안 해 봤자 이 작자에겐 아무런 소용이 없을 것 같았다.

"내래 단독으루 왔쉐다. 안내원은 이미 피양을 갔을 검네다."

몹시 성급한 그는 재빨리 조서를 꾸미더니 내 손가락에 인주를 골고루 묻혀 노란색 종이에 손도장을 마구 찍어댔다. 손을 빼내려고 했지만 전혀 움직일 수 없었다.

"읽어 듀지두 않고 지장을 찍는 수가 어데 있습네까? 조서를 읽어 줍시다레!"

남쪽 말을 쓰면 남쪽에 사는 가족들이 위험하니 평양 말을 썼다만, 그는 들은 척도 않고 나가 버렸다. 해가 뉘엿뉘엿 지고 있는 시각이었다. 얼굴이 사각형으로 생긴 또 다른 사람 한 명이 병실에 들어왔다. 나이는 서른 살쯤 되었을까?

"나는 경찰청에서 나온 사람입니다. 수사에 협조해 주셨으면 좋겠습니다."

꽤나 정중한 자세로 나왔다.

"같이 온 사람은 어디로 갔습니까?"

"단독으루 왔쉐다."

"같이 온 사람이 목격됐소. 바른대로 말하는 게 좋을꺼요."

"같은 말 되묻지 말라우요. 내래 단독으루 왔쉐다."

맥없이 평안도 사투리로 대답하자, 사각형 얼굴은 화가 치미는지 정중함은 온데간데없고 벽력 같은 고함을 꽥 질렀다.

"야이 새꺄! 같이 온 사람이 있다던데, 바로 말해!"

"누구래 봤는데, 본 사람 눈이래 어리고깔 씌어졌던 모냥이군."

내가 어이가 없다는 표정을 들이밀자 질문이 바뀌었다. 말투는 완전히 반말이었다.

"당신 고향이 어디야?"

"피양."

"그따위 거짓말 말아. 어서 고향을 대란 말이다!"

"당신이래 믿디 않는다믄 더 말하디 않겠쉐다."

"이 자식 한번 돌려줘야 바로 말할 것 같은데!"

"맘대루 하기오. 바루 말해두 거딧이라구 하니까네 이데부터 묵비권이레 행사하겠쉐다."

"이 자식 봐라. 간뗑이가 부었군. 그럼, 좋다. 이름이 뭐야?"

"주민등록증에 있는 대로 김정숨네다."

"으쉬! 학!"

그는 손을 번쩍 들어 때리려고 했다.

"인간 도리나 체면두 없는 댜슥이군. 사람이 둑으려고 하는 차에 치료는 안 하구 괴롭히기나 하니, 개차반으루 취급하디 말라우야!"

"어어, 그래, 이 악질 빨갱이 새깨! 야, 이 개이새끼야!"

화가 목울대까지 치밀어 목 밑이 벌개진 수사관은 내 가슴을 무지막지하게 쥐어박았다. 구둣발을 들어 내 어깨를 짓눌렀다. 숨이 턱턱 막혔다. 이때였다. 계란색 병실 문이 열리면서 얼핏 하얀 가운이 보였고, 날카로운 남자 목소리가 들렸다.

"안 돼요! 일단 치료해야 해요."

군의관과 간호 장교가 들어왔다. 수사관은 군의관을 보더니 그를 데리고 나가 뭔가 쑥덕거렸다. 잠시 후 들어온 군의관은 환부에 이상한 냄새가 코를 찌르는 약을 발랐다. 총알이 관통한 구멍에 무언가 푹 찔러 꽂았다. 으으윽~, 이빨을 갈아 물었다. 총알이 지나간 구멍에 소독한 철 가지를 꽂아 넣은 것이다. 철 가지를 쑤셔 박아서 이리저리 훑어대니까 부서진 뼛조각이 툭툭 떨어졌다. 처치 그릇에 떨어진 뼛조각을 간호 장교는 하나하나 핀셋으로 주워 담았다.

"총알이 가슴에서 어깨 부위로 뚫고 나갔군…… 자수하면 생활도 보장해주고 이런 아가씨랑 살 수도 있는데 왜 목숨을 버릴려고 했어? 쯧쯧……."

군의관은 간호 장교를 턱으로 가리키면서 말했다. 간호 장교에게 찡긋 눈짓하고 밖으로 나갔다. 나는 너무나 고통스러워서 아무 대답도 하지 못하고 누워만 있다.

"아프시죠? 마음 푹 놓고 주무세요. 지금 잠이 옵니까?"

나는 고개를 가로저었다. 간호 장교는 팔뚝에 주사를 놓아주었다. 어느새 편안해지더니 세상만사를 잊고 몽롱하게 잠이 들었다. 잠결인지 꿈결인지 누군가 자꾸 옆에서 몸을 흔들면서 물었다. 나는 응, 응……, 하고 신음소리로 대답했다. 무언가를 묻기에, 응응, 답하다가 정신이 번쩍 들었다. 눈을 떠보니 나에게 수면제를 놓고 침대 밑에 녹음기를 두고 내 얘기를 녹음하고 있다. 나는 될 대로 되라는 식으로 아무 말도 하지 않았다. 이후 사각형 얼굴은 다시 나타나지 않았다.

해군 병원에서 3일째 되던 날 저녁이었다. 또 경찰국에서 왔다고 하는 사람이 병실에 들어섰다. 이때 나는 앉아 있을 수 있고, 보리밥도 약간 먹을 수 있었다.

척~까다닥. 두 명의 경찰이 와서 내 손목에 차가운 수갑을 채웠다. 단단히 포승 결박해서 지프에 실었다. 양쪽에는 유도 선수처럼 보이는 건장한 수사관 둘이서 꼼짝도 못하도록 내 팔을 끼고 앉았다.

그날 도 경찰국 유치장에 구속되었다. 오늘은 쉬게 하고 내일부터 심문하라, 목소리가 문틈으로 들렸다. 그 짧은 순간에 여러 생각이 떠올랐다. 이젠 주소 성명을 속여 봤자 소용없을 것이다. 경찰이 곧이듣지 않을 테지. 고문이나 실컷 당하다가 어차피 말하게 될 걸. 내가 주소 성명을 바르게 대면 당장에 아내 정희와 친척들이 큰 고생을 할 게 뻔했다.

기절하듯 자고 깨어나니 아침이다. 제법 체격이 잡힌 수사관 한 명이 들어왔다. 검지만 균형 있는 얼굴을 한 이는 인정이 있을 법하게 보였다. 타자기 앞에서 한참 종이 뭉치를 정리하던 그는 나를 물끄러미 쳐다보았다.

"당신이 순순히 대답하믄 잘 봐 줄낀데, 안 그라믄…… 알지예? 주소, 성명은?"

나는 서울쪽 주소와 성명을 대 주었다.

"누하고 공작 나왔십니꺼?"

"단독 공작이오."

"……공작지는?"

"서울."

순간 수사관은 벌레 씹은 얼굴로 말했다.

"거짓말 마소. 마, 어느 공작원이나 자기 직계 가족에게 공작 나왔다가 잡힙니꺼. 바로 말하이소."

"나는 식구라고는 늙은 아내 하나뿐이오. 공작 대상이 되지 못해서 서울로 들어와서 개별 공작을 하려고 했소."

긴장이 풀렸는지, 아니 약기운 때문인지, 나도 모르게 남쪽 말로 답하고 있었다.

"그라믄 임무가 뭡니꺼? ……당신에게 주어진 임무는 초보자에게 주어지는 임무가 아인데?"

안경 속에서 나를 보는 그의 눈초리는 실날처럼 파르를 떨었다. 볼을 손톱으로 긁어대면서 나를 뚫어져라 쏘아 보았다. 얼굴이 지독히 검어서 눈빛이 쏘는 듯했다.

"이번 공작이 처음이오."

"아일껄, 거짓말일낀데? 당신 말하는 투로 봐서 한두 버이 아인데?"

"……."

"쯧쯧, 당신은 유능한 공작원이 틀림없는데……. 당신이 당신 입으로 말 안 해도 다아 말할 수 있게 해주지."

안경잽이는 싸늘하게 씨익 웃으면서 옆에 서 있는 덩치 큰 수사관에게 신호했다.

"어이, 이 양반 정신 덜 들었구마. 한 번 돌리 주라."

말이 끝나자마자 퍽, 눈동자에 번갯불이 일었다. 겨우 지혈이 됐던 귀쌈에서 다시 피가 흘러내렸다. 오른빰은 자결할 때 화약이 배어서 흉칙하게 일그러졌는데, 바로 이 상처에 귀쌈을 맞자마자 상처가 터진 것이다. 아랑곳없이 오른빰에 다시 주먹이 날아왔다. 나는 의자와 함께 옆으로 쓰러졌다.

"고만."

수사관은 들릴 듯 말듯한 목소리로 야멸차게 말했다.

"아프지예. 바로 말하믄 안 터질낀데. 어구, 얼메나 아프것노.……미안함니더. 지도 가끔은 흥분하지예. 밥이나 묵고 또 시작하입시더. 아함……."

그는 길게 하품을 했다. 잠시 후 취조실에 저녁 식사가 들어왔다. 입술이 불어 터져서 한 수저도 들 수 없지만, ……참고 먹어야 한다. 억지로 수저를 들었다.

저녁 식사가 끝나자 의사와 간호부가 들어왔다.

"자, 이젠 참으세요."

의사는 가슴 부위에서 어깨 부위로 빠져나간 총알구멍에 가로질러 꿰어놓았던 철 가지를 뽑아냈다. 송곳으로 생살을 마구 후비는 듯했다. 피고름이 왈칵왈칵 쏟아져 나온다. 피 냄새가 비릿하게 코를 찌른다.

"허, 이거 꽤 심한 편이군."

의사는 인상을 찌푸리면서 다른 철 가지를 총상에 밀어 넣기 시작했다. 신음 소리를 내뱉지 않으려고 이빨을 사려 물었다.

"아픕니까?"

"괘, 괜찮소…… 치료하시오."

의사는 진통제를 놓아 주었다. 진통제가 온몸에 스며 퍼지자 아픔이 점차 가시었다. 의사가 돌아가자 다시 심문이 시작되었다. 이번에는 지금까지 취조하던 수사관이 아니라 어깨에 작은 별이 네 개씩 붙어 있는 경찰이었다. 그는 담배 한 대를 입꼬리에 물고 성냥을 득 그었다.

"근디, 이것이 뭐꼬?"

한방용 침이다.

"독침이제? 침 치고는 굵은데?"

"아니오. 침술 치료에 쓰려는 거요."

"거짓말 말아! 누굴 죽일라꼬? 국가 요인 중에 누구? 퍼뜩 말해!"

느닷없이 성깔을 터뜨렸다.

"난 독침이란 걸 본 적이 없소. 침술에는 굵은 침도 필요해요. 우리 공작원은 사람을 죽이는 일과는 관계가 먼 사람이오. 어떻게든지 사람을 포섭하는 게 내 임무요. 그 임무를 위해서 때로는 침술이…….”

“요것 보시게. 찌랄하고 자빠졌네. 참말 안 하믄 쩌 방에 들어간다 안 하나, 알아들으셨나?”

그가 담배 연기를 훅 뿜으면서 턱으로 가리키는 방은 고문실인 듯했다.

“끌고 내려갈까예?”

옆에 있던 부하가 은근히 겁을 주었다.

“음…….”

잠시 침묵이 흘렀다.

“그렇게 못 믿으면 나를 찔러 보시오, 자.”

“어이, 이 사람, 귀신 씻나락 까먹는 소리 하고 자빠졌네. 또 자살할라꼬!”

“정 그렇다면, 토끼나 닭을 찔러 보면 될 거 아니오.”

독침 하나를 가지고 밤을 지새우면서 심문이 계속됐다. 안경잽이와 별 네 개가 교대로 들어오면서 들볶았다. 잠깐 눈이라도 붙일라치면 다시 들볶는 바람에 전혀 잠잘 수 없었다. 반대로 심문자들은 교대로 잠을 자고 들어와서 들들 볶아댔다. 한잠도 못 자고 몸은 몸대로 고통스러워 밥 한술도 들지 못했다. 밤인지 낮인지 도통 구별할 수 없었다. 다시 까무잡잡한 수사관이 들어왔다. 서류를 펼치는데 그 첫 장에 ‘조사자 김윤학’이라고 씌어 있어서 그의 이름을 알았다.

“바른대로 말하이소. 내한테 걸린 기 다행이오. 단 당신의 모습을 내내 살펴봄시롱 잘 대해 주기로 했십니더. 나이가 많으시니깐…… 정중하게 대해 줄끼니까 잘해 봅시더. 어휴, 이그 가을 날씨가 와 이리 덥노.”

그는 손수건을 꺼내 입 주위를 쓰윽 닦더니 거꾸로 다시 접어 얼굴의 땀을 닦아 냈다. 다소 누그러진 목소리였다. 방에 있는 경비병에게 나가라고 손짓했다.

"그라믄 인자부터 조서를 꾸밉시더."

그는 탁자 오른쪽에 높이 쌓아 둔 16절지를 한 장씩 꺼내서 말을 받아 적었다.

"성명과 가명은, 또 생년월일."

"김진계, 가명은 김정수와 최성철. 1951년 1월 22일에 입당했고, 당증 번호는 0100611."

그는 내 말이 맞는지 틀리는지 두꺼운 책을 뒤적이기 시작했다. 북한 관계 서적 같았다.

이렇게 20일 동안 낮과 밤이 없이 심문받으니, 나는 완전히 녹초가 되었다. 공작 활동은 처음이라고 끝까지 우겼지만, 곧 발각되고 말았다. 내가 주소와 성명을 바르게 대 주었기 때문이다. 경찰은 서울에 이주해 살고 있던 아내 정희와 양녀 명자를 강릉 경찰서에 체포·투옥해서 과거에 행한 공작을 캐낸 것이다.

경남도경에서 취조가 거의 끝날 무렵에 강릉 경찰서에서 김진호 부장이 찾아왔다.

"강릉 경찰서에서 당신 가족들이 모두 심문받고 있소. 당신이 바른대로 말하지 않으면 가족들이 모두 무수한 고초를 겪겠나. 알아서 하쇼."

말을 듣자 가슴이 뭉클했다. 아내 정희와 명자는 물론 둘째 형님도 체포돼 있고 친척들도 죄다 한 번씩 수사를 받고 있다는 얘기다. 혁명하는 데 최고의 장애물은, 체포도 죽음도 그 어떤 공포도 아니라 바로 가족이라더니, 가장 투철한 공작원들조차 바로 눈앞에서 가족이 고문당하고 갖은 고초를 당하는 것을 보지 못하고 공작 활동을 자백하고 만다는 초대소에서 들은 얘기가 실감이 났다. 나 역시 가족이 받는 고통을 최소화시키고 싶었다.

……그래, 가족들의 고초를 덜어 주기 위해서는 사실을 그대로 밝히는 게 현명하다. 나야 이미 죽음을 각오했이지만, 가족들은 누구 하나 다치면 안 돼. 절대

안 돼!

이제까지 눈물 한 방울 없이 지내다가 고초를 겪을 아내와 가족들 얼굴을 생각하고는 그만 눈물이 터져 나왔다. 가슴이 터질 것 같고 하늘이 빙빙 돌도록 어지러웠다. 나는 책상 위에 엎드렸다.

더 이상 발뺌을 할 수가 없었던 나는 과거 공작에 대해서도 솔직히 얘기했다. 김진호 부장은 이것을 녹음해 갔다. 이상하게 이제까지 내가 거짓말로 진술서를 쓴 걸 알고는 도 경찰국 간부들이 성을 왈칵 냈다. 마지막 심문날인 이튿날 아침, 김윤학이 성난 표정으로 들어왔다.

"당신, 잘 봐 줄라카는데…… 여건이 나쁘네에."

펜대를 놓은 그는 골치 아프다는 듯이 두 눈을 가늘게 뜨며 상을 찡그렸다. 그의 표정에 착하다는 마음이 그대로 드러났다.

"나는 괜찮소. 내 가족이나 잘 해주쇼."

"뭘 줄랍니꺼?"

"황소나 한 마리 드리리다."

와중에도 내가 농담을 하자 그는 빙그레 웃으면서 말했다.

"황소 한 마리가 뭐꼬. 젖소면 몰라도……. 내도 지쳤십니더. 아함~"

길게 하품을 하다가 안경알을 닦으면서 말했다.

"참, 당신 10월 4일 밤에 침투하면서 해안 경비병 봤소?"

"못 봤소."

"그라믄, 당신이 산에 숨었을 때 예비군이 오도록 할라꼬 권총을 쏜 거지예?"

"아니오. 자결할라구……."

"고마, 그렇다구 그라이소. 에, 또 그라고 총소릴 듣고 오는 향토예비군한테 북한 공작원이라고 하고 자수했지예? 그 담에 체포됐지예?"

"예에? 자수?"

"자수자라고 써야 살아남을 수 있지예. 됐십니더."

그는 무조건 다 됐다면서 조서를 끝냈다. 한 번 읽어 주고는 서류에 내 지장을 찍었다. 이렇게 해서 '자수자'로 처리됐다. 진짜로 나를 봐 주려고 한 것이 틀림없었다.

이튿날, 신문 기자 서너 명이 찾아왔다. 그들은 나에게 이것저것 물어봤다. 나는 아는 대로 대답했다. 대답을 끝내자 기자 한 명이 물었다.

"신문에 발표해도 될까요?"

"맘대로 하쇼."

도 경찰국장이란 사람이 발표하지 말라고 하는 소리가 들렸다. '아직 덜 조사했십니더, 그러니까, 마 여러분의 협조를 바랍니더.' ……아마도 역공작을 해서 접선하러 오는 공작원들을 일망타진하겠다는 얘기 같았다.

"이제 강릉으로 갑니다."

20여 일이 지난 날, 부산의 비행장에서 나는 프로펠러가 달린 경남도경찰국 전용 쌍발기를 탔다. 올라타자 비행기는 곧 출발하여 공중으로 솟아올랐다. 약 50분 후에 대관령을 넘어 강릉 비행장에 내렸다. 강릉 비행장에서 승용차로 곧장 강릉 경찰서 정보계로 호송되었다. 이때부터 정보계에서 십여 일간 조사가 진행됐다. 역시 경남도경에서처럼 밤과 낮을 이어가는 조사가 진행됐다.

며칠 후 정보계에서 일하는 경장 하나는 나에게 귓속말로 말했다.

"경남에서 사고가 나서 애꿎은 정보계장님만 해임됐어요."

나는 이 말이 무슨 말인지 몰랐다.

사나흘이 지나서 이 말이 무슨 뜻인지 알았다. 며칠 후, 해임된 정보계장이 찾아왔는데, 그는 다름 아닌 내 둘째 형님과 사돈이고, 당연히 나와도 사돈이다. 그 이유로 그는 해임됐다.

"엉뚱한 데서 사고가 나서 이거 나만 망했어요. 여기서 일 났으면 그래도 조금은 나을 텐데. 암튼 사둔, 몸조심해요."

나는 할 말이 없어서 다만 미안하다고만 했다. 이런 상황에서 사돈을 만나다니. 세상은 좁고 좁았다. 나 때문에 해임되었는데도 오히려 나를 위로하다니. 나는 말 없이 멍한 표정으로 서 있었다.

열흘이 지난 11월 6일 아침, 강릉 경찰서에 미군 두 명이 찾아왔다. 그들은 강릉 비행장에 나를 데리고 가서 자기들이 타고 온 전투기에 태웠다. 비행기는 하늘로 치솟아 어디로 날아갔는지 알 수 없었다. 나는 창문 밖에 금방 손에 잡힐 듯한 솜구름마냥 정처없이 떠 가고 있었다.

한미 합동 수사반에서

비행기가 여의도 비행장에 내렸을 때는 어느덧 정오를 넘어서고 있었다. 나는 즉시 대기하고 있던 승용차에 실려 영등포 한미 합동 수사본부로 옮겨졌다. 사무실이며 심문실인 퀀셋 막사에 들어서자마자 의사가 들어와서 몇 부위를 검진한 후 나갔다.

"점심 식삼니다."

건장하고 잘생긴 한국인 경비병이 군용 식기를 하나 들고 들어왔다. 식기 안에는 쌀밥과 미역국, 두 가지의 반찬이 담겨 있었다.

"국제 포로 규정에 따라 상대방 국가에서 공급받던 대로 식사를 지급하게 돼 있습니다. 많이 드십시오. 그리고 이건 갈아입을 옷입니다."

옆에 있던 미국 사람도 무슨 말인지 알아듣는 양 고개를 끄덕였다.

"이리 저급한 식사를 지급하라고 포로 규정에 있소?"

"예? 아니……."

경비병은 당황해하다가 밖으로 나갔다. 나는 뜨는 둥 마는 둥 대충 식사를 마치고 작업복을 갈아입었다. 잠시 후 경비병이 다시 와서 식기판을 내갔다. 나를 어느 콘크리트 방으로 들여보냈다. 환기창도 없이 작은 백열등 하나만이 약한 빛을 밝히고 있는 침침한 독방이었다.

철커덕, 철문이 굳게 잠겼다. 자해를 방지하기 위해서인지 사방 벽은 스펀지로 되어 있다. 문에는 작은 감시구가 있어서 경비병들이 자주 들여다보곤 했다. 어느 구석엔가 모니터가 있는 것 같았다. 다시 환부가 쓰라려 구석에 놓인 침대에 벌렁 누웠다. 천장을 보면서 별생각이 다 들었다.

육십 평생을 살아왔어도 미국인과 상대하는 것은 이번이 처음이다. 더군다나 양키에게 수사받는 처지가 되었으니 기가 찰 노릇이다.

털컹~! 철문이 열리면서 복도의 강한 불빛이 방안으로 들어왔다.

"저녁입니다."

아까 들어왔던 경비병이 식기판을 들고 왔다. 식기판을 앞에 두고 앉아 있는 내 처지가 한심하기 그지없었다. 정말 잡히기 전에, 총알이 내 심장을 뚫었어야 하는 건데. 자살하려는 시도는 커녕 이상한 동작이나 낌새만 보여도 금방 경비원이 들어왔다. 밤이 되어도 잠이 오지 않았다.

"나오십쇼."

이튿날 11월 7일. 아침 식사를 끝내자마자 경비원이 문을 열고 말했다. 방을 나가 따라간 곳은 퀀셋 건물 안에 있는 심문실이었다. 미군 한 사람이 책상 앞에 앉아 있다. 그 옆에 다른 미군이 나를 뚫어지게 보았다. 나는 흡사 동물원의 원숭이 꼴을 당하는 듯 싶어서 기분이 잡쳤다.

"코생이 만슴니다."

미군이 걸상을 밀어 앉으라고 손짓하며 혀 꼬부라진 우리말로 말했다.

"그렇게 얘기하지 말고 고생시키지 않으면 되잖소?"

그는 양 손바닥을 천정 쪽으로 한 번 올리면서 입술을 쭈욱 내밀었다. 이해 못 하겠다는 표정이다. 그리고 조서 뭉치를 뒤적이면서,

"탕신 썽명이 킴, 친, 케 맞쵸?"

"김친케가 아니라 김, 진, 계요."

"……쌩년월일이 1918년 5월 26일이쵸?"

고개를 끄덕였지만, 남쪽 형사들에게 조사 받는 건 같은 민족이니 참을 수 있지만, 북한 전역을 융단폭격 하여 쑥대밭으로 만들고 셀수없이 인민을 학살한 미군에 대한다는 것은 참을 수 없다. 이후 남한에서 옥살이 하면서, 북한에서 지낸 내가 상상할 수 없을 정도로 남한 사람이 미국을 좋아한다는 사실을 알았지만, 미군을 대하는 상황 자체가 치욕스럽고 점점 부아가 치밀었다.

"서류를 보면 다 있는데, 왜 또 묻는 거요? 내가 죄를 졌다면 남조선에 죄를 졌지 당신 양키들에게 죄를 졌소? 난 당신들과 상대하기 싫소!"

성깔을 올리면서 벌떡 일어났다. 다친 다리가 삐끗하면서 아팠다. 경비병들이 양쪽에서 내 팔에 달라붙어 꼼짝도 못하게 잡았다.

"놔! 이 손, 놔!"

아픈 몸을 튕기면서 반항했다.

"당신, 여기가 어디라고 함부로 떠드는 거야!"

옆에 있던 한국인 심문관이 소리쳤다. 나는 아랑곳하지 않고,

"양키를 양키라고 하는데, 뭐가 잘못이요!"

"오우! ……이 싸람! 크레이지 보이……."

홍당무 얼굴이 된 미국 심문관들은 알아듣지 못할 말로 저희끼리 수군대더니 들여다보곤 했다.

사흘이 지나자 경비병이 들어와서 나를 다시 심문실로 데리고 갔다. 심문실에는 한국인 심문관만 있고 아무도 없었다. 심문은 경남 도 경찰국에서 수사한 것을 확인하는 내용이다. 공작 정형이나 다른 내용도 모두 조서에 작성된 것이기에 나는 순순히 대답했다.

며칠이 지나자 심문관은 본거지 이외의 공작 정형에 대해 캐묻기 시작했다. 본거지 외에는 왔다 간 일이 없다고 아무리 말해도 그는 곧이듣지 않았다. 하루 종일 시달리자, 다리의 부상과 어깨의 총상 때문에 도저히 견딜 수가 없었다.

"여보시오. 지금 아파서 견딜 수가 없소. 강릉 경찰서에서는 병원까지 데리고 가서 치료해 주었소. 근데 여기선 대체 치료해 줄 생각을 하지 않으니 어찌 된 겁니까? 국제 포로 규정대로라고 했으니 치료 좀 해주쇼."

"아, 그 정돈지 몰랐어요. 물론 치료해 드리지요. 이봐! 경비병!"

나는 미군 병원에서 하루 꼬박 치료를 받았다.

다음날도 심문은 계속되었다. 본거지 이외의 공작지를 대라는 심문이 계속되었다. 아무리 해봤자 소용이 없었다.

이튿날은 감방으로 책이 들어왔다. 안경이 없어서 볼 수 없다고 돌려보냈다. 그랬더니 바로 다음 날 그들은 미군 병원 안과에 데려가서 시력 검사를 시켜 준다. 안경은 열흘 후에 받았다. 난생처음 안경을 써 보았다. 물론 그전에도 눈이 나빴으나 공작을 하려면 불편해서 돋보기만 가지고 다녔다.

다시 내 방에 책을 넣어 주었다. 남한에서 '여간첩 소정자1919~1967'로 유명한 귀순자가 쓴 『내가 반역자냐』1966였다.

"이 책은 여기서 드라마와 영화로도 상영되었을만치 화제작입니다. 북한과 달리 너무도 잘 사는 남한 사회를 보고 마음이 흔들려 자수했어요. 한국과 일본 등지에서 천 번 이상 강연하다가, 몇 년 전 1967년에 사망했지요. 읽고 잘 생각해 보세요."

영화 〈내가 반역자냐〉는 강범구 감독, 남궁원, 문정숙 주연으로 1968년 상영되었다

심문관이 준 다른 책은 마찬가지로 귀순자 강대진이 쓴 책이다. 두 권 다 읽어 보았지만 내가 알고 있는 현실과는 너무도 다르게 써 놓아서 오죽했으면 이렇게 썼을까 싶을 정도였다.

독방에서 책을 읽다가 낮 운동 시간에는 반드시 30분씩 해바라지를 했다. 다리는 부상 당했고 총상으로 한쪽 팔을 쓰지 못하는 상태에서 해바라지 외에는 할 것이 없었다. 운동장에 나가도 둘레에 높은 담장과 전기 철조망만 보여서 답답하기 짝이 없었다. 다시 심문이 시작됐다.

"당신 이력을 보면 오랫동안 공작 생활을 했는데, 다른 곳에서 공작한 사실을 솔직히 말하시오."

새로운 정보를 얻어 내려는 의도였다.

"공작다운 공작을 제대로 해 본 적이 없소. 성과가 하도 없어 빈 달구지꾼이란 변명까지 붙었소."

"사실이오?"

"사실대로 다 얘기했소. 더 이상 말할 게 없소."

"음, 정 그렇다면 말할 수 있게 해줄까?"

"맘대로 하쇼. 죽일려면 죽이고."

"음……."

사실 나는 할 말은 거의 다 했다.

"그럼 나오시오."

이제 고문하려고 하는구나, 하고 생각했는데, 그들이 나를 데리고 간 곳은 왕청같이 담배 연기가 가득 찬 극장이었다.

질겅질겅 껌을 씹는 미군들이 벅적대면서 맥주병을 기울이고 있다. 형형색색의 조명이 정신없이 휘돌아가고 달구지만 한 소리통에서 귀를 찢을 듯한 가락이 터져 나왔다. 악단 앞에선 양놈과 여자들이 코를 맞대고 불에 덴 듯이 흔들어대고 있다.

레디스 앤 젠틀멘. 이제부터 쑈를 시작하겠습니다. 짠짜잔. 사회자가 소개한다. 나는 무슨 곡예 극장인 줄 알았다. 잠시 후 그런 내 예상은 보기 좋게 빗나가고 말았다.

막 뒤에서 예쁜 여자들이 속곳만 입고 나왔다. 몸을 비비 꼬면서 춤을 춘다. 하나씩 하나씩 옷을 벗는다. 매끈한 젖통에 분홍빛 팥알이 그대로 드러났다. 원더풀 원더풀, 미군들은 침을 젤젤 흘리지는 않았지만 넋나간 듯 무희의 아랫도리를 주목한다. 아래 가리개를 벗어 내렸다. 여자의 그곳이 그대로 드러났다. 아래 가리개를 높이 들어 흔들면서 허리를 비비 꼬아 튕기자, 미군들은 히히히 자지러지는 환호성을 질러댔다. 몇 놈은 무희의 몸매를 만져 보려고 무대 쪽으로 튀어 나가기도 했다. 차마 눈을 뜨고 볼 수가 없어서 고개를 푹 숙였다.

"저게 뭐요?"

"스트립쑈."

심문관은 마치 자랑이나 하듯이 말했다.

"날 빨리 다시 데려다 주쇼!"

"왜, 싫어요?"

"모두 돌았소!"

심문관은 껄껄 웃으면서 경비병에게 손짓했다. 경비병은 나를 감방으로 데리고 왔는데, 며칠 후 심문관이 또 불렀다.

"좋지 않아요?"

"고문치고는 희한한 고문이요."

"뭐요? ……하하하, 우리 사회는 하고 싶으면 맘대로 할 수 있어요."

"미친 짓거리요."

"허허, 좋소. 그럼 다시 물읍시다. 다른 곳에 공작 나간 일이 없다고 하니 그럼 북한 공작원을 아는 대로 말하시오."

"그건 당신들이 더 잘 알 거요."

심문관이 볼펜을 책상 위에 탁 놓았다.

"……지금 누굴 놀립니까?"

"아니오. 우린 철저하게 밀봉 교육을 받아서 누가 누군지 모르오."

"그게 무슨 말이오?"

이날은 이 문제를 가지고 옥신각신했다. 그 후 며칠 동안 감방에 갇혀 있었다. 어느 날 수사관 두 명이 들어왔다. 손에는 깨끗한 신사복이 들려 있었다.

"갑시다."

"어디요? 또 성교 무용하는 데면 안 갑니다."

"하하, 서울 구경 못했죠?"

그들이 데리고 간 곳은 남산 공원이다. 남산 꼭대기에는 하얀 바윗돌을 쌓아 올리고 있다. 수사관들은 그것이 새로 짓는 텔레비전 송신탑현재 남산서울타워이라고 했다. 1970년 육영수1925~1974가 지었다는 남산 어린이회관도 구경했다. 갓 면도한 듯이 얼굴이 깨끗한 수사관이 물었다.

"어떻습니까? 대단하죠?"

"북조선의 소년궁전1958년에 건축에 비하면 조족지혈이요."

수사관들이 어이 없다는 듯이 서로 마주 보았다.

"저쪽을 보시오!"

그들이 가리키는 쪽은 높고 굵은 빌딩이 우뚝우뚝 솟아 있는 중심지였지만, 용산 쪽을 보니 게딱지만 한 집들이 옹기종기 보였다. 바로 발아래 해방촌에도 하꼬방 집들이 다닥다닥 붙어 있었다. 유장식의 말이 맞구나. 정말 빈부의 차가 심하구나!

"평양과 비교하면 어떻소?"

심문관은 뿌듯하다는 듯한 표정을 지으면서 말했다.

"높은 건물은 훨씬 많지만 질서 있고 아담한 형편은 평양에 비하면 멀었소. 그리고 평등하게 사는 건 평양을 기준으로 본다면 한참 멀었소."
라고 말하자 심문관은 심드렁한 얼굴이었다. 그는 진짜 평등의 의미가 뭔지 잘 모르는 것 같았다.

그들은 나를 신세계 백화점으로 데리고 갔다. 진고개집이라는 술집의 특실로 데리고 갔다. 거기에서 점심식사를 하고 정종 한 되박이 나와서 심문관과 나는 술을 주거니 받거니 했다.

"통일만 되면 김 선생과 이 자리가 보다 자연스러웠을 텐데요. 그죠?"

맞는 말이다. 분단된 나라에서 사는 우리의 처지는 비참하다. 그는 술을 자꾸 따라 주었다. 심문관도 기분이 적적한지 잔에 조금 남은 정종을 입에 탁 털어 넣은 다음 씁쓸한 웃음을 띄었다.

북한에는 정종이 없었기 때문에 나는 일제 시대 이후 처음 정종을 마셨고, 알딸딸하게 취했다. 물론 사복 입은 경비병들이 여기저기 지켜 서 있다. 마음이 울적해서 따라 주는 대로 받아 마셨다. 술을 마시는 내 마음은 처절하기 그지없었다. 이후 감방에 돌아와 정신없이 쓰러졌다.

"어제 시내를 돌아본 기분이 어떻습니까?"

이튿날 아침이 되자 심문관이 처음으로 묻는 말이었다.

"돈만 많으면 살기 좋겠소. 하지만 돈이 없는 게 문제 아니오."

"여기는 저만 부지런하면 돈은 저절로 굴러옵니다."

나는 남한 사회를 그렇게 보지 않았다.

"물론 부지런해야죠. 옛말에 일근천하무란사一勤天下無難事라고 자기만 부지런하면 누구나 밥이야 먹고 살겠죠. 근데 이 세상에 부지런하지 않은 사람이 몇이나 되겠소? 수천억대를 가진 사장들도 부지런해야 회사를 꾸리고, 노동자들도 부지런해야 해고 안 당하고 벌어먹을 수 있을 겁니다. 또 새벽부터 일어나 땅을 일구는 농사꾼은 얼마나 부지런합니까? 심지어 빌어먹고 사는 양아치도 부지런히 돌아다녀야 밥술이라도 얻어먹을 수 있습니다. 부지런히 살면서도 일생 허리 한번 펴지 못하는 것이 문제 아닙니까? 한갓 못 사는 원인을 근면 정신에서 찾을 게 아니라, 자본이 없으면 못 산다는 사실에서 찾아야지요. 자본이 없으면 대대로 가난한 게 남한이고 자본주의의 본질 아니오?"

내가 일장 연설을 하자 심문관은 윈도리를 쳤다.

"그만둡시다. 당신들과 말로 해서 당할 재간이 없으니까. 근데 이거 하나만은 분명히 해둡시다. 마르크스주의는 이론만 좋지 현실과는 동떨어졌다는 사실 말이오."

"물론 마르크스 이론이 모든 사회에 똑같이 맞지는 않는다는 건 사실이오. 당연한 일이오. 마르크스는 십구 세기 유럽 사회를 연구한 거니까. 분명 당신 말처럼, 마르크스주의와 지금의 현실과는 차이가 있지만, 그때 마르크스의 생각과 현실은 정확하게 맞았소. 당시에 말이오. 문제는 마르크스주의를 누가 창조적으로 자기 나라, 자기 시대에 맞게 어떻게 계승 발전시키는가 하는 문제지요. 내가 이야기한 것은 마르크스주의가 아니라, 우리 실정을 얘기했을 뿐이오."

그러자 심문관은 혀를 내두르면서 다른 말을 꺼냈다.

"그럼 다시 묻겠습니다. 잘 생각해 보십시오. 같이 교육받던 사람들이 누굽니까?"

"글쎄 모른다고 하지 않았소. 같이 교육받은 사람들은 있었지만 이름도 모두들 가명이고 나 자신도 가명을 썼기 때문에 그들의 본명과 고향을 알 수가 없소."

"그럼 말소리는 들었으니까 고향은 알죠?"

"우리는 북조선에서 오래 살았기 때문에 어떤 사람은 함경도 사투리에 전라도 말을 쓰고, 어떤 사람은 경상도 사투리에 황해도 말을 쓰는 사람도 있고, 온통 뒤범벅이라서 고향이 어딘지 모르오."

"허, 이거 참!"

심문관은 경비병을 불러 누군가를 데리고 오라고 시켰다. 경비병은 잠시 후에 도화지를 든 그림쟁이 한 명을 데리고 들어왔다.

"자, 그럼 키가 얼마나 되며, 눈은 어떻고, 얼굴은 둥근가 긴가, 턱은 뾰족한가

뭉툭한가, 음성은 굵은가 어떤가 자세히 말해 보시죠."

몽타주를 그리려는 의도였다.

"그게 맞을 수 있겠소? 살이 쪘을 때는 풍채가 좋아 보이고 살이 내리면 껑충해 보일텐데."

"아무튼 말해 보시죠."

나는 동료를 팔 수 없어서 적당히 얼버무려서 말해 주었다. 그 후부터 심문관은 경남도경에서 한 것보다 더 꼼꼼하게 심문했다. 북한의 농촌 사정·관개 시설 정도·공작원 교육 제강 내용, 심지어는 보건 체조의 형식과 방법까지 지루할 정도로 물어댔다. 심문관은 내가 북한의 협동 농장 조직의 생산 능력에 대해서 있는 사실대로 말하자, 때로는 놀라며 믿지 않고, 내가 거짓말을 한다고 했다.

회유하려고 몇 사람이 왔는데, 첫 사람은 강대진이라는 자수자였다.

"황해북도 사회 안전부 상위로 있었지요. 북한에서 듣던 바와 이남의 현실이 판이해 자수해서 지금은 철공 회사에 부장급으로 취직해서 살고 있습니다."

"생활은 재미있습니까?"

"재미라기보다는 그날그날 살아가지요."

기름진 그의 얼굴은 남한 사회에서 사는 게 편안하다는 걸 드러내듯이 밝았다. 심문관이 넣어 준 소책자를 읽어서 그를 어느 정도 알고 있었다.

"당신이 쓴 책 잘 읽어 보았습니다. 원고료도 많이 들어왔겠습니다."

"원고료야 몇 푼 되겠습니까? 그럭저럭 살아갑니다."

"근데 내가 듣도 보도 못한 얘기가 많이 있던데요. 물론 당신은 삼급 군관으로 있었으니까 아는 것도 많으시겠죠."

사실 그가 쓴 책 『나는 북괴 반反탐정원이었다』1970는 북한 사회를 무조건 나쁘게, 사람이 살 수 없는 지옥으로만 표현했다.

"무슨 과찬의 말씀을……. 암튼 김 선생도 잘 생각하시고 처리하시기 바랍니다."

"내 일을 걱정해줘서 고맙소."

나는 간단히 대화를 끝냈다. 이어서 자강도 도당 선전부 부부장으로 있다가 남파해서 자수했다는 최모 씨도 만났다. 그의 말은 강대진보다 수준이 높았다. 내 친군데 이런저런 사람은 요즘 잘 있느냐, 북한에 사는 사람들 안부도 물었다. 내가 아는 사람이 거의 없어서 모른다고만 대답했다. 그는 좋고 나쁘다는 말 하나 없이 건강하게 지내라는 말만 하고 돌아갔다.

며칠이 지나 승용차에 다짜고짜 실려 남산 바로 밑의 중앙정보부 건물로 끌려갔다. 3일 동안 밤낮없이 심문을 받았는데, 거기에서도 같은 질문이 반복되었다. 같이 나온 사람은 누구냐, 아는 공작원이 누구냐, 아는 군사 시설은 무엇이냐 등등 집요하게 추궁했다. 별로 답할 말이 없었다.

뿔난 도깨비

3일 후 나는 차에 실려 한미 합동 수사반으로 되돌아왔다.

"우리는 거기처럼 심하게 안 해요. 좀 쉽게 쉽게 얘기합시다."

"……."

"당신이 여기에 와서 무전 친 주파수를 말해 봐요."

"그건 누구도 못 외울 거요. 무전 송신할 때마다 짜인 주파수의 원안에 따라서 한 번 송신할 때마다 주파수가 세 번씩 바뀌는데 무슨 천재라고 그걸 외우겠소."

"허, 참, 우리가 잡은 주파수가 많아요. 당신이 날린 주파수를 확인할 테니까 맞는 주파수면 답해요. 3,250킬로싸이클, 2,890킬로싸이클……."

심문관은 주파수를 줄줄 읽어 내렸다.

"이보슈, 난 정말 모르오. 이것도 같고 저것도 같단 말이오."

"하, 이거 답답하네. 에이, 됐소. 젠장!"

읊조리면서 그는 아무 주파수나 써넣는 것 같았다.

"오늘까지 체포된 공작원들 가운데 암호표를 소각한 사람은 당신 한 사람뿐이오. 암호표가 있었다면 얼마나 좋아. ……제기랄!"

아쉬움을 표시하며 그가 나가자 그날 심문은 끝났다. 며칠 후 또 불려 나와서 심문실에 앉았다. 심문실에는 시꺼멓게 생긴 기계통이 책상 위에 놓여 있다. 맥이 쑥 빠졌다. 그들은 내 가슴과 손목에 전선을 부착했다. 전기 고문하려는구나. 심문관은 내 눈빛에 스친 두려움을 간파했다.

"겁내지 말아요. 거짓말 탐지깁니다. 당신은 묻는 말에 맞으면 그렇소, 틀리면 아니오 라고만 해요."

……별의별 기계가 다 있군. 마지막에는 기계까지 동원해서 하니.

그들은 거짓말 탐지기를 장치하고 조서 내용을 처음부터 하나씩 하나씩 다시 확인했다. 다행히 모두가 사실로 판정됐다.

그 후 나를 서빙고에 있는 보안 부대로 끌고 갔다. 남산 밑의 그곳처럼 여기도 경비가 삼엄했다. 나는 어둠침침한 감방에 넣어졌다. 조용한 밤이 되면서 북쪽과 남쪽에 있는 가족들을 생각하는데, 복도 끝에서 무슨 신음 소리가 들렸다. 숨죽이고 귀 기울였다. 사람 살려. 말할게요. 제발. 아아아아악. 신음 소리였다. 밤새 악다구니 신음소리에 시달리다가 아침을 맞았다.

"나와!"

또 죽겠구나, 하고 따라 들어간 곳은 큰 사무실이다. 창문에서 햇살이 눈이 시리도록 밀려 들어오고 있다. 방안 모퉁이에는 지느러미를 하늘거리는 열대어들이 물풀 사이를 돌아다니는 어항이 있다.

잠시 후 햇살만치 날카로운 누군가의 눈빛이 느껴졌다. 내가 들어가자 회전의자를 출입구 쪽으로 빙 돌리면서 앉은 사람의 눈빛이었다.

"앉으시오!"

그가 가볍게 눈웃음을 보냈지만, 눈웃음치고는 너무 싸늘했다. 키는 작고 우둥퉁하게 생긴 그는 팔짱을 끼고 회전의자에서 소파로 옮겨 앉았다.

"자, 내가 당신을 마지막으로 담당하는 사람이오. 당신을 살릴 수도 있고 반대로……."

잠시 말을 끊고,

"……무슨 뜻인지 아시겠죠?"

책임자라는 그는 담배 한 대를 나에게 점잖게 권했다. 내가 고개를 저어 거부하자 담배를 도로 담배갑에 넣는데, 머리를 올백으로 넘긴 이마의 옆 모습이 어디선가 많이 보았던 얼굴이었다.

"담배를 안 피우는 모양이죠?"

"……."

"당신이 내게 공작원 한 사람만 지적해 주면 관대하게 용서해 줄 수 있소. 말해 봐요."

"아는 사람이 없어 말씀드릴 게 없습니다."

"자꾸, 그러질 말고 한 사람만 말해요. 편안하게 살 수 있어요."

"진짜 아는 사람이 없소."

보안 부대 참모처럼 보이는 사복 입은 사람은 곁에 서 있다가 덧붙였다.

"후회하면 늦어. 당신, 편안히 살 수 있단 말야!"

그가 언성을 높이자 책임자는 손을 살짝 들어 제지했다.

"나이도 들지 않았소? 이봐요. 공작원 한 명만 얘기해요. 일생을 편안히 살 수 있단 말이오."

"저야말로 답답합니다. 모르는 걸 어떻게 얘기하오."

손바닥으로 소파를 탁 내리치면서 일어난 그는 창문 쪽으로 뒤돌아서면서 책임자로 보이는 사람에게 지시했다.

"내보내!"

자동차에 실려 다시 한미 합동 수사반 감방으로 돌아왔다. 1971년 11월 6일, 미군 두 명이 와서 내가 입었던 작업복을 갈아 입힌 후 지프에 싣고 오산 비행장에 데려갔다. 거기에서 전투기에 탑승하여 강릉 비행장에 도착했다. 강릉 경찰서 정보과장과 다른 두 사람이 승용차로 기다리다가 나를 인수해서 강릉 경찰서 유치장에 수감했다. 자그마치 13개월을 끌었던, 길고도 길었던 수사가 일단은 종결된 것이다. 강릉 경찰서에 수감된 지 며칠 후 검찰청 지청으로 끌려갔다.

"앉으쇼."

검사 지헌범은 나를 보자 무표정한 얼굴로 대했다. 검사 서기는 뭐 그리 바쁜지 왔다 갔다 하면서 서류 뭉치를 책상 위에 산더미처럼 얹어 놓았다. 모두 나에 관한 서류였다. 검사는 하나하나 들쳐 보면서 나에게 질문했다. 나는 그렇소, 아니오 라는 말로 짧게 대답했다. 검사가 고개를 들었다.

"딱 한마디씩만 하시네."

눈살을 찌푸리면서 그는 담배를 꺼내 물었다. 재떨이에 반만 태우다가 만 꽁초가 수북했다. 용무가 있다고 지 검사가 나가고 검사 서기가 대신 질문을 이어 나갔다. 나는 아랑곳하지 않고 질문에만 간단히 대답했다. 질문이 끝나자 다시 유치장에 수감됐다.

어느 날부터인지 고환과 사타구니에 습진이 발생해서 흉칙하게 벗겨지기 시작했다. 아무리 약을 써도 진물이 나오고 가려웠다. 치료를 요청했더니 최돈중 외과 의원에 의뢰해서 주사 몇 대를 놓아 줘서 말끔히 나았다.

이즈음에 맏형님을 20년 만에 처음으로 정보계 사무실에서 면회했고, 매형과 형수님, 그리고 우리 집의 머슴이었던 벙어리 김장복까지 찾아 와서 면회했다. 내가 항상 그리워하던 장질 조카와 형수님이 면회를 왔는데, 조카는 겨울 내의 한 벌을 비롯해서 잠바와 방한복을 사서 들여보냈다.

가족·친척들을 볼 때 죄책감 때문에 얼굴을 들 수가 없었다. 나로 인해 피해가 너무 컸기 때문이다. 둘째 형님과 명자는 여러 달 고생하다가 집행 유예로 나왔고, 매형은 군 보건소 소장직에서 쫓겨나야 했으며, 한전에 다니던 처남 역시 직장을 그만둬야 했다.

어느 날 둘째 형님의 셋째아들인 조카가 찾아왔다. 우리는 사찰계 사무실에서 특별 면회를 했다. 조카는 한참 동안 나를 붙잡고 엉엉 울었다.

"삼촌, 삼촌, 정말로 자수하셨죠?"

"……그래."

나는 조서에 기록된 대로 일단 그렇다고 했다. 그 순간,

"뭐가 자수야? 체포된 거지!"

멀리서 엿듣던 형사들이 빈정거렸다. 나는 화가 치밀었다.

"당신들이 그때 있었소? 백만 원 포상금이 그리 갖고 싶어서 한 사람 죽일 작정이오?"

"아, 아니, 저 양반이!"

형사들은 조카가 있으니까 차마 욕은 못하고 목울대만 높였다. 검취가 끝난

후 현장 조사가 있었다. 강릉 경찰서에서는 정보계장과 경장 심모 씨가 나를 계호해서 현장 조사를 떠났다. 검사와 검사 서기는 다른 차로 갔다.

먼저 침투 지역인 명주군 사천면 진리 북방 1.5킬로미터 지점을 순찰하고 이 설당에 있는 나의 옛집을 돌아보았다. 내가 굴설했던 비트 장소에도 갔다. 홍수가 나서 비트는 무너졌지만 흔적은 그대로 남아 있었다.

현장 조사가 끝난 후 1971년 12월 30일 강릉 교도소가 생긴 이래 처음으로 입소했다. 1월 초부터 심리 공판이 시작됐다. 공판에는 재판장 김동수와 윤 판사, 그리고 이름을 알 수 없는 판사 한 명이 함께 앉아 있었다. 나는 그때까지 남한에서는 중요 사건에 대한 심리와 판결은 판사 3명의 합의부가 처리한다는 것을 모르고 있었다. 그들은 나를 구석에 앉혀 놓고 자기들끼리 한참 동안 쑥덕거리고나서, 두터운 안경을 쓴 재판장이 문건을 훑어보면서 말했다.

"피고는, 향토 예비군을 불러서 자수하고 동원된 예비군에게 체포되었다지?"

"예."

그러자 지 검사가 성난 어조로 물었다.

"피고는 경찰이 자수 문제를 가지고 거짓말을 한다고 했다는데, 북괴 경찰은 거짓말을 잘하던가?"

"……?"

"경찰에서 피고가 자수를 안 했다고 하니까 아니라고 했다면서?"

"경찰이 거짓말을 했다고 한 일은 없고, 있었다면 향토 예비군이 거짓말을 했다고 했소. 북한에서 나는 사회 안전원에게 취급당한 경우는 없었지만 그들이 거짓말을 하는 걸 본 적이 없소."

지 검사는 내 말에 더욱 화가 나는 듯 저것 봐, 하면서 현장 조사를 요청했다. 그는 나의 진술 조서를 읽고 내 태도로 보아 자수자가 아니라고 판단하는 것 같았다.

교도소에 돌아와서 며칠 지내고 현장 조사를 떠났다. 호송 책임자로는 교도소 박 부장이 맡고 교도관 한 명과 기차를 타고 부산 교도소까지 갔다. 거기서 하룻밤 자고 이튿날 거제군 남면 다대리에 배를 타고 갔다. 다대리 땅에 서니 그날의 진저리치도록 끔찍했던 밤이 떠올랐다.

"오랜마입니더."

현장에는 경남도경에서 나를 취조하던 김윤학 경찰이 웃는 얼굴로 기다리고 있었다. 우리는 천천히 걸어서 내가 자결하려 했던 언덕배기로 올라갔다.

"몸은 어떠십니꺼?"

"괜찮소."

잠시 후에 강릉지청의 윤 판사와 검사 지헌범도 왔다. 지 검사는 오자마자 김윤학 경찰을 뜨악한 표정으로 노려보면서 언성을 높였다.

"김 과장, 이거 어떻게 된 겁니까? 당신이 작성하기 전의 조서와 당신 뒤에 작성한 조서 사이에 한 장이 지워지고 새로 한 장이 껴 있잖아!"

"예에?"

"이거 자결을 시도한 자를 자수자로 꾸민 거 아니오?"

"……저어……."

김윤학은 검사장이 호통을 치자 대답하지 못하고 당황해했다. 현장 조서는 윤 판사와 지 검사가 새로 작성했고, 내용은 나에게 불리하게 작성됐다. 그날 나를 체포했던 예비군을 접견해서 나는 '체포자'로 처리됐다. 내 사건은 다시 원점으로 돌아가 이제는 돌이킬 수가 없었다. 호의를 베풀었던 김윤학은 그 호의 때문에 애꿎은 모가지가 날아갈 게 뻔했다.

현장 조사가 끝나고 산에서 내려오는 길에 간첩이 왔다는 얘기를 듣고 동네 사람들이 몰려왔다.

"얼굴이 많이 빠짓네!"

"마, 고생 쫌 했는가 뿌다!"

작년에 나를 보았던 아낙네였던 모양이다. 나를 정작 괴롭힌 말은 두 아이가 하는 말이었다.

"영길아, 니 뿔 봤나?"

"아이, 이상하다!"

"그자, 샘님선생님이 빨갱이들은 뿔이 달릿다꼬 뿔갱이라카던데?"

"우리하꼬 똑같이 생겼다아이가?"

"그래에, 다시 살펴보자!"

아이들은 자꾸 내 앞길을 막고 내 머리 위를 보려고 깡충깡충 뛰었다. 같은 민족이면서 나는 아이들에게는 동물이었다. 저 아이들이 북한 사람도 같은 식구라는 걸 알면 얼마나 놀랄까. 내 머리 위를 보려고 아이들이 길을 막으면서 따라오자, 다리도 완전치 않고 포승에 온몸이 감긴 나는 걷기가 거북했다.

"저리 가, 얘들아, 저리 가라."

아이들은 깜짝 놀라서 달아났다. 뿔 난 도깨비가 말을 했다면서…….

여담이지만, 북한의 대남 공작 사업은 기본 조사 사업부터 엉망이라는 사실을 현장 조사를 하면서 생각했다. 거제도에 상륙하면 배를 타고 부산으로 가야 한다고 작전을 짰건만, 현장 조사를 마치고 돌아올 때 조사단은 거제도 죽성포에서 충무 쪽으로 난 2차선으로 된 현수교로 택시를 타고 돌아왔던 것이다. 나중에 알고 보니 거제도는 이미 육지와 다리로 연결돼 있었는데, 지도부는 이런 사실을 전혀 몰랐다. 물샐 틈 없이 치밀하다는 공작 사업이 사실은 기본부터 저열한 수준이라고 생각했는데, 알고 보니 거제도에 건립된 최초의 다리는 1971년 4월 8일 개통된 2차선 거제대교였으니, 내가 체포되던 1970년 10월 6일에는 다리가 없었던 것이 맞았다. 북쪽 지도부가 틀린 것은 아니었다.

현장 조사가 끝난 이후 강릉 교도소에 돌아왔다. 1971년 4월, 재판날이 다가왔다. 출정하는 날은 점심이 변변치 않았다. 국물도 없는 무짠지하고 푸석푸석한 밥알을 몇 젓가락 뜨다가 그만두었다.

그날 오후에 재판은 M1소총을 든 헌병이 좌우에 서고, 참관인도 없는 가운데 진행됐다. 검사가 가끔씩 힐끔 노려보았다. 그때마다 나는 피하지 않고 정면으로 맞서 바라봤다. 패배한 공작원으로서 항변할 수 있는 진술의 기회는 허락되지 않았다. 이미 모든 게 정해진 재판이었기에 빠른 형식으로 진행됐고, 검사는 간단하게 구형했다.

"피고는 잔인 무도한 북괴의 공작원으로…… 사형에 처하기 바랍니다."

1심 구형은 사형이었다. 이미 예상하고 있었기 때문에 무덤덤했다만, 나 때문에 졸지에 고초를 겪는 아내 정희와 가족들 보기에 민망할 뿐이었다. 참으로 나는 완패한 죄인이었다.

"김진계 접견!"

이튿날 오전이었다. 맏형님과 둘째 형님 두 분이 놀라는 기색으로 접견실에 앉아 있었다. 맏형님이 먼저 일어섰다.

"진계야, 이게 무슨 일이니! 사, 사형이라니!"

형님들은 수갑 찬 내 손을 붙잡고 눈물을 흘렸다.

"칼자루 쥔 사람들이 제 맘대로 하겠죠. 걱정하지 마세요. 겁낼 거 하나 없어요, 형님."

"이놈아, 무섭지 않다니. 너는 죽는 거야. 죽는단 말야, 진계야!"

둘째 형님이 눈물을 터뜨리자 맏형님이 차분하게 말했다.

"앞으로 판결이 어찌 될는지 몰라도 할 수 있는 데까진 해 보자. 고등 법원이구 뭐구 하늘 끝까지라도 항소해 보자."

형님들 눈물 앞에서 아무런 말도 할 수가 없었다. 얼마 후 5월이 되어 제1심 선고 공판이 진행됐다. 이때도 가족과 친척의 참관이 허락되지 않은 텅 빈 재판정에서 일사천리로 치러졌다.

합의부 재판장인 김동수가 판결문에서 처음 미결 통산유치장 생활을 형기에 포함한다는 뜻을 나열하기에 나는 유기형으로 생각했는데 마지막에는 '무기'를 선고받았다. 맏형님은 즉시 고등 법원에 항소했다는 전갈을 보내 왔다. 그후 송치되어 서울구치소에 수감됐다. 서울 구치소 수감 중에 변호사의 접견이 있었다. 이범열이라는 젊은 변호사였다.

"……서울에서 부장판사로 있었지요. 보안법에 걸린 사람은 한 번도 중형을 내린 적이 없습니다. 근데 제주도 사건으로 사법 파동에 걸려서 사임하고 지금은 변호사 생활을 하고 있어요."

"……."

"사실 저는 김 선생과 먼 친척뻘입니다."

"……."

"열심히 해보겠으니 너무 걱정마세요."

"고맙소."

변호사는 내가 체포된 경위를 자세히 듣고 변호문건을 꼼꼼하게 작성했다. 그 후 고등 법원에서 항소심이 진행됐다. 고등 법원에서는 문모라는 판사가 재판을 진행했다. 먼저 검찰에서 내세운 증인이 나섰다. 변호사가 증인에게 물었다.

"증인은 그 현장을 직접 보았습니까?"

"사실 저는 그 현장을 직접 보지 못했습니다. 현장에서 피고인을 체포했다는 예비군 박금백 씨가 얼마 전에 고기잡이 나갔다가 풍랑을 만나 빠져 죽어서 제가 대신 나왔습니다."

"아, 아니, 그럼 당신은 현장에 없었다 이 말이오?"

"예."

변호사는 재판장에게 이의 신청을 했다.

"재판장님, 본 증인은 현장을 직접 목격하지 않았기에 증인의 자격이 없습니다. 고로 이 재판은 증거가 부족하기 때문에, 판결은 무효라고 주장하는 바입니다."

재판장은 고개를 끄덕였다만, 고등 법원은 내 사건의 항소를 기각했다. 이어서 1972년 11월 3일에 대법원에서 문건심의로서 기각되어 나는 무기 징역이 확정되었다.

한평생이 징역 생활로 끝난다고 생각하니 오히려 마음이 홀가분했다. 어금니를 질근 깨물었다. 감방 들창은 마지막 석양빛을 받아 붉게 타오르고 있다.

9부 / 팔공산의 새소리

강제 전향의 고문기지, 대전교도소

1972년 11월 15일, 나는 일반 잡범들과 함께 대전교도소로 이송되었다. 교도소의 입구에는 '갱생의 집'이라고 쓰여 있어서 가벼운 마음마저 일으켰는데, 카빈총을 어깨에 멘 호송 교도관을 따라 들어간 대전 교도소의 첫인상은 그런 기분을 싹 가셔 버리게 했다. 그들은 앉아, 일어서, 앉아, 일어서, 앉아, 일어서를 수없이 해대면서 수감자를 발길로 차고 가슴팍을 주먹으로 쳤다.

"똑바로 안 인나! 새끼들아!"

조방장인 듯한 자가 몽둥이를 들고 일반수들을 마구 구타하면서 소지품을 조사했다. 세탁도 제대로 안 돼 썩은 냄새가 코를 찌르는 다 떨어진 죄수복이 던져졌다.

"삼 초 내루 다 입는다. 실시!"

일반 수감자들이 허겁지겁 죄수복을 갈아입자 그는 마치 돼지 몰 듯이 그들을 데리고 갔다.

"당신은 이리 오쇼."

나는 교도관을 따라 끝이 없는 듯이 긴 복도를 따라갔다. 긴 복도를 걸어갈 때마다 시찰구를 통해 재소자들의 까만 눈동자가 누가 새로 왔나 하는 눈빛으로 지켜보고 있다. 가는 곳마다 굳게 잠겨진 철문이 가로막고 있다. 몇 개의 쇠철문을 지나자 콘크리트 담벽이 또 나왔다. 그 안으로 들어가 어느 방 앞에 섰다.

"들어가슈."

간수는 나를 특별사 5사舍 3방에 떠다밀어 넣고 이내 문을 잠갔다. 덜컹, 둔탁한 소리만 낼 뿐 열리지 않았다. 혼자 누우면 발이 벽에 닿을 정도로 좁은 0.75평의 방이다. 철문은 녹이 슬어 페인트칠이 우툴두툴 일어났고, 낙서투성이의 벽에는 성에가 하얀 꽃을 피우고 있다. 방 뒤쪽 구석에는 비닐로 막아 놓은 문짝이 바람에 배불뚝이가 되었다가 쏙 꺼졌다. 그 비닐문 안에는 변기가 놓여 있다. 비닐문을 닫고 자리에 앉으려는 참에, 5사를 경비하고 있던 간수가 다가왔다. 그는 철문의 윗부분에 손수건만 한 크기로 뚫려 있는 시찰구視察口로 얼굴을 디밀었다.

"빨간 딱지군."

그는 코를 벌름거리면서 말했다.

"명찰 번호가 몇 번이오?"

"삼육사칠이오."

이때부터 나의 이름은 '3647'이었다.

"빨간 딱지, 무기로 찍혔소?"

나는 고개만 끄덕였다.

"인생 하나 작살나는구먼."

중얼거리며 그는 구둣발 소리만 남기고 복도 끝으로 사라져 갔다. 죄수복 안의 솜은 이리저리 몰리고 단추는 떨어져서 초겨울 칼바람이 맨살을 비집고 들어왔다. 오줌에 절어서 썩은 듯한 옷 냄새가 코를 찔렀다.

감방을 한번 휘둘러 보았다. 환기창이 없는 방 가운데 30와트짜리 전등 하나가 높이 댈룽 매달려 있다. 그것도 먼지를 뒤집어쓰고 있어서 되레 방안을 더욱 어둡게 했다. 마룻장은 군데군데 파손되어 썩은 내를 풍기고, 창문이라고는 출입문 하나가 고작이다. 출입문 아래에는 개구멍만 한 구멍식구통이라고 했다이 뚫려 있지만, 그것마저도 밖에서 잠겨 있다. 보이는 건 철창이요 들려 오는 건 교도관의 구둣발 소리뿐. 지옥이 따로 있는 게 아니다. 여기서 평생 살아야 한다니. 얼마쯤 시간이 흘렀는지 가늠할 수가 없다.

"식사 준비이!"

누군가 복도 끝에서 벼락 소리를 질렀다. 그때 내 방문에 달린 식구통이 열렸다.

"밥 받아요!"

나는 재빨리 문 옆에 놓인 식기 세 개에 콩밥 한 덩이와 무 시래기 국, 노란 무 서너 쪽을 받았다. 먹어야 산다. 일단 살고 보자. 돌가루가 아작아작 씹히는 시래기 국을 남김없이 먹었다. 양은 반도 차지 않았다. 그러나 어쩔 도리가 없었다. 방안을 둘러보아 물이 담긴 플라스틱 양동이 하나와 세면기 하나가 있음을 확인했다. 그 물에 식사한 그릇을 말끔히 헹구었다.

저녁 식사 후, 걸레 같은 동복을 수선해서 입어야 했다. 나는 철문을 두들겼다. 담당 간수그냥 담당이라고 한다의 얼굴이 시찰구에 빠끔히 보였다.

"바늘과 실 좀 줄 수 없겠소?"

"지금 안 돼요. 낼 주겠소."

그는 시큰둥한 얼굴로 뱉듯이 말했다. 혹한이 몰아치는 때에 감방은 거의 냉방에 가까웠다. 쇠창살에 손이 닿으면 마치 자석이라도 된 양 쩍 달라붙었다. 발이 시려 슬렁슬렁 제자리 뛰기도 했다. 싸늘한 칼바람이 새어 들어오는 걸레 옷을 입고 쪼그려서 한밤을 지내야 했다. 가끔 옆방에서 노인네인 듯한 사람들의 잦은 기침 소리만 나지막하게 공기를 울릴 뿐, 특별사 전체가 낮고 무거운 침묵 속에 잠겨 있다.

어둠이 깃들자 15척 담장 위에는 요소요소에 설치된 고망대에서 조명등 불빛이 소내 곳곳을 붉게 비춘다. 빵끼통 쪽으로 갈갈이 찢어져 들어오는 불빛 때문에 도통 잠이 오지 않았다. 이래저래 뒤척이다가 높은 망루를 쳐다보니 문득 서울 구치소에서 있었던 일이 떠올랐다.

1972년 10월 어느 날이었다. 그날 면담이 있다고 간수가 아침 점호 시간에 알려 주었다. 오후에 면담실에 따라가 보니, 일종의 비밀경찰인 중앙정보부이후 '안기부'에서 왔다는 사람이 기다리고 있었다. 내가 방 안에 들어가자 그는 넉살 좋게 친밀한 표정을 지으면서,

"얼마나 고생이 많으십니까?"

그러나 그런 행동은 그 자신을 어색하게 만들었다. 무표정한 내 얼굴을 한동안 바라보고 나서 태연하게 입을 뗐다.

"7·4공동성명 얘기 들으셨습니까?"

나는 고개를 저었다.

"기막힌 일이지요. 우리 이후락 부장님이 북한에 가서 참으로 큰일을 해냈답니다. 서로 비방하거나 중상하지 않는 거, 남북 이산가족 찾기, 직통 전화를 가설하는 일에 합의했습니다. 통일을 위해 남북 조절 위원회까지 설치되어 남북을 내왕하면서 회의를 했지요."

무척 신난다는 표정이었다. 1972년 5월 3일 중앙정보부장 이후락1924~2009이 김일성을 직접 만나 담판을 했다니, 나 또한 놀랐다.

"근데 평양에서 열리는 회의에 우리 대표단이 헬기를 타고 북한에 갔다가 오

1972년 이후락과 김일성(오른쪽)(출처 : 남북대화사료집)

는데, 산꼭대기마다 이상한 걸 봤어요. 거기 드문드문 삼각주가 세워져 있는데, 그게 뭔지…… 거대한 포를 위장해 놓은 것 같기두 하고, 레이더나 포가늠대를 위장해 놓은 듯한데, 혹시 그게 뭔지 아십니까?"

"예?! 하하하!"

나는 갑자기 웃음이 터져 나왔다. 씁쓸한 웃음이었다.

"왜 웃으십니까?"

"옛말에 자라 보고 놀란 사람이 솥뚜껑 보고 놀란다더니. 그저 저쪽에서 뭔 일만 하면 군사적으로만 생각하니, 이거 어디 통일이 쉽게 되겠습니까?"

"그럼 그게 뭡니까?"

정보부 직원은 고개를 갸우뚱했다.

"오만분의 일 지형도를 작성할 때 소삼각주와 대삼각주를 작성하는데, 그건 멀리서 보아도 삼각주를 쉽게 찾을 수 있도록 산꼭대기에 설치한 거요."

정보원은 머리를 끄덕이면서 되돌아갔다.

그날 7·4공동성명에서 남북 간에 자주·평화·민족 대단결의 조국 통일 원칙이 합의되었다는 소식은 나를 흥분시키기에 충분했다. 이후락이 북한을 다녀 왔다. 직통 전화가 개설됐다, 상호 비방을 중단하기로 했다 등등, 나를 뛸 듯이 기쁘게 했다. 만약 이것이 제대로만 실행된다면 남북한 주민들이 겪을 변화는 가히 혁명적일 수 있다. 아, 이제 비로소 통일의 길에 서광이 비치는 것일까. 왈현이와 정애·일기·영애·순애·경애와 만날 수 있는 한 가닥 구원의 빛이었다.

한편에서는 격렬한 의혹이 꼬리를 감추지 않았다. 박정희가 7·4공동성명에 서명했다는 그 사실 자체가 충격적이어서 믿을 수가 없었다. 나는 반통일에서 통일로 돌아선 박정희의 돌변이 끝내 미심쩍었다.

문제는 그동안 숨도 못 쉬고 억눌려만 있던 국민의 통일 열망에 일단 물꼬가 트였다는 점이다. 중요한 것은 바로 이 점이다. 한번 터진 물꼬는 아무리 막는다 해도 언젠간 다시 터질 수밖에 없다. 남한에서 '북진 통일론'이나 '선건설 후통일론'에 밀려 통일을 얘기하면 마치 북한에 동조하는 위험인물로 찍히는 현실에서 자주·평화·민족 대단결의 원칙이 남북 사이에 합의되었다는 사실은 국민에게는 엄청난 언론의 개방을 의미했다. 이제 국민은 이제 통일을 논의할 수 있는 출구를 얻은 셈이었다.

아닌게 아니라 석달이 지난 1972년 10월 17일 '10월 유신' 소식이 들렸다. 남쪽 우스갯소리로, 혹시나 했더니 역시나였다. 국민들에게 희망이 있는 듯 살짝 연극을 하고 장기 집권 체제를 강화하는 꼼수였다. 당연히 남북 대화는 즉시 결렬되고, 다시 이전의 상호 비방과 적대적 상태로 되돌아갔다.

아쉽지만 희망을 가지고 기다려도 될까. 언젠가는, 그 어느 날엔가 왈현이와 아이들이 차창 밖으로 얼굴을 내밀고 손을 흔들며 작별했던 그 평양역에서, 이제는 내가 남에서 타고 올라간 기차 차창 밖으로 얼굴을 내밀고 아내와 아이들에게 손을 흔들며 다시 만날 수 있을까. 그날 나는 넋으로라도 살아서 만날 수 있을까.

망루의 서치라이트에서 빛줄기가 하염없이 쏟아져 나오고 있다. 정보원의 눈으로 본다면 저 망루도 포 관측탑으로 보일 것이다. 한가운데가 찢어져 솜이 삐져나온 광목 이불은 먼지 냄새와 수백 수천의 잡놈 냄새가 지독하게 찌들어 있는데, 그 이불 속에서 이런저런 생각으로 뒤척이다가, 언제인지 모르게 잠이 들었다.

기상나팔 소리가 흐림풋 들리는데 나는 이불 속으로 파고들기만 했다.

"기사앙!"

복도 끝에서 찢어질 듯한 목소리가 울려 와서 정신이 퍼뜩 들었다. 어느새 아침이다. 머리 위로 손을 뻗쳐 기지개를 켜려는데, 돌덩이 같은 것이 손에 걸렸다. 물그릇에 담아 둔 물이 밤새 얼어 있었다.

여덟 시에 콩밥 한 덩이가 들어왔다. 어제 생각해 둔 대로 찢어진 옷과 이불을 수선해야 했다. 나는 철문 앞으로 가서 담당을 불렀다.

"오늘 주겠다고 한 실, 바늘 좀 주시오."

담당은 졸린 눈꺼풀을 게슴츠레하게 들어 올리면서 대답했다.

"열 시가 넘으면 담당이 교대하니까, 교대자에게 달라고 하쇼."

"여보쇼, 당신이 준다고 했으니 지금 줘야되지 않소?"

"처음 온 초짜가 되게 까졌네. 웬 잔소리가 그리 많아!"

한참 나를 꼬나보면서 하품을 하던 담당은 대뜸 핏대를 올렸다. 그는 내가 하는 말을 듣지도 않고 문 앞에서 떠나갔다.

"이봐요, 이게 뭐요! 준다고 했으면 줘야 할 거 아뇨!"

나는 고래고래 소리 질렀다. 담당은 지겨운지 소지를 시켜서 바늘 하나만 들고 오라고 했다. 이 무렵 '소지'라는 말을 처음 알았다. 형량이 얼마 안 남은 죄수

중에 청소하고 심부름 하면서 감형 받는 모범수들을 '소지'라고 불렀다. 일본어로 청소를 뜻하는 '소우지'掃除에서 온 말 같다.

"아, 아니, 실도 없이 바늘 하나만 가지고 뭘 하란 말이오?"

소지가 하는 말이 더 기가 찼다.

"여기선 실은 자기가 만들어 써야 합니다."

나중에 알았는데, 재소자들은 자기가 입은 옷의 천에서 실을 뽑아 쓰곤 했다. 이때 옆방에서 칼칼하게 쉰 목소리가 들렸다.

"소지, 소지! 이거 드리게나."

쇠약해질 대로 쇠약해진 환자의 목소리였다. 소지가 전해 준 실 뭉텅이는 청색 광목 헝겊에서 실을 뽑아내 손으로 다시 꼬아 감아 놓은 것이다. 나는 얼굴도 보이지 않는 사람에게 인사해야 했다.

"뉘신지 모르오만, 고맙소. 이거 얼굴도 못 보이고 그냥 인사드립니다."

"뭐, 여기 생활이 그렇죠. 김선명이라고 합니다."

이렇게 해서 나는 수감 된 지 하루만에 새 이웃이 생겼다.

김선명 씨1925~2011는 1950년에 지리산 빨치산으로 활동하다가 1951년에 구속된 '구빨치' 즉 한국전쟁 이전에 빨치산 활동을 한 사람이다. 총각 때 무기형을 선고받아 20년 동안 징역을 살고 있다. 나는 처음 만난 시기부터 동료에 대한 그의 표 나지 않은 사랑과 인자한 성품을 느낄 수 있었다. 원전 또한 많이 읽어서 마르크스·레닌 원전은 물론이고 엥겔스의 저서도 거의 달달 외울 정도로 학구적인 사람이었다. 그래서 그는 별명으로 '원전 박사'라고 불리기도 했다. 나는 실을 받아 관복과 이불을 한 뜸 한 뜸 꿰맸다.

"모두 나와! 삼십 분간 운동한다."

운동 시간이다. 내가 방을 처음 나섰을 때 모든 감방마다 수감자들이 식구통으로 얼굴을 내밀고 어디서 온 누구냐고 물었다. 거의 장기수였고 여하간 사회주의운동과 관련된 수감자였기에 서로 출신과 활동이 궁금한 것은 당연했다. 수척해진 얼굴들이었으나 한결같이 웃음 어리고 다정하고도 따스한 표정들이었다. 담당은 서로 말하지 말라고 강조했으나, 나는 아랑곳하지 않고 누구나 들을 수 있도록 큰소리로 대답해 주었다.

운동장은 10평 이내를 담벽으로 둘러친 곳으로서 그냥 햇살이나 보는 것으로 만족해야 했다. 오랜만에 별 구경하는 것으로 만족하고 들어오는데 내 방 바로 옆 방에서 일반수인 듯이 보이는 젊은이가 가죽으로 된 허리띠에 묶인 혁수정을 차고 뒹굴고 있었다. 그는 침을 질질 흘리면서도 비좁은 식구통으로 대가리를 내밀고 나에게 목례를 했다.

"어, 어제 들어오셨지유?"

"아아니, 근데 왜 그러고 있소?"

"60일간 개밥 먹게 됐시유. 암튼 몸 건강히 지내셔야 해유."

무슨 죄를 졌는지 몰라도 끙끙대는 모습을 보니 숨이 턱 막혀 왔다. 그런 상황에서도 그는 오히려 나를 위로하는 것이었다. 잠시 후 소지가 '보안수'라고 쓴 붉은 표를 가져 왔다. 소지가 일러준 대로 일단은 그걸 밥알로 문질러서 가슴에 붙였다. 보따리를 정리하는데 공소장과 판결문이 눈에 들어왔다. 나도 모르게 치밀어 오르는 분노가 일어 문서를 모두 박박 찢어발겼다.

며칠 후 담당에게 이끌려 나는 검은색 판때기에 하얀 글씨로 '보안과'라고 쓴 팻말이 붙은 사무실로 들어섰다. 사무실 난로 위에 쭈그러진 주전자에서 콜랑콜랑 물이 끓고 있었다. 그때 기골이 장대하고 무뚝뚝하게 생긴 사내가 반기는 척

하면서 악수를 하려고 손을 내밀었다.

"참, 그 수정 풀어 드려."

그가 담당에게 지시했다. 수염을 깨끗이 밀어 놓고 있었지만, 워낙 털 뿌리가 많아서 얼굴 전체가 시퍼렇게 보이는 그는 첫인상부터 꽤나 깐깐해 보였다.

"내가 선생님을 담당한 교화사 신학운입니다."

나는 대답을 안 하고 있다가 입을 뗐다.

"그럼, 잘 해주시오."

신학운은 비시시 웃었다.

"여기 오신 이유를 아시죠? ……보안수는 모두가 전향해야 하는데, 선생님도 전향하셔야죠."

"전향?"

"네, 전향요."

"대관절 전향이란 말은 처음 듣는데 어떻게 한다는 말입니까?"

"본래 가지고 있던 사상은 버리고 자유 민주주의 사상을 가지는 것을 전향이라고 합니다."

"그게 무슨 말이오? 지난 세월 동안 불평등한 사유 재산제를 반대하고 계급적인 차이가 없이 모두가 잘사는 사회를 만들기 위해서 살아왔는데, 그걸 청산하라고? 당치도 않은 말 마시오!"

교화사 신학운은 더 이상 말하지 않았다.

그는 내 신분에 관한 여러 가지 문제를 일일이 작성하고 나서 담당을 불러 작성한 문건을 넘겼다. 넘겨받은 담당은 손톱으로 살짝 긁어 놓은 듯한 날카로운 눈매를 지닌 사람인데 명찰에 김복술이라고 씌어 있었다.

"자, 갑시다."

이제 내 방에 들여보내는구나 했는데, 들어간 방은 다른 곳이었다.

"여보!"

아내 정희였다. 나 때문에 불고지죄로 3년형을 선고받은 여사女舍에 복역하고 있던 아내가 고개를 숙이고 다소곳이 서 있었다. 나는 갑자기 눈앞이 캄캄했다. 알고는 있었지만, 막상 아무런 죄도 없이 오로지 남편 때문에 푸른 옷을 입고 있는 아내와 마주치고 보니…… 목구멍이 뜨거워지고 눈물이 나올 것만 같았다. 무슨 말을 해야 할지 갈피를 잡을 수 없었다.

잠시 마음을 가다듬고 입을 열었다.

"여보, 나 땜에 고생이 많소!"

하면서 손을 내밀었다. 아내는 아무 대답 없이 고개를 돌리면서 눈물만 떨구었다.

"모든 게 내 탓이니 용서하구려, 여보."

나는 아내의 손을 잡아 의자에 앉혔다. 아내는 연신 치맛자락으로 눈물과 콧물을 닦았다. 나는 주머니에 있던 휴지를 꺼내서 아내에게 건네주었다. 잠시 시간이 지나자 아내는 마음을 가다듬었는지 천천히 고개를 들었다.

"……시집올 때…… 당신을 처음 만났던 첫날처럼 가슴이 떨려요. 당신 고생이 많으시죠?"

"나야 이미 각오한 사람 아니오."

우리는 할 말을 잃은 사람처럼 한참 동안 서로 마 주보고만 있었다.

"방이 추울 텐데 담요는 있어요?"

아내가 물었다.

"나는 괜찮소. 당신 몸 걱정이나 해요."

"몸이 많이 상하셨다는데 지금은 어떠세요?"

아내는 안타까운 듯 내 다리를 보았다. 감옥에 갇혀 있으면서도 남편 걱정을 먼저 하는 여자였다.

"이제 다 나왔으니 걱정할 거 없소. 내 몸이 강하다는 걸 잘 알지 않소."

그때 신학운은 아내에게 뭔가 다그치라는 눈짓을 했다. 아내가 떨리는 목소리로 말했다. 잔뜩 겁먹은 눈빛이었다.

"당신 전향 안 하셨다면서요? 저는 오자마자 전향했어요."

듣고 보니 우스웠다.

"당신이 전향하고 자시고가 뭐가 있소? 당신이 언제 공산당원이었소? 단지 남편을 만나서 고발하지 않고 편안하게 대해 준 죄뿐인데. ……나는 전향할 생각이 아직 없소. 그리고……."

"자자, 이제 시간이 끝났소."

전향할 생각이 없음을 확인하자마자 신학운은 말을 끊었다. 아내는 여사로 돌아갔고, 나는 긴 복도를 따라 감방으로 돌아왔다. 사이사이에 있는 철창문마다 커다란 자물통이 채워져 있고 5사는 절해고도와 다름없었다. 5사와 6사 사이에는 통방을 막으려고 울타리로 막아 놓은 판자까지 보였다.

내 방 앞에 거의 다다르자 신학운은 나를 은근히 떠보았다.

"김 선생, 뭐, 불편한 거 있습니까?"

"혼자서 독방에 있으니까 답답하오. 합방시켜 주시오."

"그래요? 음……."

그는 고개를 끄덕이면서 나를 방에 들여보냈다. 신학운이 돌아가자 빵끼통 쪽 벽에서 톡, 톡, 두들기는 소리가 났다. 무슨 소린가 하여 빵끼통 쪽을 쳐다보았다. 맹꽁이 배 마냥 한껏 부풀려진 비닐 문풍지 너머로 흔들리는 나뭇가지만 보였다. 그때 다시 두들기는 소리가 들렸다.

"나요, 나."

2000년 9월 2일, 김대중 국민의 정부는 인도적 차원에서 '북송'을 바라는 김선명을 포함하여 비전향 장기수 63명을 북에 보낸다. 김선명은 2005년 80세 생일을 북한에서 지냈다. 김선명의 삶은 2003년 영화 〈선택〉(홍기선 감독, 김중기 주연)으로 제작되었다(출처 : 『연합신문』)

빨치산 출신 김선명이 통방을 거는 신호였다. 나는 벽에 붙어 귀를 곤두세웠다.

"뭐 땜에 갔어요?"

"여사에 있는 아내를 만났소. 전향하랍디다."

"그럴 겁니다. 그놈들 하는 짓이 꼭 그렇다니까……."

김선명은 한숨 쉬듯 말하고는 뒷말을 잇지 않았다.

교도소의 처우가 개 같다고 대들고 했던 김선명은 후에 위탈이 악화돼 온몸에 암세포가 번져 갔다. 암세포가 온 몸에 뿌리 내리는 걸 알면서도 늘 웃으면서 생활하던 그는 한마디로 다정다감한 사람이었는데, 이후 만나지 못했다. 1987년경 암으로 사망했다는 소문이 있었는데 사실인지 모르겠다.

며칠 후 나는 합방되어 2방으로 전방傳房하면서 두 명의 좌익수와 인사를 나누었다. 말벗이 없다는 것 자체가 지독한 고문이라는 걸 실감하고 난 뒤라 여간 반갑지 않았다.

"어서 오십시오."

먼저 나를 반긴 사람은 북한에서 영화 촬영소를 하다가 남파된 김은환1930~?, 미

전향 장기수로 있다가 역시 2000년 북으로 송환된다이라는 사람이다. 그는 나이가 나와 엇비슷해 보였는데, 별명이 영화배우라는 그의 키는 땅딸막하지만 네모나고 귀티나게 생긴 얼굴이 척 보면 영화에서나 볼 수 있는 미남이었다.

다른 한 사람은 경상도에서 나서 서울에서 대학을 졸업한 뒤 은행에서 일했고 서른이 약간 넘어 보이는 유종인이다. 그는 북한에 갔다 온 죄로 무기 징역을 받아 살고 있는데, 그 역시 잘생긴 미남형인 데다가 키도 컸다. 그들은 나이는 나보다 어리나 감방 생활은 선배이기에, 많은 것을 가르쳐 주었다. 방 안의 청소나 식사 당번도 나는 못 하게 하고 자기들이 도맡아 했다.

"김 선생님, 겨울에 헐벗고 굶주리다가 추위에 못 이겨서 예전에 한 동지는 독방에서 얼어 죽었습니다. 여기에 오신 게 천만다행입니다."

유종인은 자기의 이불을 나에게 덮어 주었다. 사실 독방에서는 양말 두 켤레를 껴 신어도 발가락이 떨어져 나갈 듯이 시렸다. 합방을 해도 마찬가지이긴 했지만, 그 고통은 덜했다. 0.75평의 좁은 방에서 우리는 칼잠을 자야 했다. 자다가 눈을 뜨면 옆에 자던 동료의 냄새 나는 입김이 뿜어지곤 했지만, 오래간만에 사람 살을 맞대고 자니 지독한 추위마저도 차라리 행복한 고통처럼 느껴졌다.

합방하면서 배운 건 옆방 수감자와 대화하려고 독특하게 창안된 통방 방법이었다. 동료들은 교도관의 눈을 피해서 뺑끼통변소에 들어가서 두터운 콘크리트 벽을 두들겨서 대화를 나누었다. 배워 본 바에 의하면, ㄱ, ㄴ, ㄷ, ㄹ 순서나 ㅏ, ㅑ, ㅓ, ㅕ 순서로 글자를 전달하는 방법인데 배우기도 쉬웠고 숙련하기도 그리 어렵지 않았다. 시멘트 벽을 두드리는 소리는 건조한 단절음에 불과했지만 우리에게는 살아 있는 언어였다.

"근데 조심하세요. 통방하다가 걸리면 간수들이 복도에 끌어내서 사정없이 팹니다. 간수 몰래 통방한 게 알려지면 근무 성적이 깎이거든요. 반대로 통방하는 걸 발견하면 근무 성적이 올라가죠. 그래서 간수들은 쌍심지를 켜고 통방을 하나 안 하나 감시하는 겁니다."

유종인이 살짝 귀띔했다만, 통방은 원하는 시간이면 눈치껏 충분히 했다. 사실 답답한 심정을 풀려면 두들겨 맞는다는 것도 문제가 안 됐다.

1972년 12월 20일, 교무과에서 불러 교도관을 따라 교화당 소강당으로 갔다. 거기에는 열 명이 조금 넘는 좌익수들이 나와 있었다. 강당에는 교무과의 김복술 담당과 교화사들도 있었다. 그들 옆에는 포장된 동내의가 수십 벌 쌓여 있기에 아마 동내의를 분배하려는구나 하고 짐작했다.

"자, 앉으시죠."

잠시 후 교정국 부국장이라고 소개하는 사람이 나타났다. 그는 눈매가 날카롭고 얼굴이 긴 삼각형을 뒤집은 꼴상이다. 처음은 아부성 짙은 발언으로 시작해서 단어를 늘여 빼거나 끝말을 늘어뜨리면서 중얼중얼 일장 연설을 하더니,

"단도직입적으로 말해서, 지금은 박정희 대통령 각하의 지도에 따라 남북 간에 화합의 무드가 조성되고 있으니까 여러분들도 개심하고 전향하시기 바랍니다."

결론은 전향이다.

"타악, 터놓고 볼 때, 남쪽이 좋지 않습니까? 아무튼 모오두 전향하셔야 합니다. 자아, 그러면 의견이 있으신 분은 말해 보십시오."

내 곁에 앉아 있던 김선명이 손을 들었다. 독감 때문인지 긴 면양말을 목에 두른 그는 쥐어짜는 듯한 목소리를 뱉었다.

"7·4공동성명에 의하면 상호 비방하고 중상하지 않기로 해 놓고, 왜 밤마다 거짓으로 꾸민 김삿갓 방랑기를 교도소 내에 방송합니까?"

교정국 부국장은 좌우의 교화사를 둘러보면서 물었다.

"지금도 김삿갓 방랑기를 하는가아?"

"예? ……아, 옛."

교화사들이 대답을 잘 못 하자 부국장은 그만 벌레 씹은 얼굴로 바뀌었다. 통혁당1968년에 발각된 지하당 출신이라는 어떤 젊은이가 일어섰다.

"그나저나, 남북 조절 위원회를 조직해서 조국을 통일하자는 건 지도 환영하는구먼요. 근디 그런 사람덜이 사월 유신은 뭐시당가요?"

부국장은 안색이 금세 변했다.

"국내 정세를 비추어서, 그리고오 국민의 통일 의지를 정권을 통해서 결집시켜 보려는 통치자의 의지이지요오."

통혁당 출신은 말꼬리를 놓치지 않고 제깍 받았다.

"긍께, 지두 그따구 소리는 지겹게 들었구먼요. 문제가 되는 건 진짜 민주주의를 위한 체제가 되어야 하는디, 시월 유신은 박정희라는 사람의 영구 독재 체제를 여는 빌미가 아니당가요? 그렁게로……."

부국장은 얼른 말을 끊었다.

"자자, 오날날 여러분을 모신 건 위로를 해 드리려는 게지 정치 얘길 하자는 게 아닙니다. 이제부터 저엉말 전향에 대해서 말합시다."

그는 크으음 하고 헛기침을 했다.

조용히 앉아 있던 유종인이 점잖게 손을 들었다.

"부국장님이 직접 관여하시는 교도소 내에서 일반 출역수들에게는 일, 이, 삼 등식을 지급하는데 특별사에는 주먹 절반도 안 되는 오등식 밥 덩어릴 먹으라니, 그걸 먹고 생명을 부지하라는 얘깁니까? 아니면 죽으라는 말입니까? 그리고……."

또박또박하게 말하는 유의 발언을 막은 사람은 교화사 신학운이었다.

"입이 터졌다고 아무 말이나 지껄이면 되는 줄 알아?"

부국장도 성깔이 나서 도저히 참을 수 없는지 자리를 박차고 일어섰다.

"나 워언 차암, 열 나네! 이런 양반들은 잘해줄 필요가 없는 사람들이여!"

그는 동내의를 나누어 주지 말라면서 교무과로 돌아갔고, 우리도 각자 자기 방으로 돌아갔다. 우리는 어이가 없었다. 자기가 말을 꺼내 놓고 말문이 막히니까 엉뚱한 데다 화풀이 하는 것이다.

어느덧 동지가 지나고 크리스마스도 지난 후 12월 31일이 다가왔다. 저녁이 되자 빵끼통 옆에 붙은 들창 너머로 잿빛 하늘이 낮게 드리워져 있다. 교회의 첨탑에는 색등이 설치되어 반짝거리면서 교도소의 한 해는 이윽히 저물어 가고 있다.

일반수가 있는 사동에서는 왁자지껄 떠드는 소리와 함께, "두마안강 푸른 물에 노젓는 배엣~사공" 하면서 옛날 노래가 이따금 들려 왔다. 또 한쪽에서는 윷놀이를 하는 지 윷이야, 모야, 하는 소리가 높이 쌓인 담장을 넘어 5사까지 파고 든다. 나는 그런 소리를 들으면서 북에 두고 온 가족 생각에 잠겼다.

지금쯤 모두 모여 이야기꽃을 피우느라 정신이 없을 것이다. 맏딸 정애는 벌써 처녀티가 날 것이고 일기는, 경애는 아빠 어디 갔냐고 아빠 안 오느냐고 떼를 쓰지는 않을까. 누렇게 바래어진 옛날 사진을 보는 착각 속에 새삼 아슴아슴 기억이 되살아났다.

"뭐해요? 가족들 생각해요?"

황소처럼 눈을 껌벅이면서 생각에 잠겨 있는 나를 깨운 이는 영화배우 김은환이었다.

"나는 가족두 없는데…… 김 선생님은 행복하시겠습니다. 참, 우리끼리라도 뭔가 재미있는 놀이를 합시다."

그때 밤교대로 들어온 담당이 어디서 한잔 걸쳤는지 콧노래를 흥얼거리는 소리가 들렸다. 유종인이 웃는 얼굴로 말했다.

"우리도 노래해요, 뭐. 젤 나이 많으신 김 선생님부터 불러 보세요."

노래라면 자신이 있는 내가 사양할 리 없었다. 나는 나지막한 소리로 노래를 불렀다.

> 황성 옛터에 밤이 되니 월색만 고요해
> 폐허에 서린 회포를 말하여 주노라.
> 아~ 가엾다 이 내 몸은 그 무엇 찾으려
> 끝없는 꿈의 거리를 헤매어 있노라.

왕평이 1927년에 작사한 〈황성 옛터〉였다. 일제 시대 때 큰형에게 배운 노래를 감옥 안에서 한 해가 지는 마당에 부르니 감개가 무량했다. 노랫말이 왠지 비장한 각오를 느끼게 해서 공작 나갈 때 배 위에서 흥얼거리곤 했었는데, 감방에서 부르니까 더욱 느낌이 유별스러웠다. 이어서 김은환의 간드러지는 목소리가 이어졌다.

"홍도오오야 우지마라아, 오오빠가 이이이있다아."

숨이 찬 듯한 것이 더욱 간들어지게 느껴지는 김은환의 노래 솜씨였다.

"자, 이제는 유 선생이 하실 차례입니다."

내가 권하자 유종인은 분위기를 밝게 하려고 했는지 〈노란 샤쓰의 사나이〉를 불렀다. 다시 내 차례가 되어 이번에는 좀 비장한 노래를 불렀다.

나라의 통일을 못 할 바에야
살아서 무엇하리 몸에 찢겨 가루 되어도
이 한목숨 다 바쳐 싸워 줄 것을
그대여 믿어 다오.

노래가 끝나자마자 김은환과 유종인은 내 손을 뜨겁게 덮쳐 잡으면서,

"김 동지!"

라고 했다. 나는 어리둥절했다.

"동지라뇨? 북쪽에서는 자기보다 높은 사람한테만 동지라고 하는데……."

"여기 남쪽에서는 뜻과 사상만 같으면 누구나 동지입니다."

"아, 그래요? 그럼 나도 동지입니까?"

"물론이죠!"

차가운 감방 안이었지만 우리는 뜨겁게 얼싸안았다. 그때 간수의 군화 소리가 뚜걱뚜걱 들렸다. 당직 계장이 순시를 도는 것 같았다. 갑자기 사방이 쥐죽은 듯이 조용해졌다.

"정신차려 근무해!"

하는 소리가 고요함을 깨고 복도 끝까지 차갑게 울려 퍼졌다.

살인적인 전향 공작

"그, 그만! 아아악!"

1973년 정월 초하룻날, 음력 1월 1일이다. 징벌자들이 수감된 4사 독방에서

초하룻날 아침부터 장작 패는 듯한 소리와 처절한 비명소리가 터져 나왔다. 사람들의 마음을 정초부터 심란하게 만드는 소리다. 저렇게 때리지 않고도 교육하는 방법이 있을 텐데, 답답한 노릇이다. 김은환이 기분을 전환하고 싶은 듯 제안했다.

"술도 없고 떡도 없으니 이거 어떡하나. 설은 쇠어야겠고, 김 선생님, 우리 장기나 두죠?"

"장기판두 없이 뭘 어떻게 둡니까?"

내가 묻자 김은환은 마루 밑에서 모조지를 꺼냈다. 법무부에서 제작하여 밑창에 '법法'이라는 글자가 새겨져 있는 알루미늄 식기에 물을 부어 돌로 문지르기 시작했다. 잠시 후 식기가 깎이면서 물빛이 시꺼먼 먹물빛으로 바뀌었다. 김씨는 그 물을 나무 조각으로 찍어서 모조지 위에 장기판을 그렸다. 김은환의 잘생긴 얼굴에 맑은 웃음이 떠올랐다. 종이에 장기알을 그려서 우리는 설날 연휴 장기를 두면서 무료한 시간을 달랬다.

정월 연휴가 끝난 4일 점심 무렵이다. 종일 눈이 내려서 유종인과 김은환은 장기를 두고, 나는 혼자 새우처럼 몸을 말고서 초라하게 잠을 자던 중이었다. 덜커덩, 하면서 철문이 열렸다.

"삼육사칠! 나와."

교도관이 나에게 손짓했다. 붉은 명찰을 단 나는 중앙 복도를 지나 그를 따라갔다. 복도를 지나가는데 무엇을 잘못했는지 뒤로 쇠고랑이 채워진 채 두 다리를 곧추세우고 허리를 굽혀 머리를 콘크리트 바닥에 박고 바들바들 떠는 죄수가 보였다.

"니기미, 씨발 놈아, 원산 폭격을 받아야 말을 듣겠다, 이거지?"

교도관은 구둣발로 죄수의 엉덩이를 힘껏 밟아 밀었다. 중심을 잃은 죄수는 이마를 콘크리트 바닥에 짓찧으면서 고꾸라졌다.

"대가리 박어, 개쇄끼야!"

고통스러운 표정으로 일그러진 죄수는 목뼈가 삐었는지, 아니면 부러졌는지 도무지 자세를 취하지 못했다. 죄수의 신음 소리를 뒤로 하면서 나는 교무과로 올라갔다.

"들어가 봐요."

교도관이 면담실 안으로 등을 떠밀었다.

"……여보!"

아내였다.

"당신이구려. 잘 있었소?"

"네에……."

신학운이 팔짱을 끼고 서 있다가 자리에 앉으라고 손짓했다.

"방이 추울텐데……."

아내가 먼저 말을 걸었다.

"남도 견디는데 나라고 못 견디겠소. 당신이나 불편하지 않았으면 좋겠구려."

내 말이 끝나자 잠시 침묵이 흘렀다. 다시 아내가 입을 열었다.

"전향하고 나서 출역수 방에 갔는데, 그 방은 춥지 않아요. 왜 벌집 같은 좌익수 방에서 생활하고 계세요. 어서 전향하세요, 네에?"

아내는 간곡하게 당부했다. 신학운은 무언가 부시럭거리면서 꺼냈다.

"자, 동내의요. 추울테니 어서 입으시오."

두 겹으로 된 천 안에 솜을 넣고 중공군 옷처럼 누빈 옷이었다. 겨울 날씨에 춘추복을 입고 생활하던 내가 옷을 받아 입는 걸 보고 신학운이 다시 말했다.

"북한에 이런 내의 없죠?"

"있지 왜 없겠소? 날씨가 추우니까 두껍게 만들고 입지요."

잠시 미적거리다가 신학운이 말했다.

"자, 이제 전향하는 게 어떻습니까? 나온 김에 아예 전향서를 쓰시죠."

"뭐요? 어디서 어디로 전향하란 말이오! 나는 전향이란 걸 인정한 적도 생각해 본 적도 없소!"

딱 잘라서 말하자마자 그는 버럭 성깔을 올렸다.

"그럼 내의 벗어!"

말이 떨어지기가 무섭게 나는 내의를 벗어서 내동댕이쳤다.

"당신 천 쪼가리 하나 가지고 내 생각을 바꾸려고 했소? 어리석은 사람 같으니!"

그는 떨떠름한 표정으로 나를 한참 동안 노려보았다. 나는 아내에게 소리쳤다.

"전향하란 말 하려면 면회 오지 말아요. 제발 꼭두각시질 하지 말고!"

얼굴이 붉어진 아내는 눈물을 찔끔 흘리면서 턱을 떨었다.

"저어, 당신이 전향하지 않은 건…… 북으로 갈려고 해서 그런다고 모두들 그래요. ……교화사님이 당신이 전향하면…… 나를 내보내겠대요."

"그런 어리석은 소리 그만 작작 하시오. 전향하지 않는다고 북으로 보내줄 사람도 없소. 내가 전향하면 당신을 내보내 준다고 꾀어선 나를 전향시키도록 당신을 부려먹고 있는 짓거리들이오. 당신의 죄는 불고지죄뿐인데, 내 생각과 무슨 관계가 있소? 얼마 남지 않은 기간 고생이 되더라도 참고 견뎌요. 벌써 이 년이 지나가잖소? 일 년만 참아요."

내 말이 너무 매몰찼는지, 얼굴이 완전히 납빛이 된 아내는 훅 하고 어깨를 움츠리며 울었다. 아내의 눈물 한 방울이 맨발 걸음에 가시 같았다.

"면회 그만!"

교화사 신학운은 전향 권고가 실패하자 말을 막았다.

"아주 못된 사람이군. 데려가!"

"옛!"

담당 김영일이 나를 감방에 데려다 놓았다. 감방에서 점심 식사를 끝낸 동지들이 나의 식사를 따로 식기로 덮어 놓고 기다리고 있었다.

"시장하실텐데, 식사부터 하세요."

목소리가 굵은 유종인이다. 나는 서둘러 식사를 마쳤다.

"왜 불렀답디까?"

"뻔한 일이죠."

"전향이요?"

"예에."

"또 부인을 보냈습니까?"

"그야 물어 보나마나죠."

아내와 나, 그리고 신학운과 함께 있으면서 일어난 일들을 대충 얘기했다. 내의를 벗어서 내동댕이친 부분에 이르러서는 김은환이 파안대소하면서 웃어댔다.

"신학운이가 단수가 아주 낮군요, 하하하!"

어느덧 칼바람이 매서운 2월, 큰형수가 면회를 왔다. 면회실 출입구가 열리면서 높은 바다 굽이처럼 쏴아 밀려 들어오는 찬바람과 함께 큰형수가 들어왔다. 면회는 교화사의 입회하에 교무과 소강당에서 진행되었다. 어설프게 웃는 나에게 형수가 말했다.

"서방님, 전향하세요. 전향해야 감형도 될 수 있고, 사면도 될 수 있대요. 어서 전향하세요."

"전향이란 본래의 사상을 뽑아내고 자본주의 사상이 주입되었을 때 가능한

데, 형수님, 나는 아직 그렇지 못해요."

"서방님, ……일가친척들이 당하는 고난도 생각하셔야죠. 제발……."

큰형수는 눈물을 흘리면서 잠긴 목소리로 간곡하게 당부했다.

"그러지 못하는 내 심정도 이해해 주세요. 형수님 말씀은 명심해서 천천히 생각해 보겠습니다."

내가 말을 맺자, 교화사는 더 들어 볼 필요가 없다는 듯이 면회를 끝냈다. 가족들의 안부를 물어볼 시간도 주지 않았다.

이튿날 나는 제1호실로 전방되었다. 같은 방의 유종인·김은환과 함께 죽이 맞아 돈다는 것 때문이었다. 제1호실에는 네 명이 합방하고 있었다. 문이 열리자마자 떡대가 좋은 사람이 방문을 통째로 가로막듯이 서며,

"어서 오쇼, 잉."

하고 두 팔을 잡으며 환대했다.

"지가 지리산에서 이름을 날렸던 빨치산 정치부 중대장 김재섭이구먼요. 그렁게로, 일명 혹 달린 호랭이라고도 허요. 잘 지내 보드랑께."

안광이 넙적하고 체구가 늠름한 인물이 어딘가 이상하다 했더니, 얼굴 한쪽 구석에 큰 혹이 달려 있다. 그는 말이 무척 많았다. 앉아서 들어 주기가 피곤할 정도였다. 그의 말마따나 그는 전쟁 시기에 지리산에서 빨치산을 하다가 체포된 후 무기형을 받았다. 장면 정권 당시 20년으로 감형되어 1972년 여름이 만기라는 사람이었다.

"뭐땀시 전향 안 한당가요? 아따, 지는 전향한당께 혹 수술도 해준다꼬 허요. 고생헐 때 허드라도 좋게 해준다는디 한데서 고생헐 이유가 없지 않겄소?"

며칠 동안 함께 생활해 보니 역시 문제가 많은 인물이다. 동지애라고는 전혀 찾아볼 수 없는 위인으로 자기밖에 모르고 까닭 없이 같이 있는 동료를 들들 볶

아대는 사람이었다. 하릴없이 한 방에 있는 동료들에게 말을 시켜 놓고 꼬투리를 잡아서 싸우는 것을 쾌락으로 삼았다. 김재섭이라면 모두들 채머리를 설레설레 흔들었고 교무과에서도 이런 사정을 잘 아는 형편이었다. 그런데도 교무과에서 나를 그와 합방시킨 것은 전향하지 않으니까 김재섭에게 들들 볶여서 특별사 생활에 지겨움을 느끼도록 하려는 게 분명했다. 오래지 않아 그의 못된 본성이 드러나기 시작했다.

"좆 같은 놈덜, 싸게싸게 걸레질 안 혀! 빨치산 중대장을 개털로 보는 거여!"

하면서 꾸무럭거리는 수감자의 엉덩이를 걷어찼다. 걸레질하는 한 수감자의 등에 올라타서 이랴, 이랴, 하면서 귀를 잡아당겼다.

"이 병신 완전히 씹텡이여, 내가 귀를 쪼깨 잡아땡기믄 히히힝, 허고 우는기여. 알겄냐! 자, 땡긴다."

그는 수감자의 귀를 쎄게 잡아당겼다.

"히히힝!" "그래. 하하하하!"

측은한 생각마저 들었다. 아마도 어린 나이에 구속되어서 20여 년간 감방살이하면서 직장 생활이나 조직 생활을 못 해 보았기에 정치성은 고사하고 품성이 못돼져 버린 듯싶었다. 빨치산 중대장을 했다는 자부심 때문에 대원들에게 명령하던 버릇이 비이성적으로 자라난 모양이다.

나는 그를 끊임없이 달랬다. 다행히도 내가 나이가 많아서 그런지 그는 고분고분하게 수긍했고 난폭한 행동이 점차 사라져 갔다. 나중엔 오히려 스스로 자기 성격을 교정하려고 애썼다. 교무과에서는 사흘이 멀다고 나를 데려다가 전향하라고 졸라댔으나 나는 그때마다 거부했다.

신학운은 화제를 돌려 웃으면서 말했다.

"어때요? 김재섭이 같이 있는 사람들을 들들 볶지 않습니까?"

그의 속 안이 빤히 들여다보인다. 나는 태연하게 말했다.

"아니오. 그는 나와 대화하면서 많이 달라져 가고 있소. 나뿐만이 아니라 다른 사람들에게도 너무 잘 해줘서 미안할 정도요."

"아, 그래요오. 그거 참 다행이군요."

신학운은 빙그레 웃었지만 뒤틀린 배앓이가 눈에 선연히 드러났다.

이튿날 나는 24방으로 전방되었다. 그 방은 사람 괴롭히는 거로 유명하다는 공재용이 기거하는 방이다. 특별사 감방 생활에서 환멸을 느끼게 해 전향서를 받아 내겠다는 교무과의 수작은 뻔했다.

공재용은 나보다 10년이나 젊은 사람으로서 해방 이후 인천에서 건달 생활을 하면서 남로당에서 활약하다가 전쟁 시기에 인천시 당위원장으로 활약한 바 있는 인물이었다. 수복 무렵, 체포 직전에 도망치다가 총에 맞아 다리가 절단된 불구자로서 쌍지팡이를 딛고 다녔다. 그는 무기형에서 장면 정권 집권 시에 20년으로 감형되어 전향하지 않고 특사에서 생활하고 있었다. 얼마 전에 전향한 그는 곧 석방될 것 같다는 소문이 파다했다.

그날 나는 20대 청년이 구강신과 함께 전방되었다. 일본 조총련의 영향을 받았다가 구속되어 20년형을 받은 좌익수 구강신은 첫인상이 고집스러워 보였다. 계속 전향하지 않으면서 단식 투쟁을 많이 한 그는 안타깝게도 1974년에 암으로 옥사했다.

이미 공재용의 난폭한 행동에 대한 짜한 얘기를 들은지라, 나는 모든 것을 참고 선한 행동으로 그를 감화시키려고 했다. 아닌 게 아니라 공재용은 전방 첫날부터 자기 자랑을 하며 너스레를 떨었다.

"내가 이래 봬도, 공주 교도소에서, 이 불구의 몸으로 유리창을 뜯어내서 보안과장 대갈통을 후려깐 사람이오. 투쟁에는 일가견이 있는 혁명 전사란 말이오."

이렇게 자기 자랑을 하면서 흠을 잡아서 나를 볶아대기 시작했다. 그가 시비를 걸 때마다, 나는 바보같이 행동하면서 별다른 시비 없이 지냈다. 그는 나를 잡지 못해서,

"이 늙은이 양반, 똥물에 무골충無骨蟲 아냐? 북에서 왔다는 게 메 이래!"

하면서 골려댔다. 그리고 어느 날부턴지 구강신도 그런 나쁜 품성에 물들기 시작했다.

며칠 후 진짜 바보로 알았는지 나이 어린 구강신도 공재용처럼 시비를 걸기 시작했다. 점심식사를 하고 있던 중이었다. 짠 밥 한 그릇과 멀건 시래기 국이 들어왔다. 식어 빠진 국물을 몇 수저 뜨고 있던 참에,

"이 늙은이가…… 돼지처럼. 왜 후루룩 소리 내면서 먹어!"

국물을 먹다가 소리가 난 모양인데, 막내아들뻘밖에 안 되는 청년의 하댓말은 도저히 참을 수가 없었다.

"이 발칙한 놈! 너는 에미 애비도 없고, 도덕도 없냐? 터진 주둥아리라고 함부로 놀리지 마, 이놈! 사람이 참고 죽은 척하고 있으니까, 대갈빡에 피도 안 마른 놈이 뭐, 돼지같이 후루룩? 못된 놈 같으니!"

쌓였던 분노가 한꺼번에 터졌다. 이때 옆에 있던 공재용이 끼어들었다.

"어이 영감, 아직 배우지 못해서 그러니까 적당히 하시지."

"뭐라구! 이놈아 너도 마찬가지다. 굼벵이도 밟으면 꿈틀한다고 하는데 네놈들이 사람을 어떻게 보았길래. 너희들이 사회를 변화시키겠다고 발버둥 치다가 들어온 사람들이라고 할 수 있냐?"

짧은 순간이었지만 나는 사람 됨됨이가 무언가에 대해 많은 말을 뱉었다. 그때서야 구강신이 고개를 숙이고 빌었다.

"아저씨, 죄송합니다. 제가…… 부모 없이 자라서 버릇이 없습니다. 용서해 주

십시오."

그래도 품성이 선하였던지 공재용도 진심으로 사과의 말을 건넸다.

"영감님, 정말 죄송합니다. 감옥살이만 늘어 사람 도리를 잊었었구만요."

가만히 있다가 이들의 사과를 받아들였다.

"서로 이해하고 도와줘도 힘든 판이오. 이젠 이런 일 없도록 합시다."

그날부터 방 안 분위기는 서로 화합해 가기 시작했다. 사실 이런 전향 공작은 나에게만 해당한 것이 아니었다. 좌익수라면 누구나 당하는 일이다.

7월의 무더위가 시작되었고, 곧 장마철도 시작됐다. 아침에 빵끼통 뒤 철창을 보니 멀리 외곽의 흰 담장 아래 풀들이 제멋대로 자라서 촉촉히 비를 맞고 있다. 이때부터 교무과에서는 미전향수에게 전향을 강요하는 전담반이 조직되었다. 1, 2, 3조로 나뉘어서 조직되었는데, 나는 1조가 담당했고 1조 책임자는 이종성이었다. 조원으로서 수감자를 잘 패는 신학운과 또 다른 한 명이었다.

그들은 수시로 나를 데려다가 전향을 강요했으나 그때마다 차갑게 거부했다. 고혈압으로 혈압이 130에서 220 정도의 위험 수위를 넘은 나를 구타는 못했지만, 다른 이들은 숱하게 얻어맞았다.

강제 전향은 법무부 특별 지시에 따라서 9월부터 본격적으로 진행됐다. 1973년 9월 초 어느 날, 미전향수 100명을 소강당에 집합시켰다. 김치연 교무과장이 일장 연설을 했다.

"……전향이란 특혜는 여러분덜을 자유 대한의 품에서 편안히 살도록 하기 위해서 대통령박정희 각하께서 특별 지시로 선처하신 겁니다. 다아 여러분덜을 위한 거란 말씀이외다."

7·4공동성명이 발표되고 나서 박정희는 남한에 있는 미전향수도 전향시키지 못하는데, 어떻게 북측의 이데올로기를 깨부술 수 있느냐, 모두 100% 완전히

전향시켜야 한다고 특별 지시를 내렸다는 사실을 우리는 알고 있었다.

"여러분덜은 오늘 모두 전향하시리라 믿습니다. 자, 그럼. 이상."

그는 두 눈을 꿈벅 거리면서 자신 있게 말하고 나서 자리를 떴다. 교무과장이 돌아간 후, 차석으로 있던 나석규 교화사가 공갈조로 위협했다.

"당신네 하나 죽여 봤자, 진단서 한 장 써 붙이면 그만이야. 피곤한 과정 피차 생략하고 오늘 끝내자구."

그는 한 손에 든 야구 방망이로 마룻바닥을 쿵쿵 쳐댔다.

"죽어도 전향 못 하겠다는 사람 있으면 손들어!"

교화사들과 교도관들이 죽 둘러서서 이 사람 저 사람 싸늘한 눈빛으로 노려보는 살벌한 분위기가 강당의 공기를 얼어붙게 했다. 한두 사람이 손을 들기 시작했다. 잠시 후엔 절반 이상이 손을 들었다. 나석규 교화사의 입가에 싸늘한 미소가 감돌았다.

"당신들은 기어코 버티겠다 그거지! 그래, 알았어. 이 사람들만 남고 다른 사람들 다 돌려보내."

손을 안 든 사람은 다들 돌아가고 손든 사람만 남았다.

"삼육사칠! 당신은 따라와, 면회야!"

나는 교도관을 따라서 면회실로 향했다.

복도를 따라 걸어가면서 교도관이 말했다.

"얼마 전에도, 당신 맏조카가 면회 왔는데 당신이 미전향이라고 면회 허가가 안 나서 당신 아내만 접견하지 않았소? 그니까 빨리 전향해요. 암튼 당신 아까 그 자리를 피한 게 운이 좋은 거요."

나는 그의 끝말이 무슨 말인지 대강 눈치챌 수 있었다.

면회실에 들어갔다. 이번에는 플라스틱 칸막이에 예닐곱 개의 구멍이 뚫려 있는 면회실에서 면회를 기다렸다. 큰형님과 큰형수님이 오셨다. 반갑게 집안 식구들의 소식을 듣고 나자 큰형님이 간곡하게 전향을 권고했다. 나는 정말 큰형님 보기가 송구스러웠지만 내 처지를 설명하고 굳이 사양하지 않을 수 없었다.

찌르르르~릉. 면회 시간이 끝났음을 알리는 벨이 요란하게 울렸다.

다시 특별사로 돌아왔다. 그때, 유종인과 김은환으로부터 들었던 얘기는 내 생애에 정말 잊으려야 잊을 수 없는 참혹하고도 슬픈 이야기였다.

소강당 뒤의 영사실에 사람들을 꽁꽁 묶어 놓고 교화사들이 권총을 빼내 위협했다는 것이다. 심지어는 총알이 없는 데도 방아쇠를 당겨 극도의 심리적인 충격을 주기도 했고, 곤봉과 야구 방망이로 사람들을 걸레짝이 될 때까지 개 패듯이 팼다는 얘기였다.

이때부터 소강당 뒤의 영사실은 전향 공작 취조실로 변해 매일같이 몇 사람씩 불러다가 두들겨 패, 거기에 불려 갔다 하면 의무과로 가든지 최소한 업혀 와야 했다. 교화사의 폭력에 저항하는 사람은 여지없이 홀애비 좆방성을 물린 채 늘씬 얻어맞았다. 좆방성은 혀를 깨물지 못하도록 입 안에 밀어넣는 성기 모양의 솜방망이다. 어떤 보안수는 두 손목을 등 위에서 묶은 후 줄을 목에 걸어서 묶인 두 주먹이 목 뒤까지 오도록 묶는 닭죽지 묶기로 끌려갔다.

교무과에서는 전향 공작 방침에 따라 깡패들과 각 사방 소지들을 시켜 보안수들을 두들겨 패도록 허락했는데, 덩치가 크고 무도하게 생긴 최돈홍도 그런 놈 중의 하나였다. 그는 일생을 징역으로 살고 있으면서도 보안수들을 때리는 재미로 징역살이를 한다고 자랑스레 이죽거리곤 했다.

반면에 보안수들은 전향을 안 한다는 이유로 혁수정을 차고 한 달에 몇 주간은 그릇에 담긴 밥을 혀로 핥아먹으며 생활해야 했다. 혁수정은 허리에 묶은 가죽벨트에 양손을 모아지도록 쎄게 묶어 꼼짝도 못하게 하는 허리수갑이다. 피가 통하지 않도록 혁수정에 묶인 고문을 받은 후 그 후유증으로 손톱 끝으로 철문의 녹슨 부분만 긁으면서 알지 못할 소리를 중얼거리거나, 감방 마루를 발로 구르고 철창을 뒤흔들며 발작적인 고함을 질러대거나, 푸른 수의를 갈가리 찢어버리고 아무 데나 오줌을 갈겨대는 정신을 잃어버린 동료를 보면 가슴이 찢어질 듯이 아팠다.

1973년 10월, 이때는 보안수에게는 참으로 시련의 시기였다. 1975년 사회안전법 제정을 앞두고 사전 정지 작업으로 1973년부터 2년간에 걸쳐 전국적에서 실시된 이런 전향 고문 속에서 수많은 사람이 몇 년씩 고문 후유증으로 시달리다가 죽어 갔다.

전향 공작이 시작될 즈음에 나는 미전향자로 있으면서 언젠가는 전향할 것을 결심하고 있었다. 물론 몇십 년이나 지조를 지키며 전향하지 않은 사람들을 보면 절로 존경심이 들었다.

인간의 가장 기본적인 자유인 생각하는 자유는 강제로 고쳐지는 것이 절대 아니다. 그럼에도 전향을 강요하는 이유는, 인간의 내면을 황폐하게 하고 패배감에서 헤어나지 못하게 만들기 위해서였다. 정말 자유 민주주의가 체제의 기본 원리인 사회라면 이런 '전향'이란 말 자체가 용납될 수가 없었다. 왜냐하면 자유 민주주의의 핵심은 바로 사상의 자유이기 때문이다. 전향 공작이 있다는 것 자체가 남한 사회가 기형적인 군사 독재 체제임을 입증하는 것이었다. 이런 체제에서 사상적 지조를 지킨다는 것은 정말 초인적인 인내력과 의지가 없으면 불가능한 일이다.

나는 가능하면 전향하지 않는 동료들의 뜻을 어기지 않으면서, 때가 되면 전향할 생각이었다. 전향이나 미전향이나 하는 문제가 적어도 내게는 사활적인 문제가 아니다. 어떤 주의자에 앞서 조국의 발전과 통일을 위해 노력해야한다고 나는 생각했다. 이 기괴한 반공 일색의 남한에서 간첩이라는 흉물이 결코 뿔 달린 짐승이 아니라 피를 나눈 따뜻한 동포임을 보이고 싶었다. 다만 결코 사상의 자유를 위해 고귀한 삶을 다 바친 동료들을 훼손시켜서는 안 된다. 나는 폭력에 의해서 전향하지 않고 전향 공작이 다 끝나면 전향할 생각이었다.

바로 이 시기에 일본에서 서울로 와서 공부하다가 1971년 4월 20일 소위 '유학생 형제 간첩단 사건'으로, 동생 서준식1948~ 과 함께 구속되어 무기 징역을 받은 서승1945~ 을 보았다. 그는 죽음을 각오하고 난로를 뒤집어써서 얼굴과 온몸에 화상을 입어 일그러진 모습이 이루 형용할 수 없이 비참했다. 나는 서승을 볼 때마다 심한 충격을 느꼈다. 그의 죄는 한민족의 자식으로 태어난 죄밖에 없었다.

어느 날 운동 시간이었다. 문 따고 줄을 맞춰 모여 앉았다가 운동장까지 나가는 시간과, 호루라기 소리를 듣고 다시 줄을 맞춰 들어오는 시간을 빼면 늦가을 햇볕을 쬘 수 있는 시간은 눈 깜짝할 사이밖에 없었다.

"줄 서, 빨리, 빨리!"

모진 매를 맞고 가병사에 가서 치료를 받고 돌아온 구강신은 넋이 빠져서 힘없는 걸음으로 내 옆에 기대어 간신히 나와 줄을 섰다. 우리는 사방이 시멘트벽으로 가로막힌 좁은 운동장에 나갔다. 진종일 어둠침침한 방에 있던 나의 눈을 따사로운 가을 햇살이 강하게 찔렀다.

그때, 구석에서 혼자 몸을 푸는 이쁘장한 청년을 보았다. 그는 며칠 전부터 나를 보면 정중하게 눈인사를 했던 잘생긴 청년이었다. 나는 교도관 몰래 그의 곁으로 갔다.

"할아버지, 안녕하세요?"

쉰에서 다섯밖에 안 넘긴 내가 몹시 늙어 보였나 보다.

"예에, 근데 청년은 무슨 일로 들어왔소?"

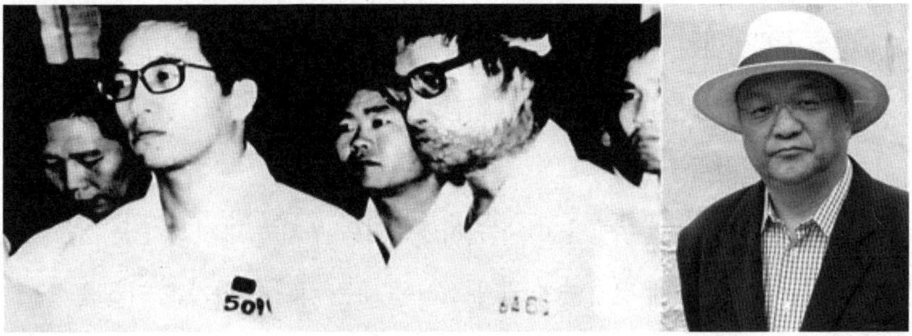

큰 형 서승(가운데)과 서준식(왼쪽)은 1971년 4월 대통령 선거 직전에 조작된 재일동포 유학생 사건으로 구속된다. 두 형을 옥바라지 했던 에세이스트 서경식(1951~2023, 오른쪽)은 김대중 학술상을 받는 등 중요한 활약을 했다

"보안법이요."

우리말인데 약간 일본어식으로 말하는 투가 누군가와 닮아 보였다.

"혹시, 청년의 형이 서승 아닌가?"

"예, 제가 서준식입니다."

"그래! 지금 나이가 몇 살이오?"

"스물일곱입니다."

형과 함께 국가보안법에 묶여, 1972년 확정판결을 받고, 강제 전향 공작으로 악명이 높은 대전 교도소로 와서, 어린 나이에 고초를 겪고 있는 그를 볼 때 가엾은 마음을 참을 길이 없었다.

들은 바에 따르면, 그의 어머니 오기순 여사는 일본에서 면회 와서 서승, 서준식 형제를 면회하면서 아들을 격려하여, "오마이다치 간바레(너희들 힘내라)!" 라고 말하고 돌아갔다고 한다. 그녀는 두 아들을 감옥에 보내고 화병으로 지내다가 1980년 5월 20일에 암으로 사망했다.

"삼육사칠, 조용히 안 해!"

삐이익! 운동 담당이 호루라기를 불어대며 주의를 주었다.

서준식과 더 말을 나누고 싶었지만 별수 없이 그와 떨어져야 했다.

"운동 끝!"이라는 구령에 따라 재소자들은 열린 철문으로 꾸역꾸역 밀려 들어갔다. 감방의 철문이 철커덕 철커덕, 닫히는 소리가 마치 여러 대의 열차가 굴러가는 소리처럼 들렸다.

기차를 타고 머나먼 여행을 떠나는 여행자처럼 우리는 다시 어두운 침묵 속에 잠겼다. 나뭇가지에 걸리면서 채찍 소리를 내는 바람이 차가운 겨울을 몰고 오고 있다.

전향과 눈물에 대하여

아내의 출소일 전날인 1973년 11월 3일, 소강당에서 교화사들은 아내와 나를 데려다 놓고 전향 공작을 진행했다. 창문 밖으로 하얀 눈이 소복소복 내리고 있었다.

"풀어 줘."

신학운이 담당에게 내 수갑을 풀어 주라고 했다. 옆에 서 있던 담당이 수갑을 풀었다.

"첫눈이에요."

"……그렇소."

나는 심드렁하게 말했다. 아내를 데리고 온 이유가 뻔했기 때문이다. 아내는 갑자기 쌀쌀맞은 태도로 쏟아붓듯이 말했다.

"당신이 전향하지 않는 건 나를 버리려고 하는 게죠? 내게 반말하지 않고, 존댓말을 쓰는 것도 나를 버리려는 행동이잖아요! 이제부터 당신과 갈라서겠어요!"

차갑게 대하면서도 눈물을 쫄쫄 흘리는 아내의 눈빛에는 그 말이 진심이 아니라는 사실이 그대로 드러났다. 내가 아내에게 존댓말을 쓰는 것은 어릴 때부터 배인 습관인데 느닷없이 왜 존댓말을 쓰느냐고 묻다니. 이건 분명히 아내의 본심이 아니라 교화사들이 시킨 게 틀림없다. 교화사들은 그다음 나의 행동이 어떨지 몹시 궁금해하는 표정이다. 나는 본심에도 없는 말을 해야 했다. 생각만 해도 가슴이 아팠지만,

"당신 편할 대로 하오. 이제와서 당신이 갈라서겠다면 형님들에게 편지해서 알리겠소."

"아, 아니, 여보! 사실은……."

아내는 뭔가 말하려는지 입엣말을 흘리고 주저앉았다. 이내 공작이 어그러진 걸 알아챈 교화사들은 아내를 여사女舍 쪽으로 끌고 갔다.

"저 새끼, 끌고 내려가!"

신학운은 차갑게 내뱉었다. 다시 얼음장처럼 차가운 수갑이 채워졌다. 양쪽 어깻죽지를 잡고 교화사 둘이 소강당 옆에 있는 취조실로 질질 끌고 가 내팽개쳤다. 전향 공작반 1조 조장인 이종송과 신학운이 들어왔다. 먼저 신학운이 야구 방망이를 바닥에 가볍게 치며 입을 열었다.

"하겠습니다, 한마디만 하면 돼. 개기면 확 대갈통을 빠개 버려! 마, 엎드려 뻗쳐!"

그가 갑자기 방망이로 내 등짝을 강하게 내리쳤다. 나는 충격을 받자마자 앞으로 넘어졌다가, 벌떡 일어나면서 대들었다.

"무엇 때문에 엎드려 뻗치라는 거요!"

"뻗치라면 뻗칠 것이지! 이 새끼가~."

나의 말을 싹둑 잘라 버리면서 구둣발이 내 무릎 관절 뒤를 찍어 밟았다. 무릎이 꿇려지자 그는 내 뒷목줄기를 방망이로 마구 내려쳤다. 목뼈에서 우두둑 소

리가 났다. 그는 목줄기 살이 멍이 들지 않는 곳임을 잘 알고 있었다. 이때 내 안경이 떨어졌고, 그가 구둣발로 안경을 밟아 으깼다.

"전향한다는 말이 나올 때까지만이다. 엉!"

그는 싱긋 웃으면서 본격적인 폭력을 지시했다. 이종송도 마치 투견장에 고삐 풀린 투견처럼 성급히 달려들었다. 목젖 부근에 주먹이 날아와 꽂혔다. 숨이 턱 막혔다. 입술에서 피가 터져 나왔다. 질근 깨물고 다시 일어섰다. 그때 옆구리에 주먹이 날아와 박혔다. 쓰러진 나는 도저히 일어설 수가 없었다. 신학운의 눈에서 살기가 뿜어져 나왔다.

"개 씹새끼, 전향 안 할래. 임마. 전향서 한 장 쓰면 누이 좋고 매부 좋은 거 아냐!"

이종송이 축구공 차듯이 쓰러져 있는 나의 옆구리를 걷어찼다.

훅!

숨을 쉴 수 없었다. 진땀이 얼굴 가득히 배어 나왔다. 나는 구겨진 휴지처럼 몸을 말고 시멘트 바닥에 널부러졌다. 그들은 때리다가 지쳤는지 층계에 기대앉아 담배를 빼 물었다. 늘어날 대로 늘어난 고무줄 같다고나 할까. 나는 끊어지기만을 기다리는 팽팽하게 늘어난 고무줄이었다. 신학운이 담뱃불을 붙이며 쭝얼거렸다.

"오늘 비번인데, 너희 빨갱이들 땜에 옴딱지 붙었어! 알아?"

순간, 나의 눈에서 쌍심지가 번쩍 돋았다. 맞아서 죽나 싸워서 죽나 죽기는 마찬가지다. 벌떡 일어나서 수갑 찬 손을 모아쥐고 신학운을 업어치기로 메쳤다. 이죽거리는 명태 눈깔 이종송의 뺨을 힘껏 치고, 놀라서 달려드는 다른 교화사들의 아구창을 돌려차기로 걷어찼다. 누군가의 코에서 쌍피가 터졌다. 손이 묶인 상태로는 그것뿐이었다. 나는 곧 땅바닥에 나동그라졌고, 신학운은 야구 방망이를 미친 놈처럼 휘둘러댔다. 죽여. 개 씹새끼. 무서운 줄 몰라. 아주 죽여 보려. 니기미. 죽여…… 교화사들의 발길질이 무수히 쏟아지는 걸 느끼며 나는 의식을 잃었다.

"인자 정신이 드시능교? 아프지예…… 츳츳."

굵고 따스한 목소리가 들렸다. 천정에 석유 난로의 불빛이 반사되어 어른거리는 뱀의 혓바닥처럼 보였다. 오래된 건물 냄새와 약품 냄새 사이에 찌린내 비슷한 냄새가 스며 있었고, 벽 여기저기에 쥐오줌이 흘러내린 자국이 있었다. 억실억실한 눈에 안경을 쓴 사람이 금방 주사를 놓았는지 한 손에 주사기를 들고 서 있었다. 그는 김대수 박사였다.

키가 거인처럼 장대하고 사랑이 철철 넘치는 호인으로 소내에서 잘 알려진 그는 대구 경북대 의과대학 교수로 있다가 통혁당 사건으로 구속되었다. 얼마 후 전향하여 의무과에서 간병원으로 근무하고 있었는데 의무과 의사들이 그에게 "선생님, 선생님!" 하는 건 물론이고 교도소 소장까지도 "박사님, 박사님!" 하면서 모실 정도였다. 교도소 내에서도 자유롭게 다니던 그는 수감자 중에 누가 배탈만 나도 밤이고 낮이고 뛰어 올라와서 치료해주곤 했다.

정신을 차린 나는 일어나려고 어깨에 힘을 주었으나, 도무지 몸이 말을 듣지 않았고 말할 수 없었다. 완전히 반신 마비였다. 그때, 이종송이 김 박사 옆으로 다가왔다.

"좀 어떻습니까?"

"사람을 개 패듯이 억수로 때리믄 어이 합니꺼? 이게 뭡니꺼? 너무하지 않능교? 사람이 완전히 빙신이 돼 삐고 말았다 이입니꺼? 에이, 츳츳."

김 박사는 혀를 끌끌 찼다.

"이거 보이소. 혈관이 터져 삐린 모양인데 다행이 살았심니더. 그라고 여그 왼쪽 반신은 완전히 마비라예. 우째 할라꼬 이래 때렸능교?"

가늘게 뜬 눈 안에 이종송이 고개를 푹 숙이고 있는 게 보였다. 잠시 후 나는 병사 소지의 등에 업혀 병사로 옮겨졌다. 병실에는 나 말고도 여러 명의 좌익수가 누워 있었다. 그들은 이미 전향한 사람들이었다. 전향해야 병사로 옮겨 주기 때문이다.

"너무 걱정 마이소. 시간이 지나믄 걸을 수 있을 겝니더."

내 옆에 누워 있던 수감자가 말을 걸었다.

"지는 안영기라고 합니더. 앞으루 잘 부탁합니더."

"……예에……."

"지두 전향 안 할라꼬 버티자 고문 후유증이 억수로 고통스러워가꼬 어제 전향하겠다고 했십니더. 그랬드만요 금방 병실로 옮겨 놓던데예."

하도 많이 맞아서인지 그는 한쪽 다리를 절고 있었는데, 이후에 나를 극진히 돌보아 주었다. 나는 마치 동물처럼 이불에 몸을 말고 다시 눈을 감았다. 얼마쯤 잤는지…… 누군가 몸을 흔들어댔다. 퇴근했다가 병사에 들어온 의무과 과장인 이원호였다. 내 혈압을 재 본 그는 내 눈까풀을 뒤집어 보며 한마디 했다.

"괜찮겠소. 걱정하지 마쇼."

내 얼굴을 쳐다보며 건성으로 말하는 과장은 내 팔을 걷어 혈압 강하제 주사를 찔러 넣었다. 이때 안영기가 따졌다.

"청진기도 한번 안 대어 보고 어이 압니꺼? 쫌 잘해 주이소."

"걱정마. 그래도 다 알아."

하면서 의무과장은 문을 닫고 나갔다. 나는 그 후에 그를 보지 못했다.

과장은 진찰할 때 청진기를 그냥 목에 걸친 채 환자의 가슴에 대고 진찰한다는 소문이 있었다. 그래서 환자가 "청진기를 귀에 꽂지 않고 목에 걸고 하면 진찰이 됩니까?"라고 물으면 "그래도 다 알아"라고 대답하는 형식주의자라는 말이 돌았다. 국가에서 주는 월급만 받으러 오는 돌팔이 의사라는 소문도 있었는데, 그 말이 맞는 듯했다.

이틀간 의무과에서 치료 받다가 나는 제9사인 가병사로 업혀 가서 치료를 받았다. 이때도 팔다리를 제대로 못 쓰고 지냈는데, 20대 청년 보안수로 무기형을 받은 이재용이 세탁도 해주고 짠 밥도 한 수저씩 떠 주어서 흔들거리는 이빨로 겨우 씹어 먹어 연명할 수 있었다.

강원도 고성 출신인 이재용은 전쟁 시기에 모든 식구가 북으로 피난 가서 고아로 살다가 어민이 되었다고 한다. 어느 날 배를 타고 나갔다가 납북되어 북한에 가서 순안군 재정리에서 작업반 세포 위원장으로 있는 친형을 만났는데, 친형이 고향에 돌아가서 굳건히 살라고 해서 돌아왔다가 보안법에 걸렸다. 이후 무기형을 받고 지내다가 전향을 해서 전향 소지로 있던 중에 동료들에게 북한에 갔던 일을 얘기했다가 그것이 또 죄가 되어 7년 추가형을 받았다. 그는 이제는 죽어도 전향하지 않겠다고 버티다가 교무과에서 죽도록 매를 맞고 가병사 8방에 복역하고 있었다. 보안법이란 참으로 무시무시한 법이 아닐 수 없었다.

며칠 후 전담반 제1조장인 이종송이 찾아왔다. 누워 있는 나에게 그는 큰절을 했다. 나는 이게 웬일인가 하고 어리둥절했다.

"선생님에게…… 잘못했습니다. 저의 아버님 뻘 되시는 어르신네를 마구 팰 수밖에 없는 이 직업에 회의를 느끼고…… 사표를 냈습니다."

"……."

"선생님 말씀에도 의미가 있긴 있어요. 사상의 자유…… 있어야지요. 하지만 일단은 전향하세요. 사람이 살고 봐야죠. 저도 여기서 십 년을 근무했지만 꼭 오 년 정도는 징역살이를 한 것 같습니다. 아니면 정신 병원에…… 여긴 사람 살 데가 아닙니다. ……그럼."

"아…… 저……."

"그냥 누워 계세요. 담에 어디선가 뵈면 한턱내지요."

그는 고개를 숙여 정중히 인사하고 나갔다. 사람은 누구나 착하다는 나의 믿음을 확인하는 순간이었다. 가병사에서 물리 요법으로 가벼운 운동을 시작하자 마비된 반신이 점점 풀어지기 시작했다.

1974년이 되어서도 전향 공작은 계속되었지만 한풀 꺾인 것이 사실이다. 이때쯤에는 전향할 사람은 거의 다 했고, 미전향자의 지조를 꺾는다는 것은 그들 목숨을 빼앗는 것보다 더 어려운 일이라는 사실을 교화사들은 실감하고 있었다. 내가 쓰러지고 나서 우악스러운 구타와 폭력은 많이 줄었다. 나는 가족들 때문에라도 시기를 늦출 수 없다 싶어서 전향하기로 마음먹었다.

1974년 4월 초, 교무과에서 담당 교화사 신학운이 와서 나를 데려갔다.

"전향하면 우량수로 만들어 줄 테니 어서 전향하시오."

"우량수?"

"예에, 우량수요. 우량수가 돼서 소각 점수를 다 따면 석방될 수도 있고, 작업 상여금도 많이 받습니다."

그는 실실 웃으면서 이죽거렸다. 나는 천천히 내 생각을 말했다.

"나는 작업 상여금이 뭔지도 모르고 받고픈 마음도 별로 없소. 그렇다고 석방이나 감형을 바라는 것도 아니오."

여기까지 듣고는 교화사의 입이 찢어질 듯이 벌어졌다.

"다만 한 가지 조건이 있소. 형님과 아내가 그토록 전향 권고를 했는데 나는 전향을 하지 않았소. 그들에게 미안한 마음이 많아요. 형님과 아내, 그리고 보고 싶은 사촌 동생 셋을 데려오면 그들 앞에서 전향서를 쓰고 그들의 마음을 위로 하겠소."

"그야 물론이죠!"

신학운은 좋아서 어쩔 줄 몰랐다.

이윽고 4월 17일, 가족들이 모두 한자리에 모였다. 나는 가족들이 보는 앞에서 전향서를 썼다. 전향서를 쓰고 있는 동안 가방 모서리를 뜯고 있던 아내는 내가 고개를 들자 충혈된 눈에 물기가 가득한 채 내 얼굴을 바라보았다.

곧이어 1974년 4월 19일, 전향 발표회가 있었다. 소강당에 40여 명의 미전향 좌익수들이 모여 있었다. 그중에는 나와 오랜 관계를 맺어 온 김은환·유종인·구강신·서준식·서승과 통혁 출신들 몇 명이 자리를 함께하고 있었다. 특히 몸피가 너무 여위어서 마른 풀잎 묶음처럼 보이는 맑시즘 원전原典 박사 김선명의 모습이 눈에 띄었다. 눈이 시리도록 따사로운 사월의 햇살이 높이 달린 창을 뚫고 소강당 안으로 밀려 들어왔다.

나는 천천히 전향서를 읽었다.

"나는 북한에서 많은 신임을 받아 왔고, 또 북한에 사랑하는 처자가 살고 있습니다. 그러나 오늘의 사정은 다릅니다. 누구나 내 처지가 되면 그 시기와 사회 현상에 맞추어 살지 않으면 안 될 형편입니다. ……내가 전향했다고 해도 북한 지도자들은 나를 변절자로 취급하지 않을 것입니다. 그러기에 나는 과거의 견해를 버리고 남한 사회의 자유 민주주의 사상을 받아들일 것을 약속합니다."

가슴 속에서 욱 하고 치밀어 올라오는 감정에 눈두덩이가 뜨거워졌다. 눈물이었다. 눈물 흘리면서 동지들을 바라보았다. 인상을 찌푸리고 고개를 외면하는 사람도 있다. 동지들의 눈빛과 마주치기가 미안했다. 얼굴이 화끈 달아올랐다.

그 눈빛들은 비인간적인 전향 공작에 인간의 존엄성이란 이름 하나로 맞서는 승리자의 눈빛이다.

멀고 먼 여행

전향 발표 후 그날로 나는 특별사를 나와 4사 대기방에 있다가 4일 만에 제4공장인 철공장에 배속되어 일반수와 합방 생활을 시작했다. 끼이익. 이가 맞지 않은 껄끄러운 감방문이 비명 소리를 내며 열렸다. 인사 표시로 잠깐 고개를 수그리고 감방에 들어갔다.

"수고하십니다."

내가 방에 들어가자 얼굴에 주름살이 가득한 중늙은이가 맞아 주었다. 온통 주름투성이의 얼굴이 나보다 훨씬 늙어 보였다. 천천히 들어가 신입은 문 옆이라는 재소자 간의 규칙대로 문 옆에 앉았다.

"아니, 이쪽에 앉으시죠."

노인이 가운데 자리를 내주자, 여남은 명의 수감자들은 마치 동물원에 새로 온 원숭이를 보듯 쳐다보았다.

"뭐로 들어오셨나요?"

잠깐 미적거리다가 어차피 알 것이기에 짧게 말했다.

"……보안숩니다."

보안수, 무기수라는 말에 방 안의 공기는 갑자기 무거워졌다. 바둑이나 장기를 두던 수감자들의 손길이 일순 멎었다. 누군가 바둑돌을 딱 소리 나게 놓아서 정적은 깨지고 다시 방안은 술렁거렸다.

"고생이 많으시군요. 그나저나 통성명이나 합시다. 나, 유철주요."

"아, 예, 그러세요?"

그가 먼저 손을 내밀어 악수를 할 때, 나는 움찔했다. 노동일을 하도 많이 해서 그런지 상처가 많고 돌덩이처럼 딱딱해진 손이다. 수감자들이 다시 바둑을 두거나 잡담한다. 3.5평의 방에 열네 명의 수감자들이 북적대니까 몹시 좁았다.

나이가 엇비슷하게 느껴지자 유 씨가 말문을 열었다.

"이 방엔 죄하가 절도요. 쓰리·폭력·사기·강간·강도·살인·마약 제조·유괴·가정 파괴, 없는 게 없습니다. 인간 잡탕이지요. 하하하!"

그가 웃을 때 이빨이 서넛 빠진 입안이 보여서 아까보다 훨씬 늙어 보였다. 그가 죄목을 말할 때마다 수감자들은 인사라도 하듯이 한 명씩 얼굴을 들었다. 마치 자기가 그런 죄를 지었다고 알리기라도 하는 듯이.

"선생과 같은 정치범은 이 방에 없어요. ……참, 특별사에 계셨으니깐 이런 건 모르시겠네요."

얘기가 딱딱해지자 유 씨는 말머리를 돌렸다.

"철통 오조지가 뭔지 아십니까?"

나는 빙그레 웃으면서 고개를 가로저었다.

"대 줄까요?"

심심하던 참에 나는 고개를 끄덕였다.

"철통은 패통·명찰통·감시통·식구통·빵끼통·쓰레기통·꼴통이요. 오조지는 형사는 때려 조지고, 검사는 불러 조지고, 판사는 미루어 조지고, 집에선 팔아 조지고, 죄수는 먹어 조지는 겁니다. 하하하하!"

그는 장쾌하게 웃어댔다.

"재밌군요."

"뭐, 나 같은 전과 17범이나 아는 얘기니까 그냥 흘려 들으세요."

전과 17범. 교도소를 들락날락했다는 사람이 호쾌하게 웃는 모습을 보니까 어이가 없어서 나도 웃음이 흘러나왔다. 특사에 비하면 계호戒護, 범죄자를 지키는 일도 거의 없고 지극히 자유로웠다. 방안에는 장기·바둑판도 있고 맘대로 떠들고 놀아도 뭐라고 하지 않았다. 더군다나 힘든 일을 한다고 1등, 2등식이 나왔는데 나는 절반밖에 먹을 수 없었다. 우리는 밤새도록 이런저런 얘기를 나누었다. 감방은 열세 명이 자기에는 너무 좁았지만 그런대로 지낼 만했다.

"개바앙開房."

눈곱이 덕지덕지 낀 눈으로 출역수들이 길게 하품을 하면서 몰려나왔다. 이튿날 아침 8시부터, 장부를 넘기며 공장별 출역자 명단을 차례대로 호명하는 담당의 지시에 따라 철공장으로 나갔다.

그날 보슬비가 내렸다. 미루나무가 가볍게 살랑이고 더운 살덩이에 닿은 빗방울이 기분 좋았다. 먹고무신을 꿰차고 오랜만에 감방문을 나왔을 때 크고 굵은 기둥들이 한눈에 들어왔다. 나는 대열을 따라서 차갑고 완강하게 버텨 선 높은 공장으로 향했다. 철공장 입구에는 '주고받는 고운 말, 밝아지는 우리 사회'라는 표어가 검은 글씨로 쓰여 있었다. 마악 공장 문을 들어가려는 참에 유 씨가 가볍게 걱정 어린 말을 던졌다.

"철공장은 나이 많으신 분이 힘든데……."

"……."

가볍게 웃어 보였다. 그때 출역 담당이 공장 안에 대고 소리쳤다.

"철공장 신입 하나요!"

공장의 본부 담당이란 사람이 나에게 다가왔다. 그는 내 가슴에 붙은 빨간 딱

지를 흘낏 보더니,

"좌익수군…… 당신은 처음이니까 완성부에 가서 일하쇼."

그가 녹이 슨 듯한 목소리로 말하고 나서 얼마 후 기계 돌아가는 소리가 한꺼번에 쏟아져 울리기 시작했다.

들어오는 사람들을 환영이나 한다는 듯이 철공장의 기계는 육중하게 윙윙 돌아가면서 김을 내뿜고, 쇠 깎는 소리·쇳조각 튕기는 소리로 귀가 쟁쟁 울렸다. 짜증스럽고 성마른 욕짓거리들이 아침부터 공기를 험악하게 갈랐다. 완성부에서는 소내의 열쇠를 담당해서 부러진 열쇠와 구부러진 열쇠 따위를 수리한다. 열쇠의 절단면을 갈아 내고 있는 쇠 줄톱의 발작적인 마찰음이 소음과 한데 뒤섞여 무슨 소리인지 분간하기조차 힘들었다. 헌데 다른 사람들이 하는 걸 보니까 몹시 서툴러 보였다. 그날은 처음이라서 보고만 있다가 다시 감방으로 돌아왔다.

이튿날부터 나는 작업에 참가할 수 있었다. 나는 배우는 속도가 빨라서 수감자나 교도관들이 손재주가 좋다고 혀를 내둘렀다. 며칠이 지나자 한 손에 여러 개의 열쇠를 잡고, 다른 한 손엔 복제한 열쇠를 붙잡고 엄지로 스륵 밀어 보면, 손끝에 느껴 오는 촉감만으로도 미세한 불량까지 정확히 감지해 낼 수가 있었다. 이 모든 것이 한 치의 오차도 없을 만큼 내 감각은 기계처럼 단련되어 갔다.

철공장 생활에 익숙해지면서 나는 스테인리스를 갈아 침을 만들었다. 사실 수감자치고 귀건 눈이건 다리건 허리건 위장이건 심장이건 만성 질환이 없는 사람은 없었다. 내가 만든 침으로 아프다는 사람들에게 성심성의껏 침을 놓아 주곤 했는데, 효과가 좋았는지 어느새 침 잘 놓는 할아버지로 유명해져 버렸다.

수감자들은 아프다 싶으면 내게로 달려와서 침을 놓아 달라고 부탁하곤 했다. 자꾸 사양하는데도 달걀이니 속옷이니 하는 것들을 놓고 가서 우리 방엔 먹을 것이 떨어지는 날이 없었다.

한번은 교도관 하나가 오토바이를 타다가 다리가 부러졌는데, 치료가 잘못돼서 오히려 더 악화한 상태로 내게 왔다. 다리가 퉁퉁 부어 보기에도 징그러울 정도였다. 그가 침을 한 벌 사서 와서 치료를 부탁해서 나는 다리뼈를 제대로 붙인 다음 침을 놓아 주었다. 얼마 뒤 깨끗하게 나아서 그 덕택에 내게는 침 한 벌이 생겼다.

이후부터 교도관들도 내게 와서 침놓아 주기를 부탁했고, 나는 더 바빠질 수밖에 없었다. 다만 될 수 있으면 보안수를 비롯한 수감자를 우선해서 내 능력껏 건강에 대한 예방적 처방을 설명해 주며 침을 놓아 주었다.

얼마 안 가서 나는 교도관의 지시를 받고 만능키를 발명해서 제작했다. 이 만능키는 열쇠 하나만을 가지고 모든 자물통을 열 수 있게 만든 칼집인데, 그 안에는 쪽집개·드라이버·손칼·깡길·귀이개를 하나씩 넣어서 스텐 철판으로 만든 집에 싸서 만들었다. 모두가 스테인리스강으로 만들어져서 광채가 나고 주머니에 넣고 다니기에 좋았다.

어느 날 본무 담당이 나에게 와서 말했다.

"교도관들이 만능키를 보고 너도나도 만들어 달라고 해요. 한 오십 개 정도만 만들어 줄 수 있죠?"

"……그러죠."

그래서 며칠 동안 만능키 오십 개를 만들어 교도관들에게 나누어 주었다. 다만 몇 달이 지나 이것이 문제가 되었다. 다름이 아니라 담당들이 가지고 다니는 만능키를 절도범들이 가로채서 출소할 때 치약 속에 감춰가지고 사회에 나가 절도를 하다가 구속된 사건이 발생한 것이다. 며칠 후 조사반이 교도소에 들어와 나를 데려다가 심문했다. 다행히 나에게 지시한 담당이 있어 처벌은 받지 않았고, 다음부터는 만능키를 제작하지 않았다.

그 후 여유가 있으면 스테인리스로 버클혁대 고리을 만들었는데, 하루는 담당이 찾아와서 말했다.

"법무부에서 지급한 버클은 철판에다가 니켈을 도금한 것이라 도금이 벗겨지면 녹이 나고 추잡한데, 김 선생님이 만든 버클은 녹이 나지 않고 광채가 번뜩여서 보기 좋군요. 많이 만들어 줄 수도 있죠?"

담당은 실실 웃으면서 물었다.

"스테인리스가 없어서 힘들겠소."

"그건 걱정마십시오. 식당에서 쓰는 식기로 만들면 안 되겠어요?"

"……한번 해봐야 알죠."

다음날부터 나는 식기로 버클을 만들어서 며칠 만에 수백 개가 되었다.

교도소 내의 자동차 수리는 철공장에서 했는데, 어느 날인가는 4톤짜리 '지엠시' 화물차가 고장이 나서 철공장에 들어왔다. 수리공이 한참을 낑낑대도 수리를 못 하기에 내가 가서 수리를 해줬다. 이래서 나는 철공장에서 없어서는 안 될 존재가 되어 버렸다.

심지어는 여사女舍나 고망대감시탑에 가서도 자물쇠를 고쳤다. 하루는 여사에 가서 저녁 늦게까지 자물쇠를 고치는데 여죄수들이 식구통으로 손을 내밀고 내 허벅지를 자꾸 더듬는 것이다.

"고 할아범 힘깨나 쓰겠는걸, 호호호."

"문 따고 들어와. 아저씨이, 짧게 끝내줄께, 으응?"

나는 빙긋 웃어 주고 내 방으로 돌아왔다. 기름때 묻은 손을 옷자락에 쓱쓱 문지르면서 돌아왔을 때, 방에서는 내가 여사에 갔다 왔다는 말을 언제 들었는지 왁자지껄 대며 한마디씩 해댔다.

"쇠부랄 젖마냥 축 늘어진 미친년 젖이라도 실컷 쭉쭉 빨아 먹어 봤으면 원이 없겠어라우!"

"아유, 내는 뚱뚱한 년 말구 멸치처럼 마르구 눈이 예쁜 년이랑 더도 말구 딱 한 번만 빠구리 했으믄, 으이, 생각만 혀도 오사럴 것, 어메 미치겄네에!"

남자들끼리 모아 놓고 한데 엮어 두니 짬만 나면 변태적인 생각이 떠오를 수밖에 없다.

특별사에 가서 열쇠를 고치던 어느 날. 나는 친구들을 만날 수 있다는 생각에 이루 말할 수 없이 반가웠다. 김선명·유종인·김은환·구강신·서승·서준식 등 모두들 잘 지내고 있었다. 모두들 고문을 받아서 지친 몸들이었지만 늘 그랬듯이 웃음을 잃지 않고 있다.

"김 동지!"

일을 끝내려고 나가려는데 귀익은 목소리가 발목을 잡았다. 바로 옆 감방에서 누군가가 식구통으로 얼굴을 내밀고 물어 왔다. 무척 반가운 인물이었다.

"아, 박융서 선생, 이거 오랜만입니다."

박융서1921~1974, 그는 경기도에서 고정간첩 혐의로 체포되어 무기형을 사는 비전향 좌익수였다. 까무잡잡한 얼굴에 꾹 다문 두꺼운 입술이 그의 고집을 말해 준다.

"잘 지내시죠, 김 선생?"

"저야 출역出役, 공사에 동원돼 나감하고 지내지만…… 끼니 거르지 말고 생활하셔야 합니다."

"제 걱정은 마시고, 건강하시오."

창백할 만큼 핼쓱한 얼굴로 그는 되레 나를 위로했다. 그는 북한에 가족이 살고 있기에, 언젠간 돌아가리라 믿고, 전향을 거부했다고 한다.

"도와 드릴 거라도 있으면……."

그의 가느스름한 눈꼬리를 타고 눈물이 주르르 미끄러졌다. 내 마음에 욱하고 치미는 아픔이 전해졌다. 고문을 더 이상 참지 못하는 마지막 표정 같았다.

"아, 아니오. 그저 김 선생 손 잡고 기뻐하고 싶어서……."

그의 발음이 꼬부라졌다. 내가 그의 손을 맞잡았을 때 얼음장처럼 싸늘한 손마디가 마치 앙상한 나뭇가지를 잡는 듯했다. 그의 얼굴은 오랜 고통으로 인해서 심하게 일그러져 있었다.

훅훅 쪄대는 1975년 여름날, 4동 안은 통풍이 되지 않아 후끈후끈했다. 출역자들은 더위를 견디다 못해 웃통을 벗어 던지고 일했다. 이즈음에 본무 담당으로는 죄수를 잘 때리기로 소문난 정소용이 교체되어 왔다.

며칠 후 일생을 징역 생활로 들락날락하면서 살아가는 '목포내기'라고 불리는 김대홍이 공장에 출역하러 왔다. 과거에 여기에 들어와 있다가 지도반장까지 했던 그는 대전의 깡패 두목으로서 성격이 난폭한 40대 초반의 중년이었다.

목포내기가 들어오자마자 본무 담당 정소용은 "형님, 형님" 하면서 쇠고기를 구워 도시락에 싸서 올리기도 하며 죄수에게 연신 굽실굽실하는 걸 보니 가관이었다. 때문에 목포내기는 간이 부을 대로 부어서 안하무인 격으로 설쳐대면서 담당 노릇까지 다 해댔다.

가령 출역 갔다가 돌아올 때는 빨가벗고 맨발로 1미터 이상 되는 구간을 뛰어넘어서 몸수색을 받아야 했다. 어떤 재소자는 항문에 담배 3갑을 비닐에 싸서 넣고 뛰었다가 생똥과 함께 담배가 나와서 죽도록 얻어맞고 먹방에 끌려가기도 했다. 목포내기는 정소용에게 눈짓만 하고 무사통과하여 감방 안에서 강아지담배를 맘대로 피워댔다.

뿐만 아니라 계집애처럼 예뻐 보이는 재소자를 보면 자기를 수발하는 몸종으로 부려먹었다. 꽉 눌러 놓은 찐빵처럼 생긴 목포내기가 젊은 아이 엉덩이에 걸터앉아 빨아대고 꼬집고 비역질사내끼리 하는 성교을 쳐도 겁에 질린 재소자들은 아무 말도 못했다. 그리고도 모자라서 이틀이 멀다고 다른 아이를 골라서 수발을 정하고 추잡한 행동을 계속했다. 게다가 그는 좌익수만 보면 버릇처럼 말했다.

"빨갱이들 찢어발겨야 해!"

아가리를 딱 벌린 호랑이 문신이 그려진 가슴팍을 내밀고 그는 입만 뻥긋하면 씹어뱉듯이 중얼거렸다. 이럴 때 그의 표정은 소름이 끼칠 정도로 섬뜩했는데, 후에 알고 보니 그는 월남에 갔다 온 해병대 출신이었다. 나만 보면 흡혈귀 같은 표정을 짓고 낄낄거리면서 씹어 뱉었다.

"빨갱이, 찢어 죽일 놈덜!"

총인원이 18명밖에 안 되는 철공장에서 젊은 아이 열 명을 교대로 수발시키는 그는 공장에 들어오면 소형 선풍기를 틀어 놓고 낮잠만 잤다.

말복 더위가 기승을 부려서 철공장 안에 쇳덩어리가 모두 달구어진 듯해서 가뜩이나 짜증이 나던 어느날 정오였다.

"쌍노무 새끼덜! 옷 다 벗어!"

수발하던 아이들이 말을 잘 안 듣는다고 공장 안에서 목포내기가 구타하기 시작했다. 빨가벗겨진 아이들의 목에는 닭벼슬처럼 빨간 이빨 자국이 선명했다.

"아저씨, 살려 주세요. 이제부턴 잘 할게요."

한 아이가 목포내기가 하도 주물러서 손독이 올라 퉁퉁 부어오른 고추를 내놓은 채 두 손으로 싹싹 빌어댔다.

"씨발놈아, 자지가 부르트던 뿌리까지 뽑히던 내가 하라면 해야 할 거 아냐! 자질 뽑아 버릴라!"

그는 스패너를 번쩍 들었다. 아이들은 사시나무처럼 팔다리를 후들후들 떨었고, 땀으로 이겨진 몸에 쇳가루를 덮어쓴 재소자들은 모른 척하고 기계 앞에서 일만 하다가 힐끔 눈치만 보았다. 그들의 이마에서 납물 같은 땀방울이 뚝뚝 떨어졌다. 말문을 열고 항거하는 사람이 하나도 없었다.

나는 속에 담아 두었던 부아가 한꺼번에 치밀어 올라 더 이상 참을 수 없었다.

"김대홍 씨! 어린 사람을 그렇게 발길로 죽도록 패면 어떻게 해!"

오른쪽 손으로 한 아이의 멱살을 잡고 왼손으로 스패너를 번쩍 들었던 그는 그 애를 획 밀치더니 내게로 다가왔다.

"니기미, 이 늙은이가 왜 지랄이야! 그저, 빨갱이들은 찢어 발겨……."

차마 치지는 못하고 게거품만 내물고 눈알을 굴려대는 그가 말을 마치기도 전에 나는 대뜸 쏘아붙였다.

"그래서 찢어 먹겠소? 당신이 바른 일이 시키면 아이들이 왜 말을 안 듣겠소? 못된 추잡한 짓만 시키니까 말 안 듣는 것 아뇨? 더러워서 보안과에 얘기하고 다른 공장에 가겠다고 말하겠소!"

그는 마른 침을 탁 뱉었다.

"쌍노무 늙은이, 좆도 쓰바랄 거! 왜 꼰대처럼 지랄이야. 한 딱가리 할래! 대가리를 확 까 불라!"

뭔가 켕겼던지 수그러들면서 달려들지는 않았다. 이때 교도관들이 달려와서 목포내기를 혁수정에 채웠다. 알고 보니 놈에게 당한 아이들 중 하나가 보안과로 뛰어가서 알린 것이다.

마침내 김대홍은 징벌방인 4사 독방으로 감금됐다. 독방에 가둬도 그는 목이 쉬어라 하고 욕지거릴 뱉었다.

"야! 문 따! 이 주임 씨벌눔아! 너, 나가면 대갈통 박살낼 거야!"

하루종일 욕이란 욕은 다 퍼부으며 길길이 날뛰더니, 이튿날 방문이 열리는 기회를 타서 보안과로 달려가 자기를 독방에 넣었다고 이선재 주임의 면상에 박치기해대고, 책상을 뒤집어엎고, 맨손으로 유리창을 깨면서 소란을 피웠다.

이 사건으로 이 김대홍은 혁수정을 차고 특별사인 5사 독방에 감금되었다. 그 후 보안과장이 순시하여 가서 들여다볼 때마다 물사발을 안겼다고 한다. 문제는 점점 커져서 김의 철공장 생활이 조사되어 폭행 및 추행으로 10개월 형이 더 추가되었다.

이렇게 교도 행정이 바르게 안 되고 약자에겐 강하고 강자에겐 약한 처사로 말미암아, 폭력이나 파렴치범들이 더 펄펄 뛰는 경우가 많았다. 교도소에서 교정교화를 한다고 하나 사실은 범죄자 양성소가 되는 경우도 많았다. 초범으로 어쩌다가 잡혀 들어온 아이들은 처음 들어왔을 때는 뭐가 뭔지 잘 모르기에 조순하고 얌전하다가, 돌아가면서 자기가 죄를 범하던 경험을 말할 때 듣도 보도 못한 괴이한 범죄 방법을 듣게 되기 때문이다. 출소할 때쯤 되면 한탕 할 계획을 짜가지고 나가서 한 달도 못 되어 다시 구속되어 들어오는 경우가 부지기수였다.

그 후 철공장에는 황해도 정찰 중대에 소속되어 남파되었다가 무기형을 받은 이길환이 전향하고 출역하기 시작했다. 그와 나는 동지애를 느끼고 금방 친해졌다.

하얀 꽃가루 같은 첫눈이 내리던 1978년 11월 어느 날, 수감자들이 모여서 수군대고 있었다.

"무슨 일이야?"

"이거 보세요. 특별사에 들어갔다가 받은 비둘기예요."

나는 비둘기쪽지를 받아서 읽어 보았다. 알미늄 식기를 갈아서 낸 먹으로 쓴 삐뚤빼뚤한 글씨였다.

이틀 전 수번 3507 박융서

복장 파열로 사망 직전. 수차례 외래 진료를 요망했으나

교도서 측에서 묵살. 좌익수 전원 진상 해명 요구 단식 중.

김선명, 유종인 징벌방 수감중.

장기판을 잘 그리던 김은환의 글씨가 틀림없었다.

이 시기에 특별사에서 전향을 꺼려 자살자가 생겼다는 말이 수군거렸는데 그 말이 근거 없는 소문만이 아니라 사실이었던 것이다. 전향 공작은 음으로 양으로 강압이 횡행했다. 실지 전향 자체는 마음에서 우러나야 하는 것인데, 강제로 강요하다 보니 사고가 자주 생겼다.

며칠 지난 오후에 담당이 철공장 안으로 들어왔다.

"이거 기름걸레로 쓰쇼."

담당이 던지고 간 천 조각은 무슨 겨울 내의 같았다.

이길환이 그 천 조각을 들다가 얼굴이 찡그려지더니 어깨를 떨면서 조용히 눈물을 떨구기 시작했다.

"이…… 이, 내복…… 박융서 선생…… 내복이에요……."

내의 한쪽에 분명히 박 선생의 수번이 새겨져 있었다.

"죽고 싶다고…… 그러더니……."

나는 맘씨 좋은 김환영 교도관에게 달려가서 그의 죽음이 사실인지 물었다. 김 교도관은 마치 죄수처럼 손을 가지런히 앞으로 모아 쥐고는 미안하다는 듯이 말했다.

"잘 보살펴 드렸어야 하는 건데…… 유감스럽게도……."

말끝을 흐린 그의 목소리는 약간 긴장되어 있었다.

2004 의문사진상위원회는 박융서의 죽음을 단순자살이 아닌, 고문에 따른 의문사로 판정했다

"그럼 죽었단 말입니까?"

어느새 내 눈시울도 뜨거워지기 시작했다.

교도관들은 비전향장기수인 박융서를 발로 차고 바늘로 찔러 고문했다. 1973년부터 2년간에 걸친 전향 고문의 후유증으로 정신 이상으로 시달리던 박융서는 1974년 7월 20일 교도소 창살의 유리 조각으로 스스로 동맥을 긋는 극단적 선택을 했다. 그는 감방 벽에 "전향 공작 강요 말라"는 혈서를 유서로 남겼다.

얼굴에 핏기가 없는 그가 내 손을 맞잡았을 때 얼음장처럼 차가웠던 손길. 그의 사인은 소내 의무과장의 손에서 심장마비로 처리되고, 시체는 가마니에 둘둘 말려 교도소 뒷산에 묻혀 한 삽의 흙으로 잊혀 갔다. 꺼멓게 내려앉아 있던 하늘마저 마치 그의 죽음을 애도라도 하듯이 굵은 눈발이 퍼붓는 날이었다.

어느덧 1979년 봄이다. 나는 철공장 완성부에 있으면서 틈날 때마다 공부해서 다듬질 자격시험을 쳐서 기능사 자격을 얻었으며, 선반공 기능사 자격도 획득했다. 가끔 수리를 부탁하는 자동차 정비 사업도 도맡아 하기도 했다. 법무부에서 내가 한국전쟁 시기에 수송부 장교로 있었던 기록을 보고 일을 부탁했던 것이다.

그 후에 나는 수감자들에게 매일 자동차 원리로부터 시작해서 정비 사업에 이르기까지 교육했다. 때마침 소내 철공장을 폐지하고 자동차 정비공 훈련 양성소가 들어섰다. 다만 직업 기술 양성 규정에 따라 연령 35세 미만의 젊은 사람과 중졸 이상인 사람만 직업 기술을 받을 수 있기에, 60여 세를 넘은 나는 해당되지 않아 염색 공장으로 전업해야만 했다.

아침 출역 시간에 염색 공장으로 가려고 준비하는데 김환영 담당이 주근깨가 콧등에 잔뜩 깔린 청년과 함께 찾아왔다. 다른 수감자들은 바삐 공장으로 향해 건물을 나가고 있었다.

“편히 쉬셨습니까?”

“예에, 근데 웬일이오?”

“잠깐 할 얘기가 있어서요.”

담당은 다른 수감자들이 모두들 출역을 나가자 아무도 없는 복도에서 부탁했다.

“지금…… 정비공 양성소에서 교육을 담당할 사람이 없습니다. 수고스럽겠지만 양성소에서 교육을 담당하셔서 자동차 수리 기술에 대해 강의해 주셨으면 합니다.”

“……아, 예에.”

“이 사람이 선생님의 일을 도와 드릴 겁니다.”

그러자 동그란 얼굴에 주근깨가 까만 청년은 싱긋 웃으면서 인사했다.

“김진석입니다.”

악수를 하는데 뭉툭하게 잘려나간 오른손의 검지가 손아귀에 허전하게 느껴졌다. 알고 보니 그도 좌익수 출신인데, 이북에 있을 때 공산 대학을 졸업한 공업 학도였다. 그날 이후로 나는 진석이와 함께 다시 자동차 정비 기술 훈련 양성소에서 교육을 담당해서 일하기 시작했다.

김진석이 강의하다가 모르는 것이 있으면 내가 그때마다 가르쳐 주었는데, 그는 강의하다가 정비에 능수가 되어 정비공 2급과 1급 정비사 자격까지 획득했다. 그는 뭔가 궁금한 문제가 생기면 뭉툭하게 잘려나간 오른손 검지를 다른 네 손가락으로 더듬었다.

그의 얼굴을 보다가 문득 생각나는 얼굴이 있었는데, 그건 바로 이응수 중사의 얼굴이었다.

"선생님, 마후라가 터졌는데……."

뭔가 물어보려고 주근깨투성이의 얼굴을 드는 그의 모습을 보면 영락없이 이 중사와 똑 닮아서 착각을 일으키곤 했다. 그럴 때면 교도소 안의 썰렁한 분위기가 갑자기 내가 인민군 수송부 군관으로 운전을 가르쳤던 만주 벌판으로 변하는 듯했다.

얼마 후 나는 염색 공장으로 일터를 옮겼다. 염색 공장에서 내가 맡은 일은 기계를 수리하는 일이었다. 특히 2톤급 보일러를 수리하는 일이 큰일이었는데, 이외에 크고 작은 열난방 파이프를 수리 보강해야 했다. 그리고 염색해서 나오는 천을 말리는 망구루건조대·졸아든 천을 펴는 덴다·그 천을 다시 다리미질하는 카렌다 기계·천의 크기를 재는 검척기檢尺器·천에 풀을 먹이는 호부기糊付機·심지어는 실을 감는 꾸리 기계까지 담당하여 수리하자니 바쁘기 그지없었다.

염색 공장에는 여남은 명의 보안법 관련자들이 40여 명의 일반 재소자와 화합하며 지내서 가족 같은 분위기였다. 분위기 좋은 공장으로 다른 공장에까지 소문나 있었다. 소내에는 염색 공장·인쇄 공장·양재 공장·축구공을 만드는 볼 공장·방직 공장·조화 공장·목공장·구두 공장 등이 있었다.

정말 "여자만 못 만들고 다 만든다"는 출역수들의 말이 맞을 정도였다. 처음 염색 공장에 들어갔을 때 키가 큰 편이고 머리가 조금 크게 보이는 사람이 반갑게 맞아 주었는데, 그는 김낙중1931~2020이라고 서울대 사회학과에 다니고 중퇴하여, 1957년에 월북했다가 7년간 보안법으로 살고 석방되었다가 다시 구속된 사람이었다.

김낙중(출처 : 나무위키)

그 외에 흥남 비료 공장에 가서 친형을 만나고 돌아와서 검거된 무기수 허건룡, 이북에서 내려온 공작원인 친형에게 포섭되어 활동하다가 검거된 목사 김시풍, 그리고 군대에서 철책 근무중 소대장 인솔하에 소대 전원이 월북하다가 끝에 뒤처져서 따라가던 중 수류탄 핀이 나무에 걸리는 바람에 수류탄이 터져서 내장을 잘라낸 무기수 이현우 등이 있었다.

하루는 일을 끝내고 잠시 쉬는데, 꾸리 기계 뒤에서 웅얼거리는 소리가 들렸다. 무슨 소린가 하여 다가갔는데,

"……하나님 아부지, 지금 이 시간에도 우리 보안수들과 마카[모든] 수감자들에게 함께 해주이소. 하루하루를 단디[잘] 살게 해주이소. 우리 조국의 통일도 이루어 주이소……."

누군가 봤더니 이마가 넓은 김시풍이 무릎을 꿇고 쉰 듯한 목소리로 기도를 하고 있었다. 경남 진해 출신인 그는 일제 때 신학 대학을 나와서 목사가 되었다고 했다. 나는 기도가 끝나기를 기다렸다가 그에게 물었다.

"아니, 어떻게 유물론자가 기독교를 신봉합니까?"

그는 머리를 절레절레 저으면서 빙긋 웃었다.

"와 그라능교. 저는 영감으로 씌짓다는 성경을 완전히 유물 변증법으로 해석하고 그라는디……."

늘 시간이 날 때마다 기도 생활을 하면서 옥중 생활을 하는 그는 특이한 좌익수였다.

얼마 후 1979년 가을 운동회가 시작됐다. 공장마다 선수를 뽑아서 매년 봄과

1973년 여름 '대전교도소의 운동회' 장면. 조작된 '유럽 간첩단 사건'(1969년)으로 대전교도소에 1970년 7월부터 1973년 12월까지 복역했던 김판수 선생(왼쪽, 현재 익천문화재단 공동이사장)께서 사진을 제공해주셨다. 오른쪽에 흰 반바지 입은 이는 박성준 교수(전 성공회대학 교수)다. 박 교수는 나중에 국무총리가 되는 한명숙 씨와 6개월째 신혼생활을 하다가 통혁당 사건으로 수감됐다.
김진계 옹이 1972년 11월 15일에 대전교도소로 이송되었으니, 김판수 선생도 1년은 함께 수감돼 있던 것이다

가을에는 평소에 연마한 체육 기술로 운동 경기를 했는데, 경기 종목은 배구·테니스·족구·땅에 대고 치는 탁구인 땅딸구·씨름·달리기·중량 운반하기·장애물 경기·이인삼각·힘겨루기·마라톤·줄다리기·열차 경기 등 다양한 경기를 해서 종합 우승으로 승리를 겨루는 재소자 운동회였다.

참가자는 교도소 내의 모든 출역수였다. 취사장과 세탁 공장, 의무과, 간병원을 비롯한 사방 복도 소지, 외부 청소, 경원농사꾼 등으로 구성된 관영부도 운동경기에 참가했다.

며칠 전부터 운동장 구석에서 재소자들은 족구나 땅딸구 연습을 하고 관영부에서는 횟가루를 뿌려서 트랙을 그어 놓았다. 만국기는 없었지만 재소자들은 이날을 손꼽아 기다리면서 준비도 많이 했다.

꽃 피는 동백섬에 봄이 왔건만

형제 떠난 부산항에

갈매기만 슬피 우우네~

오랜만에 교도소 연병장 스피커에서는 조용필의 〈돌아와요 부산항에〉 같은 유행가가 응원 소리와 섞여 소란스레 울려 퍼졌다. 우리 염색 공장도 응원단장이 여장하고 엉덩이를 흔들어대는데, 7명이 70센티미터 간격으로 양쪽 발목에 나무판을 묶고 달리는 경기를 하던 중에, 그만 싸움이 벌어졌다.

"저, 개새끼덜, 반칙했어!"

"야, 가짜꽃 맹그는 놈덜아, 니덜은 안 혔어!"

세탁 공장 팀이 끈을 헐렁헐렁하게 묶었다고 조화 공장 팀이 싸움을 걸었던 것이다. 경교대원들이 달려와서 싸움을 말리고 해산시켰다. 각종 범법자들이 모여서 진행하는 운동회인지라 아주 사소한 문제 때문에 싸움박질로 치닫는 경우가 많았다. 이런 관계로 운동장 주변과 옥상에는 M16으로 중무장한 기동 타격대의 삼엄한 감시하에 운동회가 진행됐는데, 위압을 받아 가면서 운동회를 하니 그다지 유쾌한 기분은 아니었다.

공장의 굴뚝 그림자가 휘돌아서 어느덧 드넓은 운동장 바닥을 길게 베고 누울 때까지 운동회를 했다. 이날 우리 염색 공장은 준우승을 차지했다.

여사의 여자 수감자들도 운동회에 참가하여 즐겼지만 미전향수는 일절 참가하지 못했다. 미전향 좌익수들은 1년에 두 번씩 하는 운동 경기에도 참가하지 못했고, 전향 좌익수와 서로 인사도 못 하게 완전히 봉쇄되어 외부 환경을 전혀 모르게 차단되어 있었다.

취침 시간이 되면 죄수들은 구분된 칸마다 자기 공간을 할당받고 사육되는 동물들처럼 이웃한 다른 칸에 전혀 상관하지 않고 조용히 누워 잘 준비를 했다.

나도 큰 숨을 내쉬며 잠자리를 깔았다.

누워서 하얀 벽을 바라보면 미전향한 동지들이 떠올랐다. 멀리서 구슬프게 취침 나팔 소리가 들려 온다. 구름 사이로 달이 빠져나오면서 잠깐 흰 빛을 뿌려 쇠창살에 차갑게 튕겼다.

광주민주화항쟁, 이 세상 사는 동안

"여그 보시오. 이거 총알 아닝교!"

1979년 10월 초, 염색 공장에서 기계 수리를 하는 중이었다. 보일러 수량 측정기가 고장 나서 새로운 측정기를 설치하려고 김시풍과 함께 땅바닥을 팠는데, 놀랍게도 M1소총 총알 탄피가 파내면 파낼수록 적지 않게 쏟아져 나왔다. 대전교도소에 가장 오래 있었던 김시풍이 돋보기안경을 들어 올려 탄피가 든 그릇을 보면서 말했다.

"여그가…… 육이오 때 국군이 좌익수들을 총살했던 데 아닙니꺼? 그라고, 마, 저어기 호부기 놓았던 자리가 그때 우물 자리였는데, 시체들을 쓸어 넣었지예."

염색 공장에 풀을 먹이는 기계인 호부기糊付機가 놓인 장소가 학살의 장소라니, 끔찍하기만 했다. 어쩔 수 없이 수량 측정기를 설치했지만, 왠지 좋지 못한 예감이 들었다.

며칠 지난 1979년 10월 27일 아침.

출역하러 나서는데, 게양대에 조기가 달려 있었다. ……도르래 고장인가? 무슨 일인가 물어보았는데 아는 사람은 한 사람도 없었다. 담당에게 물어봐도 입맛만 쩍 다시고 대답하지 않았다. 교도소 안에는 왠지 모를 싸늘한 공기가 맴돌았다. 저녁때가 돼서야 담당이 귀띔했다.

"박정희가 죽었소."

어떻게 죽었는지 전혀 알 길이 없었다. 몇 달 동안 심상치 않은 공기가 교도소 안을 맴돌았다. 어떻게 죽였을까.

이즈음, 밤에 경비 서는 경교대원 한 명이 나에게 다가왔다. 그는 밤새 근무를 서다가 심심한지 잠을 자지 않고 있는 나에게 물었다.

"할아부진, 뭔 죄로 들어오셨어라?"

귀엽게 생긴 얼굴이 앳되게 보였다.

"궁금한께 그래라……."

"정말 알고 싶소?"

"야아."

"그럼 귀를 가까이 대 봐요."

젊은 근무자는 시구문 쪽으로 귀를 댔다.

나는 그의 귀가 내 입가에 닿자 살그머니 얘기했다.

"간첩이오."

"엉?!"

그는 얼굴이 질려서 금방 홍당무가 되더니 복도 끝으로 가서 좀처럼 오지 않았다. 가끔가다 땜통교도관이 쉬는 시간을 메워 주로 오곤 했다. 며칠 뒤 꼭두새벽에 그가 다시 왔다.

"할아부지, 할아부지!"

잠자고 있던 나를 불러 깨웠다.

"이거 쫴께 자시요."

시구문으로 보니 본무 근무자는 책상에 엎드려서 코풍선을 불어대며 곯아떨어져 있었다.

"뭐요?"

"삶은 계란인디요."

"……고맙군."

"뭘요. 할아부진 돌아가신 지 친할아부지랑 꼭 닮아서 좋구만이라. 앞으로 친손자처럼 대해 주시요, 잉."

가지런한 치아를 드러내고 웃는 그는 매우 건강해 보였다. 찬 바람이 불어와 삼십 촉 전등을 흔들어댔다. 감시등만 가끔 비추고 지나가는 모두들 잠이 든 교도소 안에서 철문을 사이에 두고 많은 이야기를 나누었다.

"지는 전남대 1학년까지 다니다가 작년에 입대했는데, 여기로 전출됐구만이라우."

"그렇군…… 헌데, 바깥 공기가 어수선한 거 같은데……."

"예, 시방 시상이 난리구만이라우. 10월 26일날 대통령이 죽고, 얼마 전 12월 12날 서울에서 군인들끼리 싸움이 벌어졌어라. 무신 일인지는 지는 잘 모르겄는디요. 휴가 나가면 물어 봐야 쓰겄구만이라……."

예상한 대로 심각한 일이 일어났음이 틀림없었다.

"참, 나는 자네 이름도 모르는데……."

"박상환인디요. 얼매 있으믄 휴가 강께 댕겨 와서 다시 뵙지라우."

"고향이 어딘가?"

"광주여라. 낼부터 휴간디요. 댕겨 올 때까지 편안히 계시쇼."

"그래."

이렇게 우리는 헤어졌고, 며칠 동안 그를 볼 수 없었다. 그즈음 재소자들은 성능 나쁜 스피커를 통해서 '새벽종이 울렸네, 새 아침이 밝았네'를 지겹게 들어야 했다.

1980년 5월 30일 새벽이었다. 박상환이 다시 내 방 앞에 와서 감방문을 조용히 두드렸다. 나는 무거운 눈을 비비며 일어섰다.

"어, 상환이 아닌가? 휴가 잘 다녀 왔어?"

"……야……."

그의 얼굴은 몹시 상기되어 있었다.

"무슨 일이야?"

"……."

"……표정이 왜 그래?"

"광주에서요……."

"……응."

"큰일이 일어나 부렀당께요. 사람이…… 솔찬이 죽어 버렸어라."

순간, 그의 눈빛에서 칼날 같은 빛이 번쩍했다.

"……할아버진 아직 몰라라? ……얼매나…… 얼매나, 많이 죽어 버렸는지…… 어린 아그들도 할머니도 곤봉에 대그빡이 쪼개져서, 개자슥덜! ……특전사 아그들이 씩스틴을 갈겨대 부렀어라우…… 금남로에 탱크가…… 피가 강처럼 흘렀어라우."

그는 철문에 기대 숨을 격하게 쉬면서 몸을 부르르 떨었다.

"첨엔…… 학생들이 시작했는디…… 뒤에는 광주 시민 모두가 광주를 지킨다구. 싸웠어라!"

그가 내 쪽으로 얼굴을 돌렸을 때 그의 눈에는 물기가 가득 배어 있었다. 그렁

그렁하게 눈물이 고인 그의 눈빛을 보는 순간, 한국전쟁 때 보았던 불에 타서 철골들이 녹아내린 건물과 그 곁에 누운 수백 구의 시체 더미가 떠올랐다. 가마니 밖으로 뒤틀려 나온 팔다리. 얼굴이 으깨어진 송장. 시체 위에서 핏물을 핥고 있는 구데기. 벌려진 입 속에 아글아글 들싸는 파리떼……. 갑자기 역한 피비린내가 나는 듯하여 코끝을 쥐는데,

"그 새끼 때문이랑께요!"

"누구?"

"……."

그는 말을 안 하고 이빨만 갈고 있다가 뱉듯이 말했다.

"살인마, 전두환!"

"전두환?"

빵끼통 쪽 쇠창살을 통해 들어온 감시등 불빛이 잠시 방안을 핥고 스쳐 지나갔다.

"시민들은 끝까지 싸웠어라! 총을 들고 끝까지 싸웠당께요. 싸우지 않을 수 없었당께요. 자기 자식을 칼로 찌르고 개 패듯이 사람을 때린디 누가 참을 수 있겄어라우!"

뺨에 눈물이 가득 흐르는 그의 목소리는 낮았지만 강하고 무거웠다. 나는 시구문 밖으로 손을 내밀어 그의 눈물을 닦아 주었다. 이튿날부터 수감자들 사이에 은밀히 소문이 퍼지기 시작했다.

"뭣이여! 군인들이 광주 시민들을 죽였다고라?"

"그래에, 탱크를 몰고 밀려 들어오는데, 시민들이 물러서지 않고 총을 들고 맞서 싸웠대."

수감자들은 모이기만 하면 광주 얘기였다. 며칠이 지나자 상환이의 얼굴은

보이지 않았다. 나중에야 알았는데 교도소 내의 경교대원 중 광주 출신들은 전부 다른 부대로 전출되었다는 것이었다.

장마비가 내렸다.

오래된 건물 구석구석이 허물어지고 비둘기들이 곳곳에 둥지를 틀고 있었다. 깃털이 젖어 더러운 비둘기들도 처마 밑에 웅크리고 있었다. 광주 민중 항쟁의 여파는 금방 느껴지지 않았다. 교도관들의 얼굴이 전부 굳어져 있고, 전혀 말을 하지 않고 있었다만, 10월 중순에 들어서면서 광주의 여파가 미치기 시작했다.

"비사앙, 비상!"

"이 새끼들아! 빨리 나오지 못해! 다 나와!"

느닷없이 교도관들이 연병장에 우리를 끌어냈다. 대열도 없이 몽둥이에 쫓겨 운동장으로 몰려나왔다. 운동장에 나가 보니 몇 달 전에 석방되었던 석방자들이 보였다.

"이게 어찌 된 거요? 한 달 만에 다시 들어오니?"

"나도 몰라유. 집에 있다가 잡혀 들어왔시유."

"조용히 안 해? 도둑놈들아!"

단상에서 소리친 사람은 수염이 잔뜩 난 꼴통 송용업이었다. 서른이 약간 넘은 그는 체구가 크고 머리는 앞으로 내밀고 어깨에 바짝 힘을 들여서 똥폼을 잡고 다녔다. 그는 청주 교도소에서 담당으로 있다가 여기로 전근했다는 악독하기가 그지없는 친구였다. 손톱 끝으로 살짝 긁어 놓은 듯한 작은 눈을 뜨고 그는 얇은 아래 윗입술을 쉴 새 없이 나불거리며 잘도 지껄여댔다.

"오늘부터 너희들은 교육을 받는 거여. 나하고 김동선·조일웅·김태준 담당이 삼청 교육대의 훈련을 견학하고 돌아왔다 이 말이여!"

그들은 교도소 내에서 4악당으로 알려진 깡패 교도관들이었다.

"그래서 너희들에게 교육 훈련을 실시하는데 말 안 듣고 게기는 놈 있으믄 그 자리에서 죽여 뿌린다아! 알것냐!"

잔뜩 겁을 집어먹은 재소자들은 말도 못 하고 고개만 숙이고 있었다. 그때부터 무자비한 '삼청교육대' 교육이 실시되었다. 몇 시간 만에 사람을 혼이 빠진 통나무로 만드는 교육이었다. 파티 체조와 봉체조·멍석말이·전주비빔밥·통닭구이·한강 철교 등 가지각색의 잔악한 훈련이었다.

"한나아, 뚤! 한나아, 뚤!"

낡은 훈련복 가슴에 수번을 달고 머리를 빡빡 밀어붙인 우리는 마치 태엽 감긴 인형처럼 하라는 대로만 했다.

"너."

"옛!"

조교가 손짓만 해도 국민학교 1학년 학생처럼 고함을 빽빽 질러대는 재소자의 응고된 눈빛에는 섬뜩할 정도의 절망과 모멸이 서려 있었다.

"씨발놈덜! 너 개새끼! 행동이 왜 느려, 굼벵이야? 찝차 끝에 매달려서 운동장 한 바퀴 돌아 볼래? 일루 나와!"

콧구멍이 훤히 들여다보이는 꼴통 송용업이 누군가에게 대고 고래고래 소리치고 있다. 끌려나간 재소자는 나가자마자 꼴통에게 쥐어터지기 시작했다. 코피를 흘리는 재소자는 둥그렇게 몸을 말아 머리를 감싸 쥐고 살려 달라고 애원했다. 애원하면 할수록 꼴통의 몽둥이는 더욱 세차게 움직였다.

훈련은 나이에 제한이 없었다. 64세인 나는 물론이고 70세의 고령자 유철주까지도 교육 훈련에 참가해야 했다. 처음에는 피티 체조로부터 시작해서, 직경 30센티미터 이상 되는 전신주를 잡고 예닐곱 명이 허리 굽혀펴기를 수백 번 하는 봉체조를 하는데, 가운데 있는 사람은 봉을 들고 있는 게 아니라 숫제 매달려 있기까지 했다. 특히 30킬로그램 이상 되는 모래 가마니를 두 팔에 올려놓고 허리굽혀펴기를 수백 번 하는 가마니 체조를 할 때는 정말 허리가 빠지는 듯했다.

"동작 그만, 차려잇!"

우리는 가마니를 내려놓고 차렷 자세를 취했다. 바로 그때 누군가가 정신을 잃고 쓰러졌다.

"씹새끼, 늙은이라고 봐 줄지 알아! 어, 요거 봐라. 빨간 딱지잖아! 너 오늘 관속에 집어넣어야겠다."

콧구멍을 벌렁이며 꼴통은 쓰러진 사람의 가슴에 붙어 있는 빨간 명찰을 보고 한마디 한마디 씹어 뱉었다.

"빨갱이들만 모여! 느그들 오늘, 좆뱅이 한번 쳐 봐!"

그의 차가운 금속성 목소리가 울려 퍼지자, 보안수들은 마지못해 끌려가는 늙은 소처럼 미적거리면서 모였다. 한 차례 흙바람이 서 있는 우리 보안수들의 대열 사이를 소리 내면서 지나갔다.

"지금부터 동지애를 기르기 위해 통닭구이를 실시한다."

우리는 줄을 지어 누워서 상대방의 다리를 붙잡고 통닭구이처럼 이리저리 굴러가는 통닭구이를 하고, 한강 철교·전주비빔밥을 했다. 이런 훈련이 한 달 동안 쉴 틈 없이 실시되자 제일 먼저 유철주 노인이 쓰러졌고, 다음 달부터 60세 이상의 노인은 제외되었다.

잡음이 많이 낀 성능 나쁜 스피커에서 '좋아졌네, 좋아졌어' 노래가 되까진 계집애의 목소리를 싣고 쨍쨍하게 흘러나왔다.

대전교도사의 의인들

잔악한 시대를 무시하고 밀어내듯이, 1984년 3월의 봄이 또 다가왔다. 일본 제국주의자들이 조선을 강점하고 즉시로 건설된 대전 교도소는 일제를 반대하는 애국 투사를 감금하기 위해서 건설된 감옥이었다. 대전시 중앙에 위치한 교도소는 대전시가 확대되면서 도시 외곽으로 밀려나야만 했다. 마침내 새로운 현대식 건물이 대전시 변두리인 중구 대전동 36번지 4만 평의 대지 위에 웅대한 3층 건물을 지어 이전하게 되었다.

내가 일하던 염색 공장 앞에는 일제를 반대하는 애국 인사가 심어 놓았다는 늙은 소나무 한 그루가 있다. 그 소나무는 마치 애국 인사의 기개를 자랑하듯이 사시사철 힘있게 가지를 뻗었는데, 그 모양이 정말로 기묘하고 여름이면 휴식처로 이용되었다. 나는 이 노송을 사랑해서 매일 관리했는데, 아까운 이 노송을 버려야 한다니…… 늙은 소나무를 버리고 가는 것이 곧 애국선열들의 넋을 버리고 가는 것인 듯 싶었다.

이 시기에 염색 공장의 거대한 기계 장치를 옮기는 일이 모조리 나에게 넘겨졌다. 나는 대여섯 명의 어린 수리공을 데리고 모조리 분해하기 시작했다. 분해를 다 해도 덩어리가 워낙 큰 기계인지라 정문을 나갈 수 없어서 벽을 파괴하고 끌어내서 이동했다.

새로운 공장에 기계를 옮겨 놓았는데, 도급을 맡은 철공소 사람들이 조립할 수 없다고 해서 하는 수 없이 내가 다시 조립하기 시작해서 2개월 만에야 가동할 수 있었다. 이런 공로로 1984년 5월, 작업과에서는 나에게 포상금 삼천 원과 상장을 주고, 보안과에서는 2급 우량수인 나를 1급 우량수로 한 급 승진시켰다.

1급 우량수가 되고 나니 1급수 사동인 18사 3층 6호실로 전방되었는데, 그 방에는 최일현과 이헌우 선생이 있었다. 이들과 함께 셋이서 생활하기 시작했다. 진남포 제련소에서 근무하다가 안내원 훈련을 받은 최일현은 복귀 접선을 나왔다가 공작원이 변절해서 현장에서 체포된 무기수였다. 얼굴이 동그란 그는 남포시 축구 대표 선수였기 때문에 운동을 아주 잘 했다. 교도관의 극심한 천대 속에서 생활하다가 1급 우량수가 된 이후에는 교도관들의 태도가 달라져서 존댓말을 써 주고 관에서도 모든 생활을 편리하게 보아 주는 등 감방 생활이 조금은 편해졌다.

신영복 교수는 15년간 대전교도소에서 지냈다

1986년 2월에 우리 1급 우량수들은 보다 자유롭게 생활하기 위해서 자치제로 모범을 보이려고 50명의 우량수 중에서 회장을 선출하기로 했다. 선거를 해서 뽑힌 1급수 회장은 서화반 반장이었던 신영복1941~2016. 『감옥으로부터 사색』의 저자, 성공회대학교 교수이었다. 우리는 그의 지도력에 따라 모범적인 생활을 수행하면서 쓰지 않는 복도의 공간을 이용해서 1급수 휴게실을 꾸미고, 일요일이면 휴게실에 나가서 도서함에서 책을 빌려 학습도 하고 장기나 바둑을 두고 탁구도 즐겼다. 그리고 회장의 인솔하에 운동장에 나가서 편을 갈라 축구 시합을 즐기기도 했다.

운동 시합을 하면 북한에서 축구 선수였던 최일현과 1급수 회장 신영복이 단연 돋보였다.

입이 무거워서 필요한 얘기가 아니면 말을 하지 않는 신영복은 서울대학교 졸업생으로서 머리가 비상한 천재라고 소문난 사람이었다. 그는 문학적 소양도 높거니와 필재도 좋아서 서예반 반장으로 교도소 내에 각종 구호와 액자를 도맡아 써서 소내를 장식했고, 그가 써서 제출한 병풍 글씨가 전국 서예 전람회에서 입상되기도 했다.

신광현

젊은 나이에 육군 사관 학교 교수로서 중위의 직위에 있다가 통일 혁명당에 관련되어 무기형을 받고 있던 그는 예의 반듯하고 인간에 대한 사랑이 지극한 호인이었다. 일반수들도 "중위님, 신 중위님" 하면서 그와 함께 있는 시간을 좋아했다.

그는 집에서 보내는 생활비를 자기는 쓰지 않고 모두 불우한 수감자들에게 나누어 주기도 하고, 속내의와 팬티를 구매해서 매년 연말연시가 되면 노인들과 가족이 없는 수감자들에게 수십 벌씩 제공하는 사업을 잊지 않는 모범적 품성을 지닌 사람이었다.

우리는 1급수 휴게실을 꾸미면서 텔레비전을 볼 수 있도록 허가를 받았다. 텔레비전이 없어서 감상할 수 없었는데, 대전 교도소 불교회 총회장이며 1급 우량수인 신광현이 18인치 텔레비전을 기증해서 저녁이면 취침 시간까지 텔레비전을 볼 수 있었다.

성품이 강직하고 불우한 사람을 보면 지나치지 못하는 신광현은 신영복과 마찬가지로 통혁당 출신 무기수였다. 그는 1급수 귀휴로 7일간 휴식하고 돌아오는 길에 손목시계를 사다가 가정이 없는 1급수에게 주고, 나에게는 마음의 위안을 얻으라며 목탁을 사 주었다. 나는 그 목탁을 가지고 '천수경千手經'을 그로부터 배워서 암송하곤 했다.

수리수리 마하수리 수수리 사바하
나무 사만다 못다남 옴 도로도로 지미 사바하

내가 불경을 암송할 때마다 건너편 감방에서 시구문으로 물끄러미 쳐다보는 보안수가 있었다.

"할아버지, 그거 하면 마음 편해요?"

나는 빙그레 웃어 주기만 했다. 그는 정정학이라는 젊은 사내인데, 광주에서 목재소를 하다가 일본에 가서 조총련의 영향을 받고 돌아와서 생활하던 중 체포된 무기수였다. 학습 기간이 없어 이론은 잘 모르지만, 불의를 보면 도저히 참지 못하는 불같은 성미를 지닌 그는 교도관들이 일반수들을 인간답지 못하게 대하는 걸 보면 그 자리에서 보안과장이구 뭐구 가리지 않고 멱살을 잡고 대들었다. 당연히 징벌도 여러 번 받고 독방에도 여러 번 출입해야 했다. 한편 수용자가 잘못한 일이 있으면 자신이 대신 나가 용서를 빌기 일쑤였다.

삼 악당 중의 한 명인 조일웅이도 그에게 크게 당하여 그만 보면 근무자들이 슬슬 피했다. 이 무렵에 나는 이빨이 모두 빠져서 식사를 제대로 할 수가 없었다.

그 무렵 매주 수요일이면, 한 치과 의사가 의무과에 와서 수용자들에게 치과 치료도 해주고 보철도 해주고 있었다. 놀라운 사실은 그가 이 일을 10년 동안이나 해 오고 있다는 의무과 교도관의 얘기였다.

과연 그가 어떤 사람인지 궁금하던 차에, 나는 교도소의 허락을 얻어 틀니를 맞추러 그의 치과 병원에 갈 수가 있었다. 병원 대기실에서 기다리면서 좌우를 둘러보던 나는 깜짝 놀라지 않을 수 없었다. 아담하고 평범한 병원 안에는 양로원·학교·기관 등에서 무상 치료를 해주고 받은 감사패가 무려 백여 개도 넘을 듯싶었고, 또 한쪽 벽에는 80여 개의 상장이 걸려 있었다. 그는 나를 보더니 의치 틀을 준비해서 주었다.

"기운을 잃지 말고 힘내세요."

내 입에 틀니를 맞춰 보면서 따스하게 위로까지 했다. 나는 그가 한없이 고마

치과의사 강석붕

웠고, 어느 사회건 이런 의인義人이 있구나, 하는 인간에 대한 신뢰감을 느끼지 않을 수 없었다.

알고 보니 그는 나뿐만 아니라 감옥의 모든 노인에게 의치를 해주고 자기의 봉급을 털어 불우한 사람을 도왔다고 한다. 또 그는 자기 돈을 수십만 원씩 들여서 양로원과 고아원, 교도소에 있는 불쌍한 사람들의 생일이나 환갑잔치를 해주고, 겨울이면 동내의 수십 벌을 교도소에 보내기도 했다. 그것도 10년 동안 매주 수요일마다 치료를 해주었다. 그런데 교도관의 말에 의하면 그 역시 넉넉한 사정이 아니라는 것이었다. 이후 강 원장은 매주 수요일 교도소에 오면 반드시 나를 찾아 정중히 인사하곤 했다.

하루는 그가 와서 나에게 형님이라고 하면서 의형제를 맺자고 했다. 나는 아우가 없어 고맙기도 했고, 우리는 그날부터 형님 아우 하는 사이가 됐다. 그때부터 그는 매달 한 번도 거르지 않고 2만 원씩 영치금을 넣어 주었다. 그리고 올 때마다 내 손을 꼬옥 잡았다.

"형님, 부담 없이 맛있는 거 사드세요."

"이거 미안해서 어쩌나."

내가 머쓱해하면 그는 빙그레 웃음 짓고는,

"동생한테 미안한 게 어딨어요. 형님, 아무 생각 마시구 그저 편안히만 지내세요."

하면서 미안해하지 말라고 신신당부하는 것이었다.

어느 날인가 그는 특별사에 있는 미전향수에게 치료는 물론 의치까지 해준 적이 있었다. 그날, 치료를 마친 그는 기운 없는 걸음으로 나를 찾아와서 말했다.

"특별사 어른들을 뵙고 돌아갈 땐 발길이 떨어지질 않아요. 꼭 친정어머니가 못 사는 딸네 집에 갔다가 발길이 무거워서 돌아가기 거북한 것처럼 왠지 마음이 무거워집니다. 제가 다만 얼마라도 도움이 되는지…….”

라고 말하는 그는 진정으로 사랑이 깊은 사람이었다.

보통 일반인들은 보안수라고 하면 대하기도 꺼려 하는 현실에서 그는 신영복·구자문·이구영·김대수를 비롯한 50여 명의 보안수에게 틀니를 해주었다. 놀라운 일이었다. 재소자들의 아버지라고 불리우는 그는 대전시 중구에서 강치과를 운영하는 강석봉이라는 의사였다.

정확한 날짜는 모르겠는데, 1985년 가을날 저녁이었다. 일을 마치고 들어와서 수감자들은 제각기 하고픈 일을 하고 있었다. 어떤 이는 벽에 새겨 놓은 만년달력 날짜에다 성급하게 가새표(×)를 긋고, 어떤 이는 뜀박질을 하거나 물구나무서기를 하고, 또 어떤 이는 썰을 풀거나, 소설 나부랑이로 시간을 쪼갤 때, 나는 불경을 암송하고 있었다. 그때 문이 열리면서 담당이 말했다.

“초짜요. 잘 봐 주쇼.”

곱슬머리에 뿔테 안경을 쓴 수감자 한 명이 새로 들어왔다. 그는 아무 말도 안 하고 감방 구석에 눌러앉았다. 얼마 전 내 방으로 전방한 정정학이 다가앉아서 물었다.

“학생인가?”

잠시 있다가 그는 눈을 가늘게 뜨고 대답했다.

“예.”

“어디 있다오는 거지?”

“……영등포 구치소요.”

“뭘로 들어왔나?”

"국가보안법이요."

"뭔데?"

정은 점잖게 물었다.

"데모하다 잡혔습니다."

라고 짧게 말하고 학생은 무릎 사이에 얼굴을 파묻고 대답을 안 했다. 고려대학교에 다니다 보안법에 걸려서 들어온 그의 이름은 김석철이었다. 처음엔 나를 어려워만 하던 석철이는 며칠이 지나자 서슴없이 다가와서 말을 붙이곤 했다. 하루는 운동 시간에 일반수 한 명이 그에게 물었다.

"왜 운동을 하지?"

"네?"

"학생들이 하는 민주환가 뭔가 하는 거 말야."

"아, 예에. ……운동을 한 게 아니라."

그는 묵묵히 있다가 고개를 들면서 따가운 가을 햇살을 쳐다보았다.

"이제부터 시작입니다. 내가 학교에 갔다 집에 돌아오면 그만 제집이 없어져 버린 것이 세 번이나 됩니다. 우리나라가 겉으로 보기엔 살기가 참 좋아졌지만 빈부의 격차는 점점 더 커져서 우리 같은 가난뱅이들이 싸우지 않을 수 없었습니다."

안경을 쓴 그가 앞 머리칼을 쓸어 올릴 때 이마 위로 땀이 축축히 배어 있었다.

며칠이 지나자 그의 어머니가 면회를 왔다. 면회를 마치고 석철이는 가벼운 미소를 드리우고 감방 안으로 들어왔다.

"어머니가 뭐래?"

"되레 웃으시면서 힘내라고 하시던데요. '지금 밖에선 이만저만 난리가 아니다. 네가 교도소 안에 있는 것이 천만다행이다'라고 하시면서 '운동권 학생들이 정치에 불만을 품고 분신자살하는 아이들이 한두 명이 아냐. 넌 여기서 꾸욱 참고 지내야 한다' 이렇게 말씀하시던데요."

"그래에?"

정정학이 멀거니 웃으면서 석철이의 등을 토닥였다. 나를 친할아버지처럼 따르던 석철이는 책을 들여다보고 있는 나에게 말했다.

"할아버지, 제가 할아버지께 노래 한 곡 가르쳐 드릴까요?"

"뭔 노래?"

"들어 보세요. 우리들이 많이 부르는 노랜데요."

그는 도톰한 입술을 벌려서 천천히 부르기 시작했다.

이 세상 사는 동안 내 흘릴 눈물들
이 생명 다한 후에는 다 잊혀지리니
이 길을 가는 동안 지쳐 쓰러져도
그보다 더욱 귀한 건 생명을 봄이라.
곤한 내 혼아 눈을 들어
저 빛을 향하여
아무도 뺏지 못할 생의
자유를 되찾자.

그의 쨍쨍한 목소리는 고음으로 올라갈수록 곱게 들렸다. 노랫가락에 맞추어 누군가가 나무젓가락으로 식기를 천천히 천천히 두드려 박자를 넣어 주었다. 노래는 복도에 파문을 일으키며 잔잔하게 퍼졌다. 노래를 듣던 중 나도 모르게 눈물이 핑글 하고 돋아났다.

그 후 석철이가 일본어 공부를 하면서 지내던 어느 날 오후였다.

"당신은 한국 사람 아냐?"

"이런 개새끼가!"

"내가 개새끼면 당신도 한국 사람이니까, 당신도 개의 새끼 아냐?"

가만히 들어 보니까 담당 교도관이 시국 사범으로 들어온 학생에게 욕을 해서 학생이 시구문 밖으로 고개만 내밀고 말대꾸를 하는 모양이었다. 그때, 철썩, 하고 귀싸대기를 치는 소리가 들렸고, 학생은 소락대기를 질렀다.

"악덕 교도관 물러가라! 소장 물러가라!"

가만히 듣고 있던 석철이도 참지 못하고 식구통으로 머리를 빼내고 발광적으로 구호를 외치기 시작했다.

"악덕 교도관 물러가라! 전두환 물러가라!"

그때 교도관들이 문을 따고 일시에 들이닥쳤다.

"피라미 새끼들이!"

좌익수들이 워낙 많은 터여서 교도관들은 학생들을 피라미라고 불렀다. 한 녀석이 악에 받친 얼굴로 석철이의 명치께를 힘껏 질렀다. 일순 석철이는 숨이 끊어질 것만 같은 고통에 앞으로 고꾸라졌다. 말리려고 발을 내딛는 순간, 억센 손아귀가 내 뒷덜미를 단단하게 낚아채고 있었다.

조금 후에 기동 타격대가 우르르 몰려와서 솔개가 병아리 채 가듯이 석철이의 혁대와 수의囚依의 목 부분을 비틀어 잡고 끌고 갔다. 석철이는 질질 끌려가면서 모가지가 비틀리도록 뒤돌아보면서 소리쳤다.

"할아버지, 걱정마세요. 금방 올게요. 국가보안법 철폐하라! 빈민 생존권 보장하라!"

새벽 햇살

1986년 12월 24일, 크리스마스 전날 밤에 대전 교도소에서 대구 교도소로 이송되었다.

원래 보안수는 5년을 한 군데서 지내지 못하는데, 나는 염색 기술 관계로 옮기지 못하고 대전 교도소에만 있었다. 그 사실이 자체 감사에 자꾸 걸려서 두 명의 기술자를 교육해 염색 공장에 배치한 다음에야 대구 교도소로 이송된 것이다.

대전에서 15년간 지낸 세월 속에 68세의 늙수그레한 할아버지로 변한 나는 이젠 볼의 살이 쪼옥 빠지고 이마의 주름살이 쪼글쪼글해졌다. 무릎 관절에 힘이 빠져 걸음이 휘청거리고 어깨는 지탱력을 잃어 축 처졌다. 이송되기 며칠 전에 전향한 유종인이 함께 있다가 담요·내의·목탁·불경·사전·옥편 따위의 짐을 챙겨 주었다. 김석철·김은환·유종인·유철주, 어느새 정이 붙은 교도관들도 눈시울을 붉히며 나를 배웅했다.

그들 중에는 공장 뒤에서 나에게 침을 맞고 허리 병이나 관절염을 치료받은 사람도 있었다.

"저 나름대로 보아 드리느라고 노력은 했지만, 부족한 게 많았지요? ……이거 가져가세요. 몸 건강하셔야 합니다."

자동차 정비공 훈련 양성소에서 교육 상담으로 일하도록 했던 맘씨 좋은 김환영 담당이 나의 손을 꼬옥 맞잡으면서, 보자기에 여러 가지 비상용 상비약을 넣어 건네주었다.

그날 어스름이 깔리고 있을 무렵에 나는 대구에 도착했다. 대구 교도소는 대전 교도소에 비하면 수용자들의 생활이 훨씬 자유로워 보였다. 교도관들도 조금은 부드러운 편이었다. 다만 1987년 봄부터 시국 사범들이 밀려 들어오기 시작해서 특별사에는 남은 방이 없을 정도가 되어 버렸다.

처음에 나는 비출역수 방에 있다가 며칠 후 플라스틱 공장으로 출역하면서 1급 우량수 방으로 전방했다. 대전에서 이송돼 대구에 있던 무기수 동료들이 여럿이 있어서 외롭지만은 않았는데, 밤마다 도통 잠을 잘 수 없었다.

"전두환, 이 자식아, 내 자식 내놓아라! 이놈들아!"

"우리 자식이 무슨 죄가 있냐? 나쁜 놈들아!"

밤마다 교도소 15척 담장을 넘어서 함성 소리가 요란하게 들렸다. 사랑하는 자식을 낳아 기른 어머니들이 자식들을 보고 싶은 심정으로 밤마다 담장 밖에서 혹은 소장 사택 둘레에서 소리치는 애달프고도 악에 받친 고함 소리였다. 생사를 건 청년 학도들의 투쟁이 끊임없이 이어졌고, 그 행렬은 마침내 유월 민주 항쟁으로 이어져, 얼마 후 1987년 '6·29선언'이 발표되었고, 직선제 대통령 선거가 진행되게 되었다.

이런 상황에서 밤마다 어머니들의 애절한 목소리는 더욱더 높아졌다. 어머니들이 민가협민주화가족실천협의회을 중심으로 조직적으로 석방운동을 벌이고 있다는 것을 알았다. 어머니들이야말로 이 조국의 대지였다. 민가협은 국회를 비롯한 법무부, 여·야 당사에 몰려가서 건의 혹은 항의 시위를 벌이는 등 석방운동을 활발히 진행하여 일부 운동권 학생들이 석방되기 시작했다. 제5공화국 시기는 일반 범죄자들에게까지 2차에 걸쳐 감형이 진행되었다. 이 모든 변화와 발전에도 불구하고 아직도 보안수들에게는 아무런 혜택이 없었다.

1988년 2월 25일, 새로운 대통령이 취임한다고는 했지만 수감자들과는 달리 보안수들에게는 역시 전혀 혜택이 주어지지 않았다. 오공이나 육공이나 달라진 것은 아무것도 없었다.

사람이란 희망이 있어야 살아갈 수 있는 존재인데, 무기형을 받고 살아가는 보안수들에게는 앞날이 아득하고 막막하기만 했다. 답답한 마음을 참을 수 없어 보안수들은 술렁거리기 시작했다.

눈치 빠른 정강섭 소장은 좌익 수감자들을 위로하겠다며 60여 명의 보안수들을 도서실 큰 방에 집결시켰다. 점심과 오찬을 베풀면서 개개인의 의사를 타진했다. 오찬회에는 교도소장·부소장·교무과장·보안과장·서무과장·용도과장 등 교도소의 고위 간부들이 모두 참석해 있었다.

토론회가 시작되었을 때, 나는 담담하게 말문을 열었다.

"……교도 행정에서 보안수를 차별하는 이유는 무슨 까닭입니까? ……첫째, 일반수들은 무기형을 받은 장기수의 경우 십팔 년만 살면 모두 가출옥으로 출소시키면서 보안수에게는 전향해서 출역하고 착실하게 삼십 년 징역을 살아도 가출옥을 안 시켜 주는데 그건 무슨 까닭입니까?"

방 안의 공기는 갑자기 무거워졌다. 나는 계속 말했다.

"둘째, 이번 대통령 취임식 후에 일반수들은 무기를 유기로, 혹은 감형시켜 주면서 보안수에게는 전혀 혜택이 없으니 무슨 희망으로 살아갈 수 있습니까? 셋째, 일반수들은 형기의 3분의 1만 살면 가출옥을 시켜 주면서 보안수들은 모두 만기 출소시키는 이유가 무슨 까닭입니까? 넷째, 공작선 선장을 하다가 체포된 일흔 살이 넘으신 노인 한 분은 수십 년 전에 혈압이 터져서 반신을 쓰지 못하고 걷지 못하다가 전향을 거부한다고 고문을 받았는데, 썩어가는 한쪽 다리를 치료해 주지 않고 내버려 둬서 이제는 한쪽 발이 문드러져서 병신이 되었습니다. 게다가 그는 정신 이상으로 말도 한마디도 못하고 듣지도 못합니다. ……대변은 물론이고 소변도 누가 도와줘야 겨우 행사합니다. 이런 사람을 언제까지 감옥에 가둬 두려고 합니까? 또 여기 앉으신 조동석 노인은 여든이 넘었습니다. ……보시오! 기력도 없는 노인입니다."

공작원으로 남파되어 대구에서 위장하여 살다가 1978년에 대구에서 체포된 무기수 조동석 노인은 지팡이를 짚고 겨우 발을 떼어 자리에 와 앉아 있었다. 조 노인의 깊은 눈매는 처량해 보였다.

고문받고 늙고 해서 수없이 죽어간 사상범들. 그들의 죽음에 대해 대한민국 국민과 언론 어느 하나도 항의하거나 위로해 주지 않았다. 아니, 항의는커녕 관심조차 두기를 거부하는 형편이었다.

교도소장이 일어서서 그만하자고 역정을 쓰기 전에, 나는 잇대어 빠르게 말했다. 이따금 호흡이 거칠게 끊기기도 했지만,

"인간이란 희망과 포부로 살아갑니다. 높은 영마루도 넘을 수 있다는 희망이 있기에 땀을 흘리면서 등산하는 거 아닙니까? 근데 보안수에게는 희망과 용기가 아니라 어두운 절망의 길로만 가라 하니 이게 무슨 말입니까?"

"옳소!"

어디선가 내 의견에 동조하는 쉰 목소리가 터져 나왔다. 귀가 멀어 잘 듣지 못하는 조 노인도 뭔가 알아들었다는 듯이 고개를 주억거렸다. 나는 마른 입술을 침으로 한 번 적신 다음 다시 말을 계속했다.

"끝으로 제의할 것은 교무과에 관한 문제입니다. 나는 대전 교도소에서 십오 년 이상을 살았는데, 교무과장이 가끔 공장을 순시하면서 애로 사항을 물어보고 시정해주곤 했습니다. 근데 여기에 와서 일 년 반이 지났는데 교무과가 어디에 붙었는지도 모르겠고, 오늘 처음으로 과장님을 만났습니다. 물론 이런 자리를 마련해 주심에 대해 감사드립니다. ……하지만 지금 제가 말씀드린 이런저런 요청 사항을 시정시켜 주실 권리나 자격이 없음을 잘 알고 있습니다. 그래서 제가 교도소장님께 당부드리는 부탁은 수인의 견해를 상부 당국에 전해 달라는 부탁

입니다."

여기까지 말하고 나는 자리에 앉았다. 오랜만에 말을 많이 해서 그런지 밭은 기침이 나오고 숨이 잔뜩 가빠졌다. 교도소장은 이마를 잔뜩 구기고 일어섰다.

"에에, 사실 이런 말씀을 듣기 전에 여러분들의 상황을 대강은 알고 있었습니다. 그러나 아시는 대로 그건 제 소관을 넘어서는 일입니다. 앞으로 88올림픽이 개최되면 사정이 많이 달라질 겁니다. 그때 법무부 장관님께 반드시 보고드리지요."

이때부터 남민전 출신들을 비롯하여 보안수들이 벌떼처럼 일어나서 여러 문제를 제기하기 시작했다. 여남은 명의 의견을 개진했는데 세 시간에 걸쳐 진행되었다. 소장은 당황스러워하면서도 끝까지 자리에 함께했다.

그러나 몇 달이 지나도 상황은 변하지 않았다. 정갑석 소장의 배려로 모임은 몇 번 더 열렸다. 소장은 모임의 이름을 '전향 좌익수 좌담회'라고 하고, 좌익수들의 얘기를 들어주려고 했다.

그때마다 나는 텔레비전 시청 문제로부터 여러 가지 시정 사항을 끈질기게 제안했다. 이때 남민전 출신인 유 아무개 씨의 제안은 가장 호소력 있게 전달되었다.

"천구백칠십사 년부터 일급 우량수한티 보여 주던 신문은 제오공화국 시기에 폐지되었는디, 거 뭐시냐, 교도소 행형 규칙이 발전하는 이 때에 뭣땀시 요런 문화 혜택은 퇴보하기만 한당가요? 그렇게 우리는 신문을 못 봐갖고 수십 년 동안 사회가 어떻게 돌아가는지를 몰르고 있어라우. 테레비나 신문을 봄시롱 발전해 가는 사회으 면모를 보아야 사회에 나가서 적음함시롱 살 수 있지 않겄어라우? 멀지 않아 사회에 나가서 살아야 할 우량수들이 사회의 모습을 잘 알 수 있도록, 폐지된 신문을 읽을 수 있게 해주시쇼잉!"

언론 매체에 대한 줄기찬 제안으로 얼마 후 신문은 1급수 방에 저녁에 넣어 주었다가 아침에 걷어 가는 식으로 신문을 넣어줬다. 텔레비전은 우량수 사방 12개에 각 하나씩 설치되었으나 녹화 방송으로 매주 4회만 볼 수가 있었다.

신문을 보면서 사회가 어떻게 돌아가는지 조금씩 알게 되면서, 민가협을 비롯한 서총련·전대협 등 야당 인사들까지도 보안법 폐지와 안기부법 폐지, 구속자 석방 등의 구호를 들고나온 것을 알 수 있었다.

어느덧 민족 명절인 8·15해방 43주년에 이르렀는데, 행여나 명절을 기해서 좋은 소식이 들려오지 않을까 기대했지만, 보안법 좌익수는 부로가 3명만 가출옥한 것으로 끝났다. 그 후 1988년 9월 17일 88서울 올림픽이 열렸고, 10월 3일 개천절이 있었으나 보안수에게는 아무런 혜택이 없었다.

금세 한 달이 흘러가 버렸다. 결코 멈추거나 뒤로 가는 법이 없는 시간은, 보안수들의 이마에 굵은 주름살을 한 줄 더 그어 놓고 팔뚝의 힘살을 갉아 먹었다. 이제는 목숨 걸고 투쟁하는 수밖에 없었다.

10월 15일, 보안수 66명은 단합하여 총 3일간의 시한부 단식을 결정하고 미출역수 대표인 김현장이 보안과의 교무과에 통고했다. 김현장1950~ 은 부산 미문화원 방화로 무기수로 들어왔는데, 약자에겐 한없이 친절하고 노상 남을 도와주려고 애쓰는 사람이었다.

보안과에서는 보안수들이 수행하고자 하는 시한부 단식 투쟁을 제지하려고 출역수 대표와 미출역수 대표를 불러서 감언이설을 했다. 그러나 보안수들의 투쟁은 중지되지 않았다.

"국가보안법 폐지하라!"

"보안수 석방하라!"

노인들의 창자를 짜내는 듯한 목소리가 교도소 내에 울렸다. 그 목소리는 완강한 콘크리트와 쇠창살로 막힌 건물을 뒤흔들며 모든 재소자의 가슴에 소용돌이쳤다. 그 소리를 드는 순간 나는 모든 세포가 활짝 열리는 느낌이 들었다. 나도 목이 컥 막히도록 있는 힘을 다해 소리를 질렀다. 18년간 쌓이고 묵은 체증이 시원하게 뚫리는 느낌이었다. 일반 시국범들도 단식 투쟁에 동참하면서 소내 투쟁은 더욱 조직적으로 변해 갔다.

> 사랑도 명예도 이름도 남김없이
>
> 한평생 싸우자던 뜨거운 맹세

음침한 교도소 복도를 타고 〈임을 위한 행진곡〉이 쩌렁쩌렁 울렸다. 소내는 정치범들의 단식 투쟁·구호·식기로 철문 두드리는 소리로 떠들썩했고 긴장이 감돌았다.

이 소문이 신문 방송을 통해 퍼져서 전국 교도소에 수감된 전향 좌익수들 모두가 단식 투쟁을 하기 시작했다. 좌익수들은 대부분 젊은 사람이 아니라 머리가 허연 늙은이들이라서 무기한은 커녕 단 하루만 굶기도 어려운 일이었다. 한마디로 생명을 건 투쟁이었다. 질겁을 한 교도소 당국자들은 무마해 보려고 갖가지 방법을 썼으나 막을 수 없었다.

일흔이 넘은 나 역시 이틀이 지나자 손끝까지 힘이 빠지도록 탈진되기 시작했다. 나와 한 방에 있던 무기수 조용일이 다가왔다.

"뭐, 좀 드셔야죠……."

룸싸롱에서 영업 지분을 가지고 싸우다가 사람을 죽여서 들여온 그는 비록 사회에서 범법을 하고 들어왔지만 수용 생활은 모범적으로 하려고 노력했다. 그의 한쪽 가슴 젖꼭지 바로 위에는 절묘하게 새겨진 여자 성기 문신이 있었다. 그는 이것을 지워 내려고 무척 애를 썼다. 조용일은 평상시에 시간만 나면 노인인 조동석과 나의 수발을 들어 주었고, 여름이면 시원한 모시로 스스로 지은 런닝 셔츠와 팬티를 가져다주고 겨울에는 잠옷 바지를 만들어 주기까지 했다.

"할아버지, 이거 좀 드세요."

짱박아 두었던 달걀과 우유였다.

"잘은 모르지만 몰래 잡숴 가면서 싸우셔야죠."

"……고맙네만……."

나는 머리를 힘들게 흔들면서 거절의 뜻을 표했다. 대구 교도소로 이감 와서 건너편 방에 와 있던 유종인과 심성인, 그리고 박상훈도 나에게 그만 단식하라고 했지만, 나는 아랑곳하지 않고 3일간 계속 단식했다.

3일에 그친 게 아니라 그 후에도 연이어 단식했다. 11월 한 달은 거의 하루 한 끼만 먹다시피 하면서 생명을 걸고 단식 투쟁을 했다. 쓰라린 배를 움켜쥐고 가끔 회상에 잠길 때 나의 여윈 턱은 바르르 떨리곤 했다.

사건 많고 말 많았던 한 해를 마감하는 1988년 12월 20일. 이해의 12월은 하늘이 지독히도 어두웠다. 영영 햇살을 볼 수 없을 것만 같이 낮에도 칠흑처럼 어두웠다. 저녁 무렵이 되면서 간간이 불던 바람마저 숨을 죽이고 눈발은 점점 짙어져서 함박눈으로 변해 버렸다. 하얗게 빛나는 수은등 아래 쌓인 눈은 백설기보다 희게 비쳤다.

그날 저녁 의무과에서 고령자에게 지급한 온수병을 회수해 갔다. 온수병을 회수한다는 것은 그 다음 날에 석방된다는 뜻이다.

마침내 석방…… 석방이다.

내 삶의 후반을 참담하게 빼앗아 가고 시들어 버리게 만든 18년간의 감옥 생활이 이제 끝났다……. 이상하게…… 허탈했다.

취침 나팔이 불고 재소자들이 모두 자리에 누워서 잠이 들어갈 때 어둠 속을 가만히 둘러보았다. 두터운 콘크리트 벽, 열린 공간마다 잘라먹은 창살, 하루종일 켜져 있는 30촉짜리 백열등, 시구문, 뺑끼통, 사물 보따리, 가다밥……. 나와 함께 18년을 함께 지낸 사물들이다. 정체 모를 그리움이 해일처럼 밀려오고 있었다. 덩어리 같은 뜨거운 기억들이 식도에 걸려 목이 막혀 오는 듯한 느낌이 들었다.

"그만 주무세요……."

잠자던 조용일이 게게 풀린 눈에 잔뜩 졸음이 겨운 가래 낀 목소리로 중얼거리더니 다시 잠에 빠졌다. 나는 눈만 부릅뜨고 벽에 기대앉아 있었다.

숱한 기억들이 솟아올랐다가는 물거품처럼 스러지고 솟아올랐다가는 또 물거품처럼 스러져 갔다. 사천지서가, 강원도 당의 감나무가, 평률리의 민주선전실이, 초대소 마당이, 다대리의 산이, 죽은 필기와 샛별이가 지나가고, 김유경 아저씨와 오창신이 지나가고, 일기와 정애·영애·순애·경애가 손을 흔들고, 지도원 김 씨가 손을 흔들고, 박융서 선생이 손을 흔들고…….

동녘이 말갛게 밝아 오는 새벽녘이다.

새로운 하루를 알리려고 하늘 가득히 새들이 지저귀기 시작한다. 밤새 내린 하얀 눈이 곱게 펼쳐져 있는 조국의 대지를 고루고루 비추고 있는 주홍빛 햇살이 쇠창살에 썰어진 채 내 얼굴에도 드리워져 있다. 이때, 거대한 거인처럼 웅크리고 있던 조국의 겨울산은 꿈틀거리며 뻗어져 내린 산맥의 등줄기 위로 천만 갈래의 빛줄기를 내쏘았다.

10부 / 무정천리

1

여기까지 말하고 나서 그는 담배 한 대를 피워 물었다.

"형, 이건 우리 현대사의 생채기야. 아주 객관적으로 써야 돼. 할아버지가 지냈던 북한 생활이나 공작 사업을 고무 찬양하거나 비방 중상할 필요가 없잖아요."

그 말에 동의했던 탓에 이런 작업이 나에게 넘겨졌다는 사실이 무척이나 버거웠다. 할아버지는 나에게 영웅도 아니고, 뼈만 남은 화석도 아니었다.

며칠 후 출판사에 집필 계획서를 제출하고, 일단은 사천에 가서 잠에서 깨면 종일 할아버지에게 질문하고 받아적었다. 할아버지와 함께 좁은 산길을 걸으면서 대화하기도 했다. 고속버스 안에서도 원고를 교열하거나 녹음한 내용을 듣기도 했다. 때론 내가 등장인물이 되어 꿈속에 나타나기까지 했다. 때마다 잠을 설쳐 피곤했지만 할아버지는 나보다 더 피곤했을 성싶었다. 아침 9시부터 밤 12시까지 꼬박 인터뷰하고 귀찮을 정도로 물어보았다.

"할아버지, 이젠 좀 쉬세요."

“쾌, 컥, 괜찮아. 뭐든지 물어봐. 컥, 컥.”

“……기침이 심하세요.”

할아버지의 천식은 날이 가면 갈수록 더했다. 목구멍에 인후 스프레이를 뿌리고, 기침이 날 때마다 플라스틱 빨대를 빨면서 기침을 참아냈다. 수십 년 끊었던 담배를 안 좋은 줄 알면서도 이 작업 때문에 다시 피우게 됐다고 했다.

“건강이 상하실까 걱정돼요. 이제 그만…….”

“아, 아냐, 그렇지 않아.” 할아버지는 잠시 턱을 들었다가 잇대어 말했다.

“북한 사람의 모습을 있는 그대로 털어놓는 일이야말로 내가 마지막으로 조국 통일에 기여하는 유일한 길이야, 컥, 컥…….”

옹이 박힌 답변에 할 말이 없었다. 인생을 마지막으로 정리하려고 유언하는 사람처럼 그는 과거의 서랍을 뒤지고 있다. 횡설수설하거나 기억의 갈피를 못 잡아 주저한 적은 없다. 명료한 대답뿐이다. 북쪽의 친인척 제삿날까지 훤하게 꿰고 있는 선명한 그의 기억에 적이 놀라지 않을 수 없다.

한번은 식곤증이 심한 내가 점심 뒤에 대화하다가 병든 닭처럼 꾸벅꾸벅 존 때도 있다. 졸다가 간간이 깨곤 했는데, 내가 조는 중에도 그는 계속 혼자 얘기하고 있었다.

이른 아침부터 창밖이 어둠으로 까매진 저녁 늦게까지 대화를 나누었는데, 기침을 하면서도 꼿꼿한 자세를 흩트리지 않는다. 어떻게 저렇게 버틸 수 있을까. 일흔둘이란 나이가 믿기지 않았다. 자정이 넘을 때까지 얘기를 나눈 뒤에도 다음날 새벽 동해에 어슴푸레 해으름이 펼쳐지는 대여섯 시면, 그는 어김없이 바다 공기 마시며 맨손 체조를 했고, 그쯤이면 닭들이 화답하듯 울었다.

30년대부터 80년대 끝 무렵까지 산야를 헤매던 김진계, 나는 그가 되어야 했고, 그의 아픔을 기록해야 했다. 집필하면서 몇 가지 원칙을 정했다. 문학적인 기교를 최대한 줄이고 증언의 진실성을 고스란히 담아내야 한다. 문체에 설익은 감정을 펼치기보다는 차라리 건조한 사실성을 택한다. 수기의 사실을 강조하기 위해 일인칭 고백체 형식으로 서술한다.

그해 여름 4개월 동안은 역사의 회오리 속에서 살아온 한 노인의 삶에 빨려 들어가 정신없이 자판를 두드렸다. 밀물처럼 적셔 오던 피곤을 잊은 채, 마치 전투하듯 타자기를 쳐댔다.

역사적으로 틀린 사실은 역사 문제 연구소에서 현대사를 전공하는 한상구 선생이 교정해 주고 새로운 사실과 강조해야 할 사실 등을 지적해 주었다. 한 번은 원고 검토를 끝내고 원고를 돌려주면서 한상구 선생은 코에 걸린 안경을 들어올리며 이런 말을 했다.

"어떤 부분은 할아버지가 증언한 부분이 더 맞는 부분이 있는 거야. 통일원에서 나온 『북한 연감』에 이상한 대목이 있어 궁금했는데 할아버지 말씀을 듣고 따져 보니까 사전이 틀렸더라구. 나이 드신 분이 기억력이 대단하셔!"

사실 나 또한 늘상 할아버지의 기억력에 감탄하면서 하루하루를 지내고 있던 터였다. 최종 작업은 8월 초 푹푹 찌는 꿉꿉한 여름날 진행되었다. 출판사 사무실에서 땀에 젖어 찰싹 달라붙은 런닝셔츠를 입고 꼬박 보름을 지새면서 마무리했다.

끝으로 등장인물의 말씨를 주의 깊게 검토했다. 초대소에선 사람들이 대부분 남쪽 말을 썼다. 평안도나 함경도 사투리는 그 지방 출신의 노인을 찾아다니며 확인했다. 보름 뒤, 제목을 『새벽 바다에 부치는 편지』라는 다소 서정적인 이름으로 붙였다가, 얼마 후 미처 다 다듬지 못한 원고는 제목을 바꾸어 1990년 9월 10일에야 출판되었다. 책 말미에 할아버지의 편지를 보태 장편실명소설 『조국』이란 이름으로 책을 냈다.

보고 싶은 막내딸 경애야.

복잡다단한 환경 속에서 인간의 처지와는 관계 없이 해는 가고 오다 보니 어느새 세월은 20년이 흘러가고 말았구나.

그동안 너는 23살의 과년한 처녀가 되어 대학 과정도 수료하고 사회에 진출한 시기가 되었겠구나.

네 오빠 일기와 정애 · 영애 · 순애 언니도 모두 잘 있겠지. 특히 명년이면 환갑이 되는 네 엄마도 잘 지내고 있겠지.

경애야……. 할 말이 너무 많아 무슨 말을 해야 할지 모르겠구나.

네가 태어난 1967년 7월 13일에도 못난 아빠는 방금 출생한 핏덩이를 뉘어 놓은 채 로동당 중앙위원회의 연락을 받고 갔었다. 그리고 1년 반 만에 집에 돌아갔을 때 너는 아빠도 못 알아보고 울기만 했다. 그러나 이내 내 품에서 떨어지지 않고 달라붙어서 재롱 떨던 경애야. 평양역에서 손을 흔들던 네 모습이 아직도 눈에 선한데……. 이 아빠가 그때 생각을 하면 가슴에 못이 박혀 오늘까지 잊을 수가 없다.

이제 엄마를 닮아서 콧대가 반듯하고 입술이 아담한 미인이 되었겠구나. 얼굴뿐만 아니라 언제나 남을 생각하는 엄마의 성품도 닮아야 하는 걸 너는 잘 알고 있으리라 믿는다. 그래서 네 이름을 언제 어디서나 공경과 사랑을 잊지 말라는 뜻으로 경애(敬愛)라고 지었단다. 하지만 그 이름의 뜻대로 사는 건 쉬운 일이 아니더구나. 이거 봐라. 한 민족끼리 싸우다가 이렇게 두 동강이 나서 서로들 싸우는 우리 조국을 보아라. 일평생을 두고 생각할 때 서로 이해하고 사랑한다는 건 이리도 어려운 일이더구나.

남북한 법이 허용한다면 아빠 마음 같아서는 이 시각이라도 뛰쳐 가서 너를 만나 보고 강릉 김씨 시조인 '명주군왕溟州君王'의 사적지, 이율곡의 사적, 강릉 경포대를 구경시켜 주고 싶구나. 더욱이 이곳에 사는 네 사촌 오빠와 여러 형제, 언니들과 만나 얼싸안는 모습을 보고 싶구나.

우리나라를 분단시켜 놓은 강대국들의 장난과 극소수 반대 세력의 책동을 가슴 아프게 생각한다. 지금이라도 남쪽이나 북쪽이나 조금씩 양보한다면 이 조국은 정말로 살기 좋은 지상 낙원이 될 텐데 말이다.

자고로 우리 민족은 슬기롭고 재능 있고 이해와 사랑이 깊고 용감무쌍한 지혜 있는 민족으로서 세계의 어느 민족보다 우월한 민족이다. 우리가 합심 단합하여 통일 조국을 이룩한다면, 남북의 풍부한 자원과 고도로 발전하는 기술을 합리적으로 동원하고 이용한다면, 짧은 기간 내에 세계에서 가장 발전한 선진국으로 성장할 것이라 이 아빠는 믿는다.

아빠는 몹시 늙었지만 너희는 통일의 날을 볼 수 있을 거다. 아무쪼록 통일된 그 날을 위해, 다시 너와 함께 하는 그 날을 그리며, 건강해야 한다. 끝으로 아빠와 생이별하고 일평생 외롭게 산 네 엄마에게 항상 효도하는 마음 잃지 말기를 부탁한다.

네가 어릴 때 자주 부르던 노래…… 송아지 얼룩 송아지. 엄마 따라 들판에서 풀을 뜯고요. 산에 산에 뻐꾹새 노래 불러 춤을 추고요……. 사랑하는 내 딸아, 또 쓸게.

1990년 8월 26일

편지를 읽으며 마음을 울렸던 구절은 "이 시각이라도 뛰쳐나가서 너를 만나보고 강릉 김씨의 시조인 명주군왕의 사적지, 이율곡의 사적, 강릉경포대를 구경시켜주고 싶구나"라는 구절이다. 내가 따님을 만난다면 할아버지가 태어나고 자라고, 지금 살고 있는 '이설당 마을'을 안내하고 싶다.

할아버지 이야기의 앞부분은 대부분 '이설당 마을'에서 펼쳐지고 있다. 이 마을은 『홍길동전』을 쓴 교산 허균1569~1618이 자란 곳이다. 할아버지가 살던 '이설당 집터'는 단아한 1층 양옥집인데, 여기서 자전거로 10분만 가면 허균 시비가 있다.

'이설당'이란 호를 갖고 '이설당'이란 집을 짓고 여생을 지낸 김관진도 부패한 권력이 세력을 떨치고 농단할 때 자신의 바른 뜻을 굽히지 않았다고 한다. 할아버지의 선조인 김광진은 허균의 작은 외할아버지다. 그렇다면 김진계 옹도 허균의 먼 친척인 셈이다.

허균은 "국왕은 백성을 위해서 존재하는 것이지, 백성의 위에 군림하지 않는다"며 「호민론豪民論」을 주장했다. 단순히 당시 조선 시대를 비판하는 정도가 아니라, 허균은 고려 시대의 조세 제도와 비교하여 조선 사회가 얼마나 부패했는지 지적하며 거의 혁명적인 변화를 주장했다.

광해군 10년 1618년, 허균은 역모를 꾸몄다는 죄목으로 사형당했다. 나는 할아버지 집에서 글을 쓰다가 '허균 시비'가 있는 언덕을 마치 나만의 아지트처럼 찾아가곤 했다. 소나무 숲 사이로 하평 들판과 멀리 바다가 보이는 언덕이다. 이 넓은 대지와 바다를 보고 자란 허균에게 조선이라는 봉건 사회는 너무도 폐쇄적인 사회였을 것이다.

김진계 옹과 허균에 대해 짧게 대화한 기억이 있다. 할아버지는 길게 답하지 않았지만, 그 역시 허균처럼 너른 바다를 보며 식민지 조국과 분단된 조국을 답답해하지 않았을까. 김광진이나 허균이나 김진계 옹이나, 시대에 맞지 않지만 나름 자신의 뜻을 펼쳐보이려 했던 인물들이다.

2

책이 출판되자마자 몇몇 신문기자들이 할아버지 집을 찾았다. 어느 신문기자는 이런 사실이 이제야 밝혀진 사건 자체가 비극이라고까지 했다. 중요 신문사와 잡지사에서도 인터뷰 요청이 왔다. 몇몇 신문사 기자들이 할아버지를 만나게 해 달라고 전화를 걸었다. 이 작품의 주인공은 당연히 할아버지이고 나는 그저 문장을 깁고 다듬은 것이니, 인터뷰 할 대상이 아니다. 게다가 집행유예 기간이었기에 인터뷰에 응하려는 생각조차 없었다. 다행히 무명 작가를 인터뷰 하려는 연락은 없었다.

가끔 할아버지에게 전화를 걸면 웃음소리부터 들렸다.

“어떻게 알았는지 거제도에 사는 독자라며 전화를 걸더라구. 오늘도 이래 쌀쌀한데 광주에서 왔다며 한 독자가 찾아왔어.”

지방은 물론이고 미국이나 독일, 심지어는 중국 연변에서까지 편지를 보내오기도 했다. 어떤 독문과 교수는 독일어로 번역하면 어떻겠느냐는 제안도 했다. 여기저기서 쏟아져 오는 격려 편지와 방문에 할아버지는 무척 즐겁다는 전갈도 있었다. 서강대 대학원, 경남대 대학원 과정의 북한학과에서는 이 책을 1991년 1학기 교재로 채택했다는 얘기도 들었다. 얼마 뒤엔 『조국』의 내용이 각주脚註로 실린 몇몇 대학의 국문과와 사학과 석사학위 논문도 보았다.

무엇보다도 할아버지에게 가장 기쁜 소식은 이웃들의 태도 변화였다.

“한 마장 거리에 이사를 와도 이웃들이 걸음 한번 없을 땐 시대가 야속하기만 하더라구. 그래도 책이 나오고 나서 아는 이웃들은 많이 이해하는 듯해.”

언제던가. 1990년 12월 9일엔 언뜻 서울에서 열린 범민족 음악대회를 보다가, 통일에 관계된 방송은 빠짐없이 보곤 하던 할아버지가 생각나 늦은 밤중에 전화를 걸었다.

“할아버지, 지금 테레비 보셨어요?”

“그저 가슴이 터질 거 같구 답답하구먼.”

“답답하시다뇨?”

"그럴 수가 있는가? 밤중에 열 시 사십 분이 돼서야 한 시간 정도 보여주니. 그래서 통일이 되겠어? 모든 사람이 다 볼 수 있도록 초저녁에 하든지 해야지."

저리도 감격스러운 장면을 모두 잠 든 자정에 방영하는 방송 관계자의 의식이 답답하다는 말이다.

"이젠 숨기지 말구 툭 터놔야 해. 서로든 속내를 거울 들여다보듯 해야 돼. 그래야지 통일을 이룰 수 있다구."

문득 집 앞에 펼쳐진 바다를 가로막고 있는 철조망을 녹일 듯이 쏘아보던 그의 눈빛이 떠올랐다. 사람들의 마음속에 아직도 도사리고 있는 뼈 아린 분단 이데올로기의 철조망을 보는 듯한 눈빛. 시대도 시대이지만 우선 할아버지의 건강이 제일 걱정이었다.

"참, 이젠 좀 가만히 쉬셔야죠. 사람들이 그리 많이 찾아와서야."

"좀 많은 편이긴 하지만…… 아냐, 몸 닿는 데까지는 할 얘기는 해야지."

그만치 그는 기회 있을 때마다 남북한이 서로 오해하는 부분을 해명하려 했다. 그것만이 아직도 옥 안에 있는 동지들을 위해 할 수 있는 최소한의 일이라고 생각했다. 그는 가끔 감옥에 있는 동지들이 보낸 엽서를 무슨 보물처럼 꺼내 보곤 했다.

할아버지와 나는 전화만으로도 친척인 양 훈훈한 정을 나누었다. 자주는 못 만나도 간간이 주고받는 정은 푹 고아진 뼛국물처럼 진해져 있었다. 핏줄을 북쪽에 둔 할아버지는 전화가 끝날 참이면, "보고 싶다. 언제 오나? 꼭 아들 같아서 말이야"라면서 짬을 내 함께 있자고 말하시곤 했다. 전화를 끊은 뒤에도 대화 중엔 오간 정겨운 여운이 내 몸 주위에 한참 맴도는 듯했다.

할아버지 없이 자란 나는 친할아버지 대하듯 인사하러 갔다. 가서도 오래 머물지 못하고 반나절만 있다가 돌아오곤 했다. 그때마다 그는 "하루 더 있다가 가지” 하면서 아쉬워했다.

꽃샘추위가 지나고 경포가도에 노란 개나리가 피어오르기 시작하는 1991년 3월 초엔 민영이와 함께 할아버지를 찾아갔다. 전에나 다름없이 그는 내 손을 잡아 주며 반갑게 맞아 주었다.

“반갑네. 멀리서 오느라고 얼마나 수고가 많았는가?”

그의 미소, 꼭 어린아이가 웃는 것처럼 해맑아 보였다.

할아버지가 평생 미안해하던 아내 정희, 처음엔 나를 경계하며 말도 제대로 못 했던 할머니도 나만 보면 그리던 아들이라도 만난 듯 내 손등을 연신 쓸어내렸다.

걸음걸이도 온전치 못한 그녀는 밭에서 씨감자를 캐어 삶고 쟁반에 담으면서, 멀끔히 나를 보다가 눈이라도 마주치면 구겨진 종이처럼 얼굴에 주름 지으며 웃으셨다. 나도 밭에 나가 감자 광주리 나르는 일을 거들었는데, 꾸부정한 할머니는 웃으시며 그냥 들어가라며 말리기만 했다. 옆에서 내가 일을 도울 때 모이를 쪼는 닭을 놀려대기만 했던 민영이가 일하는 할머니의 손을 잡아 끌었다.

“이거 한번 해 보세요.”

뭔가 했더니 보청기였다.

“세상에, 꼭 다시 태어난 기분이여.”

신기한 듯 눈을 껌벅이면서 할머니는 떠듬떠듬 말했다. 할아버지도 기분 좋은 표정을 지으며 입맛을 쩍쩍 다셨다. 보청기를 끼셔도 말수는 늘지 않았다. 마치 한 가족인 양 즐거웠다. 오랫동안 이런 만남을 지속하고 싶었다. 민영이도 두 분을 친할아버지 친할머니처럼 모시려고 했다.

이슬방울이 잎새 위에서 반짝이던 1991년 7월 중순의 아침, 할아버지와 조찬을 들고 난 뒤였다.

"바람 쐬러 사천 해수욕장까지 걸어갈까?"

"예, 그러죠."

할아버지와 이웃집 울타리를 거쳐 사천 해수욕장 쪽으로 걸음을 옮겼다. 할아버지가 간간이 기침하곤 했지만 그리 심하지는 않았다. 채소밭에 싱싱한 초록빛 푸성귀 틈을 헤집고 불어오는 살가운 아침 바람이 뺨을 스친다. 바로 앞에서 종달새 한 마리가 소나무 가지 위로 날아올라 꽁지를 까딱거리며 부리를 열고 두세 번 휘파람 소리를 낸다. 이제 한참 물이 올라 푸르디푸른 솔가지를 자랑하는 해변의 소나무 숲에 파도 소리와 간간이 매미 소리가 넘실댄다. 발에 밟힌 솔가지가 톡톡 꺾이는 소리가 제법 상쾌하던 참에 할아버지는 조용히 솔가지를 주워 들었다.

"연전에 여기서 땔감에 쓰려구 솔가지랑 솔방울을 망태기에 주워 담던 적이 있어. 다른 이들두 이걸 주워다 땔감에 쓰곤 하거든. 헌데 어떤 사람이 "이 빨갱이 간첩아! 저리 가!" 하면서 흙을 막 뿌리고 욕지거리를 하다가 막대기까지 휘두르면서 위협하는 시늉을 하는 거야. ……정말 내가 살아온 이 나라 역사가 서글프기만 하더라구. 출감한 다른 동지들도 고초는 말할 수가 없어."

깊이 한숨을 토한 그는 몇 마디를 더 보탰다.

"동서독이 통합되고, 소련과 대화를 하고 남북 고위급 회담이 성사되는 마당에 우리들 마음속엔 아직도 동족에 대한 팽팽한 적대감만 도사리고 있으니, 츳츳."

좌익수 출신 전과자를 향한 냉대는 그만 겪는 것이 아니었다. 그의 말을 듣자 그도 안다고 하는 정대철 씨의 쓸쓸한 죽음이 생각났다. 신문 한구석에 기사 한 토막으로 올랐던 외로운 죽음.

작년 11월 21일 경남 통영군 한산면 야산에서 한 늙은이가 목매 숨졌는데, 정대철이라는 호적 이름 대신 수인 번호로 더 많이 불렸을 좌익 전과자였다. 평남 용천군 출신으로 한국전쟁 중 빨치산으로 있다가 체포되어 35년 5개월 동안 대전 교도소와 청주 보안 감호소 등지를 떠돌다가 석방된 지 1년 만에, 자살을 선택한 예순두 살.

출소 후에 정 씨를 기다리고 있었던 것은 싸늘한 눈빛이라는 더 무서운 감옥이었다. 석방되었다 하지만 여전히 대한민국의 국민은 아니었다. 거주처는 열달 동안 부산 갱생 보호소로 제한됐다. 이 기간에 정 씨는 지압사나 침술사로 일했다고 하는데, 한산도에 있는 과수원이 마지막 일자리가 된 정 씨의 짧은 유서에는 이렇게 씌어 있었다 한다. ……남북 교류가 잘 되어 이산가족을 만나는 날을 꿈꾸어 왔다.

죽은 정 씨를 생각하면서 소나무길을 걸으니 입맛이 썼다. 게다가 온전해 보이지 않는 할아버지의 걸음걸이는 아까보다 더 불안해 보였다. 솔숲을 벗어나 해변을 걸었다. 가끔 엷은 햇빛이 바다를 눈부시게 했다. 눈 시린 바다를 보던 나는 마뜩지 않은 기분에서 벗어나고 싶었다.

"할아버지, 노래 좀 가르쳐 주세요. 북쪽에 있을 때 고향을 그리면서 젤 많이 부르던 노래가 뭐죠?"

나를 물끄러미 바라보던 그는 팔짱을 낀 채 낮은 목소리로 읊조렸다.

> 낙양성~ 십 리허에
>
> 높고 낮은 저 무덤은
>
> 영웅호걸이 무엇이냐
>
> 절세가인이 그 누구냐
>
> 우리네 인생 아차 하면

저기 저 모양 될 것이라

에라 만수 에라 대신이여.

처음엔 작았던 목소리가 점점 커졌다. 너울거리며 나지막이 끊어질 듯 이어지는 〈성주풀이〉가 멋들어졌다. 조금씩 어깨를 움찔거리는 그의 곁에서 금방 흥이 난 나는 손바닥으로 장단을 치며 달뜬 소리로 추임새를 넣었다. 바닷바람에 설렁이는 소나무들도 솔가지를 흔들며 덩달아 춤춘다. 산비둘기나 기러기들도 할아버지와 내 노래에 맞춰 날개 치고, 솔숲에서는 매미가 목쉰 듯이 노래한다.

에라 만수 에라 대신이여, 후렴구를 받아넘기며 흥이 돋은 그때였다. 푸른 빛 바다 앞에서 춤을 추던 할아버지의 머리가 힘을 잃으면서, 썩은 고목처럼 앞으로 꺾였다. 힘없이 쓰러지는 순간 그는 손으로 입을 틀어막았다. 심하게 어깨를 들썩이며 기침을 하기 시작했다.

"하, 할아버지, 괜찮으세요?"

마치 마라톤을 완주하고 난 뒤 완전히 탈진 상태에 빠진 선수 같았다. 한참 숨을 고른 후에야 그는 겨우 일어날 수 있었다.

"무리하게 생각을 많이 하다가 일을 끝내니…… 커헉."

모래를 툭툭 털고 일어서는 모습이 그다웠다만, 일어서기가 무섭게 기침을 해대는 모습은 곧 무너질 듯 위태위태했다.

이 일이 있고 나서 나는 출판사와 의논하여 할아버지의 건강을 위해 신문이나 잡지사의 인터뷰는 일절 하지 않기로 했다. 그 자신도 집에서 그냥 쉬고 싶다며 인터뷰할 수 없다고 전해 달라고 했다. 며칠 뒤 할아버지 집에 전화를 걸었지만, 어디 가셨는지 도통 전화를 받지 않았다.

몇 달이 지난 1991년 10월, 희끄무레 날이 새기 시작할 무렵에야 폭풍이 겨우 멎은 그 날, 할아버지가 강릉 동인병원에 입원하셨다는 연락을 받았다. 소식을 들은 내가 고속버스터미널에 도착한 아침나절엔 잿빛 하늘에 검은 구름이 모여 있었다.

점심 무렵에야 도착한 강릉의 거리는 축축하게 젖어 있었다. 보슬보슬 내리는 보슬비를 맞으며 아스팔트 길을 걸어 병원 입구에서 과일 통조림 몇 개를 샀다.

병실에 들어선 나는 두 눈을 의심했다. 코에 튜브를 꽂고 손등에는 여러 개의 링거 주사를 꽂은 채 누운 할아버지, 감긴 눈을 겨우 떠서 눈빛 한 번 보내고 헉헉, 된 숨만 몰아쉬고 있었다. 이게 마지막 모습일까 하는 생각이 설핏 스쳤다. 말을 잊고 그의 야윈 다리를 쓰다듬었다. 차고 메마른 겨울 나뭇가지 같은 까칠한 살갗을 천천히 만져 보았다.

고개 숙인 나를 보며 병상 곁에 있던 할머니가 눈물을 훌쩍이며 말했다.

"조금 살 만하니까, 글쎄……."

늙은 남편의 손을 꼬옥 잡은 그녀는 손수건으로 엷은 물기가 스며든 눈두덩을 연신 훔쳐냈다. 할아버지는 숨을 헐떡였고, 할머니가 대신 입을 열었다.

"혈관 폐쇄증이라던가. 노환이라서 심장이 박동을 안 하니까. 몸 구석구석에 피가 흐르지 않는 증상이라고."

얼음덩이마냥 차갑게 썩어가는 뼈마디. 나는 그의 복숭아뼈에 내 뺨을 가만히 대보았다. 숙인 내 머리를 할아버지는 쓰다듬었다. 그의 손은 떨리고 있었다.

"컥…… 뭐 …… 이래 가끔 치료두 받으면서 사는 게지."

그의 두 눈은 번쩍였다. 막힌 피를 통하게 하려구 병원에서 발가락 하나를 잘랐다고 한다. 홑이불 아래 삐죽 튀어나온 오른발에 발가락이 잘려나간 흉칙한 자리가 선뜻 눈에 들어왔다. 내 맘은 날카로운 비수가 가슴살을 도려내는 듯 쓰라렸다. 피가 통하지 않아 새끼발가락부터 하나씩 잘라내고 있는 강원도 사내의 다리, 낱낱의 상처들이 소리 없이 물너울처럼 깊디깊게 물결치고 있다.

낮은 목소리로 할아버지에게 '거대한 다리'라고 말했더니, 그는 가까스로 웃어 보이며 답한다.

"이 다리루 안 가본 데가 없구먼. 이 다리두 인젠 제 구실을 다한 거라."

마주보고 눈물 없이 웃는다. 코에 튜브를 낀 그의 표정이 어떠했는지 남들은 모르겠지만 그가 미소 짓고 있다는 건 눈빛만 봐도 알 수 있다. 짧게 웃으면서 그는 병상에서도 옆에 앉아 사과를 깎고 있는 늙은 아내를 걱정하며 혀를 찼다.

"보청기가 고장났어. 이 할멈이 글쎄 마구 굴렸나 봐. 이래 소중한 걸, 츳츳."

그 말을 끝으로 병원에서 나왔을 때 잠시 보인 햇살은 태백산맥 저편에 가라앉고 잿빛 어둠이 서서히 번지고 있었다. 할머니의 고장난 보청기를 받아 들고 고속버스에 올라탔다. 마음이 잿빛 하늘처럼 어두웠다. 고장난 보청기를 쓰다듬으면 쓰다듬을수록 좋지 못한 예감이 들었다.

서울로 올라오는 길은 무척이나 멀고 어둡게 느껴졌다. 어둠은 창밖에 까맣게 몰려왔고, 창밖에는 굵은 빗방울이 흐르고 있었다. 흐르는 빗물을 보는 내 눈자위에도 물기가 번졌다. 메모지에 시 같은 글을 끄적였다.

마지막 모습인가
말라 죽어가는 수탉이 이럴까
말을 잊고 고개 숙인 나를 보며
제대로 앉아 있을 수 없어
침상에 누운 할아버지 눈빛 한번 보내곤
헉헉 된숨만 몰아쉰다.

꺼뭇꺼뭇 저승꽃 번져 핀

까칠한 오징어 살갗

차고 메마른 겨울 나뭇가지

노인의 다리를 천천히 만져본다

얼음덩이마냥 차갑게 썩어가는 뼈마디

일정 때 남지나해에서 미군 폭격에

깊숙이 박힌 파편을 도려냈던 징용병의 장딴지

해방기엔 경찰에 잡혀

쪼인트, 몽둥이찜질 당했던 정강이

남파공작원으로 내려왔다가

거제도에서 으스러진 무릎관절

십구년 옥살이에 멍도장 스민 허벅지, 피

통하지 않는 발꼬락을 새끼발가락부터 잘라내고 있는

강원도 사내의 다리, 낱낱의 상처들

할아버지, 이 다리는 거대한 다리입니다.

…… 기레, 이 다리루 안 가본 데가 없구먼

요 다리두 인젠 제 구실을 다한 거라

북녘땅에 대신 가달라며

빙그레 웃으시는 할아버지 눈가에는

백두에서 녹아 흐르는 눈석임물 반짝였다.

나는 손아귀에 헐렁하게 잡히는 야윈 발목의

복숭아뼈 언저리에 가만히 볼을 댄다.

수천 리 눈보랏길 뚫고 달려온

고구려인의 말발굽 소리 마구 들리는

눈물겨운 무쇠 다리에서 거대한 땅울림을 듣는다.

— 김응교, 「무쇠다리」, 계간『창작과비평』, 1992년 겨울호.

옆 좌석에 앉은 사람에게 방해가 될까 봐 창 쪽으로 고개를 돌리고 하얗게 습기 서린 차창에 손가락으로 나만이 아는 글씨를 썼다. 할아버지의 다리는 무쇠다리다, 무쇠다리.

3

1992년 12월 11일 새벽, 그날따라 잠이 오지 않았다.

그 즈음 서울은 송년회다 뭐다 흥청망청 떠드는 시기였다. 신문이나 뉴스마다 이날 아침 북한과 남북 불가침 조약이 체결되었다며 떠들어댔고, 시내 분위기도 들떠 있었다. 그런 분위기가 싫어 툴툴거리며 밤새워 글을 쓰려던 늦은 밤이었다. 깜박 잠이 들었을까.

따르릉…… 따르릉.

밤에 오는 전화벨 소리는 불길한데…… 새벽 1시가 조금 넘었는데, 눈을 비비며 수화기를 들었다.

"여보세요? …말씀하세요."

불규칙한 숨소리만 들리다가 한참 뒤에야,

"……형."

풀죽은 목소리가 들렸다.

"민영이구나? 웬일이야, 밤중에……."

"……할아버지가…… 돌아가셨대요."

"뭐?"

섬뜩했다.

"……그제 새벽에…… 지금…… 연락이 왔어요."

믿고 싶지 않았다. 농담이었으면, 꿈이었으면 했다. 농담할 리가 없겠지만, 농담이거나 거짓말이라거나, 아니, 이건 꿈이라고 믿고 싶다. 아무 말이 나오질 않았다. 목구멍이 빽빽했다.

"…… 사천에 가려구 해요……. 집에서 기다리고 있으세요."

금방 오겠단 말을 끝으로 민영이는 전화를 끊었다.

목이 메었다. 멍하니 천장을 쳐다보았다. 눈물이 주체할 수 없이 쏟아져야 하는데, 눈물도 나오지 않는다. 하늘이 너무했다. 하필이면 남북 불가침 조약이 체결된 날이다.

새벽 3시에 강릉으로 가는 민영이의 차에 탔다.

민영이나 나나 아무 말도 할 수 없었다. 그의 죽음이 임박했다고 예상치 못한 바는 아니었지만, 내 감정이 이에 다다르지 못했던 까닭일까. 주먹으로 눈 주위를 연신 눌러대며 창밖을 보다가 창 유리에 언뜻 할아버지가 웃으시던 모습이 떠올라 흠칫 놀라기도 했다. 소리 없이 웃던 모습, 형형한 눈빛과 뒷짐 지고 한 발 한 발 걸어가던 모습 등 낱낱의 장면들이 영화의 자막처럼 주루룩 지나가면서 내 가슴을 찢어댔다. 끝까지 모시지 못한 게으름에 가슴 밑바닥이 쓰리기만 했다.

꽤 오랫동안 창밖의 어두운 하늘을 보았다. 점점이 가득한 뭇 별들 사이로 빠르게 떨어지는 별꽃이 보였다. 땅으로 쏟아져 내리는 별의 주검을 오랫동안 보았다. 그가 살아온 74년의 기구한 삶을 착잡하게 돌이켜보았다.

일제 27년, 해방 이후 남로당 활동 5년, 전쟁 3년을 포함한 북한에서의 생활 20년, 감옥살이 18년, 토막난 순간들. ……죽기 전까지 집필하고 구술하며 병으로 시달린 길지 않은 시간들. 함께 지내 온 추억의 편린들이 기억 속으로 마구 비집고 들어서면서 며칠 전 통일원에 연락했을 때 일도 스쳤다.

—서신 교환이나 방북 신청서를 준비하려면 어떻게 해야 하나요?

—근데 그게 전화로 말씀드리긴 좀 긴데.

—사정이 급해서 그래요. 언제 돌아가실지 모를 할아버지거든요.

—어떤 분이시죠?

—전과가 있어도 가능한가요?

—어떤 전관데요?

—좌익수 출신입니다만.

—어휴, 그건 힘든데. 으음…… 한번 방문해 보세요. 딴 길이 있을지 모르거든요.

어쩌면, 조금만 더 사셨더라면 저쪽에 사는 가족들 소식도 어쩌면 알 수 있었을 텐데. 날 선 바람 부는 할아버지 집에 도착한 때는 아직 6시가 안 된 어스름 새벽녘이다. 차 밖에 나선 나는 추억을 털며 고개를 들었다. 할아버지가 아침 운동을 해야 할 시간인데 뜰에는 파도 소리만 잔잔하게 귓전을 쓸어댔고, 부두로 돌아오는 오징어잡이 배의 기적 소리만 멀리서 새벽을 흔든다. 바닷가엔 유난히 짙은 해미가 자우룩하다. 짙은 해미 속에서 점점이 떠 있는 오징어잡이 배의 집어둥 불빛이 흐림풋이 보이고, 할아버지와 내가 오토바이를 타고 달리던 길목 저편에는 짙은 안개에 섞여 군인들이 줄지어 아침 구보를 한다.

마당에 잠시 서 있는 동안 추위가 뼛속까지 파고들었다.

"아마 시신이 강원도 도립 병원에 있을 거 같아요."

그곳으로 차를 돌렸다. 병원에 도착했을 때는 병원 건물 뒤 햇살이 희뿌옇게 번지고 있다. 영안실 문을 열자 습기 찬 벽에서 뿜어내는 매캐한 곰팡내와 향 냄새가 훅 끼쳐 왔다. 영정이 놓인 영안실은 휑댕그렁했다.

스티로폼 위에 할머니와 몇몇 동네 사람과 친척만이 웅크리고 앉아 고인을 모시고 있다. 민영이와 나를 본 할머니는 다리를 휘청하면서 주저앉았다. 할아버지의 정희는 울고 있다. 그녀, 할머니 정희의 표정은 어둡고 지쳐 있다. 등 돌린 세상을 저주하는 처절함마저 배어 나오는 그런 얼굴이다.

"할아버지가 찾으셨어……."

말끝을 흐리는 할머니는 손에 든 손수건으로 연신 물코를 풀었다. 역사의 틈바구니에 옴짝달싹할 수 없이 끼어 살아온 그녀의 주름살은 깊기만 하다. 할아버지의 영정을 보며 뭐라고 말하고 싶었는데, 목구멍에 응어리가 걸려 아무 말도 나오지 않는다. 그저 할머니의 손만 한참을 쓸어 만졌다. 빛바랜 초상화만 눈에 들었다.

날이 조금씩 더 밝아 온다. 소식을 듣고 온 사람들이 쓸쓸한 장지에 하나둘 모이기 시작했다. 간단한 발인을 끝내고 관을 영구차에 실었다. 차는 동해가 보이는 사천면의 야트막한 산자락의 장지로 향했다. 도착한 묫자리는 수령樹齡이 녹녹록잖은 소나무숲 사이의 양지바른 터였다.

외로운 그의 이력을 증명하듯, 몇몇 친척과 동네 사람 빼고는 문상객이 별로 없었다. 날이 풀렸지만 목덜미를 파고드는 바람이 제법 썰렁해 문상객들은 옷깃을 세우며 서 있다. 할아버지가 보고파 하던 동지들의 얼굴은 보이지 않았다. 텅 빈 적요만 동행하는 장례식이다.

삽을 들고 민영이와 나도 흙을 팠다. 아직 얼지 않은 흙은 무척이나 부드러워서 석회 가루를 흙에 비벼 공구리치듯 묘혈墓穴의 벽을 발랐다. 관을 서서히 내려놓았다. 살아온 무게에 비해 그의 주검은 얼마나 가볍던지. 차라리 죽고 나니 지지리 천대받은 몸뚱어리가 홀가분해지는 걸까.

불교에서는 인생을 고해苦海라 하던가. 공작원이었으며 무기수였던 남편 하나를 기다리며, 구차한 목숨을 부지해 온 할머니는 한 자 깊이의 구멍 속으로 내려지는 관을 보며 고꾸라지듯 쓰러졌다. 흙바닥에 엎어져 서러운 울음을 토해내기 시작했다. 늙은 암소처럼 눅눅한 소리를 내고 있었다. 내가 소나무 껍질 같은 그녀의 손을 잡았을 때 그 손은 파르르 떨리고 있다.

눈이 짓무른 상여꾼들이 흙을 밟으며 박자에 맞춰 달구 노래를 불렀다. 송광사에서 왔다는 스님은 "할머니, 할아버지께서 74세면 살 만치 사신 거예요. 이제 그만 우세요"라면서 막막하기만 한 노파를 위로한다. 삽을 들어 그의 관 위에 흙을 덮기 시작했다.

큰 소 먹고 잘 떠나소~어허라 다아알구
동서남북 댕길지라도~어허라 다아알구
사귀잡병 물고 가고~어허라 다아알구

인목일랑 걸어 들고~ 어허라 다아알구. 옷깃을 스치고 지나가는 경우도 있을 테니까. 우리도 갈 터이니~ 어허라 다아알구. 민영이와 나는 묫자리에 다소곳이 절을 했다.

"…… 이제는 영원한 안식의 길을 떠난 게죠?"

묵묵히 만가輓歌를 들으면서 민영이가 말했다.

그의 고향은 어딜까. 남과 북, 그 어디나 그의 고향이다. 그가 그리던 고향은 우리 모두의 조국이다.

하얀 눈을 덮어쓰고 웅크린 겨울산 기슭에 자리한 무덤 곁을 쉽게 떠날 수 없었다. 오랫동안 이 무덤 언저리에서 마음을 머물 것만 같다. 그의 묵묵한 얼굴, 젖은 눈시울이 오랫동안 지워질 것 같지 않다. 그가 또 하나의 고향으로 여겼던 북녘땅에 그의 사망 소식을 전할 수 있을까. 그가 나에게 부탁한 편지를 품 안에서 꺼낸다.

적요한 겨울숲에서 한 줄기 햇살이 편지지를 쓰다듬는다. 햇살 사이로 진눈깨비가 무수한 입자로 부서지며 흩날리고 사천 앞바다는 더욱 선명하게 푸르렀다. 고난의 시대를 살아온 이들의 세월처럼 진눈깨비가 흐느끼듯 떠다니며 까닭없이 흐르는 눈물과 섞였다. 일순 선득한 눈송이가 솜털처럼 내렸는데, 저 멀리 북녘산에는 눈이 내리지 않는지 산을 넘어가는 희부윰한 뭉개구름이 누군가의 무쇠다리처럼 보였다. 사라지는 수많은 운명들을 대신하듯 새로운 생명이 이 땅 어디에선가 울음소리 터뜨리며 태어날 것이다.

작품론_ 빛의 혁명시대에 민족 동질성 찾기

―김응교의 장편실화소설 『조국』 수정판에 부쳐

임헌영(문학평론가)

1. 온통 빨갱이로만 보이는 색맹들의 집단 광기

한국인의 정치의식이나 K컬처의 격과는 너무도 궁합이 안 맞는 윤석열의 저질적인 정치 행각을 심판했던 빛의 혁명이 진행 중인 지금도, 일부 지역과 특정 종교집단을 중심으로 한 윤 추종주의자들의 추태는 여전히 이어지고 있다. 대체 그들의 뇌구조는 어떻게 형성되어 있을까?

분단 국가였던 동서독1990년 통일과, 현재도 분단 상태인 중국과 한국 중 같은 민족끼리 가장 억누를 길 없는 증오심과 적대감으로 불구대천의 원수로 으르렁대는 곳은 한국밖에 없다. 문명국임을 자랑하는 유럽이 같은 기독교도이면서도 신구교라는 신앙의 차이로 수백여 년에 걸쳐 온갖 야만적인 갈등을 저질러 온 데 비하면 우리 민족은 비록 새로운 종교가 유입될 때마다 심한 갈등과 비인간적인 탄압이 행해졌지만 유럽같은 종교전쟁은 결코 치르지 않았다.

그런데 유럽은 정치적인 이데올로기의 갈등을 타협과 협상으로 거뜬하게 극복하고 공존과 화해를 실현해서 세계적인 민주복지 평화시대를 구가해왔는데, 왜 유독 한반도만이 중뿔나게 정치 이념의 노예가 되어 상대를 절멸시켜야 할 대상인 절대악으로 여기게 되었을까.

그 가장 큰 원인은 친일외세 반민족 세력들이 동족보다는 일본강대국이 더 낫다는 토착 왜구적인 가치관을 고수하고 있기 때문이다. 그들의 뇌리에는 진실은 아예 존재하지 않고 오로지 반민족 친 외세의존의식만 강하게 도사리고 있기에 남북의 화해나 공존 따위는 아예 그 원천부터 봉쇄해버린다. 그래서 민족 자주니 민주주의, 복지, 평화 따위는 빨갱이들의 위장술로, 우리나라란 원래부터 일본을 비롯한 강대국들의 이익에 희생 봉사하는 사명감을 지닌 존재로 여긴다. 윤석열과 그 추종자들이 바로 여기에 속한다. '극우 보수'란 술어 그 자체에도 어울리지 않는 반민족적이고 반국민, 반국가적인 매국노 세력에 다름 아니다.

변형된 악성 레드 콤플렉스다. "자라 보고 놀란 가슴 소댕손잡이 달린 솥뚜껑 보고 놀란다"는 속담 같은 걸까. "더위 먹은 소가 달만 봐도 헐떡인다吳牛喘月"라든가, "국에 댄 놈 냉수도 불어 마신다懲羹吹冷水"라는 등속의 같은 항렬의 속언들이 많지만 분단 한국의 레드 콤플렉스를 일침하는 데는 역시 자라와 솥뚜껑의 비유가 제격일 듯싶다.

비아그라가 없던 시절이라 아낙은 서방님의 양기를 위하여 애써 자라를 구해와 고와 드리려다 밤이 너무 늦어 무쇠 솥에다 가둔 채 묵직한 솥뚜껑으로 덮어두었겠다. 이튿날 새벽녘에 눈을 비비며 부엌에 들어선 그녀는 살아있는 모습을 확인하고 불을 지피려고 솥뚜껑을 잡으려는데, 어, 이게 웬일인가. 뭉클하며 자라가 목을 길게 빼어 손가락을 물고 늘어지는 게 아닌가.

무쇠의 탄압을 뚫고 탈출하여 자신을 삶으려는 손을 물어뜯는 그 생명력. 모든 생물이 진화하여 새로운 환경에 적응하기에 급급한데도 2억 년 전의 모양 그대로를 간직한 채 오늘에 이르고 있는, 2년 동안 굶어도 죽지 않는 이 강인함.

"교황과 짜르가, 메테르니히와 기조가, 프랑스 급진파와 도이치 관헌이" 잔혹하게 솥뚜껑처럼 눌러댔는데도 '빨갱이'는 사라지지 않았다. 그래서 "정부 반대당으로, 권력을 잡은 정적으로부터 공산주의적이라는 비난을 듣지 않은 경우가 있을까? 정부 반대당으로, 자신보다 더 진보적인 정부 반대파에 대하여, 또는 그 반동적인 정적에 대하여, 공산주의란 비난의 낙인을 되돌려주지 않은 적이 있는가?"『공산당 선언』

이 말엔 곧 집권당이든 야당이든 자신의 이익이나 주장에 반대하는 일체의 세력을 '공산주의적'이라고 몰아붙여 말살하려는 권력의 본성이 잘 나타나 있다. 마르크스의 표현 속에는 지배계급여야 모두이 자라만을 탄압하는 게 아니라 솥뚜껑도 단속 대상 품목이었음을 시사해 주는데, 이런 구절이 등장한 지가 1세기도 훌쩍 지난 한국에서는 그 도가 지나쳐 솥뚜껑민족적 자유주의자은 물론이고, 냄비뚜껑민주주의 신봉자이나, 놋그릇 뚜껑진지한 연구자에다 심할 땐 사발 뚜껑박애주의자에다 요강 뚜껑막걸리 반공법조차 싹쓸이할 지경이었다. 만약 권력의 힘이 가능했다면 빨간색을 아예 없애버렸거나, 영롱한 무지개에서 빨간색을 추출해버렸을 만큼 한국의 광기 어린 악성 바이러스의 레드 콤플렉스는 마녀 사냥을 능가하는 집단최면의 극치라 해도 지나치지 않을 것이다.

이런 악성 레드 콤플렉스에 대해서는 이미 채만식이 "남부 조선에서 볼셰비키, 멘셰비키는 물론, 아나키스트, 사회민주당, 자유주의자, 일부의 크리스찬, 일부의 불교도, 일부의 공맹교인孔孟敎人, 일부의 천도교인, 그리고 중등학교 이상의 학생들로서 사회적 환경으로나 나이로나 아직 확고한 정치적 이데올로기가 잡힌 것이 아니요, 단지 추잡한 것과 불의한 것을 싫어하고, 아름다운 것과 바르고 참된 것과 정의를 동경 추구하는 청소년들"을 통틀어 빨갱이라고 부른다고 단편 「도야지」에서 밝혀주었다.

바로 윤석열과 그 추종주의자 모두에게 딱 들어맞는 표현이다. 그들의 눈에는 윤석열 비판세력이라면 누구나 빨갱이로 보일 뿐이다. 아니, 윤석열뿐 아니라 이승만-박정희-박근혜 등등을 비판하거나, 일본이나 미국보다 한국을 더 사랑하면 다 영락없는 빨갱이들로 보았다.

2. 미 해병 비행사 대신 인민군 장교를 구출한 해병대원

이런 세태이고 보니 '민족사랑'이란 마치 독립운동처럼 험난할 수밖에 없는데, 여기에 이를 떳떳하게 실현한 한 해병대 하사관이 있었다. 고종옥高宗玉, 1930~2004은 빈농의 아들로 태어나 일제 식민통치 아래서 초등학교 5년을 중퇴한 학력으로 농사일부터 땔감 장수나 뭐든 닥치는 대로 살아가면서도 독실한 천주교 신자였던 어머니로부터 신앙심을 길렀다. 가난한 농민이면 누구나 겪었던 일제의 탄압과 수탈을 겪었을 그는 8·15 후 민족이 분단되어 좌니 우니 하는 이념적 대결을 보며 뭔가 못마땅하면서도 3·8선 경비대를 거쳐 해군에 자원입대하여 6·25를 맞아 해병대가 되었다.

1950년 포항 전투에서 부상, 퇴원 이후 해병대로 휴전 때까지 여러 전투에 참여했던 고종옥은 1951년 5월 소양강 전투에서의 체험담을 자세히 전해준다. "적정을 살피던 미 해병대 정찰기 한 대가 인민군 고사포에 맞아 소양강 너머로 추락했다." 비행사는 낙하산으로 적지로 낙하 중이었고, 적군은 그걸 공격 표적으로 삼았다. 25명의 해병 특공대가 미군 조종사 구출에 차출되어 부상 당한 미군 조종사와 역시 부상 당한 인민군 장교 한 명을 포로로 잡아 고무보트로 수송 중 보트가 피격당해 버렸다. 가장 후미에서 혼자 남게 된 고종옥 하사관은 "물결에 휘말려 떠내려가고" 있던 미 조종사와 인민군 장교 중 한 명밖에 구출할 능력이 없었다. "누구를 살려야 하나! 망설이거나 생각할 여유조차 없는 절박한 순간이었다. 마치 고문을 당하는 기분이었다. 괴로웠다"라고 술회한 고종옥은 '인민군 장교'를 구출해 냈고, 귀대하여 곤욕을 치르면서 작전 장교에게 이렇게 변명했다.

"……그 절박한 상황 아래 나는 사상의 동지이며 조국의 은인인 그 미 해병 비행사보다는 적이나마 피를 같이 한 동족을 선택했습니다. 그는 이미 포로로 내 수중에 들어온 이상 우리와 같은 조상과 언어와 문화를 갖고있는 동족이며 우리가 통일 시켜야 할 조국의 아들인 동시에 또한 우리의 형제입니다. 작전 장교님! 한 인간이 지니고 있는 사상은 변할 수 있어도 그 몸에 흐르고 있는 피는 영원한 것이 아니겠습니까?"

나의 이 말에 아무도 대꾸하지 않았다. 작전 장교도 더 이상 질문을 던지지 않았다. 다만 통역 장교를 통해 내 말을 듣고 있던 미군 고문관 장교가 "아이 씨. 아이 언더스탠드" 하며 고개를 끄덕일 뿐이었다.『아, 조국과 민족은 하나인데』(고마태오 신부 북한 방문기), 한국천주교 북한선교위원회, 한국천주교 정의평화위원회 자료집

1956년 해병대 제대 후 고종옥은 신부가 되기로 작심, 신학교에 들어가 2학년 때 프랑스로 유학, 온갖 악조건과 싸우며 사제로 성장, 고마태오 신부가 되었다. 이렇게 축약했지만 그 과정에는 약혼녀와의 애틋한 사랑의 포기, 프랑스 유학시절에 이국 여성쟌느과의 이루어질 수 없는 사랑 등등으로 숱한 번민의 청춘을 앓기도 했다. 고마태오 신부는 고향 북한 땅을 잊을 수 없어 그곳에다 복음을 전하고자 한국 귀국을 포기하고 캐나다에 정착, 교민을 위한 사역과 북녘 땅 방문의 길을 모색했다.

교민들의 고난의 현장을 함께 한 그에게는 극적인 장면이 적지 않는데, 가장 충격적인 건 한 술주정뱅이를 개심시키고자 온갖 희생을 치를 때의 일화일 것이다. 그는 생쥐가 들어간 국을 들이밀며 마태오 신부를 조롱했다. 이에 마태오 신부는 그 국을 후루룩 마시고는 맛이 좋으니 한 그릇 더 달라고 했고, 이에 그 망

나니는 결국 무릎을 꿇고, "신부님, 이 짐승 같은 놈을 용서해주세요… 흑흑…"이라고 개심했다. 응당 그는 독실한 신자가 되어 신부님과 함께 가두 '딴따라 미사'에 동행자가 되어 화제의 주인공으로 부상했다.

마피아들이 득실대는 몬트리올 부둣가의 선술집에서 막가파 두목과 단판 술내기 시합을 벌여 제압한 일화도 일품이다.

명절엔 한복에다 갓을 쓰고 미사를 드리기도 했던 그는 '캐나다의 한인 이민의 대부' '캐나다 동포 사회의 정신적 지도자'라는 숭앙을 받기에 모자람이 없다.

이만한 신부이고 보면 필시 분단시대 우리 민족의 성자급에 오를만 함을 누구나 느낄 것이다. 그는 남북을 두루 오가며 이런 희생적이면서도 파격적인 활동을 펼쳤기에 도리 남북 양쪽으로부터 다 의심의 눈초리를 보내며 경계하는 요주의 인물이 되기도 했다. 그러나 그의 진심은 한국과 캐나다에서 많은 동조자를 얻어 그 정신은 면면히 이어지고 있다.박영희·최종수, 『하늘이 만들어준 사람, 하느님의 종, 동포와 교회와 민족을 사랑한 사제 고 마태오 평전』, 더부네, 2017

할 말이 넘쳐난 고마태오 신부는 작가로도 등단, 소설과 자전, 실록 등 많은 저서『예수 없는 십자가』, 『고향에 못 갈지라도』, 『영원한 방랑객』, 『사랑의 지도』 등를 남기기도 했다.

그럼에도 불구하고 이 성자는 일부 몰지각한 윤석열 일당의 시선에는 '빨갱이'에 '간첩'이거나 '종북 세력' '불순분자'로만 보일 것이다.

3. 김응교가 그린 무장간첩의 민족사적인 무게

고마태오 신부의 성행과 희생에도 불구하고 남북은 여전히 냉랭할 정도를 넘어 오히려 더 그 증오심이 깊어지는 모양새다.

국민들이 들떴던 7·4남북공동성명의 잉크도 마르기 전에 '북괴 규탄' 집회에서 혈서까지 쓴 것도 우리 국민들이었고, 문세광 규탄 집회에서 그렇게 비난의 욕설을 퍼부었던 일본에 대하여 가장 친절해져 버린 것도 우리 국민의 변모된 한 모습이었다. 우리는 아직도 민족 감정만 강하지 민족의식은 제대로 성장하지 못했는가! 북경 경기장에서의 저 환호성과 화합의 모습이 필요하다면 어느새 이글거리는 분노로, 규탄의 함성과 주먹으로 변할 것을 상상해 본다. 여기서 '필요하다면'이란 계기와 필요충분조건을 조성하는 것은 남북한 쌍방의 권력층일 것이다. 그리고 언제라고는 예견 못 하겠지만 반드시 북경 경기 참가자들이 북한을 마음껏 비난할 수 있는 순간은 만들어질 것이다.

1990년대 이후 동구의 변모와 북경에서의 표정이 왜 오늘의 우리에게 중요한가? 동구의 변혁을 일부에서는 인류 역사에서 20세기가 이룩한 사회주의 혁명의 종언으로 보기도 한다. 인간의 진실된 삶과 신념의 궁극적인 좌절과 패배와 방황과 허망함으로 풀이해 버리기도 한다.

북경의 체육 대회는 그 연장선에서 풀이된다. 한국으로서는 북경을 거점 삼아 평양으로 공을 쳐넣는, 이른바 당구 경기에서의 우회 작전의 황금 기회인 셈이다. 국민들의 북경 관광 열기와 권력층의 대북 정책이 어울려 빚어진 남북한 응원단과 선수들의 '화기和氣'가 언제 '화기火·禍氣'로 바뀔지 난세를 고생으로만 살아온 사람들의 시선에는 조마조마하기만 하다.

그러다가 평창 올림픽 경기, 트럼프와 김정일의 만남 등등에다 금강산 관공과 평양 방문 등등을 겪으면서 국민의식이 좀 달라지려나 했는데, 윤석열이 등장하면서 세상은 온통 도로아미타불이 되어버렸다. "저러다가 숱한 간첩 나오게 생겼네……" 하고.

그렇다. 간첩, 그것도 무장간첩! 보통 간첩이야 흔히 보지만 무장간첩은 웬만

한 사람이면 서늘함을 느끼리라. 나는 별로 행복하지 못한 그들을 비교적 가까이에서 여러 번 보았다. 징역에서였다. 내가 만났던 한 젊은이한창남는 사형 집행을 당했고, 몇몇은 무기수로 지금도 징역을 살고 있다고 민주화실천가족운동협의회 회보의 소식란은 전한다.

솔직히 말해서 같은 국가보안법 사범이면서도 그 앞에 '간첩'과 또 그 앞머리에 '무장'이란 단어가 붙으면 대개는 긴장한다. 부끄럽지만 처음엔 나도 그랬다. 지나면서 그들의 신념은 '무장'처럼 굳는다는 것을 알았고, 그 신념이 최근 세계사의 변화를 어떻게 받아들이고 있을까 궁금증이 나기도 했다.

김진계를 주인공으로 한 김웅교의 장편실화소설 『조국』은 이런 궁금증에 대한 현 체제 안에서의 가능한 해답을 체계적으로 기술하고 있다. 이 실록은 1990년 9월 18일『조국』이라는 이름으로 현장문학사에서 처음 출간되었다. 이내 보안사에서 조사를 하겠다는 소식이 있자, 1992년 4월 1일 『귀향』이라는 제목으로 바꾸어 같은 현장문학사에서 낸다. 널리 알려야 한다는 절실한 마음에서 제목까지 바꾸어 냈으나, 출판사가 문을 닫는 불운을 겪는다. 작가는 『조국』을 풀빛출판사에서 1993년에 프롤로그와 에필로그를 써서 다시 출산한다. 어언 35년이 지나, 김웅교 작가는 전체 소설의 문체를 완전히 다시 수정하여 소명출판에서 출간하면서 『조국』은 윤석열을 타도한 빛의 혁명시대의 독자들에게 새롭게 선을 보이게 되었다. 새삼 감동이 아닐 수 없다.

"일제 27년, 해방 이후 남로당 활동 5년, 전쟁 3년을 포함한 북에서의 생활 20년, 감옥살이 18년'의 인생!"

한국의 많은 사람들에게 '다대리 무장간첩'으로 인식되고 있는 김진계는 이 글에서 맺힌 한을 풀면서도 못다한 아쉬움을 남기고 있음을 행간에서 느낄 수 있다. 안타까운 현실이다.

북한에 관하여 쓴 글은 가장 안 읽히는 책과 가장 널리 읽히는 책으로 구분되는데, 그 기준은 독자들에게 얼마나 신뢰와 객관성을 주느냐 하는 것이리라. 그간 많은 북한 문제 기록들을 봤지만 김진계의 삶이 새로운 감동을 불러일으키는 까닭은 스스로 열심히 살고자 한 평범한 '인민'으로 존재했던 필자의 진실된 모습이 부각되어 있기 때문이다.

결국 '남북한의 양쪽 권력의 일부분은 부패의 모습을 보인다는 점에서 비슷하구나!' 하는 생각이 든다. 북한에서 공작원 교육에 종사했던 일부 특권층의 사치성 비리나 일부 특수층의 호화 생활은 바로 남한의 자화상으로 내비친다. 자연히 이렇게 호사에 묻히고 보면 눈이 어두워져 상대를 똑바로 못 보게 되는데 이 점 또한 남북은 비슷하지 않을까? 북한의 대남 공작 교육이나 사업, 대남 정책 중 김진계가 겪은 것만 봐도 그렇다. 한국의 실정에 정통하지 못한 측면이 많음을 부인할 수 없다. 뿐만 아니라 한국 내의 각종 민주화운동과 통일운동 등등에 대한 태도에서도 남쪽이 보기에 북측의 오류와 역기능적인 실례는 적지 않다.

대남 선전·정책 등에서 북한이 남한을 정확하게 인식하지 못하고 있으며, 이것은 그간의 각종 친북한 인사들이나 입북자들이 객관적인 정보를 제공하지 않았거나, 제대로 알려줬는데도 북한 정책 담당 중간층이 왜곡시켜 버렸기 때문이 아닌가 하는 생각이 든다.

모르기는 한국 역시 비슷하지 않을까? 국내의 정치범대부분 '좌경 용공 사범'을 다루는 방법으로부터 대북 정책까지 권력 유지의 방편으로 흐르고 있음은 구태여 지적할 필요도 없을 것 같다.

남북한이 이처럼 상대를 고의로 왜곡시켰거나, 오인했거나, 또는 무지한 것은 민족 통일이나 민주화에 커다란 장애가 된다. 두 쪽 체제에서 분단 체제적 가치관에 따라 출세한 사람들만의 일부가 오가면서 서로가 상대를 적당히 오해하는 척해 가며 분단을 고착화시키고 이로써 현 체제를 유지하려는 움직임은 없을까? 미·일·중·소 4강국은 다 이를 바라고 있는 게 아닌가!

남북 교류는 진전되면서 짓밟히고 있는 사람들은 계속 또 고생해야 된다면 대체 '교류'에 무슨 의미가 있단 말인가! 김진계의 일생을 읽으며 다시 남북문제를 생각한다. 이제 이런 분들이 모든 걸 털어놓아야 할 때가 된 듯싶다.

살펴보라. 얼마나 아프게 살아온 분들이 많은가! 그분들은 다 일생의 반성과 정리 위에서 후배들에게 남기고 싶은 이야기들을 간직하고 있다.

『조국』을 계기로 모든 분들에게 아쉬운 대로나마 기록문학의 새 장이 열렸으면 싶다.

그간 우리의 기록 보고문학은 분단 고착화 과정의 빨치산까지에 이르고 있다. 이제 그 뒤의 시대에 김진계의 증언을 담은 김응교 장편실화소설 『조국』은 도전하고 있다. 외국인의 시선으로 본 남북한, 학자들의 정연한 이론적 접근, 초청받아 특별 대우 속에서 안내받으며 본 북한의 모습이 우리에게 중요한 게 아니다. 그곳에서 뿌리내리고 살아 보겠다고 결심한 '인민'의 시선으로 우리는 북한을 관찰할 때가 되었고 그런 시대적 변모에 걸맞게 이 책은 나왔다. 어찌 북한이 관광의 대상이며, 수출의 상대만일까!

공작 교육 중 김진계는 남한소설을 읽고서 '천편일률적으로' 똑같다고 느꼈다는 대목이 있다. 우리가 북한소설을 보고 느낀 것과 어쩌면 그렇게 비슷한가. 그런데도 정작 우리는 '한국문학은 다양하고 북한은 똑같다'는 우월감을 가졌던 게 아닌가.

이런 착각 현상은 이 책 여러 곳에서 발견된다. 김진계의 남북한을 민족주의적 시각에서 객관적으로 기술하려는 진지한 태도 때문에 이런 것이 돋보인다.

체포 후 미군들로부터 심문을 받을 때 보인 분노는 소설의 한 장면을 떠올리게 만든다.

"내가 죄를 졌다면 남조선에 죄를 졌지, 당신 양키들에게 죄를 졌소? 난 당신들과 상대하기 싫소!"

이렇게 고함 지르는 모습은 분단시대 우리 민족의 한 전형을 이룬다.

이 세계사적 변혁의 회오리 속에서 우리 민족은 어떻게 될까? 진리와 정리의 역사는 가고 힘과 물질 만능의 시대가 오고 말 것인가?

그렇지는 않을 것이다. 김진계와 같은 분들이 존재하는 한 민족의 정기는 이어져 다시 개화하리라. 그래서 남북한 양쪽 다 자신들의 체제 안에서 얼마나 성실하게 민주 사회를 실현하고 이를 바탕 삼아 통일 의지를 체현하느냐에 따라 민족의 운명은 달라질 것이다.

아직도 공공연히 남북한은 힘의 우위 확보와 힘의 역사 지배를 강조한다. 과연 힘에 따라 남북한이 지배될까? 6·25는 그 좋은 교훈이었다. 힘으로 민족 문제는 해결되지 않는다. 힘의 무력함과 민중의 위대함을 먼저 아는 쪽이 결국은 남북한 통일의 주도권을 잡을 것이다. 김진계와 같은 분들의 긴 고난은 궁극적으로 권력의 위대함은 '힘'이 아닌 '민중' 때문임을 입증하기 위한 것이 아니었을까?

곧 많은 분들이 남북 가족 모두를 만날 수 있는 때가 오기를 바란다.

해설_ 잡히면 전향하십시오

정희진(문학박사, 『다시 페미니즘의 도전』 저자)

여전히 한국 사회에서는 '종북從北'이라는 말이 통용된다. 이런 단어가 사라지기를 바라지만 그럴 가능성은 없어 보인다. 종북은 보수 정권이나 극우 세력도 사용하지만, 의견이 다른 진보가 다른 진보를 공격하기 위해 쓰이기도 한다.

이 말은 세 가지 의미에서 비극이다. 첫 번째는 대북관을 둘러싸고 진보 세력 간의 세 다툼이 반북과 연결된다는 점에서 비극이며, 두 번째는 남한의 북한관이 기존의 반공에서 빈곤과 '후진성'에 대한 우월감으로의 변화를 상징한다는 점에서다. 이전의 친북은 "국가 전복 세력"이었으나 지금의 종북은 '봉건 사회', '시대착오', '국제 사회에 창피한 반쪽'이라는 북한에 대한 비하라는 사회적 합의에서 작동하고 있다. 나는 이러한 타자화, 집단적 우월감이 반공보다 더 위험하다고 생각한다.

세 번째, 종북은 북한을 하나의 유기체로 보는 국가주의적 사고방식이다. 북한에는 어린이도 있고, 당黨도 있고, 산과 강, 나무와 물고기도 있다. "택시요금 2만 원" 거리의 개성공단도 있다. 금강산의 아름다움을 찬양, 고무하는 것이 종북이라면, 나는 종북이다.

종북은 북한 내부를 균질적인 집단으로 만들어 다른 차원의 접근과 개입을 가로막는 언어이다. 뜻있는 많은 사람들이 북한 정권과 인민을 구분해야 하고, 그래야 북한 인권 지원운동이 반공 담론으로 흡수되지 않는다고 호소한다. '종북'은 이 절박한 실천을 차단하는 행위다. 그런 의미에서 종미從美보다 사대라는 말이 그나마 정확하다. 친미 사대주의자라도 미국의 노숙인이나 마약 중독자를 따르지는 않을 것 아닌가.

대학에 입학하자마자 그간 입시교육에서 배운 국민윤리(국민의 / 으로서 윤리라니!) 교과서와 정반대의 북한의 현실을 접한 이후, 나는 일관되지 않은 일관된 북한관을 갖게 되었다. 한때 활발했던 북한 바로 알기 운동을 통해 내가 깨달은 것은 '바로 아는 것'이 아니라 어느 방향이든 아는 과정에 대한 불신이었다. 너무 놀라면 아는 상태도 모르는 상태도 두려운 법이다. 지식이 생산된 전후 관계를 모두 파악해야 하는 노동을 요구하기 때문이다.

나는 북한에 대해서는 아무것도 누구도 믿지 않는다. 방북 경험자들의 이야기, 탈북자 인터뷰, 국내외 책들… 모두 믿지 않는다. 언제나 나 자신을 일시적 판단 중지에포케, epoche 상황에 묶어두고 있다. 지금 이 글을 쓰면서도 내 몸 크기의 몇 배 되는 코끼리를 더듬고 있는 기분이다. 이처럼 북한, 남북 관계에 대한 이해는 인식론적 도전이자 새로운 방법론을 요구한다.

『조국』은 남파된 지 일주일 만에 체포되어 18년 동안 수형 생활을 한 장기수 김진계의 이야기다. 세밀하고 '객관적인' 묘사가 인상적인 소중한 현대사 자료이다. 읽은 지 35년이 지났는데도 자주 생각난다. 시비是非와 사실 여부를 떠나 공산주의자를 포함, '모든 사람은 상식적이다'라는 상식으로 나를 위로하고 삶의 자세를 바로잡게 해준다.

특히 두 가지가 기억에 남는다. 세상 물정 모르던 20대 초반에 읽어서 그런지, 당시 남한 교도소에 관한 묘사 중에서 소년범들에 대한 성폭력 부분은 충격적이었다.

다른 하나는 김진계가 북한에서 받은 교육 내용을 기술한 대목이다. 1970년 9월 29일, 북한의 '남조선 총국장' 김중린은 마지막 교육을 마치고 남한으로 떠나는 동지 김진계를 안으며 이렇게 말한다.

그동안 정말 수고 많이 하셨습니다. 가장 중요한 건 무사히 가셨다가 무사히 돌아오시는 겁니다… 위험을 무릅쓰고 임무를 수행하려고 하면 사고가 나기 쉽습니다. 절대로 무리하지 마십시오. 공작이 안 되면 안하구 돌아오셔도 좋습니다. 공작 기간이 남반부 주민들에게 절대 피해를 주어서는 안 됩니다. 주민에게 피해를 주는 건 곧바루 남조선 혁명을 망치는 행위입니다.

내가 『조국』을 읽고 북한의 현실을 '바로' 알게 되었다면, 북한에 대한 통념이 깨졌다면, 우리가 그토록 갈망했던 근대의 새로운 인간형 — 공산주의자 — 을 보고 감동 받았다면 나는 앞으로 한국 사회에서 어떻게 살아가야 할까. 그렇다. 이 책은 나를 변화시켰다.

비전향 장기수에 대한 일반적 통념을 구성하는 내용은, 인간의 의지와 그에 대한 외경심이다. 그러나 나는 이 인간적인 책을 읽으며 흐느껴 운다.

찾아보기

ㄱ

강대진 595, 601, 602
강릉 교도소 607, 610
거제도 2, 563, 569, 570, 578, 609, 709, 717
교화사 624, 629, 630, 636~638, 643, 644, 648~651, 654
기독교 396, 467~469, 671
김경린 219, 223, 226, 228, 235, 249, 252, 253, 263, 266~268, 278, 279
김광진 38, 44, 708
김낙중 670, 671
김남천 269
김덕일 263~265
김두봉 296~298, 380~382
김봉한 473
김선명 622, 627, 629, 655, 662, 667
김신조 19, 500
김원경 52~54, 57, 67~69, 114, 132, 306
김유경 45, 46, 48, 49, 52, 53, 57, 75, 76, 78, 80, 114, 127, 132, 239, 305~307, 699
김은환 627, 631~634, 637, 638, 644, 655, 662, 667, 691
김일성 10, 15~19, 29, 163, 204, 207, 225, 283, 296~298, 301, 370, 371, 373~375, 377, 380, 381, 384, 397, 406, 408, 418, 419, 433, 435, 438~440, 442, 443~450, 457, 464, 472, 477, 482, 497~499, 517, 518, 536, 537, 557, 559, 618, 619
김정일 438, 444~448, 450, 451, 536
김종태 504
김중린 446, 516~519, 565, 567, 736
김진교 78, 305
김창봉 446, 502~504

ㄴ

나윤출 384, 408

ㄷ

대전 교도소 615, 647, 674, 682, 684, 691, 694, 713
대한청년단 79, 120

ㄹ

리승기 461, 505, 506
림춘추 207, 208, 418, 442, 443, 446

ㅁ

마르크스 73, 234, 269, 301, 321, 369, 397, 400, 421, 468, 600, 622
명주군 34, 44, 59, 514, 515, 607, 706, 707

ㅂ

박금철 438~442, 446, 473
박승원 254
박용서 662, 667, 668, 699
박정희 386, 566, 620, 629, 630, 642, 675
박헌영 210, 262, 270~272, 408

ㅅ

사천면 34, 44, 53, 57, 58, 69, 75, 79~81, 86, 108, 113, 115, 116, 120, 122, 123, 137, 140, 351, 514, 607, 721
서경식 647
서승 646, 647, 655, 662
서준식 646, 647, 655, 662
설정식 254
소정자 595
신불출 290, 407, 408
신영복 683, 684, 687

ㅇ

안영달 254
오창신 116, 120, 128, 130, 135, 136, 144, 160, 239, 699
유장식 427, 513, 514, 516, 518, 519, 565~567, 598
유종인 628~630, 632~634, 637, 638, 644, 655, 662, 667, 691, 698
육영수 443, 598
이강국 210, 254, 270
이기영 234, 290, 291, 295
이설당 32, 38, 44, 103, 108, 110, 123, 128, 138, 243, 355, 607, 707, 708
이승엽 210, 254, 255, 268~271, 273, 408, 417
이태준 269, 546
이효순 386, 427, 430, 438, 441~443, 446, 536, 537
이후락 388, 618~620
임화 234, 254, 269

ㅈ

장왈현(왈현) 237~239, 241, 253, 254, 265, 273, 289, 316, 367~369, 478~481, 539, 540, 555, 560, 575, 620
전두환 9, 678, 690, 692
정순덕 387, 388
조용복 254
조일명 254, 270

ㅊ

천리마 245, 295, 297, 299~301, 304, 412
청산리 367, 370~377, 379, 380, 401, 409
초대소 16, 217, 318~322, 324~326, 328~330, 336~340, 347, 351, 353, 354, 364, 367, 369, 370, 406, 412, 413, 415, 416, 421, 422, 424, 426~429, 478, 480, 481, 483, 485, 490, 492, 513, 514, 516~519, 535, 538, 539, 542, 543,

547~549, 551, 552, 554, 561, 565, 588, 699, 705
최승희 407, 408
최용건 163, 296, 400, 403, 404, 438, 439, 441, 444
최헌길 81
최현 198, 199, 200, 504

ㅍ

푸에블로호 495~497, 499, 501

ㅎ

한경희 76~78, 80
한설야 400, 405~408
한정희(정희) 34, 51, 59, 70, 91, 101, 105, 108, 170, 217, 225, 228, 239, 251, 254, 289, 352, 357, 358, 360, 362, 369, 386, 523, 524, 528, 533, 541, 566, 574, 575, 584, 588, 610, 620, 625, 629, 630, 642, 675, 711, 721, 735

주인공

김진계 金振桂, Kim Jin-gye

1918년 강원도 명주군 이설당 마을에서 태어나 일제 시대는 징용살이를, 해방 후에는 남로당원으로 경찰 생활을 한다. 1950년 인민군 군관으로 한국전쟁을 겪고, 1953년 제대하여 평안북고 안주군 평률리에서 민주선전실장으로 일한다. 1958년 북의 공작원이 되어 수차례 남파되어 활동하다가, 1970년 10월 6일 거제도 다대리에서 체포된다. 무기징역이 확정되어 18년간 대전·대구교도소에서 복역, 1988년 12월 71세로 석방된다. 이후 여생을 고향인 이설당 마을에서 지내다가 1991년 12월 22일 전쟁이 없는 영원한 세상으로 떠났다.

작가

김응교 金應教, Kim Eung-gyo

시인, 문학평론가. 시집 『부러진 나무에 귀를 대면』, 『씨앗 / 통조림』과 네 권의 윤동주 이야기 『처럼―시로 만나는 윤동주』, 『나무가 있다―윤동주, 산문의 숲에서』, 『서른세 번의 만남―백석과 동주』, 『윤동주 문학지도, 걸어가야겠다』를 냈다.

평론집 『김수영, 시로 쓴 자서전』, 『좋은 언어로―신동엽 평전』, 『무라카미 하루키, 지금 어디에 있니』, 『그늘―문학과 숨은 신』, 『곁으로―문학의 공간』, 『시네마 에피파니』, 『韓國現代詩の魅惑』(東京 : 新幹社, 2007)를 냈다. 『일본적 마음』, 『백년 동안의 증언―간토대지진, 혐오와 국가폭력』, 『일본의 이단아―자이니치 디아스포라 문학』 등 한일 관계를 기록해왔다.

번역서는 다니카와 슌타로 『이십억 광년의 고독』, 양석일 장편소설 『어둠의 아이들』, 오스기 사카에 『오스기 사카에 자서전』(윤영수 공역) 일본어로 번역한 고은 시선집 『いま、君に詩が來たのか―高銀詩選集』(사가와아키 공역, 東京 : 藤原書店, 2007) 등이 있다.

2017년 『동아일보』에 「동주의 길」, 2018년 『서울신문』에 「작가의 탄생」, 2023년 『중앙일보』에 「김응교의 가장자리」를 연재했다. 가끔 유튜브 〈김응교TV〉에 영상을 올리는 그는 2005년 대산문화재단 외국문학 번역기금, 2023년 샤롯데출판문화대상 본상 등을 받았다.